KB159901

하우스 오브 구찌

The House of Gucci:
a Sensational Story of Murder, Madness, Glamour, and Greed
by Sara Gay Forden

This Korean edition was published by DANI Communications Co., Ltd. (Dani B&B) in 2021
by arrangement with Sara Gay Forden c/o Trident Media Group, LLC
through KCC(Korea Copyright Center Inc.), Seoul.

THE HOUSE OF GUCCI

하우스 오브 구찌

A Sensational Story of Murder, Madness, Glamour and Greed

사라 게이 포든 지음

서정아 옮김

다니비앤비

줄리아에게

구찌 가문 가계도

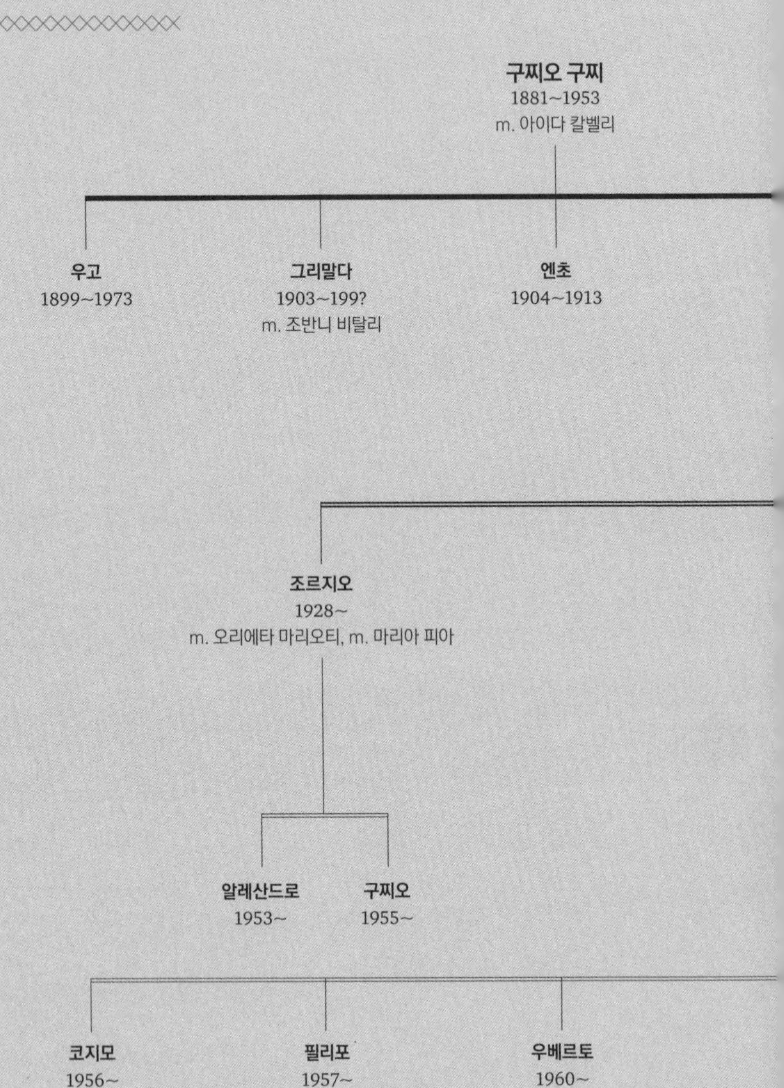

구찌오 구찌
1881~1953
m. 아이다 칼벨리
우고
1899~1973
그리말다
1903~199?
m. 조반니 비탈리
엔초
1904~1913
조르지오
1928~
m. 오리에타 마리오티, m. 마리아 피아
알레산드로
1953~
구찌오
1955~
코지모
1956~
필리포
1957~
우베르토
1960~

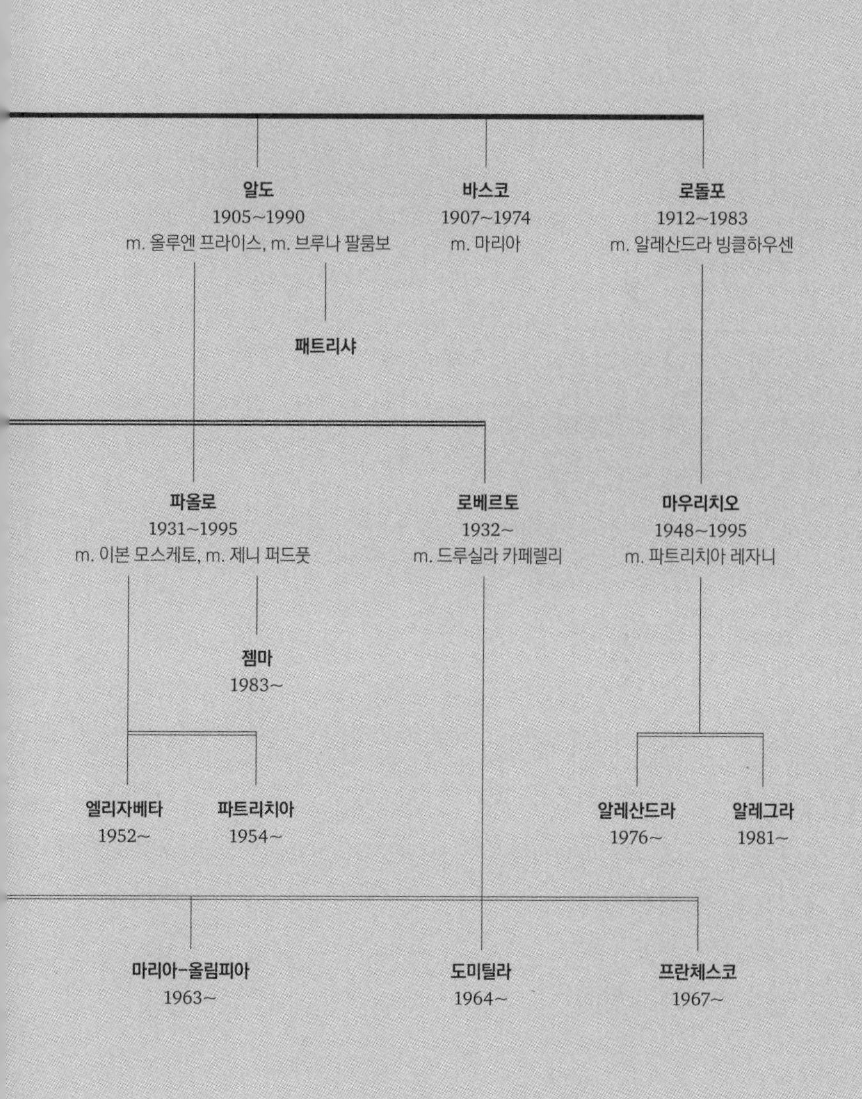
알도
1905~1990
m. 올루엔 프라이스, m. 브루나 팔롬보
바스코
1907~1974
m. 마리아
로돌포
1912~1983
m. 알레산드라 빙클하우센
패트리샤
파올로
1931~1995
m. 이본 모스케토, m. 제니 퍼드풋
로베르토
1932~
m. 드루실라 카페렐리
마우리치오
1948~1995
m. 파트리치아 레자니
젬마
1983~
엘리자베타
1952~
파트리치아
1954~
알레산드라
1976~
알레그라
1981~
마리아-올림피아
1963~
도미틸라
1964~
프란체스코
1967~

차례

1.

마우리치오의 죽음

1995년 3월 27일 월요일 아침 8시 30분, 주세페 오노라토(Giuseppe Onorato)는 건물 복도로 날아든 낙엽을 쓸고 있었다. 그는 여느 때처럼 8시 정각에 밀라노의 팔레스트로 거리 20번지로 출근한 뒤 나무 대문 두 개를 활짝 여는 것으로 하루 일과를 시작했다. 오노라토가 일하는 4층짜리 르네상스식 건물은 밀라노에서 가장 세련된 동네에 자리하고 있다. 길 건너에는 스모그로 뒤덮인 도시에서 바삐 살아가는 이들에게 휴식을 제공하는 자르디니 푸블리치 공원이 보인다. 높이 솟은 삼나무와 미루나무가 우거진 이 공원은 잘 정리된 잔디 정원과 구불구불한 산책로로 유명하다.

주말 동안 도시에 불어온 따뜻한 바람이 자욱하던 스모그를 몰아내면서 나무에 매달린 마지막 이파리를 떨어뜨렸다. 출입구에 수북이 쌓인 낙엽을 발견한 오노라토는 사람들이 드나들기 전에 서둘러 쓸기 시작했다. 군인 시절 철저하게 주입된 질서의식과 의무감 덕분에 그는 쉰이 넘은 나이에도 늘 차림새가 말끔했다. 하얗게 센 콧수염은 깔끔하게 다듬었고, 몇 올 남지 않은 머리카락도 바짝 깎았다. 오노라토는 시칠리아의 카스텔다차 마을 출신으로 1980년에 일자리를 찾아 북부로 올라왔다. 육군에서 14년 동안 부사관으로 근무하다 제대한 후에 밀라노에 정착했고, 몇 년간 다양한 직업을 거쳤다. 6년 전 이 건물의 관리인으로 취직한 뒤로 아내와 함께 사는 북서부 구역의 아파트에서 소형 스쿠터로 매일 출퇴근한다.

맑고 푸른 눈과 수줍고 다정한 미소를 지닌 오노라토는 건물 입구를 항상 깨끗한 상태로 유지했다. 육중한 정문 출입구 바로 안쪽의 윤이 반들반들 나는 붉은 화강암 계단과 반짝이는 유리문, 광채 나는 로비의 석조 바닥은 그가 들인 수고의 결과물이다. 로비 후미진 곳에 나무 책상과 의자가 딸린 칸막이 수위실이 있지만, 늘 분주하고 바쁜 탓에 그곳에 앉는 일이 드물었다.

오노라토는 일자리를 찾아 밀라노에 온 뒤로 마음 편히 지낸 적이 없다. 누군가 곁눈질만 해도 신경 쓸 정도로 북부 사람 상당수가 남부 사람에게 품고 있는 편견에 예민한 편이었다. 군인 시절 몸에 밴 습관 때문에 말대꾸도 잘 하지 않았고 윗사람에게도 늘 순종했지만 고개 숙이는 것만큼은 거부했다. '상대가 아무리 돈 많은 부자나 유력한 가문 출신이라 해도 자신도 그 사람 못지않은 가치를 지닌 사람'이라는 자존심이 있었기 때문이다.

주위를 둘러보던 오노라토는 길 건너편에 서 있는 남자를 발견했다. 그날 아침 오노라토가 대문을 열기 전에도 봤던 남자였다. 그때 남자는 건물과 조금 떨어진 공원 쪽에 주차된 녹색 소형차 뒤에 서 있었다. 팔레스트로 거리는 밀라노 도심에서 몇 안 되는 무료 주차 공간이라 평소에도 갓길에 자동차들이 비스듬히 늘어서 있는데, 그때는 이른 시간이라 차가 한 대뿐이었고 번호판이 땅에 닿을 정도로 낮게 달려 있어 눈에 띄었다. 오노라토는 그 남자가 이 시간에 무슨 볼일로 거기 서 있는지 의아했다. 옅은 갈색 오버코트를 입은 그 남자는 누군가를 기다리기라도 하듯 베네치아 대로 쪽을 주시하고 있었다. 오노라토는 남자의 짙고 풍성한 고수머리를 부러운 눈으로 쳐다보며 자신의 벗겨진 정수리를 무심코 만졌다.

1993년 7월, 팔레스트로 거리에서 폭탄 테러가 일어난 이후로 그는 항상 경계를 늦추지 않고 있다. 당시 다이너마이트를 실은 자동차가 도시를 뒤흔드는 굉음을 내며 폭발해 5명이 숨졌고, 파딜리오네 현대 미술관이 폐허로 변했다. 같은 날 저녁 로마에서도 폭탄이 터져 유적지 한가운데에 있는 성 조르지오 벨라브로 성당이 붕괴됐다. 시간이 흐른 뒤 그날 터진 폭탄들이 얼마 전 피렌체의 게오르고필리 거리에서 5명이 사망하고 30명에게 부상을 입힌 폭발 사고와 관련이 있다는 사실이 밝혀졌다. 이 폭발로 건물 안에 보관된 예술품 수십 점도 파괴됐다.

일련의 폭발사고는 1993년 초에 체포된 시칠리아의 마피아 두목 살바토레 '토토' 리이나(Salvatore 'Toto' Riina)의 소행으로 밝혀졌다. 그는 1992년 마피아 기소에 앞장섰던 조반니 팔코네(Giovanni Falcone) 치안검사를 살해한 혐의로 체포된 인물인데, 그 판결에 앙심을 품고 이탈리아 주요 문화유적지 몇 곳을 폭파하라는 지시를 부하들에게 내린 것이었다. 검사 살해와 폭파 혐의로 유죄 선고를 받은 리이나는 종신형을 받고 수감 중이다. 폭발사고 직후 테러 행위를 진압할 특수 권한을 위임받은 이탈리아 국가경찰의 일반 수사 및 특수작전국(Divisione Investigazioni Generali e Operazioni Speciali: DIGOS) 소속 경찰들은 팔레스트로 거리 일대의 모든 건물 관리인들을 탐문 수사했다. 그때 오노라토는 수상해 보이는 캠핑카가 공원 입구 부근에 주차되어 있는 것을 봤다고 말했다. 그 뒤로 그는 수위실 안에 작은 수첩을 놔두고 이상한 것을 볼 때마다 모두 기록하고 있다. 오노라토는 커피를 마시러 자주 들르는 군대 동료에게 이렇게 말하기도 했다.

"우리는 이 동네에서 눈과 귀 역할을 하고 있어. 그건 우리 일의 일부이기도 하지. 누가 언제 이 거리를 오고 가는지 빠삭해졌다니까."

오노라토는 대문 오른편 뒤쪽에 마지막으로 남아 있던 낙엽을 쓸어내기 위해 문을 잡아당겼다. 반쯤 열어둔 문 뒤로 발걸음을 옮기던 그는 친숙한 목소리를 들었다.

"안녕하세요!"

빠른 발자국 소리가 나는 쪽으로 몸을 돌리자 2층에 사무실을 둔 마우리치오 구찌(Maurizio Gucci)가 캐멀코트를 휘날리며 평소처럼 활기차게 현관 계단을 오르고 있었다. 오노라토는 미소를 지으며 한 손을 들어 인사했다.

"안녕하세요, 선생님."

마우리치오가 피렌체의 유명한 구찌 가문 사람이라는 것은 오노라토도 잘 알고 있었다. 창의적인 장인 전통에 자부심을 갖고 있는 이탈리아 사람들에게 구찌는 우아한 스타일의 대명사이자 페라가모(Ferragamo), 불가리(Bulgari)와 함께 명장의 솜씨가 담긴 수준 높은 명품을 상징하는 브랜드로 잘 알려져 있다. 이탈리아는 조르지오 아르마니(Giorgio Armani)나 지아니 베르사체(Gianni Versace)와 같은 세계 최고 디자이너들의 산실이기도 하지만, 구찌는 그 디자이너들이 태어나기 이전부터 존재했던 유서 깊은 브랜드다. 마우리치오는 2년 전 한 투자은행에 회사를 매각하기 전까지 가족기업인 구찌를 마지막으로 운영했었지만 가문의 사업에 관여하지 않게 된 이후 1994년 봄, 이곳에 사무실을 열었다.

마우리치오의 저택은 베네치아 대로 쪽으로 모퉁이만 돌면 보일 정도로 가까운 곳에 있어서, 그는 매일 아침 8시에서 8시 30분 사이에 사무실로 걸어서 출근했다. 오노라토가 육중한 나무 대문을 활짝 열어젖히기 전에 대문을 먼저 열고 위층으로 올라가는 날도 있었다. 오노라토는 가끔 자신이 마우리치오였다면 어땠을까 공상에 잠기기도 했다. 부유하고 매력적인 데다 젊기까지 한 마우리치오는 늘씬한 금발 미녀와 사귀고 있었다. 마우리치오의 사무실을 이국적인 중국 골동품과 우아한 커버를 씌운 소파, 안락의자, 화려한 색상의 커튼, 값나가는 그림으로 꾸민 그녀는 샤넬 정장 차림에 풍성한 금발을 완벽하게 손질하고 점심 때마다 마우리치오를 찾아왔다. 오노라토는 그들이야말로 완벽한 삶을 살고 있는 완벽한 커플이라 생각했다.

마우리치오가 막 로비로 들어서려는 순간 짙고 풍성한 고수머리 남자가 입구로 들어서는 모습이 오노라토의 눈에 띄었다. 순간 그는 남자가 마우리치오를 기다리고 있었다는 것을 깨달았다. 남자가 회색 카펫이 시작되는 층계 맨 밑에 무슨 이유로 멈춰 섰는지 의아했다. 마우리치오는 남자가 자신을 따라 들어왔다는 사실을 눈치채지 못했고, 남자도 그의 이름을 부르지 않았다.

오노라토가 멍하니 지켜보는 사이 남자는 코트 앞섶을 열어 권총을 꺼냈고 마우리치오의 등을 향해 팔을 뻗었다. 1미터도 안 되는 거리에 서 있던 오노라토는 빗자루를 든 채 얼어붙었다. 충격에 빠진 그는 남자를 저지할 엄두도 내지 못했다. 순식간에 소음기 총성 두 번이 연달아 들렸다. 공포에 빠진 오노라토는 미동도 하지 못하고 그 광경을 지켜보고만 있었다. 첫 번째 총탄이 마우리치오의 캐멀코트를 뚫고 오른쪽 엉덩이에 박혔고 두 번째 총탄은 왼쪽 어깨 바로 밑을 맞혔다. 오노라토의 시선은 총탄이 옷감을 꿰뚫을 때마다 코트가 흔들리는 모습에 꽂혔다.

'영화에서 총에 맞을 때는 저런 모습이 아니었는데….'

충격을 받은 마우리치오가 어리둥절한 표정으로 뒤를 돌아보았지만, 그는 총을 든 남자를 전혀 알아보지 못했다. 그리고 '무슨 일이 일어난 거죠? 왜 내가 이런 일을 당하는 건가요?'라고 묻듯이 오노라토에게 시선을 돌렸다. 세 번째 총탄이 마우리치오의 오른팔을 스치자, 그는 신음을 내지르며 바닥으로 고꾸라졌다. 암살자가 마지막으로 쏜 총탄은 마우리치오의 오른쪽 관자놀이를 뚫고 들어가 치명상을 입혔다. 몸을 돌려 자리를 피하려던 남자는 두려움에 떨며 자신을 응시하고 있는 오노라토를 발견하고는 멈춰 섰다. 다른 사람을 염두에 두지 않았다는 듯 짙은 눈썹을 치켜 올린 남자는 팔을 뻗어 오노라토를 똑바로 겨눴다. 오노라토는 권총의 총신을 감싼 길쭉한 소음기와 총을 움켜쥔 남자의 매끈한 손, 방금 다듬은 듯한 손톱을 보았다. 영원히 계속될 것만 같던 그 순간 오노라토가 소리를 질렀다.

"안 돼!"

오노라토는 뒷걸음질 치며 '나는 이 일과 아무 상관없어!'라고 말하듯 왼손을 들었다. 오노라토를 똑바로 겨눈 남자는 두 발을 쏜 다음 문밖으로 달아났다. 쨍그랑 소리가 들렸다. 아래로 떨어진 탄창이 화강암 바닥을 굴러가며 내는 소리 같았다.

'말도 안 돼! 총에 맞았는데 왜 아프지 않은 거지?'

오노라토는 문득 마우리치오도 통증을 느끼지 못하는지 궁금해졌다.

'이걸로 끝인가? 이제 곧 죽겠지? 이렇게 죽다니, 억울해.'

그는 총에 맞고도 여전히 그 자리에 서 있었다. 아래를 내려다보니 왼팔이 기묘하게 흔들리면서 옷소매에서 피가 뚝뚝 떨어지고 있었다. 오노라토는 천천히 몸을 낮춰 화강암 층계 첫 번째 계단에 앉았다.

'그래도 완전히 뻗지는 않았군.'

죽음을 받아들일 준비를 하면서 아내의 얼굴과 군인 시절의 기억, 고향 카스텔다차의 산과 바다를 떠올리던 오노라토는 잠시 후 팔에 두 발을 맞아서 죽지는 않을 것 같다는 생각이 들었다. 그러자 곧 안도감이 밀려들었다. 몸을 돌려 피가 흥건하게 고인 층계 위편에 쓰러져 있는 마우리치오 쪽을 보았다. 마우리치오는 오른팔에 머리를 기댄 채 비스듬히 누워 있었다. 오노라토는 비명을 질러 도움을 청하려 했지만 목소리가 잘 나오지 않았다.

몇 분 뒤 사이렌 소리가 점점 더 커지더니 경찰차가 건물 앞에 끼익 소리를 내며 멈췄다. 제복 차림의 국가헌병 네 명이 총을 뽑으며 차에서 뛰쳐나왔다. 첫 번째 계단에 힘없이 주저앉아 있던 오노라토는 헌병들이 다가오자 신음하듯 간신히 내뱉었다.

"어떤 남자가 총을 쏘고 달아났어요!"

2.

'구찌 왕조'의 시작

건물의 대문과 마우리치오가 누워 있는 출입구 양쪽 벽에 선홍색 혈흔이 남았다. 혈흔은 마치 잭슨 폴록의 추상화 같았다. 바닥에는 탄피가 흩어져 있었다. 길 건너 자르디니 푸블리치 공원의 매점 주인이 오노라토가 울부짖는 소리를 듣자마자 국가헌병대에 신고했다.

"저쪽에 구찌 선생님이 있어요."

오노라토는 오른팔을 들어 마우리치오가 누워 있는 층계 위쪽을 가리켰다.

"돌아가셨나요?"

오노라토가 묻자 헌병이 마우리치오 옆에 무릎을 꿇고 손가락으로 목을 짚었다. 맥박이 뛰지 않는 것을 확인한 그는 고개를 끄덕였다. 약속 시간 몇 분 전에 도착한 마우리치오의 변호사 파비오 프란키니(Fabio Franchini)는 시신 바로 옆에 절망적으로 주저앉았다. 그는 헌병과 구급대원이 주위를 수습하는 4시간 내내 차가운 바닥에 멍하니 앉아 있었다. 구급차 몇 대와 경찰차들이 도착하자 호기심에 찬 구경꾼들이 건물 앞에 모여들었다. 구급대원들은 오노라토의 상처를 신속하게 처치한 다음 구급차에 태워 이송했다. 그 직후 헌병대 강력계 요원들이 현장에 도착했다.

12년간 강력계에서 근무한, 호리호리한 체격의 지안카를로 톨리아티(Giancarlo Togliatti) 상병이 마우리치오의 시신을 살펴보기 시작했다. 그는 지난 몇 년 동안 밀라노로 이주한 알바니아 이민자 출신 범죄조직들을 주로 수사해왔다. 밀라노의 상류층과 관련된 사건을 맡은 것은 이번이 처음이다. 거물 사업가가 도시 한복판에서 총탄을 맞고 무참하게 살해당하는 사건이 일상적인 일은 아니기 때문이다. 톨리아티가 몸을 굽히며 물었다.

"피해자의 신원은?"

"마우리치오 구찌야."

톨리아티는 동료를 올려다보며 짓궂은 미소를 지었다.

"그러면 나는 발렌티노(Valentino)겠네."

그는 1년 365일 햇볕에 그을린 듯한 피부색을 자랑하는 로마 출신 디자이너의 이름을 들먹이며 비웃듯 대꾸했다. 톨리아티에게 구찌라는 이름은 피렌체의 가죽제품 전문 명품 기업을 의미했다. 그래서 그는 구찌 가문 사람이 굳이 밀라노에 사무실을 둘 필요가 있을까, 생각했던 것이다. 톨리아티는 훗날 그때를 떠올리며 말했다.

"그의 시신도 다른 피해자의 시신과 별 다를 게 없더군요."

톨리아티는 마우리치오의 축 늘어진 손에서 피가 튄 신문 뭉치를 조심스레 빼낸 다음 여전히 재깍거리는 티파니(Tiffany) 시계를 끌러냈다. 주머니 속을 샅샅이 살피는 동안 카를로 노체리노(Carlo Nocerino) 검사가 도착했다. 사건 현장은 난장판에 가까웠다. 건물 앞에 모여든 카메라맨과 기자들이 구급대원과 헌병들, 국가경찰들과 몸싸움을 벌였다. 이탈리아는 국가헌병과 국가경찰, 재무경찰 등 세 곳에서 치안을 맡고 있다. 이 난장판 속에서 중요한 증거가 훼손될 것을 우려한 노체리노 검사는 어떤 기관이 가장 먼저 출동했는지 물었다. 현장에 맨 처음 출동한 기관이 사건을 맡는 것이 불문율이기 때문이다. 노체리노는 헌병들이 가장 먼저 출동했다는 이야기를 듣고는 곧바로 경찰들에게 현관 대문을 닫고 정문 주변에 저지선을 쳐 구경꾼들을 차단하라고 지시했다. 그런 다음 마우리치오의 시신을 조사 중인 톨리아티 곁으로 다가갔다.

노체리노와 수사관들은 마우리치오의 관자놀이를 맞춘 총탄을 보고 마피아식 처형과 흡사한 암살이라 생각했다. 상처 주위 피부와 머리카락이 그슬린 것은 바로 옆에서 총알이 발사됐다는 것을 의미했다. 상처를 살펴본 노체리노는 바닥에 떨어진 여섯 개의 탄피 주위에 분필로 원을 그리고 있는 수사관들을 흘낏 보았다.

"전문 킬러의 소행이야."

톨리아티의 상관 안토넬로 부치올(Antonello Bucciol) 대위도 그 말에 수긍했다.

"전형적인 필살의 일격이군."

그러나 그들은 곧 혼란에 빠졌다. 지나치게 많은 총탄이 발사됐음에도 경비원 오노라토는 물론 도망치던 살인자와 부딪칠 뻔한 젊은 여성 한 명이 살아남았기 때문이다. 그렇기 때문에 필살의 일격을 계획한 전형적인 킬러의 소행으로 보기 어렵다는 의견도 있었다. 톨리아티가 마우리치오의 시신을 조사하는 데는 1시간 반 가까이 걸렸다. 하지만 마우리치오가 살아온 삶을 샅샅이 파악하기까지는 3년이라는 시간이 더 필요했다. 톨리아티는 훗날 이렇게 말했다.

"우리에게 마우리치오 구찌는 사실상 미지의 인물이었습니다. 그래서 우리는 그의 삶 전체를 책처럼 꼼꼼히 들여다보며 조사하기로 했습니다."

마우리치오 구찌와 그의 가문을 이해하려면 토스카나 지방 특유의 기질부터 알아야 한다. 토스카나 사람들은 붙임성 있는 에밀리아 지방이나 엄격한 롬바르디아, 무질서한 로마 사람들과 달리 거만한 편이고 개인주의적인 성향이 짙다. 그들은 스스로를 이탈리아 문화와 예술의 원천이라 생각하면서, 단테 알리기에리(Durante degli Alighieri, 《신곡》으로 유명한 이탈리아의 시인) 덕분에 토스카나가 현대 이탈리아어 탄생에 큰 몫을 했다는 사실을 유난히 자랑스러워 한다. 그래서인지 오만하고 자아가 강하며 이방인들에게 배타적인 토스카나 사람들을 '이탈리아의 프랑스인'이라 부르는 이들도 있다. 이 표현은 이탈리아 소설가 쿠르치오 말라파르테가 《가증스러운 토스카나인(Maledetti Toscani)》에서 했던 묘사에서 유래했다.

단테도 《신곡》에서 필리포 아르젠티(Filippo Argenti, 거만하고 사치스럽기로 악명 높았던 피렌체의 권력자이며 《신곡》에서는 단테의 배를 전복시키려는 유령)를 '피렌체 출신의 괴팍한 유령'이라 묘사했다. 피렌체 혹은 토스카나 사람들은 즉흥적인 성격이라 신랄한 논평이나 냉소적인 농담을 서슴지 않고 던진다. 아카데미상 수상작 〈인생은 아름다워〉의 감독이자 주연배우인 로베르토 베니니가 그 단적인 예이다. 1977년 잡지 〈타운 앤 컨트리(Town & Country)〉의 한 기자가 마우리치오의 사촌 로베르토 구찌(Roberto Gucci)에게 이렇게 물은 적이 있다.

"구찌 가문이 이탈리아의 다른 지역 출신이라면 어땠을까요?"

이 질문에 로베르토는 어이없다는 듯 답했다.

"차라리 키안티(Chianti, 토스카나 지방의 와인)의 원산지가 롬바르디아라고 하시죠. 롬바르디아산 와인이 키안티가 될 수 없는 것처럼 다른 지역에서는 구찌가 나올 수 없습니다. 어떻게 구찌가 피렌체 태생이 아닐 수 있단 말입니까?"

로베르토의 말처럼 구찌 가문의 핏줄에는 수백 년을 이어 내려온 피렌체 상인들의 다채로운 역사가 깃들어 있다. 피렌체는

1293년 제정된 정의의 법령(Ordinances of Justice)에 따라 독립공화국으로 규정됐으며, 메디치 가문이 권력을 잡기 전까지 21개 상공업 길드의 통치를 받았다. 그 길드의 이름은 오늘날에도 칼차이우올리(Calzaiuoli, 제화공 길드), 카르톨라이(Cartolai, 서적상 길드), 테시토리(Tessitori, 직공 길드), 틴토리(Tintori, 염색공 길드) 같은 거리의 이름으로 남아 있다.

> 모름지기 피렌체 상인이라면 세계 방방곡곡을 돌아다니면서 외국 문물과 외국인을 접하고 한 재산 챙겨서 고향으로 돌아와야 한다. 그러지 못한다면 무엇을 하든 존경받지 못할 것이다.

르네상스 시대의 비단 상인 그레고리오 다티가 이런 글을 남겼을 정도로 피렌체 상인에게 부는 곧 명예를 의미했다. 그들은 공공건축물의 건설비용을 댔고 멋진 정원이 딸린 저택에 살면서 화가나 조각가, 시인, 음악가를 후원하는 것을 자랑으로 여겼다. 이 같은 탐미주의로 아름다움을 창조한다는 자부심은 전쟁이나 전염병, 홍수, 정치 불안이 닥치더라도 사그라지지 않았다. 지오토(Giotto)로부터 미켈란젤로를 거쳐 오늘날의 이름 모를 공방 공예가에 이르기까지 그들의 모든 예술적 결실은 피렌체 상인들의 후원으로 한껏 피어났다. 마우리치오의 삼촌 알도 구찌(Aldo Gucci)는 이렇게 말했다.

"피렌체 사람 열 명 중 아홉은 상인이고, 나머지 한 명은 성직자입니다. 조니워커 위스키가 스코틀랜드산인 것처럼 구찌는 피렌체산이지요. 피렌체 사람은 거래나 공예에 관한 한 다른 지역에서 배울 것이 많지 않아요. 우리 구찌 가문은 1410년 무렵부터 상인이었습니다. 구찌라는 이름을 듣고 메이시스(Macy's) 백화점을 먼저 떠올리는 사람은 없겠지요?"

구찌에서 일했던 노동자들도 구찌 가문 사람들에 대해 '단순하고 놀랄 만큼 인간적'이지만 '모두 토스카나인 특유의 괴팍한 성격을 지녔다'고 증언했다.

구찌의 역사는 그의 할아버지 구찌오 구찌(Guccio Gucci)에서부터 시작되었다. 구찌오의 부모는 19세기 말 피렌체에서 밀짚모자 사업을 하다가 파산하는 시련을 겪었다. 구찌오는 파산한 집안에서 도피하듯 고향을 떠났다. 화물선에서 일자리를 얻어 영국으로 건너간 그는 런던의 사보이 호텔에 취직했다. 구찌오는 호텔 투숙객들이 입고 있던 고급 실크 의류와 몸을 치장한 보석, 산더미처럼 쌓인 짐 가방들을 보고 입이 떡 벌어질 만큼 놀랐다. 가문의 문장과 이름을 아름답게 새긴 가죽 트렁크와 수트케이스, 모자상자가 빅토리아 시대 영국 상류사회의 중심지였던 사보이 호텔 로비를 가득 메우고 있었다. 투숙객들은 부유한 저명 인사이거나 그런 사람과 어울리고 싶은 이들이었다. 왕세자의 정부 릴리 랭트리는 1년에 50파운드를 내는 스위트룸을 빌려 손님들을 접대했고 대배우 헨리 어빙도 사보이 호텔 식당에서 자주 식사했다. 연극배우 사라 베르나르는 그곳을 '제2의 집'처럼 여겼다.

임금은 낮고 일이 많아 늘 고단했지만 구찌오는 금방 일을 익혔고, 그때 쌓은 경험은 그의 일생에 지대한 영향을 끼쳤다. 구찌오는 오래지 않아 호텔에 오는 사람들이 자신들의 부와 취향을 과시하는 소지품을 항상 지니고 다닌다는 사실을 깨달았다. 그중 가장 눈에 띈 것은 여행용 가방이었다. 벨보이들은 카펫이 깔린 기다란 복도를 왔다 갔다 하면서 '올라가는 방'으로 불리던 엘리베이터를 타고 손님들의 짐을 운반했다. 어린 시절 피렌체의 가죽공방 부근에서 살았던 구찌오에게 가죽 가방은 왠지 모르게 친숙했다. 구찌오는 사보이 호텔을 그만둔 뒤 유럽의 침대열차 회사 바공리(Wagons Lits)에 취직했다. 그는 열차여행을 하는 부유한 여행객들의 가방을 세심히 관찰하면서 유럽 전역을 돌아다녔고, 4년 뒤 그동안 모은 돈을 들고 피렌체로 돌아왔다.

고향에 돌아온 구찌오는 이웃에 살던 재단사의 딸 아이다 칼벨리(Aida Calvelli)와 사랑에 빠졌다. 재봉사로 일하던 그녀에게는 결핵으로 세상을 떠난 전 남편과의 사이에서 생긴 네 살배기 아들 우고가 있었다. 하지만 구찌오는 개의치 않았다. 고향으로 돌아온 지 1년이 조금 지난 1902년 10월 20일, 아이다와 결혼했고 우고를 입양했다. 그때 그는 21살이었고, 24살인 아이다는 이미 구찌오의 아기를 임신하고 있었다. 석 달 뒤 첫 아이인 딸 그리말다(Grimalda)가 태어난 뒤로도 아이다는 네 아이를 더 낳았다. 둘 사이에 태어난 아이 중 엔초(Enzo)는 어릴 때 세상을 떠났다. 나머지 세 아들 중 알도(Aldo)는 1905년, 바스코(Vasco)는 1907년, 로돌포(Rodolfo)는 1912년에 태어났다.

구찌오가 피렌체로 돌아와 처음 취직한 곳은 골동품 상점이었다. 얼마 후 가죽제품 회사로 직장을 옮겼고, 그곳에서 가죽 사업의 기초를 배운 다음 관리자로 승진했다. 제1차 세계대전이 발발했을 때 33살이었던 그는 대가족을 책임진 가장이었지만 운송 기사로 징집됐다. 전쟁이 끝난 뒤에는 피렌체의 가죽공예 회사 프란치(Franzi)에 취직했다. 거기에서 원피 고르는 법을 배웠고, 염장 건조와 무두질뿐 아니라 다양한 종류와 등급을 가진 가죽의 작업 기법을 연구했다. 능력을 인정받은 구찌오는 프란치 로마 지점장으로 승진했지만 피렌체를 떠나고 싶지 않았던 아이다가 아이들과 고향에 남는 바람에 혼자 로마로 가야 했다. 주말마다 집과 로마를 오가던 그는 언젠가 피렌체에 자기 상점을 여는 꿈을 꾸었다.

1921년 어느 일요일, 아이다와 함께 동네를 산책하던 구찌오는 고급스러운 토르나부오니 거리와 골도니 광장 사이를 흐르는 아르노 강둑 부근의 좁다란 비냐 누오바 거리에서 임대인을 찾는 빈 상점을 발견했다. 구찌오와 아이다는 그곳을 임대해 그때까지 저축한 돈과 지인에게 빌린 돈을 보태 구찌 가문 최초의 기업 발리제리아 구찌오구찌(Valigeria Guccio Gucci)를 세웠다. 이 회사는 1921년 아치엔다 인디비두알레 구찌오구찌(Azienda Individuale Guccio Gucci)라는 개인 기업이 되었다. 피렌체 최고의 명품 거리와 가까운 그

동네는 구찌오가 원했던 고객층을 겨냥하기에 딱 맞는 곳이었다.

15세기에서 17세기 사이에 피렌체의 부유한 가문들로 꼽히는 스트로치, 안티노리, 사세티, 바르톨리니 살림베니, 카타니, 스피니 페로니 등은 토르나부오니 부근에 멋진 저택을 지었다. 19세기에 접어들자 그 저택들의 1층에 호화로운 식당과 상점들이 들어서기 시작했다. 1815년에 문을 연 이래 오늘날까지 83번지에 그대로 남아 있는 카페 자코사는 손님들에게 직접 만든 페스추리와 음료를 제공한다. 이탈리아 왕실에 페스추리를 공급했던 자코사는 단골 네그로니 백작의 이름을 딴 네그로니 칵테일을 처음 만든 곳이기도 하다. 리스토란테 도네이는 1827년부터 피렌체의 귀족 가문 여성들이 주로 드나들던 레스토랑이다. 당시 유명세를 타던 남성 전용 공간으로 피렌체 경마클럽이 있었다면 이곳은 그에 견줄 만한 여성들을 위한 공간이었다. 옆 가게인 메르카텔리 꽃집도 피렌체의 귀족들을 상대했다. 그밖에 아직까지 운영 중인 상점들로는 베네치아산 고급 직물을 판매하는 루벨리, 향수가게 프로푸메리아 잉글레제, 송로버섯 샌드위치로 유명한 프로카치 등이 있다. 이곳을 찾은 유럽의 부유한 관광객들은 미국계 여행사인 토마스 쿡 앤 선에서 그리 멀지 않은 파리오네 거리 모퉁이에 있는 런던스위스 호텔에 묵었다.

창업 당시 구찌오는 토스카나뿐 아니라 독일과 영국의 제조업체들로부터 가죽제품을 사들여 피렌체로 여행 온 관광객들에게 팔았다. 구찌오가 선택한 가방과 여행용 수트케이스는 견고하고 만듦새가 훌륭했으며 가격도 적당했다. 마음에 드는 물건이 없는 손님은 특별한 가격에 주문하기도 했다. 상류층 고객들에 맞는 품위를 갖추고 싶었던 구찌오는 늘 질 좋은 셔츠와 빳빳하게 다린 양복을 차려 입고 다녔다. 알도는 아버지를 이렇게 회고했다.

"아버지는 취향이 훌륭한 분이셨어요. 우리 모두 그 취향을 물려받았지요. 아버지께서 판매한 모든 제품에는 그분의 흔적이 새겨져 있었습니다."

구찌오는 상점 뒤편에 조그만 공방을 열고 수입 제품을 보완할 가죽제품을 직접 만들기 시작했다. 또한 현지 장인들을 고용해 수선 사업을 시작하면서 금세 짭짤한 수익을 냈다. 이로 인해 그의 상점은 믿을 수 있는 제품을 판매할 뿐 아니라 훌륭한 서비스도 제공한다는 평판을 쌓았다. 몇 년 뒤 구찌오는 미켈란젤로가 설계한 트리니티 다리 건너 아르노 강 맞은편 제방을 따라 이어진 룬가르노 귀짜르디니에 더 큰 규모의 공방을 얻었다. 점점 더 많이 밀려드는 주문을 감당하기 위해 고용한 60명의 장인들은 밤늦게까지 작업해야 했다.

아르노 강 남쪽의 올트라노 지역에는 모직과 견직, 브로케이드(**brocade,** 화려한 색의 실로 무늬를 짜 넣은 직물)를 강물로 운반해 방직 기계를 돌리던 소규모 공방들이 빼곡히 들어서 있었다. 아르노 강을 낀 넓은 대로와 남쪽으로 이어진 좁은 도로를 사이에 둔 이 지역은 망치질 소리뿐 아니라 모직을 세척하고 두드리거나 가죽을 자르고 연마하는 소리가 하루 종일 울려 퍼졌다. 골동품상과 액자 세

공사 같은 장인들도 이곳에 정착했다. 강 바로 건너편 레푸블리카 광장 주변은 피렌체의 상업과 금융을 대표하는 곳이자 중세 이후 공예 발달을 주도했던 상공업 길드가 위세를 떨치던 지역이다.

성인이 된 구찌오의 자녀들도 가업에 속속 뛰어들었다. 별 흥미를 보이지 않던 우고와 로돌포만 빠졌다. 알도는 사업적 감각이 가장 뛰어났다. '나약한 남자'라는 별명을 가진 바스코는 생산을 책임졌고, 틈만 나면 토스카나의 시골에서 사냥을 즐겼다. '수다쟁이' 그리말다는 구찌오가 고용한 신참 점원과 함께 매장 계산대를 맡았다. 로돌포는 당시 매장에서 일하기에 아직 너무 어렸고, 나중에 성인이 되어서는 가족들과 떨어져 영화계에서 자신의 꿈을 펼쳤다.

구찌오는 자식들을 엄하게 훈육했다. 아빠가 아닌 아버지라 부르도록 가르쳤고, 식사 예절을 지키라고 깐깐하게 요구했으며, 버릇없는 자식에게는 회초리를 들었다. 주말에는 피렌체 외곽에 있는 산 카시나오 별장에 머물면서 이륜마차에 아이다와 아이들을 모두 태우고 들판을 빠르게 가로질러 주일 미사에 참석했다. 손자 로베르토는 구찌오를 이렇게 기억했다.

"할아버지는 성격이 몹시 드셌어요. 자신을 존경하라고 가르치는 할아버지를 모두 어려워했지요."

알뜰했던 구찌오는 프로슈토 햄을 오래 먹을 수 있도록 가능한 얇게 썰라고 주문했으며, 절약 정신을 자식들에게도 주입시켰다. 알도가 생수병을 수돗물로 채워 가지고 다닌 것은 가족들에게 오랫동안 내려오는 일화다. 그런 구찌오도 자신만의 취미가 있었다. 그중 하나는 아이다가 커다란 가족용 식탁에 푸짐하게 차려낸 토스카나 요리를 즐기는 것이었다. 그가 인생 후반에 마음껏 음식을 탐한 것은 어릴 때 겪은 가난 때문인지도 모른다. 어쨌든 부부는 맛있는 가정 요리를 먹고 점점 뚱뚱해졌다. 손자 로베르토는 그때를 또렷이 기억했다.

"배불리 식사를 마친 할아버지가 금 시곗줄을 허리에 길게 두르고 아바나산 시가를 즐기시던 모습이 가끔 떠오릅니다."

구찌오는 우고와 친자식들을 차별하지 않으려 애썼다. 그러나 우고는 아버지와 형제들이 정해놓은 규칙에 따를 생각이 없었다. 그는 큰 체구와 거친 태도 때문에 형제들에게 '불량배'라는 별명을 얻었다. 우고가 가업에 관심을 보이지 않자 구찌오는 그를 부유한 대지주이자 단골손님이었던 레비 남작 밑에서 일하도록 했다. 레비 남작은 우고를 피렌체 교외에 있는 농장의 부지배인에 앉혔다. 건장한 남성에게는 더할 나위 없는 일자리처럼 보였다. 얼마 지나지 않아 우고는 자신이 얼마나 잘나가는지 주위에 뽐내기 시작했다.

구찌오는 우고가 자랑하는 모습을 보고 사업 초기에 진 빚을 빨리 갚을 생각에 모은 돈이 있으면 잠시만 빌려 달라고 부탁했다. 당시 이미 결혼한 상태였던 우고는 남몰래 사귀고 있던 애인 때문에 경제적으로 어려운 처지였지만 무일푼이라는 사실을 털어놓기가 창피해 돈을 꿔주겠다고 약속했다. 그러자 구찌오는 일단

은행에 대출을 받아서 빚을 갚았다. 우고가 돈을 빌려주면 은행에 상환한 뒤 우고에게 이자를 쳐서 갚을 생각이었다. 그러나 자신이 떠벌린 만큼 성공하지 못했다는 사실을 아버지에게 털어놓기 창피했던 우고는 레비 남작의 금고에서 7만 리라(약 4천 원 정도지만, 당시에는 큰돈이었다)를 훔쳤다. 그는 훔친 돈으로 아버지에게 3만 리라를 빌려주었고 나머지 돈으로는 소극장 합창단에서 댄서로 일하던 애인과 3주 동안 도피 행각을 벌였다. 레비 남작은 우고가 자기 돈을 훔쳤음이 분명하다고 구찌오에게 알렸고, 아들 덕분에 빚을 갚았다며 기뻐하던 구찌오의 마음은 산산조각이 났다. 아들이 도둑질을 했다는 것이 믿기지 않았지만 모두 사실로 드러나자, 구찌오는 한 달에 1만 리라씩 남작에게 갚기로 약속했다.

우고는 이외에도 여러 일로 부모 속을 썩였다. 1919년 베니토 무솔리니라는 청년이 파시스트의 전신인 '전투 파쇼(Fasci di Combattimento)'를 창설했다. 무솔리니는 국회의원에 당선된 뒤 1922년 국가 파시스트당을 창당해 이탈리아 전역에서 관료와 기업가, 언론인들을 포함한 당원 32만 명을 확보했다. 우고는 구찌오에게 반항하고 싶었는지 파시스트당에 합류해 관료가 되었다. 그런 다음 권력을 이용해 남작과 그곳 주민들을 위협하기 시작했다. 시도 때도 없이 만취 상태로 친구들과 집집마다 돌아다니며 먹고 마실 것을 요구하는 식이었다.

그런 와중에도 구찌오는 사업을 성공시키기 위해 분투하고 있었다. 창업한 지 2~3년이 지나자 구찌오에게 외상으로 제품을 공급하며 창업을 도왔던 거래처 몇 곳에서 상환을 요구하기 시작했다. 그러나 구찌오는 대금을 치를 만큼 현금이 충분하지 않았다. 일부 고객이 외상을 갚지 않았기 때문이다. 어느 날 구찌오는 가장 가까운 직원들과 가족을 모아놓고 눈물을 글썽이며 상점을 닫아야 할지도 모른다고 고백했다.

"기적이 일어나지 않는 한 이제 하루도 더 버틸 수 없어."

장녀 그리말다의 약혼자 조반니 비탈리(Giovanni Vitali)는 강인하고 다부진 구찌오가 그때만큼은 사형 선고를 앞둔 사람처럼 보였다고 말했다. 피렌체 출신의 측량사인 비탈리는 처음에는 우고와, 나중에는 알도와 카스텔레티에 있는 로마가톨릭대학교를 같이 다녔기 때문에 구찌 집안에 대해 잘 알고 있었다. 그리말다와 결혼하기 위해 아버지의 건축 회사에서 일하며 약간의 돈을 모아둔 비탈리는 그 돈으로 구찌오를 돕겠다고 나섰다. 구찌오는 염치 불고하고 돈을 빌리기로 했고, 회사를 구제해 주었다며 미래의 사위에게 몹시 고마워했다. 구찌오는 그 후 몇 달에 걸쳐 비탈리에게 진 빚을 전부 갚았다.

이후 사업이 번창하자 구찌오는 공방을 확장했고 독창적인 제품을 만들기 위해 장인들을 격려했다. 솜씨 좋은 장인들을 눈여겨보면서 기술자보다는 예술가에 가까운 가죽 장인들로 정예팀을 꾸렸다. 그들은 부드러운 새끼 양가죽과 진짜 염소가죽으로 섬세한 가방을 만들었고, 양쪽에 천을 덧댄 망원경 주머니와 구찌오가 사보이 시절에 본 글래드스턴(Gladstone, 직사각형 여행 가방)에서 영감을 얻은 짐 가방도 만들었다. 차량용 무릎덮개 가방, 구두 상자, 침대보 전용 가방(그 시대의 상류층 여행객들은 자기 침대보를 챙겨 다녔다) 등도 만들었다. 사업이 본 궤도에 오르자 구찌오는 1923년 파리오네 거리에 두 번째 매장을 열었고, 몇 년 뒤에는 비냐 누오바 매장을 확장했다. 창업한 뒤로 구찌 매장의 위치는 몇 차례 바뀌었다. 현재는 발렌티노와 아르마니 부티크가 있는 47~49번지에 자리 잡고 있다.

알도는 스무 살이 되던 1925년부터 가업에 뛰어들었으며 호텔 고객들에게 제품을 배달하는 일을 맡았다. 나중에는 상품을 진열하며 판매를 도왔고 청소와 정리 같은 매장 잡무에도 적극적이었다. 알도에게 일을 즐기는 기질이 있다는 사실은 처음부터 확연히 드러났다. 그는 고객에게 판매하는 요령을 익혔을 뿐 아니라 젊고 아름다운 여성 고객들과의 만남을 불장난의 기회로 능숙하게 활용했다. 호리호리한 체격과 뚜렷한 인상에 푸른 눈이 매력적인 청년 알도가 밝은 미소를 활짝 지으면 매장에 들른 젊은 여성들은 그에게 금세 호감을 가졌다. 구찌오는 사람을 잡아끄는 알도의 태도가 사업에 어떤 영향을 주는지 잘 알고 있었다. 그래서 아들이 호색한처럼 무모하게 행동하지는 않을까 눈을 떼지 않았다. 어느 날 고객 가운데 가장 명망 높았던 그리스 망명 왕족 이레네 공주가 매장에 들러 구찌오에게 면담을 요청했다. 구찌오는 공주를 사무실로 안내했다.

"댁의 아드님이 내 하녀와 만나더군요."

공주는 구찌오를 책망했다.

"당장 만남을 그만두지 않으면 그 아이를 고향으로 보낼 수밖에 없습니다. 내게는 그 아이를 보호할 책임이 있어요."

구찌오는 누구는 만나고 누구는 만나면 안 되는지 알도에게 일일이 설명하는 것이 내키지 않았다. 하지만 이레네 공주처럼 중요한 고객의 심기를 건드리고 싶지도 않았다. 그래서 아들을 사무실로 불러 어찌 된 일인지 추궁했다.

알도가 맑은 눈과 빨강머리를 가진 올루엔 프라이스(Olwen Price)와 처음 만난 곳은 피렌체의 영국 영사관이었다. 영국 시골 출신인 올루엔은 목수의 딸로 태어나 재봉사 교육을 받다가 해외에서 귀족의 하녀로 일할 기회를 얻어 피렌체에 왔다. 알도는 첫 만남에서 올루엔의 수줍고 겸손한 태도에 끌렸다. 노래하듯 말하는 그녀의 영국식 억양에 반한 알도는 올루엔에게 만나 달라고 졸랐고, 곧 그녀가 차분한 인상과 달리 모험가적인 기질을 지녔다는 것을 알게 됐다. 금세 연인이 된 두 사람은 토스카나의 시골로 놀러 다니며 사랑을 나눴다. 얼마 지나지 않아 알도는 올루엔과의 밀회가 지나가는 불장난에 그치지 않을 거라는 사실을 깨달았다. 구찌오와 이레네 공주가 꾸짖었을 때 알도는 올루엔과 결혼할 생각이라고 말해 두 사람을 놀라게 했다.

"이제부터 올루엔은 제 여자가 됐으니 앞으로는 제가 책임지겠습니다."

그러나 알도는 올루엔이 임신 중이라는 사실은 말하지 않았다. 그는 올루엔을 집으로 데려와 누나의 보살핌을 받게 했고, 함께 시골로 놀러 다니며 은밀한 시간을 즐겼다. 두 사람은 1927년 8월 22일 올루엔의 고향 오즈웨스트리 마을의 작은 교회에서 결혼식을 올렸다. 알도는 22살, 올루엔은 19살이었다. 두 사람의 첫 아들 조르지오(Giorgio)는 1928년에 태어났고 둘째 파올로(Paolo)는 1931년, 셋째 로베르토(Roberto)는 1932년에 태어났다.

하지만 알도와 올루엔의 결혼 생활은 행복하지 못했다. 연인 시절의 무모한 불장난은 짜릿했지만 피렌체에서 가정을 꾸린 뒤로는 몇 가지 이유에서 그렇지 못했다. 첫째, 알도 부부는 시부모와 함께 살아야 했다. 따라서 올루엔은 이탈리아식 가정생활에 적응해야 했을 뿐 아니라 깐깐한 시아버지 구찌오의 방식에도 맞춰야 했다. 알도 부부는 결혼 직후 베르차이아 광장 인근에 있는 구찌오의 아파트에서 다른 가족과 함께 복작거리며 살았는데, 나중에 두 사람이 피렌체 교외의 조반니프라티 거리로 이사한 뒤에야 한동안 갈등이 진정됐다. 둘째, 올루엔은 세 아들을 키우는 데 전념했고 알도는 점점 더 가업에 깊숙이 관여하느라 두 사람 사이가 소원해졌다. 셋째, 올루엔이 이탈리아 말에 서툰 탓에 몹시 낯을 가리게 됐고 친구를 쉽게 사귀지 못했다. 이로 인해 그녀의 스트레스는 점점 더 심해졌다. 알도의 누나 그리말다의 말에서도 그 사실을 짐작할 수 있다.

"올루엔은 알도가 하고 싶어 하는 일에 매번 트집을 잡곤 했어요. 알도가 외출하자고 할 때도 아이들을 보살핀다는 핑계를 대면서 늘 외면했지요. 알도는 그걸 못마땅하게 생각했어요."

한편 구찌오와 아이다의 막내아들 로돌포는 가업에 전혀 관심을 보이지 않았다. 형들과 누나가 비냐 누오바 매장에서 점원으로 일하기 시작한 뒤로도 마찬가지였다. 로돌포는 영화배우가 되고 싶어 했다.

"저는 점원이 되려고 태어난 게 아니에요."

구찌오가 고개를 가로젓자 가족들에게 '포포(Foffo)'라는 애칭으로 불리던 어린 로돌포가 대들었다.

"저는 영화계에서 일하고 싶어요."

구찌오는 막내아들이 무엇 때문에 그런 생각을 품게 됐는지 이해할 수 없었다. 로돌포가 17살이던 1929년 어느 날, 구찌오는 중요한 고객에게 물건을 전하라며 그를 로마로 보냈다. 그런데 로마 플라자 호텔 로비에서 우연히 마주친 마리오 카메리니(Mario Camerini) 감독이 젊고 잘생긴 로돌포에게 스크린 테스트를 받으러 오라는 제안을 했다. 얼마 후 스크린 테스트 일정을 알리는 전보가 피렌체에 있는 구찌 가족의 집에 도착했고, 그 전보를 읽은 구찌오는 화가 잔뜩 났다.

"정신이 나갔구나! 영화판은 미친놈들 천지야. 운이 좋다면 반짝 인기를 얻을 수도 있겠지. 하지만 얼마 못 가서 인기가 꺼지면 일을 계속할 수 없을 텐데 그땐 어쩌려고 그러니!"

로돌포의 뜻을 꺾으려던 구찌오는 아들의 뜻이 확고하다는 사실을 알고 스크린 테스트 받는 것을 허락했고, 다행히 테스트는 성공적이었다. 로돌포는 카메리니 감독의 〈철로(Rotaie)〉라는 작품에 마우리치오 단코라(Maurizio D'Ancora)라는 예명으로 출연했다. 초기 이탈리아 영화의 걸작 중 하나로 손꼽히는 이 작품은 철로변 싸구려 호텔에서 자살을 감행하기로 마음먹은 젊은 연인 한 쌍의 이야기를 그린 영화다. 로돌포의 섬세하고 표현력 풍부한 얼굴은 당시의 양식화된 영화에 더할 나위 없이 잘 어울렸다. 〈철로〉 이후 그는 익살스러운 캐릭터로 관객들에게 알려졌다. 그의 찌푸린 표정과 우스꽝스럽고 장난스러운 몸짓에서 관객들은 찰리 채플린을 떠올렸다. 하지만 그 후 찍은 영화 중 그 어떤 작품도 〈철로〉 만큼 큰 성공을 거두지는 못했다. 〈드디어 혼자가 되다(Finalmente Soli)〉에 함께 출연한 이탈리아의 젊은 여배우 안나 마냐니(Anna Magnani)와의 스캔들로 호사가들의 소소한 관심을 끌었을 뿐이다.

어느 날 로돌포는 단역을 맡은 명랑한 금발 여배우를 발견했다. 자유분방하고 쾌활한 그녀의 이름은 알레산드라 빙클하우센(Alessandra Winklehaussen)이었다. 산드라 라벨(Sandra Ravel)이라는 예명으로 불리던 알레산드라는 화학공장 노동자였던 독일인 아버지와 스위스 루가노 부근의 라티(Ratti) 가문 출신 어머니 밑에서 자랐다. 그녀는 로돌포의 시선을 사로잡은 지 얼마 지나지 않아 〈어둠 속에서 함께(Together in the Dark)〉에 상대역으로 출연했다. 젊은 신인 여배우가 실수로 엉뚱한 호텔 객실에 들어가 우여곡절 끝에 남자 주인공과 사귀게 된다는 내용의 영화였다. 로돌포는 영화에서처럼 현실에서도 그녀에게 홀딱 반했다. 화면 속 만남은 화면 밖의 사랑으로 이어졌고 두 사람은 1944년 베네치아에서 낭만적인 결혼식을 올렸다. 로돌포는 결혼식은 물론 곤돌라를 타는 장면과 피로연에서 행복한 표정으로 건배하는 장면 등을 모두 영상으로 찍었다. 1948년 9월 26일, 아들이 태어나자 로돌포는 자신의 예명을 따서 마우리치오라고 이름 지었다.

가업에 관여할 생각이 전혀 없었던 로돌포가 영화계에서 경력을 쌓아가던 1935년, 무솔리니가 에티오피아를 침공했다. 이탈리아 영토와 멀리 떨어진 곳에서 일어난 일이었지만, 이 사건으로 국제연맹이 이탈리아에 금수조치를 내리자 구찌의 사업은 큰 타격을 입었다. 52개국이 이탈리아에 제품을 판매하지 않기로 하면서 구찌오는 고가의 여행 가방 제작에 필요한 고급 가죽과 소재들을 수입할 수 없었다. 구찌오는 자신의 작은 사업체가 몇 년 전 도산한 아버지의 밀짚모자 회사와 같은 길을 걷게 될까 봐 두려웠다. 그래서 회사를 계속 운영하기 위해 이탈리아 군대에 납품할 군화를 만들 공장을 세웠다. 뿐만 아니라 다른 이탈리아 사업가들처럼 묘안을 짜냈다. 당시 이웃이던 살바토레 페라가모(Salvatore Ferragamo)는 가장 암울했던 금수조치 기간에 가장 훌륭한 구두를 생산해냈다. 영리하게도 코르크(cork)와 라피아(raffia) 야자나무, 사탕 포장용 셀로판지 등을 사용해 구두를 생산한 것이다. 구찌 가족은 이탈리아 국내에서 가능한 한 많은 가죽을 구했다. 산타 크로체의 무두질 공장에서 생산한 쿼이오그라소(Cuoio Grasso, 윤활유로 처리한 무광 가죽)가 대표적이다. 이 가죽은 초목이 무성한 키아나 계곡에서 특수하게 사육된 송아지로부터 얻었다. 긁힘을 방지하기 위해 외양간에서만 먹이를 먹일 정도로 정성을 쏟은 송아지의 가죽을 바깥에서 건조시킨 다음 물고기 가시에서 빼낸 윤활유로 후처리를 했다. 이런 과정을 거친 가죽은 부드럽고 매끄러운 데다 탄력도 뛰어났다. 손가락으로 쓰다듬기만 해도 흠집이 기적처럼 사라질 정도였다.

얼마 지나지 않아 쿼이오그라소는 구찌 제품을 대표하는 소재가 됐다. 구찌오는 가방 제작에 들어가는 가죽 분량을 최소화하기 위해 라피아 야자와 고리버들 등을 사용했으며, 특수 제작된 나폴리산 카나파(Canapa, 삼으로 짠 천)를 사용해 견고하고 가벼우면서 개성적인 핸드백도 개발했다. 이 핸드백은 곧 구찌의 가장 성공적인 제품 중 하나로 자리 잡았다. 구찌오는 또 구찌만의 특징을 담은 첫 번째 패턴 프린트를 고안했다. 자연스러운 황갈색 바탕에 작은 암갈색 마름모꼴이 맞물려 있는 패턴은 더블 G 로고와 함께 구찌의 대표적인 상징이 되었다.

구찌오는 주력 상품인 다양한 가방 외에 다른 제품도 생산하기 시작했다. 벨트와 지갑 같은 소형 제품을 생산하면 큰 제품을 찾지 않는 고객들을 매장으로 끌어들여 쏠쏠한 수입을 올릴 수 있으리라 판단했기 때문이다. 같은 기간 알도는 이탈리아 전역과 유럽 여러 나라를 오가며 구찌에 대한 호감도를 조사했다. 로마는 물론 프랑스, 스위스, 영국에서도 반응이 괜찮다는 결론을 얻은 그는 피렌체에서만 매장을 운영하면 구찌의 잠재력이 충분히 발휘될 수 없다고 생각했다. 수많은 고객이 구찌를 찾아 피렌체 매장에 오고 있다면 구찌가 그들을 찾아가지 않을 이유도 없었다. 그는 다른 도시에도 매장을 열자고 아버지를 설득했지만 구찌오는 그 제안을 받아들이려 하지 않았다.

"막대한 투자를 받아야 매장을 열 수 있는데 행여 망하면 어쩔 셈이냐? 그 돈은 어떻게 구하려고? 먼저 은행에 가서 대출이 가능한지부터 알아 봐라!"

가족 간의 언쟁이 있을 때마다 구찌오는 알도의 제안을 매번 무시했다. 그러나 이번에는 그렇게 말하고도 아들 몰래 은행에 가서 대출 상담을 받았다. 그런 노력으로 마침내 알도는 뜻을 이룰 수 있었다. 제2차 세계대전이 발발하기 불과 1년 전인 1938년 9월 1일 구찌는 로마에 매장을 열었다. 로마 매장은 우아한 콘도티 거리 21번지에 자리한 역사적인 건축물 팔라초 네그리에 들어섰다. 콘도티 거리에는 고급 보석상 불가리와 고급 셔츠 제조업자 엔리코 쿠치(Enrico Cucci) 두 곳의 매장만 있었다. 쿠치는 윈스턴 처칠, 샤를 드골, 이탈리아 왕족인 사보이 가문 등이 애용하던 곳이다.

알도는 〈달콤한 인생(La Dolce Vita, 로마의 방탕한 상류층을 다룬 페데리코 펠리니의 1960년 영화)〉의 시절이 오기 한참 전부터 로마가 전 세계 부유층 사이에서 가장 인기 있는 도시 중 하나라는 사실을 잘 알고 있었다. 구찌오는 매장 공사대금 청구서를 보고 고개를 내저었지만 알도는 부유하고 세련된 관광객의 발길을 끄는 매장으로 만들려면 비용을 아끼지 않아야 한다고 주장했다. 두 개 층으로 꾸며진 매장의 이중 유리문은 층층이 쌓인 올리브 가지 모양이 새겨진 상아 손잡이로 장식됐다. 알도의 셋째 아들 로베르토는 이렇게 회상했다.

"그 손잡이는 비냐 누오바 매장에서 쓰던 것 그대로였어요. 곧 구찌의 최초 상징물 중 하나가 되었지요."

유리로 덮인 큰 마호가니 진열장 안에는 구찌 제품이 진열되었다. 아래층에는 핸드백과 패션 소품, 위층에는 선물용 제품과 여행용 가방들을 진열했다. 1층에는 고급스런 레드와인색 리놀륨이 깔렸고 같은 색상의 카펫이 층계와 복도를 따라 2층까지 이어졌다. 알도는 올루엔과 아이들을 데리고 로마로 이사한 뒤 매장 바로 위 3층과 4층에 아파트를 얻었다. 그 전에 아들들을 데리고 잠시 영국에 갔던 올루엔은 전쟁이 터지자 다시 이탈리아로 돌아왔다. 연합군은 처음에는 로마를 비무장도시로 간주하고 폭탄을 투하하지 않았다. 알도가 로마 매장을 열어 수익을 올리는 동안 아들들은 아일랜드인 수녀가 운영하는 학교에 다녔고, 올루엔은 아일랜드인 사제들과 함께 일하며 연합군 포로들의 탈출을 도왔다. 그러나 전쟁이 끝나기 몇 주 전부터 연합군 폭격기들이 로마 외곽의 철도 조차장에 폭탄을 떨어뜨리기 시작했다. 알도는 가족과 함께 시골로 피신했지만 로마 행정 당국이 매장 주인들에게 문을 열라고 명령하는 바람에 어쩔 수 없이 로마로 돌아왔다.

구찌 가족은 전쟁으로 인해 여기저기로 흩어졌다. 1922년 파시스트당의 로마 진군에 참여했던 우고는 토스카나의 파시스트당 행정관이 됐다. 연예 병사로 입대한 로돌포는 군대를 따라다니며 여러 무성영화와 유성영화에서 희극적인 배역을 맡았다. 바스코는 짧은 군 생활을 마친 뒤 피렌체의 공장으로 돌아가도 좋다는 승낙을 받았고, 그곳에서 전투용 군화 생산을 감독했다. 전쟁이 끝나자 올루엔은 연합군을 도운 공로를 인정받아 특별 표창장을 받았다. 가족들에게도 충실했던 그녀는 우고가 영국군 포로로 테르니에 억류되어 있다는 소식을 듣고 인맥을 동원해 석방을 요구했으며, 알도와 베네치아로 가서 이탈리아 항복 후 군대와 함께 발이 묶여 있던 로돌포를 구해내기도 했다.

이탈리아 재건에는 많은 시간이 걸렸다. 퇴각하던 독일군이 트리니티 다리를 비롯한 피렌체의 교량을 폭파하는 바람에 룬가르노 귀짜르디니 공장은 쓸모가 없어졌다. 구찌 가족은 가죽제품 생산을 재개하기 위해 새로운 장소를 찾았다. 한편 구찌오는 우고가 파시스트당에서 일했던 전력 때문에 새로 들어선 민주주의 정부가 우고의 구찌 지분을 압류할까 봐 겁이 났다. 그래서 우고를 불러 토지와 상당한 돈을 받는 대신 지분을 양도하라고 설득했다. 우고는 제안을 받아들였고 곧 독립했다. 그는 볼로냐에 가죽공방을 차려 귀부인들을 상대로 고급 가죽 가방과 장신구를 제작했으며, 자기 제품을 가족에게 공급하기도 했다.

로돌포는 배우로 성공을 거두었지만 전쟁이 끝나자 영화산업은 급격히 변화하기 시작했다. 초기 유성영화가 무성영화를 대체하면서 롯셀리니, 비스콘티, 펠리니 같은 네오리얼리즘 감독들은 이전 세대의 양식화된 배우를 원하지 않았다. 얼마 지나지 않아 로돌포는 중요한 배역이나 좋은 대본이 그에게 오지 않으리라는 것을 깨달았다. 가족의 생계를 책임져야 했던 그는 아내 알레산드라의 권유에 따라 가업에 복귀하기로 마음먹었다. 처음부터 가족 경영을 주창해온 알도는 아버지에게 로돌포의 복귀를 허락해 달라고 부탁했다. 사업이 점점 확장되면서 더 많은 일손이 필요했기 때문이다. 구찌오는 일단 로돌포를 파리오네 매장에 보내기로 했다. 로돌포는 일을 시작하자마자 매장을 찾은 여성 고객들에게 큰 인기를 끌었다. 고객들은 로돌포처럼 예의 바르고 잘생긴 판매원이 구찌 매장에 있다는 사실에 흥분을 감추지 못했다. 호기심 많은 적극적인 고객들은 그에게 질문을 던지기도 했다.

"혹시 마우리치오 단코라 씨 아니신가요? 그 배우와 굉장히 닮았어요!"

"아닙니다, 사모님. 제 이름은 로돌포 구찌랍니다."

로돌포는 정중하게 허리를 숙이며 대답했지만 그의 눈은 즐거움으로 반짝였다. 구찌오는 1년 동안 아들을 눈여겨보았고 그의 일 처리에 만족했다. 로돌포는 헌신적이고 추진력이 있었으며 사업에서 생기는 문제 하나하나에 신경을 쏟으며 신임을 얻었다. 1951년 구찌오는 밀라노의 몬테 나폴레오네 거리에 새 매장을 열면서 로돌포 부부에게 관리를 지시했다. 밀라노 도심의 알레산드로 만초니 거리와 마테오티 대로 사이를 따라 나 있는 몬테 나폴레오네는 밀라노의 쇼핑 중심지였다. 고급 보석상과 양복점, 가죽 제품 전문 상점 등이 늘어서 있다는 점에서 피렌체의 토르나부오니 거리나 로마의 콘도티 거리와 견줄 만한 곳이었다. 만남의 장소로 유명한 트라토리아 바구타 식당에서 모퉁이만 돌면 보이는 새 매장은 밀라노의 예술가들 사이에서 큰 인기를 끌었다.

한편 알도의 로마 매장도 성공을 거두는 중이었다. 종전 후 로마에 주둔했던 미군과 영국군이 가죽 가방과 벨트, 지갑처럼 기념품에 안성맞춤인 구찌의 수공예 제품을 많이 구매했기 때문이다. 특히 구찌 특유의 카나파 소재로 만들어진, 안쪽에 옷걸이가 부착된 정장용 수트케이스가 군 장교들의 제복 가방으로 큰 인기를 끌었다. 피렌체 매장의 매출은 처음에는 로마 매장에 뒤졌지만 얼마 후 미국 관광객들이 역사 문화 유적들을 관람하고 우아한 상점에서 돈을 쓰기 위해 이탈리아 각지로 몰려들면서 곧 따라잡을 수 있었다. 얼마 지나지 않아 구찌는 생산이 수요를 따라가지 못하는 문제에 직면했다. 1953년 구찌오는 강 건너 올트라노에 공방을 하나 더 열었다. 칼다이에 거리의 유서 깊은 건물에 자리한 공방은 1970년대를 훌쩍 넘어설 때까지 구찌의 중요한 생산 거점으로 유지되었다.

칼다이에 거리는 13~14세기에 모직 염색에 사용했던 대형 가마를 뜻하는 칼다이아(Caldaia)에서 이름이 유래한 곳으로 산토 스피리토 광장 남쪽에 있다. 구찌오가 매입한 공방 건물은 원래 펠트와 모직을 판매하던 상점 터였다. 1500년대 후반에 뷰치(Biuzzi) 상인 가문이 그 터에 카자 그란데(Casa Grande, 대저택)라는 웅장한 저택을 지었고 1642년에는 단테가 〈신곡〉에서 언급했던, 당시 피렌체 대주교였고 훗날 추기경이 된 프란체스코 데네를리가 그 건물을 매입했다. 그 후 200년 동안 카자 그란데는 다양한 외교 기록에 등장한다. 1800년 이후부터 구찌오가 매입한 1953년에 이르기까지 피렌체의 내로라하는 가문들이 그 건물을 소유했다. 대부분의 방에는 낡은 프레스코화가 장식되어 있었는데, 그중에서도 2층 큰 방의 벽면과 천장을 뒤덮은 프레스코화가 가장 정교했다. 구찌의 장인들은 그 방에서 부드러운 쿼이오그라소를 자르고 꽤 매 우아한 가방을 만들었다. 천장이 곡선 형태였던 1층 큰 방에서도 장인들이 가방을 만들었다.

판매가 크게 늘면서 젊은 장인들이 추가로 고용되어 작업반장의 감시 아래 선배 가죽 공예가들의 수습생으로 일했다. 신참 수습생과 노련한 전문가로 구성된 팀이 작업대에 배정됐고, 각각의 장인에게는 구찌의 인장뿐 아니라 아침저녁 출퇴근 기록카드에 찍는 것처럼 식별번호가 새겨진 명찰이 제공됐다. 1971년 피렌체 외곽에 현대식 공장을 세울 무렵 노동자의 숫자는 두 배 넘게 늘어난 130명에 이르렀다. 토스카나의 가죽 장인들은 시장 상황이 어떻든 요람에서 무덤까지 복지를 제공하는 구찌를 최고의 고용주로 생각했다. 1960년 칼다이에 공방에서 젊은 수습생으로 일했던 카를로 바치(Carlo Bacci)도 그중 한 명이다.

"구찌에 들어가면 평생이 보장됐으니 공무원이 되는 것이나 마찬가지였어요. 다른 회사는 일이 없으면 직원들을 해고했지만 구찌에서는 자리가 보장됐어요. 구찌는 어찌 됐든 생산을 멈추지 않았거든요. 원래 팔던 제품을 계속 판매할 수 있는 방법을 알고 있었기 때문이죠."

바치는 칼다이에 공방에서 11년 넘게 일한 끝에 다른 구찌 장인들처럼 독립한 뒤 가죽 가공업체를 차렸고 오늘날까지 구찌에 소재를 공급하고 있다. 구찌에서 오랫동안 근무한 단테 페라리(Dante Ferrari)는 재밌는 사실을 들려주었다.

"우리는 매일 아침 8시에서 8시 30분 사이에 업무 보고를 했어요. 간식 시간은 10시였지요. 작업반장은 우리가 작업 도중에 롤빵을 만지작거리고 있으면 윗사람에게 보고했어요! 빵을 만지던 손으로 가죽을 만지면 기름이 묻어서 못쓰게 되니까요!"

가죽 장인들은 생가죽을 가공하고 가방을 제조하는 일 모두에 능숙했다. 그 시대에는 살점이 붙은 상태로 생가죽이 들어왔기 때문에 가공하려면 안쪽을 긁어내야 했다. 가죽을 재단하는 장인은 물론 바느질을 수월하게 하기 위해 특수 도구로 가장자리를 얇게 누르는 장인도 있었다. 이 과정은 근육과 지방 조직을 벗겨낸다는 의미에서 '스카르니투라(Scarnitura)'로 불렸다.

이처럼 예술적 솜씨를 발휘했던 이들 모두는 가방을 만드는 장인들이었다. 모든 장인이 처음부터 끝까지 가방의 완성을 도맡았다. 가방 하나를 만들기 위해서는 최대 100개의 다양한 조각을 이어붙이는 작업이 필요했고, 하나를 완성하는 데 평균적으로 10시간이 걸렸다. 페라리도 그 작업을 했다고 한다.

"장인들은 자신의 작업을 각각 책임졌고 가방마다 담당한 장인의 식별번호를 넣었어요. 따라서 결함이 나오면 누가 맡은 제품인지 금방 알 수 있었죠. 주머니와 소매를 따로 만들어 조립하는 공정과는 달랐어요. 재봉틀과 작업대, 솜씨 있는 두 손과 잘 돌아가는 머리만 있으면 충분했지요."

그는 검은색 마분지 공책에 가방을 일일이 스케치했고 각각의 스타일에 번호를 붙여 기록으로 보관했다. 대부분의 가방은 구찌 가족들이 디자인했다. 구찌 가족들은 장인들에게도 독창적인 스타일을 고안해 보라고 권장했다.

식별번호 0633으로 불렸던 대나무 손잡이가 달린 뱀부 핸드백도 그 같은 방식에서 탄생했다. 현재는 언제 누가 그 핸드백을 디자인했는지 알 수 있는 기록이 정확히 남아 있지 않다. 복식사학자이자 구찌 기록 보관소 설립을 도운 아우로라 피오렌티니(Aurora Fiorentini)는 구찌의 뱀부 핸드백이 만들어진 시기를 1947년경으로 추정한다. 대나무는 전쟁 전의 금수조치 때문에 사용되기 시작한 신소재였다. 어떤 사람은 최초의 뱀부 핸드백이 알도가 영국 여행에서 들고 온 가방을 본떠 고안된 것 같다며, 원래는 가죽 손잡이가 달려 있었다고 했다. 0633 핸드백은 안장의 옆 부분을 본뜬 특징적인 형태를 띠고 있다. 좀 더 부드럽고 형태가 뚜렷하지 않던 기존 가방과 달리 작은 상자에 가까운 뻣뻣한 형태도 차별화 요소였다. 고온의 불꽃을 쐬어 손으로 구부려 만든 대나무 손잡이는 구찌 제품에 독특하고 경쾌한 멋을 더했다. 뱀부 핸드백은 1953년에 개봉한 로베르토 로셀리니의 〈이탈리아 여행(Viaggio in Italia)〉에 젊은 여배우 잉그리드 버그만이 우산과 함께 들고 출연하면서 유명해졌다.

구찌 가족은 장인들과 우호적이고 친밀한 관계를 맺었다. 공방에서 일할 때는 장인들의 이름을 직접 불렀고, 나이 든 장인들의 등을 친근하게 두드리며 가족들의 안부를 묻곤 했다. 로베르토는 이렇게 회상했다.

"우리는 모든 직원의 이름을 알고 있었습니다. 직원들의 자녀나 각자의 고민과 관심사에 대해서도 빠삭했어요. 직원들은 자동차를 사거나 집 보증금을 낼 때 도움이 필요하면 우리를 찾아왔죠. 어쨌든 우리 모두는 한 배를 탔으니까요."

공장 책임자였던 바스코는 소형 스쿠터 모톰(Motom)을 타고 피렌체 곳곳을 누볐다. 요란한 스쿠터 소리가 좁다란 거리에 울려 퍼지면 칼다이에 직원들은 그가 왔다는 것을 알았다.

"우리는 '그가 도착했어!' 하고 말하곤 했어요. 바스코는 심리학자처럼 직원들이 일에 관심이 있는지 없는지를 정확하게 파악하고 있었죠!"

자부심 강했던 직원들은 구찌 가족과 애증의 관계였다. 자신의 작품을 스스로 냉정하게 평가하면서도 구찌오와 알도, 바스코, 로돌포에게 "훌륭해!"라는 찬사를 듣고 싶어서 지금까지 만든 제품보다 더 좋은 결과물을 만들기 위해 노력했다.

1949년 봄, 새로운 기회를 찾기에 여념이 없던 알도는 최초의 패션 박람회에 참석하기 위해 런던으로 갔다. 그는 가공되지 않은 돈피를 보자마자 연한 적갈색의 아름다움에 반했다. 스코틀랜드의 무두장이 홀든에게 돈피를 주문하면서 그중 몇 장을 푸른색이나 녹색 같은 다양한 색깔로 염색해 줄 수 있는지 물었다.

"흠, 그런 일은 해 본 적이 없지만 원하신다면 한번 해 볼게요."

홀든은 얼마 후 색상이 제각각인 가죽 6장을 보내왔다. 가족들의 말에 따르면 홀든은 구찌의 상징이 된 얼룩무늬 돈피도 공급했다. 그런데 알도가 처음 본 돈피는 실수로 만들어졌다는 소문이 있다. 무두질 공정에서 무언가 잘못되어 표면에 짙고 도드라진 반점이 생겼다는 것이다.

"잠깐만요. 새것 같은데요."

알도는 반점이 있는 가죽도 가방용으로 주문했다. 일부의 주장처럼 가죽을 버리기 아까워서 그런 결정을 내렸는지는 확실치 않지만, 그의 결정은 구찌 제품의 새로운 특징으로 자리 잡았다. 게다가 얼룩무늬 가죽은 복제하기가 어려워 훗날 모조품에 대한 절묘한 방지책으로도 사용됐다. 돈피는 구찌 제품의 필수 소재가 되었고 알도는 1971년에 무두질 공장을 매입했다.

전후 시기는 구찌 내에서 알도의 위상이 올라가고 구찌의 이름을 세계로 알린 기발한 마케팅이 시작된 때다. 나이가 든 구찌오는 사업을 피렌체로 통합하고 싶어 했다. 알도의 원대한 계획 때문에 가족이 일군 기업이 위태로워지는 것을 원치 않았던 그는 아들의 아이디어에 딴죽을 걸었다. 아바나산 시가를 초조하게 뻐끔거리며 과장된 몸짓으로 왼쪽 주머니에 빈손을 넣었다 뺐다 하면서 묻곤 했다.

"자금은 있냐? 자금이 있다면 하고 싶은 대로 해도 된다."

그럼에도 구찌오는 내심 알도의 사업 감각을 인정했다. 로마 매장이 날로 번창한 덕분이다. 영화 〈달콤한 인생〉처럼 할리우드 스타들이 로마에서 유흥을 즐겼고, 스타들은 구찌의 품질을 보증하는 징표가 되어 다른 고객들을 끌어들였다. 구찌오는 점차 알도 뜻대로 하도록 사업을 맡겼다. 사업 확장에 대해서는 격렬한 입씨름을 벌이곤 했지만 속으로는 아들의 의견에 찬성했고, 그를 지원해 주기 위해 은행을 찾곤 했다.

알도는 뉴욕과 런던, 파리 등 해외로 시선을 넓히기 시작했다. 고객들이 우리에게 올 때까지 기다릴 이유가 있을까, 우리가 고객들을 찾아가는 건 어떨까? 라는 것이 그의 판단이었다. 계획을 실행할 자금을 구하는 문제는 걱정하지 않는 듯했다. 의구심을 느낀 구찌오와 달리 알도는 자신의 아이디어가 자금줄이 되리라 확신했다. 타고난 마케팅 감각으로 품질에 대한 아버지의 헌신에서 착안한 '가격은 잊혀도 품질은 오래 기억된다'라는 좌우명을 생각해냈고, 그 좌우명을 돈피 명판에 금색 글씨로 새겨 매장마다 전략적으로 배치했다.

그뿐 아니라 브랜드 정체성을 보여주는 스타일과 색상의 조화를 담은 제품을 제작해 '구찌 콘셉트'로 홍보했다. 특히 마구간과 승마는 그에게 다양한 영감을 주었다. 안장 제작에 사용되는 더블 스티치(double stitch, 두 줄로 나란히 박는 바느질 기법)와 안장의 뱃대끈에서 유래한 녹색과 붉은색의 직물 띠, 등자와 재갈이 연결된 홀스빗(Horsebit) 장식은 구찌를 대표하는 특징으로 자리 잡았다. 알도의 마케팅 수완 덕분에 얼마 지나지 않아 구찌가 중세 궁정에서 귀족들의 마구를 제작하던 가문이라는 소문이 돌기 시작했다. 구찌 가족이 상대하는 고객층의 이미지에 딱 들어맞는 소문이었다. 매장에 진열된 마구와 승마용 장신구도 구찌가 마구 제작자 가문이라는 전설을 뒷받침했다. 오늘날까지도 구찌 가족과 직원들은 구찌 가문이 오래전부터 마구 제작자였다고 주장한다. 그러나 그리말다는 1987년 어느 언론인에게 이렇게 증언했다.

"진실이 알려졌으면 해요. 구찌는 마구 제작자 가문이 아니에요. 구찌 가문은 피렌체의 산 미냐토(San Miniato) 출신입니다."

피렌체 출신 가문 기록에 따르면 산 미냐토의 구찌 가문은 1224년까지만 해도 변호사와 공증인으로 활약했다. 그러나 피렌체 역사학자들에 의하면 구찌 가족의 과거는 훗날 윤색됐을 가능성이 높다. 구찌 가문의 문장은 빨간색과 푸른색, 은색의 수직선 위로 휘날리는 금빛 깃발에 푸른색 수레바퀴와 장미가 새겨진 형태다. 문장 제작에 거액을 들인 로베르토는 각각 시(詩)와 지도력을 상징한다고 알려진 장미와 수레바퀴 문양을 구찌의 로고로 채택했다. 기존 로고는 한 손에 딱딱한 수트케이스를 들고, 다른 손에는 부드러운 여행 가방을 든 벨보이의 모습이었다. 구찌가 성공을 거두면서 초라한 벨보이를 갑옷을 입은 기사로 대체한 것이다.

1950년대 초반이 되자 구찌 핸드백이나 여행용 가방을 들고 다니는 사람은 세련된 스타일과 안목의 소유자라는 인식이 세간에 자리 잡았다. 얼마 후 영국 여왕에 오르는 엘리자베스 공주가 피렌체의 구찌 매장을 방문했고, 프랭클린 루스벨트 미국 대통령의 부인 엘리너 루스벨트, 할리우드 스타 엘리자베스 테일러와 그레이스 켈리, 케네디 대통령과 결혼하게 된 재클린 부비에 등도 구찌 매장을 찾아왔다. 로돌포가 영화배우 시절 친분을 쌓았던 베티 데이비스, 캐서린 헵번, 소피아 로렌, 안나 마냐니 등 스타 상당수가 구찌의 고객이 되었다. 니먼 마커스(**Neiman Marcus**) 백화점의 부사장이자 패션 총괄 책임자로 일했던 패션 유통업계의 권위자 존 케이너(**Joan Kaner**)는 이렇게 회상했다.

"제2차 세계대전이 끝나고 몇 년이 지나자 이탈리아는 수공예 가죽 구두와 핸드백, 섬세한 금 장신구를 비롯한 품질 좋은 고급 제품의 중심지가 되었습니다. 구찌는 유럽 최초의 신분 과시용 브랜드 중 하나였어요. 전쟁으로 오랫동안 좋은 물건을 소유하지 못했던 사람들은 자신들의 경제력과 신분을 마음껏 과시하고 싶어 했죠. 내가 구찌라는 브랜드를 처음 알게 된 것도 그 무렵이었어요. 당시 사람들은 구찌 제품은 가격에 맞는 품질을 제공한다고 생각했었죠."

그와 동시에 최초의 이탈리아 의류 디자이너들이 명성을 얻기 시작했다. 피렌체의 젊은 귀족이었던 조반니 조르지니(Giovanni B. Giorgini)는 1923년 미국 백화점 구매 중개 사무소를 열었다. 전쟁이 끝날 때쯤에는 연합군을 상대로 선물 상점을 운영했고, 1951년 2월에는 자신의 집에서 패션쇼를 열었다. 그는 파리의 오트쿠튀르(Haute couture, 고급 맞춤복) 패션쇼 직후에 자신의 패션쇼 일정을 잡았고 유력한 패션지 기자와 버그도프 굿맨(Bergdorf Goodman), B. 앨트먼(B. Altman & Co.), 아이 마냉(I. Magnin, 현 메이시스백화점) 등 미국 백화점 바이어들을 초청했다. 기자들이 최신 유행을 따르면서도 착용감이 좋은 조르디니의 디자인을 극찬하자 바이어들은 본사에 구매자금을 추가로 보내 달라고 전보를 쳤다. 조르지니의 패션쇼는 이탈리아 최초의 기성복 패션쇼로 진화했다. 피티 궁전 살라 비앙카(Sala Bianca, 흰색 방)의 반짝이는 샹들리에 아래에서 열린 기성복 패션쇼는 에밀리오 푸치(Emilio Pucci), 카푸치(Capucci), 갈리친(Galitzine), 발렌티노, 란체티(Lancetti), 밀라 숀(Mila Schön), 크리치아(Krizia) 등의 데뷔 무대가 되었다.

3.

미국에 진출한 구찌

이탈리아 패션에 대한 미국인들의 관심이 커져가자 알도는 뉴욕에 구찌 매장을 열기로 결심했다. 미국인들은 구찌의 최대 고객이었다. 그들은 구찌가 만든 수제 가죽 가방과 장신구의 품질과 스타일을 좋아했다. 알도는 구찌오에게 뉴욕 매장을 열자고 재촉했다. 구찌오의 돈이 필요했기 때문이다. 구찌오는 처음에는 씩씩거리며 반대했다.

"그 위험한 일을 꼭 해야겠다면 해도 좋아. 대신 내가 돈을 댈 거라는 기대는 하지 말아라. 먼저 은행에 가서 그런 위험을 부담하려고 하는지부터 알아봐도 좋겠지! 네 말이 맞을지도 몰라. 어차피 나는 노인네니까."

그럼에도 다소 누그러진 어조로 속내를 밝혔다.

"옛날 사람이라서 그런지 몰라도 내 입맛에는 집 앞 텃밭에서 구한 채소가 제일 좋더구나."

알도로서는 더 들을 필요도 없는 이야기였다. 구찌오 나름의 긍정적 의사표시라 여긴 그는 곧바로 뉴욕으로 날아갔다. 그 당시 피렌체에서 뉴욕에 가려면 로마, 파리, 섀넌, 보스턴을 거쳐야 해서 20시간이 넘게 걸렸다. 알도는 뉴욕에서 프랭크 듀건(Frank Dugan) 변호사와 만났고, 듀건은 알도를 돕겠다고 약속했다. 얼마 후 로돌포, 바스코와 함께 다시 뉴욕을 찾은 알도는 형제들과 5번가를 돌아다니며 멋진 상점들을 신이 나서 가리켰다.

"이 세련된 거리에서 큰 글씨로 새겨진 구찌 간판을 보면 어떤 기분이 들 거 같아?"

형제들은 5번가와 가까운 이스트 58번가 7번지에서 쇼윈도가 두 개 있는 작은 상점을 발견하고 매장의 후보지로 정했다. 구찌 형제는 듀건의 도움으로 초기 자본금 6,000달러를 들여 미국 최초의 구찌 법인 구찌숍스 주식회사(Gucci Shops Inc.)를 세웠다. 미국 시장에서 구찌 상표를 사용할 수 있는 권한이 새로운 회사에 주어졌다. 미국 법인은 이탈리아 바깥에서 상표 사용을 허락받은 유일한 곳이었고, 그 이후 설립된 구찌의 해외 영업법인은 모두 프랜차이즈였다. 알도는 피렌체에 있는 구찌오에게 새로 설립된 미국 법인의 명예대표로 추대하겠다는 내용의 전보를 보냈다. 격분한 구찌오는 당장 답신을 보냈다.

"이 정신 나간 것들, 당장 집으로 돌아와!"

그는 아들들이 어리석고 무책임한 짓을 저질렀다며 비난했다. 자신이 아직 살아 있다는 사실을 잊지 말라면서, 그처럼 무모한 계획을 계속 추진한다면 상속권을 박탈하겠다고 위협했다. 알도는 아버지의 걱정과 위협에도 아랑곳하지 않았다. 오히려 연로한 구찌오가 세상을 떠나기 전에 뉴욕으로 모셔와 새 매장을 보여드렸다. 뉴욕 매장을 둘러본 구찌오는 흥분해서 이곳이 자신의 계획으로 만들어지기라도 한 것처럼 친구들에게 자랑하며 기뻐했다! 친구들도 과거 이탈리아 왕가에서 구찌오에게 수여한 '사령관'이란 작위로 그를 부르며 칭찬을 아끼지 않았다.

"사령관 양반! 자네는 선견지명이 대단한 사람이야."

그리말다는 이렇게 회상했다.

"아버지는 알도의 계획이 엉터리가 아니었다는 것을 확인하고 돌아가셨어요."

구찌오로서는 흡족해할 이유가 충분했다. 이탈리아와 멀리 떨어진 미국에서 좋은 평판을 얻었을 정도로 그의 사업은 가장 빠른 속도로 순항하고 있었다. 세 아들들도 정력적으로 일하고 있었고 훗날 가족기업을 떠맡을 손자들까지 안겨 주었다. 가족 사이에 전해지는 이야기에 따르면 구찌오는 손자가 태어날 때마다 이렇게 당부했다고 한다.

"아이에게 가죽 냄새부터 맡게 해라. 그것이 아이가 미래에 맡게 될 냄새니까."

구찌오는 아들들에게 그랬듯 손자 조르지오와 파올로, 로베르토에게도 어릴 때부터 매장에서 제품을 포장하고 배달하는 일을 맡겼다. 밑바닥부터 시작해야 일을 제대로 배울 수 있다는 확고한 믿음이 있었기 때문이다. 밀라노에 살고 있던 로돌포의 아들 마우리치오는 아직 나이가 어려서 구찌의 가업에 참여하지 못했다. 알도가 뉴욕 매장을 연 날로부터 불과 15일이 지난 1953년 11월 어느 날 아이다와 영화관에 갈 채비를 하던 구찌오가 심장마비로 급사했다. 그의 나이 일흔 둘이었다. 구찌오를 기다리던 아이다가 무슨 일 때문에 이렇게 오래 걸리는지 알아보러 위층에 올라갔을 때 그는 목욕탕 바닥에 쓰러져 있었다. 의사는 구찌오의 심장이 낡은 시계처럼 멈췄다고 말했다. 남편에게 헌신을 다했던 아이다도 2년 뒤 세상을 떠났다.

한때 가난한 접시닦이였던 구찌오는 자수성가하며 백만장자로 성공했다. 그가 세운 회사는 두 대륙에서 유명해졌고 아들들은 아버지가 건설한 제국을 성공적으로 이어갔다. 구찌오는 몇 년 후 구찌 왕조를 유명하게 만든 쓰라린 가족 분쟁을 경험하지는 않았지만 그 단초를 제공한 사람이다. 경쟁이 긍정적인 자극제가 되리라 믿고 아들들끼리 싸움을 붙이는 일이 많았기 때문이다. 손자 파올로는 이렇게 회상했다.

“할아버지는 아들들끼리 경쟁시키며 구찌 핏줄임을 증명하라고 몰아붙이곤 하셨어요.”

그뿐 아니라 구찌오는 최초로 불거진 가족 분쟁의 원인도 제공했다. 순전히 여자라는 이유로 맏이이자 유일한 딸이었던 그리말다를 상속에서 배제했기 때문이다. 아버지가 세상을 떠날 때 52세였던 그리말다는 오랫동안 구찌 매장에서 성실하게 근무했고, 남편 조반니는 1924년에 구찌를 파산 위기에서 구해낸 인물이다. 연로한 구찌오는 아들들에게 여자가 회사 경영권을 상속받는 일이 없도록 하라는 불문율을 내렸다. 그리말다는 남동생들이 사업 결정에 적극적으로 관여하지 못하도록 막기 전까지는 그 사실을 알지 못했다. 나중에 남동생들만 동등한 비율로 구찌 지분을 상속받은 것을 알고 경악했다. 그녀에게는 농가와 토지 일부, 많지 않은 현금만 상속되었다. 그리말다의 조카 로베르토는 몇 년 후 그 사실을 시인했다.

"시대에 뒤떨어진 생각이었죠. 제가 직접 그 조항을 본 적은 없지만 아버지 말씀에 따르면 할아버지는 그 어떤 여자도 구찌의 파트너가 될 수 없다고 생각하셨나 봐요."

동생들과 합의에 이르지 못한 그리말다는 본인의 몫을 얻기 위해 변호사까지 고용했지만 모두 헛수고였다. 훗날 그리말다는 법원 심리에서 자신이 알지 못한 사이에 합의의 대가로 구찌 재산에 대한 권리가 양도되었다고 항변했다. 그 일로 그녀는 몇 년 동안 속을 끓였다.

"제가 정말로 원했던 건 설립 초기부터 지켜보던 회사의 발전에 기여하는 것이었습니다."

남동생들을 매우 아꼈던 그녀는 뒤통수 맞는 일은 꿈에도 생각지 못했다. 몇 년 후 로베르토는 그 말을 인정했다.

"고모님은 회사 지분을 받지 못했지만 다른 재산은 받았습니다. 물론 그 이후 회사 가치가 몇 배나 높아진 것은 부인할 수 없는 사실입니다."

구찌오의 사망은 아들들에게는 희비가 교차하는 일이었다. 그들은 강인하고 유능했던 아버지를 그리워하면서도 생애 처음으로 자신만의 목표를 마음껏 추구할 수 있게 된 것을 기뻐했다. 사업을 세 가지 주요 분야로 나눠 가진 그들은 처음에는 좋은 결과를 얻었다. 마침내 구찌의 해외 진출이라는 꿈을 자유롭게 추구할 수 있게 된 알도는 줄곧 출장을 다녔고 로돌포는 밀라노 매장을 관리했으며 바스코는 피렌체 공장을 운영했다. 이들의 화합이 가능했던 이유는 로돌포와 바스코가 알도를 내버려두었기 때문이다. 그들은 알도가 아버지의 가치관과 크게 동떨어진 행동을 하지 않는 한 큰형의 뜻을 거스르지 않았다.

알도는 무솔리니의 내연녀 클라라 페타치가 살았던 대저택 바로 옆에 널찍한 전원주택을 새로 지어 올루엔과 아이들을 이사시켰다. 저택이 즐비한 카밀루치아 거리는 지금도 최고급 주택이 모여 있는 목가적인 동네로 로마 외곽의 구릉 지대에 구불구불 이어진 목초지와 맞닿아 있다. 알도는 유럽과 미국을 오가며 구찌 브랜드의 새 영역을 개척하느라 새집에 머무는 일이 거의 없었다. 두 사람은 한참 후에야 이혼하지만 부부 사이는 악화된 지 오래였다. 알도는 콘도티 매장에 고용했던 짙은 머리 점원을 비서로 채용해 뉴욕에 데리고 갔다. 이탈리아의 여배우 지나 롤로브리지다를 닮은 비서의 이름은 브루나 팔룸보(Bruna Palumbo)였다. 알도는 뉴욕 현대 미술관(Museum of Modern Art) 건너편 뉴욕 웨스트 54번가 25번지에 작은 아파트를 얻었고 그곳에서 브루나와 함께 살았다.

처음에 그들은 조심스레 동거를 시작했다. 브루나를 흠모하던 알도는 값비싼 선물을 끊임없이 선사하면서 구찌 사업의 지속적인 확장이라는 열망을 그녀와 나누려 했다. 알도는 함께 출장을 다니자며 애원했지만 브루나는 내연녀라는 처지 때문에 망설였다. 알도는 올루엔이 이혼에 동의하지 않았지만 결국 몇 년 후에 브루나와 결혼했다. 그 이후 브루나는 알도의 뜻에 따라 파티와 개막식에 함께 참석했고 알도는 그때마다 그녀를 '구찌 부인'이라 소개했다.

한편 로돌포는 밀라노 매장을 운영하면서 구찌의 가장 값비싼 핸드백과 부자재를 디자인했다. 구찌에서 18년 동안 일했고, 1967년부터 1973년까지 로돌포 밑에서 밀라노 매장을 관리한 프란체스코 지타르디는 이렇게 평했다.

"로돌포는 매우 세련된 취향을 갖고 있었어요. 악어가죽 가방에 달기 위해 18캐럿 금으로 된 잠금장치를 디자인하기도 했습니다. 디자인하는 걸 좋아했고 그 일에 오랜 시간을 들였지요."

3형제 중에서 가장 낭만적이었던 로돌포는 왕년의 배우답게 늘 멋지게 차려입고 다녔다. 황록색이나 금색 같은 특이한 색의 고급 벨벳 재킷에 번쩍거리는 실크 포켓치프를 꽂고 다녔고, 여름에는 우아한 베이지색 리넨 정장과 말쑥한 밀짚모자를 썼다.

바스코는 피렌체 공장에서 자신만의 디자인을 연마하며 1952년부터 공장에서 일하기 시작한 알도의 아들 파올로를 지도했다. 여가 시간에는 여전히 사냥과 엽총 수집, 람보르기니 운전을 즐겨 '몽상가'라는 새 별명을 얻었다.

이 모든 사업의 리더는 알도였다. 그는 대부분의 중요한 결정을 내렸지만 늘 형제들에게 동의를 구했다. 밀라노 매장 관리인이었던 지타르디는 이렇게 회상했다.

"알도는 언제나 가족 전체가 동의할 때만 일을 시작했어요. 그가 의견을 내더라도 결정은 항상 가족 이사회에서 내렸습니다. 알도의 직감이 항상 옳았기 때문에 가족들은 대개 알도의 뜻에 따랐어요. 특히 알도는 매장 위치 선정에 관해서는 틀리는 법이 없었지요."

알도는 미국과 유럽을 오가며 일했고, 1959년에는 로마 매장을 현재의 콘도티 거리 8번지로 옮겼다. 유서 깊은 카페 그레코 건너편이고 스페인 계단에서 몇 발자국만 걸으면 되는 곳이다. 1960년에는 뉴욕 5번가와 55번가 교차로에 있는 세인트레지스 호텔에 새 매장을 열었다. 5번가 중에서 큰길가로 쇼윈도가 난 최초의 매장이었다. 이듬해 구찌는 이탈리아의 온천 도시 몬테 카티니와 런던의 올드본드, 팜비치의 로열 포인시아나 플라자에 새 매장을 냈다. 1963년에는 파리 방돔 광장 가까이에 있는 포부르 생토노레 거리에 첫 프랑스 매장을 열었다. 두 번째 매장은 1972년 포부르 생토노레 거리와 로얄 거리가 만나는 곳에 개장했다.

알도는 1년에 휴가를 사나흘 넘게 내는 일이 거의 없을 정도로 자신을 혹사하며 일했다. 런던과 뉴욕에 아파트를 두고 매년 12차례 이상 대서양을 넘나들었으며 나중에는 팜비치에 바다가 보이는 저택을 매입해 휴식 공간으로 삼았다. 한 친구가 그에게 취미가 있는지 물었을 때도 웃기만 했다. 일요일에 팜비치 해변에 갈 때는 어떻게든 구실을 만들어 매장에 들러서 서류를 대충 훑어보거나 상품들을 확인했다. 또한 2~3주마다 피렌체에 있는 로돌포와 바스코를 만나 사업에 대해 상의했다. 피렌체에 거처를 두지 않았기 때문에 그는 토르나부오니 거리의 라빌 호텔에 묵었다. 이 호텔은 1950년대 초에 문을 연 피렌체의 유서 깊은 엑셀시어 호텔이나 그랜드 호텔과 어깨를 나란히 하는 곳이었다.

구찌오처럼 알도도 아들들에게 일찌감치 사업에 합류하라고 부추겼다. 올루엔의 교육 덕분에 아들들은 모두 영어가 유창했다. 알도는 막내아들 로베르토를 뉴욕으로 데려가 58번가 매장의 개점을 돕게 했다. 로베르토는 그 후 10년 가까이 뉴욕에 체류하다가 1962년 피렌체 본사로 돌아와 총무부서를 개편하고 새 쇼룸을 열었다. 그는 1960년대 후반에는 벨기에 브뤼셀에 구찌 최초의 프랜차이즈 매장을 열었다. 로베르토의 모험은 성공으로 이어졌고 훗날 미국에서 구찌의 프랜차이즈 사업을 시작하는 모델이 되었다. 또한 그는 피렌체에 구찌 제품과 서비스에 대한 고객 불만을 처리하는 고객 상담 사무실도 열었다. 알도는 점점 더 많은 부분을 로베르토에게 의지했다.

1956년 로베르토는 드루실라 카페렐리(Drusilla Cafferelli)와 결혼했다. 금발에 푸른 눈을 가진 그녀는 로마 귀족 출신의 고상하고 독실한 여인이었다. 그들은 여섯 자녀를 두었는데, 코지모는 1956년, 필리포는 1957년, 우베르토는 1960년, 마리아-올림피아는 1963년, 도미틸라는 1964년, 프란체스코는 1967년에 태어났다. 로베르토는 형제 중에서 가장 보수적인 데다 부모에 대한 공경심이 남달랐고 가장 순종적이며 유순했다. 훗날 파올로는 늘 정중하고 신앙심 깊은 로베르토를 '신부님'이라는 별명으로 불렀다. 알도조차도 로베르토의 방식에 답답함을 느낄 때가 많았다. 여름이 오면 로베르토와 드루실라는 아이들과 함께 피렌체 교외에 있는 가족 별장 빌라 바가차노(Villa Bagazzano)에 머물렀고, 겨울에는 피렌체 도심의 아파트로 돌아갔다. 로베르토는 그 시절을 이렇게 회상했다.

"식사를 대접하기 위해 아버지를 종종 시골 별장으로 초대했습니다. 그때마다 아버지는 식당 벽에 걸린 성모마리아 초상화들을 하나하나 훑어보시면서 '맙소사, 로베르토! 교회 묘지에 온 것 같구나'라고 말씀하시곤 했지요."

조르지오는 첫 번째 아내 오리에타 마리오티(Orietta Mariott)와 뉴욕으로 이주해 한동안 로베르토와 함께 일했다. 1953년과 1955년에 두 아들 알레산드로와 구찌오를 낳은 오리에타는 구찌 가족의 작은 임대 아파트에서 저녁마다 온 가족에게 스파게티를 비롯한 전통 이탈리아 가정식을 대접했다. 그러나 조르지오는 숨

가쁘게 돌아가는 뉴욕 생활과 아버지의 그림자로 살아야 하는 삶에 지쳤다. 얼마 뒤 그는 다시 이탈리아로 돌아와 로마 매장의 경영을 맡았으며, 틈틈이 시간을 내 어머니를 모시고 산토 스테파노 항구에서 휴가를 즐겼다. 1974년 알도에게 고용되어 유럽 홍보 총책임자와 해외 패션 코디네이터를 맡았던 샹탈 스키빈스카(Chantal Skibinska)는 조르지오에 대해 이렇게 회상했다.

"조르지오는 소심했어요. 그는 늘 아버지의 강한 성격에 주눅 든 것처럼 보였지요."

알도는 구찌오처럼 강인하고 고압적인 아버지였다. 그는 파올로가 14~15살 무렵 잘못을 저질렀을 때 벌을 주기 위해 아들의 강아지를 다른 사람에게 준 적도 있었다. 강아지가 없어진 사실을 알고 큰 충격을 받은 파올로는 일주일 내내 울었다. 로베르토는 그 사실을 인정했다.

"아버지는 직원보다 자식들에게 훨씬 더 가혹했어요."

놀랍게도 조르지오는 성인이 된 뒤 가족의 굴레에서 벗어난 첫 번째 아들이다. 소심하기는 했지만 그에게는 나름의 기백이 있었다. 1969년에 구찌의 전직 판매원이자 두 번째 아내인 마리아 피아와 함께 독립 상점인 구찌 부티크를 열어 아버지와 삼촌 로돌포의 분노를 샀다. 조르지오의 부티크는 로마 콘도티 거리 남쪽에 나란히 이어진 보르고뇨나에 있었고 다른 구찌 매장과 조금 다르게 설계되었다. 젊은 고객층 취향에 맞춰 가격대가 낮은 장신구와 선물들을 진열했고, 독자적인 가방과 장신구를 디자인해 구찌 공장에 생산을 맡기기도 했다. 조르지오의 반항은 처음부터 반역으로 간주되었지만 훗날 발생한 가족 간의 불화에 비하면 아무것도 아니었다. 어떤 기자가 알도에게 조르지오와 그의 부티크에 대해 질문하자 알도는 이렇게 대답했다.

"그 아이는 가문의 골칫거리입니다. 유람선을 놔두고 나룻배를 탄 셈이죠. 하지만 반드시 돌아올 겁니다!"

알도의 예상은 적중했다. 1972년 구찌 부티크는 가업에 흡수되었다. 물론 매장 경영은 조르지오와 마리아가 그대로 맡았다.

알도의 둘째 아들 파올로는 어릴 때는 로마 매장에서 고객 응대를 하다가 나중에 피렌체에 정착했다. 세 아들 중에서 가장 독창적이라는 세간의 평가를 받았던 그는 피렌체 공장에 있는 삼촌 바스코 밑에서 일을 시작했다. 그곳에서 자신에게 디자인 재능이 있다는 사실을 깨달은 파올로는 곧 아이디어를 상품화했고 얼마 지나지 않아 구찌 제품 라인 하나를 통째로 내놓았다. 정력적인 독재자인 아버지 주변에 있는 것이 얼마나 힘든 일인지 잘 알고 있었던 그는 처음부터 뉴욕으로 옮길 마음이 없었다. 그래서 고향 피렌체에서 자기만의 디자인을 고안하는 일을 즐겼다.

파올로는 1952년 피렌체 출신의 이본 모스케토(Yvonne Moschetto)와 결혼했고, 두 딸 엘리자베타와 파트리치아가 1952년과 1954년에 태어났다. 그는 형이나 동생과 달리 순종적이지 않았고 외교적 수완도 없었으며 아버지의 강압적인 태도에 반감이 강했다. 어릴 때 로마 매장에서 근무했던 경험은 그에게 굴욕감마저 안겼다.

VIP와 명사가 대부분이었던 고객들을 마지못해 친절하게 대했으며, 남자의 얼굴에 난 털을 혐오했던 구찌오의 뜻을 어기고 콧수염을 기르기도 했다.

파올로는 신제품 디자인과 개발의 자율성을 보장받기 위해 노력하면서 구찌 최초의 기성품을 내놓았다. 한가할 때는 피렌체 자택 근처에 지은 조류 사육장에서 전서구 200마리를 키웠고, 나중에 자신이 디자인한 스카프에 비둘기와 매 문양을 넣기도 했다. 알도는 파올로의 고집을 꺾고 가족의 방침을 따르게 하는 일이 만만치 않으리라는 것을 일찌감치 깨달았다. 구찌에서 오랫동안 일한 프란체스코 지타르디는 이렇게 증언했다.

"알도는 말을 애지중지하는 파올로를 보면서 '아무도 태우려 하지 않는 순종 말 같다'라고 했었지요."

알도의 추진력과 활력, 아이디어는 무한한 듯 보였다. 뉴욕에 머물 때 특별한 스케줄이 없으면 아침 6시 반에서 7시 사이에 일어나 브루나와 54번가 아파트에서 아침을 먹었다. 브루나는 식사를 준비하거나 옷을 세탁하는 등 주로 알도를 뒷바라지하며 지냈다. 아침식사를 마친 알도가 맨 처음 들르는 곳은 언제나 구찌 매장이었다. 그곳에서 그는 직원 모두의 이름을 부르며 인사했고 늘 판매사원들에게 이렇게 훈계했다.

"고객에게 '도와드릴까요?'라는 말을 건네면 안 돼! 제발 '안녕하세요!'라고 인사해."

그런 다음 상품과 진열 상태를 확인하고 사무실에 앉아 다른 대륙에서 걸려온 전화를 받았다. 한번은 프랜차이즈 매장 진열대 위에 먼지가 가득 쌓였다는 이유로 그 매장과의 계약을 취소한 적도 있었다. 알도의 머리는 신제품과 새 매장의 위치, 새로운 판매 전략을 생각하느라 쉴 새 없이 돌아갔다. 낮에는 사무실, 밤에는 침실을 이리저리 걸으며 생각에 잠겼고, 해야 할 일을 메모할 때만 멈춰 섰다. 샹탈 스키빈스카는 알도를 이렇게 묘사했다.

"알도는 마치 1인 시장조사 기관 같았어요. 항상 조급한 걸음걸이로 매장에 뛰어 들어왔고 계단도 한 번에 두세 칸씩 딛었어요. 직원들은 그가 나타나면 허둥대기 일쑤였지요."

알도는 일에 항상 몰두하는 모습을 통해 직원들에게 진심으로 좋아하는 일을 한다는 자부심을 심어줌으로써 충성심을 이끌어냈다. 직원들을 가족의 일원으로 대하며 변치 않는 헌신과 충성심을 얻는 것은 이탈리아 가족기업에서 흔히 찾아볼 수 있는 경영 방식이다. 그러나 어떤 직원은 이런 방식에 비판적이었다.

"알도는 직원들이 자신을 따르도록 자극했습니다. 직원 개개인에게 많은 것을 약속하기도 했지요. 덕분에 직원들은 정말 열심히 일했습니다. 반면 어떤 직원은 평생 뼈 빠지게 일하고도 구찌 가족의 진정한 일원이 될 수 없다는 사실을 깨닫고 환멸을 느끼기도 했어요. 게다가 그때는 스톡옵션도 제공되지 않았거든요."

변덕스럽고 열정적인 알도는 인정 많고 아버지 같은 모습을 보이다가도 가끔 거칠고 고압적인 독재자로 돌변하기도 했다. 엔리카 피리는 콘도티 매장에서 일했던 직원이다. 그녀는 직장 생활 초기에 대해 이렇게 회상했다.

"알도와 일했을 때 저는 스물한 살이었습니다. 제게 그는 아버지나 오빠 같은 사람이었지요."

피리는 도움이 필요할 때마다 알도에게 부탁했다. 그녀가 아파트 보증금을 마련하기 위해 대출을 부탁했을 때도 알도는 흔쾌히 들어주었다.

"알도는 저를 가혹하게 대하기도 했어요. 제가 실수할 때마다 호통을 쳐서 눈물을 쏙 뺀 적도 많았거든요. 하지만 직원들에게 늘 시간을 내주고, 누구와도 농담을 주고받는 웃음이 많은 사람이었어요."

어릴 때부터 짓궂었던 알도는 까다로운 고객들 앞에서는 비위를 맞췄지만 뒤에서는 그들을 경멸했다. 그의 습관에 영향받은 판매원들은 고객에게 정중한 표정을 지어야 할 때도 속내를 드러냈고 심한 경우 형편없는 고객 응대로 이어져 신문에 대서특필되기도 했다. 한번은 런던의 만찬에 참석한 알도에게 어떤 영국 여성이 구찌 가문에 자손이 많은 이유가 무엇인지 악의 없이 물었는데, 알도가 "이탈리아 사람들은 아주 일찍부터 사랑을 나누기 시작하니까요!"라고 답하며 그 여성의 충격받은 표정을 즐겁다는 듯 바라본 일도 있었다.

알도는 여자를 좋아했고 내연녀도 여러 명 두었다. 회사 내에서 떠도는 이야기에 따르면, 로마 교외의 고급 아파트에 내연녀 한 명이 살았는데 하인이나 자녀에게 들키지 않기 위해 현관에서 침실까지 곧바로 이어지는 단독 출입구를 설치했다고 한다. 알도는 마음에 드는 패션지 기자에게는 대놓고 치근덕거렸고 인사를 한 답시고 진한 키스를 하기도 했다. 그럼에도 여성을 정중하게 대하는 방법을 잘 알고 있었고, 여성이야말로 구찌의 최고 고객이라는 사실을 잊지 않았다. 엔리카 피리는 미소를 띠며 회상했다.

"그는 악당이었어요. 부유한 팜비치 여성의 손에 입을 맞출 때마다 핸드백 한 개가 더 팔린다는 사실을 잘 알고 있었지요!"

알도는 전하려는 메시지를 강조하기 위해 사실을 과장하는 버릇도 있었다. 구찌가 전통 있는 고귀한 가문이고 과거에 마구 제작자 가문이라는 이야기를 적극적으로 퍼뜨린 사람도 알도일 가능성이 높다. 현재 구찌를 맡고 있는 도메니코 데 솔레(**Domenico De Sole**)는 신참 변호사 시절 구찌 가문의 사업을 차례로 대리하면서 알도에 대해 속속들이 파악했다. 그는 알도가 비논리적인 사람인데다 사실에 위배되는 말을 태연하게 했다고 회상했다.

"그는 빗속을 걷다 들어와서도 남들의 눈을 똑바로 쳐다보면서 바깥 날씨가 맑다고 말할 수 있는 사람이었지요."

알도는 짜증이 날 때면 팔짱을 끼고 평소보다 빠른 걸음으로 이리저리 돌아다니며 "흠, 흠, 흠!" 코웃음 치면서 손가락으로 자꾸 턱을 문지르는 버릇이 있었다. 화가 폭발하면 안색이 검붉게 변했고, 목의 핏줄이 부풀면서 눈이 불거져 나왔다. 주먹으로 탁자나 책상을 쳤고 손에 잡히는 것은 무조건 부숴버렸다. 무심결에 안경을 박살낸 적도 있었는데, 안경이 망가진 것을 보고는 연거푸 탁자에 내리치며 고함을 내지르기도 했다.

"너네는 내가 어떤 사람인지 몰라! 내가 무슨 일을 결정하면 내 방식대로 하란 말이야!"

구찌에서 일했던 사람들은 알도의 분노가 폭발할 때면 다리미와 타자기가 이리저리 날아다니는 광경도 봤을 정도였다. 한편 알도는 아버지 구찌오에게서 배운 절약 습관 몇 가지를 그대로 지켰다. 뉴욕에서 지낼 때는 1달러 50센트에 따뜻한 식사를 제공하는 세인트레지스 호텔 직원식당에서 혼자 또는 직원과 점심을 먹었다. 단골 식당인 프라임버거와 슈래프츠에서 클럽샌드위치와 따뜻한 애플파이를 먹기도 했다. 가장 즐겨 먹었던 음식 중에는 58번가 매장 건너편에 있는 루벤스의 로스트비프 샌드위치도 있다. 라 카라벨에서 값비싼 점심을 먹는 일은 큰 행사였다. 이런 구두쇠 같은 행동을 모순이라 생각하는 사람들도 있었다. 1968년 알도에게 고용되어 구찌 최초로 언론 홍보를 담당했던 로건 벤틀리 레소나(Logan Bentley Lessona)는 이렇게 말했다.

"언론과의 오찬 메뉴에서 에피타이저는 생략하면서 언론사 기자들의 초청을 상의하기 위해 국제전화를 거는 일에는 돈을 엄청나게 썼지요."

언제나 나무랄 데 없이 차려입었던 알도는 이탈리아제 맞춤 정장과 셔츠로 품위 있는 자태를 뽐냈다. 겨울에는 중절모와 캐시미어 외투, 감색 재킷, 회색 플란넬 바지를 입었고 여름에는 깔끔하게 재단된 옅은 리넨 정장과 흰색 모카신(moccasin, 한 장의 가죽으로 뒤축 없이 만든 구두) 차림을 즐겼다. 원래 그는 구찌의 로퍼(loafer, 끈 없는 단화) 대신 정통 이탈리아식 구두를 신었다. 대부분 런던에서 구입한 수제 윙팁(wing tip, 코 부분이 날개 모양으로 된 정장 구두)이었다. 그러나 1970년대 중반부터는 홀스빗 장식이 달린 로퍼로 스타일을 완성했고 옷깃에 꽃을 꽂는 일도 많았다. 레소나는 이렇게 말했다.

"알도의 정장은 늘 꽉 끼는 감이 있었습니다. 과할 정도로 세련된 편이었지요."

알도는 이탈리아에서는 '도토레(dottore, 의사나 박사를 뜻하는 존칭)', 미국에서는 '닥터 알도'로 불리는 것을 좋아했다. 피렌체의 산 마르코대학에서 받은 명예 경제학사 학위를 한껏 활용했던 그는 1983년에 뉴욕 시립대학에서 인문학 명예박사 학위를 받음으로써 '박사' 칭호를 얻었다.

알도는 신규 매장을 내는 활동을 멈추지 않았다. 비벌리힐스에 새 매장을 낼 때는 당시만 해도 한적했던 로데오 드라이브를 낙점했다. 고급 쇼핑가로 떠오르기 한참 전에 그 진가를 알아본 것이다. 1968년 10월, 알도는 로데오 드라이브에 세련된 새 매장을 내면서 스타들이 출연하는 패션쇼와 연회를 열었다. 노스 로데오 드라이브 도로변에서 조금 떨어진 비벌리힐스 매장은 스타들에 맞춰 설계되었다. 매장 외부에는 꽃과 나무가 가득했고, 밖으로 트인 대기실을 만들어 아내를 기다리는 남편들이 거리를 걷는 캘리포니아 여성들을 구경하며 지루함을 덜 수 있게 했다. 유리와 청동으로 된 큼지막한 문을 열면 우아한 실내가 펼쳐졌다. 바닥에는 선명한 초록색 카펫이 깔렸고 무라노 섬의 유리와 피렌체에서 공수한 청동으로 만든 지오토 스타일 샹들리에 8개가 빛을 발했다. 로돌포는 개점 행사를 기록으로 남기기 위해 영화 제작진을 고용하기까지 했다.

1년 전 구찌는 피렌체 토르나부오니에 매장을 여는 오랜 꿈을 이뤘다. 현재까지도 가장 우아하고 고급스러운 매장으로 꼽히는 이 매장에는 정교하게 설계된 출입구와 은은한 실내장식, 푹신푹신한 카펫과 반들반들한 호두나무 진열장, 튀지 않는 거울이 있다. 구찌 특유의 빨간색과 초록색 띠로 장식된 엘리베이터는 판매 공간과 사무 공간이 있는 4개 층을 오가며 구찌 가족과 직원들을 실어 나른다. 뿐만 아니라 로베르토는 판매 공간을 모든 각도에서 확인할 수 있는 여러 대의 비디오카메라도 설치했다.

"비디오카메라로 사방을 볼 수 있었지만 3년 후 직원노조가 카메라를 치우라고 요구했습니다. 직원들의 사생활을 침해할 수 있다는 이유 때문이었지요."

구찌는 토르나부오니 매장을 열면서 판매원들에게 유니폼을 입으라는 요구도 했다. 남자 직원은 흰색 셔츠와 검은색 재킷, 검은색 넥타이, 검은색과 회색 줄무늬가 들어간 바지를 입었고, 여성 직원은 겨울에는 자주색, 여름에는 베이지색 스리피스 치마 정장을 입어야 했다. 여성 직원은 구찌 로퍼가 아니라 간편한 펌프스(pumps, 끈이나 고리가 없고 발등이 둥글게 파인 여성용 구두)를 신었다. 그때는 판매원이 고객에게 파는 제품을 착용하는 것이 적절치 못하다고 여졌기 때문이다.

토르나부오니 매장은 원래 1966년 12월에 오픈할 계획이었는데 11월에 쏟아진 폭우로 인해 개점이 연기되었다. 아르노 강이 제방을 넘어 범람하는 바람에 피렌체 일부 지역이 침수되면서 귀중한 예술품과 역사적인 고문서들이 망가지거나 사라졌고 상점과 사무실들은 1.5~1.8미터 높이의 물에 잠겼다. 1966년 11월 4일 아침, 홍수 경보가 울려 퍼졌을 때 피렌체에 있던 구찌 가족은 그리말다의 남편 조반니와 로베르토, 파올로, 바스코뿐이었다. 그들은 힘을 합쳐 비냐 누오바 매장 지하에 있던 수십만 달러어치의 상품을 안전한 3층으로 옮겼다. 지하에 남은 마지막 제품을 3층으로 옮길 때 발밑의 카펫이 부풀어 오르며 물에 잠기기 시작했다. 제품 운반을 마친 뒤 그들은 허리까지 찬 물을 헤치며 매장을 빠져 나왔다. 파올로는 그때 기억을 간직하고 있다.

"매장은 엉망이 되었지만 재고의 90%는 건질 수 있었어요. 게다가 토르나부오니의 신규 매장은 몇 달 후 문을 열 예정이었기 때문에 다시 꾸미는 데 큰돈을 들일 필요도 없었습니다. 한마디로 피해가 크지 않았어요."

다행히 칼다이에 공장은 높은 지대에 있었기 때문에 거의 피해를 입지 않았다. 침수 사고 이후에도 밀려드는 주문은 멈출 줄 몰랐다. 장인들의 초과 근무로도 주문을 감당할 수 없을 정도였다. 구찌 가족은 공장을 확장할 필요가 있다는 사실을 깨닫고 1967년 회사 명의로 피렌체 교외의 스칸디치에 부지를 확보했다.

조반니가 날로 확장하고 있는 구찌 제국에 어울리는 새 공장 건설 임무를 맡았다. 새 공장은 약 1만 4,000제곱미터 면적에 디자인실과 생산시설, 창고가 딸린 현대식 건물로 지어졌다. 알도는 세계 각국의 직원들이 1년에 두 차례 참석하는 회의에 대비해 호텔과 연회장도 지을 생각이었지만 실행하지는 못했다.

1966년 로돌포는 이탈리아 화가 비토리오 아코르네로(Vittorio Accornero)의 도움을 받아 구찌의 상징 중 하나가 된 플로라(Flora) 스카프를 제작했다. 거기에는 이런 사연이 있다.

하루는 모나코의 그레이스 왕비가 밀라노 매장에 방문했다. 사무실에 있던 로돌포는 서둘러 내려가 왕비를 맞이했고 매장 곳곳을 안내했다. 안내가 끝날 무렵 로돌포는 왕비에게 선물을 골라 보라고 권했다. 계속 사양하는데도 로돌포가 고집을 부리자 왕비가 말했다.

"정 그러시다면 스카프는 어떨까요?"

그레이스 왕비는 구찌가 폭 70센티미터 안팎의 작은 정사각형 스카프 몇 종류 외에는 스카프를 거의 제작하지 않는다는 사실을 알지 못했다. 그나마 취급하고 있던 스카프는 왕비에게 어울리지 않는 열차나 아메리카원주민 문양이 들어가 있었다. 허를 찔린 로돌포는 시간을 벌기 위해 왕비에게 정확히 어떤 스카프를 원하는지 물었다.

"글쎄요, 모르겠어요. 꽃무늬 스카프가 어떨까요?"

어찌 대처해야 할지 난감했지만 로돌포는 재빨리 머리를 굴렸다. 그는 매력적인 미소를 띠며 말했다.

"왕비 전하, 마침 저희가 지금 개발 중인 스카프가 딱 그런 종류입니다. 완성되는 대로 왕비 전하가 처음으로 받으실 수 있도록 전해드리겠습니다."

그런 다음 왕비에게 뱀부 핸드백을 선사한 후 정중히 배웅했다. 왕비가 나가자마자 로돌포는 영화배우 시절 친분을 나눴던 비토리오 아코르네로(Vittorio Accornero)에게 연락했다.

"지금 당장 밀라노로 올 수 있어요? 굉장한 일이 생겼어요!"

가까운 쿠네오에 있던 아코르네로가 밀라노에 도착하자 로돌포는 그레이스 왕비와 나눴던 대화를 들려주었다.

"꽃으로 가득한 스카프를 디자인해 주세요! 일차원적인 디자인 말고 꽃이 쏟아져 나올 것 같은 디자인이 필요해요. 어떤 방향에서 보더라도 꽃이 보이는 스카프 말이에요."

아코르네로는 그 말대로 해 보겠다고 응했다. 얼마 후 그는 로돌포가 상상한 대로 화려한 꽃이 넘쳐나는 디자인을 완성해 들고 왔다. 로돌포는 밀라노 인근의 코모에서 활동하는 피오리오(Fiorio)에게 가로세로 90센티미터짜리 대형 스카프에 꽃 도안을 인쇄해 달라고 의뢰했다. 이탈리아 최고의 실크 인쇄 기술자로 꼽히던 피오리오는 실크스크린과 비슷한 기법을 개발해 한 번에 40가지가 넘는 색상을 번짐 없이 인쇄해냈다. 스카프가 완성되자 로돌포는 인편으로 왕비에게 전했다.

현재 최초의 스카프 디자인과 제품 자체의 행방은 묘연하지만 당시 시도한 플로라 디자인은 구찌 실크 제품의 확장을 이끌었으며 나중에 의류나 가방, 부속품은 물론 장신구에까지 응용되었다. 좀 더 작은 미니플로라 스카프 역시 인기를 끌었으며, 몇 년 뒤 플로라 디자인은 더 가벼운 소재의 갖가지 의류를 출시하는 발판이 되었다. 아코르네로는 이후에도 구찌를 위해 해마다 2~3종류의 스카프를 디자인했다.

1960년대 중반에 이를 때까지 구찌는 고상하면서도 실용적인 고급 제품을 찾던 유행에 민감한 엘리트 고객들에게 명성을 얻었다. 그러나 구찌를 세계 곳곳에서 신분의 상징으로 만든 제품은 당시만 해도 별 볼 일 없는 부속물 취급을 받았다. 그것은 바로 발등 부분에 홀스빗 금속 장식을 부착한 굽 낮은 로퍼였다. 이를 두고 로건 벤틀리 레소나는 이렇게 말했다.

"구찌는 그때까지만 해도 완벽한 성공을 거두지 못했습니다. 소수의 부유층에게 알려진 정도였지요. 그런데 그 로퍼 덕분에 구찌라는 이름이 중상류층에게도 유명해졌어요."

구찌 로퍼는 1950년대 초반 제화업계 종사자를 가족으로 둔 어느 공장 직원의 제안으로 처음 제작되어 이탈리아에서 14달러 정도에 팔렸다. 뉴욕 매장에서 로퍼를 팔기 시작했을 때는 칼날처럼 뾰족한 스틸레토(stiletto) 굽이 크게 유행하는 바람에 구찌 로퍼는 거의 팔리지 않았다. 그런데 얼마 지나지 않아 세련된 여성들이 가격대가 적당하고 굽이 낮은 모카신의 멋과 편안함에 눈 뜨게 되었다. '모델 360'으로 불렸던 구찌 최초의 여성용 로퍼는 부드럽고 탄력성 있는 가죽에 홀스빗 장식이 추가되었고, 이중 솔기를 두드러지게 바느질한 윗부분은 코끝으로 갈수록 좁아지다가 다시 넓어지는 형태였다.

1968년에 최초의 모델에서 다소 수정된 '모델 350'이 탄생했다. 이 구두가 소위 신분의 상징으로 유행하면서 여기저기에서 모조품이 만들어지기 시작했다. 정장용에 더 가까워진 모델 350은 얇은 금색 사슬이 들어간 스택힐(stacked heel, 가죽 원피를 쌓아올려 굽 모양으로 다듬은 것)과 발등 부분에 부착된 금색 장식이 특징이었다. 송아지가죽과 도마뱀가죽, 타조가죽, 돼지가죽, 악어가죽, 뒤집은 송아지가죽, 에나멜 처리된 가죽 등 7가지 가죽으로 만들어진 이 구두는 독특한 분홍 베이지색과 아몬드처럼 옅은 초록색 같은 참신한 색상들로 출시되었다. 〈인터내셔널 헤럴드 트리뷴(International Herald Tribune)〉에 모델 350의 출시를 알리는 기사와 큼직한 사진이 실렸다. 이 기사에서 저명한 패션 평론가 히비 도시(Hebe Dorsey)는 "구찌가 새로 출시한 모카신 로퍼를 구하기 위해서라도 로마에 방문할 가치가 있다"라고 썼다.

구찌는 1969년까지 미국 내 10개 매장에서 대략 8만 4,000켤레의 모델 350을 팔았으며, 이중 뉴욕 매장에서만 2만 4,000켤레가 팔렸다. 구찌는 의류 디자인 브랜드 에밀리오 푸치(Emilio Pucci) 등과 함께 뉴욕에 자체 매장이 있는 극소수 이탈리아 브랜드 중 하나였다. 푸치의 화려한 그래픽 프린트는 조르지니가 개최한 살라비앙카 패션쇼 덕분에 명성을 떨쳤다. 이 때문에 패션에 관심 있는 뉴욕 사람들 사이에서 '구찌-푸치(Gucci-Pucci)'라는 유행어가 나돌기도 했다.

일부 패션업계 관계자들은 구찌 로퍼가 70년대를 거쳐 80년대 초반까지 대유행하자 어리둥절해했다. 레블론(Revlon)의 부사장이자 구두 애호가였던 폴 P. 울라드(Paul P. Woolard)는 구찌가 기성 트렌드로 유행을 만들어낸 것에 매우 놀라며, 1978년 〈뉴욕타임스〉와의 인터뷰에서 "구찌의 모카신 로퍼는 이탈리아제 페니로퍼(penny loafer, 쉽게 신고 벗을 수 있는 간편화로 영국에서 구두 장식 틈에 동전을 끼우는 것이 유행하면서 유래한 이름)에 불과합니다"라고 평하기도 했다.

알도는 이 로퍼가 부유한 이탈리아 사업가의 아내들이 여행용으로 신으면서 유행하기 시작한 것이라 생각했다. 1인치 미만으로 굽이 낮아서 신고 다니기 편한 데다 스커트나 바지에도 세련되게 잘 어울려 다양한 용도로 활용할 수 있었기 때문이다.

32달러로 가격이 책정된 구찌 로퍼는 부담 없이 살 수 있으면서도 눈에 띄는 사회적 신분의 상징 중 하나로 자리 잡았다. 패션 칼럼니스트 유지니아 셰퍼드(Eugenia Sheppard)는 "구찌 로퍼는 패션을 사랑하는 여성들 사이에서 공공연한 비밀처럼 공유되었으며, 사교 클럽의 휘장처럼 착용했다"라고 썼다. 편안한 근무용 구두지만 세련되어 보이는 데다 가격도 적당했던 이 제품은 출시 즉시 비서와 사서들에게 큰 인기를 끌었다. 레소나는 그런 인기 때문에 문제도 있었다고 지적했다.

"너무 많은 사람들이 로퍼를 구하기 위해 매장을 찾는 바람에

뒷전으로 밀려난 느낌을 받은 단골 고객들이 불쾌해했어요."

알도는 다시 한번 수완을 발휘했다. 1968년 가을, 세인트레지스 호텔과 계약을 맺고 담배와 신문 가판대 공간을 넘겨받아 구두 전용 매장으로 개조한 것이다. 그 덕분에 뉴욕의 직장여성들은 널찍한 공간에서 구두를 신어볼 수 있게 됐고, 기존 고객들은 5번가의 본 매장을 더 여유 있게 이용할 수 있었다. 구찌 로퍼는 워싱턴의 변호사와 로비스트들에게도 인기를 끌었다. 심지어 국회의사당이 '구찌 쇼핑몰(Gucci Gulch)'이라는 별명을 얻을 정도였다. 1985년 구찌 로퍼는 다이애나 브릴랜드(Diana Vreeland)가 뉴욕 메트로폴리탄 박물관에서 기획한 전시회에 출품되었으며 현재도 영구 소장품으로 보관되어 있다.

구찌는 남성 고객들을 위한 '모델 175'라는 남성용 로퍼도 다시 디자인해 내놓았는데, 이미 구찌 로퍼를 40켤레 소장한 가수 프랭크 시나트라가 매장 문이 열리기도 전에 한 켤레를 더 사기 위해 비서를 보냈을 정도로 큰 인기를 끌었다. 구찌는 남성용 벨트와 장신구, 운전용 슬리퍼를 제작했을 뿐 아니라 새롭게 디자인한 남성용 가방에 '서류 가방(document carrying case)'이라는 이름을 붙여 출시했다. 영화배우 레드 스켈턴은 밤색 악어가죽 서류 가방을, 피터 셀러스 감독은 소형 악어가죽 서류 가방을 애용했다. 로렌스 하비는 술병과 술잔, 얼음통을 담을 수 있는 안주머니가 달린 '음주용 브리프케이스(bar briefcase)' 제작을 의뢰했으며, 새미 데이비스 주니어는 비벌리힐스 매장에 있는 것과 똑같은 흰색 가죽 소파 한 쌍을 구매했다. 그 외에도 운동선수 짐 킴벌리, 출판계 거물 넬슨 더블데이, 모험가 허버트 후버 3세, 기업가 찰스 레브슨, 상원의원 배리 골드워터 등을 비롯해 조지 해밀턴, 토니 커티스, 스티브 맥퀸, 제임스 가너, 그레고리 펙, 율 브리너 같은 영화배우들도 구찌의 고객이었다.

구찌의 가방과 구두가 확실한 신분의 상징으로 자리매김함에 따라 구찌는 기성품 부문을 확장하기 시작했다. 이 무렵부터 수십 년에 걸친 도전이 시작된 것이다. 파올로는 1960년대 중반 처음으로 구찌 의류를 디자인했는데, 대부분 가죽이나 가죽 테두리로 마감한 제품이었다. 그는 1968년 비벌리힐스 매장 개점식에서 첫 의류 제품인 31가지 색상의 화려한 꽃무늬가 인쇄된 실크로 제작된 A라인의 긴소매 원피스를 선보였다. 카자크(cossack, 러시아의 슬라브계 종족) 스타일의 목 부분과 트인 앞섶을 자그마한 자개단추를 잇는 3개의 금색 사슬로 강조했고, 꽃무늬 중에서 고른 한 가지 색상의 천으로 옷깃과 소맷부리, 밑단을 둘렀다. 말굽 형태의 은색 단추로 장식한 원피스도 내놓았다.

이듬해 구찌는 최초의 스카프 원피스를 선보였다. 특유의 꽃무늬와 곤충무늬가 들어간 스카프 4장으로 만든 것이었다. 1969년 여름에는 다이아몬드 무늬가 들어간 기존 카나파를 발전시켜 GG라는 모노그램을 넣은 직물을 내놓았다. G자 2개가 6과 9 모양으로 마주보는 다이아몬드 형태로 배열되었다. 새로운 모노그램이 들어간 직물은 돈피로 테두리를 둘러 여행 가방 전반에 사용되었으며, 그중에는 루이비통(Louis Vuitton) 제품과 비슷한 남녀 전용 화장품 가방도 있었다. 알도가 스미소니언 박물관에서 수여하는 상을 받기 위해 워싱턴에 초청되었을 때 구찌는 그곳에서 새로운 여행 가방을 선보여 청중의 열광적인 반응을 얻었다. 구찌는 신제품을 홍보하기 위한 묘안으로 똑같은 모노그램이 인쇄된 바지와 치마를 입은 남녀 모델이 새로운 여행 가방을 끌면서 무대를 오가는 패션쇼를 선보여 우레와 같은 박수를 받았다.

구찌는 1969년 7월 로마의 알타 모다(Alta Moda) 패션 주간에 본격적인 의류 컬렉션을 최초로 소개했다. 여성들이 특별한 날뿐 아니라 날마다 구찌 옷을 입기 바랐던 알도의 의도 때문에 활동성과 실용성을 강조한 옷이 대부분이었다.

"우아함은 습관과도 같습니다. 수요일이나 목요일에만 우아해지기란 불가능하지요. 우아한 사람은 일주일 내내 우아한 법입니다. 우아하지 않다면 그건 별개의 문제이지요."

이 컬렉션에는 날렵한 옅은 베이지색 트위드(tweed) 바지와 가죽 테두리를 두른 재킷으로 구성된 정장, 가느다란 여우털 밑단과 여우털 멜빵으로 장식한 가죽 디너 스커트, 스포티한 짧은치마, 허리 부분의 버클로 고정 가능한 스웨이드 브래지어와 치마 세트가 포함되었다. 〈인터내셔널 헤럴드 트리뷴〉의 패션 칼럼니스트 유지니아 셰퍼드는 구찌의 의류 신제품에 열광적으로 반응했다. 특히 래글런 소매가 달린 검은색 레인코트를 극찬했다. 이 옷은 붉은색과 초록색의 넓적한 띠가 교차하는 캔버스 벨트가 달려 있어 구찌의 가장 인기 있는 핸드백과 잘 어울렸다. 셰퍼드는 새로 출시된 에나멜 장신구와 공작석과 호안석 문자판으로 제작된 구찌 시계에도 주목했다.

1970년대 초반 구찌는 이미 5달러짜리 열쇠고리부터 1킬로그램에 가까운 수천 달러짜리 18캐럿 금사슬 벨트에 이르는 다양한 제품을 취급했다. 그 후 10년 동안 제품 종류는 빠른 속도로 늘어났다. 로베르토는 그때를 이렇게 회상했다.

"구찌 매장에서 빈손으로 걸어 나오기는 어려웠습니다. 모든 사람에게 맞는 상품이 다양한 가격대로 판매되고 있었기 때문이지요. 속옷만 없었을 뿐이지, 실내복부터 낚시, 승마, 스키, 테니스, 폴로, 심지어 잠수복까지 모든 상황에 맞춰 머리부터 발끝까지 꾸밀 수 있는 옷들이 완비되어 있었습니다."

1970년대가 되기 전에 구찌는 두 대륙에서 사회적 신분의 상징으로 자리매김했다. 전 세계 주요 도시에 구찌의 직영 매장 10곳이 문을 열었고, 브뤼셀에서는 구찌 최초의 프랜차이즈 매장이 로베르토의 빈틈없는 관리를 받으며 운영되었다. 구찌의 고전적이고 세련된 스타일이 대유행하자 존 F. 케네디 대통령은 알도를 '초대 주미 이탈리아 대사'라고 불렀을 정도였다.

4.

젊은 세대의 반항

"마우리치오, 조심해라. 네가 만난다는 여자에 대해 알아봤는데 느낌이 안 좋구나. 천박하고 당돌한 아이라고 들었다. 머릿속에 든 것이 돈밖에 없는 아이라고 하더구나. 그런 여자는 네게 어울리지 않아."

로돌포가 화난 목소리로 말하자 마우리치오는 당장 방에서 뛰쳐나가고 싶었다. 하지만 그는 애써 평정심을 유지하려 애썼다. 마우리치오는 충돌을 싫어했다. 특히 강압적인 아버지에게 대드는 일만큼은 피하고 싶었다.

"아버지, 저는 파트리치아와 헤어질 수 없어요. 그녀를 사랑한단 말이에요."

"사랑? 그건 사랑이 아니다. 그 여자가 우리 재산에 눈독을 들이고 접근한 거면 어쩌려고 그러니? 그렇게는 안 된다! 이제 그 여자는 잊고 뉴욕에 가는 건 어떠냐? 거기 가면 더 좋은 사람을 많이 만날 수 있을 거다."

마우리치오는 분한 눈물을 삼키면서 외쳤다.

"아버지는 어머니가 죽은 이후로 제가 어떻게 지냈는지 전혀 생각하지 않으셨군요! 사업에만 신경 쓰신 거겠죠. 저한테 뭐가 중요한지, 제 기분이 어떤지 굳이 신경 쓸 마음이 없으신 거예요. 제가 아버지 명령에 고분고분 따르는 로봇이었으면 하시겠죠. 하지만 이젠 끝이에요! 아버지가 반대하셔도 저는 파트리치아와 결혼할 겁니다!"

로돌포는 깜짝 놀라 아들을 바라보았다. 마우리치오는 지금까지 그에게 말대답을 한 적이 없는 수줍고 고분고분한 아들이었다. 로돌포는 아들이 전에 없이 단호한 모습으로 위층을 향해 뛰어오르는 것을 지켜보았다. 마우리치오는 짐을 챙겨 집에서 나가기로 결심했다. 아버지와 말다툼해봤자 아무 도움이 되지 않는다는 것을 깨달았기 때문이다. 파트리치아를 포기할 생각은 없었다. 차라리 아버지와 인연을 끊는 편이 나았다. 로돌포가 마우리치오의 뒤에 대고 소리쳤다.

"네 상속권을 박탈할 거야! 내 말 듣고 있냐? 그 여자와 계속 만나면 너한테는 한 푼도 주지 않을 줄 알아라!"

1970년 11월 23일 밤, 파트리치아 레자니(Patrizia Reggiani)와

처음 만난 마우리치오는 그녀의 제비꽃 색 눈동자와 아담한 몸매에 빠졌다. 첫눈에 반한 사랑이었다. 그녀는 밀라노에서 가장 전도유망하고 가장 매혹적인 이름을 가진 청년을 첫 만남부터 사로잡았다. 마우리치오는 22살, 파트리치아는 21살이었다.

마우리치오는 친구 비토리아 올란도(Vittoria Orlando)의 사교계 데뷔 파티에 참석한 사람들 대부분과 안면이 있었다. 올란도 가문의 저택은 가로수가 늘어선 도심의 고급 동네에 있었다. 밀라노에서 가장 부유한 사업가들이 많이 사는 곳인 만큼 파티 참석자들도 밀라노 최고 가문의 자제들이었고 거의 다 마우리치오와 아는 사이였다. 그들은 여름에 밀라노에서 서쪽으로 세 시간 거리인 산타 마르게리타 리구리아 해변의 유명 리조트 바뇨 델 코보에서 만나 친해졌다. 바뇨 델 코보에 딸린 바닷가 식당과 디스코텍은 패티 프라보, 밀바, 조반니 바티스티를 비롯한 최고의 대중가수들이 공연하는 곳으로 유명했다.

마우리치오는 술을 마시지 않았고 담배도 피우지 않았으며 대화를 주도할 만한 말주변도 없었다. 키가 크고 멀쑥한 그는 10대 시절의 풋사랑을 제외하면 본격적인 연애를 해 본 경험이 없었다. 로돌포는 아들이 무분별한 연애에 빠지지 않도록 번번이 단속했고, 집안이 좋은 처녀만 사귀라는 잔소리를 여러 차례 했다.

마우리치오는 파티가 지루하기만 했다. 그러다 몸매가 드러난 선홍색 드레스를 입은 파트리치아를 보게 되었다. 그는 그녀에게서 눈을 뗄 수 없었다. 특이하게도 라펠(lapel, 접힌 형태의 옷깃)이 달리지 않은 턱시도를 입은 마우리치오는 술잔을 든 채로 유명한 사업가의 아들과 건성으로 대화하면서 파트리치아가 친구들과 수다를 떨며 웃는 모습을 지켜보았다.

파트리치아는 짙은 금발을 늘어뜨린 청년이 처음부터 자신을 주시하고 있다는 사실을 의식하지 못한 것처럼 행동했다. 짙은 아이라이너와 두꺼운 마스카라로 화려하게 치장한 보랏빛 눈으로 이따금씩 그가 있는 쪽을 흘낏 보면서도 미끄러지듯 시선을 피했다. 파트리치아는 그가 누구인지 똑똑히 알고 있었다. 같은 건물에 사는 비토리아가 마우리치오에 대해 미주알고주알 늘어놓았기 때문이다. 결국 마우리치오는 몸을 숙여 친구에게 속삭였다.

"빨간색 드레스를 입은 저 여자는 누구야? 엘리자베스 테일러를 쏙 빼닮았는데."

친구가 슬며시 웃으며 대답했다.

"파트리치아라고 해. 아버지가 밀라노에서 큰 운수 회사를 운영한다고 하던데."

그는 잠시 말을 멈춘 다음 의미심장하게 덧붙였다.

"스물한 살인데 아마 지금 남자 친구가 없을 거야."

마우리치오는 여자들에게 접근하는 것에 익숙하지 않았다. 대개 여자 쪽에서 그에게 먼저 다가오는 일이 많았지만 이번에는 용기를 내어 파트리치아에게 다가갔다. 그는 음료 테이블에서 길쭉하고 얇은 펀치 잔을 집어 건네면서 말 붙일 기회를 만들었다.

"왜 전에는 당신을 한 번도 못 본 걸까요?"

마우리치오가 시원한 술잔을 건네면서 물었을 때 두 사람의 손가락이 스쳤다. 그 나름의 남자 친구가 있느냐는 질문이었다.

"제가 당신 눈에 띄지 않은 거겠죠."

파트리치아는 풍성한 속눈썹을 내리깔며 수줍게 대답한 다음 보랏빛 눈으로 그의 얼굴을 응시했다.

"엘리자베스 테일러와 닮았다는 말 들어본 적 있죠?"

그의 비유에 기분이 좋아진 그녀는 웃음을 머금고 한참 동안 그를 쳐다보았다. 그러고는 산호색과 암적색으로 윤곽을 그린 입술을 도발적으로 삐죽거리며 대꾸했다.

"당연히 제가 훨씬 낫죠."

마우리치오는 머리끝부터 발끝까지 요동치듯 떨었다. 의외의 대답에 허를 찔려 넋을 잃고 그녀를 바라보면서 황홀한 흥분을 느꼈다. 기를 쓰고 할 말을 찾던 그는 엉뚱한 질문을 했다.

"음, 아버지께서는 무슨 일을 하시나요?"

그는 자신이 살짝 말을 더듬었다는 것을 깨닫고 얼굴을 붉혔다. 파트리치아는 마우리치오의 어리둥절한 표정을 보며 대놓고 깔깔거렸다.

"트럭 운전사예요."

"어… 음… 사업가 아니신가요?"

"생각보다 유치하시네요."

파트리치아가 들뜬 웃음을 터뜨렸다. 그녀는 자신이 그의 마음을 온통 사로잡았다고 확신했다. 파트리치아는 그때를 이렇게 기억했다.

"처음에는 그가 전혀 마음에 들지 않았어요. 제겐 사귀던 사람이 있었거든요. 그런데 그 사람과 헤어질 무렵 비토리아에게 마우리치오가 저한테 홀딱 빠졌다는 말을 들었어요. 그렇게 모든 일이 시작된 거죠. 그런 실수를 저질렀어도 그는 그 후 제가 가장 사랑하는 사람이 되었어요."

파트리치아는 유명한 가문의 부잣집 남자와 결혼하고 싶다는 말을 친구들에게 공공연하게 하곤 했다. 그녀의 한 친구는 이렇게 말했다.

"파트리치아가 만나던 사람은 제 지인이었는데 굉장히 돈 많은 사업가였어요. 하지만 그녀의 어머니가 보기에 유명한 가문은 아니었는지 얼마 못 가서 파트리치아가 그를 차 버리더군요."

마우리치오와 파트리치아는 산타 마르게리타에서 함께 어울렸던 다른 커플 한 쌍과 더블데이트를 하는 식으로 만남을 시작했다. 얼마 지나지 않아 파트리치아는 마우리치오가 생각만큼 만만한 사람이 아니라는 사실을 깨달았다.

5살 때 어머니 알레산드라를 여읜 마우리치오는 엄격하지만 아들을 애지중지하는 아버지 밑에서 자랐다. 알레산드라는 남편 로돌포와 함께 밀라노에서 새로운 생활을 시작하려는 찰나에 건강이 악화되었다. 구찌 가문과 가까운 사람들에 따르면 마우리치오를 제왕절개로 낳은 후 자궁에서 암이 발견되었다고 한다. 암이 서서히 온몸에 전이됨에 따라 알레산드라의 아름다운 얼굴과 몸매가 망가져 갔다. 아내가 병원에 입원한 후 로돌포는 어린 마우리치오를 데리고 정기적으로 문병을 갔다. 하지만 알레산드라는 1954년 8월 14일 44살의 나이로 세상을 떠나고 만다. 사망 신고서에 적힌 죽음의 원인은 폐렴이었다. 그녀는 임종할 때 로돌포에게 마우리치오가 다른 여자를 엄마라고 부르는 일은 없을 것이라는 다짐을 받았다. 아내의 죽음으로 큰 충격을 받은 로돌포는 친구들에게 알레산드라가 자신의 인생에 가장 행복한 나날을 선사해 주고 갔다고 말했다. 앞으로 훨씬 더 행복할 수 있었는데, 자신과 아들을 남겨두고 떠났다고도 했다. 둘 사이가 항상 원만한 것은 아니었지만 적어도 그는 아내에게 성실했다.

구찌오와 아이다는 어린 마우리치오에게 엄마 같은 존재가 필요하다며 걱정했다. 그렇지만 로돌포는 재혼하거나 꾸준한 교제 상대를 찾으려 하지 않았다. 배우 시절에 알게 된 여자 몇 명과 가끔씩 만나긴 했지만 아들과의 시간을 빼앗기거나 아들이 질투할까 봐 만남을 자제했다. 로돌포에 따르면 어린 마우리치오는 아버지가 다른 여자와 말하는 장면을 볼 때마다 아버지의 재킷을 신경질적으로 잡아당겼다고 한다. 알레산드라가 살아 있을 때부터 마우리치오의 가정교사였던 피렌체 교외 출신의 소박하고 건실한 처녀 툴리아가 알레산드라 사후에도 마우리치오를 돌보았다. 툴리아는 마우리치오가 집을 떠나고 한참 지난 후까지도 집에 남아 로돌포를 도왔다. 툴리아와 마우리치오는 가까워졌지만 그녀는 결코 어머니가 되지 못했다. 로돌포가 그런 상황을 용납하지 않았을 것이다.

마우리치오와 로돌포는 밀라노의 몬포르테 대로에 있는 멋진 10층짜리 아파트에 살았다. 웅장한 18세기 대저택들과 상점 몇 곳이 좁은 도로를 따라 늘어선 동네였다. 구찌 매장과 가깝고 경찰청 바로 건너편에 있다는 이유로 로돌포는 그 아파트를 좋아했다. 이탈리아의 저명하고 부유한 인물들이 빈번하게 납치되던 그 시대에 로돌포는 도와줄 사람들이 바로 건너편에 있다는 사실에 안심했다. 아파트는 로돌포와 마우리치오, 툴리아, 로돌포의 개인 기사 겸 비서였던 프랑코 솔라리(Franco Solari)가 거주하기에 적당했지만 그렇게 넓은 편은 아니었다.

로돌포가 낭비하는 성향이 아니었기 때문에 아파트는 호화롭기보다는 고상하게 장식되었다. 로돌포는 아침마다 화려한 색상의 정장 중 한 벌을 골라 입고 마우리치오, 툴리아, 프랑코와 함께 아침 식사를 한 다음 몬테 나폴레오네 거리에 있는 구찌 매장까지 몇 블록을 걸어서 출근했다. 일과를 마치면 저녁 식사를 하기 위해 귀가했고 자신이 식사를 마칠 때까지 마우리치오에게도 식탁에 앉아 있을 것을 요구했다. 저녁 식사 도중에 마우리치오의 친구들이 전화하면 툴리아가 전화를 받았다.

"도련님은 식사 중이라 전화를 받을 수 없어요."

그녀는 마우리치오가 부끄러워하면서 화를 내는데도 이렇게 응대하곤 했다. 식사가 끝나면 마우리치오는 친구들을 만나러 서둘러 나갔고, 로돌포는 건물 지하에 마련한 개인용 영사실로 내려갔다. 그는 왕년에 출연했던 무성영화를 되풀이해 보면서 알레산드라와 보냈던 젊은 시절을 회상하는 것을 좋아했다.

로돌포의 출장이 잦았던 탓에 마우리치오는 자라면서 늘 외로움에 시달렸다. 어머니의 죽음은 그에게 지워지지 않는 상처를 남겼다. 오랫동안 엄마라는 말을 입에 올리지 못한 마우리치오는 아버지에게 어머니에 대해 물어볼 때도 '그분'이라고 칭하곤 했다. 로돌포는 아들에게 알레산드라의 모습을 보여주기 위해 오래된 필름을 부분부분 이어붙이기 시작했다. 옛날 무성영화의 장면과 베네치아에서 찍은 결혼식 영상, 마우리치오가 어머니와 함께 피렌체 교외에서 노는 장면 등을 조합했다. 그렇게 그는 구찌 가문에 대한 장편 분량의 영화 한 편을 틈틈이 만들었고, 〈내 인생의 영화(Il Cinema nella Mia Vita)〉라는 제목을 붙였다. 이 영화는 로돌포가 몇 년에 걸쳐 온 힘을 다해 지속적으로 수정하고 편집을 거듭하면서 만든 필생의 역작이었다.

마우리치오가 사립초등학교에 다니던 9~10살 무렵의 어느 일요일 아침, 로돌포는 집에서 가까운 상가 건물 지하에 있는 암바시아토리 극장으로 아들의 동급생 모두를 초대해 자신이 편집한 영화를 처음으로 상영했다. 마우리치오는 젊고 멋진 여배우이면서 로맨틱한 신부이자 행복했던 어머니의 모습을 난생 처음 볼 수 있었다. 상영이 끝난 후 두 사람은 몇 블록을 걸어 집으로 돌아왔다. 집에 들어오자마자 마우리치오는 거실 소파에 털썩 주저앉아 "엄마! 엄마! 엄마!"를 부르며 흐느꼈다. 그의 울음은 눈물이 나오지 않을 때까지 계속되었다.

마우리치오가 성장하자 로돌포는 구찌 가문의 전통에 따라 방과 후와 주말에는 매장에 나가 일을 배우게 했다. 로돌포는 몬테 나폴레오네 매장의 터줏대감인 브라게타에게 아들 교육을 맡겼다. 브라게타는 마우리치오에게 상품을 능숙하게 포장하는 법을 가르쳐 주었다. 밀라노 매장 관리자였던 프란체스코 지타르디는 이렇게 회상했다.

"브라게타 씨의 포장은 정말 아름다웠어요. 2만 리라짜리 열쇠고리를 구입한 손님도 까르띠에 보석처럼 포장된 상자를 받아 들고 기분 좋게 돌아가곤 했지요."

로돌포와 마우리치오의 관계는 로돌포의 소유욕 때문에 지나칠 정도로 배타적이었다. 아들이 유괴당할지 모른다는 두려움 때문에 로돌포는 비서 프랑코에게 마우리치오가 자전거를 타러 나갈 때에도 자동차로 그 뒤를 따라다니라고 지시했다. 주말이나 휴일이 되면 부자는 로돌포가 몇 년에 걸쳐 땅을 조금씩 매입한 생 모리츠(St. Moritz)로 갔다. 로돌포는 오랜 세월 꾸준히 불어난 수익을 투자해 생 모리츠에서 가장 고급 주택가인 수브레타 언덕의 부동산을 사들였고 마침내 1만 8,000제곱미터가 넘는 땅에 목가적인 주택단지를 세웠다. 피아트 자동차 그룹의 지아니 아넬리 회장, 지휘자 헤르베르트 폰 카라얀, 아가 칸 4세(이슬람의 한 분파인 나즈리의 지도자) 역시 그곳에 별장이 있었다. 아넬리는 구찌 가문의 부동산을 사들이고 싶다는 제안을 수차례 하기도 했다.

로돌포는 수브레타(suvretta, 작은 숲 위에 있는 언덕)에 지은 첫 번째 샬레(chalet, 스위스 산악지대의 오두막)의 이름을 스위스 현지 방언으로 '마우리치오의 집'을 뜻하는 케사 무레찬(Chesa Murézzan)이라 지었다. 외벽용 석재는 직접 고른 복숭아색 암석을 사용했고 처마 바로 밑에는 구찌 가문의 문장과 피렌체의 상징인 백합 문장을 붙였다. 케사 무레찬은 몇 년 후 로돌포가 두 번째 별장인 케사 단코라(Chesa D'Ancora)를 지을 때까지 부자의 휴식처가 되었다. 경치 좋은 엔가디네 계곡이 보이는 언덕에 자리한 케사 단코라는 목재 발코니와 밖으로 드러난 목재 들보가 있는 집이었다. 이후 케사 무레찬은 하인용 숙소로 사용되었고 널찍한 거실은 로돌포가 좋아하는 영화를 시청하는 영사실로 사용했다. 로돌포는 이웃한 샬레에도 눈독을 들였다. 복고풍 꽃무늬를 손으로 그린 덧문과 앞마당 잔디밭에 펼쳐진 푸른 꽃이 멋진 통나무집이었다. 루아조블뢰(L'Oiseau Bleu, 파랑새)라 불리던 그 샬레는 1929년에 지어졌으며, 로돌포에게 몇 년에 걸쳐 생 모리츠의 부동산을 매각한 노부인의 소유였다. 로돌포는 오후에 차를 마시러 들러서는 끝나지 않을 듯 이어지는 잡담을 나누며 오랜 시간 노부인과 친분을 쌓았다. 루아조블뢰는 나이 들어 여생을 보내기에 더할 나위 없는 집이었다.

로돌포는 마우리치오에게 용돈을 조금씩 주면서 돈의 가치를 가르치려 했다. 마우리치오가 운전할 수 있을 만큼 성장하자 진한 노란색 알파로메오 줄리아를 사 주었다. 오랫동안 이탈리아 국가경찰이 특별수사반 차량으로 사용해 온 이 차는 튼튼하고 고가

인 데다 강력한 엔진이 달렸지만 마우리치오가 바라던 페라리는 아니었다. 로돌포는 평일 밤에는 마우리치오의 귀가 시간을 자정 전까지로 엄격하게 통제했다. 아버지의 독재적이고 다소 과민한 성격에 주눅 든 마우리치오는 아버지에게 부탁하는 걸 꺼리게 되었다. 대신 그는 로돌포가 출장 다닐 때를 대비해 1965년에 고용한 운전기사 루이지 피로바노(Luigi Pirovano)를 진정한 친구처럼 여겼다. 용돈이 떨어지면 루이지가 필요한 만큼 현금을 빌려주었고, 주차 딱지를 받으면 벌금도 대신 내줬다. 마우리치오가 여자를 만나러 나갈 때도 로돌포에게 다른 구실을 대고 차를 빌려주기도 했다.

마우리치오가 밀라노의 가톨릭대학에서 법학을 공부하게 되자 로돌포는 남의 말을 순순히 믿는 아들이 혹시 사기라도 당하지 않을까 걱정했다. 그래서 어느 날 아들을 앉혀놓고 진지하게 충고했다.

"마우리치오, 네가 구찌 가문 사람이라는 것을 잊어서는 안 된다. 너는 다른 사람들과는 다르단다. 재산을 노리고 유혹하는 여자들이 접근할 수 있으니 조심해야 해. 세상에는 너 같은 남자를 꾀여 신분 상승을 노리는 여자들이 많단다."

마우리치오의 친구들은 여름이면 이탈리아의 해변 휴양지에서 휴가를 보냈지만 로돌포는 아들을 뉴욕에 보내 구찌 아메리카의 사업 확장을 진두지휘하고 있던 알도 삼촌 밑에서 일하게 했다. 사실 마우리치오는 파트리치아를 만나기 전까지 로돌포에게 걱정을 끼친 적이 단 한 번도 없었다.

파트리치아와 사귄다는 말을 하지 못한 마우리치오는 평소처럼 로돌포와 매일 함께 저녁 식사를 했다. 아들의 조바심을 느낀 로돌포는 일부러 식사를 천천히 했고, 아버지가 식사 시간을 최대한 질질 끄는 동안 마우리치오는 안절부절못하며 괴로워했다. 로돌포가 식사를 끝내자마자 마우리치오는 핑계를 대며 자리에서 일어나 파트리치아를 만나러 뛰쳐나갔다. 그럴 때마다 로돌포는 아들의 등 뒤에 대고 외쳤다.

"어디 가니?"

"친구들 만나러 가요."

마우리치오는 얼렁뚱땅 대답하고 나가기 일쑤였다. 로돌포는 지하 영사실로 내려가 자신의 역작을 손보았다. 아버지가 오래된 흑백영화 필름을 되풀이해서 보는 동안 마우리치오는 '빨간 꼬마요정(folletto rosso)'에게 달려갔다. 처음 만난 날 파트리치아가 입은 빨간 드레스에 착안해 지은 별명이었다. 그녀는 마우리치오를 '마우(Mau)'라 불렀다. 둘은 오랫동안 마우리치오의 단골 식당이었던 밀라노 도심의 가정식 식당 산타루치아에서 저녁을 먹곤 했다. 그는 음식을 먹는 둥 마는 둥했지만 파트리치아는 입맛 없어 하는 그에게 놀라면서 갓 조리한 맛좋은 파스타와 리소토를 음미했다. 그녀는 나중에야 마우리치오가 저녁을 두 번 먹고 있다는 사실을 알게 되었다.

마우리치오는 자기보다 몇 달밖에 어리지 않지만 세상 물정에 훨씬 밝고 경험도 많아 보이는 그녀에게 빠져들었다. 그 매력적인 모습이 미용실과 화장대 앞에서 몇 시간씩 시간을 들인 결과물이라는 사실을 눈치챘다 한들 개의치 않았을 것이다. 파트리치아는 어렸을 때부터 부자연스러울 정도로 지나치게 꾸미는 스타일이었다. 친구들은 그녀가 가짜 속눈썹을 떼어내고, 부풀린 머리를 빗질하고, 하이힐을 벗고 나면 마우리치오의 눈에 어떻게 보일지 궁금해했다. 그러나 마우리치오는 그녀의 모든 것을 흠모했다. 두 번째 만났을 때는 결혼해 달라고 조르기까지 했다. 로돌포는 한참이 지나서야 아들이 완전히 변했다는 사실을 깨달았다. 하루는 아들 앞에 전화요금 청구서를 내밀면서 외쳤다.

"마우리치오! "

"네, 아버지."

옆방에 있던 마우리치오가 깜짝 놀라 대답했다.

"이 통화를 전부 다 네가 한 거냐?"

로돌포는 서재 안으로 고개를 들이민 아들에게 물었다. 마우리치오는 얼굴을 붉힌 채 대답하지 않았다.

"청구서를 한번 봐라! 터무니없는 요금이 나왔어!"

마우리치오는 올 것이 왔다는 사실을 직감하고 한숨을 내쉬며 말했다.

"실은 여자 친구가 생겼어요. 그녀와 결혼하고 싶습니다."

파트리치아의 어머니는 실바나 바르비에리(**Silvana Barbieri**)라는 여자로 밀라노에서 남쪽으로 2시간 거리에 있는 에밀리아-로마냐 주 모데나의 평범한 집에서 부모의 식당일을 도우며 자랐다. 파트리치아의 아버지 페르난도 레자니(Fernando Reggiani)는 밀라노의 유명 운수 회사의 공동 설립자였다. 그는 모데나를 지날 때마다 실바나의 부모가 하는 식당에 들러 점심이나 저녁을 먹었다. 에밀리아-로마냐 출신이었던 그는 자신이 먹고 자란 푸짐한 향토 음식을 좋아했다. 뿐만 아니라 식당 주인의 어여쁜 딸이 식탁 사이를 돌아다니거나 계산대에서 수표를 기록하는 모습을 보는 것도 즐겼다. 50대 중반의 기혼이었던 레자니는 당시 18살이었던 실바나를 향한 마음을 거둘 수 없었다. 실바나도 레자니가 영화배우 클라크 게이블을 닮았다고 생각하며 관심을 보였다. 실바나는 그와 몇 년 동안 이어진 불륜 관계를 시작했을 때를 떠올렸다

"그 사람은 내게 끈질기게 구애했어요."

그녀의 주장에 따르면 레자니는 1948년 12월 2일에 태어난 파트리치아의 생부였지만 당시 그가 기혼이었기 때문에 곧바로 자신의 딸로 인정하지 못했다고 한다. 그래서 파트리치아는 어린 시절에는 레자니를 의붓아버지라 부르곤 했다. 실바나는 딸에게 성을 붙여주기 위해 마르티넬리라는 현지 남자와 잠깐 결혼한 적이 있지만 곧 헤어져 레자니를 따라 밀라노로 이주했다.

"나는 오직 한 사람만의 연인이자 정부이자 아내였어요."

그녀는 딸을 데리고 레자니의 운수 회사 본사와 가깝고 공장이 많은 토셀리 거리의 작은 아파트로 이사했다. 레자니는 전쟁이 일어나기 전 몇 년에 걸쳐 자금을 모아 첫 번째 트럭을 산 설립자

네 명의 이름 첫 글자를 딴 블로트(Blort)라는 회사를 차려 상당한 재산을 모았다. 그 후 독일군이 블로트의 트럭을 압류했지만 레자니는 종전 후에 회사를 재건했고, 나머지 공동 설립자들의 지분을 차례로 사들여 단독 소유주가 되었다. 그는 밀라노의 재계와 가톨릭 신도들에게도 존경받는 인물이었다. 자선단체에도 후하게 기부해서 사령관이라는 작위도 받았다. 본처가 1956년 2월에 암으로 세상을 떠나자, 그해 말 실바나와 파트리치아는 자르디니 거리에 있는 레자니의 안락한 저택으로 들어갔다. 몇 년 후 레자니는 사람들에게 알리지 않고 실바나와 재혼했고 파트리치아도 입양했다.

레자니의 집에는 다른 식구도 살고 있었다. 레자니가 1945년에 자식을 키울 형편이 안 되는 친척에게 입양한 아들이었다. 13살 먹은 양아들 엔초는 부산스럽고 난폭한 성격이었으며, 새로 나타난 모녀에게도 적대적이었다. 레자니는 엔초에게 일러 주었다.

"실바나는 새로 온 네 가정교사다."

"저 여자가 나한테 뭘 가르치겠다는 거예요? 무식해서 문법도 잘 틀리던데요?"

엔초는 파트리치아와 사이가 좋지 않았다. 두 아이가 끊임없이 다투는 바람에 레자니의 가정생활은 견디기 어려울 정도로 악화되었다. 옛 방식대로 엄격한 훈육과 체벌을 받고 자라난 실바나는 엔초를 통제하려 했으나 뜻대로 되지 않았다. 그래서 레자니에게 말했다.

"페르난도, 엔초가 학교 성적이 안 좋아서 걱정이에요."

레자니는 실바나의 말만 듣고 엔초를 기숙학교로 보냈다. 번듯한 가정에서 자유롭게 살게 되어 신이 난 파트리치아는 레자니를 "아빠"라 부르며 잘 따랐다. 레자니도 딸의 응석을 잘 받아주었고 15살 생일에 흰색 모피코트를 사 줬을 만큼 끔찍이 아꼈다. 밀라노 동부 음악원 근처의 고급 여학교 콜레조 델레 판출레에 다니게 된 파트리치아는 학교 친구들에게 아빠가 사 준 코트를 자랑했다. 레자니는 파트리치아의 18살 생일에는 스포츠카 란치아 풀비아 자가토에 커다란 빨간색 리본을 둘러 선물하기도 했다.

그녀는 종종 아버지에게 난처한 질문을 하며 애교를 부렸다.

"아빠, 예수님께서 영생하신다면 굳이 나무 조각상으로 만들 필요가 있을까요?"

레자니가 버릇없다고 화를 내면 그녀는 이렇게 말했다.

"부활절에 아빠가 무릎 꿇고 입 맞추는 예수님 조각상도 원래 나무였잖아요!"

레자니가 침을 튀겨가며 나무라면 파트리치아는 두 팔로 그의 목을 껴안았다.

"아빠, 일요일에 같이 교회 가요!"

레자니는 딸을 응석받이로 키웠지만 실바나는 그녀의 훈육에 훨씬 더 신경 썼다. 파트리치아가 모데나에서 밀라노로 올 수 있었던 것은 실바나 덕분이었지만, 밀라노 최고 명문 가문의 안주인이 될 수 있는지 여부는 순전히 그녀에게 달린 일이었다. 파트리치아는 실바나의 야심만만한 성격을 꼭 닮았다. 자동차나 모피 같은 허세 부린 모습은 학교 친구들 사이에서 소문만 만들어낼 뿐이었다. 오히려 그들은 파트리치아의 어머니가 평범한 집안 출신이라고 공공연하게 수군대면서 그녀의 요란한 스타일을 비웃었다. 파트리치아는 집에 돌아와 어머니 앞에서 눈물을 흘리며 물었다.

"그 애들에게는 나한테 없는 것이 있나요?"

실바나는 토셀리 거리의 작은 아파트에서 지내던 삶을 버리고 여기까지 왔다는 사실을 강조하면서 딸을 나무랐다.

"운다고 해결되는 일은 없어. 삶은 네가 싸워야 하는 전쟁터란다. 중요한 건 실속뿐이니 사악한 아이들 말은 듣지 마라. 걔네는 너에 대해 알지 못해."

파트리치아는 고등학교를 졸업하고 통역사 양성학교에 입학했다. 머리가 좋아서 공부하는 데는 문제가 없었지만 그녀는 노는 걸 더 좋아했다. 동급생들은 아침 8시 수업에 춤을 추듯 들어오면서 전날 밤 파티에서 입은 인조 다이아몬드로 장식한 꼭 끼는 칵테일드레스를 과시하기 위해 요란한 모피코트를 벗던 그녀의 모습을 여전히 기억했다. 실바나는 그런 딸에 대해 이야기하며 고개를 저었다.

"그 아이는 밤마다 외출했어요. 코트를 꼭 여민 채 거실로 와서 '아빠, 지금 나가요' 하고 말하곤 했죠. 그러면 페르난도는 시계를 보면서 '그래. 12시 15분에 문을 잠글 테니까 그때까지는 집에 돌아와야 해. 만약 들어오지 않으면 계단에서 자야 할 걸!' 하며 겁을 줬어요. 파트리치아가 나가고 나면 페르난도는 내게 '당신 모녀는 나를 바보라고 생각할 테지만 나는 저 아이가 코트를 꼭 여미는 이유를 알고 있어. 우리 딸을 저런 옷차림으로 내보내서는 안 돼!'라고 하면서 항상 내 탓을 했죠!"

파트리치아는 수업에 집중하지 않는 것처럼 보였지만 금세 영어와 프랑스어를 익혔다. 딸이 좋은 성적을 거두자 레자니는 환하게 웃었다. 파트리치아는 밀라노에서 도발적인 이미지로 유명해졌다. 그녀의 지인 한 명은 이렇게 기억했다.

"친구 결혼식에서 파트리치아를 처음 봤어요. 아름다운 연보라색 보일(voile, 다소 투명하고 빳빳한 촉감의 면직물) 드레스를 입고 있었는데, 그 안에 아무것도 입지 않아서 엄청 야했어요! 마우리치오는 아버지에게 엄격한 교육을 받고 자라서 몰랐을 테지만 함께 어울리던 남자애들은 그녀가 어떤 애인지 잘 알고 있었어요. 마우리치오에게도 얘기를 해줬지만 그는 그런 말을 들으려 하지 않았죠. 이미 그녀에게 푹 빠져 있었거든요."

로돌포는 파트리치아를 사랑한다는 마우리치오의 선언에 깜짝 놀랐다.

"네 나이에 결혼이라고? 넌 어리고 아직 학생인 데다 회사 일도 제대로 배우지 못했어."

로돌포가 호통을 치는 데도 마우리치오는 묵묵히 그 말을 들었다. 로돌포는 아들을 언젠가 구찌를 이끌 인물로 키우고 싶었다. 형 알도의 아들 중에는 그 일을 할 재목이 없다고 생각했기 때문이다. 로돌포는 걱정스레 물었다.

"그건 그렇고 그 운 좋은 여자는 어떤 애냐?"

마우리치오가 이름을 말했지만 로돌포가 처음 듣는 이름이었다. 그는 모든 일이 흐지부지되어 아들의 관심이 식기만을 바랐다. 로돌포의 눈에는 아들의 배필이 될 만한 괜찮은 여자가 보이지 않았다. 로돌포는 한동안 마리나 팔마(**Marina Palma**)를 아들의 결혼 상대로 점찍었었다. 그녀의 부모는 로돌포의 생 모리츠 집과 가까운 곳에 살고 있었고, 마리나는 마우리치오와 어려서 함께 놀던 소꿉친구였다. 로돌포와 일하다가 나중에 마우리치오의 비서로 충성을 다한 릴리아나 콜롬보(**Liliana Colombo**)는 그 사정을 잘 알고 있었다.

"로돌포는 마리나가 마우리치오의 배필로 적합할 거라 생각하고 두 사람이 결혼하길 바랐어요. 좋은 집안 출신이었고 마리나 아버지와 친분도 있었으니까요. 하지만 파트리치아에 대해서는 확신을 갖지 못했죠."

마우리치아와 파트리치아가 사귄 지 6주 정도 지났을 때 사건이 터지면서 두 사람의 갈등이 표면으로 드러났다. 파트리치아는 마우리치오에게 바다가 보이는 산타 마르게리타의 별장에서 주말을 보내자고 했다. 꽃이 가득한 테라스와 우아하게 조각된 베네치아 가구가 갖춰진 그 별장은 파트리치아와 친구들이 자주 모이는 장소였다. 실바나는 옛날 일을 떠올리며 말했다.

"그 집에는 손님이 정말 많이 찾아왔어요. 페르난도가 포카치아 빵을 사 오면 내가 조그만 샌드위치를 쟁반 가득 만들었는데, 몇 시간 후면 샌드위치가 남아나지 않을 정도였죠!"

그 주말에 사람들이 별장으로 몰려들었는데도 파트리치아는 다른 사람은 신경도 쓰지 않고, 오직 나타나지 않은 한 사람만 기다렸다. 그녀는 무슨 일이 있는지 알아보기 위해 마우리치오의 집에 전화를 걸었고, 그가 직접 받자 깜짝 놀랐다.

"아버지께 가고 싶다고 말했는데 허락해 주지 않으셨어."

마우리치오가 쭈뼛쭈뼛 말했다. 파트리치아는 그의 소극적 태도에 화가 났다.

"넌 다 큰 성인이잖아! 아버지에게 매사에 허락을 받아야 해? 우리는 연인 사이야. 그런데 우리 집에서 나와 수영하며 노는 게 범죄라도 된다는 거야? 그냥 와서 하루만 있다 가면 안 돼?"

결국 마우리치오는 아버지에게 저녁까지 돌아오겠다고 말하고 일요일에 별장으로 갔다. 그러나 저녁 식사를 하면서 '자고 가라'는 파트리치아의 설득에 넘어가고 말았다. 로돌포는 아들이 귀가하지 않자 그 집으로 전화를 걸었다. 실바나가 전화를 받았고 수화기 너머로 로돌포의 고함치는 소리가 들렸다. 그는 파트리치아의 아버지와 통화하고 싶다고 말했다. 레자니가 전화를 받자 그는 화난 어조로 소리쳤다.

"나는 내 아들과 당신 딸 사이에서 일어나고 있는 일들이 마음에 들지 않습니다. 당신 딸은 마우리치오의 학업을 방해하고 있어요!"

레자니는 로돌포를 진정시키려 했지만 그는 대뜸 말을 끊고 말을 이었다.

"됐어요! 당신 딸에게 앞으로는 마우리치오와 만날 수 없다고 말하세요. 그 아이가 내 아들의 돈을 노리고 접근했다는 사실을 알고 있소. 하지만 그렇게는 안 될 거요. 어림도 없지! 내 말 알아듣겠소?"

레자니는 모욕을 가볍게 넘기는 사람이 아니었다. 그는 로돌포의 공격에 큰 불쾌감을 느꼈다.

"무례하기 짝이 없군! 이 세상에 돈을 가진 사람이 당신밖에 없는 줄 아시오? 내 딸은 자기가 만나고 싶은 사람을 얼마든 만날 수 있는 자유가 있소. 나는 그 아이를 믿고 그 아이의 생각을 존중해 주고 싶소. 그 아이가 마우리치오 구찌를 만나든 다른 사람을 만나든 그건 그 아이 마음이요."

레자니는 소리를 지르며 수화기를 거칠게 내려놓았다. 통화 내용을 우연히 들은 마우리치오는 크게 당황했다. 파트리치아와 춤을 추기 위해 해변에 있는 디스코텍으로 내려갔지만 즐길 기분이 아니었다. 다음 날 새벽 그는 별장을 떠나 차를 몰고 밀라노로 돌아갔다. 마우리치오는 견고한 나무 문을 조심스레 열고 아버지의 서재로 들어갔다. 큼직한 골동품 책상 앞에 앉아 있던 로돌포는 아들을 쏘아보며 비난의 말을 쏟아냈다. 그 말을 다 들은 마우리치오는 곧바로 짐을 챙겨 집에서 나왔다.

한 시간 후 마우리치오는 초록색과 빨간색 줄무늬가 들어간 구찌의 대형 여행 가방을 자르디니 3번지 문앞에 내려놓고 파트리치아네 집의 초인종을 눌렀다. 그녀는 문앞에 서 있는 마우리치오의 푸른 눈에 슬픈 빛이 서려 있는 것을 보고 눈이 휘둥그레졌다. 마우리치오가 울부짖었다.

"나는 이제 빈털터리야. 아버지가 화가 많이 나신 것 같아. 내 상속권을 빼앗겠다고 하시면서 우리 둘을 모욕하셨어. 아버지가 하신 말들을 너에게 다 말해 줄 수 없을 정도야."

파트리치아는 그를 조용히 껴안고 머리를 쓰다듬었다. 그런 뒤 그의 목에 두른 팔을 쭉 펴면서 환히 웃었다.

"우리 로미오와 줄리엣이 된 거 같지 않니? 너희 집과 우리 집이 마치 몬태규와 캐퓰렛 가문 같아."

파트리치아는 덜덜 떨고 있는 마우리치오의 손을 꼭 잡으면서 부드럽게 키스했다.

"파트리치아, 이제 뭘 해야 하지? 이제 나는 한 푼도 가진 것이 없어."

그가 울먹이며 말하자 파트리치아의 눈빛이 심각해졌다.

"우선 안으로 들어가서 우리 아빠와 함께 상의해 보자."

그녀는 그를 거실로 데리고 들어갔다. 레자니는 골동품들로 간소하게 꾸민 서재로 딸과 마우리치오를 불렀다. 그는 로돌포의 모욕적인 말에 분노하기는 했지만 마우리치오가 마음에 들었다.

"레자니 씨. 저는 아버지와 다투고 집에서 나왔습니다. 가족이

하는 사업에서도 손을 뗄 수밖에 없는 상황입니다. 전 아직 학생이고 직업도 없습니다. 지금 해 줄 수 있는 것은 없지만 따님을 사랑하고 있고, 그녀와 결혼하고 싶습니다."

신중하게 듣던 레자니는 로돌포와 의절한 일에 대해 자세히 물었다. 마우리치오의 이야기를 전부 듣고 난 레자니는 그에게 연민의 감정을 느꼈다.

"내가 일자리를 줄 테니 이 집에서 당분간 지내는 게 어떠냐?"

그러고는 신중하게 단서를 붙였다.

"단, 네가 학업을 마칠 때까지 내 딸과 붙어 지내지 않는다는 조건이다. 내 집에서 터무니없는 일이 벌어진다면 절대 용서하지 않겠다. 그런 일이 생기면 우리의 계약은 끝이다."

레자니는 마우리치오를 엄한 눈으로 보면서 말했다. 마우리치오는 말없이 고개를 끄덕였다.

"결혼 문제는 어떻게 될지 모르니 조금 더 두고 보는 게 좋을 것 같다. 첫째로 난 아직도 네 아버지가 나한테 했던 말 때문에 기분이 나쁘고, 둘째로 두 사람의 마음이 확실한지도 확인할 필요가 있다. 이번 여름에 파트리치아를 데리고 긴 여행을 떠날 생각이다. 우리가 돌아왔을 때도 둘의 사랑이 그대로라면 결혼에 대해 진지하게 생각해 보자꾸나."

이로써 마우리치오는 자신을 억압하던 로돌포와의 관계를 끊고, 파트리치아와 그녀의 식구를 자신에게 안정감과 힘을 북돋아 줄 사람들로 받아들였다. 이런 태도는 패턴으로 굳어져 그의 인생 내내 되풀이되었다. 레자니 가족의 입장에서는 너무도 선량하고 나약해 보이는 마우리치오를 가족으로 받아들여 이성을 잃을 정도로 분노한 로돌포에게서 보호하는 것이 합당한 일로 여겨졌다. 마우리치오는 낮에는 레자니의 회사에서 일하고 밤에는 공부하는 생활을 시작했다. 두 젊은 연인이 한 집에 산다는 소문은 밀라노 사교계에 빠르게 퍼졌다. 파트리치아의 친구들은 남자 친구와 한 집에 사는 기분이 어떤지 질문을 퍼부어댔다. 그녀는 신중한 태도로 연기하듯 대답했다.

"아빠는 우리가 복도에서 마주치는 일도 없어야 한다고 하셔."

그녀는 열심히 듣는 친구들을 보고 신이 났지만 불평하는 척하며 툴툴거렸다.

"사실 마우리치오가 바빠서 볼 시간이 없어. 낮에는 아빠 회사에서 일하고, 밤에는 시험공부를 하거든."

마우리치오가 일을 배우는 동안, 로돌포는 아들이 고작 여자 문제 때문에 앞으로 누릴 수 있는 모든 것을 포기했다는 현실을 받아들이기 힘들어 했다. 자존심 때문에 화해의 손길을 뻗을 수도 없었던 로돌포는 매일 밤 아들과의 식사를 그리워하며 점점 더 늦게까지 사무실에 머물렀다. 부자의 불화를 걱정하며 알도와 바스코가 찾아왔을 때도 로돌포는 그들의 말을 듣지 않았다.

"나한테 그 멍청한 아들놈은 이제 존재하지 않아. 알겠어?"

훗날 파트리치아는 이렇게 말했다.

"그의 아버지가 그토록 나를 반대했던 까닭은 내가 파트리치아 레자니라서가 아니라 애지중지하던 아들을 빼앗아 간 여자였기 때문이었어요. 아들이 난생 처음 자기 명령을 거부한 것이 그렇게 화를 낸 이유였던 거죠."

한편 레자니가 파트리치아와 여행을 마치고 돌아온 1971년 9월, 두 사람의 사랑은 전보다 더 단단해져 있었다. 레자니 회사의 관리자들은 마우리치오를 성실하고 명석한 두뇌의 소유자라고 보고했다. 그는 매사에 뒤로 빼는 일이 없었고 부두에 컨테이너를 내리는 고된 육체노동도 마다하지 않았다. 회사의 문제점을 성실히 체크했고 트럭 운전사들의 일정도 신중하게 조율했다. 집으로 돌아온 지 며칠이 지났을 때 레자니는 딸을 서재로 불러 말했다.

"좋다. 두 사람 모두 진지하다는 확신이 든다. 마우리치오와의 결혼을 허락하마. 로돌포가 아직까지 고집을 부리고 있는 게 안타깝구나. 그런 식으로 계속 버티면 결국 아들을 잃고 말 텐데."

결혼식 날짜는 1972년 10월 28일로 정해졌다. 실바나의 세심한 준비로 결혼 계획은 착착 진행되었다. 로돌포는 아들이 파트리치아를 버리지 않을 거라는 사실을 깨닫고 극단적인 조치를 취하기로 마음먹었다. 9월 말 그는 조반니 콜롬보 추기경을 찾아갔다. 밀라노의 두오모 대성당 바로 뒤편 건물의 어두컴컴하고 천장이 높은 로비에서 한참을 기다린 끝에 로돌포는 추기경과 만나 그에게 간청했다.

"추기경께서 도와주세요. 제 아들과 파트리치아 레자니의 결혼은 중단되어야만 합니다!"

"무슨 일로 그러십니까?"

로돌포는 떨리는 목소리로 말했다.

"그 아이는 제게 하나뿐인 자식입니다. 그 애 어머니가 세상을 떠난 뒤로 제게는 그 아이밖에 없습니다. 파트리치아라는 여자가 제 아들의 짝으로 적합한 여자가 아니라서 걱정이 됩니다. 오직 추기경께서만 두 사람의 결혼을 막으실 수 있습니다!"

로돌포의 말을 끝까지 들은 추기경이 마침내 말했다.

"죄송합니다. 사랑하는 두 사람이 결혼하고 싶어 한다면 제가 그 둘을 막을 길이 없습니다."

좌절한 로돌포는 집에 혼자 틀어박혀 잃어버린 아들을 떠올리며 비통에 빠졌다. 한편 마우리치오는 다시 태어난 사람 같았다. 밀라노의 가톨릭대학에서 법학과 학사 학위를 받았고, 레자니 가족과 사는 동안 세상이 자신의 아버지 위주로 돌아가지 않는다는 사실도 깨달았다. 더 성숙해진 동시에 가족 회사에서 일하지 않더라도 스스로 미래를 헤쳐 나갈 수 있다는 자신감도 생겼다. 일에서 좋은 성과를 거두었을 뿐 아니라 레자니의 회사에서 일하는 것이 즐거웠다. 레자니 가족도 마우리치오를 점점 더 신뢰하고 마음에 들어 했다. 마우리치오는 뻣뻣한 회색 콧수염을 기른 레자니를 '콧수염 아버지'라 부를 정도로 편하게 대했다. 물론 면전에서 그렇게 부르지는 않았다. 마우리치오와 함께 공부했던 친구는 이렇게 말했다.

"마우리치오는 트럭에서 짐을 내리는 일이 재미있다는 이야기를 스스럼없이 했어요! 이탈리아에서 학생운동이 일어나던 시대라 밀라노에서도 도심 시위가 벌어졌고 최루탄이 터졌어요. 마우리치오는 학생운동을 하지는 않았지만 파트리치아 때문에 집에서 시위를 했고 결국 독립을 쟁취했어요."

그렇다고 마우리치오의 마음이 편하기만 한 것은 아니었다. 결혼식 며칠 전 고해성사를 하기 위해 14세기에 지어진 두오모 대성당을 찾은 그는 높은 기둥으로 둘러싸인 어두컴컴한 성당 안 고해실 중 한 곳에 앉았다. 그는 자신이 익명의 다수 중 하나라는 느낌과 속삭이는 목소리, 부드럽게 울리는 발걸음, 높은 스테인드글라스 창을 통해 흐릿하게 스며드는 햇빛이 좋았다. 고해실 안 푹신하고 낮은 벤치에 무릎을 꿇고 앉은 그는 조그맣게 말했다.

"신부님, 저의 죄를 용서해 주십시오."

빛바랜 자주색 커튼 앞에서 양손을 꼭 모아 쥔 채로 고개를 숙이며 말했다.

"저는 십계명 중 하나를 어겼습니다. 아버지의 바람을 저버린 저는 아버지의 뜻을 거스르는 결혼을 하려 합니다."

산타 마리아 델라 파체 성당은 14세기에 세워진 붉은 벽돌 건축물로 밀라노 법원 바로 뒤편의 나무들이 무성한 안뜰에 자리하고 있다. 실바나는 이탈리아 풍습대로 결혼식을 위해 성당의 신도석을 빨간 벨벳 휘장과 들꽃 다발로 장식했다. 레자니는 결혼식에 돈을 아끼지 않았다. 딸을 성당으로 싣고 갈 고풍스러운 롤스로이스를 빌리는가 하면 연미복을 입은 안내원 여섯 명을 고용해 하객을 안내하도록 했다. 예식 후에는 성당 아래에 있는 산 세폴크로 수도원 홀에서 간단한 피로연을 치렀고, 밀라노의 사교장 자르디니 클럽의 휘황찬란한 샹들리에 밑에서 하객 500명이 참석한 정식 만찬도 열었다. 공교롭게도 이곳은 23년 후 구찌가 경쾌한 음악이 흐르고 인상적인 조명이 비치는 가운데 현대적 패션을 선보이면서 재기 무대를 마련한 곳이었다.

마우리치오와 파트리치아의 결혼식은 그해 사교계 최대의 행사였지만 마우리치오의 가족 중에 참석한 사람은 아무도 없었다. 파트리치아의 가족은 결혼에 반대한 로돌포를 초대하지 않았다. 로돌포는 그날 아침 일찍 운전기사 루이지에게 볼 일이 있다며 피렌체까지 태워다 달라고 했다. 루이지는 그때를 떠올리며 말했다.

“온 도시가 두 사람의 결혼식을 축하하는 것 같았어요. 로돌포가 할 수 있는 일은 밀라노를 뜨는 것밖에 없었죠.”

결혼식이 열린 성당에는 파트리치아의 친구와 지인으로 가득했지만 마우리치오의 하객은 교수와 학교 친구 몇 명밖에 없었다. 삼촌 바스코는 은 꽃병을 보냈다. 파트리치아는 로돌포가 마음을 돌릴 것을 확신하며 마우리치오를 위로했다.

“걱정하지 마. 조금만 기다리면 상황이 나아질 거야. 손자가 태어나면 너와 네 아버지는 화해하게 될 거야.”

결국 파트리치아의 말이 맞았다. 그렇다고 그녀가 모든 일을 운에 맡긴 것은 아니었다. 우선 그녀는 가족기업을 강조하는 알도를 설득했다. 알도 역시 조카가 아버지에게 대들 정도로 결단력이 있다는 사실에 감탄하며 마우리치오를 눈여겨보고 있었다. 자기 아들들이 모두 미국 사업에 동참할 생각도, 가업을 이어받을 야심도 없음을 막 깨닫기 시작하던 때였다. 로베르토는 아내 드루실라와 아이들을 데리고 피렌체에 정착했고, 조르지오는 로마 매장 두 곳을 관리했으며, 파올로는 피렌체에서 바스코와 함께 일하고 있었다.

1971년 4월, 알도는 〈뉴욕 타임스〉와의 인터뷰에서 아들들이 자기 역할에서 손을 뗄 수 없기 때문에 다른 후계자를 물색하는 중이라며 곧 대학을 졸업하는 젊은 조카에게 후계자 수업을 시킬 수도 있다고 말했다. 그러고는 "그 아이가 매력적이지 못한 처녀와 결혼해서 가정에 안주하기 전에 내 후임이 될 기회에 도전해 보라고 할 생각이다"라고 덧붙였다. 마우리치오 입장에서는 무시할 수 없는 신호였다. 알도는 로돌포와도 이야기를 나누었다.

"로돌포, 너도 이제 환갑이 지났어. 너한테 자식이라고는 마우리치오 하나뿐이잖아. 너의 진짜 재산은 마우리치오야. 파트리치아도 그렇게 나쁜 여자는 아닌 것 같더구나. 나는 그 아이가 마우리치오를 진심으로 사랑하고 있다고 생각한다."

알도는 경직된 눈초리로 노려보는 로돌포를 찬찬히 훑어보면서 동생과 조카를 화해시키려는 시도가 난항을 겪으리라 직감했다. 그러면서도 준엄하게 말했다.

"로돌포! 어리석게 굴지 마라! 네가 마우리치오를 다시 가족으로 받아들이지 않는다면 결국 너는 우울하고 쓸쓸한 말년을 맞이하게 될 거야."

아버지의 집에서 뛰쳐나온 지 2년이 흐른 어느 날 저녁, 마우리치오는 밀라노 한복판 두리니 거리에 있는 아늑한 꼭대기 층 아파트로 귀가했다. 그 아파트는 장인이 마련해 준 곳이었다. 파트리치아는 뜻 모를 미소를 지으며 그를 맞이했다.

"좋은 소식이 있어. 당신 아버지가 내일 당신과 만나고 싶다고 연락을 주셨어."

마우리치오는 깜짝 놀라며 행복한 표정을 지었다. 파트리치아는 마우리치오의 목에 팔을 두르며 말했다.

"알도 삼촌과 나한테 고마워해야 해."

다음 날 마우리치오는 구찌 매장 위층에 있는 아버지의 사무실까지 걸어가면서 무슨 이야기를 해야 할지 생각했다. 하지만 고민할 필요가 없었다. 로돌포는 전형적인 구찌 가족의 방식대로 아무 일도 없었다는 듯 그를 따뜻하게 맞이해 주었다.

"마우리치오, 왔구나! 어떻게 지냈니?"

아버지도, 아들도 그간의 불화나 결혼식에 대해서는 한마디도 하지 않았다. 로돌포는 파트리치아의 안부를 물었다.

"너와 파트리치아가 뉴욕에 같이 가서 사는 건 어떠니?"

마우리치오의 눈이 반짝 빛났다.

"알도 삼촌이 네가 미국으로 건너와서 도와줬으면 하더구나."

마우리치오는 무척 기뻤다. 한 달도 지나지 않아 젊은 부부는 뉴욕으로 이사했다. 파트리치아는 맨해튼에 왔다는 사실에 들떴지만 로돌포가 두 사람이 집을 구할 때까지 머물 곳으로 마련해 둔 호텔을 보고는 마우리치오에게 투덜댔다.

"당신은 구찌 가문 사람이야. 그런데 우리가 이런 곳에서 살아야 한다고 생각해?"

다음 날 그녀는 5번가와 55번가가 만나는 곳에 있는 세인트레지스 호텔 스위트룸으로 숙소를 옮겼다. 구찌 매장과 겨우 몇 발자국 떨어진 곳에 있는 호텔이었다. 이후 부부는 알도의 임대 아파트 중 한 곳에서 1년 가까이 살다가 파트리치아가 점찍은 올림픽타워의 고급 아파트로 이사했다. 청동색 유리로 장식된 올림픽타워는 그리스 선박왕 애리스토틀 오나시스(Aristotle Onassis)가 세운 마천루였다. 그녀는 현관에 우아한 차림으로 서 있는 문지기와 5번가가 내려다보이는 통유리 창문이 마음에 들었다.

"마우. 나 여기 살고 싶어!"

그녀가 부동산 직원이 앞에 있는데도 마우리치오를 껴안으며 말하자 그는 얼굴을 붉혔다.

"미쳤어? 아버지한테 맨해튼에 있는 펜트하우스를 사 달라고 말하라는 거야? 어떻게 그래?"

그녀가 쏘아붙였다.

"당신이 용기를 못 낸다면 내가 말할게."

파트리치아가 집 이야기를 꺼내자 로돌포는 화를 냈다.

"나를 파산시킬 셈이냐!"

로돌포가 며느리를 꾸짖었지만 파트리치아는 아무렇지도 않게 대꾸했다.

"아주 좋은 투자처예요. 다시 한번 생각해 보세요."

로돌포는 고개를 내저으면서도 한번 생각해 보겠다고 대답했다. 두 달 후 파트리치아는 약 150제곱미터 면적의 복층 아파트를 손에 넣었다. 벽면은 회갈색 모조 스웨이드 천으로 도배하고 간유리로 장식된 현대적인 가구로 방을 꾸몄다. 소파와 바닥에는 표범과 재규어 가죽을 깔았다. 두 사람은 그들의 이름에서 딴 '마우이치아'라고 쓴 번호판이 달린, 전용 기사가 운전하는 자동차를 타고 뉴욕을 신나게 돌아다녔다. 그녀는 뉴욕 생활에 대체로 만족했다. TV에 출연해서 "자전거를 타면서 행복한 것보다는 롤스로이스에 앉아서 우는 게 낫죠"라고 말하기도 했다. 시간이 흐르면서 올림픽타워의 다른 아파트 한 채와 아카풀코의 산비탈에 있는 주택용 부지, 코네티컷의 벚꽃 농장, 밀라노의 복층 펜트하우스가 선물로 뒤따랐다.

로돌포의 후한 선물은 이탈리아의 관습에 따른 것이었다. 이탈리아에서는 부모가 결혼한 자녀에게 집을 마련해 주는 것이 일반적이다. 다 자란 자녀도 결혼하기 전까지는 부모와 함께 같은 집에 산다. 결혼한 자녀에게 집을 마련해 주는 방식은 부모와 한 집에 사는 것을 비롯해 공동 주택이나 단독 주택 증여에 이르기까지 다양하다. 부유한 부모는 자녀들에게 집은 물론 휴가용 별장과 해외 부동산까지 사주기도 한다.

파트리치아로 인해 발생한 부자 간의 불화 때문에 처음에는 레자니가 제공한 밀라노의 아파트에 들어갔었다. 파트리치아는 자신들이 더 많은 것을 누릴 권리가 있다고 생각했기 때문에 조바심이 났다. 마우리치오와 화해한 로돌포가 올림픽타워 아파트와 다른 부동산을 선물한 까닭은 그동안 못해 준 것을 보상해 주는 동시에 아들에게 최선을 다하는 파트리치아에게 고마움을 표시하기 위해서였다. 파트리치아는 이렇게 말했다.

"아버님은 저를 점점 더 너그럽게 대해 주셨어요. 그분은 아들을 행복하게 해 주는 제게 고마움을 표현하기 위해 선물을 주셨죠. 무엇보다 알도 큰아버님에게 싹싹하게 대한 것에 대한 감사의 표시였던 것 같아요."

하지만 파트리치아는 뉴욕 아파트, 아카풀코 부동산, 코네티컷 농장, 밀라노 펜트하우스 중 어느 곳의 소유권도 얻지 못했다. 부동산은 모두 해외에 설립된 케이트필드(Katefield) 주식회사 명의였다. 리히텐슈타인 공국에 있는 케이트필드는 구찌 가족의 지주회사이며 조세 회피 수단으로 추정된다. 가족 재산을 지주회사에 묶어둔 것은 재산이 새어 나가는 것을 방지하기 위한 효과적인 대책이었다. 따라서 만약 며느리가 이혼하면 '증여'를 받았더라도 실소유자가 지주회사였기에 부동산에 대한 법적 권리를 주장하기 어려웠다.

파트리치아는 마우리치오를 사랑했고 로돌포의 후한 처사에 들떠 소유권 문제에는 신경 쓰지 않았다. 그녀는 현모양처가 되는 일에 전념했다. 1976년에 태어난 맏딸에게는 시어머니 이름을 딴 알레산드라라는 이름을 지어 주었다. 그녀의 결정에 로돌포는 말할 수 없이 기뻐했다. 1981년에는 둘째 딸 알레그라가 태어났다.

"우리 부부는 천생연분 같았어요. 서로에게 충실했죠. 그는 사교 생활이든 딸들의 양육이든 모든 중대사를 내게 맡겼죠. 숨도 못 쉴 정도의 관심과 애정 어린 선물을 퍼부었어요. 게다가 내 말도 잘 들어주었지요."

마우리치오는 알레산드라가 태어난 기념으로 길이가 64미터이고 돛대가 3개인 요트 크레올(Creole)을 과감하게 사들였다. 이 요트는 한때 그리스 재벌 스타브로스 니아르코스(Stavros Niarchos)의 소유였다. 선원들은 크레올이 세계에서 가장 아름다운 배라고 말했다. 그러나 부부는 크레올을 처음 보았을 때 낡아빠진 배라는 인상을 받았다. 마우리치오는 덴마크의 마약 재활센터가 매물로 내놓은 그 배를 100만 달러도 안 되는 헐값에 샀다. 그는 요트를 이탈리아 리구리아의 항구 도시 라 스페치아로 보내 수리를 맡겼다. 크레올이 원래 지녔던 아름다움을 되살릴 생각이었다.

크레올은 미국의 부유한 카펫 제조업자 알렉산더 코크란이 1925년 영국 조선소 캠퍼 앤 니콜슨에 의뢰해서 만든 요트로 원래는 비라(Vira)라는 이름으로 불렸다. 당시 건조된 요트 중 가장 규모가 큰 범선에 속했지만 비극적인 역사로도 유명했다. 코크란이 암으로 요절하자 상속자들은 배를 즉시 매각했다. 그 후 이 요트의 소유권과 이름은 여러 차례 바뀌었다. 제2차 세계대전이 끝난 후 영국 해군에서 퇴역한 이 요트는 다시 상업용 요트 시장에 나왔다. 그 모습에 반한 니아르코스는 1953년 독일 사업가에게서 사들여 개조한 다음 '크레올'이라는 이름을 붙였다. 그는 자다가 익사할지 모른다는 두려움에 갑판 밑 선실 대신 작은 갑판실을 안방과 서재가 들어갈 정도로 널찍한 선실로 개조했다. 배의 이름을 바꾸면 재수가 없다는 뱃사람들의 속설을 입증이라도 하듯 크레올의 소유주 니아르코스에게도 비극이 찾아왔다. 1970년 아내 유지니아가 크레올에서 약물을 잔뜩 먹고 자살한 사건이 벌어진 것이다. 유지니아의 여동생이자 새로운 아내였던 티나 역시 몇 년 후 같은 요트에서 목숨을 끊었다. 슬픔에 잠긴 니아르코스는 크레올에 정이 떨어져 덴마크 해군에 매각했고, 덴마크 해군은 다시 마약 재활센터에 배를 넘겼다. 마우리치오는 이 요트를 1982년에 구입했다.

파트리치아는 크레올을 수리해 한가롭게 유람선 여행을 다닐 생각에 들떴지만 유지니아와 티나의 죽음 때문에 그 배에 액운이 깃들지는 않았을까 걱정했다. 배에 여전히 악령이 씌워 있다고 확신한 그녀는 마우리치오를 설득해 영매 프리다를 불러 퇴마 의식을 치르도록 했다. 라 스페치아 조선소 정비창에 세워놓은 크레올은 마치 해변으로 쓸려 온 늙은 고래 같았다.

영매 프리다는 배에 타자마자 손전등을 들고 안내하던 선원 두 명에게 뒤로 물러서라고 지시했다. 그녀는 최면에 빠진 채 알 수 없는 말을 중얼거리며 갑판을 따라 중앙 선실로 향하는 복도를 천천히 걸었다. 사람들은 멀찍이서 그녀의 뒤를 따라갔다. 두 선원은 수상쩍다는 눈빛을 교환했다.

"문 열어라. 문 열어."

프리다가 갑자기 소리치자 사람들이 어리둥절해서 서로를 쳐다보는데 한 시칠리아 선원의 얼굴이 하얗게 질렸다. 그는 개조 전에 바로 그 자리에 문이 있었다는 것을 알고 있었다. 사람들은 선실을 차례로 들락날락하는 프리다의 뒤를 계속 따라갔다. 주방 근처에서 갑자기 멈춰 선 프리다는 "날 내버려둬!" 하고 소리쳤다. 아까 그 선원이 두려움에 찬 표정으로 마우리치오에게 속삭였다.

"저기가 바로 유지니아의 시신이 발견된 곳이에요."

차가운 공기가 갑자기 배 안을 휩쓸고 지나가면서 오싹한 기운이 감돌았다.

"이게 무슨 일이지?"

마우리치오는 찬바람이 어디서 흘러들어 왔는지 의아했다. 정비창은 사방이 막혀 있었고 크레올에는 열린 창문이 없었기 때문에 갑작스럽게 외풍이 불어올 이유가 없었다. 그때 프리다가 최면에서 깨어나며 말했다.

"다 끝났어요. 유지니아의 유령이 앞으로 이 배에 탄 사람들을 보호해 주겠다고 내게 약속했어요."

5.

가족 간의 경쟁

마우리치오가 밀라노에서 법학을 공부하고 있을 때 구찌 제국은 놀라운 속도로 성장을 거듭했다. 알도는 1970년 뉴욕 5번가와 54번가 교차로 북동쪽에 어마어마한 새 매장을 내는 것으로 1970년대를 시작했다. 구찌는 프랑스 신고전주의 양식의 이올리언 빌딩에 있던 아이밀러(I. Miller) 제화점 자리를 차지했다. 알도는 뉴욕 패션가의 고급 상점들을 개조하는 것으로 유명한 와이스버그 앤 카스트로(Weisberg and Castro) 건축 사무소를 찾아갔다. 건축가들은 유리와 수입산 대리석과 청동 느낌으로 가공한 강철을 잔뜩 사용해 현대적 외양을 만들어냈다.

사업 확장 자금을 추가로 조달할 방법을 모색하던 알도는 1971년 이사회를 소집해 고인이 된 아버지가 정했던 원칙을 재검토했다. 구찌의 소유권이 가족을 떠나서는 안 된다는 원칙이었다.

"회사 주식 일부를 외부인에게 공개해야 한다고 생각해. 지금 주식시장에서 우리 회사의 가치는 3,000만 달러를 호가하고 있어."

알도가 말하는 동안 형제들은 묵묵히 듣기만 했다. 그는 열의에 차서 말했다.

"미국 법인 지분의 40%를 매각하더라도 60%는 우리가 보유할 수 있어. 만약 지금 상장한다면 주가가 1년 안에 10달러에서 20달러로 오를 거야. 지금이 바로 완벽한 타이밍이야. 구찌는 이제 할리우드 배우들뿐 아니라 증권거래인과 금융사 간부들에게도 신분과 스타일을 상징하는 브랜드가 됐어! 그러니 뒤처져서는 안 돼. 경쟁사와 보조를 맞춰야지. 기업 공개로 마련한 돈을 활용하면 유럽과 미국 시장에서 정상의 자리를 유지할 수 있을 뿐 아니라 일본과 동아시아에도 진출할 수 있어."

로돌포와 바스코는 토르나부오니 매장 위층 사무실의 큼지막한 회의용 호두나무 탁자를 사이에 두고 한참 동안 시선을 교환했다. 알도의 주장은 설득력이 있었지만 두 사람 모두 납득하지는 못했다. 기본적으로 보수적이었던 그들은 알도의 과감한 계획이 성공하리라 생각하지 않았다. 회사가 제공하는 안락한 삶을 놓치기 싫었던 그들은 수익을 위험에 노출시키고 싶지 않았다. 결국 그들은 2/3라는 과반수 지분으로 알도의 제안을 거부했고 최소 100년 동안 외부에 지분을 매각하지 않기로 의견을 모았다. 알도는 오랫동안 화를 쌓아두는 타입이 아니었다. 그는 자기 아들들에게 가르치던 것처럼 동생들을 향해 이렇게 소리쳤다.

"새로 시작하자니까! 뒤돌아보지 말고 앞으로 가자고. 징징거리고 싶으면 그렇게 해. 그래도 슛은 날려야지!"

'슛을 날리자'는 알도의 말은 행동하고 반응하라는 의미였다. 그는 한층 더 빠른 속도로 사업을 확장해 나갔다. 1971년 시카고에 새 매장이 들어섰고 필라델피아와 샌프란시스코가 그 뒤를 따랐다. 1973년에는 구두 매장 바로 옆인 뉴욕 5번가 699번지에 세 번째 매장을 열었다. 새 매장은 의류를 취급했고 689번지에 있는 모퉁이 매장은 가방과 패션 소품을 판매했다. 구찌는 미국에서 처음으로 프랜차이즈 매장도 열었는데, 그중에는 샌프란시스코와 라스베이거스 조지프 매그닌(Joseph Magnin) 백화점 매장도 있었다.

"우리 회사는 온 가족이 주방에서 일하는 이탈리아식 식당과 비슷합니다."

알도는 100% 가족 소유 기업을 유지할 정도로 구찌에 강력한 힘이 있다는 사실을 대놓고 자랑하면서 내심 자부심을 느꼈다. 이제 알도는 일본을 비롯한 동아시아로 영토를 확장하려는 꿈을 이룰 수 있게 되었다. 일본 고객은 오랫동안 이탈리아와 미국의 구찌 매장을 찾아왔었다. 사업 감각이 있는 알도조차 처음에는 일본 고객의 중요성을 과소평가했다. 이에 대해 엔리카 피리는 다음과 같이 회상했다.

"하루는 로마 매장에 들어온 일본인 신사를 응대하고 있는데, 알도 사장님이 그 손님 몰래 나를 부르더니 '이리로 와! 할 일이 그렇게 없어?'라고 하시는 거예요!"

피리는 상사에게 찡그린 표정을 지으며 고개를 저었다. 일본인 신사는 밝은 사탕색 타조 가죽 가방들을 살펴보고 있었다.

"그 가방은 솔직히 너무 별로였어요. 60년대에 유행했던 아이템이었거든요. 그 사람은 '으흠, 으흠, 으흠' 하면서 가방들을 한참 보더군요. 나는 사장님에게 판매를 마무리 짓고 싶다고 했어요. 다시 응대하러 갔는데 그 사람이 그 가방을 60개나 사겠다는 거예요! 저는 그때까지 한 번에 그렇게 많이 판매한 적이 없었어요."

알도는 이 일을 계기로 태도를 바꿨다. 그는 1974년 〈뉴욕 타임스〉와의 인터뷰에서 이렇게 말했다.

"일본인들은 취향이 훌륭해요! 저는 직원들에게 일본인 고객은 귀족처럼 떠받들어야 한다고 이야기합니다."

알도는 1975년에도 한 기자에게 이렇게 말했다.

"일본 사람들은 외모가 아주 뛰어나지는 않지만 지금은 귀족과 같은 지위를 누리고 있습니다."

뿐만 아니라 그는 판매원이 손님 한 명에게 가방 1개 이상을 판매할 수 없다는 규칙도 만들었다. 일본인 고객들이 구찌 매장에 와서 가방을 대량으로 사들인 다음 일본에서 몇 배의 가격으로 되판다는 사실을 알아차렸기 때문이다. 알도는 일본인에게 직접 판매할 방법을 찾아야 한다고 판단했다.

그때 일본 사업가 모토야마 고이치로(本山一郎)가 일본에서 매장을 공동 운영하는 합작 사업을 제안했다. 그들이 맺은 관계는 지속적으로 유지되면서 구찌가 동아시아에서 엄청난 성공을 거두는 기틀이 되었다. 모토야마는 프랜차이즈 계약에 따라 1972년 도쿄에 동아시아 최초의 구찌 매장을 열었다. 1974년에는 역시 모토야마와의 제휴로 최초의 홍콩 매장을 열었다. 그때 구찌는 전 세계적으로 14개의 직영 매장과 46개의 프랜차이즈 매장을 갖고 있었다. 알도는 불과 20년 만에 사보이플라자 호텔의 6,000달러짜리 작은 상점에서 미국, 유럽, 아시아를 아우르는 대제국을 일구었다. 구찌의 최대 주력 사업은 매장 세 곳을 둔 뉴욕에서 이루어졌다. 〈뉴욕 타임스〉는 구찌 매장들이 있는 5번가와 54번가, 55번가 교차로를 가리켜 '구찌 거리'라 불렀다.

1970년대 중반에 이르면 "손님은 언제나 옳다"라는 알도의 초기 철학이 다소 독재적이고 경직된 방향으로 진화하며 세간의 주목을 끌었다. 알도는 여타 사업가들의 방침에 구애받지 않는 자신만의 방침을 정했다. 예를 들어 반품이나 환불, 할인을 허용하지 않았다. 손님은 구매 시점으로부터 열흘 내에 영수증과 함께 물건을 교환할 수 있을 뿐이었다. 티파니나 까르띠에 같은 고급 브랜드 대부분이 30일 이내에 전액 환불을 약속했던 것과는 대조적이었다. 수표로 지불하려는 사람은 판매원이 은행에 전화해 잔고가 충분한지 확인할 동안 기다려야 했다. 토요일에 수표로 구입하려는 고객에게는 제품을 매장에 두었다가 월요일에 은행이 수표를 승인한 후 배달해 주겠다고 통보했다. 한편 판매원들도 구찌의 내부 방침 때문에 골머리를 앓았다. 하루 업무가 끝나면 모자에 담긴 구슬 하나를 골랐고, 검은색 구슬을 고른 판매원은 가방 수색을 당했다.

고객들은 매일 12시 30분부터 1시 30분까지 매장을 닫는 것에 가장 큰 불만을 터뜨렸다. 이는 1969년 알도의 주장으로 오후 1시부터 4시까지 매장 대부분을 닫는 이탈리아 관습에 따라 만들어진 관행이었다. 이탈리아에서는 이 같은 관행이 현재까지도 유지되고 있다. 1970년대 중반 뉴욕 매장을 여러 해 동안 운영한 프란체스코 지타르디는 이렇게 회고했다.

"사람들이 매장 바깥에 줄을 서서 문을 똑똑 두드리며 열어 달라고 하는 일이 많았습니다. 그러면 저는 시계를 보면서 '5분만 더 기다려 주세요'라고 말하곤 했지요."

알도는 점심시간 교대 근무를 시험해 본 뒤에 판매원 모두가 똑같은 시간에 식사하는 편이 낫다고 주장했다. 그렇게 해야 구찌의 자랑인 가족적인 회사 분위기가 강화되고, 판매원의 교대 때문에 고객 응대가 늦어지는 일도 방지할 수 있다고 생각했다. 고객이 매장에 들어왔다가 자기 마음에 드는 판매원의 응대를 받지 못하는 일이 없도록 하고 싶었다. 〈뉴욕 타임스〉와의 인터뷰에서 그는 이렇게 말했다.

"판매원들의 점심시간을 엇갈리게 배치했더니 어떤 직원은 오후 늦게까지 점심을 먹지 못하는 일이 발생하곤 했습니다. 그래서 고객들의 양해를 구해 지금은 모든 판매원이 같은 시간에 점심을 먹고 있습니다."

이러한 관행은 사업에 타격을 주기는커녕 오히려 구찌의 명성을 드높이는 효과를 낳았다. 1974년 12월, 〈뉴욕 타임스〉는 '구찌가 인기 있는 비결은 무엇일까?'라는 질문을 던졌다. 알도가 그 유명한 홀스빗 무늬 푸른색 넥타이를 만지작거리며 모피 코트와 청바지 차림의 고객들이 계산대 앞에 세 줄로 늘어서 밀치락달치락하는 모습을 보며 환하게 웃는 사진도 함께 실렸다. 크리스마스 시즌에는 훨씬 더 많은 사람이 몰려들었다. 그럴 때면 알도는 매장에 나가 선물 포장에 직접 사인해 주며 고객들을 즐겁게 해 주었다.

고객은 계속 구찌로 몰려왔다. 그리고 구찌의 서비스에 화를 내며 떠나갔다. 가장 큰 문제는 알도가 '이탈리아 명문가 출신이지만 업무 경험이 거의 없는' 직원들을 채용한 데서 비롯되었다. 그는 뉴욕에서 폼 나는 일을 하면서 매장 근처 아파트에서 살 수 있는 달콤한 기회를 제공한다는 감언이설로 명문가 자제들의 흥미를 자극했다. 그러나 긴 근무시간과 낮은 급여, 알도의 엄중한 감시에 시달린 젊고 미숙한 판매원들은 점점 더 고객들을 불친절하게 대했다. 그들은 고객 등 뒤에서 낄낄거리는가 하면 고객이 알아듣지 못하리라 생각하고 이탈리아어로 비웃었다. 사실 알도의 행동도 그들과 다를 바 없었다.

뉴욕의 사교계에서는 "나보다 더 구찌에서 황당한 취급을 받은 사람은 없을 걸"이라는 말이 자신이 상대보다 한 수 위임을 자랑하는 유행어가 되었다. 구찌의 서비스는 1975년 잡지 〈뉴욕〉에서 '뉴욕에서 가장 불친절한 상점'이라는 4쪽짜리 기사를 실을 정도로 화제가 되었다. 미미 셰라턴(Mimi Sheraton) 기자는 "구찌 매장의 판매원은 고객 따위는 중요하지 않다는 티라도 내듯 물건을 팽개치듯 내려놓고 손님을 쌀쌀맞게 쳐다보는 기술을 연마해왔다"라고 묘사했다. 게다가 불친절하게 응대해도 "고객들은 다른 제품을 구매하기 위해 다시 찾아와 상당한 값을 치른다!"라고도 썼다.

셰라턴은 알도와의 인터뷰를 앞두고 일부 집단에서 '황제'로 칭송받는 사람과 만나는 것에 상당한 부담을 느꼈다. 그녀는 수수한 회갈색 벽으로 둘러싸인 알도의 집무실로 안내되었다. 그녀를 맞이하러 일어난 알도는 15년 전 로마 콘도티 매장의 소박한 사무실에서 수줍은 태도로 난생처음 언론 인터뷰에 임하던 짙은 안경을 쓴 젊은이와는 생판 다른 사람이었다.

알도는 청자색 눈동자와 홍조가 깃든 안색을 돋보이게 하는 은은한 푸른 색조로 갖춰 입었다. 밝은 청보라색 리넨 정장과 하늘색 셔츠, 빨간 무늬가 있는 밝은 파랑색 넥타이로 셰라턴에게 강렬한 인상을 남겼다. 셰라턴은 "일흔 살 남성이 그렇게 매력과 패기가 넘치고 정력적인 모습일 줄은 상상도 하지 못했어요. 그는 주위를 압도할 정도로 생기가 넘쳤습니다"라고 말했다. 알도는 특유의 오페라 가수 같은 말투로 안장 제작에서 시작된 구찌의 500년에 이르는 역사를 읊으며 가죽의 품질은 물론 꼼꼼한 세공에도 신경 쓰고 있다고 강조했다.

"모든 것이 완벽해야만 합니다. 건물 벽돌조차도 구찌의 것임을 드러내야 하지요."

셰라턴은 구찌가 속물적이라는 평판을 얻은 것은 알도의 책임이라는 결론을 내리면서, "구찌의 무례한 서비스는 의심할 여지가 없다. 구찌의 수장은 그것조차 자랑으로 생각하지만 그를 제외한 모든 사람은 자만이라고 치부한다"라는 문구로 기사를 끝맺었다. 알도는 그 기사에 불쾌해하거나 화내기는커녕 매우 기뻐하면서 셰라턴에게 꽃을 보냈다. 그 기사가 홍보에 큰 도움이 될 거라 판단했기 때문이다. 알도는 새 매장을 여는 동안에도 계속 새로운 제품군을 개발했다. 다시 가족 이사회를 소집해 형제들에게 향수를 판매하자고 설득했다. 로돌포와 바스코는 이번에도 쉽게 동의하지 않았다. 바스코는 알도의 지나친 충동을 억제해야 한다고 생각했다.

"우리는 가죽제품 회사야. 우리가 향수에 대해 뭘 안다고 그래?"

그러나 알도는 고집을 피웠다.

"향수는 명품시장에서 새로 개척해야 할 영역이야. 우리 고객들은 향수를 좋아해. 비싼 고급 향수를 만들면 반드시 구입할 거야."

바스코와 로돌포는 마지못해 동의했고, 1972년 구찌 퍼퓸 인터내셔널(Gucci Perfume International) 주식회사가 탄생했다. 알도가 향수 사업을 시작한 데는 두 가지 목적이 있었다. 향수 사업이 큰 수익을 내면서 가죽제품 사업을 보완해 줄 다각화 아이템이 될 것이라 확신했다. 뿐만 아니라 향수 회사 설립이 아들들에게 과도한 권한은 주지 않으면서 사업에 끌어들일 수 있는 계기가 되기를 바랐다. 향수 회사의 후계자를 자기 아들들로 제한하자는 알도의 제안에 형제들은 크게 반대하지 않았다. 바스코는 자녀가 없었기에 별 관심이 없었고, 로돌포는 마우리치오와 불화를 겪고 있었기 때문이다.

알도가 1968년 세브랭 운데르망(Severin Wunderman)을 만났을 때 구찌의 중요한 신제품이 탄생했다. 역경 속에서 성장한 운데르망은 '선제공격을 하는 사람이 이긴다'라는 인생철학을 갖고 있었다. 동유럽 이민자의 아들인 운데르망은 열네 살에 고아가 되어 누나가 살던 로스앤젤레스와 유럽을 오가며 성장했다. 열여덟 살 때부터 시계 도매업체 쥬베니아(Juvenia)에서 일하며 시계 사업을 하면 상당한 소득을 얻을 수 있다는 것을 깨달았다.

알도와 만났을 때 운데르망은 프랑스 시계 회사 알렉시스 바틀레이(Alexis Barthelay)의 미국 내 영업을 담당하고 있었다. 그는 뉴욕 출장 동안 까르띠에와 반 클리프(Van Cleef) 등 47번가에 자리 잡은 고급 보석상들과 만난 후 구찌의 대리인들을 만나기로 결심하고 힐튼 호텔에서 약속을 잡았다. 로비의 신형 버튼 전화기에 익숙하지 않았던 그는 실수로 알도의 직통번호를 눌렀다. 놀랍게도 알도가 직접 전화를 받았다. 그리고 두 남자의 이야기가 시작되었다. 운데르망은 그때를 재미있게 회고했다.

"그때 알도는 자기에게 여자를 소개해 줄 사람의 전화를 기다리고 있었어요. 그래서 내가 쭈뼛쭈뼛하자 통화가 길어질까 봐 조바심을 내더군요."

참을성이 없었던 알도는 전화를 건 사람이 왜 곧바로 용건을 말하지 않는지 이해할 수 없었다. 그래서 피렌체 사투리로 "어떤 놈이야?"라고 말하며 화를 냈다. 운데르망은 피렌체 출신 여성과 교제 중이었기 때문에 그 말을 바로 알아들었다.

"나는 그런 말에 순순히 넘어갈 사람이 아닙니다. 그래서 '그러는 너는 어떤 놈이야?' 하고 똑같이 되받아쳤지요."

"너 어디야?"

알도가 고함치자 운데르망도 소리를 질러댔다.

"아래층이다!"

"그럼, 위층으로 올라오지 그래? 찍소리도 못할 정도로 두들겨 패 줄 테니까."

운데르망이 먼저 주먹을 날릴 기세로 위층에 올라갔다.

"알도가 내 멱살을 잡았고 나도 그의 멱살을 잡았어요. 그런 다음 우리는 서로를 쳐다보며 웃음을 터뜨렸어요. 그렇게 나와 알도, 나와 구찌의 관계가 시작되었습니다."

두 사람은 금세 친해졌고 대화를 주거니 받거니 하는 상대가 되었다. 그들의 관계는 사업에만 국한되지 않고 개인적인 친분으로도 이어졌다. 뿐만 아니라 알도는 운데르망의 멘토가 되었고, 운데르망은 알도의 가장 가까운 지기(知己)가 되었다.

1972년 알도는 운데르망에게 구찌 브랜드 시계를 제조하고 유통할 수 있는 사용권을 주었다. 운데르망은 캘리포니아 어바인에 세브랭 몽트르(Severin Montres) 주식회사를 세웠고, 그 후 25년에 걸쳐 구찌 시계 회사를 업계의 정상급 주자로 키워냈다. 세상 물정에 밝으면서도 엉뚱하고 변덕스러웠던 그는 폐쇄적인 스위스 시계 제조업계를 조금씩 잠식하며 생산과 유통업체뿐 아니라 상품박람회 공간을 확보하면서 업계에 이름을 알렸다. 구찌는 패션 브랜드로는 최초로 주요 시계 회사가 되었다. 운데르망은 이를 자랑스럽게 말했다.

"세계적인 시계 회사라면 크게 성공한 모델 한 가지쯤은 갖고 있게 마련이지요. 하지만 두 가지 모델을 성공시킨 회사는 극소수입니다. 그런데 우리는 11가지 모델을 성공시켰습니다!"

사용권 계약에 따라 출시된 첫 번째 구찌 시계는 고전적 스타일로 '모델 2000'이라 불렸다. 운데르망은 아메리칸 익스프레스(American Express)와 제휴한 우편광고를 통해 제품을 판매했다. 이 광고가 시작된 이후 구찌 시계의 매출은 5,000개에서 단숨에 20만 개로 급증했다. 모델 2000은 2년 만에 100만 개 넘게 팔리는 기록을 세워 기네스북에 올랐다. 문자판을 금색 팔찌에 끼워 넣은 형태로 만들어 다른 색상의 팔찌로도 바꿀 수 있는 여성용 팔찌 시계도 뒤이어 출시했다. 구찌의 시계 사업은 운데르망은 물론, 최근 기준으로도 높은 수준인 15%의 로열티를 받은 구찌에게도 노다지가 되었다.

"위스콘신의 오시코에 가서 구찌 이야기를 꺼내면 그곳 사람들이 '맞아요. 구찌는 구두도 만들죠!'라고 대답하곤 했어요."

운데르망은 타고난 명민함을 사업 감각으로 승화시켰다. 시간을 최대한 활용하기 위해 제트기를 전세 내 런던 사무실과 스위스의 생산시설을 오갔을 정도로 열심히 일했다. 보수적인 스위스 시계업계에서 말썽꾼 취급을 받았지만 얼마 지나지 않아 세계 최고급 식당과 호텔들이 그를 반겼고 넉넉한 팁에 보답하는 의미로 초특급 서비스를 제공했다.

운데르망은 구찌가 처음이자 유일하게 내주었던 시계 라이선스를 29년 동안 보유했다. 1990년대 후반에도 시계 사업은 연간 2억 달러의 매출을 올렸고, 그중 3,000만 달러가 구찌에게 로열티로 지급되며 구찌가 가장 큰 어려움을 겪던 시기에 주요 소득원이 되었다. 운데르망도 구찌 시계로 막대한 돈을 벌어들였다. 캘리포니아, 런던, 파리, 뉴욕 등에 호화 주택을 짓는가 하면 프랑스 남부의 성을 사들이기도 했다.

1970년대에 구찌의 소유권 구조를 완전히 뒤바꾼 사건이 발생했다. 바스코가 1974년 5월 31일 76세에 폐암으로 세상을 떠난 것이다. 이탈리아의 상속법에 따라 3분의 1에 해당하는 그의 지분은 아내 마리아에게 상속되었다. 알도와 로돌포는 가족의 소유권을 지키기 위해 마리아에게 지분을 매입하겠다고 제안했고, 다행히 그녀도 동의했다. 알도와 로돌포는 각각 50%의 지분으로 구찌 제국을 지배하는 양대 주주가 되었다. 이 지분 비율은 훗날 구찌의 미래에 큰 영향을 끼쳤다. 그때까지도 마우리치오와 화해할 생각이 없었던 로돌포는 회사 소유권을 아들과 나눌 생각이 없었다. 반면 알도는 자기 아들들을 구찌의 모회사에 합류시킬 때가 되었다고 판단해 지분 중 10%를 세 아들에게 나눠 주었다. 그 결과 조르지오, 파올로, 로베르토는 각각 3.3%의 지분을 보유하게 되었다.

알도는 너그럽고 공정한 아버지처럼 행동하면서 자신의 지휘권을 내주는 것에 신경 쓰지 않았다. 이로 인해 아들 중 한 명이 훗날 삼촌 로돌포와 손잡고 53.3%라는 과반수로 아버지의 지분을 제압하는 일이 벌어지게 된다. 그와 동시에 알도와 로돌포는 해외에 일련의 지주회사를 세워 구찌 지분을 출자했다. 파나마 소재의 뱅가드 인터내셔널 매뉴팩처링(Vanguard International Manufacturing)은 알도의 소유, 앵글로 아메리칸(Anglo American)은 로돌포의 소유가 되었다.

시계 사업이 빠르게 도약하는 동안 독자적인 향수 사업을 시작하려던 첫 시도는 실패로 끝났다. 향수 사업에 필요한 비용과 전문 지식은 구찌 가문의 역량 밖이었다. 그럼에도 포기하기 싫었던 알도는 1975년 향수 사업을 통합한 구찌 향수 주식회사(Gucci Parfums SpA)를 다시 세웠고, 구찌 최초의 향수를 개발하고 유통할 사용권을 메넨(Mennen)에 내주었다. 새 회사의 소유권은 알도와 로돌포, 알도의 세 아들들과 각각 20%씩 동등하게 나눴다.

알도와 그의 아들들은 로돌포가 소유한 구찌 지분 50%가 가업에 대한 그의 기여도에 비해 과하다는 생각을 남몰래 품고 있었다. 알도는 향수라는 새로운 분야에 투입하는 이익을 점점 더 늘려갈 계획을 세웠다. 이를 위해 향수와 어울리는 새로운 가방과 패션 소품을 개발했으며, 구찌 매장뿐 아니라 향수 매장에서도 그 제품을 판매할 권리를 확보했다. 또한 부양할 식구가 여섯이던 아들 로베르토에게 도움을 주기 위해 그를 향수 회사 대표로 임명했다. 새로운 제품군은 구찌 액세서리 컬렉션(Gucci Accessories Collection: GAC)이라 불렸다. 로베르토는 피렌체에서 GAC의 경영을 담당했고 알도는 뉴욕에서 제품 개발을 지휘했다. 새로운 제품군에는 화장품 가방과 토트백뿐 아니라 구찌의 특징으로 자리 잡은 갈색 또는 암청색 돈피와 그에 어울리는 줄무늬 끈으로 테를 두른 더블 G 모노그램이 프린트된 캔버스백도 포함되었다. 이 컬렉션은 GAC 또는 '캔버스' 컬렉션으로 알려졌다. 구찌의 핸드메이드 가죽 가방이나 패션 소품보다 제작비용이 낮았던 GAC 제품들은 구찌라는 이름을 더 많은 소비자에게 알리기 위한 목적으로 출시되었다. 향수 매장과 백화점에서 구찌의 화장품 가방과 토트백을 구찌 향수와 함께 판매한다는 전략이었다. GAC는 분명 좋은 의도에서 출발했고 용의주도하게 설계된 데다 1979년의 시대정신에도 부합하는 듯 보였다. 그러나 결국에는 사업 안정성과 가족의 우애를 깨뜨리는 요인이 되었다. GAC의 출시는 구찌가 '품질'에 대한 통제력을 상실한 시점과 일치한다. 로베르토는 GAC의 산하에 라이터와 펜 같은 실용품을 포함한 점점 더 많은 제품을 끼워 넣었고, 향수 계열사는 곧 모회사보다 더 많은 수익을 올리기 시작했다. 그때 구찌 매출 대부분은 직영 매장이나 프랜차이즈 매장을 통해 이루어졌다.

조지프 매그닌 백화점에서 구찌의 프랜차이즈 매장을 운영하던 사업가 마리아 마네티 패로(Maria Manetti Farrow)는 더 많은 소매업체들을 상대로 GAC의 도매 유통을 시작하기로 알도와 합의했다. 역시 피렌체 출신인 마네티 패로는 사업 감각과 성공을 향한 의지를 갖추고 있었다. 그녀는 GAC 도매 유통을 시작한 지 얼마 되지 않아 미국 소매업계의 유명 인사가 되었다. 이미 생산과 소매사업을 꿰뚫고 있던 그녀는 도매 매출이 0이던 GAC 사업을 불과 몇 년 만에 4,500만 달러로 키워냈으며, 피렌체의 모회사에서 직접 캔버스백을 구매해 미국 전역의 백화점과 가방 전문점에 판매했다. 80개 지점으로 유통을 시작한 마네티 패로는 구찌가 사업을 회수한 1986년까지 해마다 60만 개에 달하는 제품을 팔았다. 베스트셀러였던 180달러짜리 캔버스 더플백(duffle bag, 거친 직물로 짠 큰 가방)은 미국의 200여 도시에서 3만 개 정도가 팔렸다. 그녀는 GAC를 300여 곳의 거래처에 판매하며 1억 달러가 넘는 소매 매출을 올렸다. 1980년대 말까지 구찌의 캔버스백은 전국적으로 1,000개 넘는 매장에서 판매되었다. 마네티 패로는 그 비결을 이렇게 설명했다.

"밖에 잘 돌아다니지 않으면서도 상점에 가면 쉽게 주눅 드는 사람들을 타깃으로 삼았어요."

1980년대에 이르러 GAC는 백화점과 화장품 매장에서 대량 유통되면서 전문 바이어들에게 구찌의 '잡화점 이미지'를 떠올리게 하는 제품군이 되었다. 뿐만 아니라 GAC로 말미암아 모조품이 범람하기 시작했다. 공들여 손으로 만든 가죽 가방보다는 값싼 캔버스백의 모조품을 만드는 편이 훨씬 더 쉬웠기 때문이다. 품질이 형편없는 모조품이 순식간에 시장에 넘쳐났다. GG 모노그램이 들어간 지갑을 포함해 빨간색과 녹색 테두리로 장식된 백이 피렌체의 상점과 시장, 미국 주요 도시의 값싼 소품 상점을 가득 채웠다. 알도는 모조품 때문에 구찌 사업이 큰 타격을 입을 거라는 것을 잘 알고 있었다. 알도는 잡지 〈뉴욕〉과의 인터뷰에서 이렇게 말했다.

"방금 고급 핸드백을 산 고객이 왜 3개월 뒤에 여기저기 모조품이 돌아다니는 꼴을 봐야 하는 걸까요?"

구찌는 모조품에 대항하기 위해 1977년부터 6개월 넘는 기간 동안 34건의 법정 소송을 벌였다. 그중에는 구찌 화장지 제조를 막기 위한 소송도 있었다. 수년 전 '구찌구찌구(Gucci Gucci Goo)' 문구를 새긴 식빵을 판매한 페더레이티드(Federated) 백화점을 상대로 소송을 제기했을 때부터 조짐이 보였다. 알도는 '구치(Goochy)'라는 문구를 넣은 캔버스 쇼핑백 제조업체는 우습게 생각하고 소송을 제기하지 않았지만, 베네수엘라의 가짜 구찌 구두나 마이애미의 구찌 티셔츠, 멕시코시티의 가짜 구찌 매장을 확인한 뒤로는 웃을 수 없었다. 로베르토 구찌는 1978년 〈뉴욕 타임스〉와의 인터뷰에서 이렇게 말했다.

"멕시코 전직 대통령의 영부인을 비롯해 싼 것만 찾아다니는 유명 인사들이 멕시코시티의 '구찌'라는 매장에서 구매한 불량품의 수선을 뉴욕 매장에 맡기러 왔다가 진품이 아니라는 말을 듣고 놀랐을 정도였습니다."

구찌의 법정 소송으로 1978년 전반기에만 2,000개 넘는 핸드백이 압수되었고, 이탈리아의 모조품 제조업체 14곳이 소탕되었다. 이렇게 명성에 위협이 되는 모조품과 전쟁을 벌이는 동안 알도는 가족 내에서 곪아 터지고 있던 가장 큰 문제에는 신경을 쓰지 못했다. 창의적인 괴짜였던 파올로는 회사에서 더 큰 역할을 맡지 못한 것에 좌절해 삼촌 로돌포와 충돌하기 시작했다. 파올로는 경영 전략뿐 아니라 디자인 전략과 관련해서도 로돌포에게 제안했지만 스스로를 구찌의 디자인 전략 책임자로 생각했던 로돌포는 파올로의 제안이나 비판을 반기지 않았다. 아버지로부터 3.3%의 지분을 증여받은 파올로는 곧 가족 이사회에서 디자인, 생산, 마케팅에 대한 아이디어를 제안하기 위해 주주로서의 지위를 이용하기 시작했다.

그때 파올로는 아내와 두 딸과 별거하면서, 영국인 여자 친구 제니퍼 퍼드풋(Jennifer Puddefoot)과 사귀고 있었다. 제니퍼는 가수를 꿈꾸던 통통한 금발 여성으로 첫 결혼에 실패했으며, 신랄한 유머 감각을 갖고 있었다. 두 사람은 1978년 아이티로 사랑의 도피를 감행했다. 아내 이본과 로마 가톨릭교회에서 결혼식을 올렸던 파올로는 이혼이 쉽지 않았기 때문에 제니퍼와 결혼하기 위해 아이티 시민권을 땄다. 5년 후 파올로와 제니퍼는 딸 젬마(Gemma)를 낳았다.

1974년 바스코가 세상을 떠나자 파올로는 피렌체 외곽에 있는 스칸디치 공장의 운영을 맡았고 유리문을 통해 주문 부서를 한눈에 볼 수 있는 사무실에서 일했다. 주문 부서 벽에는 전 세계 구찌 매장의 시간을 알려주는 대형 벽시계가 걸려 있었다. 다른 유리문으로는 인도네시아와 북아프리카산 타조가죽과 악어가죽, 폴란드산 멧돼지가죽과 돈피, 스코틀랜드산 캐시미어, 오하이오 톨레도산의 GG 모노그램이 새겨진 옷감 등 온갖 직물과 희귀한 가죽을 주문하는 구매 담당 직원이 보였다. 특히 오하이오에서 만든 옷감은 대부분 고무 회사인 파이어스톤(Firestone)에서 특수 방수 처리를 거친 것이었다. 복도 맞은편의 디자인 스튜디오는 벽에 부착된 색상표와 직물 견본이 핸드백 도안, 버클, 시계, 테이블보, 도자기 등과 어우러진 만화경처럼 보였다.

창문 너머로는 별장과 삼나무가 보이는 토스카나의 전원 풍경과 양배추 밭이 펼쳐졌고 멀리 아펜니노 산맥의 짙은 능선도 보였다. 공장 아래층에서는 접착제 냄새를 빨아들이는 환풍기 소음 속에서 재봉틀과 재단기계가 돌아갔다. 모퉁이 한쪽에서는 장인들이 뻣뻣한 대나무 조각을 화염분출기로 능숙하게 그슬려 부드럽게 한 다음 핸드백의 곡선형 손잡이로 변신시키는 작업을 하고 있었다. 다양한 생산 단계에 있는 제품들로 가득한 카트가 접착제 처리, 바느질, 재단, 장식, 부품 부착을 위해 이리저리 이동했다. 장인들은 현대적인 가죽 재단 장비나 압착 장비를 이용할 때 말고는 옛날 칼다이에 거리와 룬가르노 귀짜르디니의 공방에서 사용했던 기법을 그대로 사용했다. 모든 제품은 오늘날과 마찬가지로 검사를 거친 후 흰색 플란넬로 포장되어 선적할 채비를 갖추었다.

파올로는 구찌의 모노그램 바지 차림으로 토르나부오니 매장과 사무실뿐 아니라 스칸디치 공장을 잰걸음으로 돌아다니며 열정적인 아이디어를 쏟아냈다. 장인과 판매사원들은 그를 호감 가는 별종이라 생각했다. 그러나 얼마 지나지 않아 그 역시 알도와 마찬가지로 기뻐 날뛰다가도 금세 화내는 변덕스런 사람임을 깨달았다. 파올로는 멋진 발표를 마친 다음 디자인 조수를 향해 이렇게 말했다.

"사람들이 나한테 박수를 치는 건 다 네 덕분이야."

그러나 그 조수가 자기 의견에 반대하면 도안 한 다발을 조수의 얼굴에 던지고 방을 뛰쳐나갔다. 파올로는 토스카나의 완만한 구릉 사이에서 평화로운 삶을 즐기는 듯 보였으나 그러한 평온 뒤에 격동하는 속내를 숨기고 있었다. 그는 회사에 목표와 계획이 없다고 생각했고 조직력이 부족하다며 삼촌 로돌포를 비난했다. 반면 타고난 리더인 아버지 알도는 주위에 조언을 제대로 해 줄 사람을 두지 못했다고 생각했다.

"삼촌은 훌륭한 배우였지만 사업가로는 형편없었습니다. 그분은 영리하셨고 주위에 유능한 사람들을 두었지만 지도자감은 아니었어요. 아버지는 정반대였습니다. 타고난 리더였지만 형편없는 사람들에게 조언을 구했거든요."

그는 피렌체에 있을 때 밀라노에 있는 로돌포에게 날마다 편지로 항의했다. 구찌가 유행에 민감한 젊은 고객을 위해 더 저렴한 제품을 라이선스 계약으로 생산 유통해야 한다거나, 조르지오의 성공적인 로마 매장을 본떠 값싼 제품을 취급하는 매장을 열어야 한다는 의견이었다. 구찌 사업에 대한 파올로의 의견은 곧바로 거부당했다. 그러자 그는 여기서 그치지 않고 가족 이사회에서 자신의 지위를 이용해 회사 재정에 관한 거북한 질문을 던지기 시작했다. 세계적으로 구찌 제품의 판매가 급증했고 피렌체의 공장은 전속력으로 가동되었으며 직원도 전 세계에 걸쳐 수백 명에 달했지만 회사 재정은 바닥난 듯 보였다. 파올로와 제니퍼가 결혼한 해에 구찌숍스 주식회사는 미국에서 4,800만 달러라는 기록적인 매출을 올리고도 순이익을 내지 못했다.

왜 그렇게 된 걸까요? 파올로는 그런 문제를 소리 높여 제기했다. 더욱이 그는 자신과 형제들이 받는 월급이 먹고살기에 충분하지 않다고 생각했다. 알도는 아들들이 분수를 지키며 겸손하게 살기를 바라는 마음에서 급여를 충분히 지급하지 않았다. 어쩌다 기분이 좋으면 한 번씩 상여금을 주는 식이었다.

"그 녀석들도 웃을 일이 있어야지."

그는 쾌활하게 말하며 월말에 아들들에게 지급하는 수표에 여분의 금액을 끼워 넣곤 했다. 이처럼 눈에 드러나는 이익이 없자 가족 내에 우려가 퍼졌다. 로돌포는 알도의 사업 확장 욕심을 원인으로 지목했다. 구찌 향수 출시에 많은 비용이 투여됐지만 지분이 20%에 불과했던 로돌포는 향수 사업으로 받는 이익배당금이 많지 않았다. 80%는 알도와 그의 아들들에게 돌아갔기 때문이다. 반대로 파올로와 그의 형제들은 로돌포의 모회사 지분이 50%라는 사실이 못마땅했다. 그들 생각에 구찌 모회사는 아버지 알도가 일군 회사였다. 파올로의 항의가 담긴 편지가 밀라노 집무실 책상에 쌓여 가자 로돌포는 인내심을 잃었다.

일설에 따르면 1970년대 후반에 일어난 사소한 일 한 가지가 큰 분쟁의 도화선이 되었다고 한다. 직원들이 보기에는 그리 특별할 것 없는 일이었다. 어느 날 토르나부오니 매장에 나타난 파올로는 로돌포가 가장 좋아하는 핸드백을 쇼윈도에서 철거하라는 지시를 내렸다. 로돌포가 그 디자인에 대해 자신과 한 번도 상의한 적 없다는 이유에서였다. 진열된 핸드백이 사라졌다는 사실을 알게 된 로돌포는 감히 누가 자신의 쇼윈도에 손을 댔는지 추궁했고, 누가 그랬는지 알게 되자 폭발했다. 로돌포는 곧바로 기자회견을 열어 공개적으로 파올로를 비난했다. 피렌체의 디자인 사무실에서 열린 회의는 핸드백 여러 개가 날아다닐 정도로 격렬했다. 몇몇 핸드백은 열린 창문 밖으로 날아가 잔디밭에 떨어졌을 정도였다. 다음 날 아침 관리인이 공장 문을 열다가 땅바닥에 떨어진 핸드백을 발견하고 도둑이 든 걸로 생각해 경찰을 부르면서 이 일화는 구찌 신화의 일부가 되었다. 직원 한 사람은 핸드백 사건에 대해 이렇게 말했다.

"여느 때와 다름없었어요. 늘 그런 일이 벌어졌죠."

로돌포는 파올로의 비난 섞인 편지와 건방진 태도를 더는 견딜 수 없었다. 전화로 조카를 무섭게 몰아붙이며 밀라노로 호출했다. 파올로가 몬테 나폴레오네 매장 사무실에 나타나자마자 로돌포는 단도직입적으로 말했다.

"네 건방진 태도에 진절머리가 난다! 이제 너와는 끝이야. 이탈리아에서 네 뜻을 이루지 못하겠거든 뉴욕에서 네 아버지와 일하는 편이 나을 게다!"

파올로는 회사 장부를 보여 달라며 반격했다.

"저는 구찌의 이사이자 주주로서 회사 상황에 대해 알 권리가 있어요! 여기 쏟아부은 수백만 달러는 다 어떻게 됐나요?"

파올로는 아버지에게 전화해 로돌포가 자신의 권리 행사를 방해하는 데다 디자인 책임자로서의 역할도 깎아내리면서 자신과 상의 없이 일을 주도한다고 주장했다. 늘 중재 역할을 했던 알도는 아들이 제기한 문제를 일축하며, 뉴욕에 와서 일하라고 권유했다.

"파올로, 너에게는 휴식이 필요해. 미국은 살기에도, 일하기에도 멋진 곳이야. 이곳에 오면 패션 소품과 디자인을 총괄할 수 있어. 제니퍼도 좋아할 게다."

파올로와 제니퍼는 무척 기뻐했다. 알도는 파올로에게 5번가 매장에서 걸어서 5분도 걸리지 않는 곳에 있는 아파트를 선물했고, 구찌숍스와 구찌 향수 미국 지사의 마케팅 부사장 겸 상무이사로 임명했다. 그리고 그 지위에 어울리는 임원급 연봉도 지급했다. 신이 난 파올로는 미국 시장의 무한한 가능성을 활용할 새 아이디어를 잔뜩 내놓았다. 그때가 1978년이었다.

1980년 알도는 컬럼비아 영화사로부터 1977년에 사들인 5번가 685번지 건물에 멋진 새 매장을 열었다. 일꾼들은 16층 건물의 아랫부분 4개 층을 철거했고, 위쪽 층에 들어올 임차인을 위한 엘리베이터 등의 시설을 보수했다. 건물을 지지하기 위한 강철과 콘크리트 대들보를 바깥 공간에 설치하는 데만 180만 달러가 들었다. 개보수가 끝난 매장에는 널찍한 안마당이 생겼다. 유리문이 달린 엘리베이터 두 개 사이에는 1583년 메디치 가문의 프란체스코 대공을 위해 직조된 거대한 벽화 〈파리스의 심판〉이 걸렸다. 유리, 대리석, 조각용 청동으로 마감한 이 공사 역시 뉴욕의 건축 사무소 와이스버그 앤 카스트로가 1층부터 3층까지 설계했다.

1층은 핸드백과 패션 소품, 2층은 남성용 제품, 3층에는 여성용 제품이 진열되었다. 새 매장은 1999년 구찌의 현재 경영진이 개보수를 위해 문을 닫기 전까지 똑같은 실내장식을 유지했다. 알도는 로마의 줄리오 사비오(Giulio Savio)가 설계한 매장 4층을 장식할 미술품 컬렉션 '구찌 갤러리아(Gucci Galleria)' 건설에만 600만 달러를 쏟아부었으며, 전부 합쳐 1,200만 달러가 넘는 돈을 새 매장에 투자했다. 오랫동안 예술과 상업의 결합을 도모했던 그는 이탈리아 테너이자 친구인 루치아노 파바로티의 공연 후에 친구들을 위해 즉흥적으로 이탈리아식 저녁 모임을 열었다. 이러한 행사는 원래 격식에 얽매이지 않는 모임이었지만 점점 더 공식 자선 행사로 발전했다. 1978년 소프라노 가수 베벌리 실스가 주연을 맡은 오페라 〈돈 파스콸레(Don Pasquale)〉 개막 행사도 그중 하나였다. 구찌는 만찬회와 공연 후의 패션쇼를 후원함으로써 개막일을 빛냈다.

알도는 개인적 연출이 구찌 광고에 가장 효과적이라는 판단을 내리고 영화감독 로베르토 롯셀리니의 동생 렌초 롯셀리니의 아내인 리나 롯셀리니(Lina Rossellini)를 귀빈 전담 직원으로 고용했다. 롯셀리니 부인으로 불리던 그녀는 뉴욕 사교계에서 쌓은 탄탄한 인맥으로 중요 고객들을 구찌 갤러리아로 이끌었다. 리나가 그들을 부드러운 회갈색 소파와 편안한 의자로 우아하게 안내하면 흰색 장갑을 낀 웨이터들이 대리석 탁자에 커피나 샴페인을 올려놓으며 대접했다. 고객들은 모딜리아니, 조르조 데 키리코, 반 고흐, 고갱 등을 비롯한 여러 화가가 그린 진품 그림을 감상하면서 구찌가 디자인한 한정판 장신구나 핸드백을 골랐다. 귀한 가죽과 18캐럿 금장식으로 만들어진 3,000달러에서 1만 2,000달러에 이르는 제품들이었다.

알도는 개장 첫날 저녁 미국 섬유업계 전문지 〈위민스웨어 데일리(Women's Wear Daily)〉와의 인터뷰에서 이렇게 말했다.

"경기 침체기에 이런 물건을 살 사람들이 어디 있느냐고 의아해할지도 모릅니다. 하지만 5%의 여성만이 진짜 미인입니다. 마찬가지로 위대한 가능성을 보이는 사람도 인구의 5%에 불과합니다. 그러나 그 5%만 이곳을 찾더라도 우리는 충분히 웃을 수 있습니다."

그는 1981년 8월에 끝나는 회계연도까지 구찌 아메리카의 매출이 5,500만 달러에서 6,000만 달러에 달할 것이라고 내다보았다. 파올로가 가장 좋아한 일은 중요 고객들에게 '갤러리아'에 입장할 수 있는 금도금 열쇠를 건네는 것이었다. 이 역시 알도의 작품이었다. 1,000개 미만으로 제작된 자그만 금색 열쇠는 얼마 후 뉴욕 사교계의 필수 아이템이 되었다.

우아함과 세련됨의 극치로 평가받던 구찌는 미국인의 머릿속에 최고의 멋진 브랜드로 각인되었다. 1978년 닐 사이먼의 연극 〈캘리포니아 스위트(California Suite)〉의 등장인물 모두가 구찌 여행 가방을 들었고, 구찌라는 이름까지 직접 언급했다. 우디 앨런은 1979년에 개봉한 영화 〈맨해튼(Manhattan)〉의 배경으로 5번가 구찌 매장 쇼윈도를 촬영했다. 로널드 레이건 대통령은 구찌 로퍼를 신었으며, 영부인 낸시 레이건은 평상시에 늘 구찌 핸드백을 애용했고 특별한 행사를 위해 구찌의 공단 슬리퍼와 구슬로 장식된 이브닝 백을 선택했다. 영화배우 시드니 포이티어가 아프리카 여행을 하고 있을 때 어떤 기자가 조상의 땅에 발을 디딘 기분이 어떠냐고 물었을 때 포이티어는 위압적인 눈빛으로 기자를 보면서 쏘아붙였다.

"구찌 신발을 신고 디디니까 기분이 좋군요."

그의 농담은 전 세계로 퍼졌다. 1978년 가십 전문 기고가 수지는 〈데일리뉴스 선데이(Daily News Sunday)〉에 게재한 칼럼에서 재즈 음악가 피터 두친을 '모든 재즈 관현악단 지휘자들 중의 구찌'

라고 칭했다. 1981년 〈타임〉은 폭스바겐이 새로 내놓은 4인용 경차를 "자동차라기보다 구찌 슬리퍼처럼 생겼다"라고 평가했다.

파올로가 뉴욕 생활을 만끽하는 동안 로돌포는 조카의 행동을 곱씹었다. 알도의 가벼운 결정은 물론 통보도 하지 않고 후임도 정하지 않은 채 이탈리아에서의 직책을 벗어던진 파올로의 행동에 분개했다. 그는 마우리치오와 화해한 뒤로 파올로가 자기 아들보다 더 많은 지분을 보유했다는 사실을 받아들일 수 없었다. 1978년 4월, 로돌포는 파올로에게 피렌체 공장에서 의무를 다하지 않았다는 이유로 이탈리아 모회사에서 해고한다는 자필 편지를 보냈다. 알도에 대한 선전포고나 다름없는 그 편지에는 로돌포가 인내심의 한계를 초월한 분노를 느꼈다는 사실이 잘 드러나 있다.

뉴욕에 있던 파올로는 아침 일찍 출근하려던 참에 편지를 받았다. 그는 깜짝 놀라기는커녕 오히려 결의를 다졌다. 제니퍼에게 "그 사람들이 나를 죽이려 든다면 내가 먼저 그 사람들을 죽일 거야"라고 말했다. 그러고는 아버지의 권한을 빌어 로돌포를 무너뜨리겠다고 결심했다. 구찌 향수 사업과 수익성 좋은 GAC의 중요성이 커짐에 따라 로돌포의 말발이 약해지리라 판단한 것이다.

문제는 파올로가 아버지와도 썩 잘 지내지 못했다는 점이다. 마우리치오는 알도를 잘 따랐던 반면 파올로는 아버지와 자주 충돌했다. 함께 일하는 시간이 많아지자 두 사람은 서로에게 짜증내기 시작했다. 알도는 독재적인 데다 매사를 통제해야 직성이 풀리는 성격이었고 일하는 방식에서도 자기만의 확고한 신념이 있었다. 파올로는 이런 상황에 불평하지 않을 수 없었다.

"아무것도 내 뜻대로 못했어요. 권한이 전혀 없었거든요."

변화를 주기 위해 흰색 대신 채색한 종이로 핸드백을 채웠을 때도 알도는 화를 냈다.

"너는 색이 바래는 것도 모르냐? 이 멍청한 자식아!"

파올로가 예정보다 늦게 도착한 주문품을 돌려보냈을 때도 알도는 씩씩거렸다.

"우리와 몇 년 동안 거래한 업체를 그딴 식으로 대해선 안 돼!"

두 사람은 광고 예산과 카탈로그에 대해서도 의견이 엇갈렸다. 알도는 입소문이 구찌 홍보에 더 도움이 된다고 생각했기 때문이다. 파올로의 쇼윈도 진열 방식만이 알도의 마음에 든 것처럼 보였다. 그러다 파올로가 유명한 쇼윈도 장식가를 고용하자 알도가 출근 첫날 그 장식가를 해고한 일도 있었다.

구찌 일가 중에 뉴욕 사교계에서 자리 잡은 사람은 알도뿐이었다. 언론이 '구찌의 리더'로 칭한 알도만이 연이은 구찌의 패션 자선 행사에서 존재감을 드러냈다. 하지만 파올로는 아버지의 독재를 참을 수 없었다. 그렇다고 피렌체로 돌아갈 수도 없었다. 뉴욕에서 많은 친구를 사귀며 인맥을 쌓은 그는 자기 이름을 걸고 할 수 있는 일을 찾아 나섰다. 가족들이 그의 계획을 알아차리기까지는 그리 오랜 시간이 걸리지 않았다. 로돌포는 스칸디치 사무실에서 알도에게 전화를 걸었다.

"알도 형, 그 멍청한 녀석이 대체 무슨 일을 꾸미고 있는지 알고 있어?"

그는 파올로가 PG컬렉션이라는 독자적인 제품 라인을 상의하기 위해 현지 공급업체 몇 곳과 접촉했다는 소식을 전해 들었다. 그리고 파올로의 이야기가 허무맹랑한 말에 그치지 않는다는 사실도 알게 되었다. 스타일, 가격, 납품 일정까지 정해졌고, 특히 유통 계획이 거창했다. 어떤 소식통에 따르면 파올로는 판매처로 슈퍼마켓까지 고려하고 있었다.

알도는 열이 잔뜩 받은 채로 전화를 끊었다. 그의 반응은 파올로의 예상을 완전히 빗나갔다. 알도는 아들과 합세해 로돌포에게 맞서기는커녕 아들을 경계하게 되었다. 알도와 로돌포는 자주 말다툼은 벌일지언정 회사를 보호할 필요가 있을 때만큼은 힘을 합쳤다. 두 사람은 파올로의 행동이 구찌의 명성은 물론 가족들이 지금까지 이룬 업적에 위협이 된다고 판단했다. 알도는 그 많은 것을 베풀었음에도 아들이 그런 식으로 보답했다는 사실에 분노했다. 그는 5번가 매장의 위층 사무실을 쓰던 파올로에게 곧바로 전화를 걸어 따졌다. 그의 고함으로 건물이 쩌렁쩌렁 울렸다.

"이 멍청한 자식아! 넌 해고야! 바보처럼 나와 경쟁하려 들다니! 정신이 나갔구나! 이제 널 보호해 주지 않을 거야."

파올로가 되받아쳤다.

"사람들이 저를 못살게 굴도록 내버려 두시는 이유가 뭐예요? 저는 회사가 잘되기만을 바랐어요. 해를 끼칠 생각은 없었다고요!

저를 해고하면 제 회사를 차릴 테니 그리 아세요. 나중에 누가 옳았는지 알게 되겠죠!"

파올로는 매장을 빠져나와 법률 대리인 스튜어트 스파이저(Stuart Speiser)를 찾아갔고, 며칠 후 PG라는 새로운 상표권을 등록했다. 얼마 지나지 않아 파올로는 아버지의 해고 통보 편지를 받았다. 1980년 9월 23일자로 이사회에서 발송된 등기우편이었다. 파올로는 26년 동안 근무했는데 퇴직금이 한 푼도 없다는 사실을 깨닫고, 이탈리아의 모회사에 소송을 제기했다. 그 일로 로돌포는 파올로를 큰 위험요소라고 확신했다. 구찌 일가는 파올로 없이 피렌체에서 이사회를 열었고 그의 사업을 무산시키기 위해 800만 달러를 들이기로 결정했다. 파올로가 자기 뜻대로만 행동한다고 생각했던 로베르토와 가족 분쟁에 엮이길 원치 않았던 조르지오도 그 자리에 참석했다. 로베르토는 형을 설득하려 했다.

"가족 회사와 경쟁해서는 안 돼. 게임을 하려면 규칙에 따라야지. 회사와 싸울 거면 회사 소속으로 남아 있으면 안 되잖아. 형 뜻대로 하려면 형의 지분을 팔아."

파올로는 분개했다.

"사람들 모두 자기 이익 지키기에 급급하잖아. 나도 내 이익을 지키려고 그러는 건데, 그렇게 하지 말라니. 그 이유가 뭔지 이해할 수 없어."

로돌포는 주주가 아니었던 아들 마우리치오도 회의에 참석시켰다. 전립선암 진단을 받은 그는 여전히 활동적으로 일하고 있었지만 가능한 한 빨리 마우리치오를 경영에 끌어들이고 싶었다. 둘만 있는 자리에서 그는 아들에게 조언했다.

“무슨 수를 써서라도 파올로와 싸워야 해. 그 녀석이 철저하게 박살나는 꼴을 빨리 봐야겠어. 우리가 소유한 것을 모조리 뺏으려는 인간인 데다 내가 천년만년 살아있을 수는 없으니 말이다.”

70세가 되기 직전이었던 로돌포는 암의 진행을 막기 위해 표적 방사선 치료를 받고 있었다. 구찌는 변호사를 고용해 파올로가 접촉했던 사용권자 모두에게 파올로 구찌 명의의 제품 유통을 거부하라고 통보하며 재빠른 반격에 나섰다. 로돌포는 파올로와 거래하는 곳과는 거래를 끊겠다는 편지를 손수 써서 모든 공급업체에 보냈다. 이에 비하면 모조품 업체와의 싸움은 새 발의 피였다. 가족 분쟁은 본격적인 무역 전쟁으로 고조되었다. 그 후 10년 동안 가족 분쟁이 이어지면서 동맹이 뒤바뀌고, 갑작스런 배신이 난무하는 구찌 일가의 실상이 세상에 모습을 드러냈다.

언론에서는 이를 ‘아르노 강가의 댈러스(Dallas on the Arno, 미국 부유층의 생활을 그린 드라마 〈댈러스〉를 구찌 가족에 빗댄 표현)’라 칭했다. 그러나 실제로는 마키아벨리가 살던 르네상스 시대 피렌체를 배경으로 한 가족 간의 암투가 만천하에 드러난 것이었다.

6.

파올로의 반격

구찌가 방어할 병력을 모으면서 전선을 구축하고 있을 때 파올로는 자기 브랜드를 개발하려는 단호하고 끈질긴 도전에 들어갔다. 1981년 자기 이름을 사용할 권리를 찾는 소송에 착수함으로써 공세를 시작했고, 1987년까지 아버지와 구찌를 상대로 10건의 소송을 제기했다. 아버지와 삼촌 로돌포가 공급업체와의 계약을 막자 아이티에서 자신의 디자인 제품을 생산할 수 있을지 타진해 보기도 했다. 파올로는 과거에 아이티에서 자체적으로 구찌의 모조품 생산에 손댄 적이 있었고 그 사실은 가족들에게도 알려졌다.

한편 알도와 로돌포는 점점 더 중요성을 더해가는 구찌 향수를 놓고도 충돌을 벌였다. 로돌포는 알도 덕분에 그만한 삶을 누린다는 사실을 알고 있었지만 그와 동시에 형의 자신감과 영향력을 질투했고 형처럼 되고 싶어 했다. 그는 알도의 비범한 재능에 대적할 수 없었지만 형이 사업을 좌지우지하는 현실에 거부감을 느꼈다. 뿐만 아니라 자신의 유일한 후계자인 마우리치오에게 회사 일에 대한 권한이 없다는 사실도 걱정되었다.

로돌포는 파올로와의 분쟁이 시작될 즈음 자기 손아귀를 벗어나고 있는 사업 부문의 통제권을 되찾으려 했다. 자신의 지분이 20%에 불과한 데다 마우리치오의 지분은 하나도 없는 향수 회사로 구찌 매출 대부분을 이전하려는 알도의 의도를 알아차린 로돌포는 알도에게 향수 회사의 자기 지분을 늘려 달라고 요구했지만 알도는 이를 거절했다.

"이제 와서 너한테 더 많은 지분을 주려고 내 아들들의 지분을 빼앗아야 할 이유를 모르겠구나."

로돌포는 향수 회사 지분을 더 많이 확보하려던 시도가 실패하자 다른 방법으로 영향력을 행사하기 시작했다. 그는 이탈리아 출신의 젊은 변호사 도메니코 데 솔레를 고용했다. 워싱턴에서 변호사로 성공한 데 솔레는 파올로 외에 처음으로 알도에게 대든 사람이었다.

데 솔레의 아버지는 이탈리아 남부 칼라브리아의 소도시 치로 출신의 육군 장성이었다. 로마에서 태어난 데 솔레는 아버지의 직업 때문에 어린 시절 여러 곳으로 이사를 다니며 살았다. 그래서 가난과 마피아 범죄로 얼룩진 칼라브리아와는 완전히 다른 세상이 존재한다는 사실을 잘 알고 있었다. 로마대학에서 법학 학사 학위를 받은 데 솔레는 하버드대학 로스쿨에 재학 중이던 친구 빌 맥건(Bill McGurn)의 권유로 같은 학교에 지원해 공부하기로 결심했다. 하버드는 데 솔레를 장학생으로 받아들였다. 똑똑하고 야심이 컸으며 목표가 확실했던 그는 미국이 기회의 땅임을 금세 알아차렸다.

"나는 미국을 사랑했어요. 그래서 속속들이 미국인이 되었지요. 이탈리아 사람들은 '어머니'와 '파스타'를 가장 중요하게 생각하지만 내게는 미국의 모든 것이 새롭고 흥미로웠답니다."

그는 미국 부자 대부분은 자수성가한 반면 유럽의 부자들은 대체로 부자 집안 후손이라는 리서치 결과를 친구들과 대화할 때마다 즐겨 인용했다. 야심만만하고 정력적인 자신이 기회의 땅인 미국에 잘 어울리는 사람이라는 사실도 알고 있었다. 데 솔레는 사사건건 자신을 통제하려 드는 어머니로부터 수천 마일 떨어져 있다는 점도 마음에 들었다.

"하버드 진학은 미국식 사고로 바뀌게 된 일종의 통과의례였어요. 입학 첫 해에 데인홀 기숙사에서 배정받았던 그 끔찍한 방이 아직도 기억나네요. 어머니가 나를 보러 오셔서 기숙사 방을 한번 둘러보고 하셨던 말씀이 아직도 잊히지 않아요. '우리 집 네 침실은 아직 비어 있단다.' 그 말을 듣자마자 다시는 집에 돌아가고 싶지 않았어요!"

그는 나중에 스토리홀로 방을 옮겼다. 데 솔레의 오랜 동료이자 현재 구찌의 사내 법률 고문인 앨런 터틀(Alan Tuttle)은 이렇게 말했다.

"데 솔레는 200% 미국인입니다. 그는 상당히 폐쇄적인 사회에서 더 개방적인 사회로 이주했고 이제는 이탈리아인이라기보다 미국인에 가깝습니다. 특히 시스템에 목맨다는 점에서 그렇지요."

열심히 공부한 데 솔레는 1970년 석사학위를 받았다. 뉴욕의 클리어리 고틀리브 스틴 앤 해밀턴(Clearly, Gottlieb, Steen and Hamilton)에서 잠깐 일한 뒤 워싱턴의 권위 있는 법무법인 코빙턴 앤 벌링스(Covington and Burlings)로 자리를 옮겼다. 그의 아파트는 조지타운의 N 거리에 있었는데 존 F. 케네디 상원의원이 살던 곳 맞은편이었다. 1974년 6월 소개팅으로 엘리너 리빗(Eleanore Leavitt)과 만났고 그녀의 밝은 푸른색 눈과 강인한 성격, 와스프(WASP: White Anglo-Saxon Protestants, 미국 사회의 주류인 영국계 백인 개신교도)다운 가치관에 반했다. 그녀와 함께라면 미국의 심장부에 입성할 수 있을 것만 같은 기분이 들었다. 데 솔레는 엘리너보다 일곱 살 많은 서른 살이었다. 엘리너도 그에게 완전히 빠져들었다.

"그 사람은 매력적인 데다 늠름했고 나를 배려하는 성격이었어요."

IBM에서 근무하던 전도유망한 그녀는 데 솔레의 근면성실함과 결단력에 반했다. 데 솔레는 그녀와 만난 지 얼마 되지 않아 부모가 워싱턴을 방문해 6주 동안 머물 때 엘리너를 소개했다. 데 솔레의 어머니는 보자마자 그녀를 마음에 들어 했고 아들에게도 그 마음을 전했다. 데 솔레는 8월이 되기 전에 청혼했고, 12월에 워싱턴 국립대성당 안에 있는 성 알바노 성공회 성당에서 결혼식을 올렸다. 그날 신랑은 흰색 넥타이와 연미복을, 신부는 어머니의 웨딩드레스를 입었다.

데 솔레는 변호사 시험에 합격해 젊고 역동적이며 성장일로에 있던 법무법인 패튼 보그스 앤 블로(Patton, Boggs and Blow)에 들어갔다. 지금은 패튼 앤 보그스로 이름이 바뀐 이곳은 평판이 좋은 데다 국제적인 소송도 여러 건 담당하고 있어서 데 솔레의 흥미를 끌었다. 그는 파트너 변호사가 되기로 결심하고 스스로를 쉴 새 없이 채찍질했다. 변호사가 300명인 법무법인에서 파트너가 되려면 치열한 경쟁을 거쳐야 했다.

"궁극적인 저의 목표는 파트너가 되는 것이었습니다. 그 누구보다 더 열심히 일했고 단 하루도 휴가를 신청하지 않았을 정도로 목표에 집착했지요."

1979년 파트너가 된 데 솔레는 외국인에게 가장 까다로운 법률 분야인 세법 전문 변호사가 되었다. 미국 사업을 확장하려는 이탈리아 대기업을 상대하면서 회사에 돈이 되는 일을 끌고 오는 것이 그의 업무였다. 데 솔레는 이듬해 밀라노 출장에서 현지 최고의 변호사인 주세페 세나(Giuseppe Sena) 교수와 친분을 텄다. 하루는 세나가 그를 구찌 가족의 회의에 초대했다. 회의실에 도착한 구찌 일가는 회의실 한가운데 직사각형으로 길게 놓인 회의용 테이블에 편을 지어 앉았다. 알도와 그의 아들들은 고문들과 함께 한쪽 편에, 로돌포와 마우리치오는 자기 고문들과 함께 맞은편에 자리를 잡았고, 데 솔레와 세나는 상석에 앉았다. 데 솔레는 회의에 주의를 기울이지 않고 고개를 숙인 채 테이블 밑에 숨긴 신문을 읽었다. 회의가 열기를 더하면서 별 성과가 나오지 않을까 걱정된 세나가 데 솔레에게 회의를 이끌어 달라고 부탁했다.

현실적이고 사무적인 데 솔레는 구찌 가족 앞에서도 주눅 들지 않았다. 그렇지만 구찌 가족에게 딱히 좋은 인상을 주지는 못했다. 그는 자기 분야에서 성공한 똑똑한 사람이었지만 품위나 세련된 맛이 없었다. 미국에서는 능력만 있으면 성공을 거둘 수 있지만 이탈리아에서는 집안 배경과 사회적 지위에 따라 그 사람의 비즈니스 관계와 인맥이 결정되는 편이다. 흠잡을 데 없는 명성과 집안, 친구, 스타일을 갖춰야 이탈리아식 표현으로 '벨라 피구라(**bella figura**, 좋은 인상)'를 줄 수 있다. 이 말에는 늘 제대로 갖춰 입어야 한다는 의미도 담겨 있다.

구찌 가족은 데 솔레의 흐트러진 턱수염과 몸에 맞지 않는 낡아빠진 미국제 정장, 검은색 정장용 구두 밖으로 드러난 흰색 양말을 보고 그를 무시했다. 그런데 패기만만한 알도가 자기 순서도 아닌데 이야기를 시작하자 데 솔레가 힘찬 목소리로 말을 끊었다.

"알도 씨 차례가 아니에요. 차례가 올 때까지 기다리세요."

로돌포의 눈이 놀라움과 경외심으로 휘둥그레졌다. 회의가 결렬되고 사람들이 빠져나갈 때 로돌포는 데 솔레를 따로 불렀다. 로돌포는 싸구려 정장과 흰색 양말을 신은 그를 즉시 고용했다.

"알도에게 그렇게 대들 수 있는 사람은 나와 일할 자격이 있습니다!"

로돌포는 데 솔레와 함께 구찌 향수를 구찌오구찌와 합병하는 전략을 짰다. 수익성 좋은 GAC 지분이 20%에서 50%로 늘어나면 로돌포의 영향력이 강화될 터였다. 동생의 도전에 분노한 알도는 파올로를 팜비치 집무실로 불러 주주총회에서 자기편을 들어 달라고 부탁했다. 그는 총회에서 로돌포의 기를 죽여 놓을 심산이었다. 로돌포는 플로리다의 작은 섬에서 휴가를 보내던 데 솔레에게 당장 복귀해서 자기 대신 회의에 참석하라고 요청했다.

세 사람은 알도의 길고 좁은 사무실 구석에 놓인 작은 회의탁자에 둘러앉았다. 파올로는 아버지의 부탁을 들어줄 기분이 아니었다. 부당한 대우를 받았다는 생각에 회사와 가족에 대한 충성심은 사라진 지 오래였다. 그는 알도에게 자기 이름으로 사업을 할 수 있도록 허락해 준다면 부탁을 받아들이겠다고 말했다.

"아버지는 제 숨통을 끊어 놓으셨으면서 어떻게 저를 로돌포 삼촌과의 싸움에 끌어들이려 하세요?"

파올로가 따지자 알도는 벌떡 일어나 초조하게 걸었다.

"이 회사에서 일할 수 없다면 밖에서라도 일해야 하잖아요. 아버지는 제가 원하지도 않았는데 저를 해고하셨어요."

파올로가 화를 내며 말하자 알도의 걸음걸이는 더 빨라졌다. 그는 아들이 고집을 부리며 자기 뜻대로 하려는 것을 용납할 수 없었다. 슬그머니 회의 탁자로 돌아온 그의 화가 폭발했다. 커다란 책상 위로 손을 뻗어 가장 가까운 곳에 있는 구찌의 크리스털 재떨이를 집어 들었다. 그것은 파올로가 직접 디자인한 제품이었다. 알도는 재떨이를 맞은편에 앉은 아들에게 던지면서 고함쳤다.

"이 망할 놈아!"

재떨이는 회의 탁자 뒤편 벽에 부딪혀 산산조각 났고, 파올로와 데 솔레는 쏟아진 크리스털 파편을 뒤집어썼다. 알도는 붉으락푸르락한 얼굴로 목에 핏대를 세우며 외쳤다.

"이 미친놈! 내가 말한 대로 하지 않는 이유가 뭐냐?"

이 사건으로 파올로는 가족과 합의할 수 있으리라는 희망을 완전히 접었다. 그는 가족이 자신과 완전히 척을 졌다는 사실을 깨닫고 그 순간부터 구찌 가문을 무너뜨리기로 결심했다. 그러나 알도는 가족 갈등 때문에 회사의 귀중한 자원과 에너지가 낭비되고, 부정적 여론이 생기는 것이 싫었다. 개인적으로도 아들과 싸우는 것이 고통스러웠다. 가족의 힘을 믿었던 그는 파올로와 다시 힘을 합칠 수 있기를 바랐다. 알도는 휴전을 제안하기로 결심하고 아들 부부에게 1981년 크리스마스부터 새해 첫날까지 팜비치 별장에서 함께 보내자고 제안했다. 아버지와 아들은 아무 일도 없었다는 듯 전형적인 구찌 방식대로 따뜻한 인사를 나눴다. 알도는 밀라노에 있는 로돌포에게도 전화로 새해 인사를 했고 그런 다음 곧바로 용건을 꺼냈다.

"포포, 파올로와 오랫동안 이야기를 나눴다. 내 생각에는 그 아이가 곧 우리 회사로 돌아올 거 같다. 이제 전쟁을 끝내자꾸나."

두 사람은 파올로에게 한 가지 제안을 하기로 했고 1월이 되자 실행에 옮겼다. 그들은 구찌 제국의 구조를 대대적으로 개편했다. 모회사인 구찌오구찌와 구찌 향수를 비롯한 계열사 모두를 지주회사인 구찌오구찌 주식회사로 통합한 다음 밀라노 주식시장에 상장한 것이다. 알도의 세 아들은 전체 지분 중 각각 11%씩 받았고, 알도의 지분은 17%로 유지했으며, 파올로를 구찌오구찌 주식회사의 부회장으로 임명했다. 그 외에도 구찌 향수 산하에 라이선스 업무를 맡는 구찌 플러스(Gucci Plus)라는 새 사업 부문을 만들었다. 파올로는 구찌 플러스의 이사를 겸임할 예정이었다. 그럴 경우 그가 이미 구찌 이름으로 체결한 라이선스 계약을 구찌 플러스로 통합할 수 있었다. 또한 파올로는 18만 달러의 연봉 외에 이전에 받지 못한 퇴직금과 이자도 받기로 했다. 모두 파올로가 원했던 것이었다. 계약에 따라 양측이 모든 소송을 철회하고 파올로가 자신의 이름으로 디자인한 상품의 홍보 권한을 포기해야 한다는 단서가 따랐다.

하지만 파올로는 의심을 떨치지 못했다. 자신이 제안한 디자인이 전부 로돌포가 의장인 이사회의 승인을 받아야 한다는 이야기를 듣고 나서 의심은 확신으로 변했다. 그럼에도 파올로는 이 제안을 받아들이기로 하고 2월 중순 계약서에 서명했다. 그러나 휴전은 얼마 가지 못했다.

구찌 이사회는 1982년 3월 파올로에게 그가 이미 계약한 제품 라인의 자세한 목록과 구찌 플러스 라인에 대한 사업 계획을 달라고 요구했다. 파올로는 모든 자료를 열심히 준비해 갔지만 회의가 예상한 대로 흘러가지 않았다. 이사회는 더 저렴한 제품 라인이라는 개념이 '회사의 이익에 위배된다'는 이유로 그의 제안을 모조리 거부했다. 파올로는 전에 없이 쓰라린 기분을 느끼며 또 한 번 속았다고 생각했다. 훗날 데 솔레는 파올로가 기만당했다는 의혹을 부인하면서 당시 파올로의 행위가 회사에 얼마나 큰 타격을 끼쳤는지 강조했다.

얼마 지나지 않아 이사회는 파올로에게서 결재 권한을 빼앗았다. 그는 이사회의 일원이었지만 자신이 디자인한 제품을 생산하거나 판매할 힘이 없었다. 2월에 퇴직금을 받은 뒤 3개월이 지났을 때 파올로는 다시 해고되었다.

"바보가 된 기분이었습니다. 로돌포 삼촌이 내게 제시했던 그 모든 합의와 약속은 아무런 쓸모가 없었으니까요."

1982년 7월 16일, 피렌체 토르나부오니 매장 사무실에서 이사회가 열렸다. 파올로는 회사 경영에 참여할 권한이 없었지만 주주로서의 지위를 이용해 사업 결정에 영향력을 행사하려 했다. 알도, 조르지오, 파올로, 로베르토, 로돌포, 마우리치오와 다른 이사들이 호두나무 탁자에 둘러앉아 회의를 하던 그 여름날, 회의실 분위기만큼이나 숨 막히는 무더위가 기승을 부렸다. 알도는 상석에 자리 잡았고 오른쪽에는 아들 로베르토, 왼쪽에는 동생 로돌포를 앉혔다. 파올로는 조르지오와 마우리치오를 사이에 두고 맞은편에 앉았다. 알도가 회의를 시작하면서 서기 데 솔레에게 지난번 회의록을 읽으라고 지시했다. 그때 파올로가 한마디 해도 되는지 묻자 사람들이 중얼거리면서 곁눈질을 했다. 알도가 짜증을 내며 물었다.

"왜? 무슨 할 이야기가 있냐?"

"저는 이 회사의 이사지만 회사 장부나 서류를 확인하거나 훑어볼 기회를 거부당했습니다. 회의를 진행하기 전에 제 위치를 확실히 정하고 싶습니다."

파올로의 말은 반대하는 고함 때문에 중단되었다. 그럼에도 그는 다시 말을 이었다.

"정체를 알 수 없는 홍콩 이사 두 명이 우리 회사의 돈을 받고 있던데 그 사람들은 누군가요?"

그러자 더 많은 고함이 뒤따랐다. 파올로는 서기가 회의록을 작성하고 있지 않은 것을 지적했다.

"왜 내 질문은 기록하지 않는 거요? 당장 기록을 남기세요!"

방을 둘러본 데 솔레는 아무도 파올로의 말에 동의하지 않는다는 사실을 확인하고 그대로 꼼짝 않고 있었다. 그러자 파올로는 서류 가방에서 녹음기를 꺼내 불만을 털어놓기 시작했다. 그런 다음 질문 목록을 탁자에 집어던지며 소리쳤다.

"이 질문들을 회의록에 넣어 주시오."

"그거 끄지 못하겠니!"

알도가 고함을 지르자 조르지오가 손을 뻗어 녹음기를 잡아챘다. 그 와중에 실수로 녹음기를 망가뜨릴 뻔하자 파올로가 조르지오에게 외쳤다.

"미쳤어?"

알도는 탁자를 빙 돌아 파올로에게 달려들었다. 마우리치오는 파올로가 조르지오와 알도에게 위해를 가할지도 모른다는 생각에 벌떡 일어나 뒤에서 그를 붙잡았다. 알도가 달려들어 파올로에게서 녹음기를 빼앗으려 했다. 실랑이를 벌이다 파올로의 뺨에 상처가 났고 피가 흐르기 시작했다. 사람들은 그 모습을 보고 조용해졌다. 마우리치오와 조르지오가 파올로를 붙잡았던 팔을 풀자 그는 서류 가방을 들고 밖으로 뛰쳐나갔다. 놀란 직원들에게 "경찰 불러, 경찰 부르란 말이야!" 소리를 지르며 교환수에게서 전화기를 빼앗아 주치의와 변호사에게 전화했다. 그런 다음 아래층 구찌 매장으로 연결된 엘리베이터를 타고 내려갔다. 파올로는 매장을 뛰쳐나가면서 깜짝 놀란 점원과 손님들에게 외쳤다.

"이것 봐요! 구찌 이사회에서 나를 죽이려 했어요!"

파올로는 주치의를 만나 처치를 받았고, 상처 사진을 촬영해두라고 지시했다. 그때 파올로의 나이는 51세, 조르지오는 53세, 알도는 77세, 로돌포는 70세, 마우리치오는 34세였다. 파올로가 그날 밤 집에 돌아와 반창고를 붙이는 모습을 본 제니퍼는 큰 충격을 받았다.

"믿을 수 없어요. 다 큰 어른들이 폭력배들처럼 싸우다니."

훗날 데 솔레는 이렇게 말했다.

"파올로의 얼굴에 난 상처는 사실 심하지 않았습니다. 약간

긁힌 정도였는데 그 사건은 대참사로 격화되고 말았지요."

며칠 후 뉴욕에 있던 파올로의 변호사 스튜어트 스파이저가 구찌를 상대로 새로운 소송을 제기했다. 회사 이사로서 파올로가 재정을 조사할 권리를 거부한 혐의 외에도 폭행과 구타 혐의가 추가되었다. 파올로는 자신이 겪은 모든 부당행위에 대해 총 1,500만 달러의 배상금을 요구했다. 평화협정이라는 함정으로 권한을 빼앗은 데 대한 대가로 1,300만 달러, 폭행과 구타에 대한 대가로 200만 달러를 요구한 것이었다. 언론이 신이 나서 구찌 가문의 소동을 다루자 알도는 당황했다.

잡지 〈피플〉은 "〈댈러스〉 드라마는 댈 것도 아니다. 화려한 겉모습 뒤에 숨겨진 가족 간의 불화로 구찌 가문이 흔들리고 있다"라고 썼다. 로마의 조간지 〈일 메사제로(Il Messaggero)〉는 '구찌 가문의 유혈극', 석간지 〈코리에레 델라 세라(Corriere della Sera)〉는 '구찌 형제들의 전쟁'이라는 제목의 기사를 실었다. 결국 뉴욕 법원은 사건이 이탈리아에서 일어났다는 이유로 소송을 기각했지만 유럽과 미국의 여론은 계속 들끓었고, 구찌의 가장 중요한 고객들은 혼란에 빠졌다. 재키 오나시스(Jackie Onassis)가 알도에게 보낸 '왜죠?'라는 전보는 구찌를 둘러싼 전설의 일부가 되었다. 모나코의 왕 레니에(Rainier) 역시 구찌 가족에게 연락해 도와줄 일은 없는지 물었다.

기사가 나온 다음 날 전 세계 바이어들이 가을 신상품 발표회가 열리던 스칸디치의 구찌 본사에 모였다. 알도가 파올로의 고소

사실과 언론의 대서특필을 알게 되었을 때 공장에 있던 모든 사람들은 그의 분노에 찬 외침을 들었다.

"그 녀석이 나를 고소한다면 나도 그 녀석을 고소할 거야!"

알도는 소식을 전한 사람에게 수화기로 소리를 질렀다. 그는 로돌포가 1982년 구찌오구찌에 통합된 구찌 향수의 지분을 늘린 것이 불쾌했지만, 그런 마음을 억누르고 파올로의 공격에 맞서 자신과 구찌를 지키기 위해 데 솔레를 고용했다. 다음 날 알도는 〈위민스웨어 데일리〉와의 인터뷰에서 갈등을 축소해서 말했다.

"제멋대로 구는 아들을 꾸짖으면서 한 대 쥐어박지 않는 아버지도 있나요?"

이 말로 알도는 구찌 가문의 가장이라는 이미지를 굳혔다. 가족이 파올로와 곧 합의할 것이라는 말도 덧붙였다. 그러나 파올로가 자기 뜻을 관철하기 위해 그 어떤 고생도 마다하지 않을 거라는 것과 지금까지는 전쟁의 서막이었을 뿐이라는 사실을 깨닫지 못했다.

파올로는 구찌에서 일하는 동안 입수 가능한 재무 서류를 은밀하게 수집해 분석한 적이 있었다. 그는 회사의 운용 방식을 파악하려 했고, 일이 어떻게 처리되는지 자기 나름대로 결론을 내렸다. 그는 수백만 달러의 과세 대상 매출이 허위 송장 등록을 통해 해외 회사로 빼돌려지고 있다는 사실을 알아차렸다. 그리고 그것을 무기 삼아 자기 브랜드를 사용할 자유를 얻겠다고 결심했다. 처음에는 구찌의 변호사들이 소송을 기각시켜 그 재무 서류를 봉인하는 데 성공했다. 하지만 파올로는 단념하지 않았다. 1982년 10월 퇴직금으로 변호사를 고용한 다음 부당해고를 당했다는 주장을 뒷받침하기 위해 문제의 서류를 뉴욕 연방법원에 제출한 것이다. 그는 그 증거가 알도를 굴복시켜 자신을 다시 회사로 불러들이거나 독자적인 라인을 출시하도록 승인해 주기를 바랐다.

"그 서류는 아버지의 항복을 받아내기 위해 제출한 것일 뿐입니다."

파올로의 전쟁은 가족뿐 아니라 가족의 지인까지도 갈라놓았다. 어떤 이는 아버지를 사법 당국에 고발한 파올로를 비난했지만 그가 궁지에 내몰렸다며 동정하는 사람도 있었다. 파올로를 각별하게 아끼던 엔리카 피리는 그를 두둔했다.

"파올로는 거세당한 셈이었어요. 그는 가족 중에서 재능이 가장 뛰어나지는 않았지만 가장 많이 헌신한 사람이었습니다. 그가 아버지를 고발했다면 그건 아버지가 그럴 만한 이유를 제공했기 때문이에요."

데 솔레는 이 말에 반박했다.

"파올로는 기만당한 적이 없습니다. 그는 가족 몰래 거래를 했고 가족은 그가 회사를 무너뜨리지 못하도록 조치를 취해야 했습니다. 파올로의 거래는 선의가 아니었어요."

파올로가 제출한 서류에는 구찌가 어떤 방법으로 수익을 은폐하고 있는지가 한눈에 드러났다. 홍콩 소재 파나마 국적 기업들이 구찌숍스 주식회사의 디자인 공급업체로 위장되어 있었던 것이다. 구찌 뉴욕의 회계 총괄 에드워드 스턴(Edward Stern)이 구찌 본사에 보낸 편지에 그 같은 계획을 은폐할 분식회계 수법이 담겨 있었기에 꼼짝달싹할 수 없는 유죄의 물적 증거가 되었다. 스턴은 편지에 이렇게 썼다.

> 송장의 대상이 되는 서비스를 실제처럼 꾸며내고 그 송장이 회사 업무에 필요하다는 사실을 입증하려면 다양한 패션 디자인과 스케치를 구찌숍스에 보내 승인을 받아야 한다. 이런 일을 하는 이유는 순전히 기록을 남기기 위해서다.

1983년 로돌포의 건강이 악화된 가운데 미국 국세청과 검찰청이 알도의 소득세와 법인세 체납을 조사하기 시작했다. 에드워드 스턴은 한참 전에 세상을 떠났지만 조사관들은 이 사안을 대배심에 회부했다. 파올로가 가족의 회사에 제기한 소송 중에서 재판까지 간 것은 1건뿐이었고, 1988년에 이르러서야 뉴욕 지방법원의 윌리엄 C. 코너(William C. Conner) 판사가 판결을 내렸다. 코너는 10년 가까이 이어졌던 가족 분쟁을 공평하게 해결할 방안을 찾아냈다. 그는 소비자들에게 혼란을 유발한다는 이유를 들어 파올로가 자기 이름을 상표나 상호로 사용하지 못하도록 금지했다. 그러나 구찌 이름이 들어가지 않은 별도 상표로 판매되는 제품의 디자이너로 파올로의 이름을 사용하는 것은 허용했다. 코너는 의견서에 이렇게 썼다.

카인과 아벨의 시대 이후 가족 간의 분쟁은 당사자들의 비합리적이고 충동적인 선택과 그에 이어지는 극심한 다툼, 무분별한 파멸을 자초하는 등의 특징을 보여왔다. 본 소송은 우리 시대의 가장 유명한 가족 분쟁에서 발생한 작은 충돌에 불과하다.

나아가 구찌 가족이 "세계 각국의 법원과 중재 법원에서 가족 구성원과 가족 소유 회사에 큰 타격이 되는 소송을 당하는 법적 문제에 휘말려 있다"고 지적했다. 코너의 판결로 파올로는 'Designs by Paolo Gucci'라는 상표로 제품을 생산하고 유통할 수 있게 되었다. 그는 특유의 창의력을 발휘해 1988년 11월 30일 〈위민스웨어 데일리〉에 유료 광고를 냈다. '소매업계'에 바치는 시 형식의 편지를 통해 자신이 독립 디자이너로 데뷔한다고 공표하는 내용이었다.

1988년 8월 10일 수요일
'구찌 아메리카'는 공개 편지를 통해
자신들의 현재 위치와 미래의 운명을 알렸다.

그들이 승리를 주장한 판결 명령서에는
가족의 일원이자 전 주주인

파올로 구찌에게 독립을 허용하라는
내용이 명시되어 있다.

나는 이 결과에 만족한다.
내 이름을 정당하게 사용한
패션 제품과 가정용 소품을 만드는 것이
앞으로의 목표이자 희망이다.

나는 뉴욕 연방법원의
확정 판결 덕분에
자유인이 되어
이상을 펼칠 수 있게 되었다.

구찌라는 상표와 나의 연관성은
25년 후에 종료된다.
나는 독립 디자이너로서
계속 열심히 일할 것이다.
칭찬하고 격려해 준 후원자들에게 감사를 표한다.

바라건대 '구찌 아메리카'와 맺은
상표와 상호에 대한 신성불가침 합의를 통해
나의 부단한 노력이

또 다른 찬사를 이끌어냈으면 한다.
이제 라벨 위에 새겨진 파올로 구찌라는 이름은
뛰어난 품질과 완벽한 지속성,
디자인의 우수성을 겸비한 이름이 될 것이다.

사업과 상관없이 세련되고 지적인 소비자에게
공개적으로 보내는 이 편지는
내 브랜드의 출범을 유쾌하게 소개해
여러분께 환영받기 위한 것이다.

내 정통한 시각에서 볼 때
'다른' 회사가 지금까지 성취한 것 이상이 담긴
'Designs by Paolo Gucci'를
매우 기쁘고 자랑스럽게 소개한다.

세상에는 참 재미난 일이
많이 일어난다. 삶이 마치 게임 같다면
언젠가 '구찌 아메리카'가
내 브랜드를 사 들이는 날도 오지 않을까?

구찌 아메리카가 자기 브랜드를 인수하리라는 파올로의 예언은 불과 8년 뒤 현실이 되었다. 연방 법원의 판결 이후 그는 사업 준비에 박차를 가하며 다소 무리를 했다. 뉴욕 매디슨대로의 값비싼 매장을 임대해 3년 가까이 임대료를 치렀지만 숍을 오픈하지는 못했다. 그의 사업 도전은 정체에 빠졌고 실패로 끝났다. 한편 제니퍼와의 결혼생활도 종말을 맞았다. 파올로는 그가 소유한 영국 서식스 루스퍼 목장의 사육사로 일하던 페니 암스트롱(penny Armstrong)이란 어린 여자와 새로 교제를 시작했고, 얼마 후 딸 알리사를 낳았다.

파올로는 집에 페니를 들이기 위해 제니퍼를 내쫓았다. 제니퍼는 10살이 된 딸 젬마와 함께 아직 완공되지 않은 아파트에서 생활했다. 메트로폴리탄 타워에 있는 그 아파트는 1990년에 남편과 300만 달러에 매입한 고급 아파트였다. 센트럴파크가 내려다보이는 멋진 전망에도 불구하고 완공되지 않은 상태라 전선과 배관이 겉으로 드러나 있었다. 제니퍼는 금색 실이 들어간 옷감을 빌려와 그곳을 가렸다.

1991년 파올로의 뜻대로 제니퍼가 이혼 서류에 서명한 이후에도 그는 생활비를 그녀에게 주지 않았다. 1993년 3월 그녀는 위자료와 양육비 35만 달러를 지급하지 않은 파올로를 고소했고, 그 때문에 파올로는 잠시 수감되었다. 그해 11월, 당국이 파올로가 소유한 뉴욕 요크타운하이츠의 밀필드 사육장을 급습했을 때 아라비아산 최상급 말 100마리가 고삐 풀린 채로 방치되어 있었다. 파올로는 제니퍼에게 줄 돈이 없는 척 가장하기 위해 말들을 방치했고, 심지어 15마리는 대금도 치르지 않았다. 그는 파산법

제11장에 따라 파산보호를 신청했다. 제니퍼는 1994년 어느 기자와의 인터뷰에서 이렇게 말했다.

"구찌 가문 사람들은 모두 미치광이이고 놀랄 만큼 간교하지만 그리 똑똑하지 않다는 사실을 알아야 합니다. 그들은 모든 일을 통제하려 들지만 자신들이 원하는 것을 얻자마자 곧바로 그것을 부셔버립니다! 그들에게는 파괴적인 습성이 있어요. 그 사실만 알면 됩니다!"

파올로는 채무와 간질환에 시달리며 루스퍼 목장의 어두운 침실에 은거했다. 페니는 전기료와 전화요금을 치를 돈조차 남아 있지 않다고 주장했다. 당국은 굶주리고 보살핌 받지 못한 말들을 격리했고, 그 가운데 몇 마리는 안락사시켰다. 페니는 1995년 이탈리아 신문과의 인터뷰에서 이렇게 하소연했다.

"우유를 사느라 마지막 남은 30펜스까지 다 써버렸어요. 내일은 무슨 일이 일어날지 알 수 없어요."

파올로의 변호사 엔초 스탄카토(Enzo Stancato)는 처음 그의 의뢰를 받았을 때 노다지를 캔 줄 알았다고 유감스러운 어조로 말했다.

"1년 전만 해도 제가 세계에서 가장 행복한 사람이라 생각했습니다. 구찌 가문의 의뢰를 받았으니까요! 그런데 곧 제가 의뢰인을 사실상 부양하고 있다는 사실을 깨달았습니다. 뉴욕으로 온 파올로는 무일푼이었어요. 저는 그에게 옷과 넥타이, 셔츠, 정장을 줬습니다. 그는 제게 이렇게 말하더군요. '많이 아파요. 간이 안

좋거든요. 간을 이식받아야 살 수 있대요.'"

간 이식이 제때 이루어지지 않은 파올로는 1995년 10월 10일 런던의 어느 병원에서 만성간염으로 세상을 떠났다. 그의 나이는 64세였다. 장례식은 피렌체에서 열렸고 토스카나 해안에 면한 항구 도시 포르토 산토 스테파노의 작은 묘지에 묻혔다. 그의 묘지 바로 옆에는 불과 두 달 전에 세상을 떠난 어머니 올루엔이 묻혀 있었다. 1996년 11월 파산 법원은 구찌오구찌 주식회사가 파올로 구찌 명의로 된 모든 권리를 370만 달러에 매입하는 것을 승인했다. 회사로서는 파올로가 일으킨 전쟁을 완전히 끝낼 수 있다면 그 정도 금액은 얼마든지 치를 용의가 있었다. 입찰에 참여한 이들도 구찌오구찌를 제외하면 스탄카토 변호사와 파올로가 상표를 사용할 권리를 제공했다고 약속한 사용권자 몇 명뿐이었다. 그 중 한 입찰자는 매각에 이의를 제기하며 대법원에 상고했지만 패소했다.

파올로가 사망하고 그가 사용한 상표와 상호를 구찌가 매입했음에도 구찌 가문의 불안한 내분은 끝나지 않았다. 갈등의 주체가 가족 중 다른 사람들로 옮겨 갔을 뿐이었다. 파올로가 가족과 반목하기 시작하고 궁극적으로 가족의 사업에서 손을 뗀 시기는 공교롭게도 사촌동생 마우리치오가 부상한 때와 일치했다. 마우리치오 역시 얼마 지나지 않아 가족의 전쟁터에 들어설 운명이었다.

7.

얻은 것과 잃은 것

1982년 11월 22일 저녁, 1,300명 넘는 초대 손님들이 기대에 찬 목소리로 소곤거리며 밀라노 만초니 극장에 모여들었다. 로돌포는 아들 마우리치오 부부에게 자신이 제작하고 최근에 편집한 〈내 인생의 영화〉 시사회에 친구들을 초대하라고 했다. 상영 일정과 함께 감상적인 문구를 넣은 정식 초청장이 발송되었다.

> 영혼의 중요성과 자신만의 감상을 잊지 말라. 인생은 넓고도 건조한 밭과 같아서 우리가 아무리 좋은 씨앗을 뿌려도 제대로 자라지 않을 때도 많다.

뉴욕에서 알도와 7년 동안 일한 마우리치오는 1982년 초에 파트리치아와 어린 두 딸을 데리고 다시 밀라노로 이사했다. 로돌포가 암이라는 사실은 철저한 비밀이었다. 로돌포는 자신의 전립선암을 방사선으로 치료하던 베로나의 의사가 갑자기 세상을 떠나자 새로운 치료법을 필사적으로 찾아 나섰다. 그는 마우리치오를 밀라노로 불러들여 성장 국면에 있는 구찌의 새로운 사업을 진두지휘하도록 했다.

로돌포는 영화 시사회를 파티처럼 열었다. 마우리치오와 파트리치아에게 환영의 손짓을 보내기 위해서였다. 그는 갈등을 끝맺기를 원했다. 그리고 밀라노의 친구와 지인들에게 구찌 가문이 젊은 부부의 귀환을 진심으로 환영한다는 인상을 주고 싶었다.

파트리치아는 눈부신 이브생로랑(Yves Saint Laurent) 드레스와 까르띠에의 '진실의 눈(Truth's Eye)' 브로치를 착용하고 우아한 인사로 초대 손님들을 맞이했다. 행사는 그녀의 계획대로 착착 진행되었다. 파트리치아는 구찌가 알도와 로돌포의 체제에서 특유의 매력을 잃었다고 생각했다. 그녀가 보기에 이제 막 아버지와 화해한 마우리치오야말로 회사에 신선한 리더십을 불어넣을 적임자였다. 만초니 극장의 시사회는 그녀가 '마우리치오의 시대'라 명명한 새 시대의 서막을 알리는 행사였다.

사람들이 속삭이는 가운데 조명이 어두워지고 벨벳 커튼이 활짝 열리면서 영화가 시작되었다. 어린 마우리치오가 어머니를 여윈 몇 달 후 아버지 로돌포와 함께 생 모리츠의 눈밭에서 뛰고 뒹구는 장면이었다. 화면이 구찌오와 아이다, 그 자녀들, 가족의 저녁 식사, 피렌체의 첫 번째 공방을 담은 흑백 사진으로 채워지며 내레이션이 흘러나왔다.

"슬프지만 끝나는 것이 아쉬운 러브스토리가 이어집니다. 아들에게 가족의 이야기를 들려주면서 이 세상을 올바른 시각으로 바라보기를 바라는 한 남자의 이야기입니다."

그런 다음 로돌포와 알레산드라가 '마우리치오 단코라'와 '산드라 라벨'이라는 예명으로 연기하던 모습이 소개되었다. 그리고 구찌라는 브랜드의 성장을 연대순으로 보여주는 현대적 영상이 이어졌다. 토르나부오니 매장의 개점 행사, 밀라노 몬테 나폴레오네 매장에서 로돌포가 높은 매출을 올린 지배인 지타르디를 칭찬하는 모습, 알도가 말쑥한 중절모 차림으로 5번가 매장의 회전문을 통과하는 장면, 1970년대 온몸을 구찌 제품으로 휘감고 정신없이 디스코 춤을 추던 사람들, 새로 구입한 올림픽타워 아파트의 인테리어 공사 현장에서 일꾼들을 지휘하는 마우리치오와 파트리치아, 알레산드라와 알레그라의 세례식 등을 담은 영상이었다. 영화는 로돌포가 생 모리츠 별장의 깔끔하게 손질된 잔디밭에서 막 걸음마를 뗀 손녀 알레산드라와 함께 앉아 한가로이 구식 영화 카메라의 수동 크랭크를 작동하는 장면으로 끝났다. 로돌포의 해설은 감동적인 메시지로 마무리되었다.

"여러분에게 전하고 싶은 말이 있습니다. 행복과 사랑은 밀접하게 관련되어 있습니다. 우리는 수십 년이나 몇 달 단위로 살아가는 것이 아니라 영화 속 장면들처럼 화창한 아침에 딸들이 커 가는 모습을 지켜보는 기억으로 살아간다는 사실을 잊지 마십시오. 진정한 지혜는 우리가 이 세상의 진짜 보물이라 부를 수 있는 것들에서 찾을 수 있습니다. 우리가 사고팔거나 관리할 수 있는 재물들만 보물이 아닙니다. 삶, 젊음, 우정, 사랑이야말로 우리가 항상 소중하게 여기고 지켜야 할 보물입니다."

영화는 감상적이고 화려하며 과장된 로돌포의 성격이 그대로 반영되어 있었다. 죽은 아내와 아들에 대한 사랑을 표현한 이 걸작 영화는 아들에게 보내는 화해의 손짓이었고 마우리치오에게 주는 교훈도 담겨 있었다. 로돌포는 아들의 야심과 열정, 돈 관리 방식을 지켜보면서, 영화를 통해 자신이 인생의 말년에 깨달은 삶의 진정한 가치를 외면하지 말라는 조언을 들려주고 싶었다. 그는 이런 말도 즐겨 했다.

"모든 인간에게는 세 가지가 반드시 필요합니다. 심장, 두뇌, 지갑. 이 세 가지는 언제나 서로 조화를 이뤄야 합니다. 조화를 이루지 못하면 문제가 생깁니다."

조명이 다시 들어왔을 때 관객들은 큰 감동을 받은 모습이었다. 관객 한 명이 로돌포에게 물었다.

"다음 상영은 언제인가요?"

그는 슬픈 미소를 지으며 대답했다.

"글쎄요, 두고 봅시다."

로돌포와 아주 가까운 사람들만이 그의 암이 온몸으로 퍼졌다는 것과 그가 치료법을 찾아 이 병원 저 병원 다니고 있다는 사실을 알고 있었다. 그는 여전히 몬테 나폴레오네 거리의 사무실과 정기적으로 연락을 주고받았다. 자신이 사랑하는 생 모리츠에서 점점 더 많은 시간을 보냈고 루아조블뢰라는 멋진 집도 새로 구매했다. 그로서는 마우리치오가 회사에서 더 큰 역할을 담당하는 것에 전혀 불만이 없었다. 뉴욕에 있던 마우리치오는 새로운 직무에 대한 열의로 가득 차서 밀라노로 돌아왔다. 알도 삼촌은 그에게 많은 것을 가르쳐주었고, 두 사람은 서로를 존중하며 사이좋게 일했다. 그러나 알도는 자기 아들들에게 그랬던 것처럼 마우리치오가 기어오르지 못하도록 신경썼다. 할 말이 있을 때면 어린아이에게 하듯 한 손을 흔들면서 이렇게 불렀다.

"신참 변호사, 이쪽으로 와 봐."

가족 중에서 고등교육을 마친 사람은 마우리치오가 유일했다. 알도는 조카의 법학사 학위를 장난스럽게 언급했다. 마우리치오는 알도의 강압적 태도에 반발했던 사촌들과 달리 늘 겸손하게 행동하면서 그의 비위를 맞춰 주었다. 알도에게 일을 배우려면 고된 훈련을 이겨내야 한다는 사실을 잘 알고 있었기 때문이다. 그렇게 하면 보상이 따르리라는 것도 알았다.

"삼촌과 함께 일하는 것은 생존이 걸린 문제입니다. 그분이 100%를 달성하면 나도 그분만큼 할 수 있다는 것을 보여 드리기 위해 150%를 달성해야 하기 때문이지요."

마우리치오는 그렇게 때를 기다렸다. 원하는 것을 얻으려면 지름길로만 가서는 안 된다고 생각했기 때문이다. 여전히 망설임이 많았고 우유부단했지만 알도의 교훈을 대부분 흡수하면서 자신만의 카리스마와 다른 사람들의 영감을 자극하는 능력을 발휘하기 시작했다. 그의 멘토는 로돌포라기보다는 알도였다.

"삼촌은 상인이자 개발자라는 점에서 아버지와 달랐습니다. 그분은 사람들에게 남다른 영향력을 끼쳤어요. 매우 인간적이며 세심한 데다 창의적이었습니다. 회사의 모든 것을 구축했고 함께 일하는 사람들은 물론 고객들과도 교감을 형성했죠. 내가 가장 흥미를 크게 느꼈던 점은 그분이 내 아버지와 너무도 다르다는 사실이었습니다. 아버지는 무슨 일을 하든 배우처럼 행동하셨습니다. 그러나 삼촌에게 일은 연기가 아니라 현실이었습니다."

알도가 점점 더 과시적이고 사교적으로 바뀌었던 반면 로돌포는 점점 더 사색적이고 내성적인 성격으로 변했다. 그동안 형에게 직접 대드는 일도 거의 없었다. 로돌포는 알도가 권력을 남용하는 것에 항의하기 위해 마우리치오를 데리고 피렌체에 수도 없이 갔다. 믿음직한 운전기사 루이지가 운전대를 잡은 매끈한 은색 벤츠에 탄 그들은 밀라노에서 남쪽으로 이어진 A-1 고속도로를 달리곤 했다.

"이번에는 도를 넘어도 한참 넘었어! 알도 형에게 한번 따끔하게 말해야겠어!"

로돌포가 씩씩거리면서 말하면 마우리치오는 아버지를 달랬다. 고속도로는 평야를 따라 볼로냐까지 이어지다가 아펜니노 산맥부터 피렌체까지는 급커브가 많은 도로로 바뀌었다. 세 시간 후 차는 스칸디치 공장 정문을 통과했다. 경비 초소를 지날 무렵에는 로돌포의 분노가 가라앉았고 결심도 흐릿해졌다. 로돌포는 어김없이 알도와 다정하게 포옹하며 인사했다.

"형, 잘 지냈지?"

"포포! 이곳엔 어쩐 일이냐?"

알도가 놀란 미소를 띠며 물으면 로돌포는 어깨를 으쓱하면서 새로 개발 중인 가방 때문이라는 식의 핑계를 늘어놓거나 점심을 함께 먹으러 왔다고 말하기도 했다. 77살이 된 알도는 여전히 빠릿빠릿했지만 회사 운영보다는 파티와 자선 행사에 더 열중했다. 1980년 뉴욕 매장의 점심시간 휴점 방침을 폐지했고, 액세서리 컬렉션으로 구찌라는 이름을 대중에게 알렸다. 일생 동안 회사에 헌신한 그는 이제 그 헌신의 대가를 누리려 노력하고 있었다. 팜비치 해변에 있는 저택에서 브루나와 딸과 많은 시간을 보냈고 정원을 손질하거나 사람들과 어울리는 일에 더 많은 시간을 할애했다. 하지만 여전히 그는 자신의 상인이라는 지위를 예술적 소명 의식으로 인식시키기 위해 애썼다. 한번은 콘도티 매장 집무실의 상감세공 책상에 앉아 인터뷰를 하면서 이렇게 강조했다.

"우리는 사업가가 아니라 시인입니다! 나는 교황 성하처럼 되고 싶어요. 교황 성하는 말씀하실 때 늘 복수형을 쓰시거든요."

한때 증명서 액자들만 을씨년스럽게 걸려 있던 하얀 벽에는 이제 적갈색 벨루어(velour, 벨벳 느낌이 나도록 만든 직물)를 배경으로 17세기와 18세기 유화가 은은하게 빛났다. 아치 천장은 프레스코화로 장식되었고 구찌 가문의 문장을 새긴 도장도 걸려 있었다. 그 옆에는 1971년 조지프 알리오토(Joseph Alioto) 뉴욕 시장이 알도에게 선사한 샌프란시스코 열쇠가 나란히 내걸렸다.

알도가 회사를 지배하는 동안 누군가는 미래를 설계해야 했다. 그 상황에서 마우리치오는 로돌포와 파트리치아의 노력으로 구찌의 후계자가 되었다. 마우리치오가 1982년 밀라노로 돌아왔을 때는 변화의 물결이 이탈리아 패션산업을 휩쓸던 시기였다. 그때만 해도 패션산업은 로마의 알타모다 맞춤복 패션쇼와 조르지니의 피렌체 기성복 패션쇼 중심으로 돌아갔다. 그러다 오타비오 미쏘니(Ottavio Missoni)와 로시타 미쏘니(Rosita Missoni), 크리치아(Crizia)의 마리우치아 만델리(Mariuccia Mandelli), 조르지오 아르마니, 지아니 베르사체, 지안프랑코 페레(Gianfranco Ferré)가 이탈리아의 금융과 산업 중심지인 밀라노에서 두각을 드러내면서 패션의 중심도 점점 밀라노로 이동하고 있었다. 하지만 1959년 로마에서 맞춤복 사업을 시작했던 발렌티노는 맞춤복과 기성복 컬렉션을 선보인 파리를 더 우위에 두었고 밀라노는 무시했다.

피렌체에서 1년에 두 번 열리는 기성복 패션쇼를 밀라노가 빼앗아오자 살라비앙카 스타일의 패션쇼는 막을 내렸고, 밀라노는 새로운 패션 중심지로 자리를 굳혔다. 종전 후 일류 재단사가 사라지면서 젊은 신진 디자이너들이 그 공백을 메웠다. 이들은 이탈리아 북부의 중소 의류업체가 내놓은 유명 컬렉션의 혁신적 스타일을 만들어냈다. 아르마니, 베르사체, 지안프랑코 페레 모두 작은 의류 생산업체에서 일을 시작했다. 유행을 선도하는 디자인에 대한 수요가 늘어나자 자기 이름으로 사업을 시작할 수 있다는 가능성을 깨달은 젊은 디자이너들은 자신들이 세운 새로운 업체가 인기를 얻자 밀라노에서 가장 세련된 동네에 작업실을 마련했다. 아르마니는 보르고누오보(Borgonuovo)에, 베르사체는 제수(Gesù)에, 페레는 스피가(Spiga)에, 크리치아는 다니엘 매닌(Daniele Manin)에 자리를 잡았다. 영감에 넘쳤던 이들은 성실한 디자인 보조 인력들과 함께 오랜 시간 작업하며 새로운 스타일을 완성했고, 늦은 밤이면 밀라노 도심에 몇 남지 않은 푸짐한 음식을 내놓는 식당에 몰려들었다. 보르고스페소 거리에는 비체, 보헤미안 브레라에는 토레 디 피사, 두오모 근처에는 산타루치아 식당이 있었는데 오늘날까지도 패션계 종사자와 기업인들에게 인기 있는 곳들이다.

아르마니와 베르사체는 밀라노 패션계에서 1, 2위를 다투는 선두주자로 떠올랐다. 베르사체는 정열적이고 화려한 도발적인 스타일을 선보였고 아르마니는 차분하며 절제되고 우아한 디자인을 만들어냈다. 베르사체는 밀라노와 그 인근 코모 호수의 웅장한 대저택을 사들여 자신이 선호하는 현란하고 기괴하며 값비싼 미술품들을 채워 넣었다. '베이지색의 제왕'으로 알려진 아르마니는 밀라노 교외 롬바르디아 지방과 시칠리아에서 가까운 판텔레리아 섬의 별장들을 특유의 수수하고 절제된 방식으로 꾸몄다.

이탈리아 패션계는 새로운 에너지로 들끓었다. 새로 유입된 자본에 유행의 첨단을 달리는 사진작가와 일류 모델, 화려한 광고 활동이 결합되면서 디자이너 브랜드들은 호황을 누렸다. 펜디(Fendi)와 트루사르디(Trussardi)처럼 가족이 운영하는 패션 소품 공방들은 새로운 경영방식을 받아들였고, 시대에 뒤떨어지는 인상을 주기 시작한 구찌의 시장 영역을 빼앗아 갔다. 설립자 마리오 프라다(Mario Prada)의 손녀 미우치아(Miuccia)가 1978년 경영권을 장악한 프라다는 그때까지도 여전히 그저 그런 여행 가방 생산업체로 간주되고 있었다.

마우리치오는 이런 상황에서 구찌의 경쟁력을 유지하기 위해서는 새로운 방향을 모색해야 한다고 판단했다. 구찌는 여전히 신분과 세련미를 상징했지만 1960~70년대 구찌의 상징이었던 화려한 매력은 희미해진 지 오래였다. 밀라노의 마우리치오는 가죽 제품뿐 아니라 기성복 분야에서도 구찌의 명성을 드날리겠다는 알도의 오랜 꿈을 실현하는 것을 목표로 삼았다. 디자이너 의류를 열렬히 좋아하던 파트리치아는 한동안 마우리치오에게 거물급 의류 디자이너를 고용하라고 부추겼다. 1970년대에 파올로와 함께 구찌 의류를 처음으로 선보였고 오늘날까지 구찌 기성복 생산 책임자로 있는 알베르타 발레리니(Alberta Ballerini)는 이렇게 회고했다.

"구찌 입장에서 기성복 분야 진출은 크나큰 도전이었습니다."

파올로의 스포츠웨어 컬렉션은 성공했지만 사업 전체에서 차지하는 비중은 여전히 미미했다. 발레리니의 기억에 따르면 1970년대 후반에 파올로가 스칸디치 공장의 디자인 작업실에 직원들을 모아 놓고 이렇게 말했다고 한다.

"내 사촌동생 마우리치오가 터무니없는 제안을 했어. 외부에서 기성복 디자이너를 채용하고 싶대."

발레리니가 자기 의견을 밝혔다.

"글쎄요, 그렇게 터무니없는 생각은 아닌 것 같은데요."

파올로는 말을 이었다.

"마우리치오는 계속해서 아르마니란 녀석 이야기를 하더군. 어떤 사람이야?"

그 이름을 아는 사람은 아무도 없는 듯했다. 그러자 파올로는 결론을 내렸다.

"아무도 모르는 걸 보니 우리 회사에 필요하지 않은 사람인 것 같군."

파올로는 몇 시즌 동안 계속해서 의류 컬렉션을 디자인했다. 어떤 시즌에는 쿠바 출신 신진 디자이너 마놀로 베르데(Manolo Verde)를 잠깐 영입하기도 했다. 하지만 가족과 사이가 나빠지자

1978년 피렌체를 떠나 뉴욕으로 갔고, 1982년에는 회사 경영에서 배제되었다. 다른 이탈리아 패션 브랜드들의 인기가 치솟고 있을 때 구찌에는 기성복 디자이너가 존재하지 않았다. 구찌 가문은 몇 시즌 동안 발레리니와 내부 직원들 위주로 작업하면서 직접 디자인을 감당하려 했지만 얼마 지나지 않아 도움이 필요하다는 사실을 받아들였다.

마우리치오는 구찌의 이미지를 되살리기 위해서는 유명한 디자이너를 영입해야 한다고 재차 강조했다. 그는 아르마니의 능력을 잘 알고 있었고 그가 구찌에 딱 맞는 편안하고 우아한 스포츠웨어를 디자인해 줄 인물이라 생각했다. 그러나 그때는 이미 아르마니의 사업이 급속도로 성장하고 있었다. 구찌는 공개적으로 디자이너를 찾기 시작했다.

마우리치오는 구찌를 기성복 시장이라는 새로운 영역으로 이끄는 과정에서 아슬아슬한 곡예를 했다. 급변하는 패션업계에서 구찌라는 브랜드를 새롭게 선보일 필요를 느끼긴 했지만 구찌 브랜드를 압도하거나 오랜 고객의 취향을 고려하지 않는 디자이너는 원치 않았다. 그는 구찌가 명품 기업으로서의 정체성을 잃지 않으면서도 유행을 선도하는 브랜드로 인식되기를 바랐다.

1982년 6월, 구찌는 에밀리아-로마냐 출신의 루치아노 소프라니(Luciano Soprani)를 기성복 디자이너로 영입했다. 소프라니는 한정된 색상과 성글고 얇게 짜인 직물을 다루는 솜씨로 두각을 드러낸 디자이너였다. 마우리치오는 그해 가을 구찌 최초로 밀라노 패션쇼를 준비했다. 그의 기준에서 지방에 불과한 피렌체보다는 밀라노의 패션업계에서 구찌의 존재감을 드러내고 싶었기 때문이다. 1982년 10월 말 밀라노에서 아프리카를 주제로 한 소프라니의 첫 번째 컬렉션을 선보였다. 네덜란드에서 수입한 붉은 달리아 2,500송이로 장식한 마네킹들이 포즈를 취한 모습은 한 폭의 그림 같았다. 패션쇼는 곧바로 상업적인 성공으로 이어졌다. 오랫동안 구찌에 근무하면서 의류 컬렉션을 개발하고 조율해 온 발레리니는 이렇게 말했다.

"그 첫 번째 발표회는 평생 못 잊을 거예요. 밤새 쇼룸을 열어두었는데 지칠 대로 지친 구매자들이 부어오른 발을 이끌고 계속 찾아오는 바람에 모두 쉬지도 못하고 일했어요. 정말 놀랄 만큼 많은 양을 판매했었죠. 그때부터 구찌의 번영이 시작된 겁니다."

이탈리아 언론은 시대 흐름에 발맞춰 변화하는 구찌를 칭송했다. 〈라 리푸블리카(La Repubblica)〉의 실비아 자코미니(Silvia Giacomini)는 "위기의 순간 구찌는 피렌체의 뿌리를 떨쳐버리고 참신한 아이디어와 새로운 경영 전략의 실험실인 밀라노로 시선을 돌렸다"라고 평하면서 "구찌는 밀라노 패션이라는 항성계에 진입해 밀라노가 제공하는 자원을 한껏 이용하기로 결정했다"고 썼다. 〈인터내셔널 헤럴드 트리뷴〉의 히비 도시는 컬렉션을 본 후 "구찌는 급격한 이미지 변신을 시도하고 있다"라고 썼다. 알도가 독감에 걸려 로마의 집에 머무는 동안 마우리치오는 히비 도시에게 구찌의 새로운 방향에 대해 이렇게 설명했다.

"우리는 구찌가 유행을 따라가기보다는 만들어내기를 바랍니다. 우리는 패션 디자이너도 아니고 패션을 창조하기를 원하지도 않지만 패션이 사람들에게 더 빠른 속도로 다가갈 수 있는 수단이 된 최근 패션 트렌드의 일부가 되고자 합니다."

그러나 히비 도시는 소프라니의 컬렉션을 극찬하지 않았다. 구찌가 선보인 많고 많은 스타일 중에서 일관된 주제를 끄집어내기 어렵다며 비판했다.

"새로운 이미지는 가죽 스커트와 실크 블라우스로 대표되는 구찌 특유의 세련된 이미지와 크게 달라졌다. 새로운 스타일에는 애거서 크리스티의 〈나일강의 죽음〉의 패션에서 따온 듯한 식민 시대 스타일을 비롯한 몇 가지 특징이 두드러진다."

그러고는 GG 모노그램 없이 흰색과 베이지색으로 새롭게 디자인된 여행용 가방이 컬렉션 중에서 가장 눈이 가는 아이템이었다고 지적했다. 마우리치오는 잘나가는 패션 광고 홍보대행사를 운영하던 난도 밀리오(Nando Miglio)에게 광고 제작을 의뢰했다. 개인적 인맥을 활용했던 알도의 광고 전략과는 판이한 시도였다. 알도는 유명한 패션 사진작가 어빙 펜(Irving Penn)이 촬영한 사진을 보고 화를 냈다.

"저 사람은 분명 구찌의 본질을 전혀 이해하지 못하고 있어."

펜에게 신랄한 편지를 보냈지만 이미 늦은 행동이었다. 어빙 펜 특유의 흰색 배경에 최고의 모델 로즈메리 맥그로타(Rosemary McGrotha)를 내세운 광고는 이미 다양한 패션지와 라이프스타일

잡지와 계약을 마친 상태였다. 마우리치오는 계약을 취소하라는 지시를 거부했다. 그다음 진행된 네 편의 광고는 펜의 제자인 신진 사진작가 봅 크리거(Bob Krieger)에 의해 같은 스타일로 촬영되었다. 그중 한 편에는 모델 캐럴 알트(Carol Alt)가 등장했다. 새로운 광고는 깔끔하고 기발하며 경쾌한 패션을 내세웠다. 알도가 1970년대에 원했던 스타일이었고, 구찌가 현재 내세우는 섹시하고 강인한 스타일과는 비슷한 점이 거의 없었다.

마우리치오는 그 후 몇 년에 걸쳐 구찌 내부에서 흥미롭지는 않지만 상당히 중요한 변화를 주도했다. 상품의 가짓수를 줄이기 위해 제품과 스타일 수천 가지를 재검토했다. 오랫동안 핸드백 컬렉션을 지휘했고 아직까지 구찌에 근무하고 있는 리타 치미노(Rita Cimino)는 이렇게 회고했다.

"그는 회사에서 개발하고 생산하는 모든 제품에 대한 일종의 내부 단속이 필요하다고 판단했던 것 같습니다."

그때까지만 해도 구찌는 다양한 부서끼리의 감독이나 협업 없이 가족 구성원 중심으로 돌아갔다. 로돌포는 자신의 뜻에 따르는 직원과 공급업체들을 거느렸고, 조르지오와 알도도 마찬가지였다. 구찌 액세서리 컬렉션의 책임자 로베르토 역시 독자적인 방향을 추구했다. 결과적으로 구찌라는 이름 말고는 공통점이 하나도 없는 뒤죽박죽된 제품들이 난무했다. 알도가 추구했던 스타일의 조화라는 개념은 간데없었다. 치미노는 이렇게 덧붙였다.

"저는 마우리치오와 함께 모든 제품을 분류한 다음 일종의 질서를 부여하려 했습니다. 마우리치오는 구찌의 고급 제품이 추구해야 할 지향점에 대한 생각이 확고했습니다."

마우리치오의 영향력은 얼마 지나지 않아 언론의 주목을 끌었다. 1982년 12월 밀라노의 경영 월간지 〈캐피털(Capital)〉은 마우리치오를 패션 왕조의 신성으로 부르는 표제 기사를 실었다. 남편이 밀라노 패션업계를 주도하는 인물이 되길 바랐던 파트리치아는 자신이 이미 생각하고 있던 내용을 강조한 기사를 보고 신이 났다.

"그는 나약했지만 나는 나약하지 않았어요. 그래서 그가 구찌의 대표가 되어야 한다고 강력하게 밀어붙였지요. 사교적인 나와 달리 그는 남들과 어울리는 것을 좋아하지 않았어요. 내가 외출할 때면 그는 항상 집에 있었죠. 나는 마우리치오 구찌의 대리인이었어요. 그는 이름만 구찌였을 뿐 씻기고 옷을 입혀야 하는 어린아이나 다름없었습니다."

남편의 출세를 도모하던 파트리치아는 남편과 주위 사람들에게 "마우리치오의 시대가 시작되었어요"라는 말을 되풀이하며 은밀한 조언자 역할을 자처했다. 마우리치오가 밀라노 사교계에 알려지기 전부터 파트리치아는 명사의 아내로 행세했고 발렌티노나 샤넬 정장 차림으로 운전기사가 모는 자동차를 타고 시내 곳곳을 돌아다녔다. 신문 사교면은 파트리치아를 '몬테 나폴레오네의 조안 콜린스(Joan Collins, 영국의 여배우로 화려한 패션과 사교계 활동으로 유명하다)'라는 별명으로 불렀다. 부부는 밀라노 도심의 쇼핑가 산 바빌라 광장

위에 있는 갈레리아 파사렐라의 고급 펜트하우스로 이사했다. 파트리치아는 그 집을 따뜻한 색감의 나무 패널과 티에폴로(Tiepolo, 이탈리아의 18세기 화가)가 그린 천국과 흡사한 천장으로 꾸몄고 골동품, 청동상, 아르데코 풍의 꽃병도 들여놓았다. 난도 밀리오는 그녀를 이렇게 평했다.

"파트리치아는 마우리치오를 열성적으로 내조했어요. 수줍고 차분한 성격의 마우리치오는 여전히 공개 석상에 서는 걸 어색해 했지만 파트리치아는 그를 돋보이게 하는 방법을 알고 있었죠. 그녀는 마우리치오가 유명 인사가 되기를 바라며 '당신이 최고라는 걸 모든 사람에게 알려야 해'라고 말하곤 했죠."

파트리치아는 남편을 설득해서 직접 구찌의 귀금속 장신구 컬렉션인 오로크로코딜로(Orocrocodillo, 황금 악어)를 디자인하기도 했다. 오로크로코딜로는 악어가죽 무늬가 새겨져 있는 보석으로 장식한 액세서리 제품들이었다. 그녀는 오로크로코딜로가 까르띠에의 트리니티 컬렉션(Trinity Collection, 세 가지 색상의 금을 조화롭게 구성한 까르띠에의 시그니처 주얼리)처럼 구찌의 정체성을 드러내는 대표 상품이 되기를 바랐다. 하지만 오로크로코딜로는 터무니없이 비쌌다. 어떤 제품은 2,900만 리라(약 1,800만 원)나 했지만 번쩍번쩍한 모조 장신구처럼 보였다. 오로크로코딜로를 진열장 안에 넣던 구찌 판매원들은 고개를 내저으며 과연 그 제품을 살 사람이 있을지 의아해했다.

1983년 4월 말 구찌는 기존 매장 건너편인 몬테 나폴레오네 거리에 새 매장을 열었다. 원래 매장에서는 여행용 가방과 패션 소품을 계속 판매했고, 새 매장에서는 루치아노 소프라니의 의류 컬렉션을 팔았다. 현재 이곳은 레 코팽(Les Copains) 매장으로 바뀌었다. 구찌의 요청에 따라 밀라노 교통국은 새 매장 개장에 맞춰 밀라노 최고급 쇼핑가의 교통을 통제했다. 탁자와 의자, 탐스러운 치자나무가 인도를 가득 메웠다. 역시 교통이 통제된 길 건너편 바구티노 거리는 야외 식당으로 변했다. 샴페인이 넘쳐나는 그곳에서 흰색 장갑을 낀 웨이터들이 굴과 철갑상어알이 담긴 은쟁반을 들고 손님들 사이를 오갔다. 그날 손님들을 맞이하고 환담을 나눈 사람은 마우리치오였다.

로돌포는 몇 주 전 밀라노의 마돈니나 종합병원에 은밀하게 입원한 상태였다. 그럼에도 그는 불편한 몸을 이끌고 간호사와 잠시 외출해서 개장이 임박한 매장을 둘러보았다. 툴리아와 루이지의 부축을 받으며 널찍한 점포 안을 비틀거리는 걸음으로 살펴보던 로돌포는 실내장식을 칭찬하고 직원들의 이름을 부르며 인사했다. 로돌포의 비서 로베르타 카솔(Roberta Cassol) 밑에서 일하던 릴리아나 콜롬보는 이렇게 회상했다.

"그분은 너무 야위어서 옷이 흘러내릴 것만 같았어요."

마우리치오는 변호사 도메니코 데 솔레와 회계 고문 지안 비토리오 필로네(Gian Vittorio Pilone) 외에는 그 누구도 로돌포를 문병오는 일이 없도록 엄중한 지시를 내렸다. 베네치아 태생의 성공한 회계사 필로네는 밀라노의 전통적 가족기업 여러 곳과 일했다. 마우리치오는 필로네 없이 결정을 내리거나 회의 약속 잡는 일을 기피할 정도로 그를 신뢰했다.

마우리치오는 아버지가 죽음을 앞두고 있다는 사실을 숨기려 애썼던 반면 로돌포는 자신이 고립된 사실을 여전히 의아하게 생각했다. 이탈리아의 직원 중에서 로베르타 카솔과 프란체스코 지타르디 정도만 그에게 병문안을 왔다. 그의 병실에는 마우리치오 부부가 보낸 커다란 흰색 진달래꽃 화분 두 개가 놓여 있었다. 로돌포는 마지막까지 우아하게 처신했고 죽는 그날까지 실크 가운과 스카프를 착용했다. 수많은 변호사와 회계사가 로돌포의 신변을 정리하기 위해 드나들었지만 그의 마음은 정리되지 않았다. 일주일 전 몬테 나폴레오네 매장의 개장 행사에 참여한 직후 자신을 보지도 않고 미국으로 돌아간 형 알도를 자꾸만 찾았다. 5월 7일 토요일에 로돌포는 혼수상태에 빠졌다. 마우리치오 부부는 서둘러 로돌포의 병실로 달려왔지만 그는 그들을 알아보지 못했다. 다음 날 알도가 도착했을 때 로돌포는 형의 이름을 외쳤다.

"알도 형! 알도 형! 알도 형! 어디 있는 거야? 형 어디야?"

"나 여기 있다, 포포! 네 옆에 있어."

알도가 몸을 구부려 아무것도 보이지 않는 로돌포의 눈 가까이에 얼굴을 대고 울부짖었다.

"내가 뭘 해 주면 좋겠니? 어떻게 하면 네가 괜찮아질까?"

암이 진행될 대로 진행된 로돌포는 형의 말에 대답하지 못했다. 1983년 5월 14일, 로돌포는 일흔한 살에 세상을 떠났다. 조문객들이 로마네스크 양식의 산 바빌라 성당을 가득 메운 가운데 루이지와 프랑코를 비롯한 충직한 직원 4명이 관을 운구했다. 장례식이 끝나자 관은 피렌체로 옮겨져 가족 묘지에 묻혔다. 한 시대가 끝나고 새로운 시대가 시작되었다.

8.

마우리치오의 승리

서른다섯이던 마우리치오에게 아버지의 죽음은 큰 타격인 동시에 해방이었다. 로돌포는 마우리치오에게 독점적인 사랑을 집요하게 쏟아부으며 엄격하게 통제했다. 따라서 부자 관계는 시종일관 딱딱하고 형식적이었다. 마우리치오는 아버지에게 대들거나 무언가 부탁하기를 꺼렸다. 그래서 쓸 돈이 필요할 때도 로돌포의 운전기사 루이지나 비서 카솔에게 도움을 청하곤 했다. 카솔은 이렇게 말했다.

"로돌포는 마우리치오에게 성채를 주었지만 그 성채를 관리할 돈은 주지 않았습니다. 마우리치오는 아버지에게 부탁할 용기가 없어서 저에게 용돈을 빌리곤 했어요."

마우리치오는 성인이 되어서도 아버지가 방에 들어오면 벌떡 일어났다. 그가 했던 유일한 반항은 파트리치아와 결혼한 것이었다. 로돌포는 마지못해 받아들인 며느리와 결코 가까워지지 못했지만 화해는 했다. 파트리치아가 마우리치오를 사랑하고 있고 알레산드라와 알레그라를 사랑이 넘치는 환경에서 함께 키우고 있는 것이 로돌포의 눈에도 보였기 때문이다.

로돌포는 아들에게 생 모리츠의 부동산과 밀라노와 뉴욕의 고급 아파트, 스위스 은행에 예치된 2,000만 달러, 막대한 수익을 내는 구찌 제국의 지분 50%를 포함한 수천만 달러를 유산으로 남겼다. 3,500억 리라(약 250억 원)를 웃돌았던 모든 유산 중에서도 1930년대에 제작된, 구찌 휘장이 새겨진 악어가죽 지갑은 단순하면서도 상징적인 유품이었다. 얇고 까만 그 지갑은 구찌오가 손자 로베르토에게 준 선물로 구찌오가 사보이 호텔 시절에 받았던 오래된 영국 은화가 지갑 잠금부에 끼워져 있었다. 그 유산은 이제 마우리치오가 구찌의 재정을 책임질 차례라는 의미였다.

재정을 책임지려면 의사결정을 내려야 한다. 마우리치오는 난생처음 독자적인 결정을 내릴 자유를 얻었다. 그러나 마우리치오는 그때까지 모든 일을 아버지가 챙겨줬기에 경험이 부족했다. 뉴욕에 있을 때 알도에게 얻은 교훈도 시대가 바뀌면서 이제 통하지 않았다. 마우리치오가 사는 세상은 훨씬 더 복잡해졌다. 명품업계의 경쟁은 더욱 치열해졌고 구찌 가족 간의 갈등은 한층 더 첨예해졌다. 마우리치오의 고문 지안 비토리오 필로네는 죽기 직전인 1999년 5월 밀라노에서 했던 인터뷰에서 이렇게 말했다.

"로돌포의 가장 큰 실수는 마우리치오를 더 빨리 신임하지 않았던 것입니다. 그는 돈주머니를 꽉 틀어쥐고 있으면서 아들에게 자립할 기회를 주지 않았습니다."

마우리치오의 비서로 헌신을 다했던 릴리아나도 거들었다.

"마우리치오는 자신이 막중한 결정을 내려야 한다는 사실에 주눅 들곤 했어요. 그래서 로돌포가 항상 아들의 일을 도맡아 처리했습니다."

로돌포는 죽기 직전에 아들에게 돈의 가치와 의미를 전달해 주려 노력했지만 모두 허사였을지 모른다는 생각에 괴로워했다. 그는 알도와 달리 사업 감각이 부족했지만 생 모리츠의 부동산과 스위스 은행의 비밀 계좌를 비롯한 막대한 재산을 모았다. 예치만 하고 출금은 하지 않은 사실을 자랑스러워하면서도 아들에게도 그런 근성이 있을지 확신하지 못했다. 로돌포는 마우리치오가 한 번에 수백만 달러를 쓸 정도로 절약 정신이 부족하고, 성공의 본질보다는 과시에 치중한다고 생각했다. 그뿐 아니라 가족 간의 격렬한 다툼에 휘말리다 파멸에 이를까 봐 걱정했다. 필로네는 이렇게 덧붙였다.

"마우리치오는 다정하고 섬세한 젊은이였어요. 로돌포는 아들이 그런 성격 때문에 쉽게 공격당할지 모른다고 걱정했습니다."

로돌포는 죽기 전에 주변 사람들에게 아들을 돌봐 달라는 부탁을 자주 했었다고 한다. 하지만 그런 부탁은 마우리치오를 강인하게 만드는 데 그다지 도움이 되지 않았다. 로돌포는 베로나에서 암 치료를 받을 때 워싱턴의 패튼 보그스 앤 블로에서 데 솔레와 함께 일하던 앨런 터틀과 만났다. 소송 전문 변호사 터틀은 파올로를 상대로 한 재판에서 로돌포와 알도, 구찌 주식회사를 대리한 인연으로 구찌 가족에 대해 잘 알고 있었다. 그가 휴가를 보내기 위해 온 베네치아는 베로나와 1시간이 채 안 걸리는 거리다. 비가 내려 추웠던 날 로돌포는 터틀과 베네치아에서 만나 점심을 함께했다. 햇살이 쨍쨍한 워싱턴에서 온 터틀은 추위에 아무런 대비를 하지 못하고 왔다.

"내가 추위에 떨자 로돌포는 자기 코트를 벗어줬습니다."

두 남자는 식당에서 점심을 먹은 다음 구불구불 이어진 베네치아 운하를 따라 오랫동안 산책했다. 로돌포는 오래전 그곳에서 치렀던 자신의 결혼식 이야기를 들려주었다. 운하 주위를 빽빽이 메운 하객들이 신혼부부가 탄 곤돌라로 꽃을 던져 주었다고 말했다. 터틀은 그때를 이렇게 회상했다.

"말을 꺼내지 않았을 뿐 그는 죽음이 머지않았다는 사실을 알고 있었습니다. 자신이 아들을 얼마나 걱정하고 있는지 말하며 저와 데 솔레에게 아들을 돌봐 달라고 부탁했어요. 그는 마지막까지 배우였습니다. 그의 말은 마치 극적인 효과를 염두에 둔 것처럼 매우 감동적이었어요."

얼마 후 데 솔레도 로돌포에게서 같은 말을 들었다.

"로돌포는 두려웠던 것 같습니다. 그가 보기에 마우리치오에게는 절제력이 없었거든요."

로돌포는 파트리치아에 대한 걱정도 털어놓았다. 파트리치아에 따르면 로돌포는 "그 아이가 돈과 권력을 잡고 나면 분명히 변할 거다. 너는 네 남편이 다른 사람이 되었다는 사실을 깨닫게 될 거야"라고 말했다고 한다. 그때만 해도 그녀는 시아버지의 말을 흘려들었다. 로돌포가 죽고 난 뒤 몇 달 동안은 알도가 마우리치오를 세심하게 챙겼다. 그는 파올로와의 전쟁을 겪으면서 동생과 함께 겨우 지켜 온 지금의 상황이 동생의 죽음으로 흔들릴지도 모른다고 생각했다.

두 사람은 몇 가지 간단한 원칙에 따라 회사를 둘로 분할했다. 첫째, 회사는 가족 소유로 남아 있어야 하고 성장 속도와 사업할 장소, 판매할 제품을 가족들만 결정할 수 있다는 원칙이었다. 둘째, 형제는 회사를 명확한 두 개 분야로 나눈 뒤 알도는 구찌 아메리카 법인과 소매 유통망을, 로돌포는 구찌오구찌와 이탈리아의 생산을 관리하기로 했다. 이러한 권력 분할은 성공적이었다. 로돌포가 세상을 떠났을 때 구찌는 엄청난 매출을 올리고 있었다. 구찌는 전 세계 주요 도시에 20개 직영 매장을 두었고 일본과 미국에서 45개 프랜차이즈 매장을 운영하는 한편, 면세품 사업과 GAC 도매사업으로도 짭짤한 수익을 올렸다. 파올로와의 분쟁은 진정되었고 알도는 가부장으로서의 지위를 누릴 여유를 찾았다.

"나는 엔진이었고 나머지 가족들은 기차였지요. 기차 없는 엔진은 쓸모가 없어요. 마찬가지로 기차도 엔진 없이는 움직이지 못하는 법이지요!"

알도는 이런 말로 만족감을 드러내면서, 로돌포의 죽음 이후에도 구찌의 사업이 그대로 유지되기를 바랐다. 그러나 그가 간과한 것이 세 가지 있었다. 첫째, 마우리치오의 야심을 알아차리지 못했다. 마우리치오는 그때까지 회사를 성공적으로 이끌었던 가족의 경영 정책에 만족하지 못하고 있었다. 둘째, 아들 파올로가 자기 이름으로 사업할 권리를 얻기 위해 얼마나 굳건한 결심을 했는지 알지 못했다. 셋째, 미국 국세청의 탈세에 대한 단속 의지를 모르고 있었다. 구찌가 오랫동안 유지해 온 안정은 이후 1년도 지나지 않아 흔들리기 시작했다.

로돌포가 죽기 전에는 마우리치오가 그의 지분 50%를 상속할 거라는 사실을 아무도 의심하지 않았다. 로돌포는 직원과 친구, 가족에게 마우리치오에게 모든 재산을 물려줄 거라고 공공연히 말하고 다녔다. 하지만 “내가 죽기 전에는 어림도 없지”라는 단서를 덧붙였다. 그는 알도와 파올로 사이에 벌어진 분쟁을 보면서 아들에게 너무 빨리 권력을 넘겨 주면 어떤 결과가 따르는지 똑똑히 경험했다. 로돌포는 알도가 일찍 소유권을 넘겨 준 일은 섣부르고 안정을 위협하는 행동이라고 생각해 그런 실수를 저지르지 않겠다고 다짐했다.

로돌포의 유언장은 사후에 곧바로 발견되지 않았다. 그렇지만 이탈리아 상속법에 따르면 유일한 자녀인 마우리치오가 법적 상속인이었다. 로돌포가 세상을 떠나고 몇 년 후 마우리치오가 상속과 관련된 법적 문제에 휘말렸을 때 재무경찰국 수사팀은 열쇠를 찾지 못한 금고를 용접기로 부수고 그 안에서 로돌포의 유언장을 발견했다. 예상대로 모든 것을 '하나밖에 없는 사랑하는 아들'에게 남긴다는 유언이 멋 부린 서체로 쓰여 있었다. 또한 툴리아와 프랑코, 루이지를 비롯해 성실하게 가사를 돌본 직원들을 위한 조항도 있었다.

로돌포 사후에 열린 첫 번째 가족 이사회에서 마우리치오와 알도, 조르지오, 로베르토는 어색한 분위기 속에서 눈치를 보며 상대의 의중을 떠보았다. 마우리치오가 구찌의 미래를 위해 다 함께 협력하자고 말했지만 다른 사람들은 그 말을 진지하게 받아들이지 않았다. 알도는 이렇게 말했다.

"변호사 양반! 너무 높이 날려고 하지 마. 시간을 들여서 배워야 해."

마우리치오가 지분 50%를 물려받은 사실은 그들에게 놀라운 일이 아니었다. 그러나 마우리치오가 서명된 주권을 꺼냈을 때는 다들 입이 떡 벌어지도록 놀랐다. 주권에 따르면 로돌포는 죽기 전에 아들에게 주식을 증여했고 그 덕분에 마우리치오는 상속세 130억 리라(약 92억 원)를 절감할 수 있었다. 그들은 주권의 서명이 위조됐다고 생각했다. 이사회에서 지지를 얻지 못해 의기소침해진 마우리치오는 얼마 후 구찌 현대화 계획에 대한 승인을 받기 위해 로마에 있는 알도를 은밀히 찾아갔다. 당시 로마 사무실 비서들은 알도가 마우리치오를 배웅할 때 거만하게 고개를 내저으며 했던 말을 들었다.

"마우리치오, 네가 영악한 짓을 벌였더라도 그 돈은 결코 손에 넣지 못할 게다."

마우리치오는 친척들의 거부에도 굴하지 않고 구찌를 전문 경영진과 심플한 디자인, 생산, 유통, 절묘한 마케팅 기법을 자랑하는 다국적 명품 기업으로 키우겠다는 목표를 세웠다. 그는 프랑스의 가족기업 에르메스(Hermès)를 모델로 삼았다. 에르메스는 가족기업으로서의 특성과 고급 브랜드 이미지를 잃지 않고 성장한 기업이었다. 마우리치오는 구찌가 에르메스와 루이비통의 반열에 다시 올라서기를 바랐다. 그러나 지금은 피에르 가르뎅(Pierre Cardin)과 비슷한 길을 가지 않을까 걱정했다. 이탈리아계 프랑스 디자이너 피에르 가르뎅은 크리스찬 디올(Christian Dior)의 베스트셀러 바 슈트(Bar suit)를 창시해 패션의 역사를 다시 쓴 인물이다. 그러나 그는 화장품과 초콜릿, 가전제품에 이르는 다양한 제품에 라이선스를 남발하는 실수를 저지르며 브랜드 가치를 스스로 추락시켰다.

마우리치오의 사업 구상은 훌륭했다. 그 구상을 어떻게 실행에 옮기느냐가 문제였다. 회사는 가족 구성원들에게 분할되었고 저마다 최선책이라 생각하는 방안을 실행에 옮기려 했다. 지분 50%를 보유한 마우리치오가 최대 주주였지만 옴짝달싹할 수 없었다. 회의실에서 마우리치오와 마주보고 앉은 알도는 구찌오구찌의 지분 40%를, 조르지오, 로베르토, 파올로는 각각 3.3%를 보유하고 있었다. 구찌 아메리카 법인은 알도가 16.7%, 그의 아들들이 11.1%씩 소유했다. 그들의 동의 없이 마우리치오가 할 수 있는 일은 많지 않았다. 게다가 그들은 마우리치오의 구상을 들어줄 정도로 참을성 있는 사람들이 아니었다. 구찌는 과거의 영광을 먹고 살면서 호화로운 생활을 유지하기에 부족함 없는 수익을 내고 있었다. 그들에게는 변화를 단행할 필요가 없었다.

그럼에도 마우리치오는 자신이 할 수 있는 한 계획을 밀어붙였다. 먼저 구찌 직원을 새로 뽑는 일을 로베르타 카솔에게 맡겼다. 아버지와 마찬가지로 충돌을 꺼렸던 마우리치오는 카솔에게 변화하는 명품업계에 적합하지 않은 장기근속 직원 대다수를 해고하라고 지시했다. 카솔은 이렇게 말했다.

"아버지에게 직접 말할 용기를 내지 못해 대신 말해 달라고 부탁하던 것처럼 이제 '로베르타, 아무개를 해고할 때가 왔어요'라고 말하더군요. 그의 성격은 여전히 연약하고 불안정했어요."

한편 구찌 아메리카 법인에서의 알도의 위상이 위태로워지고 있었다. 1983년 9월, 미국 국세청은 파올로가 법원에 제출한 서류를 토대로 알도와 구찌숍스의 재정 상태를 조사하기 시작했다. 1984년 5월 14일 법무부의 승인으로 검찰청이 해당 사안에 대한 대배심 조사를 시작할 수 있게 되었다. 알도는 1976년에 미국 시민권을 취득했음에도 세금 납부에 대한 미국인들의 사고방식을 이해하지 못했다. 정부를 의심하고 불신하는 이탈리아 사람들은 세금 납부를 부패한 정치꾼들에게 아무 대가 없이 돈을 내다버리는 행위와 비슷하다고 생각하는 경향이 있다. 그래서 이탈리아 사람들은 인생에서 죽음과 세금만이 확실하다는 미국 속담을 이해하지 못했고, 특히 1980년대에는 그런 경향이 강했다. 이탈리아 정부는 횡행하는 탈세 행위를 저지하려 계속 애쓰고 있지만 그 시절에는 탈세를 많이 한 사람일수록 똑똑한 사람으로 인정받았고 심지어 자랑 삼아 말하는 분위기였다. 미국적인 사고방식의 소유자였던 데 솔레는 세법 전문가로서 알도에게 상황의 심각성을 인식시키려 애를 썼다.

"밀라노의 갈리아 호텔에서 구찌 가족을 모두 모아 놓고 중대 발표를 했습니다. 그들에게 '이건 큰 문제에요'라고 말했죠. 하지만 그들은 말도 안 되는 소리 하지 말라며 '알도는 지역사회를 위해 훌륭한 일을 한 사람인데 당국이 그를 건드릴 리 없어요'라고 말하더군요. 그래서 '이해 못하시나 본데 유럽이 아니라 미국 이야기예요. 거기서는 탈세가 엄청난 불법행위라고요. 알도는 감옥에 갈 겁니다!'라고 반박했죠."

데 솔레의 말을 심각하게 받아들이는 사람은 없었다. '구찌의 리더'는 그 사안을 별것 아닌 일로 치부하며 로돌포 사후 계속 구찌를 위해 일해 온 데 솔레에게 "당신은 늘 너무 비관적이야"라고 타박했다. 필로네는 그때를 이렇게 회상했다.

"예전 독재자의 모습으로 돌아간 알도는 그 문제를 더는 꺼내지 않으려 했어요."

한편 데 솔레는 알도가 구찌 아메리카 법인의 수익 수백만 달러를 해외 기업에 불법 이전했을 뿐 아니라 회사 앞으로 발행된 수표 수십만 달러를 개인적으로 현금화했다는 사실도 알아냈다.

"알도는 왕처럼 살면서 여러 곳에서 엄청난 범법행위를 자행했습니다! 그 일로 알도는 물론 회사도 무너질 판이었습니다."

데 솔레는 알도에게 이성적으로 생각하라고 애원했다. 그는 아내 엘리너와 어린 두 딸이 함께 살고 있는 메릴랜드 베데스다의 자기 집에 알도와 브루나를 초대해 저녁을 대접했다.

"그때 알도에게 아무 감정이 없다고 말하며 이 상황을 이해해 달라고 부탁했습니다."

저녁 식사 도중 브루나는 눈물을 흘리며 데 솔레와 따로 이야기를 나눴다.

"나는 브루나에게 '죄송해요. 하지만 그분은 감옥에 갈 수밖에 없어요'라고 솔직하게 말씀드렸습니다. 알도는 구찌를 개인의 장난감처럼 여기며 현실을 부정했습니다. 개인과 기업의 차이를 이해하지 못한 그는 구찌 아메리카를 세운 사람이니 그만한 노고의 대가를 돌려받을 자격이 있다고 생각하고 있었습니다."

데 솔레에 따르면, 처음에는 마우리치오도 알도가 직면할 결과가 무엇인지 제대로 이해하지 못했다. 데 솔레는 마우리치오에게 조언했다.

"알도 씨가 수감되면 앞으로 그는 현직에서 회사를 운영하지 못할 겁니다. 빨리 조치를 취해야 해요!"

결국 마우리치오는 그의 의견에 동의했다. 세금 문제에 대한 알도의 약점은 마우리치오가 새로운 구찌를 창조하겠다는 원대한 꿈을 펼치는 데 유리하게 작용했다. 그는 필로네와 데 솔레의 도움으로 이사회를 장악할 계획을 세웠다. 권력을 차지하려면 사촌 가운데 한 명과 동맹을 맺어야 했지만 분란을 일으키고 싶지는 않았다. 조르지오는 지나치게 소극적이고 보수적이며 알도에게 충성했다. 로베르토 역시 보수적인 데다 여섯 자녀의 미래를 보장받기 위해 늘 노심초사했다. 둘 다 구찌의 현 상황에 지나치게 안주하고 있었다.

가능성 있는 유일한 인물은 골칫덩어리로 찍힌 파올로였다. 그는 2년 전에 일어난 이사회 사건 이후 알도와 연락을 끊은 상태였다. 마우리치오는 파올로가 구찌에서 받은 합의금도 이미 탕진했을 정도로 심각한 재정 문제를 겪고 있다는 사실을 알고 있었다. 그래서 그에게 제안해 보기로 결심하고 뉴욕에 있는 파올로에게 연락했다.

"파올로 형, 이야기 좀 해. 형의 문제와 내 문제 모두를 해결할 수 있는 방법이 있어."

두 사람은 1984년 6월 18일 아침 스위스 제네바에서 만났다. 두 사람은 리슈몽 호텔에 거의 동시에 도착했다. 마우리치오는 제네바 호수가 내려다보이는 야외 테라스 탁자에 앉자마자 세금 절감을 위해 구찌 명의의 모든 사용권을 관리하는 구찌 라이선싱(Gucci Licensing)이라는 회사를 암스테르담에 세우겠다는 계획을 들려주었다. 그러면서 자신이 이 회사의 지분 51%를 갖고 경영하고 파올로에게 나머지 지분 49%와 사장 직함을 주겠다고 제의했다. 마우리치오는 그 대가로 지분 3.3%를 소유한 파올로가 구찌오구찌 이사회에서 자신에게 찬성표를 던져 줄 것을 요구했다. 그렇게 해 주면 나중에 파올로의 지분 전부를 2,000만 달러에 매입하겠다고 제안했다. 두 사람은 악수를 나눴고 변호사에게 필요한 서류를 준비시키자는 데 합의했다. 또한 두 사람은 서로를 상대로 제기한 소송도 모두 취하했다.

한 달 후 파올로는 자기 주권을 보관해 둔 크레디트스위스 은행의 루가노 지점에서 협정에 서명했고, 마우리치오는 파올로에게 선불 200만 달러를 지급했다. 구찌 라이선싱이 설립되고 마우리치오가 파올로에게 잔금 2,000만 달러를 포함한 총 2,200만 달러를 지급하면서 파올로가 가진 주식의 지배권은 마우리치오에게 돌아갔다. 나아가 그는 파올로의 표와 구찌숍스 주식회사에 대한 실질적인 지배권까지 얻었다.

구찌 아메리카 법인 이사회는 매년 9월 초 뉴욕에서 열렸다. 안건으로는 1984년 전반기 실적에 대한 승인과 새 매장 개설 계획, 인사 임명 등 세 가지 사항이 올라왔다. 알도의 아들 로베르토에 따르면 로돌포, 바스코, 알도가 회사를 운영하던 때만 해도 구찌 이사회는 즐거운 가족 행사처럼 삼형제가 모여 알도의 뜻에 따라 기계적으로 서명하는 요식적인 절차에 불과했다.

"그때는 아무 이의 없이 아버지가 원하는 대로 투표하면 된다는 신뢰가 있었습니다. 회의를 마치고 모두 밖에 나가 함께 즐거운 시간을 보냈었지요."

구찌 아메리카 법인 이사회를 앞둔 주말, 데 솔레는 국제요트 경주 아메리카컵 결승전을 참관하던 마우리치오와 필로네를 만나기 위해 사르데냐로 은밀히 날아갔다. 그들은 아가 칸이 인근 로톤도와 함께 개발한 체르보 항구의 체르보 호텔에 묵었다. 체르보 항구는 이탈리아 특권층의 전용 휴양지다. 모든 건물이 연분홍색으로 칠해진 중앙 광장에서는 부유한 피서객들이 호화 요트와 모터보트를 정박해 둔 만이 내려다보였다. 햇볕이 내리쬐는 테라스와 정원이 딸린 개인용 호화 별장 뒤로 험준한 산이 솟아 있었다. 체르보 항구와 로톤도 항구의 인공미는 사르데냐의 수수한 자연미와 대조를 이루는 이탈리아 신흥 부호들의 상징이었다.

마우리치오와 필로네, 데 솔레는 낮에는 필로네의 초고속 모터보트 매그넘36을 타고 거품 이는 물살을 갈랐고, 밤이 되면 촛불이 켜진 식당 테라스에서 식사하며 자신들의 계획을 검토했다. 계획은 놀랄 만큼 단순했다. 구찌 아메리카 법인 이사회 서기인 데 솔레가 마우리치오의 대리인으로 뉴욕에 가서 이사회에 참석하는 것이었다. 그는 이미 파올로의 대리인과 만나 마우리치오에게 표를 던지겠다는 약속을 받아냈다. 데 솔레는 기존 이사회를 해산하고 마우리치오를 구찌 아메리카 사업부의 새 회장으로 지명하자고 제안할 계획이었다. 표를 과반수 장악한 상태이니 나머지 이사들의 반대는 효력을 발휘하지 못할 터였다. 그렇게 되면 알도는 몇 분 만에 구찌의 지배권을 상실하게 된다.

그들의 계획은 몇 주 후 당초 예상보다 더 순조롭게 진행되었다. 회의는 5번가 매장 건물의 13층에 있는 구찌 이사회실에서 열렸다. 회의 시작 전 데 솔레는 마우리치오를 대신해 투표하는 위임권을 제시했다. 파올로의 대리인도 똑같이 행동했다. 12층 집무실에 있던 알도는 평소처럼 판에 박힌 회의가 진행될 거라 생각하고 구찌의 최고경영자 로버트 베리(Robert Berry)를 대리인으로 보냈다. 회의실 벽에 걸린 실물 크기의 유화 초상화 속에서 웃는 얼굴로 시가를 뻐끔거리는 구찌오 구찌의 검은 눈이 내려다보는 가운데 데 솔레가 발언권을 요청했다.

"저는 이사회 해산을 안건에 넣자는 발의를 하고 싶습니다."

데 솔레의 사무적인 발언에 놀란 베리는 입을 떡 벌렸다. 파올로의 대리인도 데 솔레의 발의에 곧바로 찬성했다. 베리는 말을 더듬거렸다.

"음… 저… 저는 회의를 잠시 중단하자고 요청하고 싶습니다."

베리는 무슨 일이 일어났는지 보고하기 위해 알도의 집무실로 쏜살같이 내려갔다. 알도는 팜비치의 지인과 전화로 활기차게 잡담을 나누다가 베리가 나타나자 전화를 끊었다. 베리는 숨을 헐떡이며 말했다.

"구찌 박사님! 구찌 박사님! 당장 위층으로 가셔야겠습니다. 혁명이 일어나고 있어요!"

알도는 베리의 말을 대꾸 없이 들었다. 그리고 나서 간단명료하게 대답했다.

"현재 상황이 그렇다면 위층에 올라갈 필요도 없지. 지금 우리가 할 수 있는 일은 없어."

그는 마우리치오를 잘못 판단했다는 사실을 깨달았고 조카가 큰 실수를 저지르고 있다고 생각했다. 회의실로 돌아간 베리는 알도의 변호사이자 뉴욕 굴지의 법무법인 소속인 밀턴 굴드(Milton Gould)가 유대인 명절을 보내느라 회의에 참석하지 못했다는 이유를 대며 회의를 중단시키려 했지만 소용없었다. 데 솔레와 파올로의 대리인은 이사회 해산에 표를 던졌고 마우리치오 구찌를 구찌숍스 주식회사의 새로운 회장으로 임명했다.

알도는 일그러진 얼굴로 건물을 빠져나갔다. 한때 후계자감으로 생각했던 조카가 쿠데타를 일으켜 자신을 몰아냈다. 이제 마우리치오는 그의 적이었다.

알도는 곧바로 조르지오와 로베르토를 만났지만 애석하게도 세 사람 모두 취할 만한 조치가 없다는 사실을 깨달았다. 파올로와 한편이 된 마우리치오는 사실상 회사를 장악했다. 피렌체에서 열릴 구찌오구찌의 다음 이사회에서도 같은 일이 일어날 것이 분명했다. 구찌 일가는 1984년 10월 31일 뉴욕에서 합의서에 서명했고, 11월 29일 피렌체에서 열린 이사회에서 이를 비준했다. 마우리치오는 7명으로 구성된 이사회에서 4석을 확보해 구찌오구찌의 새로운 회장으로 임명되었다. 알도는 명예 사장, 조르지오와 로베르토는 부사장을 맡았다. 조르지오는 로마 매장을 계속 운영하기로 했고 로베르토 역시 피렌체에서 회사 관리자 역할을 지속하기로 했다.

마우리치오는 원하던 바로 그것을 손에 넣자 잔뜩 들떴다. 알도는 중요한 직함을 얻었지만 사실상 실권을 잃었다. 사촌들은 직책을 그대로 유지할 수 있었지만 지배권은 모두 마우리치오에게 있었다. 더욱이 그는 파올로의 지분을 안정화 수단으로 이용하는 데 성공했다. 신이 난 언론은 구찌 가족 간의 갈등을 보도하면서 마우리치오를 영웅으로 치켜세웠다. 〈뉴욕 타임스〉는 '가족의 중재자'라 칭했고 가십난을 메워온 격한 갈등 사이에서 평정을 유지한 인물로 묘사했다.

마우리치오는 타원형 회의실에 간부급 직원 30명 정도를 불러 모았다. 그곳은 피렌체의 직원들이 당시 유행하던 TV 드라마 제목에 빗대 '살라(Sala) 왕조'라 부르던 곳이었다. 직원들은 짙은 나무판을 댄 벽과 4대륙을 상징하는 대리석 흉상 4개로 둘러싸인 회의실의 커다란 탁자에 자리를 잡았다. 마우리치오는 새로운 구찌의 비전을 사무실 직원과 공장 직원들에게 설명했다. 그는 늙고 낯익은 얼굴들을 보면서 머뭇머뭇 말을 시작했다.

"구찌는 페라리 같은 고급 경주용 자동차입니다. 그런데 우리는 지금 구찌를 친퀘첸토(Cinquecento, 피아트가 종전 이후 실용적인 목적에서 생산한 소형 승용차)처럼 운전하고 있습니다. 오늘부터 구찌는 새 운전사를 맞이했습니다. 제대로 된 엔진과 제대로 된 부품, 제대로 된 정비공이 있으니 이제 경주에서 승리할 겁니다!"

그는 분위기를 부드럽게 하기 위해 환한 미소를 띠며 말했다. 말을 마친 그는 침묵하고 있는 직원들에게 질문이 있는지 물었다.

모두 초조하게 발을 꼼지락거리며 헛기침을 하자 마우리치오의 시선이 니콜라 리시카토(Nicola Risicato)에게 향했다. 리시카토는 밀라노 매장 점원으로 출발해 토르나부오니 매장 지배인으로 차근차근 승진한 인물이었다. 중년을 훌쩍 넘어선 그는 마우리치오의 성장을 지켜본 사람이기도 했다.

"니콜라, 당신도 질문 안 할 거예요? 나에게 하고 싶은 말 없어요?"

마우리치오가 나이 지긋한 그를 지명하며 동의라도 구하듯 다정한 미소를 지었다.

"아뇨, 저는 빈말은 못합니다."

리시카토가 동료 대다수의 불안감을 대변하듯 무미건조하게 대답했다. 그들은 알도나 로돌포의 자연스러운 칭찬에 익숙했기 때문에 페라리를 예로 든 마우리치오의 비유가 정확히 무슨 의미를 담고 있는지 알 수 없었다. 그해 12월 〈월스트리트 저널Wall Street Journal〉은 알도의 탈세 의혹을 대대적으로 폭로한 기사를 실었다. 1978년 9월부터 1981년 말까지 450만 달러에 달하는 회사돈을 빼돌린 혐의로 연방 대배심의 조사를 받고 있다는 보도였다. 이 기사는 알도가 신고한 연봉이 10만 달러도 되지 않는다면서 '그 지위에 비하면 푼돈'에 불과한 금액이라고 꼬집었다. 이탈리아 언론도 비슷한 기사를 실었다. 구찌는 미국에서 전성기를 구가했지만 이제 몰락으로 치닫고 있다는 내용이었다. 이탈리아의 주간지 〈파노라마(Panorama)〉는 1985년 1월 '구찌라는 이름이 품위나 스타일이 아니라 중범죄 관련으로 언급된 것은 이번이 처음이다’라고 보도했다.

마우리치오는 데 솔레를 절대적으로 신뢰했다. 그에게 구찌 아메리카 법인의 새 대표 자리를 제안하면서 구체적 임무를 맡겼다. 혼란스러운 재정 문제를 정리하고 탈세 의혹에 대응하기 위한 전문경영진을 고용하라는 요청이었다. 데 솔레가 대표에 오르기 전에는 마리 사바랭(Marie Savarin)이 구찌숍스 주식회사의 대표였다. 사바랭은 회계사였고 몇 년에 걸쳐 알도의 비서로 성실하게 일했다. 알도가 자신을 대신해 서명할 권한을 위임할 정도로 신뢰했던 여성은 사바랭이 유일할 것이다.

데 솔레는 마우리치오의 부탁을 받아들였다. 단 워싱턴 자택과 법무법인 직책을 그대로 유지하면서 회사 대표로서의 임무는 정해진 시간에만 수행한다는 단서를 붙였다. 데 솔레는 일주일에 한 번씩 뉴욕 출장을 갔으며, 재무 처리를 위해 아트 레쉰(Art Leshin)을 구찌의 최고재무책임자로 고용했다. 데 솔레는 그때를 이렇게 회상했다.

“우리는 그곳에 도착해서 큰 충격을 받았습니다! 한마디로 구제불능 상태였어요. 재고 목록도 회계 절차도 없을 만큼 송두리째 엉망이었지요. 우리가 상황을 모두 파악할 때까지 몇 달이라는 시간이 걸렸어요. 알도는 그동안 뛰어난 마케팅 재능으로 때우며 직감으로 사업을 운영했던 겁니다!”

매주 한 번씩 가던 뉴욕 출장이 월요일부터 금요일까지 이어졌다. 그의 아내 엘리너는 매주 초 여행 가방에 깨끗한 옷을 싸서 보냈고, 주말이 되면 더러워진 세탁물을 가방 가득 들고 집으로 돌아온 남편을 맞이했다. 그는 결국 가족과 함께 뉴욕으로 이사했다. 1986년 데 솔레는 회사 재건 계획에 따라 구찌의 미국 사업 부문을 구찌 아메리카라는 이름으로 다시 설립했다. 1988년 1월 구찌 아메리카는 체납된 세금과 1972~82년까지 벌어진 가족의 횡령에 대한 과징금으로 2,100만 달러를 미국 국세청에 납부했다. 그 대가로 해당 기간 동안의 회사 책임을 더는 묻지 않겠다는 약속을 받아냈다.

회사는 국세청에 돈을 납부하기 위해 대출을 받았다. 데 솔레는 구찌의 사업 부문을 확장하고 사업 체계를 간소화했다. 독립 체인점 6곳을 다시 사들여 미국 내 구찌 소유 매장을 20개로 늘렸고, 지저분한 소송을 거쳐 마리아 마네티 패로에게서 GAC의 도매 유통권도 회수했다. 그러자 곧바로 직접 매출이 증가했다. 데 솔레는 구찌 가족이 RJ 레널즈 담배 주식회사와 체결한 라이선스도 회수했다. 담배와 연관되면 미국에서의 브랜드 이미지에 타격을 받으리라는 이유에서였다. 이 라이선스는 나중에 이브 생로랑에 의해 발행되었다. 가족 간 분쟁이 계속되는 와중에도 1989년 구찌의 연간 매출액과 수익은 각각 1억 4,500만 달러와 2,000만 달러에 달했다.

데 솔레가 구찌 아메리카 문제를 처리하는 동안 마우리치오는 1987년 아메리카컵에 참가할 요트 후원사 컨소시엄에 참여하는 방안을 승인했다. 아메리카컵은 1983년 이탈리아 요트 아주라(Azzurra)가 참가하면서부터 이탈리아 사람들의 흥미를 끌기 시작했다. 아주라는 이탈리아 최대 자동차 회사 피아트와 식전주 업체 친차노(Cinzano) 등의 후원사들에 막대한 수익을 안겨 주었다. 유서 깊은 아메리카컵은 미국과 유럽에서 구찌의 고객층인 엘리트 시청자들의 관심을 끌었다.

아메리카컵을 통해 '이탈리아 제품'의 장점을 널리 알리자는 것이 마우리치오의 계획이었다. 그는 화학 대기업 몬테디손(Montedison)과 파스타 제조업체 뷔토니(Buitoni)를 비롯한 여러 후원사들을 불러 모았고, 새로운 컨소시엄의 이미지 감독 역할을 진지하게 받아들였다. 컨소시엄의 목표는 이탈리아가 예술과 공예 전통이 깊은 나라이며 성장을 거듭하는 선진 기술 배출국이라는 이미지를 알리는 것이었다. 그 전에 열린 아메리카컵에서 좋은 성적을 거둔 요트 빅토리(Victory)를 사들여 '이탈리아'라는 자체 요트를 개발한 결과 세 가지 모델을 제작했다. 또 베로나 출신의 정상급 스키퍼(skipper, 요트 선장) 플라비오 스칼라(Flavio Scala)와 일류 크루(crew, 요트의 균형을 유지하는 사람)도 영입했다.

이러한 후원이 철저하게 시간과 돈 낭비라고 생각한 알도와 조르지오, 로베르토는 마우리치오와 구찌 직원 대다수가 유니폼을 디자인하는 일에 전념하자 경악을 금치 못했다. 그럼에도 구찌는 요트 경주로 인한 마모에도 끄떡없을 뿐 아니라 미적으로도 아름다운 유니폼을 만들기 위해 모든 품목에 걸쳐 기술 검사를 실시했다. 심지어 경주복은 선수들이 윈치(winch)를 감거나 풀기 위해 몸을 굽힐 때마다 이탈리아의 삼색기 형태가 물결처럼 나타나도록 디자인되었다. 알베르타 발레리니는 이렇게 말했다.

"제가 그 프로젝트를 인계받은 사람입니다. 아메리카컵 경주에 대한 열의가 대단했던 직원 몇 명과 함께 일했지요. 우리는 티셔츠부터 재킷과 가방에 이르는 용품 전체를 디자인했습니다. 그들처럼 옷을 잘 입은 요트 선수는 그 전까지 본 적이 없었어요!"

구찌가 이탈리아 요트 선수들을 위해 디자인한 삼색기 스타일이 어찌나 매력적이었던지 '이탈리아'는 어느새 '구찌 요트'로 알려지게 되었다. 프라다의 루나 로사(Luna Rossa, 붉은 달) 요트가 2000년 뉴질랜드 오클랜드에서 열린 아메리카컵에 참가한 것은 마우리치오와 '이탈리아' 컨소시엄이 하고자 했던 일과 일맥상통했다.

1984년 10월 아메리카컵에 참가할 요트를 선정하기 위한 경주 대회가 사르데냐의 에메랄드 해안에서 열렸다. 구찌는 몇 달 전 마우리치오, 데 솔레, 필로네가 쿠데타를 계획했던 체르보 항구에 기지를 마련했다. 숨 가쁜 경주가 며칠 동안 이어진 끝에 이탈리아는 놀랍게도 아주라를 꺾고 아메리카컵 참가권을 따냈다. 그러나 이탈리아는 아메리카컵에서 승리하지 못했다. 대신에 모델 한 대가 아메리카컵이 열릴 호주 퍼스로 옮겨진 후 항구에서 침몰한 사건 때문에 유명해졌다. 처음 물에 나가던 날 요트를 들어 올리던 기중기가 뒤집히면서 그 무게를 이기지 못하고 가라앉은 사건이었다. 망가진 상태로 건져진 요트를 경주 전에 수리할 시간은 없었다. 그것보다는 아메리카컵이 열리는 동안 퍼스에서 운영한 이탈리아 식당이 훨씬 성공적이었다. 식당은 선수들이 만나서 술잔을 기울이는 장소로 인기를 끌었다. 식탁보와 은접시, 크리스털 식기 모두 이탈리아에서 행사를 위해 공수했고 주방장, 웨이터, 광천수, 와인이며 파스타를 비롯한 식품들도 마찬가지였다.

마우리치오는 아메리카컵 경주를 참관하느라 자리를 비웠을 때 자신의 새 직책이 과중하다는 사실을 깨달았다. 하루에 12~15시간을 일했고 끊임없이 출장을 다녔으며 구찌의 목표를 실현하기 위한 활동에 불철주야 전념했다. 점심 식사와 저녁 식사는 사업 약속을 잡는 기회로 삼았고, 매장 개장과 개보수를 감독하느라 주말에도 출장을 다녔다. 그 결과 사적인 시간은 물론 좋아하던 운동과 가족이 희생되었다. 로돌포의 예견대로 마우리치오는 변하기 시작했다. 데 솔레와 필로네에게만 조언을 구했고 자신을 조종하려 드는 파트리치아에게 점점 더 짜증을 내곤 했다. 청년 시절에는 그녀를 지원자로 생각해 의지했었다. 그녀는 아버지에게 대들 힘을 주던 존재였다. 그런데 마우리치오가 권력을 얻게 되자 파트리치아는 무엇을 언제, 어떻게 할지 지시하고 그의 결정과 조언자들을 비난하면서 아버지처럼 굴기 시작했다. 그는 마침내 회사의 지배권을 얻었지만 답답한 기분을 느꼈다. 데 솔레는 이렇게 회고했다.

"파트리치아는 남편을 정신적으로 괴롭혔어요. 그 여자는 마우리치오의 친척과 그를 제대로 대우해 주지 않는 사람들에게 대들라고 뒤에서 조종했습니다. 구찌 행사에 참가해서도 '나한테 가장 먼저 샴페인을 따라 주지 않은 것만 봐도 당신을 존중하지 않는 걸 알 수 있어!'라는 식으로 말했어요."

필로네도 데 솔레의 의견에 동의했다.

"그녀는 굉장한 골칫거리로 떠올랐습니다. 파트리치아는 야심이 큰 여자였고 회사에서도 직책을 원했습니다. 그녀에게 회사 일에 관여하지 말라는 뜻에서 '아내들은 접근 금지예요'라고 말한 적이 있는데, 그 뒤로 그녀에게 미움을 받게 되었습니다."

한편 파트리치아의 머릿속에서는 로돌포의 경고가 맴돌았다. 그녀는 결국 시아버지가 마우리치오에 대해 제대로 판단했다는 사실을 인정할 수밖에 없었다. 남편은 모든 일을 제쳐 놓고 자신이 세운 목표에만 심취했다. 아내의 의견과 조언을 듣지 않자 둘 사이는 점점 더 소원해졌다. 카솔은 이렇게 증언했다.

"마우리치오는 파트리치아에게 늘 '훌륭해요'라는 말을 듣고 싶어 했습니다. 그런데 반대로 쉴 새 없이 자신을 나무라자 불편한 사람이 된 겁니다."

파트리치아는 자신을 대신해 마우리치오의 신임을 얻은 데 솔레와 필로네를 원망했다. 야심에 사로잡힌 그녀는 자신을 나약한 남편의 든든한 동반자라고 생각했지만 언젠가부터 열외로 밀려났다는 사실을 깨달았다. 그에 대해 그녀는 이렇게 회고했다.

"마우리치오는 불안정했어요. 거만하고 무례해졌지요. 점심 식사를 하러 집에 오지도 않았고 주말이면 자신의 '수호신'들과 어울렸지요. 체중은 불어났고 옷도 엉망으로 입었어요. 시시한 사람들과 어울렸는데 그중에 필로네가 최악이었지요. 그가 서서히 남편을 바꿔 놓은 것 같아요. 마우리치오가 내게 이런저런 이야기를 하지 않을 때 그가 차가워졌다는 것을 깨달았어요. 우리 사이의 대화도 줄었지요. 서로에게 냉랭해지면서 소원해진 거예요."

마우리치오는 한때 '빨간 꼬마 요정'으로 불렀던 아내를 유명 애니메이션에 나오는 매운 소스 마녀의 이름을 따서 '빨간 마녀'로 부르기 시작했다. 1985년 5월 22일 수요일, 마우리치오는 밀라노 펜트하우스의 옷장을 열어 작은 여행 가방에 옷을 챙기며, 아내에게 며칠 동안 피렌체에 가 있을 것이라 말했다. 아내와 작별 인사를 한 다음 아홉 살 먹은 딸 알레산드라와 네 살배기 알레그라에게 뽀뽀했다. 부부는 다음 날 전화로 이야기를 나눴다. 별다른 일은 없어 보였다.

그다음 날 오후 마우리치오와 절친했던 의사가 찾아와 "앞으로 마우리치오가 주말에 집에 오지 않을 것"이라고 일러 주었다. 파트리치아는 충격을 받았다. 의사는 위로의 말과 함께 왕진 가방에서 신경안정제를 꺼내 건넸다. 그녀는 곧바로 남편의 짐을 챙겨 의사 편에 들려 보냈다. 마우리치오와 소원해졌다는 사실은 알고 있었지만 남편이 가족 곁을 떠나리라고는 상상도 하지 못했다. 며칠 후 파트리치아의 친구 수지가 그녀를 불러 점심 식사를 함께하면서 마우리치오가 부탁한 말을 한 가지 더 전달했다.

"네 남편은 돌아오지 않을 거야. 기사를 보낼 테니 가방 몇 개에 옷을 넣어서 보내 달래. 확실하게 마음을 정한 것 같더라."

"그 사람 어디 있는지 말해줘. 최소한 나한테 직접 말하는 게 도리 아냐?"

7월이 되자 마우리치오는 전화를 걸어 주말에 아이들을 보러 오겠다고 말했다. 9월에는 집에 와서 파트리치아에게 구찌가 후원하는 폴로 경기에 함께 참석해 우승컵을 수여해 달라고 부탁했다. 그가 집에 머무는 동안 두 사람은 서로의 관계에 대해 대화하는 시간을 가졌다. 그는 연애 시절 자주 들르던 산타루치아 식당에서 저녁을 먹자고 했다.

"난 자유가 필요해! 자유로워지고 싶어! 자유 말이야! 이해 못 하겠어? 어릴 때는 아버지가 이래라 저래라 하셨는데 이제 당신이 그러고 있어. 나는 살면서 단 하루도 자유로워 본 적이 없어! 젊은 시절을 즐기지도 못했고! 이제 내가 하고 싶은 대로 하면서 살고 싶어!"

파트리치아는 식은 피자를 앞에 두고 아무 말 없이 앉아 있기만 했다. 마우리치오는 다른 여자가 생겨 떠나는 것이 아니라 그녀의 쉴 새 없는 비판과 우두머리 노릇에 '거세'될 것만 같은 기분이 들어 떠나려 한다고 말했다. 파트리치아가 마침내 입을 뗐다.

"당신이 원하는 자유란 게 대체 뭐야? 그랜드캐니언에서 래프팅하는 거? 빨간색 페라리 자동차를 사는 거? 그런 거 하고 싶으면 얼마든지 해도 돼! 당신 가족이 당신의 자유야!"

파트리치아는 밤 11시에 TV를 보다가 잠이 드는 남편이 왜 새벽 3시에 귀가할 수 있는 자유를 원하는지 이해할 수 없었다. 그녀는 명품업계에서 남편의 위상이 높아지고 새 부하 직원들이 떠받들어줘서 혼이 나간 것 같다고 생각했다. 그녀는 훗날 이렇게 말했다.

"내가 똑똑하다는 사실이 그 사람의 심기를 건드린 것 같아요. 그 사람은 최고가 되고 싶어 했는데 자신을 최고로 만들어 줄 사람들을 발견했다고 생각했던 거죠!"

한참 후에 파트리치아는 냉랭하게 대꾸했다.

"하고 싶은 대로 다 해. 하지만 나와 애들에 대한 책임이 있다는 사실은 잊지 마."

파트리치아는 겉으로는 냉정하고 태연한 척했지만 속으로는 세상이 무너질 것만 같았다. 두 사람은 아이들에게는 당분간 별거 사실을 말하지 않기로 약속했다. 마우리치오는 가로수가 늘어선 부오나파르테 광장 근처에 집을 얻었다가 나중에 벨지오이소 광장 부근에 작은 아파트를 구했다. 출장이 잦았던 터라 그곳에서 잠을 자는 일은 거의 없었지만, 갈레리아 파사렐라에는 다시 돌아가지 않았다. 입던 옷을 그곳에 내버려 둔 채 새 셔츠와 정장을 맞췄고 새 구두를 주문했다.

마우리치오가 집을 떠난 후 파트리치아는 자신과 전혀 어울리지 않는 친구에게 의존했다. 그 친구는 나폴리에 살던 피나 아우리엠마(Pina Auriemma)였다. 파트리치아와 마우리치오는 오래전 나폴리 연안에 있는, 온천과 진흙 목욕으로 유명한 이스키아 섬의 호텔에 묵었다가 피나와 알게 되었다. 생기 넘치고 유쾌한 성격을 지닌 그녀는 대대로 식품 산업에 종사한 가문의 자손이었다. 부부는 매년 카프리에서 여름휴가를 보내기로 했고, 피나의 도움으로 카프리에 집을 얻었다. 피나는 나폴리 사람 특유의 신랄한 농담과 타로 카드 솜씨로 파트리치아를 몇 시간이고 즐겁게 해 주었다. 피나 덕분에 남편과의 이별로 인한 아픔도 잦아들었다.

"마우리치오와 카프리에 머물 때 피나가 날마다 나를 찾아왔어요. 우리는 몇 시간이고 떠들었지요. 그녀의 농담에 나는 웃음을 터뜨리곤 했답니다."

두 여인은 금세 친해졌다. 피나는 밀라노 집에 자주 찾아왔고 파트리치아와 함께 여행을 다니기도 했다. 파트리치아는 피나가 구찌 프랜차이즈 매장을 열도록 도와 달라고 남편에게 부탁한 적도 있었다. 피나는 그 매장을 몇 년 동안 운영하다가 직원에게 넘겼다. 1981년 알레그라가 태어났을 때도 파트리치아 곁에는 피나가 있었다. 파트리치아는 남편이 집을 나간 후 피나에게 위로를 받았다. 자살을 생각했을 정도로 절망에 빠졌을 때도 피나의 만류로 그 생각에서 벗어날 수 있었다.

"피나는 내가 끝없는 절망에 빠졌던 순간에도 옆에 있었어요. 그녀는 내 목숨을 구해 준 은인이에요."

파트리치아는 경쟁이 심한 밀라노 사교계에서 꽤 명성을 떨쳤지만 사교계 생활에 좀처럼 익숙해지지 못했다. 속을 털어놓을 몇 명 외에는 친구를 거의 만들지 못했다. 그녀는 속 깊은 대화가 필요할 때면 피나를 찾았고, 그녀가 옆에 없을 때는 전화로 몇 시간씩 수다를 떨었다.

"나는 피나를 신뢰했어요. 그녀와 함께 있을 때는 말조심할 필요가 없을 정도로 친했거든요. 그래서 그녀에게 모든 걸 털어놓게 되었어요. 그녀가 소문을 퍼뜨리는 사람이 아니라는 것을 잘 알았기 때문이에요."

별거에 들어간 후로 처음 몇 년 동안 파트리치아와 마우리치오는 공식적으로는 결혼 생활을 유지하는 척했고 함께 공식 행사에 참가할 때도 있었다. 그녀는 남편이 딸들을 보러 올 때마다 가장 잘 어울리는 옷을 차려입었지만 그가 떠난 후에는 방문을 잠그고 침대에 누워 몇 시간씩 울곤 했다. 마우리치오가 매달 6,000만 리라(약 3,800만 원)를 밀라노 은행 계좌에 넣어 주었지만 파트리치아는 자신이 쟁취한 모든 것이 손가락 사이로 빠져나가고 있다고 생각했다. 그녀는 황갈색 송아지가죽으로 제본된 까르띠에 일기장을 매년 구입했고, 표지에 자신의 작은 사진을 끼워 넣었다. 그러면서 점점 더 일기에 의존했다. 아직도 남편을 '마우'라는 애칭으로 부르며 마우리치오와 만날 때마다 있었던 일들을 빠짐없이 기록하기 시작했고, 그러한 행동은 집착에 가까워졌다.

마우리치오에게 결혼 생활의 파탄은 여러 문제 중 하나에 불과했다. 알도와 그의 아들들은 마우리치오의 반란을 순순히 받아들이지 않았다. 그들은 1985년 6월 주요 증인들의 이름이 담긴 상세한 서류들을 당국에 제출했다. 그 서류에는 마우리치오가 상속세를 내지 않으려고 주권에 자기 아버지의 서명을 위조해 넣었다는 언급이 담겨 있었다. 알도는 마우리치오가 회사 지분 50%를 합법적으로 취득하지 않았다는 점을 입증해서 그의 진격을 막으려 했다.

서류에는 판매원에서 로돌포의 비서로 승진하며 구찌에서 20년 넘게 일한 로베르타 카솔이 중요 인물로 등장한다. 카솔은 로돌포의 업무는 물론 사생활과 관련된 일을 모두 처리했다. 퇴근 후에는 로돌포의 집 지하에 있는 영화 스튜디오에서 영화에 들어갈 내레이션을 타자로 치고 내용을 수정하면서 함께 오랜 시간을 보냈다. 카솔은 로돌포의 건강이 악화되어 출근하지 못할 때도 생모리츠에 가서 서신 처리와 여러 업무를 도맡아 했다.

마우리치오는 로돌포가 세상을 떠난 뒤 처음 몇 달 동안 카솔과도 긴밀하게 일했다. 회사를 현대적으로 재편하겠다는 계획을 세웠을 때 카솔이 상품 담당 이사로 승진시켜 달라고 마우리치오에게 요청하기도 했지만 두 사람의 관계는 이미 틀어진 상태였다. 그는 카솔을 볼 때면 아버지와 자신의 과거가 떠올랐다. 그는 참신한 아이디어를 낼 새로운 사람을 영입하고 싶었고, 젊고 의욕적인 전문가들이 창립 당시부터 있었던 직원들을 대체해 자신의 꿈을 이뤄 주기를 바랐다. 그런 이유 때문에 마우리치오는 결국 카솔의 요청을 거절했다.

"우리 회사에는 신선한 공기가 필요해요."

마우리치오가 그녀에게 퇴사를 요구하자 두 사람은 말다툼을 벌였고 끝내 나쁜 관계로 헤어졌다. 몇 년 후 카솔은 마우리치오와 결별할 때 자신이 제대로 처신하지 못했다는 사실을 인정했다.

"사람은 열까지 세면서 참는 방법을 배워야 해요."

오랫동안 그의 아버지를 위해 헌신했음에도 마우리치오가 자신을 새로운 구상에서 배제하자 그녀는 분노했다.

"마우리치오는 자신의 과거를 떠올리게 하는 사람이 옆에 있는 것을 견디지 못했어요."

같은 해 8월, 피렌체 경찰청장 페르난도 세르지오(Fernando Sergio)는 카솔을 소환했다. 카솔은 밀라노에서 기차를 타고 3시간 걸려 그곳에 도착했다. 세르지오의 사무실에 들어섰을 때 그는 알도와 조르지오, 로베르토가 면밀하게 작성한 40쪽짜리 서류를 책상에 펼쳐 놓고 있었다. 그들은 마우리치오가 상속세 130억 리라(약 92억 원)를 내지 않으려고 아버지의 서명을 위조했다는 의혹을 제기했다. 세르지오가 카솔에게 물었다.

"서류의 내용이 사실인지 확인해 줄 수 있소?"

"사실 맞아요."

그녀는 초조한 어조로 대답했다.

"어떻게 된 일인지 말해 주시오."

카솔은 숨을 깊게 들이쉬었다.

"로돌포 구찌가 세상을 떠나고 이틀 후인 5월 16일, 마우리치오 구찌와 고문 지안 비토리오 필로네가 제게 찾아와 로돌포 구찌 명의로 된 주권 다섯 장에 로돌포 씨의 서명을 흉내 내 써 달라고 부탁했어요. 그때 저는 밀라노 몬테나폴레오네 거리의 구찌 사무실에 있었죠. 서명을 제대로 위조할 자신이 없어서 제 밑에서 일하는 릴리아나 콜롬보에게 그 일을 맡겼어요. 릴리아나는 코르소 마테오티에 있는 필로네의 집에 가서 로돌포의 서명을 흉내 내 써넣었어요. 그런데 결과가 신통치 않았는지 그 주권들은 찢어졌고 새 주권을 다시 인쇄했어요. 이틀 후, 그러니까 로돌포의 장례식이 끝나고 24시간이 지난 다음 릴리아나가 다시 필로네의 집으로 가서 구찌오구찌 주식회사와 구찌 향수의 주권 그리고 무엇인지 알 수 없는 녹색 증명서에 로돌포의 서명을 위조해 넣었어요."

알도 부자가 제출한 서류에 언급된 또 다른 중요한 증인이 같은 날 경찰청으로 불려왔다. 조르지오 칸티니(Giorgio Cantini)는 구찌 피렌체 사무실에 보관된 회사 금고의 열쇠를 관리하던 총무였다. 1911년 오스트리아에서 제작된 검은색 구형 베르트하임 금고에는 구찌의 가장 중요한 서류들이 보관되어 있었다. 칸티니는 경찰청장에게 1982년 3월 14일부터 로돌포 사후 자신이 마우리치오에게 전달한 1983년 5월 16일까지 그 서류가 금고에 보관되어 있었다고 말했다. 세르지오가 "로돌포가 주권에 서명한 날짜는 1982년 11월 5일이었다"라고 지적하자 칸티니는 곧바로 말도 안 된다는 반응을 보였다.

"불가능한 일이에요, 청장님!"

그는 로돌포 외에는 자신만이 금고 열쇠를 지니고 있었고 그 누구에게도 금고를 열어 주지 않았다고 증언했다. 병을 앓던 로돌포가 영업이 끝난 밤 시간에 칸티니 몰래 피렌체로 와서 자기 열쇠로 금고를 열고 주권을 꺼내 서명한 다음 다시 제자리에 넣었다고 생각하는 것도 이상했다. 세르지오는 자신의 관할 구역에서 다루기에는 너무 위험한 사건이라고 생각했다. 그래서 위조 행위가 일어난 밀라노로 사건을 넘겼다. 위조 의혹에 대한 수사가 이뤄지고 있던 1985년 9월 8일, 밀라노 법원은 마우리치오의 지분 50%를 가압류했다.

마우리치오는 개인적인 복수심에서 카솔이 자기 친척들과 합세했다고 생각해 분노에 찬 성명서를 발표했다. 그 성명서는 구찌오구찌의 인장이 윗부분에 찍힌 사장 전용 편지지에 작성되었다. 한편 자신들이 주도한 형사소송만으로 만족하지 못한 알도와 로베르토, 조르지오는 마우리치오에게 민사소송도 제기했다. 마우리치오는 변호사들의 도움으로 9월 24일에 가압류를 풀었지만 그것은 치열한 전쟁의 서막에 불과했다.

마우리치오는 1년 전 이사회 지배권을 손에 넣은 다음에도 알도에게 명예 사장 직함을 주고 구찌 뉴욕 건물 12층 사장실을 그대로 쓰게 해 주었으니 그만하면 너그러운 처사를 베풀었다고 생각했다. 그러나 알도가 경찰청에 서류를 제출했다는 사실을 들은 뒤로 더는 자비를 베풀지 않기로 했다. 그는 자신에게 무슨 일이 일어났는지 데 솔레에게 전부 말했다. 데 솔레는 직원들에게 '구찌의 리더' 알도의 방을 정리하라고 지시했다. 그는 훗날 냉철한 태도로 말했다.

"그 사람들이 다시 전쟁을 걸었습니다. 저는 알도에게 제 정신을 찾고 나면 그에 합당한 결정을 내리라고 말했어요. 그가 소송을 시작하면 저 역시 반격하겠다고 했지요. 알도는 제가 하는 일에 반대하지 않을 것이고, 제가 뒷수습을 하고 있다는 사실도 잘 안다고 했습니다. 그러나 그는 자기 자식들을 항상 멍청하다고 했으면서도 그들에게 놀아났지요. 그가 법정에서 저를 공격했기 때문에 저는 그를 쫓아내야 했습니다."

데 솔레는 마우리치오의 제가를 얻어 알도의 건물 출입을 금지했고, 구찌 경영진이 '알도 구찌의 직무를 해제하기로 결정했다'는 보도자료를 배포했다. 보도자료에는 회사 대표가 누구인지 불분명한 상황이므로 알도에게 '회사 대표로 활동하지 말 것'을 지시했다는 내용도 포함되었다. 그런 다음 구찌 아메리카는 100만 달러가 넘는 회사 자금을 개인적으로 유용한 혐의로 알도와 로베르토에게 소송을 제기했다. 그 당시 브루나 팔룸보는 무슨 일이 일어났는지 듣고 난 뒤 GAC의 유통업자이자 친구였던 마리아 마네티 패로에게 전화했다.

"끔찍한 일이 생겼어."

브루나는 떨리는 목소리로 마리아에게 자신을 위해 기도해 달라고 부탁했다. 그렇게 알도는 32년간 일했던 자기 회사에서 조카에 의해 쫓겨났다. 1980년대에 구찌는 제품보다는 가족 분쟁으로 더 유명해졌다. 언론이 앞다퉈 구찌 가문의 소식을 보도하는 가운데 복잡하게 얽히고설킨 가족 간의 싸움이 가십난을 채웠다.

더 과감하고 더 충격적인 기사가 실릴수록 구찌 매장에는 더 많은 고객들이 몰려들었다. 〈라 리푸블리카〉는 유럽에서 높은 시청률을 기록한 미국 TV 드라마를 언급하면서 이렇게 썼다.

"이들의 이야기는 〈다이내스티〉의 이탈리아판 에피소드 같다. 등장인물들이 배우가 아니라 실존 인물들이라는 점만 드라마와 다르다."

며칠 후에는 'G는 구찌가 아니라 전쟁(guerra)을 상징한다'라고 썼다. 런던의 〈데일리 익스프레스(Daily Express)〉는 '구찌는 수백만 달러 규모의 기업이지만 로마의 피자 가게보다 더한 혼돈이 펼쳐지는 곳이다'라는 기사를 내보냈다. 어떤 신문은 영국 코미디언의 말을 인용해 이렇게 썼다. '돼지가 들어가서 소시지가 되어 나오는 식의 싸움이다.' 구찌의 본거지 피렌체에 있는 일간지 〈라 나치오네(La Nazione)〉마저도 '부유함은 모든 것을 줄 수 있다. 고귀한 피의 수혈만 빼놓고 말이다'라는 기사로 구찌 왕조를 조롱했다.

알도는 미국에서 처한 법적·재정적 문제가 얼마나 심각한지 그제야 깨닫고는 정리의 순간이 왔다고 판단했다. 1985년 12월, 조르지오와 로베르토에게 전화를 걸어 로마에서 만나자고 했다. 그는 단도직입적으로 두 가지 이유를 들면서 구찌 지분을 그들에게 증여하기로 했다고 말했다. 첫째, 곧 닥칠 국세청의 조사 결과 자신의 자산에 막중한 벌금이 부과될 것을 걱정했다. 그는 자산 포트폴리오를 가볍게 하면서도 가족의 몫으로 유지하고 싶었다. 둘째, 그는 80세였고 아들들이 부당한 상속세를 내지 않도록 하고 싶었다. 특히 마우리치오의 행동을 지켜보면서 그런 생각이 강해졌다. "내 돈을 뭐 하러 국세청에 줘야 하느냐?"라는 것이 그의 생각이었다.

1985년 12월 18일, 알도는 비공개 계약을 통해 구찌오구찌 주식회사의 지분 40%를 조르지오와 로베르토에게 나눠 주었다. 바스코가 세상을 떠났던 1974년에도 이미 세 아들에게 지분 10%를 분할해 준 적이 있었다. 두 번의 분할 결과, 로베르토와 조르지오는 각각 이탈리아 모회사의 지분 23.3%를 보유하게 되었고 파올로는 원래대로 3.3%만 보유한 채 밀려났다. 세 아들 모두 미국 법인인 구찌숍스 주식회사의 지분 11.1%도 보유했다.

알도는 이탈리아 모회사의 지분은 전혀 남기지 않았고 구찌숍스 주식회사의 지분 16.7%만 남겼다. 그와 아들들은 그 이외에도 프랑스, 영국, 일본, 홍콩 등 구찌 해외 법인의 지분도 다양하게 보유했다. 마우리치오는 구찌오구찌와 구찌숍스의 지분 50%를 장악했으며, 로돌포가 남긴 해외 법인의 지분도 그대로 보유했다. 파올로는 형제들과 동등한 대접을 받지 못했다고 생각했을지도 모른다. 그는 이미 모든 가족 앞에서 이렇게 선언하기도 했다.

"아버지가 내게 한 푼도 남기지 않고 돌아가시면… 저는 변호사를 고용해 50년이 걸려서라도 문제를 해결하라고 할 겁니다!"

로베르토와 조르지오는 파올로의 신경을 거스르지 않기 위해 구찌오구찌 이사회에서 3.3%의 의결권만 행사할 수 있게 했다. 한편 마우리치오와 파올로가 제네바에서 악수를 하며 맺었던 계약은 1985년 11월에 열린 마지막 회의에서 깨졌다. 파올로와 마우리치오의 대리인들은 크레디트스위스 루가노 사무실의 복도를 따라 상대 진영을 바삐 오갔다. 그곳은 파올로의 지분이 조건부 날인 증서 형태로 보관되어 있는 곳이었다. 훗날 파올로가 제출한 법정 서류에 따르면 마우리치오는 계약 조항을 제대로 이행하지 않았다. 두 사람이 함께 설립하기로 되어 있던 구찌 라이선싱 서비스 업무에서도 파올로를 배제했다고 알려졌다. 마우리치오가 구찌 지분 53.3%를 장악하는 계약이 체결되지 않은 채 시간이 흘러가고 있었다. 근무시간을 훌쩍 넘겨 은행 간부들이 짜증을 감추지 못하고 있던 바로 그날 밤 파올로는 자신이 속았다고 생각하고 동맹에 종지부를 찍었다. 파올로는 결국 작성 중이던 계약서 초안을 찢었고, 고문들과 함께 주권을 들고 방에서 나갔다. 며칠 후 파올로는 마우리치오가 계약을 위반해 구찌의 지배권을 손에 넣었다고 주장하면서 그의 구찌 회장 지명을 무효화해 달라는 소송을 새로 제기했다.

마우리치오는 가족 분쟁이 어떻게 돌아가는지 잘 알고 있었기 때문에 파올로와의 계약이 결렬될 것을 예상했다. 그래서 조르지오와 은밀한 협약을 맺은 상태였다. 1985년 12월 18일에 열린 이사회에서 마우리치오는 자신과 조르지오, 그들 각자가 신뢰하는 관리자 2명을 포함해 총 4명으로 구성된 집행위원회를 만들자고 제안했다. 조르지오를 부사장으로 확정하는 한편 집행위원회에 회사의 경영 협력을 맡긴다는 제안이었다. 알도도 그 제안에 동의했다. 마우리치오는 적어도 당분간은 효력을 유지할 해결책을 얻은 것에 안심하고 크리스마스 휴가를 떠났다. 한편 마우리치오와 파트리치아는 두 딸을 위해 겉으로나마 좋은 사이처럼 보이도록 노력했다. 그러자 둘의 관계도 조금은 나아졌다. 마우리치오는 9월에 집에 자주 들렀고 크리스마스 휴가도 아내와 함께 생 모리츠에서 보내기로 약속했다. 파트리치아는 남편이 산자락에 있는 그 별장을 얼마나 좋아하는지 잘 알고 있었기에 그곳이 화해의 장소가 되기를 바랐다. 그래서 그녀는 크리스마스 장식을 꾸미는 일에 열중했다. 파트리치아와 알레산드라는 벽난로 가까이에 있는 크리스마스트리를 금색 무늬가 새겨진 유리 공과 수십 개의 작은 촛불로 꾸몄다. 마우리치오가 자정 미사에 함께 가겠다고 약속하자, 그녀는 둘 사이의 모든 일이 원래대로 회복되리라는 기대에 날아갈 것만 같았다. 파트리치아는 남편의 선물로 다이아몬드와 사파이어가 박힌 커프스단추 세트를 샀다. 그녀는 선물을 받은 남편의 표정을 빨리 보고 싶어 견딜 수 없었다. 하지만 12월 24일 밤 10시에 마우리치오는 아무 말 없이 잠자리에 들었고, 파트리치아는 홀로 자정 미사에 참석해야 했다.

다음 날 아침, 가족은 늘 하던 대로 직원들을 초대해 선물을 준 다음 가족끼리 주고받은 선물을 열었다. 마우리치오는 아내에게 요트의 열쇠고리와 골동품 시계를 주었다. 파트리치아는 자신이 느낀 감정이 실망감인지 분노인지 구분되지 않았다. 그녀는 골동품 시계를 싫어했고 남편도 그 사실을 안다고 생각했다. 열쇠고리도 그녀에게는 모욕적인 선물이었다! 부부는 그날 저녁에 열리는 파티에 초대받았지만 마우리치오가 핑계를 대며 가지 않겠다고 하는 바람에 파트리치아 혼자 참석해야 했다. 그녀는 그곳에서 만난 친구에게서 마우리치오가 다음 날 떠난다는 말을 했다는 이야기를 들었다. 집에 돌아온 파트리치아가 남편에게 비난을 퍼붓자 그는 그녀의 목덜미를 잡아 위로 들어 올렸다. 그 장면을 본 두 딸은 겁을 먹고 문간에 웅크렸다. 마우리치오는 이렇게 고함쳤다.

"이렇게 하면 당신 키가 커질 거야!"

그녀는 목이 졸린 상태에서도 이를 악물고 씩씩거렸다.

"계속 해 봐! 더 커지게!"

그녀가 그토록 기대했던 두 사람의 크리스마스 휴가는 그렇게 끝났다. 결혼 생활도 마찬가지였다. 파트리치아는 1985년 12월 27일을 결혼 생활이 완전히 끝난 날이라고 일기장에 기록했으며, 몇 년 후 이 일에 대해 서글픈 어조로 말했다.

"아주 비겁한 인간들이 크리스마스에 자기 아내를 버리는 법이에요."

다음 날 아침 잠에서 깬 그녀의 눈에 남편이 짐을 싸고 있는 모습이 띄었다. 그는 제네바에 가야 한다고 말했다. 집을 떠나기 전 마우리치오는 알레산드라를 따로 불러 말했다.

"아빠는 이제 엄마를 사랑하지 않아. 그래서 떠나는 거야. 아빠한테 멋진 새집이 있으니까 너희도 거기로 와서 아빠와 같이 지내면 돼. 하루는 아빠네 집에서 자고 하루는 엄마네 집에서 자는 거야.”

알레산드라는 울음을 터뜨렸다. 파트리치아는 남편이 부부 사이의 불화에 대해 아이들에게 말하지 않기로 합의했는데도 그처럼 갑작스럽게 딸에게 털어놓았다는 사실에 충격을 받았다. 그날은 아이들을 놓고 두 사람 사이에 전쟁이 시작된 날이었다. 그 전쟁은 둘 모두에게 지대한 타격을 입혔다.

마우리치오는 파트리치아가 자신과 딸들을 떼어 놓으려 한다고 비난했다. 파트리치아는 그가 방문하면 아이들이 혼란스러워한다면서 딸들이 아버지와 보내는 시간을 줄여야 한다고 주장했다. 한때 아이들을 가르쳤던 가정교사는 “파트리치아가 그와 아이들을 떼어 놓으려 했던 이유는 그가 어쩔 수 없이 자신에게 돌아오기를 바랐기 때문이에요”라고 말했다.

파트리치아가 남편에게 대항하기 위해 아이들을 이용했다면 마우리치오는 자신의 재산을 이용했다. 그는 생 모리츠 별장과 크레올에 그녀가 출입하지 못하도록 했다. 다만 깜빡 잊고 그녀에게 그 사실을 통보하지 않았다. 어느 날 파트리치아가 딸들을 데리고 생 모리츠에 갔다가 자물쇠가 바뀐 것을 발견했다. 하인들을 부르자 마우리치오가 그녀의 출입을 허용하지 말라고 지시했다며 들여보내 주지 않았다. 파트리치아는 경찰을 불렀다. 별거 중인 두 사람이 아직 이혼하지 않았다는 사실을 알게 된 경찰들은 자물쇠를 강제로 부수고 그녀와 아이들을 안으로 들여보냈다.

한편 제네바에서는 파올로와 마우리치오 사이의 분쟁을 해소하기 위한 중재 절차가 시작되었다. 그러나 1986년 2월 초 피렌체에서 열린 이사회에서도 분쟁이 해결되지 않았다. 알도는 마우리치오와 파올로의 계약이 파기되었다는 사실을 알고 있었다. 그는 마우리치오가 더 불리한 입장에 처하게 된 지금이야말로 조카를 설득하기에 알맞은 때라고 생각했다. 그동안 둘 사이에 많은 일이 있었지만 알도는 구찌 가문의 전통대로 아무 일 없었다는 듯이 환한 미소로 맞이하면서 안아 주었다.

"애야! 리더가 되겠다는 꿈은 포기해라. 혼자서 그 모든 일을 어떻게 감당하려고 그러니? 우리와 함께 일하자꾸나."

알도는 마우리치오에게 조르지오와 로베르토를 상대로 새 계약을 체결하자고 제안했고, 자신은 중재자 역할을 하겠다고 했다. 마우리치오는 억지웃음을 지었다. 알도의 제안을 진지하게 받아들이지 않는 눈치였다. 그는 알도의 자유가 한계에 달했다는 사실을 알고 있었다. 미국 정부는 탈세 사건을 빌미로 그의 여권을 무효화시켰다. 1월 19일, 알도는 이탈리아행 비행기에 탑승하기 직전에 있었던 뉴욕 연방법원 심리에서 세금 체납으로 미국 정부로부터 700만 달러를 사취한 혐의에 대해 유죄를 인정하며 감정에 호소했다. 다양한 수단을 통해 회사 돈 1,100만 달러를 빼내 자신과 가족들의 명의로 돌려놓았다는 사실도 인정했다.

푸른색 더블버튼 줄무늬 양복을 입은 알도는 눈물을 흘리며 연방판사 빈센트 브로더릭(Vincent Broderick)에게 자신의 행위가 1976년 국적 취득으로 영구 거주지가 된 '미국에 대한 사랑'과는 별개라고 말했다. 알도는 국세청에 100만 달러짜리 수표를 건넸고 선고일 이전에 600만 달러를 추가 납부하겠다고 약속했다. 알도는 최대 15년형과 3만 달러의 벌금형을 받을 처지에 놓였다. 데솔레는 마우리치오에게 알도가 십중팔구 감옥에 가게 될 것이라 말했다.

구찌 가족의 이사회는 별다른 사건 없이 끝났다. 마우리치오는 조르지오와의 계약을 확정했고 그의 아들들에게 회사의 중요한 직책을 맡기겠다고 약속했다. 알도는 자리를 뜨면서 마우리치오에게 날카롭게 말했다.

"회사와 가족을 구하기 위해 나는 세금 문제에 대한 내 책임을 인정했다. 네 아버지도 그 오랜 세월 동안 호주머니 속에 손만 넣고 있었다고 생각하는 건 아니겠지?"

알도는 로돌포 역시 탈세로 이득을 취했다는 것을 암시하며 이런 말을 덧붙였다.

"나는 통이 큰 사람이라 가족 모두를 돕기 위해 곤경 속으로 걸어 들어간 거란다."

일시적으로나마 가족에게 평화가 찾아왔으니 이제 다시 파올로에게 대응해야 했다. 마우리치오와의 계약을 파기한 파올로는 애정을 쏟아온 'PG' 프로젝트를 다시 실행에 옮기는 중이었다. 그는 곧 생산에 돌입해 가방과 벨트를 비롯한 소품의 시제품 컬렉션을 발표했다. 발표회는 그해 3월 로마의 회원 전용 사교 클럽에서 대규모 파티 형식으로 진행되었다. 파티가 시작되고 초대 손님들이 캐비아 타르트와 마지막 남은 샴페인에 달려들었을 때 경찰이 나타나 컬렉션 제품을 압류했다. 화가 치민 파올로는 누가 그 반갑지 않은 손님들을 보냈는지 깨달았다. 그는 다름아닌 마우리치오였다. 연미복 차림으로 샴페인 잔을 손에 쥔 파올로는 누구에게랄 것도 없이 소리쳤다.

"가증스러운 놈! 넌 반드시 대가를 치를 거다!"

그는 자포자기한 상태였다. 그가 치러야 할 법률 비용은 이미 수십만 달러에 달했지만 몇 년 동안 돈을 벌지 못했다. 회사가 막대한 수익을 거두는 와중에도 파올로는 구찌 주식으로 한 푼의 배당금도 받지 못했다. 배당금을 받아서 원대한 계획을 실행하고 싶었지만 마우리치오가 배당금 적립 계획을 표결에 붙여 통과시켰기 때문이다. 파올로는 뉴욕의 집과 사무실을 포기하고 이탈리아로 돌아왔는데 이제 마우리치오가 자신의 파티까지 망쳤다. 파올로가 고소하겠다고 위협했지만 마우리치오는 눈 하나 깜짝하지 않았다. 파올로가 마우리치오를 향한 복수를 계획하는 동안 그의 아버지를 향한 복수가 실현되었다. 알도는 1986년 9월 11일 뉴욕에서 형을 선고받았다.

파올로는 기자들이 법원 앞에 떼로 몰려들어 카메라 플래시를 터뜨리도록 선고일 전날 알고 있는 모든 기자들에게 연락했다. 알도는 더듬거리는 영어로 판사 앞에서 자비를 구하며 눈물로 호소했다.

"지금까지 일어난 일과 제가 저지른 짓에 대해 정말로 깊이 반성하고 있습니다. 저는 판사님의 관용을 바랄 뿐입니다. 단언하건대 다시는 이런 일이 일어나지 않을 것입니다."

그는 목멘 소리로 파올로는 물론 '오늘 나를 이곳에 세우려 했던 모두'를 용서한다고 말했다.

"가족 중 몇 명은 자기 본분을 다하느라 그랬겠지만 몇 명은 복수의 기회로 생각했겠죠. 하느님이 그들을 심판하실 겁니다."

알도의 변호사 밀턴 굴드는 여든 살이 넘은 고령의 알도가 실형을 받는 일만은 막으려 애썼다. 알도를 감옥에 보내는 것은 '사형선고나 다름없다'고 주장했지만 브로더릭 판사의 결심은 바뀌지 않았다. 700만 달러가 넘는 소득세를 탈루한 죄로 알도에게 1년 1일의 징역형이 선고되었다.

"구찌 씨, 저는 당신이 다시는 범죄를 저지르지 않을 거라 생각합니다."

브로더릭 판사는 알도가 이미 언론의 공격을 당한 데다 사업이 타격을 입으면서 '상당한 처벌'을 받은 것으로 본다고 말했다.

"당신이 미국과 다르게 자발적인 세금 산정 체계가 존재하지 않는 문화권 출신이라는 것도 인정합니다."

판사는 이렇게 말하면서도 잠재적인 탈세범들에게 강력한 경종을 울려야 하는 책임감을 느낀다고 설명했다. 알도는 개인소득세와 법인세 탈세를 공모한 혐의에 대해 1년형을 받았을 뿐 아니라 앞서 1월에 스스로 유죄를 인정한 탈세 혐의 두 건에 대해서는 각각 3년형을 받았다. 판사는 탈세 혐의 두 건에 대해서는 형 집행을 유예했다. 그 대신 사회봉사 1년을 포함해 5년의 보호관찰을 명했다.

알도는 플로리다 팬핸들의 엘긴 공군기지 부지에 있는 연방 교도소에 수감되어야 했지만 브로더릭 판사의 허락에 따라 10월 15일까지는 구속을 면했다. 판사는 고령의 노인을 고통스럽게 할 의도는 없었다. 교도소장 쿡시(Cooksey)는 엘긴 교도소가 클럽 메드 리조트에 가까운 시설 때문에 '컨트리클럽 감방'이란 별명을 얻은 것을 불쾌해했다. 그곳에는 농구장, 라켓볼 구장, 테니스장뿐 아니라 보체(bocce, 좁은 잔디밭에서 나무 공을 던져서 하는 볼링 경기의 일종) 코트와 야간 조명이 설치된 소프트볼 구장, 축구장, 육상 경기장이 딸려 있었고 심지어 비치발리볼 시설까지 있었다. 오락용 건물에는 수영장, 탁구대, TV, 카드게임 테이블과 편자 던지기 경기장이 두 곳 있었고 재소자들은 신문과 잡지를 구독할 수 있었다. 알도는 한동안 감방 안에서 전화를 사용해도 된다는 허락까지 받았다. 그가 하루종일 전화 통화를 하면서 시간을 보내자 교도소장은 얼마 후 그 특혜를 중지했다.

알도는 교도소에서도 멀리 피렌체에까지 존재감을 떨쳤다. 당시 그가 보낸 편지와 전화 통화는 구찌 직원들에게 전설처럼 전해지고 있다. 클라우디오 델리노첸티(Claudio Degl'Innocenti)는 처음 스칸디치 공장 사무실 책상에서 전화를 받았을 때 알도의 쾌활한 토스카나 사투리가 들리자 믿기지 않는다는 듯 물었다.

"알도 선생님이세요? 감옥에 계신 거 아닌가요?"

델리노첸티는 그때를 이렇게 기억했다.

"알도는 시도 때도 없이 전화했어요. 나와 함께 일하는 아가씨한테 홀딱 반해서 전화할 때마다 그녀를 바꿔 달라고 했지요."

알도는 편지로도 계속 고향에 연락을 취했다. 그가 보낸 편지에는 수감 생활을 최대한 유익하게 보내고 있으며, 출소만 하면 다시 현업으로 돌아갈 생각을 하고 있다는 것이 드러났다. 1986년 12월, 그는 25년 전 로마에서 판매원으로 채용했던 엔리카 피리의 편지에 답장을 보냈다.

'친애하는 엔리카, 나는 정신적으로나 육체적으로나 편안한 이곳에 오게 돼서 다행이라고 생각해.'

그는 한껏 멋 부린 글씨로 휘갈겨 썼다. 그러고는 '강요에 따라 사임'한 '자리'를 다시 맡아 달라는 부탁을 가족들이 여러 차례 했다고 덧붙였다.

'속도를 유지할 줄도 모르는 사람들 손에 구찌의 이미지가 망가지고 있어…. 그러거나 말거나 나는 아주 잘 지낸다네. 좋건 싫건 내가 돌아가면 모두 깜짝 놀라게 해 줄 거야.'

엘긴 교도소에서 5개월 반을 지낸 알도는 웨스트팜비치 자택과 가까운 구세군으로 이감되었다. 그곳에서 그는 낮 동안 현지 병원에서 지내며 사회봉사 활동을 했다. 파올로는 아버지가 실형을 받았다는 소식을 듣고도 전혀 죄책감이 들지 않았다고 말했다. 하지만 그의 아내 제니퍼는 그가 내심 당황해하는 것 같았다고 했다. 알도와 반목했던 마우리치오 역시 삼촌이 처한 운명을 안타까워했다.

"갇혀 있기보다는 차라리 죽는 편이 그에게 덜 괴로운 일이었을 겁니다."

온 세상을 쉬지 않고 돌아다니던 알도를 친구들과 멀리 떨어진 장소에 가둬 둔 것 자체가 큰 형벌이었다. 알도의 수감은 파올로가 마우리치오에게 복수하겠다는 결심을 실행에 옮기는 계기가 되었다. 마우리치오가 자신을 속였다고 생각한 파올로는 구찌 제국의 해외 법인 정보를 빠짐없이 담은 서류를 모두 모아서 로마 사무실 책상에 펼쳐 놓았다. 그중에는 은행 계좌 사본뿐 아니라 로돌포가 파나마에 설립한 앵글로아메리칸 제조 연구소를 통해 빼돌린 비자금으로 요트 크레올을 구매한 과정이 자세히 기록된 문서도 있었다.

파올로는 그 서류들을 이탈리아 검찰총장과 재무경찰국, 세금 조사국, 법무부, 재무부, 4개의 주요 정당 등 이 문제와 관련이 있다고 생각한 모든 기관에 보냈다. 더 나아가 미국의 증권거래위원회(SEC)에 상응하는 이탈리아 기업금융거래감독위원회(CONSOB)에도 1부를 보냈다. 10월에 피렌체의 우발도 나누치(Ubaldo Nannuci) 검사가 파올로를 소환해 이와 관련된 모든 이야기를 들었다. 그 파장은 즉각 마우리치오에게 미쳤다.

마우리치오가 이탈리아 요트를 타고 호주에 머물 때 수사관들이 밀라노 갈레리아 파사렐라 아파트의 문을 따고 들어갔다. 파리 리츠 호텔에 머물며 쇼핑을 즐기고 있던 파트리치아는 두 딸과 함께 밀라노 집에 있던 친구에게서 이 소식을 들었다. 수사관 5명이 수색영장을 들고 급습했을 때 아이들은 막 등교하려던 참이었다. 수사관들은 알레그라가 다니는 성모 수녀회 학교까지 찾아가 교장 수녀를 충격에 빠뜨렸다. 그들은 알레그라의 책가방 속에 있는 그림 몇 장까지도 확인해야 한다고 했다. 수사관들은 몬테나폴레오네 거리에 있는 마우리치오의 사무실도 수색했다.

한편 알도와 그의 아들들이 그해 여름에 제출한 마우리치오의 비리 관련 서류도 이탈리아 사법부에 도착했다. 1986년 12월 17일, 밀라노의 펠리체 P. 이스나르디(**Felice Paolo Isnardi**) 검사는 마우리치오의 구찌 지분 50%에 대한 가압류를 다시 한번 청구했다. 마우리치오는 구찌를 세계 최고의 명품 기업으로 키우겠다는 꿈이 예상보다 한층 더 어려워졌다는 사실을 깨달았다. 이스나르디의 청구가 승인되기 전에 재빨리 조치를 취해야 했다.

9.

체인징 파트너

"마우리치오 선생님! 빨리 좀 와 보세요!"

마우리치오의 운전기사 루이지 피로바노가 밀라노 최고의 민사 전문 변호사 조반니 판차리니(Giovanni Panzarini)의 사무실 안으로 뛰어들면서 외쳤다. 루이지는 밀라노 시내를 누비며 마우리치오를 찾아다니던 참이었다. 회의용 앤티크 탁자에 앉아 필로네와 판차리니 등과 대화를 나누던 마우리치오는 루이지의 겁에 질린 목소리에 그를 올려다보았다. 짙은 머리에 콧수염을 기른 루이지의 얼굴에는 걱정이 가득했다. 차분하고 견실한 그가 이토록 당황한 것만 보더라도 큰 문제가 터졌음이 분명했다. 걱정스레 자리에서 일어나면서 물었다.

"루이지, 무슨 일이에요?"

"선생님! 지금 이러실 때가 아닙니다. 재무경찰이 몬테나폴레오네 사무실에 와서 기다리고 있어요! 당장 이곳을 떠나지 않으면 경찰들에게 체포당할 거예요. 지금 바로 저와 함께 가시죠!"

약 30분 전쯤에 루이지가 점심을 먹고 사무실로 돌아가기 위해 5층으로 올라가는 엘리베이터를 타려고 하는데 경비가 그를 잡아 세우더니 다급하게 옆으로 끌고 갔다.

"루이지 씨! 저 위에 재무경찰이 와 있습니다! 마우리치오 선생님을 찾고 있어요!"

경비에 따르면 제복을 입은 경찰관 무리가 몇 분 전에 마우리치오의 사무실로 올라갔다고 했다. 이탈리아의 재무경찰국은 금융 범죄를 전담하는 무장경찰 부대로 주로 탈세나 금융 규정 위반 등 국가를 상대로 한 금융 범죄를 추적한다. 대부분의 이탈리아인들은 그들의 회색 제복과 노란색 계급장이 달린 모자만 봐도 두려움에 떤다. 이탈리아인에게는 푸른 제복 차림의 일반 경찰이나 빨간색 선이 들어간 바지 때문에 조롱 섞인 농담의 대상이 되는 국가헌병보다 재무경찰관이 훨씬 더 두려운 존재다.

루이지는 재무경찰관이 들이닥친 이유가 무엇인지 알고 있었다. 파올로의 고소로 1년 전 경찰이 갈레리아 파사렐라 아파트를 압수 수색했으며, 12월에는 검사가 마우리치오의 구찌 지분에 가압류 신청을 했다는 이야기를 빠짐없이 들었기 때문이다. 마우리치오는 알도와 파올로를 비롯한 사촌들의 공작으로 검찰이 체포영장을 준비 중이라는 이야기를 변호사에게서 들었다. 그래서 가능하면 해외에서 지냈고 밀라노에 머물 때도 생활 패턴을 자주 바꿨다. 지난 몇 달간 밀라노 북부의 브리안차에 은거하며 인적이 드문 식당에서 루이지와 함께 김이 모락모락 나는 스파게티와 살코기 스테이크를 저녁으로 먹었고, 식사를 마치고 나면 작은 호텔에 투숙해 밤을 보냈다. 밀라노의 아파트로 돌아가는 것이 두려웠기 때문이다. 마우리치오는 이탈리아 경찰이 용의자가 잠들어 있는 새벽 시간에 체포하러 온다는 사실을 알고 있었다. 어떨 때는 호텔에 방이 없어서 차에서 잘 때도 있었다.

루이지도 마우리치오 곁에 있기 위해 가족이 있는 집에 돌아가지 않는 날이 많았다. 마우리치오는 루이지에게 속마음을 털어놓거나, 밤늦도록 잠이 오지 않을 때는 파트리치아에게 전화하기도 했다. 그런데 지금 그가 두려워하던 순간이 닥친 것이다. 루이지는 재무경찰이 사무실에서 기다리고 있다는 이야기를 경비에게 듣자마자 근처에 있는 바구타 식당으로 달려갔다. 단골손님들을 그린 유화와 스케치가 벽면 가득 걸린 가정적인 분위기의 바구타는 과거 문인과 예술인들의 집합소였으며 밀라노의 패션 중심가에서 일하는 엘리트들의 단골 식당이었다.

마우리치오는 구찌 지배인들과 단골손님들에게 밀라노식 커틀릿을 비롯한 지역 향토 요리를 40년 가까이 내놓았던 그곳에서 필로네와 점심 식사를 하기로 약속했었다. 그러나 루이지가 발을 헤치고 안으로 들어갔을 때 검은색 정장의 미소 띤 웨이터가 아까 두 사람이 떠났다고 일러 주었다. 루이지는 그들이 몇 블록 떨어진 판차리니의 사무실로 갔을지 모른다고 짐작했다.

마우리치오는 루이지의 말을 듣자마자 놀란 눈으로 필로네와 판차리니를 쳐다본 뒤 그를 따라 서둘러 밖으로 나갔다. 과거에 테니스와 승마, 스키를 즐긴 덕분에 그는 여전히 건강했다. 마우리치오는 심장을 두근거리며 루이지를 따라 비밀 계단을 한 번에 두 개씩 뛰어 내려갔다. 경찰이 나타날 경우에 대비해 뒤편에 주차해 놓은 차에 올라탔다. 루이지는 몇 블록 떨어진 부오나파르테 광장에 있는 아파트 차고로 차를 몰았다. 마우리치오의 자가용과 오토바이를 보관해 놓은 곳이었다. 루이지는 오토바이 중에서 가장 크고 힘이 좋은 빨간색 가와사키 GPZ의 열쇠와 헬멧을 마우리치오에게 건넸다.

“다른 사람이 알아보면 안 되니까 이걸 쓰세요. 제가 나중에 소지품을 챙겨 따라갈테니 스위스 국경을 넘을 때까지 쉬지 말고 죽을힘을 다해 달리세요.”

스위스 관리들은 금융 범죄 문제로 마우리치오를 이탈리아에 인도하지 않을 것이 분명했기에 안심할 수 있었다.

“국경 검문소에서도 헬멧을 벗지 마세요. 절대로 다른 사람에게 얼굴을 보이면 안 됩니다.”

루이지가 당부했다.

“느긋한 척하세요. 국경 관리들이 물으면 생 모리츠에 있는 집에 간다고만 대답하세요. 의심스러운 행동은 삼가되 민첩하게 움직이세요!”

마우리치오는 빨간 가와사키보다 더 빠른 속도로 뛰는 심장을 안고 1시간이 채 안 되어 루가노의 스위스 국경에 도착했다. 국경 수비대가 가까워오자 오토바이의 속도를 줄였고 루이지의 조언대로 헬멧은 그대로 쓰고 있었다. 국경 수비대원들이 여권을 슬쩍 본 다음 통과하라는 손짓을 하자 다시 가와사키의 시동을 걸고 생 모리츠까지 가는 북쪽 방향 고속도로를 향해 조심스럽게 진입했다. 그 경로가 더 길긴 했지만 짧은 경로를 택한다면 구불구불 뻗어 있는 스위스 국경을 가로질러 가다가 자칫 이탈리아로 다시 넘어갈 수도 있었다. 마우리치오는 다시 제지당할 위험을 감수할 수 없었다. 다행히 2시간이 채 지나지 않아 생 모리츠 집으로 가는 차도로 들어섰다.

마우리치오가 빨간 가와사키를 타고 밀라노를 떠난 뒤 루이지는 몬테나폴레오네 사무실로 돌아가 재무경찰관들과 만났다. 자신도 마우리치오를 찾는 척하면서 경찰관들에게 무슨 일 때문에 왔는지 물었다. 루이지의 예상대로 경찰관들은 마우리치오가 크레올을 사는 과정에서 자본을 불법으로 해외 반출한 혐의에 대해 밀라노 치안판사 우발도 난누치(Ubaldo Nannucci)가 발부한 체포영장을 지니고 있었다. 이탈리아의 금융시장은 그때까지도 자유화되지 않았기 때문에 거액의 돈을 해외에 반출하는 것은 불법이었다. 결국 마우리치오에 복수를 다짐했던 파올로의 목표가 이뤄졌다. 마우리치오는 이탈리아 밖에서 꼼짝도 할 수 없는 상황에 처하고 말았다.

다음 날인 1987년 6월 24일 수요일, 언론들은 충격적인 소식을 앞다퉈 보도했다. 〈라 리푸블리카〉는 '꿈의 요트 때문에 폭풍을 만난 구찌, 체포영장이 발부되다'라는 제목의 기사에서 '마우리치오 구찌가 체포를 피해 도주했다'고 보도했다. 로마의 일간지 〈일 메사제로〉도 '구찌 왕조에게 채워질 수갑'이라고 호들갑을 떨었고, 밀라노의 〈코리엘레 델라 세라〉는 '크레올이 마우리치오 구찌를 배신하다'라고 떠들썩하게 보도했다.

필로네와 그의 처남도 기소됐지만 필로네가 가장 운이 나빴다. 경찰은 필로네를 체포한 뒤 피렌체의 구찌 스칸디치 본사 인근에 있는 솔리차노 감옥에 사흘 동안 그를 가둬 놓고 심문했다. 필로네의 처남은 마우리치오처럼 제때 도망친 덕분에 체포를 면했다. 스위스로 도주한 마우리치오가 속수무책으로 유배 생활을 시작한 지 두 달이 지났을 때 밀라노 법원은 그의 구찌 지분 50%를 압류했고 대학교수 마리아 마르텔리니(Maria Martellini)를 회장 자리에 앉혔다.

마우리치오는 스위스에서 유배 생활을 하는 12개월 동안 생모리츠 집과 루가노 호숫가 부근의 최고급 호텔 스플랑디드 루아얄에 번갈아 머물렀다. 여행을 다니지 않을 때는 스플랑디드 루아얄을 새로운 활동 근거지로 삼았다. 호수를 끼고 있는 매력적인 도시 루가노는 깊숙한 주머니 모양 지형에 자리 잡고 있으며 이탈리아의 마조레 호수와 코모 호수 사이까지 뻗어 있다. 루가노는 밀라노와 가까워 저렴한 휘발유와 식료품을 구입하거나 효율적인 우편제도와 사생활이 보장되는 은행을 이용하기 위해 밀라노 사람들이 자주 들르는 곳이었다. 마우리치오에게도 이 도시는 안락하고 편리한 유배지였다. 이탈리아의 관리자들을 불러 마르텔리니의 회장 취임과 관련된 보고를 들을 수 있었고, 주말이면 생 모리츠까지 금세 차를 몰고 갈 수 있을 만큼 가까웠다.

마우리치오는 파트리치아에게 딸들과 함께 루가노로 와 달라고 애원했지만 그녀는 약속을 했다가도 막판에 이유를 대며 여행을 취소했다. 크리스마스 연휴가 다가오자 파트리치아는 딸들을 보내겠다는 약속을 했다. 마우리치오는 12월 24일 루가노의 장난감 상점들을 샅샅이 뒤져 알레산드라와 알레그라에게 줄 선물을 샀다. 파트리치아는 그날 오후 루이지 편에 딸들을 보내겠다고 했다. 그러나 몇 시간 후 루이지가 갈레리아 파사렐라의 초인종을 눌렀을 때 하녀가 나와서 아이들을 보낼 수 없다고 했다. 훗날 루이지가 말했다.

"아이들을 데리고 가도 좋다는 허락을 받지 못해서 혼자 돌아갈 용기가 나지 않았어요."

루가노로 돌아가는 길에 마우리치오에게 전화를 걸어 그 사실을 알렸다.

"그날 저녁 내가 도착하자마자 마우리치오는 울음을 터뜨렸습니다."

루이지는 그때부터 마우리치오가 '모든 일을 그르치기' 시작한 것 같다고 말했다. 마우리치오의 인생에 한줄기 빛이 비친 것은 미국 플로리다 탬파 출신의 전직 모델인 장신의 금발 미녀 슈리 맥라플린(Sheree McLaughlin)이 등장하면서부터였다. 1984년 사르데냐에서 열린 아메리카컵 결승전에서 마우리치오는 그녀를 처음 알게 되었다. 말랐지만 탄탄한 몸매를 가진 청록색 눈동자의 슈리는 배우 파라 포셋처럼 은빛 섞인 금발이었고 잘 웃는 사교적인 성격이었다. 그녀는 마우리치오의 잘생긴 외모와 넘쳐흐르는 매력에 반했다. 이탈리아 팀의 만찬 행사에 참석한 파트리치아는 남편이 슈리에게 관심이 있다는 것을 곧바로 눈치챘다. 그리고 그런 직감을 받았다는 사실을 남편에게 그대로 말했다.

마우리치오는 집을 나간 후부터 이탈리아와 뉴욕을 오가며 슈리를 정기적으로 만나기 시작했다. 슈리는 마우리치오의 돈이나 명예보다 사람 자체를 진심으로 좋아한 극소수 인물 중 한 명이었다. 슈리가 밀라노에 왔는데도 회의에서 빠져나오지 못할 때 마우리치오는 루이지에게 지폐를 쥐어 주며 디자이너 매장으로 슈리를 데려가 쇼핑하는 걸 도우라고 지시했다. 루이지는 마우리치오의 검은 벤츠로 꽉 막힌 도심을 능숙하게 빠져나가는 동안 슈리와 대화를 나누려 애썼다. 하지만 두 사람 모두 상대의 언어를 구사하지 못했다. 슈리는 루이지에게 애처로운 목소리로 묻곤 했다.

"마우리치오가 이 옷들을 사 주려는 이유가 뭐죠? 저는 화려한 드레스가 필요 없어요. 제게 필요한 건 청바지 한 벌과 마우리치오와 함께 있는 것뿐이에요."

슈리는 마우리치오가 밀라노를 떠난 후에는 루가노에서 그를 만났다. 파트리치아가 나타나지 않는다는 것이 확실한 날이면 아무도 모르게 생 모리츠 별장에 가서 마우리치오와 주말을 보냈다. 슈리는 마우리치오를 사랑했고 그와 함께 새로운 인생을 설계하고 싶었다. 하지만 마우리치오는 아직 준비가 되지 않은 상태였다. 여러 문제가 쌓여 있는 탓에 그녀에게 전념하겠다고 약속할 기분이 들지 않았다. 슈리가 떠난 뒤 홀로 기나긴 낮과 밤을 보낼 때면 구찌의 과거에 대한 연구에 몰두했고, 훗날 구찌라는 브랜드를 새롭게 선보이는 데 청사진이 될 계획을 작성했다.

마우리치오는 구속을 피하기 위해 밀라노와 가까운 곳에서 유배 생활을 하고 있었지만 그렇다고 발이 묶인 것은 아니었다. 스위스 출신의 유명한 셰프 안톤 모시먼이 런던에서 운영하는 회원전용 식당 모시먼의 구찌 룸을 장식하면서 바삐 보내기도 했다. 자신이 가장 좋아하는 나폴레옹 황제 시대 양식의 골동품 가구와 구찌 로고가 새겨진 초록색 천을 댄 벽 그리고 독특한 골동품 샹들리에와 조명기구를 이용해 룸을 호화롭게 꾸몄다. 이러한 활동에는 엄청난 비용이 들었다. 구찌의 임시 회장 마리아 마르텔리니는 구찌 본사로 온 대금청구서를 보고 발작을 일으킬 듯 놀랐다.

마우리치오는 엔리코 쿠키아니(Enrico Cucchiani)를 밀라노의 수석 대리인으로 삼았다. 큰 키에 수염을 기른 쿠키아니는 구찌의 몬테나폴레오네 사무실과 루가노의 스플랑디드 루아얄 호텔 사이를 오가며 문서와 전갈, 지시 사항을 전했다. 마우리치오가 맥킨지(McKinsey) 컨설팅에 있던 쿠키아니를 구찌의 상무이사로 영입한 것은 불과 몇 달 전이었다. 스위스로 도피하기 전인 그해 봄 쿠키아니에게 알도와 그의 아들들이 준비하고 있다는 공격의 심각성에 대해 상의한 적이 있다.

"내 가족은 구제불능이요! 그 사람들과 함께 일하려고 애썼지만 내가 무슨 일을 추진할 때마다 그중 한 명이 딴죽을 걸고 우리 일과 아무 상관 없는 행동을 하더군요. 그러더니 이제는 나에게 전쟁을 걸고 있어요!"

마우리치오는 여느 때처럼 가운뎃손가락으로 코에 걸려 있던 귀갑테 안경을 위로 올리며 말했다. 쿠키아니는 마우리치오의 책상 앞에 놓인 비더마이어(Biedermeier, 실용적이고 단순하며 재료의 질감을 살린 가구 양식) 스타일 의자에 앉아 다리를 꼰 자세로 회색 턱수염을 쓰다듬으며 그의 이야기를 들었다.

"우리는 그들의 지분을 모두 사들일 방법을 마련해야 해요!"

쿠키아니는 그 전에 투자은행 모건스탠리 런던에 근무하는 지인 안드레아 모란테(Andrea Morante)에게 전화를 걸어 마우리치오와 만날 수 있는지 타진했다. 구찌 가족 내의 심각한 갈등을 고려해 이 만남은 비밀리에 이뤄져야 한다고 강조했다. 명석하고 분석적인 성격의 모란테는 이탈리아 혈통과 금융 역량을 활용해 투자은행업계에서 성공을 거둔 인물로 쿠키아니의 제안에 곧바로 흥미를 보였다. 승계 문제를 안고 있는 잘나가는 이탈리아의 중소기업은 구찌 외에도 많았지만 화려한 아름다움과 사치, 아직 실현되지 않은 수익 잠재성에서 구찌는 차원을 달리 했다. 한마디로 투자은행가가 꿈꾸는 기업이었다. 모란테는 그다음 주에 밀라노에서 마우리치오와 만나기로 약속했다.

모란테가 밀라노 사무실에 도착했을 때 마우리치오는 사무실 앞에서 그를 맞이하며 정중하게 안내했다. 모란테가 어떤 사람인지 가늠하는 데는 잠깐이면 충분했다. 그는 적당한 체구에 지적인 푸른 눈을 가진 매력적인 남자였다. 그날 약속에 맞춰 자신이 가진 최고급 정장을 차려 입고 에르메스 넥타이까지 매고 왔다.

"모란테 씨, 만나서 반갑습니다. 그런데 넥타이를 잘못 고르셨네요!"

마우리치오가 장난스레 말했다. 모란테는 의아한 표정으로 쳐다보다가 금세 웃음을 터뜨렸다. 그 역시 보자마자 마우리치오가 마음에 들었다. 눈에 깃든 장난기와 점잖은 핀잔에 모란테의 마음은 이내 편안해졌다. 그 후 몇 달 동안 모란테는 회의 시작 때마다 농담으로 편안한 분위기를 만드는 마우리치오의 능력에 거듭 감탄했다. 모란테는 편한 자세로 앉아 사무실 안을 둘러보았다. 벌꿀색 비더마이어 가구와 빨간색 가죽 장식이 박힌 우아한 초록색 가죽 소파, 마우리치오의 부모가 영화배우 시절에 찍은 매혹적인 흑백사진이 눈에 들어왔다. 모란테의 눈은 마우리치오의 멋진 책상에 머물다가 벽 쪽에 있는 서랍장으로 향했다. 광택이 나는 그 서랍장 위에는 크리스털 술병과 은 술잔이 놓여 있었다. 마우리치오가 앉은 자리 왼편의 작은 발코니가 내다보이는 두 개의 창문을 통해 햇살이 흘러 들어왔다. 마우리치오는 처음부터 대화를 주도했다.

"모란테 씨도 아시겠지만 구찌는 제각기 다른 나라에서 온 요리사 다섯 명이 있는 식당과 비슷한 상황입니다. 다섯 쪽이 넘는 메뉴가 있어서 피자를 좋아하지 않는 사람은 춘권을 시킬 수도 있는 곳이에요. 고객도 혼란스럽고 주방도 엉망진창이죠!"

마우리치오는 두 팔을 과장되게 흔들면서 말했다. 낯선 사람을 만날 때는 격식 있는 태도를 취하지만, 이때는 모란테가 마음에 들어서인지 격식을 벗어던진 말투로 말했다. 마우리치오의 푸른 눈이 모란테의 반응을 살폈다. 그는 고개를 끄덕이고 경청하면서 마우리치오의 의도가 무엇인지 파악하는 듯했다. 끼어들 만한 때를 기다리느라 말은 많이 하지 않았다.

모란테는 1985년 모건스탠리에 입사해 이탈리아 시장을 담당했고, 얼마 지나지 않아 이탈리아 타이어 제조업체 피렐리(Pirelli)가 미국의 대형 타이어 제조업체 파이어스톤(Firestone) 인수를 시도했을 때 참여해 중요한 거래를 맡았다. 하지만 그 인수합병은 성사되지 않았고 파이어스톤은 훗날 브리지스톤에 합병되었다. 국제적인 성장 환경과 논리적인 사고방식을 갖춘 그는 투자은행 업무에 있어 남들과 다른 방식으로 접근했다. 이탈리아의 주요 기업 대다수가 겪고 있던 승계 문제와 성장 문제에 대해 기발한 해결책을 서슴없이 고안했다. 모란테의 아버지는 나폴리 출신의 해군 장교로 함선이 상하이 항구에 정박했을 때 밀라노 출신 부모에게서 태어난 아내를 만났다. 모란테 가족은 이탈리아 곳곳과 워싱턴, 이란 등 해외 각지를 옮겨 다니며 살았다. 모란테는 이탈리아에서 경제학을 공부했고, 미국 로렌스에 있는 캔자스대학 경영대학원을 졸업한 후 런던으로 옮겨 투자은행에 입사했다.

"우리에게는 구찌 고객을 다시 확보할 기회가 한 번 더 남아 있습니다. 제품과 서비스에 일관성 있는 이미지를 제공하는 겁니다. 제대로만 한다면 돈이 엄청나게 굴러 들어오겠죠. 구찌는 페라리를 갖고 있지만… 친퀘첸토처럼 다루고 있습니다!"

마우리치오는 자신이 가장 좋아하는 비유를 들어 설명했다.

"적절한 차와 그 차를 제대로 운전할 사람, 일류 정비공, 넉넉한 예비 부품 없이는 포뮬러원 경주에 나갈 수 없습니다. 제 말이 무슨 뜻인지 아시겠죠?"

모란테는 알지 못했다. 한 시간이 지난 후 마우리치오가 사무실 밖으로 안내했을 때까지도 회의의 진짜 목적이 무엇인지 가늠할 수 없었다. 그날 밤 모란테는 쿠키아니에게 전화해서 자신이 어떻게 대응해야 하는지 물었다.

"걱정할 것 없어, 마우리치오의 스타일이 원래 그래. 회의는 아주 성공적이었어. 마우리치오가 자네를 마음에 들어 하더군. 조만간 다시 약속을 잡을 거야."

다음 주 세 사람은 모란테가 밀라노에 들를 때마다 묵는 두카 호텔에서 조찬 회의를 했다. 두카 호텔은 밀라노의 중앙 기차역까지 넓게 뻗은 비토르 피사니 거리 뒤에 늘어선 큼직한 비즈니스 호텔 중 하나였다. 소곤거리는 대화와 찻잔 부딪히는 소리가 여기저기서 들려오는 천장 높은 식당에서 웨이터들이 침착하게 테이블 사이를 돌아다니는 와중에 마우리치오가 곧바로 용건을 꺼냈다. 첫눈에 모란테가 마음에 든 마우리치오는 그를 신뢰하기로 했다. 그러나 그 특유의 경쾌하고 낙천적인 분위기는 간 데 없이 초조하고 긴장한 모습이었다. 마우리치오는 몸을 앞으로 숙이며 모란테에게 솔직히 말했다.

"내 친척들은 내가 원하는 것마다 망치려 들어요. 피렌체는 늪처럼 변했어요. 그곳에서 모든 계획이 엉망이 되고 있죠. 그 사람들이 나를 몰아내려고 하니, 내가 할 수 있는 일은 그 사람들의 지분을 모두 사들이거나 내 지분을 파는 수밖에 없습니다. 상황을 이런 식으로 내버려 둘 수는 없으니까요."

그의 이야기를 들은 모란테는 마우리치오가 지분을 사거나 팔아야만 한다는 사실을 깨달았다. 쿠키아니가 '알겠지? 내가 말했잖아'라는 표정으로 의미심장하게 바라보았다. 모란테는 낭랑한 목소리로 물었다.

"구찌 선생님, 사촌들이 구찌 지분을 선뜻 팔려 할까요?"

마우리치오는 웃음을 터뜨리더니 뒤로 기대며 의자 팔걸이에 손을 올려놓았다.

"내게는 안 팔겠죠. 그 사람들 입장에서는 아리따운 딸을 괴물에게 시집보내라고 말하는 격일 겁니다!"

마우리치오가 입 밖에 내지는 않았지만, 모란테는 사촌들이 지분을 팔겠다고 해도 그에게는 지분을 사들일 돈이 없다는 사실도 간파했다. 마우리치오는 심각한 어조로 말했다.

"특정한 상황에서는 그들의 지분을 매입할 수도 있어요."

"구찌 선생님, 이 질문에 대답해 주십시오. 만약 사촌들이 지분을 팔지 않는다면, 선생님의 지분을 그들에게 파실 수는 있습니까?"

마우리치오의 표정이 그림자가 덮인 듯 어두워졌다.

"절대 그럴 수 없습니다! 게다가 그들에게는 그럴 돈도 없어요. 그보다는 구찌의 장기적인 이익을 생각하는 제삼자에게 파는 편이 낫다고 생각합니다."

모란테는 곧바로 해결책을 생각해 냈다. 마우리치오의 친척 지분을 모두 사들여 구찌라는 브랜드를 재편할 동업자를 찾는다는 방안이었다. 모란테는 마우리치오가 재산이 있기는 하지만 현금흐름이 좋지 못하다는 사실도 깨달았다. 그래서 유동성을 끌어올릴 목적으로 매각할 자산이 있는지 물었다. 유동성이 높아야 미래의 동업자와 협상할 때 더 유리한 위치에 설 수 있었기 때문이다. 마우리치오의 대답은 모란테를 깜짝 놀라게 했다. 마우리치오는 데 솔레를 비롯한 몇몇 투자자와 함께 부유층 고객을 보유한 곳으로 명망 높은 B. 앨트먼 백화점의 지배지분을 사들였다고 했다. 그 백화점은 1860년대 후반에 설립되어 1980년대 후반까지 7개 점포를 운영하던 곳이다.

투자단은 사업 운영을 위해 전직 회계사 2명을 영입했다. 최고 경영자로 임명된 앤서니 R. 콘티(Anthony R. Conti)는 딜로이트 해스킨스 앤 셀스(Deloitte Haskins & Sells) 회계법인의 소매회계 부문장을 지냈고 부사장 필립 C. 셈프레비보(Philip C. Semprevivo)는 딜로이트의 파트너 출신이었다. 거래 과정에서 구찌의 이름은 드러나지 않았다. 마우리치오가 B. 앨트먼 백화점의 지분을 소유하고 있다는 사실을 아는 이는 극소수였다.

1987년, 마우리치오와 공동 출자자들은 모건스탠리의 도움으로 B. 앨트먼 백화점을 2,700만 달러에 매각했다. 구매한 사람은 L. J. 후커라는 사업가가 소유한 소매 유통과 부동산 전문기업 후커(Hooker) 주식회사였다. 매각대금은 마우리치오의 은행 계좌를 두둑하게 해 주었지만 안타깝게도 이 매각 이후 3년도 못 되어 B. 앨트먼이 파산하면서 미국 소매업계는 최후를 맞이했다.

런던 사무실로 돌아온 모란테는 모건스탠리 기업금융 부문 주간회의에서 20명쯤 되는 동료들에게 마우리치오와의 첫 만남에 대해 들려주었다. 그의 이야기를 들은 동료들은 웃기도 하고 눈살을 찌푸리기도 했다. 구찌는 브랜드 자체로는 무척 매력적이었지만 가족의 내분과 법정소송은 물론 탈세에도 연루된 기업이었다. 동료 한 명이 외쳤다.

"이번 일 진행하게 되면 우리가 신을 로퍼 구두만큼은 반드시 받아 와야 해!"

모란테는 그때를 이렇게 회상했다.

“구찌라는 이름을 입 밖에 내자마자 모든 사람이 관심을 보였습니다. 그런 회의에서는 대개 그 거래를 통해 돈을 얼마나 벌어들일 수 있는지에 관심이 좌우되곤 하죠. 하지만 구찌의 경우 그 이름을 들은 모든 사람들이 관심을 보였습니다.”

모건스탠리 사람들은 흥미로워했지만 대부분 구찌 가족의 복잡한 내분 때문에 거래 기회를 잡기는 불가능할 거라 생각했다. 그러나 그날 젊은 동료 한 명은 모란테의 이야기를 진지하게 들었다. 은행의 연구개발 활동을 담당하던 ‘스터즈(Studs)’란 애칭으로 알려진 존 스터진스키(John Studzinski)는 나중에 모건스탠리 기업금융 부문을 총괄했던 인물이다. 그는 거의 알려지지 않았던 인베스트코프(Investcorp)라는 투자은행이 1984년 미국의 유서 깊은 보석상 티파니 앤 컴퍼니(Tiffany & Company)의 사업을 재편한 뒤 그 주식을 뉴욕 증권거래소에서 판매했다는 사실을 알고 있었다. 그가 알기로 인베스트코프가 확보한 중동 산유국의 부유한 고객들은 명품 브랜드 투자를 선호했다.

‘이런 거래를 고려할 정도로 정신 나간 사람들은 그들뿐일 거야. 하지만 틀림없이 관심을 보이겠지.’

속으로 이런 생각을 하던 스터즈는 회의가 끝난 후 모란테를 따로 불러 자기 생각을 이야기했다. 훗날 스터즈는 그때 상황을 이렇게 털어놓았다.

“성공할 가능성이 매우 낮았습니다. 우리가 보기에 구찌는 사양길에 접어든 브랜드였고 주주도 흩어져 있는 상황이었거든요.

저는 브리지에서 최고 패를 들지 않고도 여섯 번 승부를 겨루는 것과 비슷한 거래라고 생각했습니다. 모든 문양의 킹과 퀸 카드를 적절한 자리에 놓아야 했지요. 엄청난 인내심과 결단력이 필요하지만 인베스트코프는 분명 자금 조달 능력이 있고 명품에 관심이 있는 데다 복잡한 주주 상황에 대처할 인내심이 있었습니다."

그는 인베스트코프의 런던 대표이자 오하이오 출신인 폴 디미트럭(Paul Dimitruk)에게 전화를 걸었다. 호리호리하지만 꽉 짜인 체격을 가진 디미트럭은 짙은색 머리의 소유자다. 그의 은근한 눈빛은 상황에 따라 날카롭거나 부드럽게 변했다. 차분한 태도와 만만찮은 야심을 지닌 인물로 가라테 검은 띠 유단자였다. 디미트럭은 소방관의 아들로 클리블랜드에서 태어나 자란 뒤 뉴욕 로스쿨을 졸업했다. 인베스트코프의 런던 사무소를 운영하기 위해 그를 영입한 사람은 인베스트코프의 설립자이자 회장이며 이라크 출신 사업가인 네미르 키르다르(Nemir Kirdar)였다. 그때 디미트럭은 법무법인 깁슨 던 앤 크러처(Gibson, Dunn & Crutcher)에 근무하고 있었다. 키르다르는 디미트럭이 미국과 유럽의 국경 간 거래에 참여한 경험이 있다는 사실이 마음에 들었다. 유럽에서 살면서 시야를 넓히고 싶었던 디미트럭은 1982년 깁슨 던 앤 크러처의 런던 사무소로 옮겨 경영 담당 파트너가 되었다. 그가 합류한 때는 인베스트코프가 티파니를 인수한 직후인 1985년 초였다. 디미트럭이 처음으로 맡은 일은 티파니의 해외 법인 설립을 지원하고 인수합병 이후의 경영 관련 사안을 처리하는 것이었다.

디미트릭은 스터진스키에게서 전화가 왔다는 비서의 말에 곧바로 전화를 받았다. 스터즈는 젊은 나이에도 고위급 인맥과 명품업계에 대한 전문 지식을 갖췄을 뿐 아니라 미국인답지 않게 배타적인 유럽 재계에도 잘 적응하는 능력이 있어 투자은행업계에서 명성이 자자했다. 스터진스키는 대체적인 줄거리를 머릿속으로 그려 보면서 전화기에 대고 말했다.

"당신네 회사에서 구찌와의 거래를 검토하려고 할까요? 마우리치오의 계획을 들어 보고 괜찮다면 그를 도와줄 의향이 있으신가요?"

디미트럭은 구찌라는 이름에 귀를 쫑긋 세웠다.

"당연히 있지요. 마우리치오를 만나서 그의 이야기를 들어 보고 싶습니다."

스터진스키가 디미트럭의 동의를 얻어내자마자 런던에 있던 모란테는 마우리치오에게 전화했다. 그는 모란테의 말을 다 듣지도 않고 불쑥 물었다.

"거래가 성사됐나요?"

"조금만 기다려 주세요. 차근차근 합시다."

"빨리 추진해야 해요. 허송세월할 여유가 없어요."

마우리치오는 단호하게 말했다. 친척들의 고소 때문에 법적 문제가 생길까 봐 두렵다는 말은 하지 못했다. 모란테는 이렇게 제안했다.

"선생님을 만나서 이야기를 들어 보고 싶다는 사람이 있습니다. 런던으로 오실 수 있나요?"

1987년 무렵 인베스트코프는 사모펀드 이외의 금융업계에서는 거의 알려지지 않은 투자은행이었다. 키르다르가 1982년 설립한 인베스트코프는 유럽과 북미에 투자하려는 페르시아 연안 국가 고객들의 가교 역할을 했다. 키르다르는 리더십과 사명감을 갖춘 인물로 넓은 이마와 매부리코, 상대의 마음을 꿰뚫어보는 듯한 초록색 눈을 지녔다. 그의 가족은 이라크 북동부 도시 키르쿠크 출신이었고 이라크를 지배했던 친서방 성향의 하시미야 왕조를 지지했다. 이집트 대통령의 나세르주의와 범아랍 민족주의, 바티즘(Ba'athism, 아랍 부흥운동) 등의 반서방 운동이 아랍 전역에 확산되었던 시기였던 1958년, 왕과 왕족들이 암살당하고 훗날 사담 후세인이 정권을 잡은 계기가 된 유혈 쿠데타가 일어나자 키르다르는 어쩔 수 없이 이라크를 탈출했다.

그는 캘리포니아의 퍼시픽대학을 졸업한 뒤 애리조나의 한 은행에서 잠시 근무하다가 사태가 어느 정도 수습되자 이라크의 수도 바그다드로 돌아갔다. 그곳에서 서방 기업들을 대표하는 무역회사를 설립했는데 1969년 4월 갑자기 체포됐고, 이유도 모른 채 12일 동안 구금됐다. 이라크 정권이 자신들의 권력을 과시하느라 벌어진 일이었다. 그런 경험이 키르다르가 이라크를 다시 탈출하는 계기가 됐다. 첫 번째 탈출 때와는 달리 32살이 된 그에게는 부양할 가족이 있었다. 뉴욕으로 건너간 그는 미국의 18개 은행이 해외 영업을 위해 공동으로 설립한 얼라이드 국제은행(Allied Bank

International)에 취직했다. 낮에는 이스트 58번가의 은행 건물 지하에서 일했고, 밤에는 포덤대학에서 경영학 석사과정을 공부했다. 석사학위 취득 후 북미 전국은행(National Bank of North America)에서 일하고 있을 때 미국의 최고 은행 체이스 맨해튼(Chase Manhattan)에서 일자리를 제안했다. 국제금융 부문에서 경력을 쌓고 싶었던 야심만만한 젊은이에게는 더할 나위 없는 직장이었다.

키르다르는 체이스에 근무하던 시절 1970년대 석유 파동을 계기로 부유해진 페르시아 연안 국가에 대한 장기 사업 계획을 세웠다. 아부다비와 바레인에서 체이스의 중요 고객을 확보했고, 훗날 인베스트코프의 모태가 되는 팀을 조직했다. 이 팀은 마이클 메리트(Michael Merritt), 일라이어스 할라크(Elias Hallak), 올리버 리처드슨(Oliver Richardson), 로버트 글레이저(Robert Glaser), 필립 버스콤(Philip Buscombe), 사비오 텅(Savio Tung)으로 구성됐다. 뱅커스 트러스트(Bankers Trust)의 관리자이자 키르다르와 절친했던 젬 세스믹(Cem Cesmig)도 합류했다.

키르다르는 매력적인 투자상품을 고안해 석유로 부를 축적한 페르시아 연안의 부자들과 기관에 판매한다는 구상을 세웠다. 그는 서구의 탄탄한 부동산과 사업 기회를 소개하고 싶었다. 그 과정에서 골드만삭스나 JP 모건 등과 같은 거래 성사 역량을 갖춘 일류 투자은행에 맞먹는 영국-아랍계 투자은행을 설립하고자 했다. 1982년 바레인의 홀리데이 인 호텔 200호 객실에서 비서 한 명과 타자기 한 대로 꿈을 펼치기 시작한 키르다르는 이듬해 바레인 수도 마나마에 인베스트코프하우스 사옥을 세웠고 나중에는 런던과 뉴욕에도 진출했다.

인베스트코프는 유망하지만 자금난이 있는 회사들을 매입해 재원과 자문을 제공함으로써 경영을 개선한 다음 되팔아서 이익을 얻는 방식을 택했다. 고객들은 자신들이 보유할 자산의 유형을 선택할 수 있었으며 여타 투자기금처럼 인베스트코프가 보유한 기업의 지분을 자동으로 취득할 의무가 없었다. 투자 주기가 끝나면 인베스트코프가 비공개 형태든 증권거래소 상장을 통해서든 보유한 기업을 매각할 때까지는 배당금이 지급되지 않았다.

인베스트코프는 설립 초기 로스앤젤레스에 있는 매뉴라이프 플라자(Manulife Plaza)를 매입했고, A&W루트비어의 지분을 10% 확보했다. 이는 경험을 쌓으며 신용을 얻기 위해서였다. 1984년 10월 에이본 프로덕트(Avon Product)로부터 티파니를 1억 3,500만 달러에 매입함으로써 비로소 거래시장에서 두각을 드러낸 인베스트코프는 에이본 사장을 지낸 윌리엄 R. 체이니(William R. Chaney)를 최고경영자로 임명해 티파니의 흑자 전환을 이뤄냈다. 3년 후에는 티파니를 상장시켜 연간 174%라는 놀라운 수익률을 기록했고, 미국의 전설을 되살려 냈다는 평판을 얻었다. 몇 년 뒤 인베스트코프의 최고재무책임자 일라이어스 할라크는 이렇게 말했다.

"우리는 보석은 화장품처럼 판매하면 안 된다고 생각했습니다. 그래서 우선 티파니의 영광스러운 과거를 되찾기로 했지요."

모란테가 마우리치오에게 인베스트코프의 이력을 설명했을 때 그는 티파니라는 이름을 듣자마자 제휴 방안에 관심을 가졌다. 모란테는 이렇게 회상했다.

"마우리치오는 티파니를 부활시킨 인베스트코프가 브랜드 가치에 관심이 있고 품질을 중시하며, 기업 상장에도 성공한 만큼 금융에 대한 고도의 전문 지식을 갖춘 파트너가 되리라 판단했습니다."

마우리치오는 언제든 런던으로 갈 수 있다고 대답했다. 그러나 여름 내내 큰 사건이 연이어 터지면서 법원의 지분 가압류와 크레올에서 비롯된 체포영장, 법정관리인 지정 등 골칫거리가 쌓이고 있었다. 그것만으로도 모자라 유산 상속을 조사하던 민사 법원이 마우리치오의 개인 자산까지 가압류했다. 6월 어느 날 가와사키 오토바이를 몰고 이탈리아 국경을 넘어 스위스로 향하던 그는 한 번도 만난 적 없는 인베스트코프 사람들에게 무슨 말을 해야 좋을지 고민했다. 생 모리츠의 케사 무레찬에 무사히 들어선 순간 특유의 낙천성을 발휘해 모란테에게 전화했다.

"그 사람들에게 제 주변에서 벌어진 사건은 모두 사촌들이 나를 방해하려는 수작이라고 말하세요. 6개월 후면 모든 문제를 해결할 거라고도 전하고요."

모란테는 마우리치오의 장담이 설득력 있다고 생각해서 그를 믿어 보기로 했다. 마우리치오의 말처럼 문제가 모두 해결되지 않는다 해도 그가 처한 재정적, 법적 어려움을 이용해 인베스트코프가 그의 주식을 쉽게 사들일 수 있을 것이라는 판단이 들었다.

마우리치오가 탈출했던 1987년 6월, 구찌 가족 관련 문제로 전 세계 법원에 계류 중이던 소송만 총 18건이었다. 그중에는 파올로가 조르지오와 로베르트에게 불리한 제반 자료를 제출함에 따라 제기된 소송 2건도 포함되어 있었다. 두 사람은 세금을 내지 않고 구찌의 이윤을 빼돌리기 위해 파나마에 유령 회사를 설립했다는 혐의를 받고 있었다. 마우리치오가 자리를 비운 사이 조르지오는 그와의 동맹을 저버리고 다시 로베르토와 손을 잡았다. 두 형제는 7월에 차기 구찌 이사회를 통과시키면서 도합 46.6%의 지분을 좌지우지하게 됐다. 법원이 마우리치오의 가압류 지분을 대리하도록 임명한 관리인이 그의 지분을 예치하는 과정에서 실수가 일어났고, 두 형제는 관리인의 투표를 막았다. 그들은 조르지오를 의장으로 하는 새 이사회를 구성했고, 법정 정족수를 충족하지 못했음에도 회사 조직을 재구성했다. 법원의 임명에 따라 가압류된 마우리치오의 지분 50%를 관리하게 된 밀라노의 변호사 마리오 카셀라(Mario Casella)는 고개를 내저었다. 그는 법원이 임명한 회계사 로베르토 폴리(Roberto Poli)에게 속삭였다.

"이제 우리는 구찌 가족으로부터 구찌를 구해 내야 해."

7월 17일 법원이 지명한 대리인들이 마리아 마르텔리니를 의장으로 별도의 이사회를 구성함에 따라 구찌는 기묘한 상황에 빠졌다. 각각의 가족과 법원이 임명한 두 명의 사장과 두 개의 이사회가 동시에 존재하게 된 것이다. 교도소에서 석방된 82세의 알도는 다시 활동에 돌입했다. 미국에서 피렌체로 날아가 평소처럼 드 라빌 호텔에 방을 잡았고, 가족과 법정대리인들 간의 타협을 주선했다. 법원이 임명한 마리아 마르텔리니가 의장으로 확정됐고 조르지오는 실무 권한이 없는 명예 사장으로, 로베르토의 아들 코지모는 부사장으로 임명됐다.

구찌 설립 이후 최초로 가족이 아닌 사람이 구찌의 운전대를 잡았다. 마르텔리니는 구찌를 안정된 상태로 유지하기 위해 구찌 가문의 지배에서 벗어나려고 안간힘을 썼지만 관료적이고 상상력이 부족했다. 구찌 직원들은 이 시기를 구찌의 암흑기로 기억한다. 이 시기에는 이탈리아의 안경 제조업체 사필로(Safilo)에 위탁한 구찌 안경 라이선스만이 유일하게 이익을 냈고, 그 라이선스는 오늘날까지도 유효하다. 구찌의 한 장기근속 직원은 이 시기를 이렇게 회상했다.

"구찌가 정체하던 시기였습니다. 두루마리 휴지 하나를 사더라도 승인을 받아야 했지요. 회사 이름이 인쇄된 편지지를 주문하기 위해 일곱 번이나 서명을 요구한 사건은 직원들 사이에서 전설처럼 떠돌 정도였어요. 창의성도, 어떤 발전도 없이 그저 유지하는 데만 치중했던 거죠."

그 사이 알도는 마우리치오가 여전히 50%의 지분을 보유하고 있는 구찌 아메리카를 놓고도 전쟁을 시작했다. 이사회는 대치 상태에 놓였다. 3년 전 마우리치오에 의해 가혹하게 쫓겨난 알도는 회사 지배권을 다시 손에 넣을 결심을 한 상황이라 원만하게 사태를 해결할 생각이 없었다. 그는 데 솔레 추방과 회사 청산을 요구하며 구찌 아메리카에 소송을 제기했다. 그러나 마우리치오는 다시 한번 그의 허를 찔렀다.

1987년 9월 마우리치오는 런던으로 날아가 세인트 제임스 플레이스의 듀크스 호텔에 투숙했다. 세인트 제임스 공원 인근의 그린파크 지하철역과 가까운 듀크스 호텔은 고급스럽고 편안한 객실을 제공하며, 런던에서 최고로 손꼽히는 마티니를 내놓는 곳이었다. 다음 날 아침 마우리치오는 모란테, 스터진스키와 함께 메이페어 지역의 브룩 거리에 있는 인베스트코프 런던 사무소에 도착했다. 그들은 편안한 소파와 의자, 작은 탁자로 장식된 3층 응접실로 들어갔다. 세련되고 은밀한 분위기라 사업 이야기를 나누기에 적절한 곳이었다. 그들을 맞이한 사람은 폴 디미트럭과 젬 세스믹, 릭 스완슨(Rick Swanson)이었다. 언스트 앤 영(Ernst & Young)에서 회계사로 일하다 인베스트코프에 합류한 릭 스완슨은 훗날 이렇게 말했다.

"마우리치오와의 첫 만남을 절대 잊지 못할 겁니다. 마치 영화배우를 기다리는 기분이었거든요!"

마우리치오는 아버지 로돌포의 매력과 알도의 활력을 적절히 조화시킨 자신만의 스타일을 갖추고 있었다. 약간 긴 금발과 짙은 애비에이터 선글라스로 푸른 눈을 감춘 그는 구찌 가문 특유의 미소를 지었다. 캐멀코트 자락을 휘날리며 은행 사람들을 앞질러 응접실 안으로 들어가자 기다리고 있던 인베스트코프의 간부들은 당황해 얼어붙었다. 스완슨은 그때를 이렇게 회상했다.

“한 번도 만난 적 없는 이탈리아의 유명 인사가 드디어 도착했습니다. 그는 회사 문 앞에 자기 이름을 새겨 넣은 사람답게 영화배우 같은 모습으로 나타났지요. 그러나 그는 친척들에게 고소당했고 지분은 가압류 상태인 데다 지배권도 없었습니다! 그와 친척들 사이에 벌어진 요란한 내분은 신문 지면을 도배하고 있었지요. 그런 상황에서 우리는 ‘사촌들의 지분을 모조리 사들이는 일을 도와줄 수 있을까요?’라는 제안을 받았던 겁니다.”

마우리치오는 조부인 구찌오의 사보이 호텔 시절과 그가 피렌체에 차린 작은 상점 이야기로 운을 뗐다. 그러고는 거의 완벽한 영어로 알도가 미국에서 거둔 성공과 로돌포가 밀라노에서 담당했던 디자인과 경영 업무, 청년 시절 자신이 알도와 함께 뉴욕에서 일하면서 쌓은 경험들에 대해 들려주었다. 그런 다음 구찌 브랜드의 가치 하락과 가족 간의 다툼, 세금 문제, 구찌 아메리카와 이탈리아 사업부의 엄청난 분열 등 현재 겪고 있는 문제들을 설명했다. 중간중간 일을 추진하는 과정에서 겪은 좌절감도 드러냈다.

“이탈리아에는 1세대가 아이디어를 고안하고 2세대가 그 아이디어를 실행에 옮기면 3세대는 크나큰 성장 문제에 직면한다는 격언이 있어요. 이 부분에서 내 생각은 사촌들과 정반대입니다. 매출이 2,400억 리라(약 2,000억 원)나 되는 회사를 어떻게 폐쇄적인 가족주의 방식으로 운영할 수 있겠습니까? 나도 전통을 좋아하지만 내가 추구하는 전통은 관광객에게 보여주는 고고학 유물이 아니라 창조의 토대가 되는 전통입니다."

마우리치오는 격한 어조로 말을 이어 갔다.

"몇 년 동안 이어진 가족 간의 내분 때문에 회사는 적어도 개발 가능성의 측면에서 마비되고 말았습니다. 순전히 구찌가 정체 중인 덕분에 성공을 거둔 경쟁 브랜드가 몇 곳이나 되는지 궁금해지곤 합니다. 이제 그 상황을 바꿀 때가 왔습니다!"

투자은행 사람들은 그의 말을 경청하고 있었다. 마우리치오는 푸른 눈에 진지한 빛을 띠며 토로했다.

"주방에 요리사가 너무 많아요. 사촌들은 스스로를 '신이 패션의 세계로 보낸 선물'이라 생각해요. 하지만 조르지오는 매사에 젬병인 사람이에요. 관심 있는 일이라고는 피아차 디 시에나 승마 대회에서 구찌 우승컵을 시상하는 것뿐이죠. 로베르토는 자신을 영국인이라 생각합니다. 고개를 돌리기 어려울 정도로 옷깃이 빳빳한 셔츠를 입고 다녀요. 속속들이 골칫거리인 파올로는 인생에서 거둔 가장 큰 성과가 자기 아버지를 감옥에 보낸 거예요! 내 사촌들은 이런 사람들입니다. 난 그들을 '피자 형제'라고 불러요."

그는 사촌들을 무능한 촌뜨기처럼 묘사했다. 곧이어 과장된 손짓을 하며 가장 좋아하는 비유를 불쑥 꺼냈다.

"구찌는 페라리지만 우리는 친퀘첸토처럼 운전하고 있어요. 구찌의 잠재력은 충분히 발휘되지 않았고 경영도 엉망이에요. 제대로 된 파트너만 있다면 과거 모습으로 돌아갈 수 있을 겁니다. 한때 구찌 가방을 소유하는 것은 특권이었습니다. 다시 그렇게 될 수 있다고 생각합니다. 우리에게 필요한 건 한 가지 목표와 한 가지 방향이에요."

그는 극적인 효과를 노리며 잠시 말을 멈췄다.

"그러면 예전보다 더 많은 돈이 굴러들어올 겁니다."

상식대로라면 자금을 다른 곳에 투자해야 마땅했다. 하지만 인베스트코프 사람들은 마우리치오의 말에 홀렸다. 그는 구찌 브랜드의 잠재력만으로 그들을 유혹하는 데 성공했다. 스완슨은 이렇게 회고했다.

"미친 짓이었습니다! 정말로 위험한 일이었어요. 구찌는 연결 재무제표도 없었습니다. 최소한 우리에게 익숙한 형태로는 존재하지 않았습니다. 제대로 된 경영진도, 담보도 없었지요. 그러나 그가 구찌의 이상을 풀어놓기 시작하자 그 자리에 있던 사람들은 금세 매혹되고 말았습니다."

구찌 브랜드에 대한 마우리치오의 확고한 열정과 구찌의 부활에 대한 절박한 심정 역시 디미트럭의 마음을 사로잡았다. 디미트럭과 마우리치오는 출신배경은 딴판이었지만 나이가 얼추 비슷했고 걷잡을 수 없는 야망의 소유자들이었다. 두 사람의 유사한 성향은 그 후 몇 달 동안 중요하게 작용했다. 디미트럭은 이렇게 말했다.

"마우리치오와는 놀랄 정도로 마음이 잘 맞았습니다. 그는 자신을 구찌라는 브랜드의 보호자로 묘사했고, 구찌의 영광을 재현할 수 있을 거라고 매우 강력하게 확신하고 있었습니다. 그러면서도 '어떻게 해야 할지 전혀 모르겠다'고 순순히 인정했지요."

마우리치오가 떠나자 디미트럭은 수화기를 들어 프랑스 남부 별장에서 휴가를 보내던 키르다르에게 전화했다.

"방금 마우리치오 구찌와 만났어요. 구찌라는 브랜드에 대해 잘 아세요?"

전화기 너머로 잠시 침묵이 흘렀다. 이윽고 키르다르가 웃으며 말했다.

"지금 내가 신고 있는 구두가 구찌 로퍼 같은데."

검은색 악어가죽에 금색 홀스빗이 달린 구찌 로퍼는 예나 지금이나 키르다르 옷장의 필수품이었다. 그는 디미트럭에게 마우리치오와 협상을 추진해 보라고 승인했다. 그는 인베스트코프가 구찌를 통해 유럽의 폐쇄적이고 끈끈한 재계 내부로 진입할 수 있을 거라고 생각했다. 몇 년 후 키르다르는 이렇게 말했다.

"우리는 미국뿐 아니라 유럽에서도 능력을 입증해야 했습니다. 유럽에서 좋은 평판을 쌓을 필요가 있었지요."

인베스트코프의 최고재무책임자 일라이어스 할라크도 유럽의 사업 환경이 더 좁고 배타적이었다고 증언하면서 이렇게 덧붙였다.

"미국보다 유럽에서 거래를 추진하기가 훨씬 더 어려웠습니다. 유럽에서 큼직한 거래를 추진하는 것은 회사에 전략적으로 중요한 목표였습니다."

구찌 투자는 미국뿐 아니라 유럽인들에게 인지도를 높여 주목을 끌 수 있는 기회였다. 일을 추진하기 전에 최종 결정을 내릴 키르다르에게 마우리치오를 소개하는 것이 다음 단계였다. 키르다르는 거래를 시작할 때 인베스트코프 사내의 안락한 식당이나 전문 레스토랑을 예약해 거래처 대표와 고급스러운 식사를 함께 하는 것을 즐겼다. 딱딱한 회의보다는 느긋하고 사교적인 분위기에서 새로운 업무 파트너를 만나는 것을 선호했다. 그는 마우리치오를 고급 이탈리아 요리와 훌륭한 서비스로 유명한 상류층 전용 클럽 해리스 바로 초대했다.

단단한 나무 바닥과 원형 식탁, 사라사 천을 씌운 편안한 의자, 은은한 조명으로 장식된 해리스 바의 절제된 호화로운 분위기 속에서 만난 두 사람은 초면에 서로에게 호감을 느꼈다. 마우리치오는 호의적이고 비범하며 가족 회사를 개혁하는 일에 몰두한 39세의 젊은이였고, 키르다르는 점잖고 차분하며 계획을 추진하기 위해서라면 기꺼이 위험을 감수할 수 있는 50대 남성이었다. 모란테는 이렇게 말했다.

"두 사람은 서로에게 큰 호감을 느꼈습니다. 곧 둘 사이에 완벽한 밀월 관계가 형성되었지요."

키르다르는 구찌와의 거래를 인베스트코프의 최우선 프로젝트로 삼았고, 디미트럭과 스완슨에게 마우리치오의 지원을 전담하도록 지시했다. 그들은 기밀을 유지하기 위해 구찌 프로젝트에 '안장(saddle)'이라는 암호를 붙인 뒤 재무제표를 검토하기 시작했다. 디미트럭과 스완슨은 제휴 원칙과 중요 사항을 간결하게 명시한 계약서를 작성했다. 브랜드를 재출시하고 전문경영진을 두어 통합된 주주 기반을 확립하겠다는 내용이었다. 쉽게 말해 다른 가족의 지분을 모두 사들이겠다는 뜻이었다. 궁극적으로는 구찌의 재편이 마무리된 다음 상장을 목표로 하기로 합의했다. '안장 계약서'로 불린 몇 쪽짜리 서류는 놀랄 만큼 원만한 사업관계를 쌓는 토대가 됐다. 인베스트코프는 마우리치오의 친척들에게서 구찌 지분 50%를 사들이는 일에 전력했다. 디미트럭은 그때를 떠올리며 말했다.

"우리는 구찌 브랜드의 가치에 대한 마우리치오의 확고한 믿음에 공감했습니다. 구찌가 특별하고 되살릴 만한 가치가 있다는 데 동의했던 겁니다. 저는 키르다르의 든든한 지원을 받았지요. 사촌들의 지분을 모두 사들이는 것 외에는 선택의 여지가 없었습니다. 우리는 마우리치오에게 한순간의 주저함이나 두려움도 보이지 않았습니다. 그저 묵묵히 일을 추진했을 뿐입니다. 우리는 항상 자주 대화했었지요."

마우리치오는 '피자 형제'의 수렁에서 벗어날 길을 찾았다는 것을 직감하고 의기양양해졌다. 유배지 루가노의 호수가 보이는 스플랑디드 루아얄 호텔 스위트룸에 본부를 차리고 모란테와 함께 친척들에게 접근할 최선책을 궁리했다. 모건스탠리가 인수를 주도할 예정이었고, 인베스트코프는 지분 50%를 모조리 손에 넣기 전까지는 익명으로 남아 있어야 했다. 마우리치오는 파렴치하고 약삭빠르며 이기적인 파올로부터 공략해야 한다고 주장했다.

파올로는 지분이 3.3%에 불과했지만 가족에 대한 충성심이 약했기 때문에 퍼즐을 푸는 열쇠로 제격이었다. 그는 얼마 되지 않는 자신의 지분으로도 50 대 50인 마우리치오와 다른 이들의 교착 상태를 깨뜨릴 수 있다고 자신했다. 또한 지분 매각이 형제와 아버지에게 타격을 입힐 수 있다는 사실도 잘 알고 있었다. 자신에게 중요한 역할을 제공하지 않은 데 대한 달콤한 복수가 될 터였다. 그뿐 아니라 파올로는 PG 상표로 사업을 시작할 준비를 갖춘 참이었다. 마우리치오가 거래의 배후에 있는지 여부는 알 필요도 없었고 관심사도 아니었다.

모란테는 호수 건너편에 있는 사무실에서 파올로의 변호사 카를로 스간치니(Carlo Sganzini)와 만나기로 했다. 마우리치오는 호텔 창가에서 쌍안경으로 그 장면을 지켜보겠다고 했다. 모란테는 이렇게 말했다.

"그의 말을 믿지는 않았지만 그런 말도 전설의 일부가 되었습니다."

파올로와의 협상은 어느 순간 암초에 부딪혔다. 파올로가 구찌와 사업적으로 경쟁해서는 안 된다는 조항 때문이었다. 모란테는 이렇게 설명했다.

"그때는 파올로 문제를 빨리 결론지어야 한다는 생각이 컸던 탓에 파올로의 가장 민감한 부분을 건드리고 말았던 겁니다."

자기 상표를 쓸 자유를 억누르려는 시도에 화가 난 파올로는 계약서를 허공에 던져 버리고는 회의실을 뛰쳐나갔다. 모란테는 계약이 마무리되기를 기대하고 있던 마우리치오에게 이 사실을 보고했다. 열의에 찼던 마우리치오의 다정한 태도는 격렬한 분노로 바뀌었다. 입을 꽉 다문 채 푸른 눈이 얼음처럼 차가워졌다.

"폴 디미트럭에게 이번 거래를 성사시키지 못하면 내가 죽을 때까지 그에게 소송을 걸 거라고 전하세요."

마우리치오의 눈이 분노로 이글거리자 모란테는 놀라서 뒷걸음질 쳤다.

"협상이 결렬되어서 분노하는 건 당연했지만 그런 말까지 할 자격은 없었습니다. 저는 순간적으로 불쾌한 사람으로 돌변한 그의 새로운 면모를 발견했습니다. 그의 몸 안에도 소송을 좋아하는 유전자가 있었던 거죠."

모란테는 파올로와의 문제를 수습했다. 1987년 10월, 모건스탠리가 파올로의 지분을 4,000만 달러에 매입함으로써 구찌 프로젝트의 첫 번째 장애물이 제거됐다. 파올로의 변호사는 인베스트코프가 그해 초에 인수한 명품 시계 제조업체 브레게(Breguet)의 5만 5,000달러짜리 시계를 선물로 받았다. 스간치니 변호사는 계약서에 서명한 뒤 자리를 뜨면서 스완슨에게 이렇게 말했다.

"당신도 알다시피 변호사들은 진술 보증 조항을 두어야 한다고 말하곤 하죠. 하지만 이번 거래는 중고차 매장에서 차를 산 것과 비슷합니다. '구매자 위험 부담' 원칙을 명심하세요."

스완슨은 충격을 받았다.

"'구매자 위험 부담'이라고? 무슨 뜻으로 그런 말을 했을까요?

방금 수천만 달러를 치렀는데 뻔뻔하게도 '구매자 위험 부담'이라니, 이게 말이 되는 소립니까?"

파올로의 매각 결정은 구찌 역사에서 중요한 전환점이 되었다. 그는 구찌 아메리카 지분 11.1%, 구찌오구찌 지분 3.3%, 구찌의 프랑스·영국·일본·홍콩 법인 지분 등 구찌 가족 중에서 가장 작은 지분을 소유했지만 가족의 신성한 지배권에 돌이킬 수 없는 타격을 가한 핵심 인물이 되었다. 그의 결단에 따라 과반수 지배권이 마우리치오와 금융계 동업자들에게 넘어가면서 그의 아버지와 형제들은 뒤통수를 맞았다. 그들에게는 파올로의 선례를 따르거나 소수 주주로 남는 것 외에는 선택의 여지가 없었다. 파올로는 알도, 조르지오, 로베르토와 함께 마우리치오에게 맞서기도 했지만 아버지와 형제와의 불화가 한층 더 심각했고 그들에게 배신당했다고 생각했기 때문에 마지막에는 그들을 배반했다.

마우리치오는 모건스탠리를 통해 인베스트코프와 힘을 합친 덕분에 구찌 지분 과반수를 넉넉하게 확보하는 데 성공했다. 이제는 구찌 아메리카를 둘러싼 알도와의 전쟁을 끝낼 때였다. 알도와 그의 아들들은 1997년 7월 데 솔레의 해임과 구찌의 청산을 요구하는 소송을 제기하며 데 솔레에게 편지를 보냈다.

"당신은 순종 경주마를 가져가서 마차 끄는 말로 만들어 버렸어!"

그런데 마우리치오가 이사회를 지배하자 회사가 정체에 빠졌으니 청산해야 한다고 주장할 근거가 사라졌다. 한편 파올로는 구찌 아메리카에 대한 소송에서는 발을 뺐다. 패튼 보그스 앤 블로의 변호사로 마우리치오를 대리했던 앨런 터틀은 "심리는 한 편의 연극과 같았습니다"라고 말했다. 터틀과 그의 팀이 뉴욕 대법원의 미리엄 앨트먼(Miriam Altman) 대법관 앞에서 소유권 변경에 대해 설명했을 때 알도의 변호사들은 대법관의 소송 기각을 막기 위해 즉시 이의를 제기했고 휴정과 추가 정보를 요구했다. 구찌 소송에 진력이 난 앨트먼 대법관은 그들의 말을 가로막았다.

"나는 구찌가 생산하는 제품을 하나하나 파악하고 있고 지갑 가격의 3분의 2가 변호사 비용으로 들어간다는 사실도 잘 압니다. 무슨 일이 일어났는지 두말할 필요가 없어요. 당신들은 뒤통수를 맞은 거예요!"

이탈리아에서 법적인 문제가 꾸준히 쌓이는 와중에도 파올로의 지분을 인수하고 인베스트코프와 새로운 관계를 구축하며 의기양양해진 마우리치오는 상황을 한층 더 낙관적으로 바라봤다. 1987년 12월 14일, 밀라노의 치안판사는 구찌 주권에 로돌포의 서명을 위조한 혐의로 마우리치오의 기소를 요구했다. 기소 결정은 1988년 4월에 내려졌다. 기소장에 따르면 마우리치오는 서명을 위조했을 뿐 아니라 미납 세금과 과징금으로 정부에 310억 리라(약 260억 원)의 채무를 지게 되었다. 1988년 1월 25일에는 크레올 구매를 위해 자본을 불법 반출한 혐의로, 2월 26일 오후에는 파올로와 체결한 계약에 따라 200만 달러를 지급하기 위해 자본을 불법 반출한 혐의로 기소되었다. 그러나 7월이 되자 형세가 마우리치오에게 유리한 방향으로 바뀌었다. 변호사들이 밀라노의 치안판사들과 합의하면서 체포영장이 철회되었다. 밀라노로 돌아와 혐의에 대한 조사를 받으라는 명령이 내려졌지만 마우리치오는 감옥에 가지 않아도 됐다.

마우리치오는 10월에 밀라노 법원에 출두해 아버지의 유언장을 제출하며 로돌포 서명 위조 혐의에 대해 변호했다. 11월 7일, 밀라노 법원은 유언장 서명 위조와 관련된 탈세 혐의에 대해 유죄 판결을 내렸다. 집행유예 1년에 미납 세금과 벌금 310억 리라를 납부하라는 명령이었다. 변호사들은 즉시 항소했고 자금 조달 합의서를 작성했다. 합의서에 따라 법원은 마우리치오에게 지분 의결권도 돌려주었다. 금융 법규가 개정되어 자본 반출이 합법화되자, 11월 28일 피렌체 법원은 외환거래 위반 혐의에 대해서는 무죄를 선고했다. 마우리치오는 덫을 빠져나갈 방법을 조금씩 찾아가고 있었다.

그러는 동안 모란테는 마우리치오의 다른 사촌들도 찾아다녔다. 1985년 알도에게서 지분을 양도받은 로베르토와 조르지오는 구찌오구찌 지분을 23.3%씩 보유하고 있었다. 구찌 아메리카 지분은 각각 11.1%였으며, 해외 법인의 지분도 다양한 비율로 소유하고 있었다. 알도는 해외 법인 지분 외에 구찌 아메리카의 지분 중 고작 16.7%만 보유했다. 모란테가 로베르토를 만난 곳은 프레스코화로 장식된 피렌체 변호사의 사무실이었다. 구찌의 변호사 그라치아노 비안키(Graziano Bianchi)는 가무잡잡하면서도 세련된 외모를 지녔고, 권모술수에 능한 위압적이고 비범한 지능의 소유자였다.

모란테는 자신이 모건스탠리 런던의 투자은행가이며 사업에 관해 중요한 용건이 있다고 말했다. 그러자 비안키는 도청 장치가 감춰져 있지는 않은지 직접 모란테의 옷을 더듬어 확인했다. 모란테는 거대한 나무 책상 앞에 있는 등받이가 높은 골동품 의자에 앉았고, 로베르토는 줄곧 서 있었다. 모란테는 곧바로 용건을 꺼냈다.

"저는 구찌의 주주 구조에 변화가 일어났다는 말씀을 드리려고 찾아왔습니다."

두 사람은 할 말을 잃은 채 모란테를 쳐다보았다.

"모건스탠리가 파올로 구찌 씨의 지분을 매입했거든요."

"허허."

기침처럼 들린 비안키의 짧고 냉소적인 웃음은 이 모든 일을 예상했다는 듯 들렸다. 로베르토는 얼어붙은 채로 여전히 서 있었다. 모란테가 다시 용건에 대해 설명했다. 그때 비안키의 거친 목소리가 침묵을 깼다.

"이봐요! 로베르토!"

그는 모란테를 정식으로 소개하듯 그를 향해 우아하게 손짓했다.

"우리의 새 주주님이십니다!"

모란테에게는 할 말이 남아 있었다.

"오늘 저는 이미 일어난 일을 전해드리는 동시에 여기서 중단할 생각이 없다는 것을 알려드리러 왔습니다. 우리는 이름을 밝히길 원하지 않는 해외 금융투자자를 대신해 활동하고 있습니다. 우리는 무슨 일이 있어도 이 계획을 추진할 겁니다."

모란테는 잠시 말을 멈추고 두 남자의 표정을 살폈다. 비안키의 반짝이는 눈을 보자 계산적인 두뇌가 빠르게 움직이고 있음을 알 수 있었다. 로베르토는 영혼이 빠져나간 사람처럼 고통스러운 표정으로 의자에 주저앉았다. 형제의 배신과 마우리치오가 승자로 떠오를 가능성, 그 일이 자신과 가족의 미래에 미칠 파장을 생각하면서 고통을 느꼈다. 일을 마친 모란테는 프라토에 들러 조르지오의 회계사인 안니발레 비스코미(Annibale Viscomi)에게도 같은 내용을 전했다. 그러고 난 뒤 조르지오의 아들이자 대리인으로 일하는 알레산드로와 만났다. 그는 두 형제와 개별적인 협상에 돌입했다.

모건스탠리는 1988년 3월 초와 3월 말에 걸쳐 조르지오와 로베르토와의 협상을 차례로 마무리했다. 로베르토는 마우리치오와 막판 협상을 할 속셈으로 지분 2.2%를 마지막까지 내놓지 않았다. 그 지분만 있으면 두 사람이 구찌를 공동 지배할 수 있었다. 그러나 마우리치오는 그 제안을 거절했다. 이미 인베스트코프와 손을 잡은 상태였기 때문이다. 구찌에서 큰일이 진행되고 있다는 소문이 금세 외부로 퍼졌다. 기자들이 날마다 전화했고 신문에서는 구찌의 소유권 구조가 어떻게 바뀔지 추측 기사를 쏟아 냈다. 1988년 4월, 모건스탠리는 국제적인 투자 기업을 대신해 구찌 지분 47.8%를 매입했다고 발표했다. 그러나 그 수수께끼의 기업이 어디인지는 아무도 알지 못했다.

1988년 6월, 인베스트코프는 정체를 밝히기로 결정했다. 모건스탠리를 통해 구찌의 '지분 50% 정도'를 확보했으며 로베르토의 지분 2.2%에 대해서도 계약을 체결했다고 발표했다. 그러나 마우리치오와의 거래에 실패한 로베르토는 이듬해 3월까지도 굴복하지 않았다. 그때 일로 로베르토는 아직까지도 분노와 쓰라린 기분을 느끼고 있었다. 그는 몇 년 후 이렇게 토로했다.

"마치 어머니를 잃는 기분이었습니다."

이제 인베스트코프가 구찌 아메리카의 과반수 지분을 확보하려면 알도의 지분 17%를 인수해야 했다. 폴 디미트럭은 모란테에게 전화를 걸었다.

"이제 알도에게 최후의 공격을 가할 때가 왔어요."

1989년 1월, 모란테는 콩코드 비행기로 뉴욕에 건너가 구찌 5번가 매장에서 그리 멀지 않은 알도의 자택에서 그와 만났다. 구찌 중역실에 출입할 수 없게 된 알도는 자신의 아파트를 약속 장소로 정했다. 모란테가 오후 늦게 도착했을 때 알도는 직접 문을 열어 우아하게 장식된 응접실로 그를 안내했다. 응접실 벽에는 알도가 대통령이나 유명 인사와 웃으며 인사하는 모습을 담은 사진과 감사패, 증명서, 미국에서 달성한 성과를 입증하는 각 도시의 열쇠 등이 모자이크처럼 장식되어 있었다. 작은 탁자 위에도 수집품이 우아하게 놓여 있었다. 알도는 모란테에게 커피를 권했고 회의 준비를 위해 잠시 자리를 비웠다. 그러는 동안 모란테는 알도의 인생을 보여 주는 기념품들을 하나하나 훑어보았다.

"기념품들을 보고 나니 알도가 미국 사회에 얼마나 잘 적응했는지 알 수 있었습니다. 미국에서 그는 놀라운 성공을 거뒀습니다. 미국의 회계 체계에는 제대로 적응하지 못했지만요. 미국의 유명 인사들과 교류하며 화려한 매력을 발휘했지만 게임의 규칙을 받아들이지 않았고 그 대가를 혹독하게 치렀습니다."

모란테의 방문 이유를 정확히 알고 있던 알도는 회의에 맞는 차림새를 하고 있었다. 그는 카리스마 있는 세련된 태도로 투자은행가 모란테에게 깊은 인상을 심어 주기 위해 각별한 주의를 기울였다. 친근한 태도로 자리에 앉아 매장 개설 과정과 제품이나 자선 행사, 수상을 비롯한 추억들을 들려주었다. 그러는 동안 가끔 두꺼운 안경 너머 푸른 눈으로 모란테를 곁눈질하면서 슬쩍 뜯어보기도 했다. 모란테는 그런 그의 모습에서 고양이를 떠올렸다. 대화를 주도하는 알도를 보면서 이탈리아 사람들이 파시노(fascino)라 부르는 매력을 과시하려 애쓴다는 생각을 했다. 곧 그는 마우리치오가 누구한테서 화술과 활기찬 태도, 경험을 전수받았는지 깨달았다. 모란테는 오래도록 알도의 이야기를 들었다. 이야기를 끝낸 알도는 모란테를 똑바로 쳐다보았다.

"이제 당신의 용건에 대해 이야기를 나눠 봅시다."

알도는 지분을 매각하는 것 외에는 선택의 여지가 없다는 사실을 잘 알고 있었다. 살날이 창창하게 남았을 때 아들들에게 지분을 너그럽게 양도했지만 그 아들들이 먼저 구찌에서 손을 뗐다. 그가 할 수 있는 일이라고는 그들의 뒤를 따르는 것뿐이었다. 구찌 아메리카의 지분 17%로는 회사 일에 그 어떤 권한도 행사할 수 없었다. 알도의 우아한 어조에 갑자기 분노가 깃들었다.

"다른 건 몰라도 그 망할 조카 녀석이 이 일과 아무 관련이 없는지는 확인하고 싶소! 그 녀석이 지분을 손에 넣으면 내가 이룩한 모든 것이 종말을 맞이할 겁니다! 지금까지 그가 벌인 그 모든 일에도 불구하고 나는 아직 마우리치오를 아낍니다. 하지만 마지막으로 경고합니다. 그 녀석은 구찌의 수장이 될 자질이 없어요. 결코 회사를 제대로 이끌지 못할 거요!"

모란테는 알도에게 자신은 국제적인 투자회사를 위해 일하고 있다고 안심시켰다. 그리고 그가 몇 년 동안 컨설팅 명목으로 회사 일에 관여하도록 해 주겠다고 제안했다. 훗날 모란테는 이렇게 말했다.

"경기에서 진 그는 협상을 위해 내걸 것이 거의 없었습니다. 그러나 명예를 유지하면서 어떤 식으로든 회사 직무를 수행할 수 있는지 여부는 그에게 생사가 걸린 문제였습니다. 저는 알도가 지분을 모두 매각하고 나면 세상을 떠날 것만 같은 생각에 휩싸였습니다. 그에게 지분 매각은 신체 중 일부를 떼어 내는 것과 같았을 겁니다. 그 순간 그는 아들들이 한 짓을 떠올리며 그들에게 증오를 느꼈을 것이 분명합니다. 아들들에게 모든 것을 양도한 뒤 그에게 남은 것은 거의 없었습니다."

1989년 4월, 인베스트코프는 릭 스완슨을 제네바로 보내 알도와의 거래를 마무리하도록 했다. 18개월이 넘는 과정을 거쳐 마무리된 거래는 투자은행 역사상 가장 질질 끌었던, 가장 복잡하고 가장 비밀스러운 인수합병 사례 가운데 하나로 손꼽힌다. 스완슨은 이렇게 회상했다.

"마지막 순간까지 아무도 우리를 발견하지 못한 것은 기적과도 같았습니다. 1년 반이 넘는 기간 동안 우리는 변호사와 은행가, 상표 전문가 등 도움이 될 만한 모든 사람과 일했습니다. 이탈리아에서는 재채기만 해도 온 세상이 다 알게 되는 데도 말입니다!"

인베스트코프가 사촌 가운데 한 명과 추가 지분에 대한 계약을 마무리할 즈음 옆방에서는 미국의 시사 프로그램 〈60분(60 Minutes)〉 제작진이 마우리치오와 인터뷰했고, 〈다이내스티〉 주제가를 배경으로 누가 구찌의 주인이 될 것인지 추측하는 방송을 내보냈다. 인베스트코프가 구찌 지분 50%를 인수한 사건은 가족이 소유한 구찌 기업 역사에서 새로운 전환점이 되었다. 구찌오 구찌가 작은 상점의 문을 연 이래 외부인이 그처럼 상당한 지분을 확보한 일은 처음이었다. 무엇보다도 인베스트코프는 개인이 아니라 고도의 전문 지식을 갖춘 데다 그 어떤 감정도 없이 투자자에게 높은 수익을 안겨 주는 일에 몰두하는 금융기관이었다. 이

거래로 인해 인베스트코프는 훗날 대다수 금융회사보다 훨씬 더 인내심 강하고 배려심 깊은 회사임이 입증되었다.

알도와의 마지막 회의는 제네바의 변호사 사무실에서 이뤄졌다. 인베스트코프 사람들은 마침내 기나긴 여정의 끝이 다가왔다는 사실을 믿을 수 없었다. 그들은 알도의 계좌로 돈을 송금했지만 알도와 변호사들이 주권을 들고 달아나서 아무것도 얻지 못하는 일이 생기면 어떻게 해야 할지 최악의 상황까지 예상하고 있던 터였다.

인베스트코프 팀은 탁자 한쪽에 나란히 앉았고 알도와 변호사들은 맞은편에 앉았다. 구찌 주권은 알도 앞에 놓여 있었다. 그곳에 있던 사람들 모두 은행에서 송금이 이뤄졌다는 연락이 오기만을 기다리고 있었다. 스완슨은 그때를 이렇게 회상했다.

"참 이상한 상황이었습니다. 모든 일이 결정됐고 모든 서류의 서명이 끝났으며 더 할 말도 없었습니다. 그렇지만 우리 모두는 아무 말도 하지 않고 그 자리에 앉아 전화벨이 울리기만 기다렸습니다."

마침내 전화벨이 울리자 모두 움찔했다. 스완슨이 수화기를 들었다.

"제가 전화를 끊으며 송금 절차가 끝났다고 말하자 알도는 자리에서 일어나기 위해 몸을 앞으로 숙였습니다. 우리 변호사들은 주권을 손에 넣으려고 탁자 맞은편으로 서둘러 다가갔지요. 우리는 그만큼 불안했던 겁니다!"

주권을 손에 든 알도는 놀란 듯 눈을 깜박였다. 그런 다음 의자에서 일어나 폴 디미트럭에게 다가가 정중한 태도로 주권을 건넸다. 스완슨은 그 순간을 잊지 못했다.

"구찌 사람들은 정말이지 모두 연기자 같았습니다. 절대 초조한 기색을 드러내지 않더군요."

샴페인이 펑하며 터지는 소리에 긴장이 풀렸다. 디미트럭은 알도의 유산과 업적에 대해 짤막하게 이야기했다. 훗날 스완슨은 '굉장히 슬픈 분위기였다'고 말했다. 알도가 평생 노력을 기울인 모든 것이 끝났다. 알도는 자신이 건설한 제국을 금융회사에 넘기고 아들들을 따라 구찌에서 퇴장했다. 스완슨은 이렇게 말했다.

"거래가 끝나자 다들 무슨 말을 해야 할지 몰라 그 자리에 가만히 서 있었습니다. 한동안 어색한 침묵이 흘렀지요."

그때 알도가 캐시미어 외투와 중절모를 썼고, 고문들도 외투를 입었다. 알도는 모두와 악수를 나눈 다음 제네바의 차가운 밤공기 속으로 나갔다. 30초쯤 지나 알도가 다시 안으로 들어오더니 택시를 불렀는데 아직 오지 않았다고 말했다. 체면 깎이는 행동이었다. 이틀 후 알도는 스완슨에게 거래 체결에 참석하면서 들인 교통비와 숙박료 청구서를 보냈다. 스완슨은 웃음을 터뜨렸다.

"참으로 구찌다웠습니다."

10.

구찌를 바꾼 미국인들

1989년 6월, 어느 따사로운 아침 마우리치오는 뉴욕 피에르 호텔 스위트룸에서 버그도프 굿맨 백화점의 던 멜로(Dawn Mello) 사장을 맞이했다.

"멜로 씨! 만나 뵙게 되어 반갑습니다!"

마우리치오는 객실 안 푹신한 소파로 그녀를 안내한 뒤 왼편에 놓인 안락의자에 앉으며 힘찬 목소리로 말했다. 햇살이 뒤편 창문을 통해 비추고 있었다. 몇 주 동안 멜로에게 전화했지만 그녀는 불과 일주일 전까지도 전화를 받지 않았다. 마우리치오는 구찌의 이상을 실현하기 위해 멜로의 도움이 필요하다고 생각했다.

"저는 제 친척들이 망가뜨린 이 브랜드를 되살리고 싶습니다."

멜로는 외국어 억양이 거의 섞이지 않은 그의 유창한 영어에 감탄하면서 그의 말을 신중한 태도로 들었다. 그녀는 유서 깊지만 활력을 잃은 버그도프 굿맨 백화점을 부활시켜 미국 유통업계에서 스타가 된 인물이었다. 그녀를 영입하기 어렵다는 것은 잘 알고 있었지만 마우리치오의 결심은 확고했다.

버그도프 굿맨은 5번가의 웨스트 57번가와 58번가 사이에 있는 백화점으로 1901년 에드윈 굿맨(Edwin Goodman)과 허먼 버그도프(Herman Bergdorf)라는 상인에 의해 설립되었다. 한때는 세계에서 가장 우아하고 사치스러운 여성용 백화점으로 명성을 떨쳤지만 1970년대 중반 이후 내리막길로 접어들었다. 1972년 굿맨의 아들 앤드루는 3자 동업 체제였던 카터 홀리 헤일(Carter Hawley Hale) 백화점에 버그도프 굿맨을 매각했고, 새로운 소유주들은 상황을 역전하기 위해 아이라 니마크(Ira Niemark)를 영입했다. 소매 유통업계에서 잔뼈가 굵은 니마크는 17살에 본위트 텔러(Bonwit Teller) 백화점의 도어맨에서 시작해 B. 앨트먼 백화점의 소매 부문 임원에 이른 사람이다. 니마크는 버그도프 굿맨으로 자리를 옮길 때 던 멜로를 영입했다. 니마크는 이렇게 회상했다.

"버그도프 굿맨은 그 소유주들과 세월을 같이한 백화점이었습니다. 고객들은 보수적이고 평균 연령도 60살 정도였지요. 백화점 이미지가 어찌나 칙칙했던지 프랑스 디자이너도 미국 디자이너도 우리에게 물건을 팔지 않으려 할 정도였습니다!"

멜로는 B. 앨트먼의 패션 디렉터로 일하면서 쌓은 경험을 통해 펜디, 미소니, 크리치아, 바질레(Basile) 같은 이탈리아 디자이너들이 추종자를 거느리기 시작했다는 것을 직감했다. 젊은 지아니 베르사체도 이탈리아 북부의 의류 제조업체 잠마스포트(Zamasport)가 설립한 캘러한(Callaghan) 브랜드를 위해 디자인한 옷들로 주목받고 있었다. 멜로도 이들에 주목했다.

"우리는 이탈리아 컬렉션을 사들이기 시작했습니다."

니마크와 멜로는 버그도프 굿맨의 실내장식을 호화로우면서도 편안한 느낌이 들도록 교체했다. 현관에는 이탈리아의 상감 세공 대리석을 새로 깔았고, 셰리네덜란드 호텔에 걸려 있던 골동품 수정 샹들리에를 걸었으며, 날마다 새로 꽃을 담은 수정 꽃병을 배치했다. 1981년까지 버그도프 굿맨은 이브생로랑과 샤넬을 포함한 이탈리아와 프랑스의 일류 디자이너 제품들을 빠짐없이 취급했다. 버그도프 굿맨의 연보라색 쇼핑백은 사교계 여성들과 록스타, 공주들이 들고 다니는 신분의 상징으로 자리 잡았다. 이브생로랑의 이름이 빛을 잃기 시작하자 1990년대 초에 버그도프 굿맨이 과감하게 정리한 것만 보더라도 이 백화점이 어떤 위치까지 도달했었는지 짐작할 수 있다. 〈타운 앤 컨트리〉에서 1985년 '뉴욕 시립 발레단, 메트로폴리탄 오페라, 뉴욕 증권거래소, 매디슨스퀘어가든, 뉴욕 현대미술관, 버그도프 굿맨은 하나밖에 존재하지 않는다'라고 썼을 정도로 그 위세가 대단했다.

마우리치오는 멜로가 버그도프 굿맨을 위해 했던 일을 구찌를 위해서도 해 주기를 바랐다. 멜로가 두뇌와 스타일 감각을 두루 갖춘 인물이라 생각한 알도 역시 몇 년 전 여러 차례 영입을 시도했지만 그때마다 그녀가 거부했었다.

마우리치오는 1989년 5월 말부터 멜로에게 연락하기 시작했다. 인베스트코프와 힘을 합친 덕분에 구찌의 지배권을 온전히 회복한 그는 1989년 5월 27일 만장일치로 구찌 회장에 재선출되었다. 멜로가 전화를 받지 않자 그는 멜로의 지인이자 월가의 소매 유통 담당 분석가인 월터 로엡(Walter Loeb)을 통해 연락을 시도했다. 로엡이 멜로에게 말했다.

"마우리치오 구찌가 사장님과 이야기하고 싶어 안달이 났어요. 전화해 주시지 그래요?"

"별로 그러고 싶지 않아요. 난 이 백화점이 좋습니다. 이곳을 그만두고 싶지 않아요. 내가 그 사람을 위해 무슨 일을 할 수 있겠어요?"

1983년 11월 사장으로 승진한 멜로는 센트럴파크 방향으로 5번가의 그림 같은 전망이 내려다보이는 완벽한 사무실과 사장직에 따라오는 모든 혜택을 마음껏 누리고 있었다. 미국 명품 소매업계 최고의 자리에 오른 그녀는 34년 동안 백화점업계에서 쌓은 경력을 이탈리아 사업가를 위해 포기할 생각이 없었다. 로엡은 다시 한번 그녀에게 애원했다.

"제 체면을 봐서라도 한번만 전화해 주세요."

멜로는 결국 그의 말에 따랐다. 마우리치오와 만나기로 한 날 아침 멜로는 집무실에서 몇 분 동안 약속 장소인 피에르 호텔의 둥그스름한 차양을 내려다보았다. 잠시 생각에 잠겼던 멜로는 결심한 듯 씩씩하게 몸을 돌려 1층으로 내려왔다. 회전문을 빠져나오는 순간 후끈한 공기가 그녀를 감쌌다. 멜로는 5번가와 58번가 교차로 신호등이 바뀌기를 초조하게 기다리면서 시계를 보았다.

'이건 정말 시간 낭비야.'

멜로는 짜증이 났다. 처리할 업무가 산더미였고 오후에 열리는 제품 회의 전까지 받아야 할 보고도 있었다. 그래서 구찌의 면담 요청에 응하지 말 걸 그랬다고 생각했다. 하지만 신호가 바뀌자 입을 굳게 다문 채 길을 건넜다. 멜로는 매사추세츠 주 보스턴 북부의 작은 공업도시 린 출신이다. 아주 어릴 때부터 옷에 관심이 많아서 종이 인형에게 새 옷을 만들어 주거나 엄마 옷을 입어보는 놀이를 즐겼다. 지금은 문을 닫은 보스턴 모던 패션 디자인 스쿨에서 일러스트레이션을 공부했고 밤에는 보스턴미술관에서 소묘와 회화 강좌를 들었다. 그러나 교통사고로 손을 다친 이후 자신이 그토록 열심히 갈고 닦았던 기량을 더는 펼칠 수 없다는 사실을 깨달았다. 스무 살이 되기 직전 멜로는 뉴욕에서 모델 일을 시작했다. 매력적인 용모와 가냘픈 몸매, 180센티미터에 이르는 큰 키 덕분에 모델업계에서 금방 자리 잡았지만 얼마 안 가 그 일에 진력이 났다.

그 이상의 것을 원했던 멜로는 나이를 속이고 레인 브라이언트(Lane Bryant) 백화점에 취직했다. 그녀는 170이 넘는 키가 큰 여성 고객을 위한 의류 매장을 전국에 오픈하는 일을 맡았고 보스턴에서 교육을 마친 후 곧바로 일을 시작했다.

"엄청난 모험이었습니다. 뉴욕에서 잠깐 지낸 경험 외에는 보스턴 밖으로 나가 본 적이 없었어요. 봉급은 쥐꼬리만 했고 경비도 많이 쓸 수 없었지만 제대로 된 길에 들어섰다는 것을 알 수 있었습니다."

얼마 후 멜로는 B. 앨트먼 백화점으로 자리를 옮겼다. 그 시절 B. 앨트먼은 5번가와 34번가 사이 블록을 전부 차지하는 낡지만 웅장한 백화점이었다. 맨해튼의 해로즈(Harrods)라 불리던 고급 백화점으로 품질 좋은 제품과 꾸준한 단골들을 확보하고 있었다. 1959년 멜로에게 기회가 찾아왔다. 잡지 〈글래머(Glamour)〉의 편집인 베티 도르소(Betty Dorso)가 B. 앨트먼의 패션 디렉터로 온 것이다. 한때 잡지 표지를 장식할 정도로 매력적이고 재능 넘쳤던 도르소는 멜로를 어시스턴트로 채용했다.

"저는 도르소에게서 스타일을 배웠습니다. 샤넬에 흠뻑 빠진 도르소는 카디건, 실크 셔츠, 플리츠스커트처럼 당시로서는 매우 현대적인 옷을 입었습니다. 저도 그녀의 옷과 비슷하지만 더 값싼 옷을 입고 그녀처럼 골반을 뒤로 젖히고 다녔지요."

멜로는 도르소가 파리의 고급 여성복 패션쇼에서 가져온 드레스를 통해 난생처음 유럽 패션을 접했다. B. 앨트먼은 7번가의 의류 제조업자들에게 그 드레스들의 모조품을 만들게 했다. 발렌시아가(Balenciaga), 이브생로랑, 발망(Balmain), 니나리치(Nina Ricci) 같은 디자이너들이 파리 고급 여성복 패션쇼에서 주문 맞춤복을 선보였지만 기성복 디자이너는 아직 등장하지 않았던 시기였다. 멜로는 당시를 이렇게 회상했다.

"맞춤복 디자이너와 기성복 제조업자 사이에는 엄청난 갭이 존재했어요."

그때 뉴욕을 기반으로 활동하던 디자이너는 몇 명 되지 않았다. 클레어 맥카델(Claire McCardell), 폴린 트리제르(Pauline Trigère), 세실 채프먼(Ceil Chapman) 같은 디자이너들이 독특한 영역을 구축하고 있었다. 신진 디자이너 제프리 빈(Geoffrey Beene)은 트레이나-노렐(Traina-Norell)의 옷을 디자인했고, 빌 블래스(Bill Blass)가 모리스 렌트너(Maurice Renter)에서 일했지만 여전히 기성복 제조업자가 디자이너보다 훨씬 더 중요했다. 1960년 메이(May) 백화점은 멜로를 패션 디렉터로 영입했다. 멜로는 그 후 11년 동안 꾸준히 승진하면서 상품 판매 총괄 매니저를 거쳐 부사장까지 올랐다.

"그곳에서 저는 바지를 입으려면 한쪽 발부터 차례대로 넣어야 한다는 삶의 기본자세에 대해 배웠습니다."

그녀는 메이 백화점에서 일하면서 리 에이브러햄(Lee Abraham) 사장과 만나 연인이 되었고 결혼에 이르렀다.

"회사를 그만두든가 남편 밑에서 일해야 했습니다."

1971년 그녀는 아이라 니마크의 제안으로 패션 디렉터로 B. 앨트먼에 복귀했다. 두 사람은 죽이 잘 맞는 팀이었다. 상업적 감각이 있었던 그는 멜로의 창의력과 스타일 감각을 한껏 북돋아 주었다. 니먼 마커스의 부사장이자 패션 총책임자였던 조운 케이너

(Joan Kaner)도 '두 사람은 훌륭한 팀'이었다고 회상했다.

남성 위주 업계에서 드문 여성이었던 멜로는 스타일이나 품위를 잃지 않고 강인하게 행동하는 법을 익혔다. 내성적이지만 단호했고 우아하지만 냉담한 인상을 줄 때도 많았다. 그러나 멜로의 진면목을 아는 사람들, 특히 그녀로부터 지원과 격려를 받은 젊고 재능 있는 사람들은 그녀를 의지할 수 있는 따뜻한 친구로 여겼다. 멜로는 여성 간부라는 사실 외에도 창의적이고 패션 지향적인 사업전략 덕분에 백화점업계에서 주목받았다.

"제 패션 감각을 길러 준 사람들과 일한 건 행운이었습니다. 대부분의 의류 바이어는 어떤 제품을 얼마나 싼 가격에 사 올지에만 치중하지만 저는 함께 일한 좋은 분들 덕분에 좀 더 창의적으로 일할 수 있었지요."

그녀는 품질 좋고 멋진 제품을 알아보는 안목과 앞으로의 패션 트렌드를 내다보는 감각도 길렀다. 유망한 신진 의류 기업과 디자인 재능을 포착하는 능력이 있었기에 자신이 일한 백화점에 새로운 디자이너와 브랜드를 계속 다양하게 소개할 수 있었다. 뉴욕의 일류 백화점들 간에 치열하게 벌어지는 경쟁에서 뒤처지지 않기 위해 빡빡한 거래 조건을 밀어붙였고 되도록이면 독점 계약을 맺었다. 그 누구든 버그도프 굿맨 백화점에 합류할 무렵에는 세계 패션업계에서 압도적인 존재감을 드러냈고 디자이너나 백화점업계 사람들뿐 아니라 작가나 일류 패션지 에디터들에게서도 명성을 얻게 되었다.

"구찌는 초창기 이미지를 되찾아야만 합니다."

마우리치오는 소파에 앉아 멜로에게 말했다.

"지난 몇 년 동안 구찌는 원래의 위신을 잃었어요. 저는 1960~70년대에 융성했던 구찌의 매력을 되살리고 싶습니다. 소비자의 신뢰를 다시 얻어 예전의 활력을 재창조하고 싶습니다."

멜로는 구찌의 전성기를 똑똑히 기억하고 있었다. 젊은 시절 레인 브라이언트에서 일할 때 주급을 한 푼도 쓰지 않고 저금한 돈으로 인생 최초로 60달러짜리 구찌 호보 백(hobo bag, 물건을 넣었을 때 반달 형태로 처지는 가방)을 산 적이 있었기 때문이다. 사람들이 점심을 먹고 구찌 5번가 매장 앞에 줄을 서서 문이 열리기를 기다렸던 시절도 기억하고 있었다.

마우리치오의 다정하고 의욕적이며 활기 찬 태도에 그녀의 의구심이 조금씩 옅어졌다. 그의 이야기를 듣는 동안 오후의 회의나 걸어야 할 전화, 써야 할 편지, 센트럴파크가 내려다보이는 멋진 사무실을 까맣게 잊어버릴 정도였다. 처음에는 마우리치오가 하는 말에 넋을 잃었고 그런 다음에는 흥미를 느꼈다. 그가 무엇을 하고자 하는지 금세 간파했다. 사실 구찌 브랜드의 가치는 이미 오래전에 땅에 떨어진 상태였다. 맞물린 형태의 G 로고가 들어간 캔버스백은 어디에서나 볼 수 있을 만큼 흔했다. 1980년대 후반에는 구찌 운동화가 마약상들 사이에서 유행했고, 구찌에 대한 랩을 담은 힙합이 인기를 끌기도 했다. 마우리치오는 훼손된 구찌 브랜드의 이미지를 바로잡아 호화로움과 품질, 스타일의 상징이던 그 영광의 시절을 부활시키고 싶었다.

"저는 구찌의 전성기를 기억하는 사람이, 구찌가 다시 전성기를 맞이할 수 있다고 믿는 사람이, 구찌라는 회사의 본질을 이해하는 사람이 필요합니다. 멜로 씨가 바로 그 적임자입니다!"

마우리치오는 멜로를 진지한 눈으로 응시하면서 제안했다. 2시간 반이 지난 후 피에르 호텔에서 나와 6월의 때이른 더위 속을 걷는 멜로의 머릿속은 활기로 가득했다. 예정된 다음 회의를 놓쳤지만 놀랍게도 전혀 걱정이 되지 않았다!

"그때 제 삶이 바뀌었다는 기분이 들었습니다."

마우리치오는 그녀에게 새로운 구찌를 창조하는 일을 도와 달라고 부탁했다. 마우리치오가 멜로에게 영입 제안을 했다는 소문이 뉴욕 호사가들의 입방아에 오르는 데는 오랜 시간이 걸리지 않았다. 구찌 직원들이 데 솔레에게 영입 건에 대해 묻기 시작했고, 뉴욕의 패션 유통업계 사람들도 전화를 걸어 소문이 사실이냐고 물었다. 그때까지 데 솔레에게 멜로 이야기를 한마디도 꺼내지 않았던 마우리치오는 그가 물었을 때도 그 소문은 사실이 아니라고 대답했다. 그래서 데 솔레는 의무감에 소문이 거짓이라고 업계 사람들에게 알렸다. 그러나 얼마 지나지 않아 그 소문은 사실로 드러났다. 마우리치오가 자신에게 비밀로 했다는 사실을 알게 되면서 그런 상황에 불편을 느낀 데 솔레는 회사를 떠나겠다고 말했다. 그는 언제든 워싱턴의 법무법인으로 돌아갈 수 있었다. 마우리치오는 데 솔레의 사표를 수리하지 않았고 계속 구찌 아메리카에서 일해 달라고 부탁했다. 데 솔레는 이렇게 회고했다.

"저와 마우리치오와의 관계를 이해하기 위해서는 그가 권력을 즐기기 시작했다는 사실부터 알아 둘 필요가 있습니다. 그는 평생 남에게 휘둘리는 인생을 살았습니다. 처음에는 아버지, 그 다음에는 아내, 그리고 그를 유배지로 내몬 친척들이 그를 들볶았습니다. 그러다 갑자기 구찌의 최고경영자로 복귀한 겁니다. 인베스트코프의 은행가나 던 멜로 같은 사람들은 그에게 아낌없는 존경심을 표했습니다. 그러자 그는 자신이 천하무적이라 생각하게 됐고, 저는 그에게 불편한 사람이 된 겁니다. 알도와의 전쟁에서 영웅적인 활약을 했고 변호사이기도 했으니까요. 저도 그를 존중하기는 했지만 경외심을 느끼거나 주눅 들지는 않았습니다. 그에게 머리를 조아리지 않는 사람은 저뿐이었습니다. 그가 '도매 유통을 줄입시다'라고 하면 저는 '정말 그렇게 할 생각이세요? 도매는 우리 사업에서 큰 부분을 차지하는데, 그만둔다면 우리가 그만한 돈을 만들 수 있을까요?'라고 대답했습니다. 그는 돈의 개념을 전혀 이해하지 못했어요."

데 솔레는 구찌 아메리카에 남았고 던 멜로는 1989년 10월 이탈리아로 자리를 옮겨 구찌의 새로운 크리에이티브 디렉터가 되었다. 멜로에게는 두 배로 늘어난 연봉뿐 아니라 뉴욕과 밀라노의 최고급 아파트와 콩코드 왕복 항공권, 100만 달러가 넘는 개인용 자동차와 운전기사 등의 특전이 제공되었다. 멜로의 이직 소식은 뉴욕 패션업계를 깜짝 놀라게 했다. 삭스 피프스 애비뉴 백화점의 부사장이자 상품 총책임자 게일 피사노(Gail Pisano)는 이렇게 설명했다.

"구찌가 먼저 나서서 그 정도 명성을 쌓은 미국 여성을 스카우트했다는 사실이 큰 주목을 끌었습니다. 멜로에게는 선견지명은 물론 머천다이징 경험과 패션에 대한 열정이 있었지요. 그녀는 뉴욕의 고객들을 제대로 이해하는 사람이었습니다. 멜로 때문에 버트 탠스키(Burt Tansky)나 로즈 마리 브라보(Rose Marie Bravo), 필립 밀러(Phillip Miller) 같은 일류 백화점 관계자들도 귀를 쫑긋하기 시작했습니다. 어떤 움직임이 일어나고 있다는 것은 분명했습니다."

뉴욕 최고의 자리를 떠나 분별력 없고 예측 불가능한 구찌 가문의 회사에 합류한 멜로가 제 정신이 아니라고 생각한 사람도 있었다. 익명을 요구한 어느 뉴욕 소매업체 간부는 〈타임〉과의 인터뷰에서 이렇게 말했다.

"멜로가 상황을 바꿀 수는 없을 겁니다. 구찌는 너무 악화된 상황이었으니까요."

멜로의 구찌 이직은 1980년대 후반과 1990년대 초반 패션 업계에서 큰 변화가 일어나기 시작하던 시기와 맞물렸다. 유럽의 내로라하는 디자이너 브랜드들이 미국과 영국의 재능 있는 디자이너들을 찾는 추세가 점점 더 뚜렷해지고 있었다. 이미 이탈리아 아드리아해 연안의 안코나에서 탄생한 제니(Genny) 그룹의 인기 브랜드 비블로스(Byblos)에서는 영국 출신인 젊은 2인조 디자이너 앨런 클리버(Alan Cleaver)와 키스 바티(Keith Varty)가 경쾌하고 유행의 첨단을 걷는 스타일을 만들어 내고 있었다. 그 후 10년의 세월이 흐르는 동안 미국 디자이너 레베카 모지스(Rebecca Moses)가 제니의 주력 브랜드에 디자이너로 영입되었고, 몇 년 후에는 영국의 리처드 타일러(Richard Tyler)가 클리버와 바티 대신 비블로스의 디자이너가 되었다. 아드리아해 연안 카톨리카의 가족기업 제라니(Gerani)도 미국 디자이너 마크 제이콥스(Marc Jacobs), 안나 수이(Anna Sui)와 디자인 계약을 맺었다. 페라가모는 스티븐 슬로윅(Stephen Slowik)을 영입해 의류 부문을 활성화하도록 지시했다. 겉으로 드러나지는 않았지만 프라다, 베르사체, 아르마니 같은 패션 업체들도 미국과 영국의 일류 디자인 스쿨을 갓 졸업한 이들을 디자인팀 일원으로 채용했다. 벨기에 디자인 스쿨 출신의 신예 디자이너들도 인정받기 시작했다.

구찌에서는 멜로가 젊은 인재를 유치하는 데 큰 역할을 했다. 그녀는 뉴욕을 기반으로 활동하는 신진 디자이너이자 제프리 빈(Geoffrey Beene)에서 근무하던 리처드 램벗슨(Richard Lambertson)을 채용했다. 램벗슨은 상품 구매와 패션 소품 디자인 경험이 있었을 뿐 아니라 바니스 백화점의 제품 개발 부서에서도 일했다. 현재 구찌의 크리에이티브 서비스 디렉터인 데이비드 뱀버(David Bamber)는 캘빈 클라인(Calvin Klein)에서 즐겁게 일하고 있던 자신에게 멜로가 연락을 취했던 기억을 들려주었다.

"저는 이직할 생각을 해 본 적이 없었어요. 하지만 던 멜로는 저와 처음 만났을 때 구찌에서 자신이 하려고 하는 일의 전 과정을 설명해 주었습니다. 저는 그녀에게 크게 감탄했고 중요한 일을 할 수 있겠구나 하고 생각했어요."

몇 달 후 뱀버는 규모를 키우는 중이던 밀라노의 구찌 디자인팀에 합류했다. 그러나 멜로의 구찌 입성에는 수난이 따랐다. 마우리치오는 평소처럼 구찌 직원 대다수에게 멜로가 합류한다는 이야기를 하지 않았다. 심지어 의류 디자인팀을 총괄하던 브렌다 아자리오(Brenda Azario)에게도 말하지 않았다. 마우리치오가 스위스로 도피했을 때 구찌의 모든 컬렉션을 조율한 사람이 바로 아자리오다. 그녀는 용기와 결단력을 발휘하며 새로 맡은 업무를 수행했었다. 멜로가 사무실에 처음 출근한 날 오후 아자리오는 눈물을 흘리며 구찌를 떠났다. 리타 치미노는 그때 일을 이렇게 들려주었다.

"던 멜로가 미국인이라거나 이탈리아어를 하지 못한다는 사실은 큰 문제가 아니었습니다. 문제는 마우리치오가 멜로를 소개한 방식, 아니 그녀를 아예 소개하지 않은 것에 있었습니다. 마우리치오는 그걸로도 모자라 멜로에게 공급업체들을 방문하라는 조언까지 했습니다. 공급업체 사람들이 우리에게 전화해서 무슨 일이 일어난 거냐고 물었을 정도로 유쾌한 상황은 아니었지요."

마우리치오는 결국 피렌체의 모든 직원을 불러 놓고 던 멜로를 소개했다. 그때 그들은 일련의 상황 변화에 의문을 품고 있었다. 웅성거리며 투덜대는 소리와 조용히 해 달라는 외침으로 소란스러운 가운데 직원 중 한 명이 벌떡 일어났다.

"우리가 지금 왜 사장님 이야기를 들어야 하는지 그 이유만 알려 주세요."

그러고는 불만스럽게 덧붙였다.

"처음에는 '선생님'이 나타나더니 이제는 뉴욕에서 미국 여자가 오셨네요."

'선생님'은 법원이 회장으로 지정한 마르텔리니를 피렌체 직원들이 부르는 별명이었다. 그가 말을 채 끝내기도 전에 다른 직원들이 그에게 조용히 앉으라고 만류했다. 마우리치오는 멜로를 구찌로 데려온 성과에 도취된 데다 그녀가 낙담할까 봐 불안했기 때문에 각별히 신경을 썼다. 그는 멜로를 위해 밀라노의 고급 주거 지역 브레라에 조르지오 아르마니의 정원이 내다보이는 멋진 아파트를 얻었고, 정기적으로 최고급 식당에 데려가 함께 점심을 먹었다. 또한 멜로와 함께 구찌와 오래 거래한 제조업체들을 방문했고 그녀에게 가죽 무두질과 가방의 이음새를 바느질하는 방식에 대해 알려 주었다. 멜로는 그에게서 구찌의 전통과 뿌리를 배웠다.

"마우리치오는 가죽을 만질 때마다 저한테도 만져 보라고 권하면서 손에 느껴지는 가죽의 감촉에 대해 이야기했습니다."

뉴욕 소매 유통업계라는 거친 세계에서 자기 분야를 개척한 멜로는 구찌 직원들의 거친 반응에도 의기소침하지 않았다. 그녀는 마우리치오에게 권한을 위임받았고 그의 꿈이 실현될 수 있다고 확신했기 때문에 곧바로 소매를 걷어붙이고 일을 시작했다.

"제가 처음 해야 할 일은 구찌라는 회사를 파악하는 것이었습니다. 구찌 가족은 역사적 가치를 상당 부분 잃었고, 수준 낮은 사람들을 대거 요직에 앉혔습니다. 직원들의 사기마저 최악이었죠. 피렌체 직원들에게 우리가 하고자 하는 일을 돕도록 설득하는 데 오랜 시간이 걸렸습니다. 하지만 일단 설득을 받아들이고 나자 직원들은 훌륭한 솜씨를 선보였습니다."

마우리치오는 새로운 팀에 만족했다. 그는 던 멜로 외에도 이탈리아 브랜드 크리치아의 뉴욕 지점에서 홍보 이사로 일하던 필라르 크레스피(Pilar Crespi)를 구찌의 홍보 이사로 영입했다. 베네통(Benetton)에서 일하던 카를로 부오라(Carlo Buora)는 구찌의 재무와 관리를 책임지는 부사장이 되었다. 1990년에는 자신의 새로운 수호자가 된 안드레아 모란테를 상무이사에 앉혔다. 1989년 모건스탠리를 퇴사한 모란테는 키르다르의 제안으로 인베스트코프로 자리를 옮긴 상태였다. 알도와 그의 아들들에게서 지분을 사들이는 과정에서 그가 보인 활약에 감탄한 키르다르는 모란테를 해외 신규투자 총괄 매니저로 채용했다. 키르다르가 모란테를 인베스트코프에 데려온 또다른 이유가 있다. 키르다르는 폴 디미트럭과 마우리치오의 관계가 사무적인 관계 이상으로 발전했다는 사실을 이미 눈치채고 있었다. 그는 구찌에 매료되어 디미트럭의 충성심이 옅어지고 있다고 판단했다. 1989년 〈파이낸셜 타임스〉에 디미트럭의 사진과 함께 '인베스트코프 간부가 구찌 부회장으로 임명되었다'는 기사가 실리자 키르다르는 디미트럭과 마우리치오의 항의를 무시하고 디미트럭을 구찌 업무에서 배제했고, 그 자리에 모란테를 앉혔다. 키르다르의 결정을 받아들이지 못한 디미트럭은 결국 1990년 9월에 사임했다. 훗날 모란테는 이렇게 회고했다.

"키르다르는 구찌의 역사를 속속들이 알고 있었지만 구찌에 '적당히 반한' 사람을 원했습니다. 저는 개혁을 실행할 준비가 되어 있었고 구찌를 고객으로 삼게 되어 매우 기뻤습니다."

인베스트코프는 모란테에게 거부하기에는 너무 어려운 유혹적인 제안을 했다. 고위 경영위원회의 위원 자리와 더불어 구찌와 함께 일할 수 있는 권한을 부여한 것이다.

"인베스트코프는 경영진이 업무에 직접 관여하는 일을 허용한 적이 없었습니다. 그런 만큼 그 조치는 이례적인 것이었죠."

모란테는 밀라노로 가서 마우리치오가 새로운 팀을 꾸려 회사의 영업조직과 행정조직을 개편하도록 도왔다. 뿐만 아니라 일본의 구찌 프랜차이즈를 다시 인수하기 위한 협상에 나섰고, 상품 유통과 물류 시스템을 간소화했다. 마우리치오와 모란테 사이에 직업적으로 끈끈한 유대 관계가 자라났고, 모란테 역시 마우리치오의 이상에 매료되었다. 얼마 지나지 않아 키르다르는 모란테도 디미트럭처럼 인베스트코프에 충성하지 않고 있다고 의심했다.

"저 역시 인베스트코프가 아니라 구찌와 '사랑'에 빠졌다는 것이 분명해지자 키르다르는 제가 지나치게 마우리치오 편을 든다고 확신하게 되었습니다."

1990년 1월, 바레인에서 연례 경영위원회 회의가 열렸을 때 키르다르는 모란테를 집무실로 불러 인베스트코프 내의 매력적인 자리를 제안했다. 뉴욕에서 삭스 피프스 애비뉴 백화점 인수에 관여하라는 제안이었다. 키르다르는 모란테가 즉시 새로운 일에 착수하기를 원했다. 모란테는 눈살을 찌푸리며 키르다르의 책상 뒤에 있는 창밖을 바라보았다. 창문 너머로는 바다와 사막이 놀랍도록 아름다운 풍경을 만들어 내고 있었다.

"저는 키르다르의 제안에 갈피를 잡을 수 없었습니다. 던 멜로와 카를로 부오라처럼 제가 구찌에 영입하려고 대화를 나눈 사람들 모두 제게 조언을 구하고 있는 상황이었습니다."

모란테는 키르다르에게 이런 사정을 설명했고, 일을 마무리할 수 있도록 60일을 달라고 부탁했다. 키르다르는 초록색 눈으로 엄격하게 모란테를 살폈다.

"내 말을 이해하지 못한 것 같은데 난 자네에게 24시간을 준 거야. 자네의 충성심이 어디로 향하고 있는지 입증하려면 이 방법뿐이네. 자네가 인베스트코프의 사람임을 내게 보여줘야 해."

"24시간으로는 불가능합니다."

모란테는 단호하게 대답했다. 아무 말 없이 모란테를 바라보던 키르다르가 자리에서 일어나 그에게 다가가 두 팔을 벌려 힘차게 감싸 안았다.

"키르다르는 늘 그런 식으로 작별을 알렸습니다."

모란테가 밀라노의 마우리치오에게 전화해 그 소식을 전하자 마우리치오는 곧바로 그를 채용했다. 새로운 팀에 대한 열의로 기쁨에 들뜬 마우리치오는 그 팀을 '내 근위병들'이라 불렀다.

11. 변화의 시작

1989년 12월 6일 아침, 마우리치오는 두 변호사와 함께 밀라노 법원의 휑한 홀에 들어섰다. 세 사람은 밀라노 항소법원 판사 루이지 마리아 귀차르디(Luigi Maria Guicciardi) 바로 앞 첫 번째 열에 앉았다. 마우리치오의 오른편에는 밀라노 최고의 형사 변호사 비토리오 다이엘로(Vittorio D'Aiello)가 덥수룩한 흰머리에 긴 검은색 법복 차림으로 앉았다. 왼편에는 민사 변호사 조반니 판차리니(Giovanni Panzarini)가 눈을 반쯤 감고 생각에 잠겨 있었다. 회색 더블 정장 차림의 마우리치오는 두 손을 앞에 모으고 말없이 앉아 있었다. 귀차르디의 도착을 알리는 종이 울리자 그들은 다소 경직된 표정으로 자리에서 일어났다. 귀차르디는 판사석에 앉은 다음 판결문을 읽었다.

"이탈리아 국민의 이름으로 밀라노 항소법원은…."

마우리치오는 초조한 듯 코 위의 안경을 올려 고정시키며 이를 악물었다. 귀차르디 판사가 다음에 할 말에 따라 법적 문제에서 완전히 벗어날지, 아니면 명성에 돌이킬 수 없는 흠집이 난 채 막중한 세금 고지서를 받게 될지 결정될 터였다. 그는 1년여 전에 아버지의 서명을 위조한 혐의로 집행유예와 전과 기록이 남지 않는 선고를 받은 뒤 별 탈 없이 지냈다. 이번 항소법원의 선고는 혐의를 완전히 벗을 수 있는 마지막 기회였다. 마우리치오는 숨을 죽이며 판사의 법복에 달린 장식을 바라보았다.

"…하급법원에서 내린 선고를 해제하고 마우리치오 구찌의 모든 혐의에 대해 무죄를 선고한다."

판사의 무죄 선고는 소나기가 내린 뒤 비친 한줄기 햇살처럼 마우리치오의 머리에 박혔다. 그는 승소했다! 빨간색 가와사키 오토바이를 타고 밀라노를 탈출한 지 2년 반이 지나서야 친척들과의 소송에서 무사히 빠져나와 명예를 회복했다. 마우리치오는 다이엘로와 포옹하면서 흐느꼈다. 인베스트코프의 동업자들도 무죄 판결에 기뻐했다. 사실 그들은 자세한 상황은 알고 싶지 않았다. 자신에게 제기된 혐의를 모두 벗겠다는 마우리치오의 약속이 실현된 것은 기적이 일어난 것과도 같았다. 인베스트코프의 간부 몇 명은 마우리치오가 이미 몇 주 전에 무죄 판결을 확신하는 것처럼 보였다고 회고했다.

그와 반대편에 선 사람들은 재판 결과에 경악했다. 마우리치오에게 불리한 증거가 숱하게 나왔다고 보았기 때문이다. 증인 두 명이 그에게 불리한 증언을 했다. 로돌포의 비서였던 로베르타 카솔은 릴리아나 콜롬보가 서명을 위조한 과정을 자세히 설명했고, 구찌 스칸디니 사무실 총무 조르지오 칸티니는 로돌포가 마우리치오에게 주권을 서명한 뒤 건넸다고 주장한 1982년 11월 5일에는 금고 안에 주권이 그대로 보관되어 있었다고 증언했다. 칸티니에 따르면 주권은 1983년 5월 로돌포가 세상을 떠난 뒤에도 그대로 남아 있었다. 더욱이 재판과 항소 과정 중에 법원이 지시한 네 번의 필적 감정에서도 그 서명이 로돌포의 필적과 전혀 일치하지 않으며 오히려 릴리아나의 필적과 비슷하다는 결과가 나왔다.

검사는 마지막으로 주권이 양도된 날 부착된 수입인지의 발행 날짜까지 분석했다. 그 수입인지는 로돌포의 사망 사흘 후에 정부 조폐공사에서 발행된 것이었다! 이처럼 불리한 증거가 차고 넘쳤음에도 마우리치오의 변호사들은 호전적인 구찌 가족들이 그를 몰아내려 음모를 꾸몄다고 단호하게 주장했다. 변호사들은 필적 감정에 의혹을 제기했으며 카솔이 마우리치오에게 해고당한 뒤 복수할 기회를 기다렸다는 말로 그녀의 증언을 반박했다. 칸티니가 보관하던 금고 열쇠 역시 로돌포도 지니고 있었을 가능성이 있다고 주장했다. 심지어 조폐공사가 사전에 인쇄하는 수입인지를 해당 날짜 이전에 실수로 발행했을 가능성까지 제시했다. 변호사들의 추론은 판사에게 어느 정도 설득력이 있었던 것일까?

귀차르디 판사는 판결문에서 서명 위조 주장을 의심할 여지

없이 입증하는 것은 불가능하다고 말했다. 결국 마우리치오는 증거 불충분을 이유로 무죄를 선고받았다. 도메니코 살베미니(Domenico Salvemini) 검사는 "살면서 경험한 최악의 판결이었다"라고 말했다. 판결에 불복해 이탈리아 대법원으로 끌고 갔지만 대법원은 상고를 기각했다. 살베미니는 이에 대해 이렇게 말했다.

"무슨 일이 일어났는지 짐작은 가지만 굳이 그 이야기까지 하는 건 아니라고 봅니다."

그의 친구들은 그가 검사직을 내던져 버릴 결심을 했을 정도로 판결에 분개했다고 기억한다. 그러나 시간이 흐름에 따라 그의 생각도 달관하는 입장으로 바뀌었다.

"법조인은 패소할 때도 있는 법입니다. 그게 인생이지요."

무죄 판결을 받고 뛸 듯이 기뻐한 마우리치오는 기운을 차려 구찌에서의 직무를 다시 수행하기 시작했다. 그러는 동안 멜로와 그녀의 비서 리처드 램벗슨은 우여곡절을 거치며 이탈리아의 제조업 현황을 파악하기 시작했다. 마우리치오는 램벗슨을 피렌체 공장의 노동자들에게 직접 소개하고 여러 종류의 가죽에 대해 알려 주며 그를 지원했다.

"마우리치오는 저를 피렌체 공장에 데려가 '리처드는 괜찮은 사람이야'라고 직원들에게 말해 주었습니다. 그 이후에도 피렌체에 함께 다녀오곤 했죠. 한번은 일주일 내내 가방 컬렉션 작업만 한 적도 있었습니다. 마우리치오는 일에 광적으로 매달렸어요. 사소한 부분까지 완벽해야 했지요. 모든 부자재를 바꿨고 핸드백의 나사에 들어갈 GG 로고까지 개발했습니다."

멜로와 램벗슨이 피렌체 외곽의 구찌 제조업체들까지 빠짐없이 방문하자 업체 관계자들도 그들과 상의하며 일을 가르쳐 주기 시작했다. 두 사람은 구찌 제품의 가격이 대부분 들쑥날쑥하게 책정된다는 사실을 알게 되었다. 예를 들어 정교하게 바느질된 핸드백보다 실크 스카프가 더 비쌌다! 얼마 후 그들은 일정치 않은 가격 책정의 원인 중 하나가 구찌 직원들의 보상금 시스템 때문이라는 사실을 알아냈다. 몇몇 구찌 직원들이 현지 공급업체에 이익이 되는 거래를 제공하는 대가로 뒷돈을 요구하고 있었던 것이다.

새롭게 몸담은 세계에 아직 어리둥절해하는 멜로에게 한밤중에 익명의 전화가 걸려오기 시작했다. 누군가 밤마다 초조한 목소리로 속삭였다.

"여사님, 저는 팔룰라 씨에게 보상금을 주는 일에 진력이 났습니다."

멜로는 그 일에 대해 아무것도 몰랐지만 얼마 지나지 않아 마우리치오에게 자신이 들었던 이야기를 그대로 전했다. 마우리치오는 변화가 필요하다는 것에는 동의했지만 조치가 필요할 때 곧바로 행동에 나서지 않았다. 멜로는 얼마 후 여왕벌 구찌 주위에 피렌체의 제조업체들이 일벌들처럼 모여든 상황이라는 것을 깨달았다. 그들은 구찌를 애지중지하고 섬겼으며 합당하지 않은 요구에도 응하면서 동시에 구찌로부터 이득을 취하고 있었다. 업계에서는 구찌 가방 제조업체가 핸드백을 한두 개씩 슬쩍 빼돌려 판매

대금을 착복한다는 사실을 모르는 이가 없었다. 그런 일은 업계에서 눈에 보이지 않는 특전 중 하나였다. 이에 대해 멜로는 이렇게 말했다.

"구찌는 피렌체의 장인들에게 우상 같은 존재였습니다. 고객이었고 탐나는 브랜드이기도 했습니다. 그런 우상을 소유하고 있을 때 따라오는 권력을 남들이 이해하기란 쉽지 않지요."

멜로는 과거 제품까지 포함된 제품 목록을 작성하기 위해 일종의 자료 보관소를 구축하고자 했다. 그 이전에는 마구잡이로 선택된 낡은 사진 몇 장과 견본만 보관되어 있었지만, 자료를 시간순으로 배열해 제대로 정리할 필요가 있었다. 멜로는 이미 런던 벼룩시장에서 구찌의 옛 제품 몇 점을 모아둔 상태였다. 영국의 젊은 여성들은 자신이 신을 남성용 구찌 로퍼를 구하기 위해 복고풍 의상으로 넘쳐 나던 벼룩시장을 뒤지고 다니고 있었다. 그녀와 램벗슨은 거기에서 단서를 얻어 여성용 로퍼를 더 활동적이고 멋진 형태로 바꾸었다.

"우리는 여성용 구두 골(last)을 남성용 구두 골로 교체했고 뱀프(vamp, 구두에서 발등의 앞쪽을 덮는 부분)의 높이를 높였습니다. 그리고 16가지 색상의 스웨이드로 제품을 만들었지요."

어느 날 두 사람은 1960년대에 구찌와 거래했던 장신구 제조업체를 찾기 위해 자동차를 타고 피렌체 외곽의 구릉에 올라갔다. 그들이 수소문한 장소 앞에 차를 댔을 때 주름진 노인이 작은 은세공 공방 안의 석탄 화로에 불을 지피고 있었다. 찾아온 용건을 말하자 노인의 표정이 환해졌다. 그는 작은 금고를 열어 보관함을 꺼냈다. 그 안에는 오랜 세월에 걸쳐 제작한 구찌 장신구들이 가득했다.

"우리는 경외감에 휩싸인 채 바닥에 앉아 장신구들을 하나씩 살펴보았어요. 정말 놀라운 일이었지요. 그는 자기가 들인 비용의 다섯 배를 붙여서 그 물건들을 팔 수 있었을 텐데도 그러지 않았습니다. 언젠가 구찌를 되살리려는 사람이 나타나리라 예상했기 때문이었죠. 그는 그날을 위해 구찌 장신구들을 모두 모아 두었던 겁니다."

멜로는 노인에게 다시 한번 구찌 장신구를 제작해 달라고 의뢰했다.

"그때 우리는 우리가 가진 것이 무엇인지 조금씩 깨닫기 시작했습니다."

그런 다음 두 사람은 대나무 손잡이가 달린 핸드백으로 유명한 모델 0633으로 눈을 돌렸다. 실용성을 강화하기 위해 크기를 약간 키웠고 탈부착이 가능한 가죽 어깨끈도 추가했다. 구찌는 송아지가죽과 악어가죽으로 제작한 이 제품을 각각 895달러와 8,000달러에 판매했다. 크기를 줄이고 연분홍, 연노랑, 보라색, 빨간색, 감색, 검은색 등 다채로운 색상의 공단과 새끼 염소가죽, 스웨이드로 된 '베이비' 뱀부 백을 가을용으로 제작했다.

멜로는 구찌 최초로 프라다 열풍에 촉각을 곤두세운 인물이기도 하다. 프라다는 1980년대 중반 밀라노 패션계에서 소수의 추종 세력을 확보하면서 세를 확장하기 시작했다. 1978년 미우치아 프라다는 낙하산 소재로 만들어진 혁신적인 나일론 백을 내놓았다. 대부분의 핸드백이 딱딱하고 네모진 가죽제품이던 시대에 프라다 백은 단순하면서도 획기적인 아이디어로 돌풍을 일으켰다. 조르지오의 아내이자 파올로 퇴사 이후 제품 개발에서 큰 역할을 맡았던 마리아 피아의 지휘를 받으며 일하던 젊은 여직원이 1986년 스칸디치에서 열린 디자인 회의에 나일론으로 만든 프라다 핸드백 견본품을 들고 온 적이 있었다.

마우리치오에게 갓 채용되어 선물 품목의 개발과 생산 조율을 담당하던 클라우디오 델리노첸티는 "프라다는 당시 밀라노의 패션 엘리트 사이에서 이름을 떨치기 시작하고 있었어요"라고 그 시절을 회상했다. 구찌 직원들은 프라다의 부드러운 나일론 백을 밀라노 장사꾼이 만든 별 볼 일 없는 제품이라 경멸하면서 세련되고 정교하게 제작된 구찌의 가죽 핸드백과는 비교할 가치도 없다고 생각했다. 델리노첸티는 이렇게 회상했다.

"프라다 핸드백은 관심의 대상조차 되지 못했습니다. 부드러운 핸드백이란 개념은 몇 년이 흐른 뒤에야 구찌에서 먹히기 시작했어요. 그때도 내부 갈등이 엄청 심해서 우리는 딱딱한 가죽 가방 제작에 길들여진 직원들을 다시 교육해야 했습니다."

멜로는 구찌의 전통과 최신 유행을 접목하는 것이 자신의 임무라 판단했다. 그에 따라 1975년에 단종됐지만, 젊은 시절 애지중지했던 넉넉한 주머니 형태의 구찌 호보 백을 현대적으로 재현하기로 했다. 이 제품으로 수트케이스에 손쉽게 넣을 수 있을 정도로 부드러운 핸드백을 원하던 여성들의 요구에 부응하고자 했다. 그러나 구찌의 새로운 스타일은 한껏 차려입고도 초대를 받지 못한 소녀처럼 패션계에서 관심을 끌지 못했다. 패션계는 조르지오 아르마니, 발렌티노, 지아니 베르사체 같은 디자이너들이 주최하는 흥미진진한 패션쇼나 화려한 파티에 훨씬 더 큰 흥미를 느꼈다. 멜로는 그때를 이렇게 회상했다.

"아무도 우리 쇼를 보러 오지 않았어요. 정말 큰 문제였지요."

멜로는 구찌에 온 뒤로 1990년 봄 피렌체 빌라코라 호텔에서 첫 발표회를 열었지만 전 세계 언론은 그 소식을 다루지 않았다. 그때 멜로에게 묘수가 떠올랐다. 비서에게 뉴욕의 유력 패션지 에디터 모두에게 전화를 걸어 구두 사이즈를 알아내라고 했다. 그런 다음 구찌의 신제품 로퍼를 그들 대부분에게 우편으로 보냈다.

"그렇게 우리는 그들의 관심을 끌 수 있었습니다."

1990년 1월, 마우리치오는 미국의 소매 유통업체 665곳에 서신을 보내 구찌는 앞으로 캔버스백 중심의 구찌 액세서리 컬렉션을 접을 예정이며, 백화점 대상의 도매 사업도 중단하겠다는 내용을 전했다. 주요 백화점 간부들의 항의가 빗발쳤지만 마우리치오는 타협하지 않았다. 데 솔레는 캔버스백 제품이 미국에서 1억 달러 가까운 매출을 올리는 효자상품이라는 사실을 잘 알고 있었기 때문에 그를 말리려 했다. 인베스트코프에 마우리치오의 결정을 알려 파장을 경고하는 식으로 호소했다. 그는 시간을 더 두면서 천천히 사업을 접는 편이 적절하다고 생각했다. 그러나 마우리치오는 뜻을 꺾지 않았고 전 세계의 면세사업까지 대폭 축소했다. 구찌 액세서리 컬렉션과 도매 사업, 면세사업의 총 매출은 1억 1,000만 달러에 달했다. 마우리치오는 인베스트코프 담당자들에게 이렇게 주장했다.

"우리 치부를 공개적으로 드러낼 수는 없습니다. 회사 내부부터 바로잡은 다음 탄탄한 상태로 시장에 되돌아가야 합니다. 그렇게 해야 계약에서 유리한 조건을 받아 낼 수 있습니다."

마우리치오는 과거의 영광을 되살리려면 구찌의 '할인 매장' 이미지를 떨쳐 내야 한다고 판단했다. 그때부터 구찌의 사업은 64개 직영 매장 중심으로 이루어졌다. 마우리치오가 인테리어 디자이너인 친구 토토 루소(Toto Russo)의 도움으로 재단장한 매장들이었다. 마우리치오는 구찌 매장에 오는 고객들이 고상하게 장식된 거실처럼 꾸민 공간에서 안락한 기분을 느끼며 쇼핑하기를 바랐다. 그는 사소한 부분도 그냥 지나치지 않았다. 패션 소품과 의류를 진열할 가구들을 루소와 함께 새롭게 디자인했고 광택을 낸 전나무와 호두나무로 제작했다. 진열장에는 에메랄드처럼 모서리를 깎아 섬세하게 세공한 유리를 씌웠다. 광택을 낸 마호가니 원형 탁자에는 무지개 빛깔 실크 스카프와 넥타이를 진열했다. 천장에는 금색 사슬로 연결된 주문 제작 설화석고 램프가 따뜻하고 가정적인 조명을 연출했고, 벽에는 진품 유화를 걸었다.

루소는 러시아의 진기한 골동품을 본뜬 두 가지 형태의 의자를 디자인해 매장에 배치했다. 남성용 의류 코너에 들어간 차르(Czar) 의자는 신고전주의 양식이었고, 19세기 양식을 본뜬 앙증맞은 호두나무 의자 니콜레타(Nicoletta)는 여성용 의류 코너에 놓였다. 호화로운 실내 장식품을 구입하느라 대금청구서가 쌓여 갔지만 마우리치오는 개의치 않았다. 그는 매장이 완벽하길 바랐다. "스타일을 판매하려면 스타일을 갖춰야 한다!"라는 것이 그의 주장이었다.

멜로는 루소의 실내장식이 아름답기는 하지만 상업적 감각이 부족해 제품 판매에는 별 도움이 되지 않는다고 판단했다. 그래서 미국인 건축가 나오미 레프(Naomi Leff)를 불러 장식을 간소화하려 했다. 그러자 나폴리 출신 루소와 미국인 레프 사이에 곧바로 갈등이 빚어졌다. 마우리치오는 중재할 시간도 생각할 겨를도 없이 자기 계획을 밀어붙였다. 1980년대부터 판매한 구찌 제품 목록을 오랜 시간을 들여 정리한 덕분에 구찌 직원들은 제품 종류를 2만 2,000개에서 7,000개로 줄일 수 있었다. 특히 핸드백 종류를 350가지에서 100가지로 줄였고, 매장 숫자도 1,000여 곳에서 180곳으로 축소했다.

1990년 6월, 마우리치오의 새로운 팀은 첫 번째 가을 컬렉션을 발표했다. 구찌는 관례에 따라 피렌체의 유서 깊은 연회장 첸트로를 한 달 동안 임대했고, 각국의 바이어 800여 명을 컬렉션에 초대했다. 멜로와 램벗슨은 새로 디자인한 뱀부 백과 호보 백, 로퍼를 갖가지 색상으로 진열했다. 컬렉션을 점검하기 위해 연회장에 도착한 마우리치오는 아무 말 없이 찬찬히 훑어보다가 기쁨의 눈물을 흘렸다. 마침내 직원과 바이어 모두가 쇼룸에 모였을 때 그는 뱀부 핸드백을 누구나 볼 수 있게 위로 치켜들고 이렇게 말했다.

"제 아버지의 노고가 담긴 제품입니다. 이것이 구찌의 원래 모습입니다!"

마우리치오는 구찌가 새로운 위치로 올라서려면 밀라노에서 강렬한 존재감을 드러내야 한다고 생각했다. 그래서 이탈리아의 패션과 금융 중심지인 밀라노에 새로운 본사 사옥을 건설할 계획을 세우고 부지를 찾아다녔다. 1980년대 후반 밀라노는 이미 파리와 어깨를 나란히 하는 패션의 중심지였다. 파리가 고급 맞춤복의 중심지였다면 밀라노는 현대적이고 우아한 기성복의 중심지로 떠오른 지 오래였다. 밀라노 패션을 대표하는 디자이너는 아르마니와 베르사체였고, 돌체앤가바나(Dolce & Gabbana)처럼 재능 있는 신진 디자이너들도 있었다. 밀라노에서 1년에 두 차례 열리는 시즌 패션쇼에 기자와 바이어들이 몰려드는 상황에서 마우리치오는 구찌도 그러한 움직임의 일부가 되어야 한다고 생각했다. 게다가 그는 피렌체보다 밀라노가 훨씬 더 편했다.

이번에도 토토 루소의 도움을 받아 밀라노 대성당과 라 스칼라 오페라 극장 사이에 있는, 매끄러운 흰색 돌로 포장된 산 페델레 광장의 우아한 5층 건물을 임대했다. 이 자그마한 광장 뒤로는 밀라노 시청 청사이자 웅장한 위용을 자랑하는 마리노 궁전의 위풍당당한 기둥이 늘어서 있었다. 건물 개보수는 전광석화 같은 속도로 진행되었다. 리모델링에서 실내장식까지 모든 과정이 5개월도 채 걸리지 않았다. 바삐 돌아가는 밀라노에서 이런 일은 유례가 없었다.

꼭대기 층의 널찍한 간부 사무실은 건물을 둥글게 둘러싼 야외 테라스로 연결되었고, 테라스에는 격자 형태의 정자를 만들었다. 정자 아래에 식탁과 의자를 놓아 경영진들이 맑은 날 야외에서 식사를 즐길 수 있도록 했다. 마우리치오의 사무실은 루소의 최고 걸작 중 하나였다. 호두나무로 만든 벽 테두리와 쪽모이(parquet) 바닥, 진록색 천으로 장식한 벽은 따뜻하고 우아한 느낌을 주었다. 그의 사무실은 이중문을 통해 사각 탁자와 의자 4개로 장식된 소형 회의실로 연결되었다.

마우리치오는 샤를 10세 시대 스타일의 책상에 앉아 있기보다는 개인용 회의실에서 대부분의 시간을 보냈다. 그곳에서 방문객들과 자료를 펼쳐 놓고 마음껏 이야기할 수 있었기 때문이다. 그는 피렌체 사무소의 오래된 회의실인 '살라 왕조'에서 4대륙을 상징하는 그 유명한 흉상을 가져와 회의실 구석마다 배치했다. 아버지 로돌포와 할아버지 구찌오의 흑백사진도 걸어 두었다. 그는 몬테 나폴레오네 사무실의 구식 괘도 대신 자동으로 넘길 수 있는 전자식 차트를 사용했다. 차트는 TV와 오디오 세트를 넣어둔 벽장에 설치되었다. 그의 회의실에서 한 쌍의 회전문을 통과하면 널찍한 공식 회의실이 나왔다. 호두나무 널빤지로 온 벽면을 두른 그곳에는 길쭉한 타원형 회의 탁자와 가죽 의자 12개가 놓여 있었다.

그는 몬테 나폴레오네 사무실에서 가져온 초록색 가죽 소파 위 벽면에 아버지가 소유했던 베네치아의 그림을 걸어 두었다. 소파 옆 보조 탁자 위에는 로돌포의 흑백사진을 놓았다. 책상 위에는 어머니의 사진과 딸 알레그라가 준 코카콜라 인형 기념품을 올려놓았다. 소파 맞은편에 놓인 장식용 골동품 탁자 위에는 두 딸의 웃는 모습을 담은 사진과 크리스털 술병으로 가득한 작은 모형 트렁크가 있었다. 집무실 바로 앞 초록색 양탄자가 깔린 입구 쪽에 릴리아나의 책상이 있었다. 던 멜로는 밀라노 대성당의 첨탑이 보이는 맞은편의 작은 사무실을 쓰겠다고 했다. 뉴욕 센트럴파크의 전망을 포기한 대신 밀라노 대성당을 내다보고 싶어서였다. 멜로는 테라스와 연결된 프랑스식 이중문이 마음에 들었다. 운영 사무실은 산 페델레 건물의 4층, 디자이너용 작업실과 사무실은 3층, 홍보실은 2층에 있었다. 멜로는 구찌의 시즌 발표회를 위해 1층에 작은 쇼룸을 설치하라고 지시했다.

1991년 9월 산 페델레 광장의 새 사옥이 완공되자 마우리치오는 낙성식을 겸해 직원들을 위한 칵테일파티와 만찬을 기획했다. 옥상 테라스에서 열띤 연설로 직원들을 격려했고 구찌의 새 출발에 필요한 사업 활동을 연구할 특별팀을 제품별로 조직했다. 마우리치오는 파벌 싸움이 횡행하던 봉건적이고 구시대적인 경영을 몰아내고 직원 모두의 머릿속에 구찌의 공동 목표를 새겨 넣으려면 회사가 인사 문제와 교육을 더 세련된 방식으로 처리해야 한다고 생각했다. 이를 위해 구찌의 역사와 미래 전략을 직원들에게 가르치고 전문 지식과 기술적 지식을 제공하는 '구찌 학교'를 만들겠다는 구상을 했다. 이 구상을 실행에 옮기기 위해 오페라 가수 엔리코 카루소(Enrico Caruso)가 소유했던 16세기 저택 벨로스과르도(Bellosquardo)를 구입해 1,000만 달러를 들여 개보수하기로 했다. 그곳에 구찌 학교를 세워 직원 교육은 물론 문화센터와 회의장, 전시회장으로 이용할 생각이었다.

피렌체의 구릉지대인 라스트라 아 시냐에 있는 벨로스과르도에서는 토스카나 시골의 완만한 구릉과 들판이 내려다보인다. 신을 묘사한 조각상들 사이로 길게 난 진입로를 따라가면 저택의 정문이 나온다. 정문 양쪽 측면에는 우아한 계단이 있다. 뒤편 계단은 석조 기둥으로 둘러싸인 긴 직사각형 안뜰에서부터 르네상스풍 정원으로 연결된다. 마우리치오는 벨로스과르도를 처음 방문했을 때 저택에 유령이 출몰한다는 경비원의 이야기를 듣고 크레올의 퇴마 의식을 진행했던 영매 프리다를 불러 아직도 남아 있을지 모를 악령을 몰아내기로 결심했다.

그럼에도 마우리치오는 가족 분쟁이라는 과거의 망령을 벨로스과르도의 유령만큼 쉽게 떨쳐 버리지 못했다. 구찌의 홍보 이사 필라르 크레스피는 과거의 부정적 이미지를 어떻게 해소할지에 대해 그와 몇 시간씩 논의했다. 마우리치오는 구찌의 성공을 이끌었던 품질과 스타일 원칙으로 돌아가야 한다고 강조하면서도 구찌라는 이름을 더럽힌 가족 분쟁에 대한 이야기만큼은 외면했다. 크레스피는 기자들이 파올로와의 분쟁이나 가족 간 다툼의 배경에 대해 물을 때마다 난처했다.

"기자들의 전화를 받을 때마다 그에게 '마우리치오, 과거 문제에 대한 질문에는 어떻게 대처해야 할까요?'라고 묻곤 했어요. 그는 특히 파올로에게 적개심을 품고 있었어요. 그래서 파올로에 대한 이야기는 일절 피했습니다. '구찌는 새로워졌어요. 그러니 과거 일은 언급하지 마세요! 파올로는 과거의 인물입니다. 나는 새로운 구찌입니다!'라고 말했지요."

마우리치오는 구찌의 수장이 됐지만 그 이름에 묻은 얼룩을 지울 방법은 찾지 못했다. 크레스피는 이렇게 말했다.

"저는 그와 몇 시간씩 대화를 나눴습니다. 그런데도 그는 과거 문제가 구찌를 끈질기게 괴롭힐 거라는 제 말을 이해하지 못했어요."

1990년 가을, 멜로는 광고대행사 맥캔 에릭슨(McCann Erickson)의 도움으로 입사 초기에 터득한 마우리치오의 가르침과 현지 제조업체 방문으로 얻은 성과를 아낌없이 보여 주었다. 900만 달러를 들여 〈보그〉와 〈배니티 페어〉 같은 일류 패션지와 교양지에 실을 광고를 제작했는데, 광고의 주제는 '구찌의 솜씨'였다. 광고 사진집에는 구찌의 전통과 부활을 알리려는 듯한 스웨이드 로퍼와 고급스러운 가죽 핸드백, 활동성 있는 신형 스웨이드 배낭의 사진이 실렸다. 첫 광고는 성공적이었지만 멜로는 얼마 지나지 않아 의류에 더 치중하지 않는 한 구찌의 새로운 이미지를 유지하기 어려우리라는 것을 깨달았다. 구찌 매출 대부분은 핸드백과 패션 소품에서 이뤄졌지만 구찌의 새로운 정체성을 구축하기 위해서는 의류가 관건이라 판단했다.

"핸드백과 구두로 이미지를 구축하기는 어려웠습니다. 그래서 구찌의 이미지를 끌어올리려면 기성복을 갖춰야 한다고 마우리치오를 설득했어요. 우리는 항상 그를 패션 쪽으로 끌어들이려 애를 썼었지요."

마우리치오는 구찌의 의류 부문을 활성화하기 위해 1980년대에 루치아노 소프라니를 고용한 적이 있었다. 그러나 스위스에서 망명 생활을 하는 동안 그는 구찌의 뿌리이자 장인정신이 깃든 가죽제품에 치중하기로 생각을 바꾸었다. 1990년대 초반에는 의류에 중점을 두는 전략이 구찌에 적절하지 않다고 판단했기 때문이다. 구찌에 본격적인 디자인팀을 구축하려 했던 램벗슨은 이렇게 회고했다.

"당시 마우리치오는 디자이너를 신뢰하지 못했습니다. 패션쇼를 좋아하지 않았고 디자이너의 이름을 앞세우면 구찌에 해가 된다고 믿었던 것 같아요. 그는 패션 소품이 구찌를 대표해야 한다고 생각했습니다."

그때까지도 구찌는 모든 의류를 자체적으로 제작했고, 그 과정에는 많은 비용과 노고가 들어갔다. 하지만 구찌는 의류를 생산하고 판매하면서 유통까지 할 능력이 없었다. 얼마 지나지 않아

의류 생산을 외부 제조업체에 맡기는 것이 최선책이라는 점이 분명해졌다. 몇 시즌 뒤 구찌는 이탈리아의 일류 의류 제조업체 두 곳과 계약을 맺었다. 에르메네질도 제냐(Ermenegildo Zegna)는 남성용 의류를, 잠마스포트는 여성용 의류를 맡았다. 램벗슨은 팀에 합류할 적임자를 찾아냈지만 이탈리아로 와서 구찌에서 일하라고 설득하는 작업에 많은 시간을 들여야 했다.

"우리는 구찌 입사 후 6개월 동안 사람들을 채용하는 일에 주력했습니다. 그 시점에 구찌에서 일할 사람을 찾는 건 쉽지 않았어요. 마우리치오는 미국인들을 너무 많이 고용하지 않으려 했습니다. 구찌의 이탈리아다움을 유지하지 못할까 걱정했던 것 같아요."

멜로와 램벗슨이 구찌에 합류했을 때도 이미 젊은 디자이너 몇 명이 근무하고 있었다. 램벗슨은 그때를 이렇게 회고했다.

"모두 런던에서 온 초짜들이었고 스칸디치 주변에 거주하고 있었습니다. 던과 나는 마우리치오에게 기성복 디자이너가 반드시 필요하다는 점을 거듭 강조했습니다."

두 사람이 팀을 구축하던 시기에 뉴욕 출신의 젊은 무명 디자이너 톰 포드(Tom Ford)와 그의 연인인 패션지 에디터 리처드 버클리(Richard Buckley)는 유럽으로의 이주에 대해 심사숙고하고 있었다. 포드는 텍사스 오스틴의 중산층 가정에서 태어나 그곳에서 자라다가 10대 시절 가족과 함께 할머니 루스의 집이 있는 뉴멕시코 산타페로 이사했다. 그의 부모는 부동산 중개업자였다. 어머니는 여배우 티피 헤드렌(Tippi Hedren)을 쏙 빼닮은 미인이었는데, 주로 맞춤복과 단순한 하이힐 차림으로 금발을 뒤로 틀어 올리고 다녔다. 아버지는 진보적 사고방식으로 아들에게 힘을 실어 주며 포드의 성장기에 좋은 친구가 되었다.

"텍사스에서의 어린 시절은 매우 괴로웠습니다. 그곳은 영국계 백인이나 개신교도가 아니거나 정해진 일들을 하지 않으면 삶이 굉장히 고달파질 수 있는 곳입니다. 특히 미식축구를 하지 않고 담배와 술을 달고 살지 않는 소년에게는 가혹한 곳이었습니다."

포드는 산타페가 훨씬 더 세련되고 흥미로운 지역이라 생각했다. 그래서 여름방학 동안 루스 할머니 집에서 지내는 것을 좋아해서 1년 반 동안 살기도 했다. 포드가 보기에 커다란 모자와 부풀린 머리 스타일, 과장된 가짜 속눈썹, 큼직한 장신구를 한 할머니는 영화 〈앤티 맘(Auntie Mame)〉의 주인공인 메임 고모처럼 보였다. 그의 할머니는 팔찌와 호박꽃 형태의 장식 버클, 콘차 벨트(concha belt, 아메리칸 원주민의 터키석 장식이 달린 금속 벨트), 종이 반죽으로 만든 귀걸이 같은 장신구를 지니고 있었다. 포드는 특히 할머니가 칵테일파티에 참석할 때 옷을 차려입는 것을 좋아했다.

"할머니는 '어머, 그 꿀 맛있니? 그러면 가서 열 개 정도 사 오렴' 하고 말씀하시는 분이었습니다. 할머니는 무절제하게 사셨지만 솔직한 분이셨지요. 제 부모님보다 훨씬 더 화려하게 사셨답니다. 즐겁게 보내는 걸 좋아하셨어요! 저는 할머니의 향수 냄새를 절대 잊지 못할 겁니다. 할머니는 에스티 로더(Estée Lauder)의 유스 듀(Youth Dew) 향수를 사용하셨습니다. 항상 젊어 보이려 애쓰셨기 때문이죠."

포드는 할머니에 대한 기억이 자신의 디자인 감각에 중요한 영향을 끼쳤다고 생각한다.

"사람들은 대부분 어릴 때 처음 접한 아름다운 이미지의 영향을 평생 동안 받는다고 생각합니다. 그 이미지는 머릿속에서 지워지지 않고 그 사람의 취향을 결정짓기도 하지요. 성장기의 미적 자극이 평생을 따라다닌다고나 할까요."

포드의 부모는 어린 그가 소묘와 그림 등을 통해 창조적 재능을 탐색하면서 상상력을 무한히 펼치도록 북돋았다. 그 덕분에 포드는 어릴 때부터 호불호가 뚜렷했다.

"부모님은 제가 무슨 일을 하고 싶어 하든 상관하지 않으셨어요. 그저 제가 즐거우면 된다고 생각하셨죠. 세 살 무렵부터 마음에 들지 않는 재킷은 딱 집어서 입지 않겠다고 했어요. 구두가 마음에 안 든다거나 저 의자는 별로라고도 했었지요."

좀 더 자라서 부모가 저녁 식사나 영화 관람을 위해 외출하면 여동생과 함께 소파와 의자를 옮기며 집 안의 가구를 재배치한 적도 있었다.

"저는 가구 배치에 한 번도 만족한 적이 없었어요. 항상 잘못된 것처럼 보였지요. 그때부터 가족들에게 편견을 안겨 준 것 같아요. 아직까지도 가족들은 저만 보면 불안해합니다. 이제는 아무 지적도 하지 않는 법을 터득했지만 여전히 가족들은 제가 여기저기 둘러보면서 모든 물건을 가늠해 본다고 느끼는 거 같아요."

13살 이후 포드의 사복은 구찌 로퍼와 푸른색 블레이저, 버튼다운 옥스퍼드 셔츠를 벗어나는 법이 없었다. 산타페의 일류 사립학교에 다니며 소녀들과 데이트했고 그중 몇 명에게 반했다. 그러나 그의 시선은 뉴욕을 향했다. 학교를 졸업한 후에 포드는 뉴욕대학에 입학했다. 어느 날 밤 대학 동급생이 그를 파티에 초대했는데, 그곳에 간 포드는 그 파티가 남자들만 참석한 파티라는 사실을 금방 깨달았다. 파티 도중에 앤디 워홀이 등장했고, 참석자들은 그 즉시 뉴욕 맨해튼의 나이트클럽 스튜디오 54로 향했다. 포드는 다정하고 풋풋한 얼굴의 서부 출신 청년이었고, 영화배우 같은 미소를 지으며 도도한 매력을 풍겼다. 그는 그곳에 있던 무리의 환영을 받았다. 포드가 워홀과 밤새도록 진지한 대화를 나눌 때 누군가 나타나 마약을 나눠 주기 시작했다. 그때까지 건전한 소년의 삶을 살았던 포드는 주변에서 빠르게 전개되는 정신없고 멋진 삶에 눈을 감고 말았다.

"약간 충격적이었어요."

그러나 대학 동기이자 삽화가 이안 팔코너(Ian Falconer)는 그 말에 반박했다.

"포드가 큰 충격을 받았을 리 없어요. 그날 새벽 저는 그와 택시 안에서 서로를 애무했었거든요!"

얼마 지나지 않아 포드는 스튜디오 54의 단골이 되었다. 매일 밤 파티에 참석했고 낮에는 수업을 빼먹고 잠만 잤다. 그에게는 클럽에 다니면서 보고 들은 것들이 훨씬 더 흥미로웠다.

"저에게는 산타페에서 늘 붙어 다니던 친구들이 있었는데, 뉴욕에 가서야 내가 그들에게 반했었다는 사실을 깨달았어요. 마음속으로 어느 정도 느끼고 있었지만 그제야 그때 제가 느낀 감정이 무엇이었는지 속속들이 알게 되었던 거죠."

1980년, 1학년이 끝날 무렵 포드는 뉴욕대학을 자퇴하고 TV 광고에 출연하기 시작했다. 멋진 외모와 훌륭한 발음, 카메라 앞에서 움츠러들지 않는 자세 덕분에 광고 모델로 승승장구했고 곧 로스앤젤레스로 이주했다. 그가 출연한 광고 12편이 한꺼번에 방송을 타던 시기도 있었다. 그러던 어느 날 생각지도 못한 일이 일어났다. 프렐 샴푸 광고에 출연했을 때 그의 머리를 담당한 남자 미용사가 포드의 앞이마를 보고 깜짝 놀라 콧소리를 내며 외쳤다.

"어머, 자기! 머리카락이 빠지는 것 같은데…."

순간 침착했던 포드의 심기가 흔들렸다.

"그때 고작 열아홉 아니면 스무 살이었는데, 그 심술궂은 녀석 때문에 편집증에 시달리게 되었습니다."

포드는 그날 촬영 내내 계속 턱을 내밀었고, 두 손가락으로 앞머리를 쓰다듬으며 최대한 밑으로 내리려 했다.

"감독이 자꾸만 촬영을 중단하며 소리쳤어요. '제발 머리 좀 그대로 놔둬요!'라고."

그 사건은 그의 뇌리를 떠나지 않았다. 광고 모델로 일하는 동안 머리숱 걱정은 점점 더 심해졌다. 그러다가 '나라면 더 훌륭한 광고 문구를 작성할 수 있을 텐데', '나라면 이런 식으로 감독할 텐데', '저쪽에 있어야 더 보기 좋은데'라는 생각을 하게 되었다. 모델 일보다는 스스로 통제할 수 있는 일에 더 많이 관여하길 원한다는 사실을 깨달은 것이다.

포드는 거실의 가구를 재배치하던 어린 시절부터 흥미를 느꼈던 건축을 공부하기 위해 뉴욕의 파슨스 디자인 스쿨에 입학했다. 파슨스의 파리 캠퍼스로 옮겨 공부를 거의 마칠 즈음 건축 분야는 너무 딱딱해서 취향에 맞지 않는다는 느낌이 들었다. 프랑스의 패션 브랜드 클로에(Chloé)에서 인턴 생활을 하는 동안 자신의 직감이 옳았다는 것을 확인했다. 그는 패션계가 훨씬 더 흥미로웠다. 3학년이 끝날 무렵에는 2주 동안 러시아를 여행했다. 포드는 어느 날 밤 식중독으로 한바탕 앓고 난 뒤 간신히 몸을 일으켜 외풍이 심한 호텔 객실에서 생각에 잠겼다.

"그날 밤 객실에 비참하게 혼자 있는데 갑자기 어떤 생각이 떠올랐어요. 그 전부터 건축을 직업으로 삼고 싶지는 않았는데 그날 갑자기 '패션 디자이너'가 되고 싶다는 생각이 든 겁니다! 그런 생각이 컴퓨터로 출력한 것처럼 딱 떠올랐습니다."

그는 성공한 패션 디자이너가 되려면 뛰어난 두뇌와 언변, 카메라 앞에 설 수 있는 능력, 사람들에게 어떤 옷을 입혀야 할지에 대한 좋은 아이디어가 필요하다는 사실을 알고 있었다. 그의 롤모델은 캘빈 클라인이었다. 아르마니가 미국에서 유명해지기 전인 1970년대 중반에서 후반 사이 고등학생이었던 포드는 캘빈 클라인의 침대 시트를 샀던 기억을 떠올렸다.

"캘빈 클라인은 젊고 세련되고 부유하며 매력적이었습니다."

포드는 10대 시절 탐독하던 잡지에 캘빈 클라인의 모습을 멋지게 포착한 흑백사진이 실렸던 것을 기억했다. 클라인이 뉴욕의 펜트하우스 자택에서 포즈를 취한 사진이었다.

"그는 브랜드 사용권과 청바지, 기성복을 판매했습니다. 패션 디자이너 최초로 영화배우 같은 인기를 누린 사람이기도 했지요."

포드는 캘빈 클라인처럼 되기를 꿈꿨다. 실제로 스튜디오 54에 드나들던 시절 캘빈 클라인과 마주쳤을 때 주인을 따르는 강아지처럼 주위를 맴돈 적도 있었다. 파슨스 파리 캠퍼스의 행정처는 패션 디자인으로 전공을 바꾸려는 포드에게 처음부터 다시 시작해야 한다고 말했다. 포드는 그렇게 하고 싶지 않았다. 그래서 1986년 건축 전공으로 파슨스를 졸업한 다음 뉴욕으로 돌아가 패션 포트폴리오를 완성했고, 그것을 들고 일자리를 찾아 다녔다. 다만 자신의 전공이 무엇인지 말하지 않았고, 거절당해도 의기소침하지 않았다.

"내 생각에 나는 굉장히 천진난만하거나 자신만만하거나 둘 다 해당되는 사람인 것 같아요. 무언가를 원할 때 그것을 반드시 얻으려고 하는 편입니다. 패션 디자이너가 되기로 마음먹었으니 누군가 나를 고용할 거라 확신했었어요!"

그는 희망 사항을 정리했고 날마다 디자이너들에게 전화했다. 뉴욕에서 활약하던 디자이너 캐시 하드윅(Cathy Hardwick)은 이렇게 회상했다.

"전화를 건 그에게 자리가 나지 않았다고 말했어요. 하지만 그는 정중하게 '제 포트폴리오를 한 번만 봐 주실 수 있을까요?'라고 묻더군요. 그 말에 수긍한 나는 '이곳에 얼마나 빨리 올 수 있어요?'라고 물었어요. 그는 '1분 내로 갈 수 있어요'라고 대답하더군요. 아래층 로비에서 전화를 걸었던 거였어요!"

그의 포트폴리오에 감탄한 하드윅은 곧바로 채용을 결정했다. 그러나 포드는 "그때는 일하는 방법에 대해 전혀 알지 못했어요"라고 회상했다. 하드윅은 포드를 채용한 처음 몇 주 동안 그에게 서클 스커트(circle skirt)를 만들라고 지시했다. 고개를 끄덕인 포드는 맨해튼 북쪽으로 가는 지하철에 올라탔고 블루밍데일 백화점이 있는 역에서 내려 의류 매장으로 직행했다. 포드는 서클 스커트를 골라 일일이 뒤집어 보면서 어떻게 만드는 건지 알아내려 했다.

"그런 다음 회사로 돌아와 스커트를 스케치했고 그것을 패턴 제작자에게 전달해 만들었어요!"

포드는 하드윅과 일할 때 리처드 버클리와 만났다. 버클리는 패션 전문 출판사 페어차일드(Fairchild)의 작가이자 에디터였고, 나중에 파리로 이주해 남성용 패션지 〈보그 옴므 인터내셔널(Vogue Hommes International)〉의 편집장이 되었다.

스물넷이었던 포드의 날카롭고 짙은 눈과 강인한 턱, 짙은 갈색 장발은 영화배우를 연상시켰다. 그는 여전히 청바지와 버튼다운 옥스퍼드 셔츠를 즐겨 입었다. 서른일곱이었던 버클리는 사파이어처럼 파란 눈과 빳빳하고 헝클어진 희끗희끗한 머리를 짧고 각진 형태로 깎았고 수줍음을 감추기 위해 신랄한 유머를 구사했다. 늘씬한 검은색 바지, 신축성 있는 천을 발목에 덧댄 검은색 부츠, 빳빳한 흰색 셔츠에 노타이, 검은색 재킷 등 패션 에디터의 유니폼 같은 옷차림으로 다녔다. 버클리는 페어차일드 파리 지국에서 남성 패션 일간지 〈데일리뉴스 레코드(Daily News Record)〉의 에디터로 일하다가 막 뉴욕으로 돌아온 참이었다. 그는 페어차일드에서 갓 창간했지만, 현재는 폐간된 잡지 〈신(Scene)〉을 이끌고 있었다.

그가 톰 포드를 처음 만난 곳은 데이비드 캐머런(David Cameron)의 패션쇼였다. 버클리는 짙은 머리의 젊은 포드를 보자마자 오랜만에 가슴이 두근거리는 것을 느꼈다. 패션쇼가 끝난 뒤 유통업체 사람들을 인터뷰해야 한다는 핑계로 무대 주위를 한동안 서성거리며 이미 자리를 뜬 포드를 찾았다. 포드 역시 그날 버클리에게 눈길이 갔다. 연푸른색 눈동자와 삐죽삐죽 솟은 머리카락, 강렬한 표정을 한 버클리는 넋이 나간 사람 같았다.

"몸을 돌렸을 때 어떤 남자가 나를 뚫어지게 바라보고 있다는 것을 깨달았어요. 난 그가 두려웠어요!"

열흘 후 버클리에게 놀라운 일이 일어났다. 웨스트 34번가의 페어차일드 사옥 루프탑에서 〈신〉의 패션 화보를 촬영하고 있을 때 포드와 직접 대면하게 된 것이다. 패션 일간지 〈위민스웨어 데일리〉의 패션 에디터와 〈신〉의 에디터를 겸했던 그는 녹초가 될 정도로 정신없이 일했고, 촬영 막바지에는 루프탑에도 올라갔다. 그날 하드윅은 사진 촬영에 사용된 의상 몇 점을 가져오라면서 포드를 페어차일드로 보냈다. 버클리가 아트 디렉터에게 패션쇼에서 포드를 봤던 사실을 털어놓던 바로 그때 포드가 옷을 찾기 위해 옥상으로 올라왔다. 버클리는 눈이 휘둥그레져 침을 꿀꺽 삼키고는 아트 디렉터에게 속삭였다.

"저 사람이야! 내가 방금 말한 사람이…."

버클리는 태연한 척 포드에게 인사를 건넸고, 촬영이 아직 남았으니 끝날 때까지 기다려 달라고 부탁했다. 포드는 그러겠다고 했다. 일이 끝난 후 엘리베이터를 타고 아래층으로 내려갈 때 버클리는 재치 있고 세련된 평소 모습과 달리 자신이 부끄러운 줄도 모르고 실없는 말을 늘어놓고 있다는 사실을 깨달았다.

"포드가 나를 완전 바보 같은 놈이라고 생각할 줄 알았어요."

그러나 포드는 그렇게 생각하지 않았다.

"어처구니없이 들릴지도 모르지만 난 그가 멋지다고 생각했어요. 이 업계에서는 진실하고 마음이 따뜻한 사람을 찾기가 정말 어려웠거든요."

두 사람은 1986년 11월 어느 날 저녁 맨해튼 동부의 앨버커키 식당에서 첫 데이트를 하면서 깊은 대화를 나누었다. 그날 버클리는 포드의 목표 의식과 사명감에 깊은 인상을 받았다. 흥에 겨운 젊은이들 사이에서 그들은 음료수와 멕시코 요리 쉬림프 퀘사디아를 먹었다. 포드는 버클리에게 앞으로 10년 후에 자신이 꼭 하고 싶은 일이 무엇인지 말했다.

"저는 유럽풍의 깔끔한 스포츠웨어 브랜드를 만들고 싶어요. 캘빈 클라인보다 더 세련되고 현대적이지만 랄프 로렌만큼 매출을 올리는 브랜드 말이에요."

버클리는 연민과 놀라움을 동시에 느끼면서 포드의 말을 경청했다. 포드는 버클리에게 진지하게 이야기했다.

"랄프 로렌은 디자이너로서는 유일하게 독자적인 세계를 창조한 사람이죠. 랄프 로렌은 자신과 비슷한 사람들이 어떤 외모를 하고 있고 어떤 집에 살고 어떤 차를 모는지 정확하게 알고 있어요. 그는 그 사람들에게 맞는 모든 제품들을 생산하고 있고요. 저도 저만의 방식으로 그런 일을 하고 싶어요!"

버클리는 가죽 시트를 댄 좌석에 기대 앉아 잘생긴 새 친구의 모습을 주시하면서 이런 생각을 했다. '정말 어린 데 벌써 백만장자가 되고 싶어 하는군. 거칠고 소란스러운 뉴욕 패션계에서 고생 좀 하다 보면 현실을 깨닫게 되겠지.' 포드에게 안쓰러운 감정을 느끼면서도 이 젊은 디자이너가 역경을 극복하고 재능을 펼치기를 바랐다.

두 남자 사이에는 무언가 통하는 것이 있었다. 한 사람은 집중력이 뛰어났고 야심만만했지만 아직 무명이었다. 또 한 사람은 이후 페어차일드에서 가십성 칼럼인 '아이(Eye)'를 담당하며 뉴욕 사교계의 유명인이 되었다. 그럼에도 친절하고 견실한 본래 성격을 간직하고 있었다. 포드는 버클리에 대해 이렇게 평했다.

"버클리는 멋지고 영리하고 재미있는 사람이에요. 그야말로 모든 걸 갖췄죠."

두 사람은 새해가 되기 바로 전날 동거를 시작했다. 그리고 일생일대의 동반자가 되었다. 버클리는 이스트빌리지의 세인트 마크스 플레이스에 있는 65제곱미터짜리 아파트로 막 이사한 상태였다. 포드는 매디슨 애비뉴와 28번가 사이에 있는 1인용 호텔과 맞닿은 아파트에 살고 있었다.

"그 호텔 건물은 굉장히 멋졌고 아파트도 좋았어요. 하지만 밤이면 창문을 통해 방에서 마약 주사를 놓는 사람들의 모습이 보였어요. 정말 무서운 광경이었지요."

포드는 곧 버클리의 아파트로 이사했고, 2년 후에는 매끄러운 털을 가진 폭스테리어도 버클리 아파트의 가족이 되었다. 폭스테리어는 버클리가 포드에게 준 생일 선물이었다.

"톰은 처음부터 개를 키우고 싶어 했어요. 저는 오랫동안 반대했지만 결국 항복하고 말았지요."

'존'이라는 이름의 폭스테리어는 그들의 충실한 동반자이자 때로 과감한 모델이 되어 주었다. 두 사람은 존을 가발과 요란한 여자 복장으로 잔뜩 치장한 다음 폴라로이드 사진을 찍어 친한 친구들에게 보여 주었다. 버클리는 처음과 달리 갈수록 존에게 애착을 느꼈고 폭스테리어를 자식처럼 아꼈다. 1987년 봄, 포드는 일에 좌절감을 느끼고 캐시 하드윅을 그만두었다. 그는 자신이 디자인하고 싶은 스타일의 깔끔한 스포츠웨어로 유명했던 캘빈 클라인의 디자이너로 취직하고 싶었다. 캘빈 클라인과의 대면 면접 두 번을 포함해 총 9번의 면접을 본 포드는 클라인으로부터 여성 의류 디자인 스튜디오에서 일하라는 통보를 받았다. 포드는 뛸 듯이 기뻐했다. 클라인이 그의 기대에 한참 못 미치는 연봉을 제시하기 전까지는 그랬다. 포드가 더 달라고 요구했지만 클라인은 동업자 배리 슈월츠(Barry Schwartz)와 상의해 봐야 한다고 대답했다. 그 후 어떻게 됐는지 알아보려고 클라인에게 몇 차례 전화를 걸었지만 그 어떤 답변도 듣지 못했다.

얼마 후 디자이너 마크 제이콥스가 자신과 함께 페리 엘리스(Perry Ellis)에서 일하자고 제안했고, 포드는 그 제안을 받아들였다. 그러던 어느 날 퇴근해서 집에 돌아온 그는 캘빈 클라인의 비서가 자동응답기에 남긴 메시지를 들었다.

“클라인 씨는 아직도 포드 씨를 채용하고 싶어 하십니다. 그래서 당신이 다른 일자리를 구하지 않았는지 확인하라고 하셨어요. 다른 곳에 취직하기 전에 그분에게 먼저 전화해 줄 수 있을까요?”

포드는 비서에게 전화를 걸어 고맙지만 이미 페리 엘리스에 취직했다고 말했다.

버클리의 경력은 1989년 3월 페어차일드를 떠나 티나 브라운이 편집장으로 있는 〈배니티 페어〉에 합류하면서 한 단계 도약했다. 그러나 새 직장으로 옮긴 들뜬 마음은 얼마 못 가 사그라들고 만다. 그해 4월에 암 진단을 받았기 때문이다. 버클리는 몇 달 동안 항생제를 복용하고 후두 배양 검사를 받았다. 푸에르토리코로 여행을 다녀왔는데도 급성 편도선염이라 생각했던 질환이 사라지지 않자 세인트루크스-루스벨트 병원에 입원해 조직검사를 받았다. 그는 별일 아닌 시술이려니 했다. 그런데 마취에서 깨어났을 때 외과의사가 그에게 암이 있으니 다음 주에 수술을 받아야 한다고 일러 주었다. 생존할 확률은 35%였다. 버클리는 고통스럽게 마른침을 삼키며 머리를 가로저었다.

"안 돼요! 안 돼! 안 된다고! 집에 가고 싶어요! 내 개가 보고 싶고 내 침대에 눕고 싶어요!"

병원에 간 포드는 버클리를 집으로 데려왔다. 그런 다음 전화기 앞에 앉았다. 버클리의 명함첩에서 메모리얼 슬론-케터링 암 연구소를 위해 적극적으로 기금을 모금했던 뉴욕 상류층 인사 몇 명의 명함을 끄집어냈다. 20분도 안 되어 최고의 외과 전문의와 방사선 전문의에게 연락해 이틀 후 약속을 잡았다. 그 후 버클리는 몇 번의 수술을 받았고, 몇 달 동안 고통스러운 방사선 치료를 거쳤다. 포드는 버클리의 가족에게 날마다 전화를 걸어 상태를 알려 주었다.

얼마 후 버클리의 주치의들이 그가 암을 이겨 낸 것 같다며 앞으로는 스트레스를 덜 받는 생활을 해야 한다고 조언했다. 두 사람은 유럽으로 이주할 계획을 세웠다. 포드는 뉴욕에서 디자이너로 일하면 미국 내에서 성공할 수 있지만, 유럽에서 디자이너로 성공하면 세계적인 명성을 얻을 수 있다고 생각했다. 버클리는 지금까지 해 온 일보다 부담은 덜하면서 괜찮은 일자리를 구할 수 있으리라 판단했다. 1990년 초여름, 두 사람은 자비를 들여 유럽으로 건너가 면접을 보러 다니기 시작했다. 포드는 이전에 밀라노에 출장 갔을 때 친구인 리처드 램벗슨에게 연락해 던 멜로와 함께 저녁 식사를 한 적이 있었다. 그 직후 램벗슨은 멜로에게 구찌의 여성용 기성복 디자이너로 포드를 검토해 달라고 요청했지만 멜로는 고개를 저었다. '친구와 일해서는 안 된다'는 자신만의 규칙 때문이었다.

한편 버클리도 패션계 인맥을 이용해 밀라노의 일류 디자이너들과 포드의 만남을 주선했다. 그러나 도나텔라 베르사체와 호화로운 점심 식사를 하고 조르지오 아르마니의 가브리엘라 포르테(Gabriella Forte)나 뉴욕에서 포드의 재능에 감탄했던 카를라 펜디(Carla Fendi)를 만난 후에도 포드는 일자리를 얻지 못했다. 그들은 다시 한번 던 멜로와 점심 식사를 했고, 이번에는 그녀도 포드에게 시험 프로젝트를 맡기는 데 동의했다. 식사 후 포드와 버클리는 밀라노에서 가장 고급스러운 꽃집에 가서 이탈리아 사람들이나 보낼 법한 커다란 꽃다발을 멜로에게 보냈다. 원래 그 꽃다발에는 안개꽃이 가득했지만, 안개꽃을 보고 오싹해진 버클리는 모조리 빼 달라고 부탁했다. 버클리는 멜로에 대해 이렇게 말했다.

"그때까지 멜로는 밀라노에서 일류 디자이너를 지망하는 이들을 모두 만나 봤다고 해도 과언이 아니었어요. 그곳의 신진 디자이너들은 누구나 스커트를 재창조하고 싶어 했지요. 포드는 스커트를 재창조하는 일은 불가능하다는 사실을 이미 알고 있었어요. 대신 상황에 맞는 스커트를 만드는 것이 중요하다고 생각했지요."

멜로는 포드에게 맡긴 작업물이 너무 마음에 들어 규칙을 깨고 그를 채용하기로 했다. 훗날 멜로는 "그가 무엇이든 할 수 있는 사람임을 직감했다"라고 말했다. 포드는 1990년 9월 밀라노로 이사했고, 버클리는 그해 10월 잡지 〈미라벨라(Mirabella)〉의 유럽 총괄 에디터가 되어 포드와 합류했다. 처음 며칠 동안 그들은 밀라노 쇼핑의 '황금 삼각지대'인 산토 스피리토(Santo Spirito) 거리에 있는 우아하지만 비좁은 숙소에서 지냈다. 옷장 크기의 방에 조리대와 프레테(Frette) 침구, 알레시(Alessi) 커피포트 등 고급스러운 비품들이 갖춰져 있었고 초대형 짐 가방 8개까지 꽉 들어차 있어서 두 사람은 몸을 돌리기조차 어려웠다. 며칠 후 그들은 밀라노 남동쪽 오르티(Orti) 거리에서 쾌적한 아파트를 발견했다. 등나무가 늘어진 널찍한 테라스도 딸려 있었다. 존도 곧 그 집으로 데려왔고, 뉴욕에서 가져온 오래된 장식품과 유럽에서 취미로 수집한 장식품으로 새 집을 꾸몄다. 유럽에서 모은 장식품 중에는 비더마이어 서랍장과 샤를 10세 시대의 안락의자 2개, 무늬가 들어간 소파 덮개 등이 있었다.

둘의 유럽 생활은 곧 자리를 잡았다. 구찌 디자인팀의 젊은 어시스턴트들과 친해졌고, 긴밀한 유대 관계를 맺었다. 그들은 모두 음식과 패션계 파티, 알프스에서 스키를 타며 보내는 주말, 긴 근무시간, 칙칙한 날씨 등 밀라노 생활의 우여곡절에 익숙해졌다. 니트 의류 디자이너인 데이비드 뱀버는 이렇게 회상했다.

"모두가 약간 유랑민이 된 것 같은 기분을 느꼈어요. 밀라노는 뉴욕과 아주 달랐습니다."

포드와 버클리는 멀티시스템을 갖춘 VCR을 샀고 나중에는 거금을 들여 위성 안테나를 구매했다. 친구나 동료를 만나 외식을 하지 않는 날에는 집에 머물면서 옛날 영화를 보았다. 비디오테이프 대여 체인 블록버스터가 아직 밀라노 매장을 열지 않았던 때라 버클리는 암 치료 때문에 뉴욕에 다녀올 때마다 비디오테이프를 무더기로 들고 왔다. 두 사람은 좋아하는 영화를 보고 또 봤다. 훗날 포드는 컬렉션에서 구현하고 싶은 분위기를 강조하기 위해 영화 보는 취미를 적극적으로 활용했다. 두 사람의 아파트는 밀라노에서 사귄 친구들의 집합소가 되었다. 그 친구들은 모두 어떤 식으로든 패션이나 디자인업계와 관련이 있었다. 작은 무리를 형성한 그들은 버클리가 직접 만든 요리를 맛보기 위해 오르티 거리에 있는 포드의 집 테라스에 모였다. 포드는 야근을 겸해 디자인팀을 집으로 초대하기도 했다. 데이비드 뱀버는 이렇게 말했다.

"우리는 캘빈 클라인과 팀버랜드(Timberland)를 절충할 생각이었습니다."

뿐만 아니라 그는 구찌의 캐시미어 의류를 개발하기 위해 스코틀랜드로 출장을 다녔고 다양한 색상의 고전적인 캐시미어 스웨터를 제작 의뢰했다. 미국인 직원들은 구찌의 미래에 없어서는 안 될 존재라는 사실이 입증되었다. 멜로는 오래전 사라진 구찌의 고급스러운 패션 소품 디자인과 공예품을 되살려 낸데 그치지 않았다. 그녀는 주요 패션 매체의 주목을 끌었고 구찌의 기성복 진출을 지휘했을 뿐 아니라 젊고 혁신적인 디자이너들을 채용했다. 구찌의 미래에 의심을 품었던 사람들은 멜로의 활약 덕분에 디자이너 의류 역시 구찌의 강점 중 하나라고 확신하기에 이르렀다.

구찌 디자이너 중 최고의 스타는 단연 톰 포드였다. 그가 디자인한 스틸레토 하이힐과 잘 빠진 정장, 패셔너블한 핸드백은 구찌의 명성과 행운을 되살려 냈다. 멜로와 포드는 재능뿐 아니라 성공에 반드시 필요한 에너지를 구찌에 제공했다. 그 에너지는 다가오는 폭풍우를 이겨 낼 수 있는 인내력이었다.

12.

결별

1990년 1월 22일, 환하게 빛나는 아침 햇살이 모피와 겨울 외투로 몸을 감싼 채 성 키아라 성당에 모여든 조문객들의 한기를 덜어 주었다. 로마의 델라 카밀루치아 거리에 있는 이 성당에 모인 조문객들은 알도 구찌의 마지막 길을 배웅했다. 그의 죽음은 수많은 친구와 지인들에게 충격을 안겼다. 알도는 여든넷이라는 나이답지 않게 젊어 보였고 마지막까지도 활기를 잃지 않았다. 그가 전립선암 치료를 받아 왔다는 사실을 아는 사람은 몇 명 되지 않았다. 그의 죽음은 4월 어느 날 오후 반강제적으로 구찌 지분을 매각했던 때로부터 1년도 지나지 않아 찾아왔다.

알도는 올루엔과의 결혼 생활이 파탄난 지 한참 지난 1984년 12월에야 그녀와 이혼했다. 두 사람은 떨어져 살았지만, 알도가 로마에 있을 때는 올루엔이 살고 있는 카밀루치아 거리의 집을 제 집처럼 드나들었다. 그런 만큼 그의 이혼 요구는 올루엔에게 충격이었다. 더욱이 그녀는 1978년 혈전증에 걸려 쇠약해진 상태였다. 올루엔은 웬만해서는 남편이 하고 싶어 하는 일을 방해하지 않았지만 자신의 법적 권리를 주장하며 끝까지 버텼었다. 알도는 원하는 곳에서 원하는 사람과 하고 싶은 일을 하면서 살았다. 심지어 미국에서 브루나와 결혼까지 감행했다. 알도는 크리스마스 연휴에 로마에서 브루나와 딸 패트리샤와 조용히 시간을 보낸 뒤 바이러스성 악성 독감에 걸려 쓰러졌다. 목요일 밤 조용히 혼수상태에 빠져들었고, 금요일에는 심장이 멈췄다.

조르지오와 로베르토, 파올로 그리고 몇몇 가족들이 알도의 관과 가까운 첫 번째 줄 신도석에 앉았다. 밀라노에 있던 마우리치오는 모란테와 함께 로마로 왔다. 가족만의 시간을 방해하고 싶지 않았던 모란테는 성당 뒤편에 서 있었고 마우리치오는 앞쪽 한 편에 따로 섰다. 그의 맞은편에는 브루나와 패트리샤가 어디로 가야 할지 갈피를 잡지 못한 채 서 있었다. 조르지오가 그들을 가족이 있는 신도석으로 안내했다. 로베르토는 늙고 쇠약해진 어머니 올루엔 옆을 지켰다. 장례식 직후 올루엔은 건강이 악화돼 로마의 병원에 입원했다. 알도는 살아서도 막무가내였지만 죽어서도 논란을 일으켰다. 그는 미국에 있는 3,000만 달러 가치의 부동산을 브루나와 패트리샤에게 남겼다. 올루엔과 두 아들 파올로와 로베르토가 소송을 제기했지만 얼마 후 원만한 합의에 이르렀다.

마우리치오가 냉기가 도는 성당 안에 혼자 서서 굳게 맞잡은 두 손을 내려다보고 있을 때 노래하듯 읊조리는 신부의 목소리가 머릿속에 울려 퍼졌다. 알도가 콘도티 거리의 사무실 계단을 두 개씩 뛰어오르던 모습과 고개를 좌우로 돌리며 직원들에게 큰소리로 지시를 내리던 모습, 뉴욕 매장에서 재미있는 이야기를 들려주면서 크리스마스 선물 포장에 서명을 해 주던 모습이 떠올랐다. 그의 귓가에 기차와 엔진을 예로 들어 가족과 자신의 역할에 대해 설명하던 알도의 목소리가 들려오는 것만 같았다.

"우리 가족이 기차라면 나는 엔진이란다. 기차가 없으면 엔진은 아무 쓸모가 없지. 반대로 엔진이 없으면 기차는 움직이지 않는단다."

마우리치오는 미소를 지었다. 조문객들이 자세를 바꿔 축축한 손수건으로 눈물을 닦고 있을 때 그는 맞잡은 손을 풀고 추위를 녹이려는 듯 주먹을 쥐었다 폈다 했다. '이제는 내가 기차의 엔진이 되어야 해.' 그는 속으로 생각했다. '그리고 다시 한번 구찌를 하나의 지붕 아래로 모아야 해.' 그런 다음 좌우명을 주문처럼 되뇌었다.

'구찌는 오직 하나다. 구찌는 오직 하나다.'

마우리치오는 인베스트코프의 도움으로 가족과의 권력 투쟁에 종지부를 찍었다. 이제는 오랫동안 꿈꿔오던 일을 실행에 옮길 때라 생각했다. 둘로 나뉜 회사를 다시 이어 붙여야 했다. 그와 알도는 불화를 겪었지만 알도 역시 회사의 통합을 원했을 것이다.

그는 자신만이 구찌를 통합할 수 있는 과거와 미래를 잇는 연결고리라 믿었다.

1989년 12월, 마우리치오는 네미르 키르다르에게 인베스트코프로부터 구찌의 나머지 지분 50%를 사들이고 싶다고 말했고, 키르다르도 그 뜻에 동의했다. 마우리치오는 직접 구조조정을 단행하고 싶었다. 외부 파트너 없이 스스로 자신이 꿈꾸는 구찌를 건설하고 싶었다. 마우리치오는 장례 미사가 끝나자 성당에 그대로 남아 친척들과 장례식에 참석한 옛 직원들에게 인사했다. 조르지오와 로베르토, 파올로는 그를 냉랭하게 대했다. 마우리치오가 아버지에게 굴욕감을 주면서까지 구찌를 인수했다는 사실을 용서할 수 없었다. 그들은 깊은 상실감을 마우리치오 탓으로 돌렸다. 그런 상황에 그가 회색 더블 정장 차림으로 모란테와 함께 장례식에 나타나자 기분이 좋을 리 없었다. 더구나 모란테는 지분을 사들여 그들을 구찌에서 몰아낸 사람이었다.

마우리치오는 장례식에 참석하기 위해 피렌체로 가는 길에 최선을 다해 구찌를 온전히 되살리겠다는 맹세를 했고, 인베스트코프가 소유한 지분 50%를 3억 5,000만 달러에 다시 사들이기로 키르다르와 합의했다. 장례식이 끝난 뒤 바레인에서 열린 인베스트코프의 1월 연례 경영위원회에서 키르다르는 마우리치오에게 구찌 지분을 매각하기로 했다고 발표했다. 그뿐 아니라 무슨 수를 써서라도 마우리치오의 자금 조달을 도와야 한다고도 말했다.

"마우리치오의 자금 조달을 돕는 것보다 더 중요한 프로젝트는 없습니다. 우리는 구찌 지분을 끌어 모으는 본분을 다했어요. 이제 마우리치오가 수장이 됐으니 우리는 그가 회사를 장악하고 자기 방식대로 경영하도록 도와야 합니다."

인베스트코프의 고위 간부 밥 글레이저(Bob Glaser)는 키르다르에게 매도자가 매수자의 자금 조달을 주선하는 것은 극히 드문 일이라며 반대했다. 나아가 마우리치오에게는 금융업계가 수긍할 정도로 구찌의 사업을 제대로 설명할 능력이 없다고 지적했다. 최초 지분 50%를 확보하는 과정에 직접 관여하지 않은 글레이저는 정보를 찾기 위해 인베스트코프에 보관된 구찌 파일을 훑어보았다.

"우리가 구찌에 대한 기본적인 금융 정보와 배경 정보조차 확보하지 않았다는 사실에 놀랐습니다. 원래대로라면 투자를 하기 전에 정보를 철저하게 파악해야 했습니다."

글레이저는 마우리치오와 가깝게 일한 릭 스완슨에게 업무를 맡겼다. 스완슨의 임무는 조사를 통해 구찌의 사업 현황과 잠재력을 자세히 기술한 문서를 작성하는 것이었다. 글레이저는 이렇게 지적했다.

"스완슨은 마우리치오가 해야 할 일을 대신했습니다. 그것도 공짜로!"

얼마 지나지 않아 스완슨은 그 일이 말처럼 쉽지 않다는 것을 깨달았다. 그는 이탈리아와 미국, 영국, 일본 등 세계 각국에 흩어져서 독자적으로 운영되는 구찌 법인들을 하나의 통일체처럼 묘사하느라 골머리를 앓았다.

“저는 통합된 경영진도 없고 공통점도 없는 구찌의 법인들을 이제 막 형성되기 시작한 구찌의 미래 비전에 결속시켜 구체적인 사업체와 금융 계획에 담아 포장해야 했습니다. 그래야 금융계 사람들이 이해할 수 있었을 테니까요. 실제로 존재하지도 않는 것을 꾸며 내야 했던 겁니다.”

구찌는 마우리치오의 구조조정 계획에 따라 꾸준히 진화했고, 스완슨은 그 모든 변화를 파악하기 위해 애썼다. 마우리치오는 캔버스백 사업을 대폭 축소하고 제품을 새롭게 변형했으며, 기준에 부합하지 않는 매장들을 닫았다. 벨로스과르도를 샀고 자금을 충당하기 위해 뉴욕의 부동산 중 일부를 급히 매각하려 했다. 인베스트코프는 이 모든 과정에서 마우리치오가 재량껏 행동하도록 허락했다. 스완슨은 이렇게 말했다.

“망아지의 고삐가 풀린 격이었어요! 우리는 50% 지분을 소유하고 있었지만 그가 하는 일에 이래라저래라 할 수 없었습니다.”

스완슨은 밀라노에 있는 마우리치오의 회의실을 방문해 차트를 앞에 놓고 대화하면서 경영 구조의 밑그림을 그렸다. 마우리치오는 전략기획, 재무회계, 사용권 발급과 유통, 생산, 기술, 인사, 이미지, 홍보 부문을 포함한 현대적인 기업 경영의 골자를 이해하게 되었다.

“그런 다음 우리는 회사의 적절한 가치를 책정해야 했어요. 마우리치오는 그 모든 사업을 통합했을 때 어느 정도 비용이 드는지 구체적인 숫자로 생각해 본 적이 없었습니다."

산 페델레 광장의 우아한 신규 사옥을 포함하면 그 숫자는 3,000만 달러 남짓 달했다. 마우리치오가 제품과 유통을 크게 축소한 것까지 감안하면 엄청나게 증가한 수치였다. 그의 계획에 깜짝 놀란 스완슨은 차트를 가리키며 지적했다.

"마우리치오 씨, 이 지역의 작년 매출은 1억 1,000만 달러였어요."

"알았어요."

마우리치오는 의자에 기대 집중하는 척 눈을 가늘게 뜨면서 계속 말했다.

"125, 155, 185."

스완슨은 그를 멍한 표정으로 바라보았다.

"무슨 말씀이신가요?"

"추정치를 말한 거예요. 안 됩니까?"

"음, 백분율 기준으로 추정하신 건가요?"

천성적으로 회계사인 스완슨은 마우리치오의 논리를 이해하려 애쓰며 질문했다.

"아뇨, 그런 게 아니에요. 백분율과는 상관없어요. 125, 155… 아니, 160으로 합시다."

스완슨은 서류를 챙겨 런던으로 돌아갔고, 자신의 좌절감을 인베스트코프의 최고재무책임자 일라이어스 할락과 밥 글레이저에게 털어놓았다. 빨간 수염을 기른 강인하고 현실적인 글레이저는 키르다르에게서 마우리치오와 지분 매각 조건을 협의하라는 지시를 받았었다.

"내 생각에 마우리치오에게 넘어가지 않을 사람은 자네밖에 없는 것 같네!"

글레이저는 키르다르가 체이스맨해튼 중동 부문에서 영입해 온 뒤 구성한 끈끈한 팀의 일원이었다. 영리한 그는 명확한 사고방식의 소유자로 직설적이었고 임무를 완수하는 방법을 알고 있었다. 스완슨은 인베스트코프의 두 간부에게 그가 가진 고충에 대해 이렇게 설명했다.

"저는 마우리치오를 위해 쉽고 위험부담이 없는 데다 은행 사람들이 제대로 소화할 수 있는 자료를 작성하려고 해요. 그런데 그 일을 하는 동안에도 상황이 자꾸 바뀔 뿐만 아니라 마우리치오가 매출 추정치를 부풀리려 하더군요!"

글레이저와 할락은 서로를 바라보며 고개를 가로저었다. 두 사람 모두 마우리치오의 사업 감각을 신통치 않게 생각했고, 그 혼자서 구조조정을 단행하는 일은 불가능하다고 생각했다. 글레이저는 마우리치오가 구조조정을 지나치게 서두르는 것이 걱정스러웠다. 그렇게 되면 매출이 줄어들고 비용은 증가할 것이었기 때문이다. 글레이저는 이렇게 판단했다.

"인베스트코프는 마우리치오의 계획이 구찌의 재정에 미칠 영향을 긍정적으로 생각한 적이 없었어요. 모든 일이 지나치게 추상적이었습니다. 그가 계획을 들려주었을 때 키르다르는 좋은 생각인 것 같다고 말했지만요."

스완슨은 마침내 방대한 분량의 보고서를 완성했다. 300쪽 가량의 보고서에는 회사 연혁과 가족 관계도, 상세한 일람표, 자산 명세, 매장 정보, 사용권 현황 등이 포함되었다. 스완슨과 동료들은 이 상세한 정보 책자에 '그린북(Green Book)'이라는 이름을 붙였다. 제품 종류와 매장 축소에 따른 일시적 매출 감소, 경영 실적 하락 등의 추정치도 나열되었다. 추정치에 따르면 매출이 개선됨에 따라 경영 실적도 상승할 전망이었다. 인베스트코프는 대상 은행을 선정해 자료를 보내고 마우리치오를 은행 관계자들에게 소개하는 등 자금 조달 활동을 도왔다. 그러나 해외와 이탈리아의 대형 은행 모두 마우리치오의 사업계획에 자금을 대겠다고 나선 곳은 없었다. 25곳이 넘는 은행이 잇따라 거절했다. 훗날 스완슨은 그 이유를 들려주었다.

"그의 제안은 통하지 않았어요. 회사 실적은 신통치 않았고 수치도 하락하고 있었거든요. 우리가 그럴싸한 계획을 제시했기 때문에 은행 관계자들 모두 마우리치오와 그의 구상을 좋아했습니다. 하지만 그가 제아무리 흥미로운 일화를 늘어놓는다 해도 더 깊이 들어가 숫자를 본 사람들은 구찌가 끝났다는 것을 한눈에 알 수 있었습니다. 마우리치오의 이야기만 듣고 있으면 사업이 승승장구할 뿐 아니라 예상을 뛰어넘는 실적을 거두고 있는 것처럼 들렸습니다! 그는 〈바람과 함께 사라지다〉의 주인공 스칼렛 오하라처럼 '내일이 되면 또 다른 날이 시작되겠지'라는 식으로 생각했어요. 그는 오늘 자금 조달을 하지 못하더라도 내일은 할 수 있을 거라고 진심으로 믿었어요. 하루만 더 버티면 자신이 승리할 줄 알았던 거죠."

한편 글레이저는 마우리치오를 도와 매각 계약 협상에 몇 달을 쏟아부었다. 변호사 부대와 방대한 자료를 동원해 본격적인 계약 협상 세 건을 진행했다. 하지만 글레이저는 마우리치오가 자신을 교묘하게 따돌리고 있다는 기분이 들었다. 자금줄을 찾으러 다니는 동안 글레이저를 일에 묶어 두려는 심산인 듯했다. 1990년 여름이 되자 마우리치오도 인수 자금을 구할 수 없다는 것을 인정할 수밖에 없었다. 그와 인베스트코프는 다시 한번 노선을 변경했다. 3년 전 '안장 계약'을 맺을 때 정해진 원칙에 따라 50 대 50의 지분을 보유한 동업자로서 사업을 운영하기로 한 것이다. 마우리치오는 그러려면 전 세계에 흩어진 구찌의 영업법인을 단일 지주회사로 통합해야 한다고 주장했다. 그래야 구찌의 지배구조를 획기적으로 현대화할 수 있다고 생각한 것이다.

키르다르는 그 주장에 동의했고 글레이저에게 그 일을 맡겼다. 글레이저는 한 가지 조건을 내걸었다. 동업자인 인베스트코프와 마우리치오가 회사를 어떻게 운영하고, 개별 주주의 이해관계를 어떻게 관리할지에 대한 일련의 운영 규칙을 정하자는 것이었다. 인베스트코프가 구찌에 투자했을 때부터 마우리치오의 활동을 지켜본 글레이저는 인베스트코프가 회사 운영에 상당한 발언권을 행사할 수 있어야 한다고 생각했다. 법률적으로 경영 구조를 정확하게 구체화하는 과정에서 마우리치오와 인베스트코프의 사이는 크게 틀어졌다. 키르다르는 이렇게 증언했다.

“신뢰는 둘째치고 언젠가 의견이 일치하지 않을 때를 대비해 어떤 식으로 각자의 지분을 보호해야 할지 구체적으로 정해야 했습니다. 그러면서 갈등이 빚어지기 시작했지요. 그 과정은 변호사들에게 악몽과도 같았어요. 마우리치오는 언제나 공격당했지요. 그는 그때까지 살면서 정말 신뢰할 수 있는 사람을 만나지 못했습니다. 그러던 차에 안도감을 주었던 인베스트코프마저 자신을 이용해 먹으려는 악당으로 돌변했다고 생각하는 것 같았습니다.”

양측 변호사들의 협의는 마우리치오가 키르다르를 만나러 가야겠으니 협의를 잠시 중지하자고 선언할 정도로 공격적으로 진행되었다. 그럴 때마다 그 모든 장애물들에 의기소침해진 마우리치오는 런던으로 날아가 키르다르와 함께 벽난로 앞 안락의자에 앉아 대화를 나누었다. 초록색 눈의 키르다르는 매번 자애로운 미소를 띠며 그에게 말했다.

“마우리치오, 뭐가 문제인지 말해 봐요.”

“당신네 회사 사람들은 너무 야박하더군요.”

마우리치오는 고개를 절레절레 흔들었다.

“우리가 의도적으로 야박하게 군 건 아닙니다. 우리 태도가 너무 야박했다면 이제 바꿔 보도록 하죠. 저는 마우리치오 씨를 공격하거나 속일 생각이 없습니다. 우리 변호사들도 마찬가지고요. 그냥 자기 일을 성실하게 하는 것뿐이에요.”

그렇게 설득하면 마우리치오는 안심하고 돌아갔다. 키르다르의 말을 들으면 적어도 다음 갈등이 불거질 때까지는 마음이 편해졌다. 그러나 그 모든 과정이 끝났을 때 마우리치오는 글레이저를 증오하고 불신했으며, '빨강머리 악마' 혹은 '가정법을 좋아하는 사내'라고 비난했다.

"저는 센 사람 역할을 해야 했고 그 일을 잘 수행했습니다. 마우리치오는 그런 제 태도를 전혀 좋아하지 않았죠. 그에게 원하는 걸 손에 넣을 수 없다고 말한 사람은 인베스트코프에서 제가 유일했습니다. 제 경험에 따르면 그는 처음에는 감언이설로 상대를 홀리려 했어요. 그런 다음 자신을 두려워하게 만들려 했지요. 그에게 홀리거나 주눅 들지 않은 사람은 뒤로 물러날 수밖에 없었습니다."

앨런 터틀은 로돌포와 한 약속대로 계속 마우리치오의 개인 법률대리인으로 남았고 인베스트코프와의 관계에서도 의뢰인을 대신해 전면에 나섰다. 터틀은 꼼꼼하고 집요한 태도로 마우리치오의 입장을 대변했다. 결국 그에게 잔뜩 화가 난 글레이저가 마우리치오를 압박해 터틀과의 거래를 끊도록 할 정도였다.

"제 생각에도 터틀은 마우리치오 입장에서 기막히게 훌륭한 변호사였습니다. 하지만 저는 터틀이 주위에서 얼쩡대면 거래가 마무리되지 않을 거라는 걸 잘 알고 있었어요. 저는 마우리치오에게 터틀이 참석한 회의에는 이제 가지 않을 테니 다른 변호사를 구하는 편이 좋을 거라고 말했습니다. 결국 제가 이겼습니다!"

거래가 전부 철회될 것이 두려웠던 마우리치오는 마지못해 글레이저의 뜻에 따랐고, 다른 변호사를 구했다. 그 결과 인베스트코프는 200쪽에 달하는 계약서에 유리한 조건 몇 가지를 끼워 넣는 데 성공했다. 그 조항은 구찌의 미래에 크나큰 영향을 미치게 된다. 특히 마우리치오는 지분 50%의 전부나 일부를 대출 담보로 설정할 수 없게 된 반면 인베스트코프는 원하면 그렇게 할 수 있었다. 글레이저는 다음과 같이 말했다.

"우리는 자금을 빌리고 빌려주는 일을 취급하는 금융회사였습니다. 하지만 마우리치오가 돈을 빌렸다가 상환하지 못해 우리에게 새로운 동업자가 나타나는 위험을 감수할 수는 없었습니다. 이 문제에 대한 키르다르의 뜻은 완고했지요."

마우리치오는 뉴욕 법을 이행하기 위해 계약 체결 전에 터틀에게 계약서를 검토해 달라고 부탁했다. 계약서를 본 터틀은 깜짝 놀랐다. 특히 마우리치오의 지분 활용을 제한하는 조항을 보고 경악했다.

"이 사람들이 당신의 손발을 꼼짝없이 묶어 버렸군요!"

터틀은 막판에 계약서 조항 몇 가지를 마우리치오에게 유리한 방향으로 바꾸려 애썼다.

"마우리치오는 부자였지만 그 돈을 전혀 쓸 수 없었습니다."

글레이저는 한술 더 떴다. 인베스트코프와 마우리치오의 새로운 동업 계약을 가혹하게 밀어붙여 타결시킨 그는 런던에서 열린 인베스트코프 회의에서 마우리치오는 무능한 최고경영자이거나 사기꾼 혹은 둘 다일지도 모른다고 선언하듯 말했다. 그 자리에 있던 간부들은 대부분 마우리치오에게 호감을 갖고 있었기에 그 비난을 듣고 술렁거렸다. 글레이저가 임금님은 벌거벗었다고 말한 듯한 분위기였다. 화가 난 키르다르는 날카로운 초록색 눈을 찌푸리며 고함쳤다.

"자네는 마우리치오에 대해 그렇게 말할 위치가 아냐! 우리는 그를 도와주는 사람들이야."

"제 말에 동의하지 못하신다니 유감이군요. 그냥 제 생각이 그렇다는 겁니다. 제가 입증할 수는 없지만 그 회사가 지금처럼 손실을 낼 이유가 없거든요! 그 점이 수상쩍어요. 저는 회계법인에 의뢰해서 구찌의 장부를 샅샅이 훑어보라고 하고 싶습니다!"

글레이저는 키르다르가 맡긴 구찌 관련 업무를 마친 뒤 미국으로 돌아가려던 참이었다. 그러다가 자신의 의견이 구찌와의 관계에 악영향을 준다는 사실을 깨닫고 키르다르에게 구찌 업무에서 빠지는 편이 낫겠다고 말했다. 그 말에 동의한 키르다르는 얼마 전 채용한 윌리엄 플란츠(William Flanz)에게 구찌 일을 맡겼다. 사려 깊고 온화한 플란츠는 그해 가을 밀라노를 몇 차례 방문했고, 구찌에서 무슨 일이 일어나고 있는지 감을 잡기 시작했다.

한편 모란테는 구찌 밀라노 본사에서 최고운영책임자 역할을 떠맡게 되었다. 그러나 공식 직함은 주어지지 않았다. 그는 마우리치오가 새 팀을 꾸리는 데 도움을 줬고 전 세계 매장의 가격 책정 계획을 검토했으며, 오랜 동업자였던 모토야마 초이치로에게서 일본 사업에 대한 단독 지배권을 넘겨받았다. 뼛속까지 투자은행가였던 모란테는 모든 사람에게 해결책이 될 프로젝트에 돌입했다. 루이비통의 회장에서 밀려난 앙리 라카미에(Henry Racamier)와의 계약을 추진한 것이다. 라카미에는 루이비통에서 나온 뒤 오르코피(Orcofi) 그룹을 설립했다. 오르코피는 모엣 헤네시 루이비통(Moët Hennessy Louis Vuitton: LVMH)이 소유한 브랜드와 대적할 수 있는 명품 기업을 인수할 수단이었다.

모란테는 라카미에가 마우리치오의 든든한 동업자이자 동아시아에서 구찌의 사업을 확장하는 데 도움을 줄 수 있는 인물이라고 판단했다. 동아시아는 루이비통 시절 라카미에가 혁혁한 성과를 거둔 지역이었다. 모란테는 마우리치오에게는 지분 51%로 구찌 지배권을 부여하고, 라카미에에게는 지분 40%와 이사회 의결권을 부여하며, 인베스트코프는 상징적 의미의 7~8%의 지분을 부여하고, 경영진(다시 말해 모란테 자신)에게 나머지 지분을 주는 계약서를 작성했다.

"그 계약은 마우리치오가 지배권을 확보하는 데 도움이 될 것이 분명했습니다. 인베스트코프 입장에서는 품위 있게 퇴장할 수 있는 기회였지요. 제 경력을 통틀어 최고의 업적이 될 수 있었습니다."

두 남자는 몇 시간 동안 그 가능성을 분석하고 논의했다. 그들의 논의는 명품업계 최초로 이탈리아와 프랑스 회사 사이의 전략적 제휴로 이어질 전망이었다. 그때까지만 해도 프랑스의 명품업계는 이탈리아 명품 회사를 공급업체나 변변찮은 경쟁사 정도로 간주하고 있었다. 1990년 가을 모란테가 제안서를 작성하고 있을 때 마우리치오는 크레올에서 함께 주말을 보내자며 모란테와 토토 루소를 초대했다. 세 사람은 크레올을 타고 생트로페에서 매년 열리는 유서 깊은 요트 경주 대회 니우라르그를 참관했다. 이 대회는 유럽의 부유한 사업가들이 놓쳐서는 안 될 수준 높은 해상 파티였다. 앙티브를 비롯해 기후가 따뜻한 지중해 항구에 대형 요트를 정박해 두던 요트 주인들이 방문하기 편한 곳에서 개최되었고, 여름마다 열리는 각종 경주의 대미를 장식하는 대회였다. 프랑스와 이탈리아의 내로라하는 사업가들은 모두 니우라르그에 참가한 경험이 있었다. 라울 가르디니는 아메리카컵에 출전했던 '베네치아의 죽음(Il Moro di Venezia)'을 끌고 참가했다. 피아트 자동차 그룹의 회장으로 기세를 떨쳤던 지아니 아넬리는 경주에 참가하는 일은 드물었지만 자신의 요트를 타고 경주하는 요트들의 뒤를 따르곤 했다. 마우리치오가 그 대회에 모란테를 초대한 것은 의미심장하고 상징적인 행동이었다. 즉 그에게 좋은 인상을 주기 위한 의도였다. 가장 믿을 만한 친구만 크레올에 초대했기 때문이다. 모란테는 마우리치오가 자신을 최측근으로 받아들였다는 사실이 기뻤다.

"그가 주말에 나를 초대한 이유는 쾌적한 환경에서 함께 즐거운 시간을 보내며 우리 앞에 벌어지고 있는 일들을 하나하나 검토하기 위해서였습니다."

마우리치오는 금요일 오후 밀라노에서 니스까지 가기 위해 소형 제트기를 전세 냈다. 니스에 도착한 세 사람은 수평선을 두텁게 덮고 있는 먹구름을 뚫고 생트로페로 가기 위해 헬리콥터에 탑승했다. 헬리콥터는 작은 항구도시를 에워싼 바람과 구름 속에서 오르락내리락하며 요동쳤고 가는 내내 흔들렸다. 작은 헬리콥터가 생트로페 중심부에 무사히 착륙하자 세 남자는 안도하며 부두까지 걸어갔다. 그곳에는 마호가니 보급선이 기다리고 있었고, 저 멀리 3개의 돛대를 단 크레올의 윤곽이 보였다. 60미터가 넘는 크레올은 몸집이 너무 커서 항구에 들어올 수 없었기 때문에 생트로페의 작은 만과 맞닿은 바다에 정박해 있었다. 세 남자는 날씨와 요트, 곧 맞이할 주말에 대한 가벼운 잡담을 주고받았다.

마우리치오는 아내 파트리치아가 고용한 건축가를 해고한 일부터 1986년 여름 라 스페치아 조선소에서 망가진 배를 수리했던 일에 이르기까지 크레올을 재건하는 과정에서 겪었던 재난들에 대해 이야기했다. 파올로가 크레올이 불법 취득되었다고 당국에 고발했을 때는 이 멋진 요트를 몰수당할까 봐 불안했었다는 말도 덧붙였다. 그래서 그는 선장에게 시험 운항하는 척하면서 닻과 돛을 올리고 항구를 떠나라고 지시했다. 크레올은 배에 타고 있던 목수들을 몰타에 내려 준 다음 스페인의 항구도시이자 새로운 정박지가 될 팔마 데 마요르카를 향해 출발했다. 마우리치오는 복원에 비용을 아끼지 않은 덕분에 크레올이 과거의 영광을 회복하고 최첨단 장비까지 빠짐없이 장착할 수 있었다고 말했다. 토토 루소는 마우리치오를 도와 크레올의 선실에 호화로운 복고풍 분위기를 불어넣었다. 그 과정에서 어마어마한 비용이 들어갔다. 마우리치오는 내빈실 1개를 개조하는 데만 97만 달러(약 10억 원)를 썼다. 크레올은 실제로 세계에서 가장 아름다운 요트로 꼽히면서, 마우리치오의 예상보다 훨씬 더 큰 비용을 치른 가치를 증명했다.

세 남자를 태운 보급선은 크레올을 향해 속도를 냈다. 곧이어 크레올의 위풍당당하고 거무스름한 자태가 어렴풋이 모습을 드러냈다. 세 사람은 배에 올라 미소를 띤 영국인 선장 존 바턴에게 인사했고, 관례에 따라 깃발에 경례했다. 그런 다음 마우리치오는 모란테에게 선내를 구경시켜 주었다. 스타브로스 니아르코스(그리스 선박 재벌로 크레올의 최초 소유자)의 갑판 위 선실은 유화와 대리석 탁자, 최첨단 음향기기로 호화롭게 장식된 응접실로 바뀌었다. 배 후미 갑판 바로 아래에는 2인용 선실 4개가 있었는데, 각 선실은 티크, 마호가니, 삼나무, 브라이어 나무 등 각기 다른 고급 목재 벽면과 동양화풍 그림으로 장식되었다. 게다가 각 선실에는 특별히 제작한 고급 수건과 세면용품을 채운 전용 욕실이 딸려 있었다. 우현에 있는 마우리치오의 선실 맞은편에는 식당이 있었다. 그곳에는 12인용으로 늘이거나 크기를 줄여 커피 탁자로 쓸 수 있는 접이식 나무 식탁 2개와 촘촘한 천으로 덮개를 씌운 편안한 의자가 놓여 있었다. 바, 휴게실, 세탁실, 승무원 구역 등은 앞쪽 갑판에, 주방과 발전실은 선체 깊숙이 있었다.

마우리치오는 모란테와 루소에게 손님을 위해 특별히 제작한 두툼한 흰색 티셔츠와 바지를 승선용 유니폼으로 내주었다. 바지에는 크레올을 상징하는 일각수 해마 한 쌍이 새겨져 있었다. 요트 구경이 끝나자 마우리치오는 바던 선장에게 항해와 관련된 뜬소문을 들었다. 모란테는 유니폼으로 갈아입고 루소와 응접실에서 만났다. 아래층에서 바던 선장과 즐겁게 대화를 나누는 마우리치오의 웃음소리가 계단을 타고 위층 응접실까지 들려왔다. 루소는 모란테에게 응접실에 있는 이음새 없이 붙여 넣은 장식용 판자와 뛰노는 물고기 모양의 골동품, 주문 제작한 우아한 황동 조명기구, 청동 주조 받침대가 달린 훌륭한 모사품 장미색 대리석 탁자 등에 대해 하나하나 설명했다. 그런 다음 두 남자는 술잔을 들고 마주 놓인 크림색 가죽 소파와 회색 소파에 각각 앉았다. 이 소파는 마우리치오가 가장 아끼는 가구로 진짜 상어가죽으로 만들어졌다. 루소는 고개를 돌려 은은한 청회색 광택이 흐르는 벽을 가리키며 눈을 찡긋했다.

"일본에서 수입한 가오리가죽이죠!"

루소가 호들갑스럽게 말하며 마우리치오의 구상은 흔한 조개나 요트 문양이 없는 세련된 실내장식을 하는 것이었다고 설명했다. 모란테가 맞은편 벽에 걸린 그림을 보면서 중얼거렸다.

"멋지군. 정말 멋져!"

해질녘 은은한 낙조에 싸인 나일강 어귀를 그린 그림이었다. 루소는 모란테가 감탄을 하면서도 다른 생각에 사로잡혀 있다는 사실을 알아챘다. 얼마 전 두 사람은 천문학적인 매장 개조 비용 때문에 충돌한 적이 있었다. 루소는 돈은 얼마를 들여도 좋다는 마우리치오 덕분에 호황을 누리고 있었다. 그래서 모란테가 마우리치오에게 점점 더 큰 영향력을 끼치고 있는 것이 걱정스러웠다. 그는 생각에 잠겨 모란테를 바라보다가 캐물었다.

"요즘 구찌 상황이 어때요? 사실대로 말해줘요."

"그리 좋지 않아요, 토토."

모란테는 술잔을 내려놓으며 진지하게 대꾸했다.

"자세히 말해 봐요."

"음, 어려운 시기에요. 시장 자체가 불황이죠. 마우리치오에게는 훌륭한 사업 구상이 있고 구찌의 미래에 대한 혜안도 탁월하지만 누군가 그의 경영을 도와야 해요. 그는 권한을 위임할 필요가 있어요. 그렇게 하지 않으면 상황이 악화될 거예요."

모란테가 말을 마치고 빳빳하고 희끗희끗한 콧수염 아래에 있는 입을 굳게 다물었다. 찡그린 이마에는 굵은 주름이 잡혔다. 루소도 맞장구쳤다.

"나도 그걸 걱정하고 있어요."

"그런데 마우리치오가 현재 상황을 깨닫지 못하고 있는 것 같아 고민입니다. 그는 재무제표도 샅샅이 살피고 모든 정보에 대해 알고 있지만 왠지 회사 상황에 대해서는 깜깜한 것 같더군요."

"알다시피 그에게는 우리가 유일한 친구예요. 다른 사람들은 모두 그에게서 뭔가를 뜯어내려 하죠. 우리는 그에게 진실을 말해 줄 책임이 있습니다. 그에게 상황을 제대로 알려줘야 합니다. 마우리치오가 당신을 신뢰하고 있으니 당신이 그걸 알려 주세요."

모란테는 고개를 가로저었다.

"그래도 될지 모르겠어요, 토토. 내 말을 오해할 수도 있으니까요. 당신도 마우리치오가 구찌를 어떻게 생각하는지 잘 알잖아요. 그는 자신이 구찌를 경영한다는 걸 세상에 증명이라도 하려는 것 같아요."

모란테는 그렇게 우려하면서도 자신의 고민에 대해 마우리치오에게 말하겠다고 약속했다. 두 사람은 주말을 망치지 않기 위해 일요일 밤까지 기다리기로 했다. 모란테는 분위기가 느긋해지면 마우리치오가 자신의 조언을 더 순순히 들어주리라 생각했다. 그때 마우리치오가 계단을 뛰어올라와 활짝 웃으며 아래층 식당에 저녁 식사를 하러 가자고 불렀다. 요리사는 자신이 가장 자랑하는 성게를 곁들인 파스타와 세심하게 구운 생선 등 마우리치오가 좋아하는 요리들을 준비했다. 요트의 아이스박스 안에는 몽트라셰 와인이 잔뜩 담겨 있었다. 산뜻한 풍미를 자랑하는 몽트라셰는 전문가들이 부르고뉴산 중에서도 최상급이라 격찬한 와인으로 마우리치오가 각별히 좋아한 술이다.

저녁 식사 후 그들은 응접실에 앉아 몽트라셰를 마시며 음악을 들었다. 마우리치오는 당시 유행하던 '당신을 그리워하며(Mi Manchi)'를 여러 번 반복해서 들었다. 이탈리아 가수 안나 옥사의 뇌쇄적인 목소리를 들으면서 얼마 전 헤어진 슈리를 생각했다. 슈리는 몇 년 동안의 만남 끝에 '두 사람의 미래에 대해 구체적인 계획이 있는지' 물었다. 슈리는 마우리치오와의 관계가 더 견고해지기를 원했다. 아마도 가정을 꾸릴 생각까지 했던 것 같다. 하지만 마우리치오는 그녀의 짝이 아니라는 사실을 인정할 수밖에 없었다. 떨어져 지내긴 했지만 그에게는 이미 가정이 있었다. 그리고 언젠가 딸들과 다시 함께 살고 싶은 생각이 있었다. 게다가 구찌의 재출범에 완전히 정신이 팔려 있어 사생활에 시간을 낼 여유가 거의 없었다. 결국 슈리를 떠나보냈지만 그녀와의 따뜻하고 다정하며 편안했던 관계를 그리워했다.

아침이 되자 먹구름이 걷혔고 순조로운 대회를 약속하듯 화창한 하늘과 상쾌한 미풍이 잠에서 깬 크레올의 승객들을 반겼다. 그들은 바람막이 재킷을 입고 기계실 지붕 위로 올라갔다. 그곳은 요트 선수들의 항로를 방해하지 않고도 모든 움직임을 관찰할 수 있는 위치였다. 승무원들은 항해용 밧줄과 돛을 준비하느라 분주하게 움직였다. 묵직한 닻을 끌어올린 다음 돛이 바람을 받기 시작하자 크레올은 미끄러지듯 앞으로 나아갔다. 바턴 선장은 옛 방식 그대로 호루라기를 불며 승무원들에게 요트를 몇 차례 회전시키라고 지시했다. 요트 상태를 시험해 보기 위해서였다.

갑자기 매끈한 30미터짜리 푸른 범선이 다가오자 사람들의 시선이 그쪽으로 쏠렸다. 까맣게 그을린 피부와 풍성한 은발을 한 남자가 배의 타륜 앞에 서 있었다. 그 배는 '엑스트라비트(Extra Beat)'였고, 은발 남자는 피아트 자동차 그룹의 지아니 아넬리 회장이었다. 이탈리아의 비공식 국왕으로 불릴 정도로 권세를 떨치던 아넬리는 품위 있고 세련된 인물이며 공작의 딸인 마렐라 카라촐로(Marella Caracciolo)와 결혼했다. 그래서 이탈리아 국민은 그를 존경했고 자랑스럽게 여겼다. 그는 극소수 정치 지도자에게 돌아가는 영예도 얻고 있었다.

이탈리아 언론은 아넬리를 '변호사'라는 뜻의 '라보카토(L'Avvocato)'로 불렀다. 그는 승무원을 보내 크레올에 승선해도 되는지 허락을 구했다. 그가 크레올에 승선을 부탁하는 것은 이번이 처음은 아니었다. 이전에 크레올을 수리하기 위해 항구에 정박했을 때 아넬리가 다가오는 모습을 본 마우리치오는 배에 탄 수리공에게 구찌 씨가 외출했기 때문에 다른 사람을 배에 태울 수 없다고 말해 달라고 부탁했다.

마우리치오는 다시 한번 승무원을 통해 거절의 뜻을 전했다. 그는 크레올의 개조가 마무리되지 않았기 때문에 손님을 맞이할 준비가 되어 있지 않다고 말하라고 지시했다. 그 말에 적의를 품은 아넬리는 엑스트라비트를 빠르게 조종해 일부러 크레올 측면에 바짝 댔다. 그러자 크레올의 선장과 승무원들은 깜짝 놀랐다. 파파라치들이 이 둘의 대결 장면을 찍으려 흔들리는 물살을 헤치고 벌떼처럼 몰려들었다. 모란테는 그 광경에 대해 이렇게 말했다.

"아넬리는 꽤 오랫동안 그 멋진 요트에 경의를 표하려 했어요. 그러나 마우리치오는 아넬리가 자신의 생 모리츠 부동산을 사고 싶어 했던 것처럼 요트를 사겠다고 할까 봐 두려워했었죠."

크레올의 승객들은 일요일에 시상식을 건너뛰고, 저녁이 되자 차를 타고 시내로 향했다. 옹기종기 모여 있는 노란색, 주황색, 분홍색 건물들에 석양이 비추는 광경을 바라보면서 그곳에 점점 더 가깝게 다가갔다. 세 사람은 크레올의 유니폼을 벗고 다림질한 황갈색 바지와 버튼다운 옥스퍼드 셔츠, 원색 캐시미어 스웨터를 어깨에 느슨하게 둘렀다. 거리에 늘어선 화가들과 이젤을 지나쳐 생트로페의 그림 같은 아름다운 거리들을 통과해 마우리치오가 가장 좋아하는 식당에 도착했다. 생선 요리로 유명한 그 식당은 옛 도심 깊숙한 곳에 있었다. 그들이 자리에 앉자 웨이트리스가 물과 와인을 가져다주었다. 마우리치오는 아넬리와의 일에 대해 농담을 하면서 와인을 따랐고 모두가 먹을 생선 요리를 주문했다. 왼편에 앉은 루소는 식탁 맞은편에 앉은 모란테에게 구찌의 현재 상황에 대해 이야기하라고 입 모양으로 신호를 보냈다. 그러나 모란테는 그 신호를 무시했고 계속 마우리치오와 잡담을 나눴다.

첫 번째로 나온 요리를 먹는 동안 루소가 식탁 밑으로 모란테의 다리를 툭툭 쳤다. 회사 이야기를 꺼내라는 신호였다. 모란테는 고개를 끄덕이고 헛기침하며 말했다.

"마우리치오, 토토와 제가 말씀드리고 싶은 것이 있어요."

그는 응원을 부탁하듯 루소를 곁눈질했다. 마우리치오는 모란테의 어조가 심각해졌다는 사실을 알아차렸다.

"무슨 이야긴데요?"

마우리치오가 설명을 바라듯 루소를 쳐다보며 물었다. 그러나 루소가 가만히 있자 모란테가 부드러운 목소리로 이야기를 시작했다.

"제 말이 불쾌하게 들리실 겁니다. 하지만 진정한 친구로서 이 말을 해야겠어요. 제발 제 이야기를 우정의 표시로 받아들여 주세요. 당신은 정말로 많은 자질을 갖춘 분입니다. 또 현명하고 매력적입니다. 그 누구도 당신처럼 구찌의 변화에 대한 흥미를 자극할 수는 없을 겁니다. 당신은 여러 자질을 지녔습니다. 하지만 현실적으로 생각해 봅시다. 모든 사람이 경영자로서의 자질을 타고 나는 건 아닙니다. 우리는 함께 많은 일을 겪었지만 저는 이 말을 꼭 해드려야겠다고 생각했습니다. 솔직히 당신은 회사를 어떻게 경영해야 하는지 잘 알지 못하는 것 같습니다. 그래서 제 생각에는 다른 사람에게…."

순간 마우리치오가 식탁을 주먹으로 세게 내리쳤다. 와인 잔이 쓰러지고 은 식기가 소리를 내면서 떨어질 정도였다.

"아니오!"

마우리치오는 큰 목소리로 말했다.

"아니오! 아니오! 아니오!"

주먹으로 식탁을 내리칠 때마다 그의 목소리는 점점 더 커졌다. 다른 손님들이 얼굴이 벌겋게 된 세 남자를 쳐다보았다.

"당신은 날 이해하지 못해요. 내가 이 회사를 통해 무엇을 이루려는지 알지 못한다고요!"

마우리치오는 모란테를 쏘아보면서 단호하게 말했다.

"나는 절대 당신 말에 동의하지 못해요."

난처해진 모란테는 자신을 전혀 지원해 주지 않은 루소에게 시선을 돌렸다. 요트에 탔을 때의 쾌활하고 친근한 분위기는 산산조각 났다. 모란테는 방어라도 하듯 두 손을 들었다.

"이봐요, 마우리치오. 그냥 제 의견일 뿐이에요. 제 의견에 동의하실 필요는 없어요."

마우리치오의 격렬한 반응은 모란테와 루소뿐 아니라 그 자신도 놀라게 했다. 그는 대결을 싫어했고 매사를 원만하게 넘기는 것을 좋아했다. 외교관 기질이 있었던 그는 자신의 반응을 사소한 일로 넘기려 했다.

"이제 그만하세요. 모란테. 그런 이야기로 아름다운 주말 저녁을 망치지 맙시다."

루소가 나폴리풍의 음탕한 농담으로 화제를 돌리자 식사가 끝날 때 분위기는 처음 도착했을 때와 다르지 않아 보였다. 그러나 그것은 겉으로 드러난 모습에 불과했다. 훗날 모란테는 이렇게 말했다.

"그때 마우리치오의 마음속에서 무언가가 끊어졌어요. 더는 나를 신뢰할 수 없다고 판단한 것 같아요. 그 이후로는 모든 것이 걸치레였죠. 그는 아버지와 삼촌에게서 회사를 경영할 역량이 없다는 이야기를 수없이 반복해서 들었습니다. 그 이후로도 두 사람에 대한 두려움을 완전히 떨치지 못했고, 저 때문에 그 두려움을 다시 직시해야 했지요. 그는 남들에게서 '당신은 천재예요'라는 말을 듣고 싶어 했습니다. 저보다 훨씬 더 약삭빠른 사람들은 그가 원하는 이야기를 들려주면서 살아남았지요. 마우리치오에게 타인은 자기 편 아니면 적이었어요."

아버지와 아내 파트리치아에게 그랬듯이 마우리치오는 모란테와의 관계도 끝냈다. 밀라노로 돌아온 두 사람 사이에는 서먹한 분위기가 흘렀고 모두가 그 사실을 눈치챘다. 둘 모두와 일한 필라르 크레스피는 이렇게 회고했다.

"초반에 마우리치오와 모란테는 떼어 놓을 수 없는 관계였습니다. 마우리치오는 모란테를 정말 좋아했어요. 그런데 둘 사이가 틀어졌습니다. 마우리치오가 배신감을 느낀 거죠. 모란테가 그에게 감당하기 어려운 일을 하고 있다는 식으로 말한 것이 듣기 싫었던 겁니다. 마우리치오는 자기가 한 말에 늘 동의하는 사람을 좋아했어요."

설상가상으로 모란테가 6개월 동안 공을 들인 라카미에와의 협상이 막판에 결렬되었다. 모란테가 크리스마스 휴가를 떠날 때만 해도 모든 것이 준비된 상태였다. 그는 계약서에 서명만 하면 된다고 확신했다. 거래는 호화로운 로스차일드의 파리 사무실에서 조용히 무산되었다. 마우리치오와 변호사들은 인베스트코프 간부들과 함께 안으로 안내되었다. 그러나 모든 계약 당사자가 탁자에 모여 앉았을 때 라카미에는 인베스트코프의 기대에 한참 못 미치는 가격을 제시했다. 그때까지 인베스트코프에서 일했던 릭 스완슨은 그 상황을 이렇게 들려주었다.

"그가 제안한 금액이 너무 낮았기 때문에 우리는 모욕당한 기분으로 자리를 박차고 나왔습니다."

라카미에는 인베스트코프의 자부심과 사업 기준을 과소평가했다. 나중에 스완슨은 어떤 고문에게서 라카미에가 실제로는 1억 달러를 더 제시할 생각이었는데 그 금액을 제안하기 전에 큰 모욕감을 느낀 인베스트코프 간부들이 자리를 박차고 나갔다는 말을 들었다. 모란테는 안타까움을 드러냈다.

"상황이 엉망이 되기 시작한 건 그때부터였습니다."

인베스트코프가 1991년 1월 연례 경영위원회 회의에서 검토한 구찌의 경영 실적은 암울했다. 매출이 20% 가까이 떨어졌고 이익은 실종되었으며 단기 전망은 한층 더 비관적이었다. 구찌는 수천만 달러의 손실을 입었다. 인베스트코프의 임원이자 구찌 업무에 점점 더 많은 시간을 쏟아부었던 플란츠는 이렇게 묘사했다.

"구찌는 하강 기류 속으로 들어간 비행기 같았어요. 6,000만 달러(약 655억 원) 정도 이익을 내던 회사에서 불과 몇 년 사이에 6,000만 달러의 손실을 내는 회사로 추락했습니다."

릭 스완슨도 비판적인 의견이었다.

"마우리치오는 매출을 1억 달러 넘게 삭감했고 지출 항목에 3,000만 달러를 추가로 끼워 넣었습니다. 그는 사탕가게에 간 꼬마처럼 한 번에 모든 걸 손에 넣으려 했어요. 그에게는 우선순위에 대한 인식이 없었습니다. 그저 '내가 이곳에 있고 이곳을 지배하고 있으니 무슨 일이든 할 수 있다'라는 생각뿐이었어요."

마우리치오는 인베스트코프의 동업자들에게 시간을 달라고 부탁했다.

"수요가 되살아날 거예요! 매출이 회복될 겁니다! 시간문제일 뿐이에요!"

그러나 새로운 구찌 제품들을 매장에 재빨리 내놓는 것에도 어려움을 겪었다. 그가 저렴한 캔버스백을 너무 급하게 매장에서 치우는 바람에 던 멜로와 디자인팀이 새롭게 디자인한 신제품이 매장에 도착할 때까지 진열할 제품이 없었다. 1989년부터 1999년까지 구찌 영국의 상무이사를 지낸 카를로 마젤로(Carlo Magello)는 그 상황을 이렇게 들려주었다.

"매장에는 정말 아무것도 없었어요. 약 3개월 동안 매장이 텅텅 비어 있었지요. 사람들이 우리가 폐업하는 것으로 알 정도였어요!"

미국의 유통업자로 삭스 피프스 애비뉴의 사장이었고 나중에 니먼 마커스의 계열사인 버그도프 굿맨의 회장 겸 최고경영자가 된 버트 탠스키는 이렇게 지적했다.

"값싼 제품을 비싼 제품으로 교체했다고 마우리치오를 비난한 사람은 없었습니다. 하지만 그가 캔버스백을 더 천천히 단계적으로 철수시켰더라면 상황이 조금은 나았을 것입니다. 우리는 그렇게 큰 성공을 거둔 제품을 교체할 상품도 없이 뺄 이유가 없다고 그에게 애원했어요. 구찌 고객이라면 누구나 그렇게 생각했을 겁니다."

인베스트코프가 구찌의 매출 급락에 주목했던 시기에 이라크 영공 위로 전투기가 날아다니기 시작했다. 이라크 군대가 쿠웨이트를 침공한 1990년 2월부터 중동에 긴장감이 고조되고 있었다. 8월 8일 이라크는 쿠웨이트가 석유를 과잉 공급해서 가격을 떨어뜨렸다고 비난하면서 공식적으로 쿠웨이트를 합병했다. 유엔은 1991년 1월 15일까지 군대를 철수하라고 이라크에 최후통첩을 보냈다. 그러나 사담 후세인이 응하지 않자 미국의 노먼 슈워츠코프 장군이 지휘하는 유엔군이 대대적인 공습 작전을 펼쳤고, 곧 지상 공격을 감행했다. 2월 28일 휴전이 선포되었지만 걸프전쟁은 명품시장을 초토화시켰다.

그때 폴 디미트럭은 1990년 9월에 인베스트코프에서 사임하고 세계 각국의 면세점 네트워크를 기반으로 세계 최대의 명품 소매업체가 된 DFS 그룹의 이사로 활동하고 있었다. 그런 만큼 여전히 업계 사정에 훤했다.

"전쟁은 명품업계를 강타했습니다. 걸프전은 전 세계에 두려움을 불러일으켰어요. 지금 보면 과도해 보이지만 당시에는 정말 현실적인 두려움이었습니다. 끔찍한 일이 일어나리라는 분위기가 감돌았지요. 사람들은 중동 상공 위를 지나가는 것은 고사하고 비행기에 탑승하는 것 자체를 꺼렸습니다. 미국인과 일본인이 명품시장의 원동력이었는데, 그때 이 업계가 주저앉고 말았죠."

설상가상으로 같은 시기 부동산 폭락의 여파로 일본 주식시장마저 폭락했다.

"도쿄 증시가 39,000에서 14,000으로 급락했어요. 전쟁을 제외하면 세계 역사상 실물자산에 가장 큰 타격을 입힌 사건일 겁니다."

라카미에와의 거래 실패와 걸프전 발발 이후 모란테는 마우리치오를 구원할 백기사가 나타나지 않으리라는 것을 깨달았다. 그는 회사가 살아남을 수 있을지 확인하기 위해 회사 속사정을 파고들어야 했다.

"저는 마우리치오의 두려움을 자극하고 행동을 유도하기 위해 숫자를 취합하고 분석했지만 아무 일도 일어나지 않았어요."

그때 모란테가 계산한 바로는 1991년 구찌의 손실은 무려 160억 리라(약 140억 원)에 달할 가능성이 있었다.

"매출은 살아나지 않았고 이익은 실현되지 않았으며 비용은 천정부지로 치솟았습니다. 회사의 현금은 전부 소진되었지요. 마우리치오는 회사의 현금흐름이 어떻게 발생하는지에 대한 개념이 없었습니다. 그 역시 알도처럼 직감에 따라 경영했던 겁니다. 오늘날 직감에 의존하는 경영인은 결과가 좋으면 모르지만, 결과가 나쁘면 그 상황을 무사히 넘어갈 수 없습니다."

알도에게는 주효했던 방식이 마우리치오에게는 전혀 맞지 않았다. 사실 알도는 직감뿐 아니라 사업적인 근성도 지니고 있었다. 모란테가 가장 시급한 문제로 마우리치오의 주의를 돌리려고 애쓰던 그때 그는 이미 그로부터 신뢰를 잃은 상태였다. 모란테의 경고는 헛수고로 돌아갔고 마우리치오는 새로운 스타를 찾아냈다.

컨설턴트 파비오 시모나토(Fabio Simonato)를 인사 책임자로 영입한 것이다. 모란테는 마우리치오의 부탁으로 조금 더 머물다가 그해 7월에 사직서를 냈다.

모란테는 1987년부터 마우리치오가 구찌의 견고한 가족 구조를 깨는 데 도움을 주었다. 금융계에서 새로운 동업자를 찾아줬고 새로운 경영진을 꾸리도록 도왔다. 또한 마우리치오에게 경영권을 주었고 인베스트코프를 품위 있게 퇴장시킬 수 있는 새로운 주주 제안서도 작성했다.

> “여러 시도를 했지만 안타깝게도 그 꿈은 제 바람과는 다른 식으로 끝났습니다. 이제 저는 제 길을 가야겠습니다.”

모란테가 쓴 사직서의 일부다. 이후 그는 밀라노의 작은 머천트뱅크에 입사했고, 나중에 런던의 크레디트스위스 퍼스트 보스턴(Credit Suisse First Boston)으로 자리를 옮겨 이탈리아 시장을 맡았다. 진일보한 모습으로 자신의 장기인 거래 협상 분야로 돌아왔지만 마우리치오와 일한 시절의 기억이 계속 밀려들었다. 디미트럭을 비롯해 모란테보다 먼저 구찌를 경험한 수많은 사람들이 그러했듯 구찌에서의 경험은 모란테에게 지대한 영향을 끼쳤다.

13.

산더미 같은 빚

모란테는 물론 그 누구도 구찌의 재정이 악화되면서 마우리치오가 개인적으로 진 빚이 수천만 달러대로 불어나고 있다는 사실을 알아차리지 못했다. 마우리치오는 자신의 빚에 대해 아무에게도 털어놓지 않다가 1990년 11월이 되어서야 변호사 파비오 프란키니와 상의하기 시작했다. 애초에 그는 아버지가 남긴 스위스 은행 계좌 잔고를 대충 확인한 다음 구찌의 상황이 호전되어 상당한 이익을 내리라는 기대에 미래를 맡기기로 했다. 그렇게 해서 낸 빚으로 크레올을 개보수하고, 밀라노 코르소 베네치아의 대형 아파트를 꾸몄으며, 친척들과의 소송 때문에 자꾸 늘어만 가는 변호사 비용을 마련했다.

프란키니는 원래 마리아 마르텔리니가 구찌의 법정관리인이던 시절 구찌의 법률문제를 담당할 변호사로 고용되었는데, 다시 회장직에 오른 마우리치오가 그대로 있어 달라고 부탁했다. 그가 구찌의 변호사가 되었을 때 마르텔리니가 했던 말이 뇌리에서 지워지지 않았다.

"마우리치오는 돈더미 위에 앉아 있어요."

그러나 훗날 마우리치오가 돈더미가 아닌 빚더미 위에 앉아 있다는 사실을 알고 난 뒤 프란키니는 크게 당황했다.

"정말 깜짝 놀랐어요."

마우리치오는 프란키니에게 개인적으로 진 빚이 4,000만 달러(약 437억 원)에 이른다고 털어놓았다. 대부분은 뉴욕 씨티은행과 스위스 루가노의 방카 델라스 비체 라 이탈리아나에서 빌린 돈이었다. 은행들이 채무 상환을 요구하고 있지만 그 돈을 어떻게 마련해야 할지 모르겠다고 했다. 구찌의 사업이 적자로 돌아서면서 그는 50% 지분에 해당하는 배당금을 한 푼도 받지 못한 상태였다. 다른 자산이라고는 생 모리츠와 밀라노, 뉴욕에 소유한 부동산뿐이었는데 대부분 이미 담보가 설정되어 있었다. 마우리치오는 은행의 편지에 답하지 않았고 전화도 받지 않았다. 마우리치오의 자금 마련을 위해 프란키니는 새로운 은행들과 수없이 많은 약속을 잡았지만 모두 헛수고였다.

한편 구찌의 부진한 실적 때문에 인베스트코프의 부담은 커져만 갔고 키르다르와 그의 팀도 막중한 압박에 시달렸다. 특히 인베스트코프가 1990년 삭스 피프스 애비뉴를 사들이는 데만

16억 달러(약 1조 7,500억 원)가 넘는 돈을 쓰자 매입 금액이 지나치게 높다는 시장의 비난이 쏟아졌다. 1991년 구찌의 손실은 380억 리라(약 325억 원)에 달했다. 인베스트코프의 전직 간부는 이렇게 지적했다.

"가장 큰 문제는 구찌 투자자들이 실적이 신통치 않은 쇼메(Chaumet)와 브레게에도 투자했다는 사실입니다. 투자자들은 이에 불만을 품었습니다."

키르다르는 마우리치오를 전담 통제하도록 빌 플란츠를 밀라노로 파견했다. 플란츠는 겸손하고 온화한 40대 후반 남성으로 삭스 피프스 애비뉴 매입에 관여했으며, 남의 말을 경청할 줄 아는 사람이었다. 누군가 이야기를 꺼내면 얇은 귀갑 안경 너머로 연푸른 눈동자를 연신 깜박이면서 이해한다는 듯 숱이 적은 머리를 끄덕이곤 했다. 그는 스트레스에 시달릴 때도 차분하고 평온한 태도를 잃지 않았다. 그 같은 자질은 긴박한 상황을 겪으면서 체득한 것이었다. 그는 이란 왕조가 붕괴한 뒤 테헤란에서 호메이니 정권과 은행 국유화 방안을 원만하고도 신중한 태도로 논의한 경험이 있었다. 레바논 내전 시기에는 베이루트에서 폭동에 휘말려 몇 번이나 구사일생으로 살아났고, 그러는 동안 부하 직원들이 목숨을 잃는 광경도 지켜보아야 했다.

플란츠는 체코 태생인 정치학 교수의 장남으로 태어나 뉴욕 용커스의 서민 동네에서 자랐다. 뉴욕대학 교수인 아버지 덕분에 학비를 면제받고 다니다 졸업했으며, 이후 미시건대학에서 경영학 석사학위를 받았다. 체이스맨해튼 은행의 수습사원으로 경력을 시작해 19년 동안 재직한 끝에 사모펀드 회사인 프루덴셜아시아를 공동 설립했고, 나중에 인베스트코프에 합류했다. 평소의 차분한 태도 때문에 그의 도전 정신과 아웃도어 활동에 대한 열정은 겉으로 드러나지 않았다. 그는 주말이면 회색 정장을 벗고 오토바이용 검은색 가죽옷으로 갈아입은 뒤 커다란 BMW 오토바이를 타고 시골길을 달렸다. 등산복 차림으로 숲속을 누비거나 스키 장비를 갖추고 헬리콥터에 올라 인적 없는 활강 코스를 찾아 다니기도 했다. 키르다르가 보기에 플란츠는 위협적이지 않은 태도와 성품의 소유자였기 때문에 인베스트코프의 중재자로서 마우리치오와의 관계 단절을 복구시킬 수 있는 적임자였다.

플란츠와 다른 간부인 필립 버스콤은 밀라노의 산 페델레 광장 사무실에 새로 마련된 널찍한 회의실에서 마우리치오와 만났다. 그들은 구찌의 사업 결정에 더 적극적으로 관여하기 위해 집행위원회를 구성했고, 처리할 사안 11가지를 파악했다. 구찌 일에 관여했던 스완슨은 이렇게 회고했다.

"집행위원회는 마우리치오를 건드리지 않으면서도 경영에 활기를 불어넣기 위해 우리가 고안해 낸 방법이었습니다. 여러 일을 기획했지만 궁극적으로 그것을 실행에 옮길 사람은 마우리치오였습니다. 하지만 그런 일은 일어나지 않았지요."

구찌의 총무 회계 이사였던 마리오 마세티(Mario Massetti)는 이렇게 말했다.

"마우리치오는 '좋아요'라고 말해 놓고도 자신이 하고 싶은 대로 일하곤 했습니다. 문제가 있다는 사실을 부정했던 건 아니었어요. 그저 자신이 어떤 식으로든 문제를 돌파할 수 있을 거라고 확신했던 것 같아요."

마우리치오는 꿈을 실현하는 데 드는 비용이 당초 예상을 훨씬 뛰어넘는다는 사실을 깨달았다. 그래도 처음에는 구찌의 새 사옥에 사무실을 마련해 주며 플란츠를 반갑게 맞이했다. 항상 그렇듯이 편견 없는 마음으로 구찌에 도착한 플란츠는 시간을 들여가며 문제를 분석했다. 그러나 마우리치오가 입장을 정하고 나자 아무도 그를 만류할 수 없었다.

"저는 마우리치오가 마음에 들었지만 그가 내린 결정과 일을 진행하는 방식을 비판하게 됐고, 그러면서 우리 관계에 긴장감이 감돌기 시작했습니다. 저는 마우리치오가 비현실적인 사업가이자 무능한 경영인이며 지도자 자질이 부족하다는 결론에 이르렀습니다. 결국 그가 채권자들이 제시한 기간 동안 구찌를 성공시키지 못하리라는 점이 분명해졌습니다."

1992년 2월, 구찌 아메리카가 사업을 축소했음에도 씨티은행은 구찌에 경고를 보냈다. 신용대출한도 2,500만 달러가 꽉 차자 상환을 요구한 것이다. 구찌의 순자산은 마이너스 1,730만 달러였고 매출은 7,030만 달러로 곤두박질쳤다. 구찌 아메리카는 마우리치오가 도입한 새로운 가격정책을 따랐다가 본사에 상품대금을 치르지 못했고 급여를 비롯한 각종 운영비를 감당할 수 없는 상황에 처했다. 새로운 가격정책은 던 멜로의 팀이 디자인한 품질 좋은 신제품 가격을 훨씬 더 높게 책정하는 것이 골자였으며, 나중에 마우리치오와 데 솔레, 인베스트코프 사이에 첨예한 갈등을 일으켰다. 데 솔레는 적극적으로 반대했다.

"캔자스시티에서 무슨 수로 1,000달러짜리 핸드백을 팔 수 있겠어요?"

씨티은행은 아널드 J. 지겔(Arnold J. Ziegel)을 구찌 아메리카 문제를 처리할 담당자로 정했다. 지겔은 데 솔레에게 씨티은행이 구찌의 재정 상황에 대해 강경한 입장 두 가지를 취하기로 했다고 통보했다. 첫째, 구찌 아메리카가 채무를 상환할 때까지 구찌오구찌에 상품대금을 치르지 않기를 바란다. 둘째, 데 솔레가 최고경영자 자리에 그대로 있어야 구찌 아메리카에 대한 신뢰를 유지할 것이다. 데 솔레는 자리보전을 위해 곤란한 상황을 이용한다는 인상을 주고 싶지 않았기 때문에 두 번째 입장에 반대했다. 그러나 지겔의 최후통첩 때문에 구찌 아메리카와 구찌오구찌 사이의 대립은 물론 각각의 회사를 운영하는 구찌와 데 솔레의 불화는 한층 더 깊어졌다.

그와 동시에 지겔은 마우리치오에게 씨티은행에 연체된 개인 채무도 갚으라고 압박했다. 그가 씨티은행에 진 빚은 마우리치오와 파트리치아가 1970년대 초반에 꾸몄던 5번가의 올림픽타워와 나중에 샀지만 아직 실내장식을 하지 않은 아파트를 담보로 잡고 있었다. 그런데 두 아파트 모두 뉴욕 부동산이 폭락하면서 가격이 떨어져 마우리치오가 진 빚의 금액에 미치지 못했다. 인베스트코프는 마우리치오의 개인 채무에 대해 전혀 알지 못했지만, 구찌의 재정 상황이 워낙 급속도로 악화되고 있었기 때문에 그에게 회사 상황을 똑똑히 전달하기 위해 쉬운 내용의 슬라이드를 만들었다. 우아한 브룩 거리에 있는 인베스트코프 런던 사무실로 불려간 마우리치오는 슬라이드가 넘겨지는 동안 어두컴컴한 회의실의 타원형 대리석 탁자에 말없이 앉아 있었다. 그의 주위에는 인베스트코프의 구찌 팀이 있었다. 스완슨은 그 광경을 이렇게 묘사했다.

"종교재판 같은 분위기였어요. 탁자 주위에 정장 차림 남자가 10명 정도 앉아 있었는데, 모두의 눈앞에 얼마나 문제가 심각한지 폭로되는 상황이었습니다. 우리는 마침내 최종 결론을 담은 슬라이드에 이르렀습니다. 그것은 '매출을 늘리고 비용을 줄이라'는 것이었습니다."

그 내용을 본 마우리치오는 눈을 휘둥그렇게 뜨더니 자리를 박차고 일어나 키르다르를 향해 웃음을 터뜨렸다.

"매출을 늘리고 비용을 줄이라니! 이봐요! 그런 말은 나도 할 수 있어요. '어떻게' 하느냐가 문제죠."

웃을 기분이 전혀 아니었던 키르다르가 쏘아붙였다.

"마우리치오, 당신은 최고경영자예요. '어떻게' 할지 찾는 것이 당신의 과제란 말입니다!"

마우리치오는 사업 계획서를 들고 런던에 다시 오겠다고 약속한 뒤 밀라노 본사로 돌아갔다. 그곳에는 '가격은 잊혀도 품질은 오래 기억된다'는 알도의 말을 새긴 명판 옆에 다음과 같은 내용이 적힌 새 가죽 명판이 걸려 있었다.

'당신은 문제의 일부입니까, 아니면 해결책의 일부입니까?'

협의된 날짜가 다가왔지만 계획서가 제출되지 않은 채 지나갔다. 키르다르는 마우리치오와 대화를 나누기 위해 밀라노로 날아왔다.

"마우리치오, 심각한 상황이에요. 우리가 구찌의 최고운영책임자를 구해 줄게요. 당신은 선견지명이 있는 사람이지만 당신네 회사에는 전담 관리자가 필요합니다."

마우리치오는 고개를 내저었다.

"나를 한번 믿어 보세요, 믿어 보시라고요. 상황을 바로잡을 테니까요!"

"나는 당신을 믿어요! 하지만 상황이 좋지 못해요. 당신에게 문제가 있다는 건 이해하지만 내 문제도 이해해줘요. 내 임무는 침몰하는 이 배를 구하는 겁니다. 회사가 손실을 입고 있어요. 나는 부자 동업자가 아닙니다. 내게는 투자자들을 보호할 책임이 있단 말입니다."

한편 플란츠는 마우리치오의 재편 계획에 따라 치우라고 지시한 오래된 재고들이 창고에 잔뜩 쌓여 있다는 것을 알게 되었다.

오래된 캔버스백 더미와 여러 필의 직물, 가죽 더미가 창고에서 썩어가고 있었다.

"마우리치오는 판매되지 않은 재고는 그 가치가 떨어진다는 생각을 하지 못했어요. 그는 오래된 제품을 어딘가에 숨겨 놓고는 존재하지 않는 물건이라 생각했습니다. 장부에는 기재되어 있을지 몰라도 그의 머릿속에는 존재하지 않는 제품들이었어요."

스칸디치의 생산 책임자 클라우디오 델리노첸티는 재고에 대한 마우리치오의 사고방식에 익숙해진 상태였다. 마우리치오는 제품 전반의 디자인 변경 차원에서 가방과 소품에 달려 있는 부속물 색상을 노란색이 도는 금색에서 초록색이 도는 금색으로 바꿨다. 어느 날 피렌체에서 열린 생산 회의 도중 마우리치오가 공장에 있던 델리노첸티를 불렀다. 그는 거칠고 무성한 갈색 고수머리와 수염 때문에 덩치 큰 곰처럼 보였다. 델리노첸티가 디자인 스튜디오로 들어서면서 고개를 끄덕였다.

"안녕하세요."

그곳에는 마우리치오와 던 멜로를 비롯한 몇 명의 디자이너들이 업무 이야기를 하고 있었다. 면직 버튼다운 셔츠와 묵직한 작업용 장화 차림의 델리노첸티는 그들이 말을 마칠 때까지 한쪽에서 있었다.

"이봐요, 클라우디오. 이제부터는 00번 금색 대신 05번 금색을 씁시다."

마우리치오가 염료 색상의 표준번호를 바꾸자고 제안했다. 델리노첸티는 퉁명스러운 목소리로 대답했다.

"좋습니다, 선생님. 하지만 창고에 있는 재고들은 다 어쩌죠?"

"내가 창고에 있는 재고까지 신경 써야 합니까?"

델리노첸티는 아무 말 없이 고개를 끄덕이고는 자기 일터로 돌아갔다. 전화 몇 통을 걸고 계산을 한 다음 한 시간도 지나지 않아 다시 마우리치오의 사무실로 갔다.

"선생님, 몇 가지 잠금장치에는 초록빛 도는 금색을 덧칠해도 되지만 대부분은 덧칠이 안 됩니다. 덧칠이 불가능한 제품이 적어도 3억 5,000만 리라(약 3억 2,000만 원)어치예요."

마우리치오가 그를 바라보며 말했다.

"구찌의 회장이 누굽니까? 당신인가요, 난가요? 그 재고들은 전부 구식이에요! 폐기하든지 보관하든지 알아서 처리하세요. 이제 나한테는 그 재고가 존재하지 않는 겁니다!"

델리노첸티는 어깨를 으쓱하고는 방에서 나갔다. 훗날 그는 이렇게 털어놓았다

"저는 그 물건들을 폐기하지 않았습니다. 모두 판매할 수 있었기 때문이에요. 제가 짜증났던 건 그처럼 앞뒤가 맞지 않는 지시 때문이었습니다. 어떨 때는 값어치가 큰 물건들을 버리라고 했고 어떤 때는 연필과 지우개까지 아껴 쓰라고 했어요. 직원들의 전화는 전부 감시당했고 심지어 오후 5시에 전등을 모두 끄라는 지시가 내려오기도 했습니다."

플란츠는 마우리치오에게 오래된 제품을 사들일 업체를 찾아

보라고 압박하며 도와주겠다고 제안했다. 마침내 마우리치오는 재고 문제의 해결책을 찾아냈다. 중국에 재고 전부를 판매하는 계약을 체결한 것이다. 그는 플란츠에게 자신이 모든 일을 처리했다고 확언했다.

"그는 잔뜩 신이 나서 사무실 안을 이리저리 오가며 이사회 사람들에게 재고 문제를 개인적으로 해결했으니 안심해도 좋다고 말했어요."

구찌는 오래된 상품이 담긴 대형 컨테이너를 배에 실어 보냈고, 그 상품들은 홍콩의 어느 창고 안에 처박혔다. 하지만 계약을 중개한 업자에게 80만 달러나 되는 선금을 치르고도 판매대금을 받지 못했다. 플란츠를 비롯한 인베스트코프 직원들은 2,000만 달러(약 218억 원)의 재고를 날린 그 사건 때문에 좌절감과 분노를 느꼈다. 플란츠도 그중 한 명이었다.

"사기로 끝난 중국 업체와의 계약은 마우리치오의 허무맹랑한 계획 중 하나에 불과했습니다."

몇 달 후 마세티가 홍콩으로 날아가서 그 상품들을 찾아내 모두 판매했다. 시간이 흘러도 구찌에 개선될 기미가 보이지 않자 구찌 이사회의 대립은 점점 더 깊어져만 갔다. 이사들끼리 핸드백과 녹음기를 던지며 싸우던 시절은 지난 지 오래였지만 플란츠와 인베스트코프의 이사들은 마우리치오의 결정에 딴죽을 걸기 시작했다. 1990년 모란테를 대신해 구찌의 이사가 된 일라이어스 할락이 말했다.

"당신은 회사 상황을 악화시키고 있어요! 우리는 50 대 50인 현재 관계가 만족스럽지 않습니다. 당신을 몰아내고 싶어 하는 사람은 없어요. 우리는 당신이 계속 이 회사의 수장으로 남아 있기를 바랍니다. 하지만 노련한 최고경영자를 영입할 필요가 있어요. 우리에게도 통제권이 있어야 해요."

마우리치오를 편드는 이사들은 앙갚음이라도 하듯 회의를 이탈리아어로 진행했고, 그 때문에 인베스트코프 이사들의 분노는 한층 더 커졌다. 할락 역시 분노를 드러냈다.

"이탈리아 말은 전혀 알아듣지 못했지만 몇 단어의 뜻만 짐작하면 전체 내용을 파악할 수 있었어요. 돌아가는 상황이 전혀 마음에 들지 않았습니다."

이사들이 서로를 노려보고 있는 가운데 구찌의 임원 담당 집사 안토니오가 흰색 장갑을 낀 정중한 태도로 반짝반짝 빛나는 은 쟁반에 담긴 카푸치노와 진한 에스프레소를 이사들 앞에 놓았다. 전임 이사 센카 토커(Secar Toker)는 이렇게 말했다.

"산 페델레 사무실에서는 밀라노에서 가장 훌륭한 카푸치노를 대접했습니다."

그의 회고에 따르면 커피 서비스는 회사 재편이라는 명목으로 이뤄진 사치 가운데 가장 약한 것이었다.

"전반적인 분위기는 타이타닉호가 침몰했을 때 샴페인을 마시며 캐비아를 먹던 상황과 다르지 않았지요."

어느 날 회의 도중 분위기가 격해지자 마우리치오는 힘이 넘치는 필치로 메모를 써서 옆에 앉아 있던 프란키니에게 슬쩍 전달했다.

> 골리앗과 싸우는 다윗
> 여기에는 골리앗이 넷이다.
> 그들은 쓸모없는 자들이다.
> 힘내자!
> 그들은 자신들의 치부를 노출할 것이다.

"팽팽한 긴장감이 흘렀습니다."

이탈리아 말에 유창한 데다 유럽의 기업 풍토에 정통하다는 이유로 인베스트코프에 영입된 토커는 당시 상황을 이렇게 묘사했다.

"간단히 말해 인베스트코프는 그런 상황에 처한 투자자치고는 상당히 오랫동안 참고 있었습니다. 첫째, 대안이 확실치 않았던 이유가 컸습니다. 둘째, 마우리치오를 좋아했던 키르다르는 그의 기분을 해치지 않으려 했습니다. 셋째, 모두가 기적 같은 일이 일어나기를 바라고 있었습니다. 상황이 반전되길 바랐던 거죠. 하지만 구찌는 망가질 대로 망가진 상태라 2~3억 달러 정도에만 팔려도 다행이었습니다. 난파선처럼 줄줄 새는 회사였어요!"

플란츠에 따르면 인베스트코프는 마우리치오에게 집행 권한이 없는 회장을 맡는 방안이나 체면을 구기지 않고 경영에서 물러날 수 있는 방안을 제시하며 설득하는 데 1년 가까운 시간을 허비했다. 마우리치오는 프란키니에게 나머지 지분을 다시 사들일 돈을 마련해야 하니 은행과 자금 조달 협상을 계속 진행하라고 지시하면서 "당신도 다른 사람이 이 회사를 운영해야 한다고 생각하십니까?"라고 따져 묻곤 했다. 할락은 그 말을 인정했다.

"그가 모욕당한 건 사실입니다."

플란츠는 이렇게 덧붙였다.

"나는 그와 일대일로 이야기했어요. 우리는 몇 명씩 나눠서 최고경영자를 뽑은 다음 경영 일선에서 물러나라고 그를 설득했습니다. 그러자 '내가 당신네 지분을 사들일게요!'라고 대꾸하더군요. 그러고는 정해진 날짜까지 우리 지분을 매입하지 못하면 물러나겠다고 약속했습니다. 정해진 날짜까지 우리 지분을 매입하지 못했지만 그는 물러나지 않았어요. 우리는 그를 도와 해결책을 도출하기 위해 엄청난 시간을 허비했습니다. 그러나 심판의 날짜를 늦춘 것 외에는 성공한 일이 없었지요."

구찌는 세브랭 운데르망의 시계 회사에서 매년 로열티로 받은 3,000만 달러 덕분에 1992년을 버텼다. 그러나 그 돈으로 기본 지출과 급여를 충당하다 보니 생산에 투입할 돈이 거의 남지 않았다. 운데르망은 훗날 이렇게 말했다.

"내가 준 돈 덕분에 구찌가 생존을 유지할 수 있었어요. 주객이 전도된 상황이었죠."

한편 씨티은행의 압력을 받은 구찌 아메리카가 상품대금을 지급하지 않자 이탈리아 모회사의 숨통은 한층 더 조여들었다. 구찌는 한시바삐 자본금을 늘려야 했지만 마우리치오는 그럴 돈이 없었고, 지배권이 희석될까 봐 인베스트코프의 증자도 허용하지 않았다. 할락이 회고했다.

"마우리치오는 인베스트코프가 대출 형태로 자금 투입을 해 주길 바랐지만 우리는 그러고 싶지 않았어요. 그건 회사 재정에 이로운 방법이 아니었거든요. 게다가 우리는 마우리치오가 구찌를 흑자로 운영할 거라는 생각을 하지도 않았습니다. 한마디로 그 돈을 돌려받으리라는 보장이 없었어요."

돈이 절실했던 마우리치오는 신의를 지켰던 데 솔레에게 의존했다. 데 솔레는 이미 여러 번의 거래를 통해 B. 앨트먼 매각으로 받은 자기 몫 중 400만 달러(약 44억 원)를 마우리치오에게 빌려준 상태였다. 그 돈은 데 솔레가 딸들의 교육과 노후자금으로 비축해 둔 비상금이었다. 다급해진 마우리치오가 돈을 더 빌려 달라고 부탁하자 데 솔레는 여윳돈이 없다고 대답했다. 그러자 마우리치오는 구찌 아메리카의 재무제표에 기재된 현금을 빌려 달라고 애원했다.

"그럴 수는 없어요. 그랬다가는 내가 처벌받을 수도 있어요!"

그럼에도 마우리치오는 사정사정했다. 결국 데 솔레는 울며 겨자 먹기로 80만 달러(약 8억 7,000만 원)를 빌려줄 테니 다음 재무제표를 마감할 때까지 갚으라는 단서를 붙였다. 그러나 마감 날짜가 다가와도 돈을 받지 못하자 데 솔레는 자기 돈으로 채워 넣을 수밖에 없었다. 절망적인 상황이 이어지자 마우리치오는 1993년 초부터 피렌체에서 저렴한 캔버스백 제품 생산을 재개했고, 동아시아의 수입업체 여러 곳과 동시에 계약을 맺었다. 클라우디오 델리노첸티는 그때를 이렇게 설명했다.

"구찌 아메리카가 상품대금을 치르지 않자 엄청난 유동성 문제를 겪어야 했습니다. 심지어 공급업체에도 대금을 지급하지 못했어요. 그래서 마우리치오는 과거의 구찌 플러스 컬렉션을 다시 생산하라고 지시했습니다. 우리는 옛날 디자인대로 캔버스백 수만 점을 생산했지요. 마우리치오는 우리에게 이 어려운 시기를 이겨 내야 한다면서 다시 모든 지분을 확보할 거라고 말했어요. 우리는 옛날 디자인의 캔버스백으로 한 달에 50억~60억 리라(약 33억 원)의 매출을 올렸습니다. 이렇게 오래된 디자인을 함께 생산하는 방식은 '병행 생산'으로 불렸고 그 시절 많은 기업에서 시행되곤 했습니다. 덕분에 우리는 몇 달 더 버틸 수 있었죠."

플란츠도 당시 상황에 대해 들려주었다.

"놀랍게도 마우리치오는 원칙을 깨뜨려가면서까지 현금을 긁어모으려 했습니다. 그는 1990년에 생산이 중단된 디자인을 부활시켜 대량으로 찍어 내도록 했습니다. 플라스틱 코팅 처리가 된 그 싸구려 캔버스백은 두 개의 G가 겹친 로고로 뒤덮인 형태였어요. 얼마 지나지 않아 창고는 캔버스백으로 가득 찼습니다."

구찌 영국의 상무이사 카를로 마젤로는 구찌 역사상 가장 많은 매출을 올렸다. 키가 크고 은색 앞머리를 세련되게 이마 위로 늘어뜨린 마젤로는 수완이 좋으면서도 느긋한 사람이었다. 어느 날 올드본드 거리 27번지의 사무실에 있던 그는 아래층 매장으로 서둘러 내려가 우아한 차림의 신사를 직접 응대했다. 그 신사는 구찌의 악어가죽 핸드백과 서류 가방 세트를 사고 싶다고 했다. 마젤로는 "매장에 진열된 제품들은 수십 년 동안 그 자리에 있었던 것처럼 보였어요"라고 말했다. 아쉽게도 매장에는 악어가죽 가방 세트가 없었지만 여기저기 전화를 걸어 제품을 구했다. 품위 있는 신사는 매우 흡족해하면서 얼마 후 악어가죽 가방 세트 27점을 여러 색상으로 주문했다. 모두 합쳐 160만 파운드(약 26억 원)에 달했다. 마젤로가 극진하게 응대했던 그 고객은 브루나이 국왕이 친척들에게 선물할 악어가죽 가방 세트를 구하러 보낸 사람이었다.

"내가 그 주문을 이탈리아에 전달했을 때 그쪽 직원들이 '카를로, 우리 회사에는 악어가죽을 살 돈이 없어요!'라고 했어요. 그래서 그 고객에게 착수금으로 주문 금액의 10%를 미리 받았습니다."

그러나 그 돈은 직원 급여로 사용되었다. 마젤로는 다시 피렌체 공장 직원들에게 창고를 뒤져 악어가죽을 찾으라고 지시했다. 직원들은 2~3세트를 만들 수 있는 악어가죽을 찾아내 제품을 만들었고 그 대금으로 악어가죽을 추가로 구매해 주문량을 모두 생산할 수 있었다. 물론 직원들의 급여도 지급되었다.

1993년 2월, 던 멜로는 간단한 수술을 받으러 뉴욕에 갔다.

그때 사업차 미국에 있던 마우리치오가 레녹스힐 병원에서 회복 중인 멜로를 찾아갔다.

"그는 침대 옆에 앉아 내 손을 잡으며 이렇게 말했습니다. '던, 걱정 말아요. 모든 일이 잘될 거예요.' 그는 다정하게 내 기운을 북돋아줬어요. 덕분에 기분이 좋아졌지요."

그러나 멜로가 3주 후 밀라노로 돌아오자 마우리치오는 냉랭하게 대했다. 훗날 멜로는 이렇게 말했다.

"마우리치오는 내게 말을 걸지 않았어요. 그와 나 사이에 장막이 드리워진 느낌이었죠. 내가 자기를 배신했다고 생각했던 거 같아요."

멜로는 무슨 문제가 생겼는지 파악하려 애썼고, 그에게 말을 걸려 했지만 마우리치오가 그녀를 피했다. 불과 며칠 사이에 두 사람은 밀라노 사옥 복도에서 마주쳐도 말 한마디 나누지 않은 채 지나치는 사이로 변했다. 구찌 직원들은 그 변화에 놀랐다. 마우리치오와 로돌포, 파트리치아, 모란테, 멜로의 관계는 각각 달랐지만 마우리치오는 앞선 세 사람과 마찬가지로 멜로도 자신의 명단에서 지워 버렸다. 마리오 마세티는 이렇게 증언했다.

"마우리치오는 그가 가진 매력으로 사람들을 끌어당기지만 너무 가까워지면 태워 버린다는 점에서 태양과 비슷했어요. 우리는 마우리치오와 관계를 이어 가려면 그와 너무 가까워지지 않아야 한다는 것을 터득했습니다."

마우리치오는 새로 영입한 파비오 시모나토에게 휘둘려 구찌의 문제 대다수를 멜로의 탓으로 돌리기 시작했다. 특히 멜로가 구찌의 어려운 상황을 언론인들에게 흘림으로써 부정적 여론이 조성되었다고 생각했다. 뿐만 아니라 자신의 지시를 무시하고 구찌의 전통을 따르지 않는 독자적 디자인을 추구한다고 생각했다. 멜로의 낭비가 심하다는 트집도 잡았다. 하지만 애초에 멜로에게 비싼 술과 식사를 대접하거나 출장용 개인 제트기를 빌려주고, 그녀가 흡족할 때까지 아파트와 사무실 실내장식 비용을 댔던 사람은 그 자신이었다. 데 솔레는 이렇게 말했다.

"처음에 마우리치오가 비난했던 사람은 나였어요. 그러나 제품 문제를 내 탓으로 돌릴 수 없게 되자 멜로가 그 모든 문제의 근원이라 생각하기 시작했습니다."

마우리치오는 멜로가 이끄는 디자인팀 전체가 자신과 구찌의 꿈에 방해 공작을 펼친다고 느꼈다. 이를테면 남성용 컬렉션에 포함된 도발적인 빨간색 재킷이 구찌의 이미지에 부합하지 않으며 모든 문제를 함축하고 있다고 생각했다. 그는 "진짜 남자라면 그런 재킷을 입을 리가 없어요!"라고 비웃으며 그 재킷을 컬렉션에서 빼 버렸다. 그리고 디자인팀의 급여 지급을 중단하면서, 뉴욕에 있는 데 솔레에게 세 줄짜리 팩스를 보내 톰 포드와 구찌 아메리카에 고용된 디자이너들을 해고하라고 지시했다. 그 전갈은 데 솔레의 개인용 팩스가 아니라 사무실 한가운데에 놓인 팩스에서 출력되었고, 내용을 본 구찌 아메리카의 전 직원은 경악을 금치 못했다. 데 솔레는 곧바로 조치를 취했다.

"팩스를 받은 즉시 인베스트코프에 연락해 상황을 알렸습니다. 그런 다음 디자이너를 해고할 수 없다는 회신을 마우리치오에게 보냈어요. 디자이너 모두가 다음 컬렉션을 준비하고 있었는데 그런 디자이너들을 자르라는 건 미친 소리였거든요! 나는 그때 마우리치오가 무너져 내리고 있다는 것을 직감했습니다."

발렌티노에게서 솔깃한 제안을 받은 톰 포드는 마우리치오와 인베스트코프의 갈등이 자신의 평판에 해가 되어 다른 일자리를 잡는 데 지장을 줄까 봐 걱정했다. 발렌티노는 한물가기는 했지만 여전히 존경받는 패션 디자이너 중 한 명이었고 그의 회사는 여성용 맞춤옷과 기성복은 물론 젊은 남성 고객층을 위한 컬렉션과 패션 소품, 향수에 이르는 패션의 모든 분야를 아우르고 있었다. 그는 구찌에서 1년 넘게 디자인 이사로 지내는 동안 점점 더 많은 일을 맡게 되었다. 디자인 팀원들이 구찌의 어려운 상황에 질려 하나둘 그만두었기 때문이다. 포드는 의류와 구두, 가방, 패션 소품, 여행 가방, 선물용 제품에 이르는 11가지 제품군을 조수 몇 명의 도움을 받아 거의 혼자 디자인하다시피 했다. 잠잘 시간도 없이 온종일 일만 했다. 몸은 피곤했지만 자신이 모든 일을 통제하는 상황이 좋았기 때문이다.

포드는 로마에 있는 발렌티노 사무실을 방문한 다음 밀라노로 돌아가는 비행기 안에서 미래에 대해 곰곰이 생각해 보았다. 그때 머릿속에 던 멜로가 떠올랐다. 멜로는 그에게 기회를 주었고 점점 더 많은 권한을 맡긴 사람이었다. 그녀 덕분에 자신의 가치를 입증할 수 있었다. 회사에 적대적 분위기가 감도는 한 치 앞을 알 수 없는 상황에서 두 사람은 서로의 생각을 짐작할 수 있을 정도로 가까워졌다. 밀라노로 돌아온 포드는 곧바로 산 페델레 광장 사무실로 찾아가 5층에 있는 멜로의 방문을 노크했다.

책상에 앉아 그를 기다리던 멜로는 살짝 입술을 깨물며 걱정스러운 듯한 갈색 눈동자로 포드의 얼굴을 찬찬히 훑어보았다. 포드는 자리에 앉아 매끈매끈한 검은색 가죽으로 덮인 멜로의 책상에 한 손을 올려놓고 자신의 부츠를 내려다보았다. 그런 다음 갈색 눈을 들어 멜로를 바라보며 고개를 내저었다.

"안 나갈래요. 이런 엉망진창인 상황에서 저 혼자 떠날 수는 없어요. 이제 우리 업무에 복귀해요."

가을 컬렉션 발표회가 몇 주 앞으로 다가오고 있었다. 구찌의 총무 이사가 경비를 삭감하고 초과근무수당을 제대로 지급하지 않았지만 포드와 디자인팀 조수들은 초과근무를 하면서 컬렉션을 준비했다. 멜로는 갈등을 부추기지 않기 위해 디자인 팀원들에게 출근할 때 뒷문으로 들어오라고 지시했다.

"마우리치오는 톰이 모든 것을 혼자서 디자인하고 있다는 것과 3월에 시장에 내놓을 제품의 원단을 살 돈이 없어서 발표회를 할 수 없는 위기에 처했다는 사실을 모르는 것 같았습니다!"

그녀는 런던의 마젤로에게 연락했다. 때마침 브루나이 국왕에게 대금을 받은 마젤로는 원단 구입비와 이탈리아 디자인 팀원들의 급여를 보냈다. 회사가 공급업체에 줄 대금을 180일에서 240

일로 연장했는데도 6개월 동안 돈을 받지 못한 업체도 있었다. 이로 인해 핸드백을 비롯한 제품들의 생산과 운송이 엄청나게 지연되었다. 어느 날 아침, 불만을 품은 공급업체 사람들이 스칸디치 공장 정문에 모여들어 경영진이 출근하기를 기다렸다.

정문 경비는 집에 있던 마리오 마세티에게 전화를 걸어 분노한 사람들이 떼로 쳐들어왔으니 출근하지 말라고 전했다. 그럼에도 마세티는 회사에 출근했다.

"공급업체 사람들이 죄다 저에게 달려들었어요. 상황이 매우 곤란해졌지만 회사에 가야 했습니다. 그들 모두가 저와 관련 있는 사람들이었고, 저는 그들의 물음에 답해 줄 의무가 있었기 때문이죠. 저는 그들을 안심시키기 위해 곧 대금이 지급될 거라고 말했습니다."

한때 정부만큼 탄탄하고 안정적이었던 회사가 엉망이 되어 가고 있었다. 마세티는 은행에 추가 대출을 부탁했고, 예상 주문량의 대금을 훌쩍 초과하는 돈을 빌렸다. 그는 그 돈으로 공급업체 지급 계획을 세웠다. 플란츠는 마세티가 제방을 손으로 막은 네덜란드 소년 같다고 생각했다. 마세티는 남의 눈에 띄지는 않았지만 최선을 다해 자기 할 일을 다 했다.

시간을 벌려는 마우리치오의 시도는 어느 정도 성공한 듯 보였다. 그런데 1993년 초에 씨티은행과 방카 델라스 비체 라 이탈리아나가 그에게 한 방을 먹였다. 두 은행이 스위스 당국에 개인 채무를 갚지 않은 마우리치오의 자산을 압류해 달라고 요청한 것이다. 생 모리츠 부동산을 담보로 추가 대출을 내주었지만 상환받지 못한 크레디트스위스까지 나섰다. 크레디트스위스는 마우리치오의 법적 주소지인 스위스 코이라 주의 사법 당국 관료에게 청원서를 제출했다. 이에 담당 관료 지안 자노타는 생 모리츠의 주택과 스위스 신탁회사인 피디남(Fidinam)이 관리하고 있던 구찌 지분 50%를 비롯한 마우리치오의 전 재산을 압류했다. 그는 상환 기일을 5월 초로 정했다. 정해진 날짜에 상환하지 못하면 즉시 전 재산이 경매에 붙여지고, 수익금 중 4,000만 달러(약 437억 원) 정도가 대출금을 상환받지 못한 은행들에 돌아갈 위기였다.

그 사실을 알게 된 인베스트코프는 플란츠와 스완슨, 토커를 밀라노로 보내 마우리치오에게 최후의 제안을 했다. 4,000만 달러의 대출금을 대신 갚아 주는 조건으로 그가 소유한 구찌 지분 가운데 5%를 1,000만 달러에 사들이겠다는 내용이었다. 그들은 마우리치오가 45%의 지분을 보유하고 회장 자리에 그대로 있되 경영권은 전문경영인에게 넘기는 방안을 제시했다. 회의가 끝난 뒤 마우리치오는 세 사람에게 고맙다는 말을 남기고 회의실을 떠났다. 훗날 토커는 이렇게 말했다.

"솔직히 말해서 저는 마우리치오가 인베스트코프의 제안을 받아들이지 않은 것이 그렇게 부적절한 행동이었다고는 생각하지 않아요. 그가 5%를 양도해서 지배권을 넘겼다면 나머지 지분까지 무용지물이 됐을 겁니다. 이해력과 양심이 조금이라도 있는 사람이라면 그의 판단이 옳다는 것을 알 수밖에 없습니다."

마우리치오는 변호사 프란키니의 사무실을 찾아가 인베스트코프의 최종 제안을 화가 난 어조로 알렸다.

"난 내 집에서 손님처럼 지내지는 않을 겁니다! 이제 어떻게 해야 하죠?"

프란키니는 루이지를 제외하면 마우리치오가 유일하게 속마음을 털어놓았던 사람이다. 마우리치오는 우리에 갇힌 동물처럼 사무실 안을 서성댔다. 그는 평생 그토록 엄청난 압박을 받아 본 적이 없었다. 창백한 얼굴로 긴장한 모습은 한때 수많은 사람들을 끌어당겼던 그 매력적이고 열정적인 남자와는 거리가 멀었다. 점차 변덕스럽고 침울한 사람으로 바뀌면서 산 페델레 사옥의 복도에서 마주친 직원들까지 모른 척할 정도로 피해망상에 시달렸다. 걱정이 된 루이지는 마우리치오가 가는 곳마다 따라다니며 시중을 들었고 그런 변화에 마음 아파했지만 그를 되돌릴 방법이 없었다. 루이지는 그때를 이렇게 회상했다.

"마우리치오는 하루가 다르게 눈에 띌 정도로 야위어 갔어요. 저는 그가 위층에 올라갈 때마다 창문 밖으로 몸을 던질까 두려웠어요."

마우리치오는 가끔 휴대전화를 꺼둔 채 사무실을 빠져나와 갈레리아 비토리오 에마누엘레 쇼핑센터까지 걸어갔다. 그리고 단골 카페에서 영매 안토니에타 쿠오모를 만나곤 했다. 수많은 관광객과 학생들 틈에서 눈에 띄지 않게 카푸치노나 식전주를 홀짝이며 쿠오모에게 고민을 털어놓았다. 그녀는 소박하고 자애로운 여성으로 평소에는 미용사로 일하면서 신통력을 알아주는 특별한 고객들과 만났다. 그녀는 마우리치오를 만날 때마다 "가면을 벗어요"라고 조언했다.

"저는 그가 유일하게 솔직한 마음을 털어놓는 사람이었어요."

한편 프란키니는 상황을 비관했다.

"우리는 자포자기했어요. 아니 포기를 넘어선 상황이었지요."

그는 그때까지 이탈리아와 스위스의 주요 은행들을 모두 방문한 상태였다. 언론 재벌이자 훗날 총리가 된 실비오 베를루스코니를 만났고, 그때는 잘 알려지지 않았지만 미우치아 프라다의 남편으로 몇 년 동안 프라다의 폭발적 성장을 이끈 파트리치오 베르텔리(Patrizio Bertelli)를 비롯한 기업인들과도 접촉했다. 그러나 마우리치오를 도우려는 사람은 아무도 없었다.

그해 5월 7일 저녁 7시, 프란키니의 밀라노 사무실로 풍만한 몸매에 딱 달라붙는 미니스커트를 입은 그물 스타킹 차림의 여성이 찾아왔다. 비서가 그녀를 사무실로 안내할 때 달콤하고 자극적인 발렌티노 향수 냄새가 높은 천장이 길게 이어진 복도 가득 퍼졌고 뾰족한 굽 소리가 대리석 바닥을 울렸다. 오래전 마우리치오와 파트리치아를 대리하던 밀라노 변호사 피에로 주세페 파로디가 그녀의 뒤를 따랐다. 프란키니는 두 방문객에게 인사를 건넸다. 파로디는 잘 알고 있었지만 여성은 누구인지 알지 못했다. 그녀는 자신의 이름을 파르미자니라고 밝혔다. 프란키니는 그 이름이 실명이 아닐 거라 생각했다. 파르미자니는 용건을 말했다.

“당신의 의뢰인 마우리치오에게 우리가 해 줄 수 있는 일이 있어요.”

프란키니는 놀라서 몸을 앞으로 내밀었다. 몇 달 동안 자금을 마련하기 위해 갖은 애를 썼던 터라 귀를 의심하지 않을 수 없었다. 그녀는 일본에서 명품 유통 사업을 하는 이탈리아 사업가의 대리인이라고 자신의 신분을 밝혔다. 그 사업가의 이름은 ‘하겐(Hagen)’이라고만 말하면서 마우리치오에게 지분을 회수할 자금을 빌려줄 생각이라고 덧붙였다. 그 대가로 원하는 것은 동아시아에서 구찌 제품을 유통할 수 있는 권리였다.

프란키니는 다음 날 아침과 일요일 오후 5시에 거듭 파르미자니와 만나 거래의 세부 사항을 논의했다. 그 과정에서 하겐이 네오파시스트 혐의를 받는 수상한 과거를 뒤로한 채 1972년 일본으로 도피한 델포 조르지(Delfo Zorzi)라는 사실을 알게 되었다. 조르지는 1969년 밀라노 폰타나 광장에서 16명의 목숨을 앗아가고 87명을 다치게 한 폭파 사건에 연루되어 수배 명단에 올라 있는 인물이었다. 그 폭파 사건은 ‘긴장 전략’이라 불리는 10년간의 폭력사태로 이어졌다. 1970년대 전반에 걸쳐 이탈리아 전역을 뒤집어놓은 긴장 전략은 이탈리아의 우경화를 노리던 극단 네오파시스트 집단의 주도로 일어났다. 조르지는 나폴리대학에 다니던 22살짜리 대학생이었을 뿐이라며 혐의를 부인했다. 그러나 유죄 선고를 받은 테러리스트 2명이 조르지의 자동차 트렁크에 폭탄을 실어 사건 현장으로 갔다고 주장했다. 그의 재판은 2000년 밀라노 산 비토레 교도소 지하 벙커에 있는 법정에서 열릴 예정이었다.

일본으로 도주한 조르지는 오키나와에서 유력 정치가의 딸과 결혼해 유럽으로 기모노를 수출하는 회사를 차렸다. 곧 유럽과 동아시아 명품 수출입으로 사업을 다각화했고, 오래된 재고를 처리할 필요가 있었던 패션업체 간부들에게 이름을 알렸다. 밀라노의 어느 패션 컨설턴트는 그를 이렇게 평했다.

"아무도 대놓고 인정하려 하지 않았지만 조르지는 패션업계에서 산타클로스로 통했습니다. 그는 패션업체로부터 오래된 재고를 떠맡고 쏠쏠한 대가를 제공했습니다."

프란키니는 마우리치오에게서 구찌가 이미 조르지와 관련을 맺고 있다는 사실을 확인했다. 1990년 이탈리아 정부는 대량 수출되는 디자이너 브랜드의 모조품에 대한 조사에 착수했다. 그중에는 구찌 모조품도 포함되어 있었다. 당국은 조르지가 이탈리아, 파나마, 스위스, 영국 기업들을 통해 모조품과 오래된 재고를 이탈리아에서 동아시아로 보내는 복잡한 유통 조직을 지휘하고 있다는 사실을 밝혀냈다. 이 사업으로 몇 년 만에 백만장자가 된 조르지는 도쿄에서 호화로운 삶을 은밀하게 영위하고 있었다. 마우리치오는 인베스트코프에 대항할 시간을 벌기 위한 생존 전략으로 생산한 캔버스백을 조르지의 조직을 통해 판매하기로 계약을 맺었다.

5월 10일 월요일 오전 10시에 마우리치오와 프란키니, 파르미자니는 피디남의 루가노 사무실에서 만났다. 피디남은 마우리치오의 지분을 맡아 관리했고, 공교롭게도 조르지가 운영하는 조직의 거래도 취급하고 있었다. 계약서 중 하나는 마우리치오에게 3,000만 스위스프랑(약 430억 원)을 대출해 주고 그에 따른 700만 달러 정도의 이자를 받는다는 내용이었다. 또 다른 하나는 조르지에게 구찌의 동아시아 유통권을 부여한다는 계약서였다. 이 계약들은 모두 비공식적으로 이루어졌다.

프란키니는 정오가 되기 전 스위스 사법국의 관료 지안 자노타에게 3,000만 스위스프랑이 넘는 돈을 건넸고, 그는 마우리치오 구찌의 자산 압류를 풀었다. 훗날 프란키니는 이렇게 말했다.

"그건 엄청난 모험이었습니다. 하지만 결과적으로 그 사람들의 판단이 옳았음을 인정할 수밖에 없었습니다. 결국 저는 구찌가 파산할 경우 지분을 넘긴다는 약속을 담은 문서만 담보로 제공했지만 실제 지분은 내놓지 못했습니다. 그랬다가는 인베스트코프와의 합의가 깨지기 때문이었지요."

'그 사람들'이란 조르지와 그의 공범들을 뜻한다. 경매 과정을 지켜보고 있던 인베스트코프의 스위스 변호사들은 즉시 런던에 전화해서 마우리치오가 개인 채무를 상환했으며 압류된 지분을 돌려받았다고 보고했다. 그 말을 믿을 수 없었던 플란츠와 스완슨은 서둘러 밀라노로 갔다. 두 사람은 회의실에서 마우리치오를 기다렸다. 그는 여유를 부리면서 손님들을 30분 이상 기다리게 하고는 활력과 열의를 되찾은 모습으로 회의실에 들어섰다.

"릭, 빌, 잘 왔어요! 당신들도 소식 들었어요?"

마우리치오는 환하게 웃으며 말했다.

"난 당신들이 여기저기 스파이들을 심어 뒀다는 걸 잘 알고 있어요!"

안토니오가 세 사람에게 김이 모락모락 나는 차를 대접했다. 잠시 후 플란츠는 찻잔을 내려놓으며 숨을 들이쉰 다음 물었다.

"그 돈은 어디에서 난 건가요?"

마우리치오가 눈을 반짝이며 대답했다.

"세상에, 깜짝 놀랄 일이 일어났지 뭐예요! 생 모리츠 집에서 침대에 누워 이런저런 일을 고민하면서 앞으로 어떻게 해야 할지 생각하다가 깜빡 잠이 들었는데 꿈을 꿨어요."

두 사람은 그 꿈이 이 일과 무슨 상관이 있는지 의아해했다.

"꿈에서 아버지가 나타나 이렇게 말씀하셨어요. '마우리치오 이 녀석아, 이 모든 문제의 해결책은 이 방 안에 있다. 창가에 서서 저쪽을 보면 마루 판자 하나가 헐거워진 게 보일 거다. 그 판자를 들어 올리면 그 아래에 해결책이 있단다.' 잠에서 깬 나는 침대에서 일어나 헐거운 판자를 들어 올렸어요. 그리고 거기에서 놀라운 걸 발견했죠! 마룻바닥 밑에는 평생 내가 다 쓸 수도 없는 돈이 있었어요! 하지만 욕심 부리지 않고 필요한 돈만 꺼냈죠."

마우리치오는 자신이 꾸며 낸 이야기에 감탄한 듯 만족스러운 표정으로 두 사람의 표정을 차례로 살폈다. 플란츠와 스완슨은 의자에 등을 기댔다. 인베스트코프가 마우리치오에 대한 영향력을 잃었을 뿐 아니라 지금 그가 이 상황을 조롱하면서 즐기고 있다는 사실을 깨달았다. 마우리치오는 그들에게 어디에서 돈을 구했는지 말해 줄 생각이 없었다. 그 일은 당신들이 상관할 일이 아니며, 꿈 이야기는 인베스트코프의 너그러운 대출 제안이 더는 필요하지 않다는 뜻을 익살스럽게 전달하기 위한 수단이었다. 플란츠가 경직된 미소를 짓고는 안경 뒤 온화한 푸른색 눈을 깜박였다.

"잘됐군요. 정말로 잘된 일이에요."

하지만 훗날 플란츠는 이렇게 말했다.

"배를 세게 얻어맞은 기분이었어요. 나는 우리가 마우리치오에게 어느 정도 영향력을 행사할 수 있는 기회를 얻었다고 생각했었어요. 그런데 기회를 얻기는커녕 그 자리에서 꼼짝없이 웃어야만 했지요. 그때 전쟁을 시작해야겠다고 결심했어요."

두 사람은 런던으로 돌아갔고 벽난로 앞에 앉아 키르다르에게 마우리치오가 했던 이야기를 들려주었다. 자애로운 키르다르의 초록색 눈이 냉랭해졌다. 이번에는 마우리치오가 아니라 키르다르의 마음이 식었다. 그는 즉시 화를 냈다.

"그 인간이 우리를 조롱하고 있군! 우리가 허술하다고 생각하고 얕잡아 보는 거야."

훗날 플란츠는 말했다.

"마우리치오가 키르다르의 호의를 모두 잃은 순간 돌이킬 수 없는 상황이 펼쳐졌습니다. 키르다르는 협상을 중단하고 강제력을 행사하기로 결심하면서 세상에서 가장 강인하고 냉혹한 전사로 돌변했습니다."

키르다르는 '빨간 수염의 악마'라는 별명으로 불리던 밥 글레이저에게 노동절 연휴에 뉴욕에서 런던으로 건너와 가장 시급하고 중요한 과제인 구찌 문제 해결을 진두지휘하라고 전화했다.

"마우리치오가 두려워하는 사람은 자네뿐이야. 자네의 도움이 있어야 내가 마우리치오를 몰아낼 수 있다네!"

월요일 아침 키르다르는 일라이어스 할락, 빌 플란츠, 릭 스완슨, 인베스트코프의 법무 책임자 래리 케슬러를 비롯한 사내 변호사 몇 명을 집무실로 불러 엄중한 지시를 내렸다.

"이 문제를 해결할 때까지 다른 일은 하지 않아도 돼."

키르다르는 녹색 눈에 강렬한 빛을 띠며 말했다.

"우리의 임무는 구찌를 마우리치오로부터 구해 내는 거야!"

글레이저가 즉시 대답했다.

"알겠습니다, 그렇게 하겠습니다. 하지만 당신도 우리와 함께 벼랑 끝까지 가서 지원해 주셔야 합니다. 마우리치오는 우리에게 소송을 걸 것이고 언론을 통해 우리를 궁지에 빠뜨리려 할 겁니다. 회사를 파산 직전까지 몰고 가겠죠. 우리는 그에게 끝까지 갈 거라는 인상을 줘야 합니다. 그렇게 하지 않으려면 이 길을 택하지 말아야 해요."

키르다르는 고통스럽고도 결연한 표정으로 그러겠다고 했다. 그는 할락과 플란츠, 스완슨과 브룩 거리에 있는 인베스트코프 사무실 지하에 '작전실'을 차렸다. 그곳에 있던 사람들을 내보내고 대신 긴 탁자와 의자, 구찌 관련 법률 서류와 문건으로 가득 찬 상자와 서류함을 들여왔다. 일류 변호사와 값비싼 리서치 회사를 고용해 마우리치오가 어디에서 돈을 마련했는지 알아내려 했다.

'작전 팀'이 서류를 들여다보고 있던 6월 22일 마우리치오가 선제공격을 감행해 미국과 유럽 양쪽의 관계자들을 경악시켰다. 프란키니는 구찌오구찌가 구찌 아메리카의 신용을 얻기 위해 모든 조치를 취하지 않은 것을 걱정했고, 마우리치오에게 구찌 아메리카를 상대로 받지 못한 상품대금 6,390만 달러(약 700억 원)를 청구하는 소송을 제기하라고 조언했다. 사람들은 대부분 마우리치오가 자기 회사를 상대로 소송을 거는 것은 미친 짓이라 생각했지만 프란키니는 이탈리아 법에 따라 회사 관리자는 자회사에 소송을 제기하는 등의 조치를 취해서라도 회사 이익을 보호해야 한다고 주장했다.

글레이저의 생각은 조금 달랐다.

"나는 그 소송이 구찌 아메리카의 자산을 흡수하려는 시도라고 보았습니다."

그는 구찌 아메리카가 이탈리아의 모회사에 미납대금을 갚지 못한다면 마우리치오가 구찌의 상표권과 5번가 건물을 비롯한 구찌 아메리카의 자산에 대한 소유권을 주장할 자격이 있었다고 설명했다. 구찌 아메리카가 구찌오구찌에 그처럼 많은 대금을 지급하지 못한 원인을 철저히 규명하기로 결심한 글레이저는 구찌 아메리카 이사회 회의를 소집했다. 그는 이사들에게 물었다.

"구찌 아메리카가 구찌오구찌에 그 많은 대금을 빚진 이유가 뭡니까?"

이사들 중에는 마우리치오와 그의 대리인 4명 그리고 인베스트코프의 대리인 4명이 있었다. 글레이저는 미국 법인법에 따라 이사회를 대표하는 자신에게 구찌 주주의 이익을 보호할 의무가 있다고 지적했다.

"이런 일은 회사 이미지에 좋지 않습니다! 어떻게 하면 구찌 아메리카 경영진에게 제대로 일을 시킬 수 있을까요? 저는 조사가 필요하다고 봅니다!"

마우리치오는 어리둥절한 표정으로 글레이저를 쳐다보았다. 그는 인베스트코프와 고된 협상을 진행하는 내내 자신을 가장 혹독하게 비난하고 적대적으로 대했던 '빨간 수염의 악마'가 자기편을 든다는 사실이 믿기지 않았다. 글레이저는 조사를 요구했고 이사회는 구찌 아메리카가 이탈리아 모회사에 지급하지 못한 대금을 조사할 위원회 위원장으로 글레이저를 추천했다.

위원장으로 지명된 덕분에 글레이저는 회사 기록을 빠짐없이 열람할 수 있었다. 그는 보고서를 작성하고 나서 구찌오구찌가 1992년에 구찌 아메리카에 강요한 가장 최근의 가격정책에 일부러 부풀린 가격이 반영되어 있었고, 그렇게 해서 구찌오구찌가 지난 몇 년 동안 아찔할 정도로 높은 대금을 뜯어낼 수 있었다고 판단했다.

"나는 구찌 아메리카가 구찌오구찌에 지급하지 못한 대금은 합법적인 채무가 아니라고 판단했습니다."

구찌오구찌의 가격정책이 구찌 아메리카의 자원을 뽑아내려는 꼼수였다는 글레이저의 주장은 근거가 빈약해 보였다. 그보다는 이탈리아 모회사의 파산을 막으려던 마우리치오의 필사적인 시도였다고 보는 편이 더 옳을 것이다. 그럼에도 글레이저의 보고서에는 구찌 아메리카를 소송으로부터 지킬 수 있는 정보가 잔뜩 담겨 있었다.

한편 마우리치오는 회사의 생존 자금을 어떻게든 마련하려는 의도로 세브랭 운데르망과의 거래에 나섰다. 운데르망은 구찌가 1994년 5월 31일에 만료될 예정인 시계의 독점판매권을 장기간 연장해 주는 대가로 로열티를 일괄 지급하는 데 동의했다. 그러나 인베스트코프의 구찌 팀이 보기에 독점판매권 연장은 해체 일보 직전인 구찌 제국에서 유일하게 수익을 내던 시계 사업을 운데르망에 넘기는 일이나 다름없었다. 인베스트코프는 마우리치오가 이사회 회의에서 운데르망과의 계약을 밀어붙이리라 판단했다. 그래서 스완슨은 이사회 회의를 몇 주 앞두고 구찌 아메리카의 최고경영자 데 솔레에게 인베스트 편에 서서 판매권 연장 계약에 반대표를 던져 달라고 여러 차례 전화를 걸어 요청했다. 그가 돌아서면 마우리치오의 이사회 의결권에 제동을 걸 수 있었다.

"데 솔레, 스완슨이예요. 사실대로 대답해줘요. 당신을 믿어도 될까요?"

뉴욕의 구찌 사무실에 있던 데 솔레가 대답했다.

"상황을 제대로 아는 사람은 당신뿐이에요. 이 회사는 애들이 운영하는 거나 다름없어요. 이렇게 하지 않으면 이 회사는 곧 파산할 겁니다. 저를 믿어도 돼요."

스완슨은 얼마 후 다시 전화했다.

"중요한 일이니 꼭 대답해줘요. 당신을 믿어도 됩니까?"

"그럼요. 당연하죠!"

1993년 7월 3일 오전, 플란츠는 데 솔레를 밀라노 포시즌스 호텔 아래층에 있는 개인 전용 식당으로 초대해 비밀리에 조찬 회의를 가졌다. 글레이저와 할락, 스완슨, 토커도 참석했다. 그들은 데 솔레에게 운데르망과의 계약에 반대표를 던질 예정인지 물었다. 그는 인베스트코프 사람들의 긴장된 얼굴을 하나하나 보면서 대답했다.

"나는 진심으로 현재 벌어지는 일 때문에 회사가 망가지고 있다고 생각합니다. 뭔가 조치를 취하지 않으면 이 회사는 파산할 겁니다!"

"당신이 마우리치오에게 맞선다면 처음부터 끝까지 우리가 지원할 겁니다."

할락이 데 솔레의 눈을 보면서 말했다. 스완슨이 끼어들었다.

"그랬다가는 마우리치오가 데 솔레를 증오하게 될 텐데요. 이미 증오하고 있을지도 모르지만."

데 솔레는 그 자리에 있는 사람들에게 자신이 지난 몇 년 동안 마우리치오에게 400만 달러를 두 번에 걸쳐 빌려주었을 뿐 아니라 회사 돈 80만 달러까지 내줬다가 그 돈마저 대신 갚았다고 털어놓았다. 그리고 그 돈은 돌려받을 가망이 거의 없다고 설명했다. 더욱이 그가 인베스트코프와 한편이 되면 그 가능성이 한층 더 작아질 터였다. 할락이 제안했다.

"당신이 반드시 그 돈을 받을 수 있도록 그 내용을 협상에 반영하겠습니다. 인베스트코프의 명예를 걸고 약속합니다."

몇 시간 후 구찌 아메리카의 이사들은 평소와 달리 회의실이 아닌 마우리치오의 집무실에 자리를 잡았다. 그날 회의가 대립으로 치달을 것이라 예상한 마우리치오는 친밀한 분위기를 조성하며 책상 뒤에서 회의를 주재하고 싶었다. 우선 안토니오 집사를 손짓으로 불러 카푸치노를 주문했다. 글레이저와 초면인 마리오 마세티가 데 솔레에게 몸을 돌려 저 빨간 수염 남자가 누구냐고 물었다.

"밥 글레이저예요. 인베스트코프에서 마우리치오가 유일하게 두려워하는 사람입니다."

회의는 구찌 아메리카의 운영 문제를 논의하는 것으로 시작되었다. 구찌 아메리카는 1992년 매출이 7,020만 달러로 주저앉으면서 순자산이 1,740억 달러나 감소했다. 데 솔레는 글레이저가 강경한 태도로 돌변해 질문을 퍼붓자 깜짝 놀랐다.

"구찌 아메리카라는 회사를 운영하는 사람이 당신입니까?"

"네, 그렇습니다."

"그렇다면 당신은 가격이 지나치게 높게 매겨진 제품이 있으면 어떤 조치를 취하나요?"

"내가 할 수 있는 일은 없어요. 나도 계속 불만을 제기해왔습니다. 하지만 우리는 예속된 기업이고 당신네는 우리를 한 번도 지원한 적이 없어요. 이제까지 당신들이 한 일이라고는 마우리치오의 비위를 맞춰 준 것뿐입니다."

마우리치오는 그 말에 격분해 데 솔레에게 쏘아붙였다.

"그러면 당신은 구찌 아메리카가 지나치게 높은 상품대금을 치른다고 생각하는 겁니까?"

"네. 몇 년 동안 계속 말했었잖아요! 당신은 모회사의 비용 구조를 지원하려고 구찌 아메리카에 과도한 대금을 청구했습니다. 이 건물을 보세요! 우리에게 이런 건물이 뭐 하러 필요합니까?"

마우리치오는 데 솔레의 비난과 글레이저의 도발에 눈에 띄게 기분 상한 티를 내며 벌떡 일어나 책상 뒤 녹색 카펫 위를 서성였다. 그러는 사이 이사들은 마우리치오가 제안한 운데르망과의 계약 건에 대해 논의했다. 계약은 구찌가 운데르망에게 내준 시계 판매권을 20년 정도 연장해 주면 그 대가로 2,000만 달러 정도를 확보할 수 있다는 내용이었다. 투표가 개시되자 데 솔레는 계약에 반대하는 표를 던졌다. 화가 난 마우리치오는 하얗게 질린 당황한 얼굴로 입술을 앙다물며 몸을 휙 돌려 그를 똑바로 쳐다보았다. 데 솔레 역시 마우리치오를 쏘아보았고 손가락을 활짝 편 상태에서 손바닥이 보이도록 두 손을 들었다.

"이봐요, 마우리치오. 이렇게 할 수밖에 없어요. 회사의 이익을 위해 투표하는 거예요. 그게 내 의무예요. 적자를 막기 위해 판매권을 줄 수는 없어요."

데 솔레는 회사를 위해 옳은 일을 했다고 믿었고, 마우리치오는 배신당했다고 생각했다. 글레이저는 마우리치오의 사무실에서 나오자마자 데 솔레를 옆으로 불러냈다.

"이번 소송에서 구찌 아메리카를 어떤 식으로 보호할 계획인가요?"

데 솔레는 그를 의심스러운 눈초리로 바라보았다.

"이사회의 승인 없이는 회사를 대리할 법무법인을 고용할 수 없어요."

데 솔레는 소송을 제기한 마우리치오와 그의 대리인들이 그 조치를 승인할 리 없다는 것을 잘 알면서도 단호하게 말했다. 글레이저는 그를 똑바로 쳐다보았다.

"아니에요. 고용하면 됩니다!"

기업지배구조에 관한 규정을 몇 주 동안 찬찬히 살펴본 글레이저에 따르면 비상시에는 최고경영자가 이사회 없이도 회사의 이익에 도움이 되는 조치를 무엇이든 취할 수 있다는 규정이 있었다. 데 솔레는 그의 말이 무슨 뜻인지 단번에 알아차렸다. 글레이저는 너스레를 떨면서 그때 일을 회상했다.

"정족수에 미달하면 이사회를 소집할 수 없는 규약인데 우리 일정 때문에 날짜를 맞추는 게 불가능해 보였어요. 역시 이사회는 소집되지 못했지요! 우리는 그렇게 구찌 아메리카를 방어할 법무법인을 고용할 수 있었죠."

그는 구찌 아메리카가 구찌오구찌와의 소송전 때문에 상품을 공급받아 판매할 수 없으리라는 것도 잘 알고 있었다. 그래서 데 솔레에게 추가 조치를 제안했다.

"이탈리아로 가서 구찌 아메리카의 자체 상품 제작을 의뢰하는 건 어때요?"

"마우리치오의 승인 없이는 불가능해요!"

"구찌 아메리카에도 상표권이 있지 않나요? 당신의 임무는 이사회 소집 없이 회사에 최선의 이익이 될 조치를 취하는 겁니다."

글레이저는 앞서 한 말을 반복했다. 고개를 끄덕인 데 솔레는 이탈리아로 가서 가죽제품 제조업체와 만났다. 글레이저의 목표는 마우리치오와의 전쟁이 격해지는 상황에서도 구찌 아메리카의 자율성과 지급 능력을 유지하는 것이었다. 한편 마우리치오는 음모의 손길이 주위로 서서히 좁혀 온다고 생각했다. 데 솔레가 등을 돌려 반대표를 던졌다는 사실이 믿기지 않았다. 서로 이견과 언쟁은 있었을지언정 그는 데 솔레를 가족이나 다름없는 든든한 동지라 생각했다. 앞서 4월에 그는 데 솔레에게 상여금 20만 달러를 지급했다. 마우리치오는 그가 반대표를 던진 것을 신호로 자신의 몰락이 시작되었다는 것을 깨달았다. 이사회를 휘두를 수 없다면 구찌에서 누렸던 권한도 끝나는 셈이었다.

회의 후에도 계속 주변을 서성거리던 마우리치오가 프란키니에게 화풀이했다.

"애초부터 데 솔레는 하찮은 인간이었어요. 그런데도 그를 영입했죠. 해진 바지를 기워 입고 다니던 인간이 이제 나를 파멸시키려 들고 있군요!"

프란키니가 심각한 어조로 그 말을 받았다.

"이건 전쟁이에요! 당신 지분 50%는 이제 휴지 조각이나 다름없습니다. 당신을 도울 수는 있지만 모든 위험을 무릅써야 하는 건 당신이에요. 배를 침몰시킬 준비가 되어 있어야 합니다. 그들에게 당신이 배의 침몰을 무릅쓰려 한다는 인상을 줘야 해요. 그렇게 하지 않으면 그들은 아무런 대가 없이 회사를 뺏을 겁니다!"

걸음을 멈춘 마우리치오는 프란키니를 쳐다보다가 의자에 주저앉아 무릎 위로 두 손을 얹었다.

"알겠어요, 변호사 양반. 내가 뭘 해야 하는지 말해 봐요."

전쟁은 격렬해졌다. 마우리치오는 데 솔레를 구찌 아메리카 이사회에서 제외시켰다. 그러나 과반수의 표 없이는 최고경영자 자리에서 몰아낼 수 없었다. 플란츠는 구찌 이사회에 유능한 최고경영자 임명을 촉구하는 서한을 보냈다. 그 서한에는 마우리치오의 이름이나 직위가 언급되어 있지 않았다. 누가 보더라도 그 의미는 분명했다. 화가 날 대로 난 마우리치오는 인베스트코프와 플란츠를 명예훼손으로 고발하고 2,500억 리라(약 1,730억 원)의 손해배상을 청구하는 소송장을 밀라노 법원에 제출했다. 그것도 모자라 피렌체의 어느 검사에게 플란츠를 명예훼손 혐의로 형사 기소해 달라고 부탁했다. 7월 22일 인베스트코프는 마우리치오를 회장 자리에서 물러나게 하기 위해 뉴욕법원에 중재 소송을 제기했다. 그가 주주와의 합의를 깼고, 회사를 제대로 경영하지 못한다는 이유에서였다. 법원에 제출한 서류에는 그가 꿈에서 아버지를 만난 다음 마룻바닥 밑에서 돈을 찾아냈다는 이야기까지 고스란히 담았다. 그의 신용을 한층 더 떨어뜨리려는 시도였다. 플란츠는 이렇게 설명했다.

"우리는 압박 수위를 높이며 더 세게 밀어붙였습니다. 하지만 마우리치오는 요트를 즐기는 사람답게 이렇게 말했어요. '나는 이 회사를 아랍 사람들에게 넘기지 않을 겁니다. 모든 걸 잃었어요. 재산도, 명예도, 회사에서의 지위도 다 잃었습니다. 이 배와 함께 침몰할 겁니다. 같이 가라앉아 봅시다."

작전 팀은 그가 정말로 그렇게 할지 모른다고 걱정했다. 스완슨도 그중 한 명이었다.

"대부분 그런 식의 태도는 허풍으로 간주하게 마련입니다. 하지만 우리는 정말 걱정스러웠습니다, 그는 그러고도 남을 만큼 이성을 잃은 듯 보였거든요."

거센 공격이 빠르게 진행되는 가운데 데 솔레는 마우리치오가 1990년 4월부터 1993년 7월까지 빌린 돈 480만 달러를 갚지 않았다는 혐의로 소송을 제기했다. 그러자 마우리치오는 밀라노 법원에 인베스트코프에 대한 추가 소송을 제기했고, 더 나아가 플란츠와 할락, 토커를 구찌 이사회에서 축출했다. 몇 주 동안 공격을 주고받은 끝에 키르다르는 관계를 되살리기 위한 마지막 시도를 감행했다. 8월이 되면 남프랑스로 활동 장소를 옮기는 마우리치오에게 연락해 만나자고 제안한 것이다. 두 사람이 마지막으로 만난 것은 1년도 더 전이었다.

"마우리치오? 네미르 키르다르예요."

놀란 마우리치오는 말없이 수화기를 붙잡고 있었다.

"한번 만날 수 있는지 물어보려고 전화했어요. 난 당신을 좋아해요. 이 모든 싸움을 끝냈으면 합니다. 개인 대 개인으로 한번 만나고 싶어요. 남프랑스로 와서 함께 하루를 보냅시다. 점심 식사도 하고 요트도 타면서 즐겁게 놀아 봅시다."

잠시 후 마우리치오는 가벼운 농담을 건넬 정도로 침착함을 되찾았다.

"내 안전을 보장해 줄 수 있나요?"

"나와 함께 있으면 당신의 안전은 언제나 보장돼요."

키르다르가 따뜻한 말투로 대답했다. 마우리치오는 키르다르가 막판 해결책을 제시하리라는 기대감에 다음 날 남프랑스로 떠났다. 뒤카프 호텔 발코니의 수영장 옆에서 두 사람은 점심 식사를 했다.

"마우리치오, 내 마음을 이해해줬으면 해요. 두 회사 사이에 무슨 일이 일어났든 나는 항상 당신의 이상을 존중해왔습니다. 하지만 나에게도 운영 중인 회사가 있고 지금 엄청난 압박에 시달리고 있어요. 나중에 구찌의 상황이 호전돼서 손실을 입지 않고 이익을 내기 시작하면 다시 함께 일할 수 있어요."

키르다르의 말을 들은 마우리치오는 인베스트코프가 조금도 물러나지 않으리라는 것을 깨달았다. 막판 해결책 따위는 없다는 것도 파악했다. 두 사람은 유쾌한 오후를 보냈다. 적어도 겉으로는 그랬다. 마우리치오는 환상에서 깨어나 낙담한 채 밀라노로 돌아갔고, 그해 여름 루가노에 얻은 널찍한 아파트로 이사했다. 그곳의 나무 그늘이 드리워진 테라스에 앉으면 시원한 미풍을 맞으며 호수를 바라볼 수 있었다. 마우리치오는 날마다 차를 타고 밀라노로 출근했다.

9월이 되자 구찌의 회계 감독위원회가 마세티에게 구찌의 주주들이 이견을 해소하지 못하고 그해 초부터 회사의 재무제표에 승인을 내리지 않고 있으니 법에 따라 재무제표를 법원에 넘길 수밖에 없다고 통보했다. 그렇게 되면 법원이 채권자들에게 변제하기 위해 회사 자산을 매각할 수 있었다. 마세티는 이렇게 말했다.

"그 사람들은 내게 24시간을 주었습니다. 그런 다음 재무제표를 넘긴다고 했어요."

그는 유예기간을 48시간으로 연장해 달라고 애원한 다음 마우리치오와 프란키니에게 전화했다.

"마우리치오는 옴짝달싹할 수 없는 상황이었습니다. 그야말로 사면초가였죠. 합의 타결 말고는 그가 할 수 있는 일이 없었습니다."

훗날 스완슨은 이렇게 설명했다.

"난 그가 받은 압박감이 어느 정도였을지 상상조차 할 수 없습니다. 구명 밧줄이 있었을 때는 하루하루 버틸 수 있었을 겁니다. 그러다 그는 벼랑 끝으로 내몰렸어요. 개인파산과 회사 파산에 직면해 모든 걸 잃을 위기에 처해서야 현실을 자각했습니다. 그때 우리는 앞으로 어떤 일이 벌어질지 궁금할 뿐이었어요."

그날 오후 피렌체에 간 마우리치오는 저녁 7시 30분에 '살라 왕조'에서 고참 직원들과 만났다. 델리노첸티가 여느 때처럼 퉁명스럽게 비꼬는 말투로 물었다.

"선생님, 그래서 결론이 어떻게 났나요? 우리 회사가 문을 닫는 겁니까?"

마우리치오가 기운차게 대답했다.

"해결했습니다! 돈을 마련했어요. 인베스트코프의 지분을 사들일 겁니다."

"잘 됐네요!"

델리노첸티와 다른 직원들은 환호했다. 그들은 인베스트코프가 구찌를 인수하면 일자리를 없애고 공장을 폐쇄해 스칸디치를 일종의 구매 중개처로 전환할까 염려해 마우리치오를 응원하고 있었다. 델리노첸티는 그 심정을 이렇게 들려주었다.

"우리는 인베스트코프가 구찌를 인수하면 세상이 끝날 것처럼 걱정하고 있었습니다."

런던의 작전 팀은 마우리치오가 피렌체의 관리자들을 소집했다는 소식을 듣고 그가 무슨 조치를 취할지 모여서 논의했다. 스완슨은 회상했다.

"어떤 사람이 우리에게 전화해서 마우리치오가 직원들을 모아 놓고 그 특유의 멋진 연설을 했다는 이야기를 해 주었습니다. 아랍 사람들을 내쫓아 버리겠다는 말도 했다고 알려줬어요. 우리는 '그가 배를 침몰시키겠다는 건가? 아니면 정신을 차리고 지분을 팔겠다는 건가?' 궁금했어요."

마우리치오의 연설은 벼랑 끝 전술이 끝났음을 알리는 신호였다. 그날 저녁 늦게 그는 인베스트코프에 전화해서 항복할 준비가 되었다고 말했다. 1993년 9월 23일 금요일, 마우리치오는 루가노의 어느 스위스 은행 사무실에서 변호사와 은행 관계자들을 앞에 두고 구찌의 소유권을 양도한다는 문서에 서명했다. 그날 아침 비서 릴리아나 콜롬보는 산 페델레 광장 사옥의 5층 회장실에서 로돌포와 산드라 그리고 웃음 띤 딸들의 모습이 담긴 흑백사진을 치웠다. 수정과 순은으로 된 골동품 잉크병 등 책상 위에 놓인 물건들을 포함한 그의 소지품들도 모두 정리했다. 그런 다음 일꾼 두 명의 도움을 받아 로돌포가 마우리치오에게 준 베네치아 그림도 벽에서 떼어 냈다. 구찌의 총무 이사였던 마리오 마세티는 그 광경을 이렇게 술회했다.

"월요일 아침 그의 집무실로 들어갔을 때 본 광경은 충격적이었습니다. 마우리치오의 개인 소지품과 로돌포가 선물로 준 그림을 제외하고 거기에 있던 모든 것이 사라지고 없었습니다."

마우리치오는 그전 금요일 밤에 마세티를 비롯한 구찌 관리자 몇 명을 루가노의 아파트로 따로 초대해 저녁을 먹었다. 웨이터 한 명이 조심스럽게 시중을 드는 가운데 그는 구찌 지분을 매각했다고 말했다.

"내가 해야 할 일을 했어요. 최선을 다해 지키고 싶었지만 그 사람들은 내게 너무 버거운 상대였습니다. 달리 선택의 여지가 없었어요."

마우리치오가 지분 매각에 동의하겠다고 전화하자 인베스트코프는 신속하게 움직였다. 계약서는 이미 작성된 상태였다. 스완슨과 간부들은 거래를 마무리하기 위해 스위스로 날아갔다. 인베스트코프와 마우리치오는 1억 2,000만 달러(1,312억 원)에 합의했다. 스완슨은 계약이 체결된 스위스 은행에서 있었던 일을 회상했다.

"그들은 나를 어떤 회의실에 밀어 넣었고 다른 회의실에는 마우리치오와 그의 변호사들을 밀어 넣었습니다. 난 그와 만나고 싶었습니다. 그는 내 친구이기도 했거든요. 몇 달 동안 우리 중 그 누구도 마우리치오를 보지 못했습니다. 그를 잠깐이라도 볼 수 있을까 싶어 자꾸 복도를 기웃거렸어요."

스완슨은 마우리치오가 있는 회의실 문을 열었다. 그곳에는 변호사 네다섯 명과 뒷짐을 진 채 서성이는 마우리치오가 있었다. 그는 스완슨을 보고 걸음을 멈추더니 환한 표정을 지었다.

"안녕하세요!"

마우리치오는 스완슨에게 다가와 구찌 가문 사람답게 두 팔을 벌려 포옹했다.

"이건 말도 안 되는 일입니다! 우리는 친구잖아요. 변호사들과 여기 처박혀 있는 건 싫어요."

두 사람은 함께 복도를 걸으며 대화를 나누었다. 스완슨은 지난 6년 동안 긴밀하게 일해 온 남자를 한참 쳐다보면서 말했다.

"일이 이렇게 돼서 미안해요. 하지만 우리는 당신이 품은 구찌에 대한 이상을 진심으로 신뢰했었다는 점을 꼭 알려 주고 싶어요. 이제 우리가 당신의 이상을 실현하기 위해 최선을 다할게요."

마우리치오는 고개를 천천히 내저었다.

"이제 무슨 일을 해야 하죠? 요트나 탈까요? 난 이제 할 일이 아무것도 없어요!"

14.

호화로운 생활

1995년 3월 27일 월요일, 마우리치오는 평소처럼 아침 7시에 잠에서 깬 그는 몇 분 동안 가만히 누워 파올라의 숨소리를 들었다. 파올라는 그의 옆에 웅크린 채 잠들어 있었다. 그들이 누운 프랑스 제정 시대 스타일의 대형 침대는 신고전주의 양식의 기둥 4개와 황금색 비단 휘장, 독수리가 조각된 나무판으로 장식되어 있었다. 왕에게나 어울릴 법한 큰 침대였지만 마우리치오는 무엇이든 거대한 것을 좋아했다. 그는 토토 루소와 파리를 샅샅이 누비며 "우아하지만 지나치게 화려하지 않다"라며 루소가 추천해 준 제정 시대 스타일 가구를 찾아다녔다.

그 침대는 파올라 프란키(Paola Franchi)가 1년 전쯤 마우리치오와 베네치아 대로의 3층짜리 아파트로 이사할 때까지 다른 가구와 함께 창고에 보관되어 있었다. 두 사람은 그때까지 4년 넘게 만난 사이였지만 아파트가 모두 수리되기까지는 2년 넘는 시간이 걸렸다. 그동안 마우리치오는 밀라노 대성당 바로 뒤편에 있는 벨지오이소 광장 부근의 아담한 독신자용 아파트에 살았다. 그곳은 웅장한 18세기풍 대리석 저택으로 둘러싸인 고요한 곳이었다. 그때 파올라는 전 남편이 소유한 아파트에서 9살짜리 아들 찰리와 살았다.

산 바빌라 광장에서 자르디니 푸블리치를 지나 북동쪽으로 이어진 베네치아 대로 양옆에는 나무 대신 19세기 저택들이 늘어서 있었다. 두 사람이 살았던 38번지 저택 건물은 밀라노 지하철 1호선 팔레스트로역 바로 앞이었고, 대각선 맞은편에는 자르디니 푸블리치 공원이 있었다. 특이하게도 오크라(okra, 초록색을 띤 아열대 채소) 색 회반죽이 칠해진 저택 외관은 고전적 분위기를 풍겼으며 대로변의 다른 저택들의 외관에 비해 단순한 편이었다.

마우리치오는 1990년 생 모리츠의 댄스 클럽에서 열린 개인 파티에서 파올라와 처음 만났다. 수려한 금발 외모와 나긋나긋하고 호리호리한 몸매에 매력을 느낀 그는 바에서 그녀와 대화를 나누다가 10대 시절 서로 알던 사이였다는 사실을 알게 되었다. 산타 마르게리타 해변에서 어울렸던 모임의 일원이었던 것이다. 마우리치오는 파올라의 여유 있는 태도와 편안한 미소가 좋았다. 그녀는 모든 면에서 파트리치아와 정반대로 보였다. 그는 파트리치아를 떠난 이후 슈리와 2년 동안 교제한 것 말고는 본격적인 관계를 맺지 않았다. 별거 중이었지만 파트리치아는 여전히 삶에서 중요한 부분을 차지하고 있었다. 그와 파트리치아는 자주 대화했고 그때마다 다퉜다. 그는 그런 갈등에 진력이 났지만 다른 사람을 만날 시간과 에너지가 부족했다. 게다가 에이즈를 두려워한 나머지 교제 상대와 잠자리에 들기 전에 혈액검사부터 받으라고 요구하기도 했다. 그와 속을 터놓는 친구였던 카를로 브루노가 말했다.

"마우리치오는 밀라노에서 가장 선망받는 남성으로 꼽혔지만 바람둥이는 아니었어요. 관심을 보이는 여자가 많았지만 플레이보이처럼 굴지 않았지요."

파트리치아의 부탁으로 두 사람의 별자리 점을 보았던 점성술사는 이렇게 말했다.

"마우리치오도, 파트리치아도 남은 인생 동안 의미 있는 상대를 만나지 못할 운명이었습니다. 하지만 파올라의 별자리에는 파트리치아와 비슷한 점이 많았어요. 마우리치오가 그녀에게 끌린 것도 이해가 갑니다."

파올라는 마우리치오와 만났을 때 남편 조르지오와 별거 중이었다. 조르지오는 구리 광산으로 돈을 번 거물급 사업가였다. 마우리치오가 술 한잔하자며 처음 파올라를 초대한 날 두 사람은 저녁 식사를 먹고 난 뒤 새벽 1시까지 쉬지 않고 대화를 나누었다. 훗날 파올라가 말했다.

"그는 자기가 살아온 이야기를 쏟아 냈어요. 마음과 머릿속에 있는 짐을 덜어 내려는 것처럼 말을 하고 싶어 했지요. 세상과 대결을 벌였던 사람처럼 보였지만 실제로는 극도로 예민한 데다 어떤 상황에서는 매우 취약한 사람이었어요. 그는 자신을 변호하고 싶어 했고 자신과 가족을 둘러싼 스캔들을 해명하고 싶어 했어요. 굉장한 이야기였죠. 마우리치오는 독수리가 되고 싶었다고 말했어요. 높이 날면서 모든 걸 보고 통제할 수 있으면서도 잡히지 않는 독수리가 부럽다고 했지요."

초기에 두 사람은 남들의 눈을 피해 벨지오이소 광장의 작은 아파트에서 만났다. 파올라는 집에서 만든 소박한 저녁만큼 마우리치오를 즐겁게 하는 것은 없다는 사실을 깨달았다. 그가 살라미 햄을 써는 동안 그녀는 레드와인을 따랐다. 두 사람은 아치형 천장 밑에서 딱 붙어 있다가 연철 장식이 있는 폼페이 스타일의 빨간색 큰 침대로 자리를 옮겼다. 파올라는 그 침대에 누울 때면 마우리치오를 더 세게 끌어안았다.

"그 아파트는 우리의 작은 보금자리가 됐어요."

두 사람이 행복에 넘쳐 있을 때 파트리치아의 속은 부글부글 끓고 있었다. 마우리치오와 파올라가 남의 눈에 띄지 않게 조심히 행동했음에도 염탐꾼의 눈길을 피할 수는 없었다. 마우리치오가 여전히 비용을 지불하는 갈레리아 파사렐라의 펜트하우스에 살던 파트리치아는 염탐꾼에게 남편이 늘씬한 금발 여성과 밀라노를 누비고 다닌다는 소문을 들었다. 파올라의 신원을 알아내는 데는 오랜 시간이 걸리지 않았다. 파트리치아도 사귀는 사람이 있어서 애써 무관심한 척하면서도 남편의 모든 행동을 주시했다.

마우리치오에게 베네치아 대로의 집을 소개해 준 사람은 토토 루소였다. 원래 마우리치오는 밀라노 외곽으로 나가더라도 저택 한 채를 구해서 구찌의 이상에 걸맞은 호화롭고 품위 있는 '구찌 궁전'을 꾸미고 싶었다. 하지만 이상에 맞는 집을 찾을 수 없었고 결국 베네치아 대로에 있는 고급 아파트를 임대해 정착했다. 마우리치오는 루소가 커다란 나무 출입문과 우아한 연철 대문을 지나 고요한 안뜰로 안내했을 때부터 그 아파트의 장중한 멋과 조용한 분위기에 반했다. 묵직한 석벽 안에서는 분주한 대로의 소음이 잦아들어 아득하게 들렸다. 마우리치오는 팔라디오 양식의 화려한 모자이크 바닥과 안뜰 왼편에서부터 집까지 이어지는 웅장한 대리석 계단에 감탄했다. 계단 옆에는 현대식 엘리베이터도 있었는데 판유리 장식의 큼직한 나무 문이 달려 있었다.

당시 아직 구찌 회장이었던 마우리치오는 자신만큼의 지위를 가진 사람은 최고로 좋은 동네에서 호화로운 환경에 둘러싸여 살아야 한다고 생각했다. 그의 아파트는 이탈리아에서 '귀족의 층'으로 불리는 2층에 있었다. 실제로 이탈리아 귀족 가문은 모두 대저택의 2층에 거주한 역사가 있다. 대리석 계단을 올라 정문을 열면 작은 로비가 나왔다. 그곳에서 나란히 나 있는 문을 지나면 긴 회랑이 나왔다. 회랑에 들어서면 오른편에 주방과 널찍한 식당이 있었고 긴 회랑을 따라 양옆으로 응접실들이 이어졌다. 그 끝에는 인베르니치 공원의 푸르게 우거진 정원이 내려다보이는 스위트룸이 자리했다. 그 아파트는 너무 멋져서 언뜻 보면 큰 단점이 두드러지지 않았다. 단점은 침실이 하나뿐이라는 점이었다.

처음 이 아파트를 둘러볼 때 마우리치오는 파트리치아와 별거하고 혼자 살고 있었다. 그러다 파올라와 만난 뒤로 다시 가정을 일굴 결심이 섰고, 두 딸 알레산드라와 알레그라도 데려와 함께 살고 싶었다. 그래서 집주인 마렐리에게 곧 비게 될 3층도 임대해 달라고 요청했고 허락을 받았다. 아파트 두 층을 쓰면 딸들뿐 아니라 파올라의 아들 찰리가 쓸 방도 마련할 수 있었다. 그는 두 층을 임대해 연결하는 계단도 만들었다.

"여기가 우리 집이 될 거야."

마우리치오가 파올라의 가는 허리에 손을 두르면서 말했다. 두 사람의 발소리가 텅 빈 방에 울려 퍼졌다. 베네치아 대로의 아파트는 '구찌 궁전'은 아니었지만 지금까지 그가 목표로 했던 집 그 자체였다. 이전보다 평화로운 가정생활을 누리고 싶은 구찌 최고경영자에게 더할 나위 없이 잘 어울리는 공간이었다. 그는 세 아이 모두가 그들과 같은 지붕 아래에 있는 각자의 방에서 잠을 잘 수 있다는 생각만으로도 기뻤다. 딸들과 좀 더 많은 시간을 보내고 싶었고 파올라와 집을 합치는 순간 그렇게 되기를 기대했다. 그는 파트리치아가 아이들을 좌지우지하는 한 자신과 딸들의 관계가 순탄치 못하리라고 생각했다. 집을 나온 뒤로도 오랜 시간이 흘렀지만 그녀와의 갈등은 끝나지 않았다. 그 때문에 딸들과의 관계를 회복할 여지는 많지 않았다.

아파트의 수리와 장식에는 2년이 넘는 시간이 걸렸고, 수백만 달러가 들었다. 수리가 끝나자 그 거창한 스타일은 밀라노 사람들의 입방아에 올랐다. 호사가들은 집 내부를 들여다보고 싶어 했지만 마우리치오는 사람들을 거의 초대하지 않았고 내부 사진을 공개하지도 않았다. 그러나 끝없이 드나드는 일꾼들과 계속 배달되는 희귀한 골동품, 주문 제작한 생활용품들과 고급 벽지, 호화로운 견직물이 사람들의 눈에 띄지 않을 리 없었다.

두 아파트의 총 면적은 1,207제곱미터를 넘어섰고 연간 임대료만 해도 400만 리라(약 2억 7,000만 원)를 웃돌았다. 마우리치오는 비용에 상한선을 두지 않고 루소에게 실내장식을 맡겼다. 루소는 마우리치오의 열의와 협조에 신이 나서 전보다 더 열심히 일했다. 아파트 내부 장식을 모두 제거했고 바닥을 뜯고 벽도 교체했다. 상트페테르부르크 궁전을 본뜬 레이저 절단 기법으로 상감 무늬를 넣은 나무 바닥재를 주문했고, 벽판과 조명기구를 직접 디자인했으며 호화로운 벽지와 풍성한 커튼을 선택했다. 전문가들은 천장의 프레스코화를 복원하거나 다시 그려 넣었다. 프랑스식 브와즈리(**boiserie**, 조각 장식이 된 나무 벽판)를 좋아했던 마우리치오는 비토리오 에마누엘레 국왕이 소유했던 진품 브와즈리를 사서 타원형 식당을 꾸몄다. 경매에서 낙찰받은 그 브와즈리는 청자색으로 칠해진 섬세한 도금 테두리와 꽃과 꽃병 문양이 장식된 것으로 스테인드글라스를 끼운 형태였다. 두 사람은 크고 길쭉한 모조 대리석 식탁을 주문 제작했다. 시중에서 그만큼 긴 식탁을 찾을 수 없었기 때문이다. 이어 은은한 광택이 도는 연회색 커튼과 벽 거울로 식당 장식을 마무리했다. 사치스러운 만찬을 위해 설계된 그 식당은 마우리치오와 파올라, 찰리가 매일 아침 식사하는 공간으로 사용되었다. 마우리치오는 자신이 수집했던 가구를 집에 들여온 것이 기뻤다. 대리석 오벨리스크 한 쌍이 큰 계단 층계참에 세워졌고 뒷발로 뛰어오르는 켄타우로스(Centauros) 청동상 한 쌍이 출입문 양옆을 지켰다. 그가 가장 아끼던 1800년대 중반에 제작된 골동품 당구대는 회랑 오른쪽 마지막 응접실에 놓였다. 둥그스름한 목재 다리에는 희한한 표정을 짓고 있는 가면이 새겨져 있었다. 당구대에 딸린 의자 한 쌍은 벽에 기대 배치되었다. 일꾼들이 주문 제작한 벽판과 책장을 설치하기 위해 방의 나무판을 뜯었을 때 안쪽에 정교한 미로 무늬가 조각된 회반죽 천장이 있는 것을 발견하고 깜짝 놀랐다. 이를 본 마우리치오는 천장을 원래 상태로 복원하기로 했다. 엄청난 길이의 책장을 채워야 할 때가 오자 마우리치오는 파운드 단위로 고서를 주문했다. 사실 그는 책을 읽을 시간이 거의 없었다.

파올라는 인테리어 디자이너로 일한 경력이 있었기에 자기 의견을 내고 싶어 했고, 아파트 장식을 맡은 루소와 여러 번 충돌했다. 두 사람은 상대가 마우리치오에게 영향력을 행사하고 있다는 사실을 불쾌해했다. 그녀는 감정을 잘 드러내지 않는 편이었지만 루소는 파올라에 대한 적대심을 숨기지 않았다. 아파트 수리가 진행되던 어느 날 아침 평소처럼 아파트에 도착한 루소가 목청껏 소리쳤다.

"그 매춘부 아직 안 왔지?"

조수 세르지오 바시가 안경 너머로 눈을 휘둥그레 뜬 채 방에 들어와 속삭였다.

"토토, 목소리가 너무 커요! 그 여자는 위층에 있어요. 아마 하신 말씀을 들었을 거예요."

루소는 신경 쓰지 않았다. 마우리치오가 파올라에게 위층 아이들 공간과 아래층 오락실의 장식만 맡기겠다고 약속했기 때문이다. 바시는 이렇게 말했다.

"파올라는 우리가 있는 층에는 들어올 수 없었어요. 파올라가 등장하면서 마우리치오와 토토의 관계에 변화가 생겼고, 결국 두 사람은 심하게 다퉜습니다. 토토는 욕심이 많았어요. 파올라에게 계속 시비를 걸었고 툭하면 질투를 부렸습니다."

마우리치오는 대리석 층계 옆의 텅 빈 홀을 오락실 겸 파티장으로 바꿔 달라고 파올라에게 부탁했다. 그곳을 자신만의 놀이터로 삼을 생각이었다. 몇 년 후 파올라가 말했다.

"그는 본질적으로 어린아이나 다름없었어요. 눈을 반짝이며 그 홀을 꾸밀 여러 가지 아이디어를 냈지요."

홀의 앞부분은 비디오게임기와 1950년대 핀볼 기계, 포뮬러원 가상 경주 게임기가 설치된 오락실이 되었다. 특히 마우리치오가 가장 좋아했던 포뮬러원 가상 경주 게임기에는 헬멧, 핸들, 프로그램까지 탑재되었다. 파올라는 오락실 뒤쪽을 작은 영화관 같은 TV 시청실로 개조했다. 진짜 영화관의 좌석을 구해 세 줄로 설치했고, 벨벳 커튼으로 장식했으며 초대형 스크린까지 들여놓았다. 홀의 뒷부분은 마우리치오의 제안에 따라 서부 시대 선술집처럼 꾸몄다. 파올라는 미소를 지으며 설명했다.

"그 전에는 서부 시대 분위기로 장식해 본 적이 없었어요. 그래서 책을 꺼내 참고했죠."

그녀는 둥그스름한 나무 카운터와 가죽으로 덮은 스툴, 징 박힌 가죽 소파를 주문했다. 사막의 협곡과 선인장, 피어오르는 연기를 사실적으로 그린 그림이 벽면을 덮었다. 챙 있는 모자를 쓴 카우보이가 으스대며 나무 회전문 안으로 들어오는 그림도 있었다. 나머지 장식이 마무리되기도 전에 두 사람은 오락실에서 가장 무도회를 열었다. 초대받은 사람들은 카우보이나 아메리칸 인디언 차림으로 방문했다.

파올라는 위층 아이들 방에 각별한 주의를 기울였다. 마우리치오가 딸들과 함께 사는 것을 얼마나 중요하게 생각하는지 잘 알았기 때문이다. 그녀는 알레산드라와 알레그라가 쓸 소녀풍 휘장이 드리워진 침대와 그에 맞춘 베이지색, 녹색, 장미색 꽃무늬 벽지를 골랐다. 아들 찰리를 위해서는 소년 취향 색상의 책 문양이 있는 벽지를 선택했다. 그녀는 찰리가 책을 좋아하지 않아서 그런 벽지를 골랐다고 농담했다. 아이들은 위층을 독차지했다. 그곳에는 친구들과 놀 수 있는 아늑한 공간과 음식물을 조리할 수 있는 작은 주방 그리고 손님방이 딸려 있었고 아이들이 편히 드나들 수 있도록 별도의 출입구까지 설치되었다. 두 사람이 1년 전 이 아파트에 이사했을 때는 찰리 혼자 위층을 썼다. 사실 알레산드라와 알레그라는 휘장이 드리워진 그 앙증맞은 침대에서 잔 적이 없었다.

집 수리가 진행되는 동안 파올라 때문에 빚어진 루소와 마우리치오의 갈등이 마침내 폭발했다. 바시가 그 일에 대해 이렇게 들려주었다.

"마지막 결전은 두 사람의 비서가 함께 재고조사를 할 때 일어났습니다. 토토의 비서가 마우리치오의 비서인 릴리아나에게 '마우리치오가 토토에게 진 빚이 10억 리라'라고 말했거든요. 릴리아나는 말도 안 되는 소리라면서 '오히려 토토가 마우리치오에게 빚을 졌다'고 받아쳤습니다."

마우리치오와 루소의 관계는 서로 말을 나누지 않을 정도로 악화됐고, 결국 그 갈등은 파올라의 승리로 끝났다. 밀라노에서는 루소가 코카인 중독 때문에 무너지고 있다는 소문이 돌았다. 한때 그와 가까워지려 애썼던 친구와 고객들이 거리를 두기 시작했다. 루소는 아내와 딸이 있는 집에서 나와서 혼자 살고 있었지만 이혼은 하지 않았다. 얼마 후에는 심장 질환을 앓았고 심장판막 수술을 받았다. 의사들은 코카인 중독자에게 흔한 질환인 심장내막염으로 진단했다. 그러나 그에게 심장 질환보다 더 큰 타격을 입힌 것은 발기불능이었다. 이 역시 코카인 중독의 결과였다. 바시는 이렇게 말했다.

"토토는 현실판 돈 조반니(Don Giovanni, 돈 후안)였어요. 그는 여자뿐 아니라 남자까지도 끌어당기는 힘이 있었죠. 그래서 이제 성생활을 할 수 없다는 사실을 받아들이지 못했습니다."

루소의 시신은 밀라노의 어느 호텔 객실에서 발견되었다. 그가 습관처럼 드나들면서 2~3일씩 난교 파티를 벌이던 호텔이었다. 그러나 그날은 혼자 투숙했다. 객실에서 물이 새어 나오는 것을 발견한 호텔 직원이 룸 안으로 들어갔고 루소가 세면대에 고꾸라져 있는 것을 발견했다. 그는 심장마비로 사망했지만 친구들이 볼 때는 자살 같았다. 마우리치오는 장례식에 참석해 장지였던 산타 마르게리타까지 따라갔다. 장례식의 마지막 의식이 시작되었을 때 관을 맨 사람들은 관이 너무 커서 무덤을 넓혀야 한다는 사실을 깨달았다. 마우리치오는 루소에 대한 기억을 떠올리며 슬픈 미소를 띤 채 고개를 내저었다.

'너는 죽어서도 참 대단하구나.'

두 달 전에도 한 친구를 잃었던 마우리치오는 얼마 되지 않는 조문객들을 돌아보며 생각했다.

"세 번째로 죽을 친구는 과연 누굴까?"

그의 삶에서 파올라가 차지하는 비중이 점점 더 커지자 마우리치오는 아내와 이어진 끈을 모조리 끊어내려 했다. 파트리치아의 밀라노 은행 계좌에 매달 1억 6,000만~1억 8,000만 리라(약 1억 800만 원)에 달하는 돈을 넉넉하게 넣어 주면서도 생 모리츠의 집을 이용하는 것은 허락하지 않았다. 그와 파올라는 생 모리츠에 있는 집 세 채를 모두 다시 꾸밀 계획을 세웠고, 특히 루아조블뢰를 자기들만의 보금자리로 개조하려 했다. 나머지 두 채는 아이들과 손님, 고용인들이 기거하는 공간 겸 놀이공간으로 만들 생각이었다. 루아조블뢰를 자기 집이라 생각해왔던 파트리치아는 그 사실을 알고 나서 펄펄 뛰었다. 그녀는 루아조블뢰는 자신에게, 다른 두 채는 두 딸들에게 양도하라며 남편을 들들 볶았다. 그 집에 마우리치오가 파올라와 머문다는 생각만으로도 화가 치밀었다. 심지어 루아조블뢰에 불을 지르겠다는 위협을 가하면서 관리인에게 이렇게 지시한 적도 있었다.

"휘발유 두 통을 집 근처에 두면 나머지는 내가 다 알아서 할게요."

관리인이 그 말을 따르지 않자 그녀는 영매를 찾아갔다. 영매는 묘약과 주문으로 그 집에 저주를 걸었다. 얼마 후 생 모리츠에 간 마우리치오는 집에 들어서자마자 불쾌한 기분이 세차게 몰려오는 것을 느꼈다. 애써 무시하면서 짐을 풀고 주말을 보낼 준비를 했지만 견디기 힘든 거부감 때문에 그날 밤 집에서 나왔고 세 시간 동안 차를 몰고 밀라노로 다시 돌아갔다. 다음 날 잘 아는 영매 안토니에타 쿠오모를 불러 무슨 문제가 있었는지 들려주었다. 며칠 후 쿠오모는 생 모리츠에 가서 집 안에 촛불을 켜고 '옳지 못한' 기운을 없애는 의식을 치렀다. 얼마 후 그녀는 루가노와 뉴욕의 아파트에서도 같은 의식을 치렀다. 파트리치아는 그에 굴하지 않고 갈레리아 파사렐라의 주방에서 한밤중에 혼령과 교류하는 모임을 열었다. 깜짝 놀란 고용인들은 산 페델레 광장 사옥으로 달려가 마우리치오에게 그동안 목격했던 해괴한 일들을 털어놓았다.

파트리치아는 자신에게 여전히 충성심을 잃지 않은 구찌 직원들을 통해 남편의 활동을 빠짐없이 꿰뚫고 있었고, 그에게 회사를 운영할 역량이 없다고 확신하게 되었다. 직원 한 명이 그녀에게 직접 개입하라고 애원하는 편지를 보낸 적도 있었다.

> "파트리치아 여사님께, 회장님은 몰라보게 달라졌습니다. 이래서야 회사가 어떻게 버틸 수 있을지 모르겠습니다. 우리 회사는 방향을 상실했고 불안정한 상태입니다. 회장님에게 의견을 전하려 해도 무관심이라는 장벽에 가로막히고 맙니다. 회장님은 쌀쌀맞은 미소만 지을 뿐입니다. 저희 좀 도와주세요! 직접 나서서 상황을 해결해 주세요!"

파트리치아는 지인들이나 요리사 같은 염탐꾼들을 통해 아파트의 대대적인 개보수 공사나 크레올 수리, 신형 페라리 테스타로사 구입, 개인용 전세기 같은 마우리치오의 주변 사정에 대해 낱낱이 알고 있었다. 남편의 자금 사정이 악화되자 받는 돈이 일정치 않은 탓에 제때 청구서를 결제하지 못하는 일도 생겼다. 그러자 식료품 상점과 약국에서도 외상으로 물건을 주지 않았다. 은행

예금이 바닥난 그녀는 마우리치오의 비서 릴리아나에게 전화했다. 릴리아나는 마우리치오의 채권자들을 쥐락펴락하는 꼼수를 꿰고 있었다.

"매달 말이 되면 파트리치아에게 줄 돈을 어떻게 구해야 할지 고민하곤 했어요."

릴리아나는 마우리치오의 채권자들을 교묘하게 속여 그녀에게 줄 돈을 몇 번에 걸쳐 마련했다. 싹싹한 태도를 잃지 않았던 릴리아나는 "내일은 일부만 드리고 이번 주말까지 나머지 돈을 구해보도록 할게요"라고 말하곤 했다. 그럴 때마다 파트리치아는 화난 목소리로 외쳤다.

"뭐라고요? 그 작자는 베네치아 대로의 집에다가 닥치는 대로 돈을 쏟아부으면서 자기 딸들에게 줄 돈은 없다고 하던가요?"

릴리아나는 적당히 둘러댔다.

"그렇지 않아요, 사모님. 공사도 중단되었어요."

그러면 파트리치아는 투덜거리면서도 수긍할 수밖에 없었다.

"알았어요. 기다릴게요. 희생할 수밖에 없다면 기다려야죠."

어떤 달은 마우리치오가 아내에게 줄 돈을 구하지 못해 운전기사 루이지가 아들의 저금통을 깨서 800만 리라(약 700만 원)를 융통해줬을 정도였다. 1991년 가을, 마우리치오는 프란키니에게 개인적 고민들을 털어놓은 뒤 파트리치아에게 이혼을 요구했다. 파올라 역시 프란키니의 도움을 얻어 남편에게 이혼을 요구했다. 그런 다음 두 사람은 베네치아 대로의 집에 함께 들어가기로 약속했다. 파트리치아는 자신이 이룬 모든 것이 손가락 사이로 빠져나가고 있음을 느꼈다. 분노와 질투에 사로잡힌 그녀는 파올라가 돈과 지위를 노리는 꽃뱀이며 마우리치오를 능수능란하게 이용해 재산을 축낸다고 조롱했다. 그 말을 들은 어떤 사람들은 그녀가 자기 이야기를 하고 있는 게 아닌가 생각했다.

마우리치오의 변호사 피에로 주세페 파로디에 따르면 파트리치아는 '마우리치오의 재산에 병적일 정도로 집착'했다. 그녀는 파로디에게 틈만 나면 전화해서 자신에게 어떤 권리가 있는지 알아내려 했다.

"그녀는 자신도 마우리치오의 재산에 대한 권리가 있다고 생각했어요. 법적 근거는 없었지만 아내로서 자격이 있다고 믿었던 것 같아요. 크레올도 생 모리츠의 샬레도 자기 소유라고 생각했습니다. 게다가 구찌의 성공에 자신의 조언이 크게 작용했다고 확신했어요. 마우리치오의 부족한 경영 능력에 대해서도 걱정이 컸습니다. 그녀는 그가 씀씀이를 제대로 조절하지 못한다고 판단해 자기 것이기도 한 남편의 자산에 대해 끊임없는 불안을 느꼈습니다. 그의 과도한 지출 때문에 자신과 딸들에게 미칠 파장에 노심초사했었죠."

파트리치아는 모든 고통과 시련의 원인이 마우리치오에게 있다고 생각했다. 그래서 그가 두 딸을 파멸시키기 전에 자신이 먼저 그를 파멸시키겠다고 맹세했다. 이에 대해 친구 마달레나 안셀미는 이렇게 말했다.

"파트리치아는 마우리치오가 무릎 꿇는 모습을 보고 싶어 했어요. 그가 다시 굽실거리기를 바랐던 거죠."

파트리치아는 이제 혼령과의 교류나 주문, 묘약 같은 것에 의존하지 않았다. 어느 날 그녀는 침실에서 가정부 알다 리치에게 부탁했다.

"어떻게 해서든 그가 죽는 꼴을 봐야겠어요. 남자 친구에게 나를 도와줄 수 있는지 물어볼래요? 다른 사람을 구할 수 없다니까 하는 말이에요."

파트리치아의 끈질긴 요구에 견디다 못한 리치와 그녀의 남자 친구는 1991년 11월 마우리치오를 찾아갔다. 그는 그들이 들려준 말을 녹음한 뒤 프란키니에게 전달했다. 같은 시기에 파트리치아의 두통이 시작됐다. 통증으로 무기력해진 그녀는 쇼핑하러 나가지도, 마우리치오를 비난하지도 않은 채 어두운 침실에 몇 시간이고 처박혀 있었다. 두통 때문에 밤잠을 이루지 못하는 날이 이어지자, 그녀의 어머니 실바나와 딸들의 걱정도 커져만 갔다. 어느 날 알레산드라가 말했다.

"엄마가 아파하는 거 이제 못 보겠어. 의사한테 전화할게."

1992년 5월 19일, 파트리치아는 밀라노의 한 고급 개인병원에 입원했다. 그곳은 로돌포 구찌가 전립선암 치료를 받은 병원이기도 했다. 의사들은 그녀의 뇌 왼쪽에 커다란 종양이 있다고 진단했고 곧바로 수술을 받으라고 권했다. 생존율이 높지 않다고도 했다. 파트리치아는 화가 나서 말했다.

"세상이 무너져 내리는 것만 같았어요. 그 종양은 마우리치오 때문에 생긴 것이 분명했거든요. 그 인간 때문에 받은 스트레스가 원인이었을 겁니다. 하루는 벗어 놓은 모자 안에 머리카락이 가득 했어요. 내 머리에서 빠진 머리카락이요. 정말 모든 걸 다 파괴해 버리고 싶었어요."

그녀는 일기장에 쓰라린 감정을 쏟아냈다. 화가 난 필체로 일기장 한 가득 큼직하게 썼다.

> 참을 만큼 참았다! 마우리치오처럼 치사하고 비열한 인간이 60미터짜리 요트와 개인 비행기, 고급 아파트와 페라리 테스타로사 같은 것들을 누려서는 안 된다. 화요일에 나는 뇌를 누를 정도로 커다란 종양이 있다는 진단을 받았다. 인푸조 박사는 당황한 표정으로 엑스레이 사진을 보더니 수술이 불가능할지도 모른다고 걱정했다. 난 지금 혼자다. 딸들은 15살과 11살에 불과하고 혼자된 엄마는 걱정만 많고, 빚쟁이 남편은 계속된 실패로 자기 혼자만 먹고 살 수 있는 재산만 남겨 두고 가족을 내팽개쳤다.

다음 날 아침 알레산드라와 실바나가 걱정스러운 얼굴로 마우리치오의 사무실에 찾아가 소식을 전했다. 굳게 닫힌 사무실 문 밖에 있던 비서 릴리아나에게 나지막한 목소리가 들려왔다. 얼마 후 마우리치오가 충격받은 표정으로 두 사람을 배웅한 뒤 릴리아나에게 지치고 기운 없는 목소리로 말했다.

"파트리치아가 당구공만 한 크기의 뇌종양 판정을 받았어요. 왜 그렇게 공격적으로 굴었는지 이제야 이해가 가네요."

실바나는 마우리치오에게 자신이 딸을 보살피는 동안 두 손녀를 돌봐 줄 수 있는지 물었다. 그는 어려울 것 같다고 대답했다. 새 아파트 수리가 아직 끝나지 않은 데다 지금 사는 아파트에는 두 아이가 생활할 공간이 없다는 이유에서였다. 더욱이 인베스트코프와의 문제가 심각해질 대로 심각해져서 출장을 자주 다녀야 한다는 이유도 댔다. 그 대신 시간이 날 때마다 딸들과 함께 점심 식사를 했으면 좋겠다고 말했다. 파트리치아는 그 대답을 전해 듣고 훨씬 더 큰 환멸을 느꼈다.

5월 26일 아침, 파트리치아는 수술을 받기 위해 머리를 모두 밀고 이동 침대에 누웠다. 딸들에게 입을 맞춘 다음 어머니의 손을 꼭 잡았다. 간호사들이 침대를 수술실로 옮길 때까지 그녀는 계속 남편을 기다렸다. 그러나 그는 나타나지 않았다. 훗날 파트리치아는 말했다.

"내가 수술실에서 살아서 나올지조차 확실하지 않았는데 그는 무신경하게도 나타나지 않았어요. 별거 중이기는 했지만 그래도 난 그의 딸들을 낳은 여자였어요."

몇 시간 후 그녀는 마취가 완전히 깨지 않은 몽롱한 상태에서 필사적으로 침대 주위의 얼굴을 하나하나 살폈다. 어머니와 두 딸의 모습은 보였지만 마우리치오는 여전히 보이지 않았다. 사실 실바나와 의사들이 마우리치오가 파트리치아의 기분을 상하게 할지 모른다고 생각해 오지 말라고 부탁했었다. 하지만 그녀는 그 사실을 알지 못했다. 일에 집중할 수 없었던 마우리치오는 오전 내내 사무실 안을 서성거렸다. 그러다가 릴리아나에게 '파트리치아에게 꽃을 보내고 오겠다'고 말했다. 릴리아나가 대신 주문하겠다고 했지만 거절했다. 파트리치아가 좋아하는 양란이 무엇인지 정확하게 알고 있었던 그는 직접 꽃을 고르고 싶었다.

그는 패션계 사람들이 자주 드나드는 레다엘리 꽃집까지 걸어갔다. 그곳은 톰 포드와 리처드 버클리가 던 멜로에게 주기 위해 꽃다발을 산 곳이기도 했다. 그는 꽃집으로 가면서 카드에 쓸 내용을 골똘히 생각했다. 그러나 무슨 내용을 쓰더라도 파트리치아가 잘못 받아들일지 모른다는 걱정이 앞서 '마우리치오 구찌'라는 서명만 하기로 했다. 꽃다발이 병실에 도착했을 때 파트리치아는 포장을 끄르지도 않고 탁자에 내동댕이쳤다. 마우리치오가 세심하게 고른 꽃은 그녀가 루아조블뢰 앞마당에 심은 양란과 같은 종류였다. 그 꽃다발은 그녀에게 이제 더는 루아조블뢰에 출입할 수 없다는 잔인한 현실을 일깨워줬다.

일주일 후 퇴원한 파트리치아가 집에 돌아왔을 때 전보다 더 풍성해진 양란 꽃다발과 마우리치오가 '빨리 쾌차해'라고 쓴 카드가 기다리고 있었다. 울음을 터뜨린 그녀는 침대에 몸을 던지면서 울부짖었다.

"그 형편없는 자식은 나를 보러 오지도 않는구나!"

살날이 몇 달밖에 남지 않았다는 판정을 받은 그녀는 변호사들에게 행동에 나서라고 재촉했다. 그들은 파트리치아가 뇌종양 때문에 이혼 조건에 합의할 당시 제 정신이 아니었다고 주장하며 첫 번째 이혼 합의서를 회수했다. 그 합의서에는 그녀에게 갈레리아 파사렐라 아파트와 올림픽타워 아파트 중 1채를 양도하고, 40억 리라(약 32억 원)를 일시불로 지급하며, 그녀와 두 딸이 생 모리츠 최고급 호텔에서 매년 2주 동안 휴가를 보낼 때 드는 비용을 부담하고, 매달 두 딸에게 2,000만 리라(약 1,700만 원)의 양육비를 보낸다는 내용이 담겨 있었다. 양측은 재협상을 통해 전보다 훨씬 더 후한 조건의 새 계약서를 작성했다. 1994년 일시불로 65만 스위스프랑(약 6억 원)을 지급하고, 해마다 110만 스위스프랑(약 9억 2,000만 원)을 제공하며, 파트리치아가 살아 있는 동안 나중에 두 딸에게 상속될 갈레리아 파사렐라의 펜트하우스를 마음껏 사용할 수 있도록 하는 동시에 실바나에게 몬테카를로의 아파트와 100만 스위스프랑(약 9억 1,000만 원)을 제공하는 조항이 포함되었다.

원래 악성이 의심되었던 종양은 나중에 양성으로 판명되었다. 파트리치아는 수술을 받고 회복하는 동안 마우리치오에게 복수를 다짐하며 활력과 기운을 되찾았다. 6월 2일 일기에는 이탈리아의 페미니스트 작가 바르바라 알베르티(Barbara Alberti)의 말을 인용해 이렇게 썼다.

복수. 나는 복수가 핍박받은 자뿐만 아니라 천사에게도 필요하다는 사실을 망각했다. 당신은 정의로운 사람이기 때문에 복수해야 한다. 피해자이기 때문에 타협하지 말아야 한다. 우월한 사람은 원한을 그저 흘려보내기보다는 가해자에게 굴욕을 주고 스스로를 자유롭게 할 수 있는 최선책을 찾는다.

며칠 후 그녀는 이런 일기도 썼다.

언론 인터뷰를 할 수 있을 정도로 건강해지고 의사들이 허락만 한다면 당신이란 인간의 진짜 모습을 모두에게 까발리고 싶다. 난 텔레비전에도 출연할 거다. 당신이 죽을 때까지, 내가 당신을 파멸시킬 때까지 괴롭힐 거다.

그녀는 자신의 분노를 녹음테이프에 담아 인편으로 마우리치오에게 보내기도 했다.

마우리치오에게. 어릴 때 어머니를 잃었다고 하지 않았어? 그래서 아버지의 역할이 뭔지 알지 못하는 거야? 내가 한 달밖에 살지 못한다는 시한부 판정을 받고 수술받던 날 당신이 딸들과 내 어머니에 대한 책임을 아무렇지 않게 회피하는 걸 본 뒤로 그런 생각이 들었어. (중략) 내가 하고 싶은 말은 당신이 악마라는 것을 세상에 알릴 거라는 사실이야. 앞으로 모든 신문 1면이 그 악마 이야기로 도배가 되겠지. 내가 모두에게 당신이 실제 어떤 사람이라는 걸 알릴 테니까. 나는 텔레비전에도 출연할 거고 미국에도 가서 말할 거야. 사람들이 모두 당신 이야기를 하도록 만들 거야….

마우리치오는 책상에 앉아 그녀의 날카로운 목소리에 담긴 증오를 들었다.

마우리치오, 당신은 앞으로 단 한순간도 편하게 지내지 못할 거야. 변명하려 하지 마. 다른 사람들이 병원에 오지 말라고 했다고 둘러대지 마. (중략) 그 어린 것들이 엄마를 잃을 뻔했고, 내 어머니는 하나뿐인 자식을 잃을 뻔했어. 당신은 그렇게 되기를 바랐겠지. (중략) 나를 박살내려 했지만 당신은 그러지 못했어. 난 죽음과 마주한 사람이야. (중략) 당신은 돈이 없는 척하려고 몰래 페라리를 타고 싸돌아다녔어. 반면 내가 사는 집 소파는 누래지고 마룻바닥에는 구멍이 뚫렸어. 카펫도 바꿔야 하고 벽도 손봐야 해. 폼페이식 회반죽은 시간이 지나면 바스라진다는 걸 당신도 알잖아! 그런데 돈이 없어! 돈은 죄다 회장님한테만 가지. 대체 나머지 사람들은 어쩌라는 거야? (중략) 마우리치오, 당신은 한계에 이르렀어. 딸들에게서조차 존경받지 못해. 아이들도 이 상처를 이겨 내려면 당신을 안 보는 편이 낫겠대. (중략) 당신은 우리 모두가 잊고 싶어 하는 불쾌한 짐 덩어리에 불과해. (중략) 마우리치오, 당신은 아직 지옥을 경험하지 못했어.

마우리치오는 거칠게 녹음테이프를 꺼내 멀리 내동댕이쳤다. 나머지 내용을 듣지 않고 프란키니에게 테이프를 처리하라고 했다. 프란키니가 받은 테이프의 숫자는 점점 더 늘어나고 있었다. 그는 마우리치오에게 경호원을 고용하라고 조언했다. 그러나 진정을 되찾은 그는 모든 걸 웃어넘기기로 결심했다. 파트리치아의 협박에 매여 살고 싶지 않았다. 그해 8월, 그는 파트리치아에게 루아조블뢰에서 요양해도 좋다고 허락했다. 그곳에서 편안한 휴가를 보낸 그녀는 그 집에 대한 소유권을 다시 한번 주장하기로 결심했다. 일기에도 '난 영원히 루아조블뢰를 소유하고 싶어'라고 썼다.

이혼 합의서 조항이 후하게 바뀌었음에도 파트리치아는 전에 장담한 것처럼 언론사와 만났다. 기자들을 갈레리아 파사렐라 아파트로 초대해 마우리치오가 사업가로서도, 남편으로서도, 아버지로서도 형편없었다고 말했다. 마우리치오는 자신이 동성애를 한다는, 전혀 근거 없는 소문 역시 파트리치아에게서 비롯되었다고 생각했다. 그녀는 유명 여성 토크쇼 〈하렘(Harem)〉에 화장을 떡칠하고 보석을 주렁주렁 단 채 출연했다. 스튜디오의 푹신한 소파에 앉아 방청객들에게 마우리치오가 '고작 렌즈콩 한 접시(a plate of lentils, 구약 창세기에서 유래한 표현으로 '팥죽 한 그릇'으로 번역되었다)'에 자신과의 관계를 끊으려 한다고 하소연했다. 그녀가 말한 '고작 렌즈콩 한 접시'는 밀라노의 펜트하우스와 뉴욕의 아파트, 현금 40억 리라였다.

다른 초대 손님과 전국의 시청자들이 말문이 막힌 채 지켜보는 가운데 그녀는 계속 불평을 늘어놓았다.

"원래 제 소유가 아니었던 재산은 합의서에 포함시키지 않았어요. 저는 미래가 사라진 제 딸들을 생각하지 않을 수 없어요. (중략) 딸들을 위해 싸워야겠어요. 아이들의 아버지가 크레올에 한 번 타면 6개월씩 항해를 다니는 사람인데 그냥 보내줘야지요."

1993년 가을, 파트리치아는 마우리치오가 회사의 지배권을 잃을 위기에 처했다는 사실을 알게 되자 그를 대신해 나섰다. 남편을 돕기 위해서가 아니라 딸들을 위해 구찌를 지키고 싶었기 때문이다. 그녀는 "자신이 구찌와 인베스트코프 사이에서 중재자로 활약했고, 수많은 다른 사람들과 마찬가지로 마우리치오에게 명예 회장 자리를 수락하고 경영에서 손을 떼라고 설득했지만 그가 받아들이지 않았다"고 주장했다. 또한 "그를 도와 지분을 되찾을 돈을 구하려 애썼고, 변호사 피에로 주세페 파로디를 보낸 것도 자신"이라고 주장했다. 파로디는 구찌 지분이 경매에 붙여지는 것을 막기 위해 마우리치오와 조르지를 연결해 막판에 자금 조달을 주선한 인물이다.

마우리치오가 인베스트코프와의 싸움에서 패해 구찌 지분 50%를 매각해야 했을 때 파트리치아는 자기 일이라도 되는 것처럼 큰 충격을 받고 남편에게 소리쳤다.

"당신 미쳤어? 그건 당신이 벌인 짓 중에서도 가장 미친 짓이야!"

구찌가 인베스트코프에 넘어간 일은 그녀에게 또 하나의 곪은 상처였다. 한때 그녀의 친구였던 피나 아우리엠마는 이렇게 말했다.

"그녀에게 구찌는 모든 것을 상징했어요. 그녀와 딸들에게는 돈이자, 권력이자, 정체성이었거든요."

15. 낙원

마우리치오는 침대 옆 탁자로 손을 뻗어 자명종이 울리기 전에 껐다. 파올라가 중얼거리며 베개에 얼굴을 파묻었다. 마우리치오는 시계를 내려놓고 방 전체를 둘러보았다. 그의 시선이 가스 벽난로 앞에 나란히 놓인 초록색 소파 한 쌍을 지나 한쪽 벽면을 모두 채운 커다란 창문으로 향했다. 아침 햇살이 블라인드와 금색 실크 커튼을 통해 은은하게 비쳤다. 살짝 열어 둔 커튼 너머로 꽃과 나무로 가득한 발코니와 정원이 내려다보였다. 공작새의 새된 울음소리가 바로 옆 인베르니치 공원에서 흘러 들어왔고 베네치아 대로를 메우기 시작한 자동차들의 소음이 아득히 들렸다. 그는 우아한 상점이 즐비한 밀라노 도심 한가운데에 있으면서도 평화로운 분위기를 풍기는 이 집이 좋았다. 한때 그가 꿈을 펼쳤던 몬테 나폴레오네 거리와 스피가 거리도 지척이었다.

그는 구찌 지분을 팔고 난 직후 몇 달 동안 가족을 잃은 사람처럼 충격에서 빠져나오지 못해 멍한 상태로 살았다. 흑자 전환을 달성할 시간을 충분히 주지 않은 인베스트코프를 탓했고, 자신의 디자인 구상을 고수하지 않은 던 멜로를 비난했으며, 배신한 데 솔레를 원망했다. 그는 모두에게 뒤통수를 맞았다고 생각했다. 훗날 파올라가 이렇게 말했다.

"마우리치오는 아버지의 뜻을 잇지 못하는 것을 가장 크게 걱정했어요. 아버지가 이룬 것들을 모두 망칠 수 있다는 불안감 때문에 괴로워했지요. 그러다 지분을 파는 것 말고는 다른 방법이 없다는 사실을 깨닫자 마음이 편해졌어요. 그건 그의 힘으로는 어쩔 수 없는 일이었지요."

구찌의 지분을 매각하자 빚을 모두 갚고도 1억 달러(약 1,094억 원)가 넘는 예금이 남았다. 게다가 난생처음으로 전쟁터에서 벗어날 수 있었다. 지분 매각 후 자전거 한 대를 사서 지하층에 보관한 그는 그런 다음 밀라노에서 모습을 감췄다. 크레올을 타고 생트로페로 가서 니우라르그를 참관한 다음 생 모리츠 집에 혼자 처박혔다. 몇 주가 흐르자 혼란스럽고 우울한 감정이 걷히기 시작하면서, 무거운 짐을 벗어 버렸다는 사실을 깨닫게 되었다. 파올라가 말했다.

"그는 살면서 처음 자신이 하고 싶은 일을 스스로 결정할 수 있게 됐어요. 어릴 때부터 한시도 마음 편히 보내지 못하고 늘 자신의 이름과 그 이름에 따라붙는 의무에 부담을 느끼며 살았죠. 그의 아버지는 막중한 책임을 그에게 안겼고 마우리치오는 '옳은 일'을 해야 한다는 의무감에 시달렸어요. 그러다가 사촌들의 질투를 사게 된 겁니다. 지금의 구찌를 만든 사람은 그들의 아버지인데 아무것도 하지 않은 마우리치오가 지분 50%를 물려받았기 때문이었죠."

1994년 초, 밀라노로 돌아온 그는 자전거를 타고 베네치아 대로의 자택과 시내 반대편에 있는 프란키니의 사무실을 오갔다. 그곳에서 그는 새로운 사업을 구상하기 시작했다. 프란키니가 회고했다.

"달리 갈 곳이 없었던 마우리치오는 매일 내 사무실로 찾아왔어요. 아침 8시에 출근하면 먼저 와 있던 그가 내게 다양한 아이디어를 폭발할 듯 쏟아내곤 했어요."

그러던 어느 날 아침 자전거를 타고 가던 마우리치오는 산 페델레 광장 부근에 있는 구찌 사옥에 들렀다. 1994년 2월 초의 쌀쌀하고 흐린 아침이었다. 구찌의 홍보 이사 필라르 크레스피는 아침 일찍 회사에 도착해 카펫이 깔린 계단을 따라 2층 사무실로 올라갔다. 직원들의 보고를 받으려면 한참 더 기다려야 했다. 크레스피는 반듯한 얼굴이 긴장할 정도로 책상 옆에 산더미처럼 쌓인 패션 잡지를 정리하는 일에 집중했다. 그때 창밖에 있던 무언가가 그녀의 시선을 사로잡았다. 창 너머로 깨끗하게 청소한 성당 건물과 이른 아침 햇살에 희미하게 빛나는 주위 건물들이 내려다보였다. 그 광경은 인근 라 스칼라 극장의 몽환적인 오페라 무대처럼 보였다.

크레스피는 잡지를 내려놓고 창가 한쪽으로 가서 몸을 숨긴 채 창밖을 내다보았다. 조용하고 쓸쓸한 형상 하나가 대리석 벤치에 앉아 맞은편 구찌 건물을 올려다보고 있었다. 남자는 캐멀코트 차림이었고 짙은 금발이 외투 깃에 살짝 닿았다. 그 모습은 주위 건물이나 대리석과 구분이 안 갈 정도로 어우러져서 처음에는 눈에 띄지 않았다. 그러나 코에 걸린 안경을 밀어 올리는 손놀림이 낯익었다. 크레스피는 숨이 막힐 정도로 놀랐다. 그 남자는 마우리치오였다. 그를 본 지 거의 1년만이었다. 지분 매각이 이뤄지기 몇 주 전부터 그는 쌀쌀맞은 태도를 보였고 매각 후에는 사람들의 시야에서 완전히 사라졌다.

마우리치오는 건물 안 상황을 눈앞에 그려 보기라도 하듯 건물을 천천히 훑어보고 있었다. 그의 모습을 보고 있자니 슬픈 감정이 엄습했다. 처음에 그는 참을성 있고 너그러운 상사였다. 크레스피의 아들이 뉴욕에서 학교를 졸업하고 그녀가 밀라노로 이사할 수 있을 때까지 입사 날짜를 연기해 주기도 했다. 그녀가 기억하는 그는 늘 활력과 열의에 넘쳤다. 그러나 좌절에 빠진 이후 편집증적이고 예측 불가능한 상사로 변했다. 훗날 크레스피가 말했다.

"마우리치오는 슬퍼 보였어요. 산 페델레 광장 사무실은 그의 꿈이 어린 곳이었습니다. 그는 그곳에 앉아 하염없이 사무실 쪽을 올려다보았어요."

나중에 마우리치오는 파올라에게 "이제 난 내 자신의 경영자야"라고 말했다. 그는 피어제 이탈리아(Viersee Italia)라는 새 회사를 차렸고, 집에서 지척인 팔레스트로 거리 공원 건너편에 사무실을 임대했다. 파올라의 도움으로 밝은 벽지와 화려한 중국산 옻칠 가구로 내부를 꾸몄다. 쿠오모는 그에게 파트리치아의 저주를 물리칠 부적과 가루를 주었다. 파올라가 미신을 싫어한다는 사실을 알고 있었지만 그는 여전히 쿠오모에게 의존했다. 그녀는 그에게 자신감을 북돋아 주었고 유익한 조언을 했다. 그는 보통 사람들이 금융분석가나 심리학자에게 구할 법한 의견을 쿠오모에게서 구했다.

마우리치오는 1,000만 달러를 투자자금으로 책정했고, 1년 동안 패션 이외 분야에 대한 신규 투자계획을 세웠다. 특히 관광업에 관심이 갖고 몇 가지 사업에 주목했다. 우선 크레올을 정박해 둔 스페인 항구도시 팔마 데 마요르카에 지어질 예정인 항만 건설 사업을 후원해 달라는 요청을 받았다. 뿐만 아니라 한국과 캄보디아에 사람들을 보내 관광지로서의 가능성이 있는지 알아보도록 했다. 유서 깊은 유럽 도시 몇 곳에 작지만 호화로운 숙박업소를 짓는 방안도 검토했다. 실제로 6만 스위스프랑(약 5,500만 원)을 스위스 스키 휴양지 크란스-몬타나 호텔에 투자하기도 했다. 훗날 설립할 대형 체인의 원형으로 삼고자 호텔 로비에 핀볼 게임기와 슬롯머신 등을 설치했다. 마우리치오가 구찌를 떠나고 난 뒤로도 계속 그의 비서로 일한 릴리아나가 말했다.

"그는 매우 신중하게 검토했어요. 구찌에서 했던 식으로 무턱대고 돈을 쏟아붓지 않았습니다. 새로운 사업에 무작정 뛰어들기보다는 면밀한 조사를 거쳤죠. 이제야 그가 진정한 어른이 된 것 같았어요."

마우리치오는 난생처음 자신을 위해 살면서 특유의 매력과 열의를 조금씩 되찾기 시작했다. 새로운 역할에 걸맞은 옷을 샀고 최고경영자 시절의 회색 정장은 사업과 관련된 회의가 없는 날에는 입지 않았다. 면바지나 코듀로이 바지, 스포츠 셔츠가 그의 새로운 유니폼이었다. 넥타이를 매더라도 재킷이 아니라 캐시미어 스웨터를 입었다. 회사를 빼앗겼지만 멋진 모습을 유지하려 애썼으며 늘 상황에 적합한 스타일을 선보였다. 꾸밈없는 것들을 좋아한 그는 자르디니 푸블리치 공원의 그늘진 산책길을 따라 달릴 때면 미국에서 산 운동복을 입었다. 시내를 둘러볼 때도 적당한 자전거와 편안한 캐주얼을 선택했다. 두 딸과도 더 많은 시간을 보내려 했지만 파트리치아가 만남을 방해했다. 특히 파올라가 집에 있을 때는 딸들을 보내지 않으려 했다.

마우리치오는 아버지 로돌포가 항상 용돈을 빠듯하게 주었던 것을 잊지 않았다. 그래서 1994년 6월 열여덟 번째 생일을 맞은 알레산드라에게 1억 5,000만 리라(약 1억 100만 원)를 주고 직접 돈 관리를 하면서 사교계 데뷔 파티를 준비하라고 말했다.

"난 네가 그 돈에 책임감을 느꼈으면 좋겠어. 네 의지대로 그 돈을 관리해 봐. 많이 들이든 적게 들이든 상관없어. 어떤 파티를 여는가는 모두 네 소관이야."

그의 이런 바람과는 달리 파티 계획은 파트리치아가 떠맡았다. 그녀는 '파티 때 최고 멋진 모습을 보여 주기 위해' 자신과 알레산드라의 성형수술까지 예약했다. 그녀는 코 수술을, 알레산드라는 가슴 수술을 받았다. 9월 16일 밤이 되자 400명에 이르는 초대 손님들이 촛불을 밝힌 도로를 따라 보로메오 디 카사노 다다 빌라로 찾아왔다. 밀라노 교외에 있는 이 저택은 파티를 위해 파트리치아가 빌린 곳이었다. 호화로운 저녁 식사에 이어 샴페인이 넘쳐나는 가운데 밴드가 등장하자 손님들은 깜짝 놀랐다. 초대된 밴드가 당시 굉장한 인기를 누리던 집시 킹스(Gypsy Kings)라는 사실을 깨달은 그들은 즐거운 비명을 질렀다. 파트리치아는 알레산드라를 놀래키기 위해 엄청난 돈을 들여 그들을 섭외했다.

마우리치오는 파티에 나타나지 않았고, 알레산드라의 대부 조반니 발카비가 그 대신 두 사람 옆에서 손님들을 맞이했다. 저녁 식사 때 파트리치아는 이혼 합의를 담당했던 변호사 코지모 아울레타에게 고개를 돌렸다. 마우리치오가 불참한 것에 속을 끓이면서도 겉으로는 얌전히 말을 건넸다.

"변호사님. 내가 마우리치오에게 본때를 보여 준다면 어떨 것 같으세요?"

"본때를 보여 준다는 게 무슨 뜻인가요?"

변호사가 깜짝 놀라 되물었다. 그녀는 마스카라를 짙게 바른 속눈썹을 깜박이며 좀 더 구체적이고 노골적으로 질문했다.

"내 말은, 내가 그 인간을 제거하면 어떤 일이 벌어지느냐는 거예요."

"아무리 농담이라도 그런 이야기는 하고 싶지 않네요."

충격을 받은 아울레타가 웅얼거리며 화제를 다른 곳으로 돌렸다. 한 달 후 사무실에 찾아온 그녀에게 똑같은 질문을 받은 아울레타는 앞으로는 파트리치아를 대리하지 않기로 했다. 그런 말을 삼가라는 편지를 보냈고, 그녀와의 대화 내용을 프란키니와 파트리치아의 어머니에게도 전했다. 파티가 끝난 며칠 뒤 마우리치오는 알레산드라를 사무실로 불렀다. 그녀가 새 계좌에서 5,000만 리라(약 3,300만 원)를 초과 인출했다는 연락을 받았기 때문이었다. 마우리치오는 심각하게 말했다.

"알레산드라. 은행 사람들 말로는 네 계좌에서 5,000만 리라가 초과 인출되었다더구나. 난 그 돈을 갚아 줄 생각이 없다. 그 돈을 어디다 썼는지 설명해 보겠니?"

아버지의 준엄한 눈초리에 알레산드라는 초조하게 몸을 움직이다가 더듬거리며 말했다.

"죄송해요, 아빠. 실망시켜드렸다는 거 잘 알아요. 저도 그 돈이 다 어디에 쓰였는지 모르겠어요. 엄마가 파티 준비를 전부 떠맡았다는 거 아시잖아요. 제가 지출내역을 꼭 확인할게요. 다시는 이런 일이 없을 거라고 약속드릴게요."

그녀가 지출내역을 들고 다시 사무실을 찾았을 때 초과 인출

사유가 분명하게 드러났다. 파트리치아는 연회업체와 서비스업체에 지급한 수표 말고도 알레산드라의 돈 중에서 4,300만 리라(약 3,000만 원)를 알 수 없는 용도로 사용했다. 마우리치오는 화가 치밀었지만 어쩔 수 없이 초과된 돈을 은행에 갚았다. 그의 경제 교육은 이렇게 실패로 끝났다. 1994년 11월 19일, 마우리치오와 파트리치아의 이혼이 확정됐다. 그 주 금요일 점심에 그는 파올라에게 미리 말하지 않고 집으로 일찍 돌아갔다. 파올라가 귀가했을 때 그는 거실에서 환한 미소를 지으며 마티니 두 잔을 양 손에 들고 그녀를 맞이했다.

"파올라, 오늘부터 난 자유인이야!"

그는 건배하며 그녀에게 키스했다. 파올라도 한 달 전에 조르지오와 이혼했다. 마우리치오는 그때까지 자신을 괴롭히던 개인적인 문제와 사업적인 문제에서 모두 해방되었으니 이제 인생을 다시 설계할 수 있을 거라 믿었다. 그는 파트리치아에게 구찌라는 이름을 더는 사용하지 말라고 요구했고, 두 딸의 양육권을 청구하기 위해 서류를 작성하기 시작했다. 그와 가까웠던 지인들에 따르면 마우리치오는 재혼할 생각이 없었다. 대신 프란키니에게 파올라와의 동거 계약서를 부탁했다. 그와 달리 재혼할 의사가 있었던 파올라는 친구들에게 크리스마스에 생 모리츠에서 말이 끄는 썰매를 타고 결혼식을 올릴 계획이라 말했다. 썰매에는 두툼한 모피를 깔겠다고도 했다. 그 소식은 쏜살같이 파트리치아의 귀에도 들어갔고, 그녀는 둘 사이에 아이가 생기지는 않을까 걱정했다.

파트리치아는 분노심을 새로운 계획을 세우는 데 쏟았다. 마우리치오가 회사를 빼앗긴 직후 사실과 허구가 뒤섞인 500쪽짜리 글을 썼고, 그 원고에 《구찌 대 구찌(Gucci vs. Gucci)》라는 제목을 붙였다. 그런 다음 나폴리에 사는 친구 피나에게 연락해 밀라노로 와서 마무리 작업을 도와 달라고 부탁했다. 마침 피나는 친구와 함께 시작한 의류 부티크가 실패한 뒤로 불어나는 빚을 피해 나폴리에서 도망치고 싶은 마음뿐이었다. 그녀는 파트리치아에게 일을 거들어 주던 조카 회사의 금고에서 5,000만 리라(약 3,300만 원)를 몰래 빼냈다며 들키기 전에 한시바삐 나폴리를 떠나고 싶다고 말했다. 파트리치아는 피나에게 자기 집 대신 밀라노 호텔에 객실을 잡아 주겠다고 했다. 어머니와 두 딸들이 천박하고 불결하다는 이유로 피나를 싫어했기 때문이었다.

마우리치오는 파올라를 깨우지 않고 조심스럽게 침대에서 빠져나왔다. 원래 계획대로 생 모리츠로 가지 않고 밀라노에서 차분한 주말을 보내서인지 푹 쉬었다는 기분이 들었다. 찰리가 아버지를 만나러 가서 마우리치오와 파올라는 둘 만의 시간을 보낼 수 있었다. 그는 오래전 씨티은행에 졌던 빚을 정리하고 그 주 수요일에 뉴욕에서 밀라노로 막 돌아온 참이었다. 구찌에서의 쓰라린 경험을 다시 떠올리게 하는 일을 겪자 피곤해진 그는 다시 우울해졌다. 금요일 정오가 되기 직전 너무 피곤해서 생 모리츠까지 3시간 동안 차를 몰고 갈 수 없겠다고 판단한 그는 파올라에게 전화해서 그렇게 말했고, 그녀는 생 모리츠의 인테리어 디자이너와 잡은 약속을 취소했다.

한편 릴리아나는 생 모리츠와 밀라노의 가사 도우미들에게 계획이 변경되었음을 알렸다. 밀라노의 상류층 가정은 대개 겨울은 가까운 알프스에서 보내고, 여름에는 리구리아 해변에서 주말을 보낸다. 그러나 소박한 생활의 참맛을 깨닫게 된 마우리치오는 가끔 밀라노에서의 주말을 즐겼다. 금요일에 서류와 소책자, 새 프로젝트 관련 문서 등으로 엉망이 된 책상을 그대로 둔 채 퇴근했고, 청소부에게 아무것도 손대지 말라는 메모도 사무실 문 앞에 붙여 두었다.

일요일, 마우리치오와 파올라는 느지막이 일어나 테라스에서 늦은 아침을 먹고 나빌리 지역에 있는 골동품 시장을 찾았다. 나빌리는 밀라노로 이어지는 두 개의 운하를 둘러싼 곳으로 한 달에 한 번씩 시장이 열리면 물건을 팔려는 골동품 상인들이 길을 가득 메웠다. 마우리치오에게는 두 딸을 볼 수 없었던 일 말고는 나무랄 데 없는 주말이었다. 이틀 전 금요일, 그는 알레산드라가 운전시험을 치르러 간 학원에 들러 그녀와 잠깐 만났다. 다음 날 알레산드라는 잔뜩 신이 난 목소리로 전화해서 시험에 합격했다고 알려왔다.

"멋진데! 다음 주말에 둘이서 생 모리츠에 가는 건 어때?"

그것이 알레산드라가 아버지와 나눈 마지막 대화가 되었다. 일요일 밤, 마우리치오는 파올라의 친구들과 함께 극장에서 영화를 본 다음 저녁 식사를 했다. 집으로 돌아온 두 사람은 머리를 맞대고 마우리치오가 열기로 한 작은 고급 호텔 체인의 이름을 무엇으로 지을지 이야기했다. 그의 눈이 침대 옆 탁자에 놓인 책에 꽂혔다. 중국 설화를 담은 그 책의 제목은 《단지 속의 낙원(Il Paradiso nella Giara)》이었다.

'바로 저거야.'

잠들기 전 그는 책 제목을 여러 번 되뇌면서 이렇게 생각했다.

'단지 속의 낙원이라니! 더할 나위 없는 이름이야.'

다음 날 아침 마우리치오는 침실 옆 대리석 타일이 깔린 널찍한 욕실에서 샤워하는 동안 그날 할 일을 생각했다. 아침 9시 30분에 사무실에서 안토니에타 쿠오모와 만나 사업 구상에 대한 의견을 구하는 것이 첫 일정이었다. 그런 다음 프란키니와 일 이야기를 하면서 점심 식사도 할 예정이었다. 그때 파올라도 합류하기로 했다. 되도록 일찍 일정을 마치고 싶었다. 빨리 집으로 돌아와 얼마 전에 구입한 당구 큐대를 시험해 볼 생각이었기 때문이다. 샤워를 마치고 침실로 돌아왔을 때 파올라가 부스스한 머리로 일어나 자리에 앉았다. 고개를 숙여 입을 맞춘 그는 리모컨을 들어 침실 저편의 창문을 덮은 전동 블라인드를 열었다. 아침 햇살이 방으로 쏟아져 들어오자 파올라는 졸린 눈을 깜박였다. 창밖에는 나무들의 초록색 잎이 무성했다. 그 풍경은 두 사람이 밀라노 도심이 아니라 낙원 같은 정원에 살고 있다는 환상을 불러일으켰다.

마우리치오는 회색 모직으로 된 웨일스 왕세자풍 정장(**Prince of Wales suit,** 영국 에드워드 7세가 왕세자 시절에 즐겨 입던 체크무늬가 들어간 정장)과 빳빳한 푸른색 셔츠, 푸른색 구찌 실크 넥타이를 골랐다. 회사를 매각하고 나서도 구찌 넥타이만큼은 포기하지 않았다. 굳이 그래야 할 이유가 없다고 생각했다. 그의 부탁을 받은 릴리아나가 이따금 구찌 매장에 들러 넥타이를 사 왔다. 원래 구찌 가족 중 그 누구도 할인을 받을 수 없었지만 너그러운 데 솔레 덕분에 그때까지는 할인을 받을 수 있었다.

그는 갈색 가죽 밴드로 된 티파니 시계를 찼고 재킷 안에 주말 동안 적어 둔 메모지와 수첩을 넣었다. 그런 다음 산호와 금으로 만든 부적을 바지 오른쪽 앞주머니에, 예수의 얼굴이 법랑으로 새겨진 금속 조각을 뒷주머니에 넣었다. 파올라가 꼼지락대면서 일어나 가운을 걸치자 두 사람은 주방에서 퍼져 나오는 신선한 커피 향을 맡으며 복도를 걸었다. 다이닝룸 식탁에 앉자 파올라가 고용한 소말리아인 가정부 아드리아나가 아침 식사를 내왔다. 마우리치오는 신문을 들어 주요 기사를 눈으로 훑으면서 롤빵과 커피를 한 모금 마셨다. 늘 허리 라인에 신경 쓰던 파올라는 요구르트를 떠먹었다. 마우리치오는 신문을 내려놓고 커피 잔을 비운 다음 따뜻한 미소를 띠며 파올라를 바라보았다. 손을 뻗어 그녀의 손을 잡으며 물었다.

"12시 30분쯤 올 거지?"

파올라는 미소 지으며 고개를 끄덕였다. 그는 자리에서 일어나 주방에 있는 아드리아나에게 인사했고 복도로 걸어 나갔다. 파올라가 그 뒤를 따랐다. 아직은 아침 공기가 차가운 탓에 마우리치오는 캐멀코트를 걸쳤다. 파올라와 포옹하면서 "졸리면 더 자, 여보"라고 말했다.

"점심까지는 시간 많으니까. 서두르지 말고 여유 있게 와."

작별 키스를 한 그는 웅장한 석조 계단을 빠른 걸음으로 내려와 층계참에 있는 대리석 오벨리스크를 손으로 스치며 지나쳤다. 커다란 나무 대문으로 나와 보도에 섰을 때 시계를 보니 8시 30분이 막 지나는 참이었다. 길모퉁이에서 신호등이 바뀌기를 기다리다가 베네치아 대로를 건넜고 빠른 걸음으로 팔레스트로 거리를 걸었다. 쿠오모가 오기 전에 책상 위에 놓인 서류들을 정리해야 했기 때문에 서둘렀다. 길 건너편 공원 쪽을 바라보면서 여느 때처럼 걸음 수를 셌다. 집에서 사무실까지는 딱 100걸음이었다. 팔레스트로 20번지 출입구에 다가가면서 직장에 걸어갈 수 있는 거리에 사는 것이야말로 진정한 호사라 생각했다. 짙은 머리 남자가 길가에 서서 주소라도 확인하듯 건물의 번지수를 살피는 모습은 눈에 띄지 않았다. 마우리치오는 두 팔을 힘차게 흔들면서 건물 입구로 들어섰고 계단을 오르며 건물 관리인 오노라토에게 인사를 건넸다.

"안녕하세요!"

주세페 오노라토가 빗자루로 바닥을 쓸다가 고개를 들어 인사했다.

"안녕하세요, 선생님."

1995년 3월 27일 아침, 마우리치오가 죽었다는 소식을 들은 파트리치아는 눈물을 주체하지 못했다. 그 모습을 본 사람은 가정부뿐이었다. 파트리치아는 눈물을 닦고 마음을 가다듬은 다음 카르티에 일기장에 대문자로 한 단어를 썼다. PARADEISOS. 그리스어로 '낙원'이라는 뜻이었다. 그러고는 날짜 주위에 굵은 검은색 테두리를 그려 넣었다. 파트리치아는 오후 3시에 변호사 파로디와 맏딸 알레산드라를 대동하고 산 바빌라 광장 아파트에서 몇 블록 떨어진 베네치아 대로 38번지로 갔다. 마우리치오의 집 초인종을 누른 그녀는 파올라를 만날 생각이었다.

그날 아침 마우리치오가 출근한 지 얼마 되지 않아 쿠오모가 파올라를 찾아왔다. 그녀는 너무 놀라 제정신이 아니었다. 쿠오모에 따르면, 약속 때문에 마우리치오의 사무실 앞까지 갔는데 사람들이 너무 많이 모여 있어서 건물로 들어갈 수 없었다고 했다. 쿠오모는 무언가 안 좋은 일이 생긴 것 같아서 곧바로 파올라에게 달려왔다고 했다. 파올라는 대충 옷을 걸치고 거리를 달려가 정문 주위에 몰려든 기자들을 뚫고 사무실 건물로 다가갔다. 그리고 사람들을 통제하고 있던 헌병들에게 숨가쁘게 외쳤다.

"제가 아내예요!"

그들은 그녀를 건물 안으로 들여보냈다. 커다란 나무 대문 안으로 들어서려 할 때 마우리치오의 친구 카를로 브루노가 군중

속에서 나와 그녀를 잡아끌었다. 그는 심각하게 말했다.

"파올라. 안에 들어가지 말고 저와 같이 가요."

"마우리치오한테 무슨 일이 생긴 건가요?"

"네."

"다친 건가요? 그 사람한테 갈래요."

브루노에게 이끌려 공원을 따라 걷던 그녀가 흐느껴 울면서 그의 팔을 떼어 내려 했다. 두 사람은 팔레스트로 거리와 베네치아 대로가 만나는 지점에 섰다.

"우리가 할 수 있는 일은 없어요."

달래듯 말하는 브루노를 파올라는 믿을 수 없다는 듯 바라보았다. 몇 시간 뒤 파올라는 마우리치오를 보기 위해 영안실로 찾아갔다.

"그이는 얼굴을 한쪽으로 돌린 채 테이블 위에 엎드려 있었어요. 관자놀이에 조그만 구멍이 나 있었지만 다른 곳은 멀쩡했어요. 내가 그를 볼 때마다 항상 놀랐던 점이었어요. 그는 여행을 갔을 때도, 잘 때도 늘 단정했어요. 부스스하거나 헝클어진 모습을 보인 적이 한 번도 없었죠."

오후에 노체리노 검사가 파올라를 심문하면서 마우리치오에게 원한을 품은 사람이 있었는지 물었다.

"제가 확실하게 아는 건 1994년 가을에 마우리치오가 프란키니에게 어떤 말을 듣고 난 뒤 조금 걱정했었다는 것뿐이에요. 파트리치아가 자기 변호사 아울레타에게 마우리치오가 죽었으면 좋겠다고 말했다더군요."

파올라는 멍한 표정으로 말했다.

"제 기억에 그런 위협을 받고 난 뒤에도 마우리치오는 오히려 프란키니를 더 걱정했어요. 프란키니는 어떤 식으로든 신변을 보호하라고 조언했지만 마우리치오는 그 말을 대수롭지 않게 여겼죠."

노체리노는 짙은 눈썹을 치켜 뜨며 의심스럽다는 듯 물었다.

"그건 그렇고, 부인께서는 관계를 보장받으셨나요?"

기분이 상한 파올라가 딱딱한 어조로 대답했다.

"아뇨. 검사님이 궁금해하시는 걸 말하자면, 우리 사이에는 그 어떤 서류도, 경제적인 약속도 없었어요. 우리 둘은 순수한 애정에 바탕을 둔 관계였어요."

파올라가 집으로 돌아와 잠시라도 쉬려고 애쓰고 있을 때 파트리치아가 찾아왔다. 그녀는 중요한 법적 문제를 상의해야 한다며 만나자고 했다. 휴식을 취하는 중이라 안 된다고 가정부가 말하자 알레산드라가 울음을 터뜨렸다. 아버지의 유품으로 캐시미어 스웨터 하나라도 가져가게 해 달라고 부탁하자 파올라는 스웨터를 내주었다. 알레산드라는 고마워하며 스웨터에 머리를 묻고 아버지의 체취를 느꼈다.

파올라는 프란키니에게 전화를 걸어 무슨 일을 해야 하는지 물었지만 위안이 되는 말을 듣지 못했다. 그는 물러나 있는 것 말고는 할 수 있는 일이 없다고 했다. 마우리치오가 프란키니에게 부탁한 동거 계약서는 아직 서명하지 않은 상태였다. 파올라에게는 마우리치오의 재산에 대한 법적 권리가 전혀 없었기 때문에 그의 재산은 모두 두 딸에게 상속될 예정이었다. 그녀는 되도록 빨리 베네치아 대로의 집을 비워줘야 했다. 다음 날 아침 그 집을 다시 찾아온 파트리치아보다 먼저 도착한 사람이 있었다. 그 전날 오전 11시에 '마우리치오 구찌의 상속인들'이 법원에 제출한 가압류 신청에 따라 그 집에 딱지를 붙이러 온 법원 공무원이었다. 파올라는 깜짝 놀라 그 공무원을 쳐다보았다.

"어제 오전 11시면 마우리치오가 죽은 지 몇 시간도 지나지 않았을 때에요."

그녀는 거세게 항의하면서 공무원을 설득해 방 하나에만 딱지를 붙이도록 했다.

"저는 여기에서 아들과 같이 살고 있어요. 어떻게 그렇게 빨리 집을 비우라는 건가요?"

파트리치아가 그처럼 재빨리 나섰지만 파올라도 민첩하게 움직였다. 프란키니와 통화한 뒤 전화 몇 통을 더 걸었고 날이 저물기 전에 이삿짐 일꾼들이 몰려와 집 앞에 대 놓은 화물트럭 3대에 가구와 조명기구, 커튼, 도자기, 식기 등을 실었다. 다음 날 파트리치아의 변호사들이 파올라에게 모든 물건을 제자리에 돌려놓으라고 요구했다. 그녀는 거실의 초록색 실크 커튼을 포함해 몇 가지는 자신의 것이라고 주장하면서 내놓지 않았다. 이에 거세게 반발한 파트리치아는 다음 날 아침 거실로 들어서면서 냉랭한 어조로 소리쳤다.

"난 여기에 마우리치오의 아내가 아니라 엄마로서 온 거예요. 가능한 한 빨리 이 집을 떠나세요. 이 집은 마우리치오의 것이었고 이제 그의 상속인인 딸들 소유예요. 당신이 가져가려는 게 정확히 어떤 물건이죠?"

4월 3일 월요일 아침 10시에 마우리치오의 관을 실은 검은 벤츠가 밀라노의 산 카를로 성당 앞 산 바빌라 광장에 멈췄다. 꼭대기 층에 있는 파트리치아의 집 테라스에서는 노란색 칠을 한 성당이 고스란히 보였다. 4명이 차에서 나와 성당 안으로 관을 날랐다. 조문객은 아직 몇 명밖에 되지 않았다. 바깥에서 남편과 서 있던 릴리아나가 안을 들여다보았다. 회색 꽃과 흰색 꽃으로 만든 대형 화환 3개가 장식된 관이 제단 앞에 쓸쓸히 놓여 있었다. 그녀는 남편의 팔을 끌며 떨리는 목소리로 말했다.

"우리도 마우리치오가 있는 안으로 들어가요. 마우리치오가 혼자 있는 걸 보니 견딜 수가 없네요."

장례식 준비를 도맡은 사람은 파트리치아였고 파올라는 집에 있었다. 그날 아침 파트리치아는 검은 선글라스와 검은 정장 위에 검은 베일을 두르고 검은 가죽 장갑까지 낀 차림새로 남편을 여읜 부인 역할을 완벽히 해냈다. 그렇다고 본심을 숨기지는 않았다. 파트리치아는 성당 앞에 기다리고 있던 기자들에게 경박한 말투로 떠들어 댔다.

"인간적으로는 유감스러운 일이지만 개인적으로는 그렇지 않아요.”

그녀는 두 딸과 함께 맨 앞줄에 앉았다. 알레산드라와 알레그라 역시 눈물을 감추기 위해 큼직한 검은 선글라스를 쓰고 있었다. 참석자는 200명을 넘지 않았고 이탈리아 북부 재벌가 사람들 중에는 베페 디아나, 리나 알레마냐, 치카 올리베티 등 친구 몇 명만 참석했다. 대부분은 구찌의 심상치 않은 죽음과 관련된 소문에 엮이지 않으려 집에 머물렀다. 같은 이유로 고인의 가족을 위해 신문에 추모 글을 싣는 관행을 지키지 않은 사람이 더 많았다. 언론에는 마우리치오가 살해당한 것이 수상쩍은 거래 때문이라는 추측성 보도로 빗발쳤다. 그러자 브루노와 프란키니를 비롯해 마우리치오의 사업에 의심받을 여지가 전혀 없었다는 사실을 잘 아는 사람들이 격분했다.

장례식에 온 사람 대부분은 작별 인사를 하러 온 직원들 아니면 기자나 호기심 많은 구경꾼들이었다. 친척들 중에는 조르지오가 아내 마리아 피아와 아들 구찌오를 데리고 로마에서 날아왔다. 그의 아들의 이름은 할아버지의 이름에서 따왔다. 그들은 파트리치아 뒤쪽 몇 줄 떨어진 곳에 앉았다. 알도의 둘째 아들 파올로 구찌의 딸도 참석했다. 생전에 마우리치오는 파올로와 갈등을 빚었지만 그의 딸을 측은하게 여겨 인베스트코프에 지분을 매각하기 몇 년 전 구찌의 홍보 부서에 채용했었다. 이윽고 돈 마리아노 메를로 신부가 말했다.

“우리 모두는 마우리치오 구찌에게 작별을 고하기 위해 이 자리에 왔습니다."

잠복근무 중인 헌병 두 명이 비밀리에 짧은 장례식 장면을 영상과 사진으로 촬영했고 방명록도 조사했다. 어떻게든 범인을 밝혀 줄 단서를 찾기 위해서였다. 장례식이 끝나자 검은 벤츠가 장지 생 모리츠를 향해 떠났다. 피렌체에 있는 가족 묘지 대신 생 모리츠로 장지를 정한 사람은 파트리치아였다. 훗날 성당의 성구 관리인 안토니오가 슬픈 표정으로 말했다.

"친구보다 텔레비전 카메라와 호기심에 찬 구경꾼들이 더 많았어요."

일간지 〈코리에레 델라 세라〉의 칼럼니스트 리나 소티스는 '장례식 분위기는 슬프다기보다 묘했다'라면서 추리소설에서처럼 살인자가 장례식에 참석했을지도 모른다고 짓궂게 추측했다. 그는 마우리치오가 명성과 부를 가졌지만 이탈리아의 금융과 패션 중심지 밀라노에서 자신의 자리를 찾지는 못했다고 냉혹하게 지적했다.

"이 도시에서 마우리치오 구찌는 눈에 띄지 않는 존재였다. 모두가 그의 이름을 알고 있었지만 그에 대해 잘 아는 사람은 드물었다."

그는 다음 날 기사에서는 이렇게 썼다.

"마우리치오 구찌는 친구에게 '밀라노는 내게 너무 버거운 곳이야'라고 털어놓은 적이 있다. 금발에 푸른 눈을 가진 그는 무엇이든 원하는 대로 할 수 있었지만 사랑하는 연인과 밀라노라는 버거운 도시만은 그의 뜻대로 되지 않았다."

다음 날 파올라는 모스코바 거리의 산 바르톨로메오 성당에서 마우리치오를 위한 별도의 추모 미사를 올렸다. 그곳은 자르디니 푸블리치 공원과 다른 편에 있었다. 파올라의 사촌이자 마우리치오의 친구인 드니 르 코르되르(Denis Le Cordeur)가 짤막한 추도사를 낭독했다.

> "너는 우리의 사랑을 받았지만 어떤 사람은 우리만큼 너를 사랑하지 않았구나. 그 사람이 저지른 범죄는 한 건이 아니라 10건, 20건, 50건도 넘어. 오늘 이 자리에 참석한 사람들의 숫자만큼이나 많은 범죄를 저지른 셈이지. 너를 잘 알던 모든 사람의 일부가 너의 죽음으로 파괴되었기 때문이야."

몇 달 후 파트리치아는 의기양양하게 베네치아 대로 38번지로 이사했고, 파올라의 모든 흔적을 없애 버렸다. 딸들의 방에 있던 꽃무늬 벽지를 떼어 내도록 지시했고 소녀풍 휘장이 드리워진 침대도 치웠다. 세련된 베네치아풍 가구와 염색한 천으로 자기 취향에 맞게 실내장식을 다시 했다. 특히 파올라가 짙은 자주색으로 장식했던 아이들의 거실을 TV 시청실로 개조하고 벽에 화사한 연분홍색을 칠했다. 그리고 분홍색, 푸른색, 노란색 꽃무늬 소파와 그에 어울리는 술 달린 커튼을 갈레리아 파사렐라의 집에서 가져왔다. 한쪽 벽에는 실제보다 과장되게 그린 자신의 초상화를 걸었다. 그녀는 그 초상화에서 항상 원했던 길고 윤기 나는 갈색 머리를 하고 있었다. 아래층은 거의 손대지 않았지만 당구대를 팔았고 오락실은 거실로 바꿨다. 밤이면 마우리치오의 커다란 제정 시대 스타일 침대에서 잠을 잤고 인베르니치 정원의 공작새 울음소리를 듣고 잠에서 깼다. 아침마다 목욕을 마치고 나서 테리 천으로 만든 마우리치오의 목욕 가운을 걸쳤다. 그녀는 친구에게 이렇게 말했다.

"그 사람은 죽었을지 몰라도 내 삶은 이제 시작됐어."

1996년 초에 파트리치아는 새로 산 카르티에 가죽 일기장 안쪽 표지에 이런 문구를 써넣었다.

'남자의 마음을 진정으로 사로잡을 수 있는 여자는 드물다. 남자의 마음을 소유할 수 있는 여자는 더더욱 드물다.'

16.

대반전

1993년 9월 26일 월요일은 인베스트코프가 처음으로 구찌를 100% 장악한 날이었다. 그날 아침, 빌 플란츠와 몇몇 간부는 자기들 회사가 된 구찌 사옥에 들어가지 못하고 산 페델레 광장에 모여 있었다. 마우리치오와 거래를 마무리한 플란츠는 그에게 개인 물건을 챙길 시간을 준 뒤 마세티에게 주말 동안 건물 보안을 철저히 하라고 지시했다. 마세티는 이렇게 회고했다.

"금요일 밤 9시부터 월요일 아침 9시까지 철통같은 보안을 유지했습니다. 그 누구도 건물 안으로 들어가지 못하게 하라는 엄명을 내렸죠."

플란츠는 구찌의 고위 임원과 관리자들에게 월요일 아침에 가장 시급한 자금 문제와 채용 문제를 보고해 달라고 요청했다. 그런데 인베스트코프 사람들이 구찌 사옥 앞에 8시쯤 도착했을 때 경비원들은 그들을 들여보내 주지 않았다. 플란츠가 자신이 인수 책임자라고 말했지만 경비원들은 상부의 지시에 따라야 한다며 고개를 저었다. 그들은 9시가 지나서야 간신히 들어갈 수 있었다.

"경비원들은 우리가 인베스트코프에서 온 사람이건 아니건 상관하지 않았습니다. 보안을 유지하라는 지시를 곧이곧대로 따르는 바람에 우리는 건물 밖에서 회의를 시작해야 했었죠!"

구조조정은 그날 아침부터 시작되었다. 인베스트코프는 긴급 자금 1,500만 달러를 구찌에 송금해 가장 급한 외상부터 갚도록 했다. 릭 스완슨의 계산에 따르면 채무를 전부 상환하고 경영을 정상화하는 데에만 총 5,000만 달러 정도가 필요했다. 인베스트코프는 그 돈을 신속하게 투입했다. 스완슨은 이렇게 지적했다.

"구찌는 고질적인 채무 문제를 안고 있었습니다. 잔뜩 굶주린 새떼가 한꺼번에 먹이에 달려들려고 하는 격이었어요."

플란츠는 그동안 자주 드나든 장소임에도 마우리치오의 집무실을 넘겨받자 다소 위축되었다. 그는 마우리치오의 골동품 의자에 앉아 팔걸이에 새겨진 사자 머리를 손으로 훑으며 주위를 둘러보았다. 교수의 아들로 용커스에서 자라나 잔디깎기로 용돈을 벌었던 자신이 세계에서 가장 유명한 명품 브랜드의 수장이 되다니, 도무지 믿기지 않았다.

"체이스맨해튼 은행에서 일할 때 데이비드 록펠러를 비롯해 유명 기업의 총수나 국가수반의 집무실을 방문한 적이 많았지만 마우리치오에게 넘겨받은 그 사무실만큼 우아한 곳은 본 적이 없습니다."

구찌 매장이 구찌 가문의 지휘를 받지 않은 상태로 문을 연 첫날, 마우리치오는 마흔다섯 살이 되었다. 그 전날인 일요일은 플란츠의 마흔아홉 살 생일이었다.

"생일날 마우리치오는 1억 2,000만 달러를 받았고 나는 구찌를 운영하게 되었습니다. 우리 두 사람은 각자 굉장한 생일 선물을 받은 셈입니다!"

다음 날 플란츠는 기차를 타고 피렌체로 가서 화가 잔뜩 난 구찌 노동자들을 달랬다. 그들은 인베스트코프가 내부 생산을 전부 중단하고 외주업체에 생산을 맡겨, 구찌를 대규모 구매 중개업체로 만들지도 모른다는 소문을 듣고 불만에 가득 차 있었다.

일주일이 지난 뒤 플란츠는 마우리치오에게 구찌 이사회에 참석해서 경영권의 변화에 대해 공식 발표해 달라고 부탁했다. 구찌와 인베스트코프 관리자로 구성된 위원회의 위원장으로 플란츠가 내정되었고, 구조조정을 단행할 전권도 주어졌다. 그들은 중립지대격인 밀라노의 변호사 사무실에서 만났다. 그때도 마우리치오와 변호사들은 인베스트코프 사람들과 다른 회의실로 안내되었다. 플란츠는 분리된 상황을 어이없어 하며 마우리치오가 있는 회의실로 가서 인사를 건넸다.

"우리가 서로 모르는 사람처럼 행동한다는 건 말도 안 되는 일이에요."

마우리치오도 플란츠를 보며 악수를 했다.

"이제 자전거 페달을 밟는다는 게 어떤 일인지 당신도 알게 될 거예요."

플란츠가 물었다.

"언제 같이 점심 식사 하실래요?"

마우리치오가 차분하게 대답했다.

"열심히 자전거 페달을 밟고 난 다음에도 나와 점심을 먹고 싶은 생각이 든다면 그때 같이 먹기로 하죠."

그날 이후 플란츠는 다시는 마우리치오를 보지 못했다.

마우리치오의 실패는 몇 가지 측면에서 분석할 수 있다. 그는 감당하기 불가능한 정도는 아니지만 혼자서 다루기에는 어려웠던 유산을 물려받았다. 구찌의 새로운 미래를 위한 구상은 냉정한 시각에서 계획을 세우지 못하고, 보유 자원도 제대로 활용하지 못한 탓에 실패로 끝났다. 그는 개인적으로나 직업적으로나 자신의 이상을 실현하는 데 도움을 줄 조력자를 구하거나 그런 사람과의 관계를 유지하지 못했다. 인생 초반에 아버지와 맺은 끈끈한 관계에서 영향받은 인간관계만을 고집했기 때문이다. 구찌에서 기성복 코디네이터로 오랫동안 근무한 알베르타 발레리니는 이렇게 평했다.

"마우리치오는 엄청난 카리스마와 매력의 소유자였고 사람들을 끌어당기는 힘이 있었어요. 하지만 유감스럽게도 기본기가 부족했어요. 토대가 있는지 확인하지도 않고 집을 짓는 사람 같았죠."

구찌에서 오래 근무한 리타 치미노도 그 말에 맞장구쳤다.

"마우리치오는 천재였어요. 그에게는 반짝이는 아이디어가 있었지요. 그런데 그 아이디어를 실행에 옮길 능력이 부족했습니다. 제대로 된 조력자를 찾지 못한 것이 가장 큰 약점이었어요. 그는 바르지 못한 사람들을 주위에 뒀죠. 또 약간 감정적이라서 그 사람들에게 쉽게 휩쓸렸어요. 그러다가 너무 늦게야 그들이 올바르지 못하다는 사실을 깨닫곤 했지요. 그는 그 사람들이 자신과 달리 냉소적이고 악착같다는 점 때문에 끌렸던 것 같아요. 그는 그런 사람들에게서 도움을 받으려 했었죠."

마세티는 '올바른 사람과 가까워지기는 매우 어렵다'는 견해를 밝혔다.

"인생에서 그런 일은 거의 일어나지 않아요. 마우리치오는 특히 운이 나빴죠. 조금이라도 양식이 있는 사람은 그와 가까워지지 못했고, 가까워진다 해도 참지 못하고 얼마 못 가 관계를 끝냈어요."

데 솔레는 '마우리치오를 파괴한 것은 돈'이라고 지적했다.

"로돌포는 검소했기에 큰 재산을 모았습니다. 그러나 아들에게는 검소함을 물려주지 못했습니다. 마우리치오는 돈이 바닥나자 자포자기했던 것이죠."

마우리치오의 투쟁은 패션산업이든 그 이외 산업이든 이탈리아 가족기업 수백 곳이 전 세계 시장으로 진출하는 과정에서 벌여야 했던 치킨 게임을 단적으로 상징하는 것이었다. 그 기업들은 게임 도중 바깥으로 밀려나거나 거대 다국적기업과 싸우다가 파괴되는 위험을 감수해야 했다. 구찌와 같은 가족기업은 그러한 시장에서 살아남기 위해 필요한 신규 자본이나 전문경영진 같은 자원을 유치하고 관리하기 어려워 했다. 인베스트코프가 구찌를 인수한 이후에도 계속 구찌에서 일했던 마리오 마세티가 지적했다.

"패션업계에는 설립자가 경영권을 장악한 탓에 그 잠재력을 발휘하지 못하는 기업이 수도 없이 많습니다. 설립자는 아이디어를 내는 데는 천재적이지만, 그 존재 자체가 아이디어를 실행하는 데 방해가 됐어요. 마우리치오 역시 수많은 사업을 추진했지만 동시에 다른 많은 사업을 가로막았습니다."

이들과 생각이 다른 사람도 있다. 베르나르 아르노가 설립한 명품그룹 LVMH의 인사 책임자로 막강한 권한을 자랑하는 콘체타 랑시오(Concetta Lanciaux)는 '마우리치오의 선견지명이 없었다면 구찌는 오늘날까지 존재하지 못했을 것'이라 확신했다. 랑시오는 새로운 인재들을 발굴해 LVMH 그룹에 영입한 것으로 유명한 인물이다. 마우리치오는 새로운 구찌라는 꿈을 펼치기 시작했던 1989년에 랑시오를 아르노에게서 빼내 오려 애를 썼다. 그녀도 마우리치오의 이상에 매력을 느꼈다고 고백했다.

"나도 던 멜로처럼 설득 직전까지 갔었습니다. 아르노와 똑같이 그에게도 확실한 선견지명이 있었어요. 그런 선견지명은 회사를 이끄는 데 반드시 필요한 요소죠."

그러나 피에르 고데(Pierre Godé) 같은 충직하고 유능한 심복을 두었던 아르노와 달리 마우리치오는 그의 이상에 현실적 토대를 제공해 줄 강인하고 믿을 만한 심복을 찾지 못했다. 창의적 인물과 경영 관리자의 탄탄한 관계야말로 몇몇 이탈리아 일류 패션기업의 성공 비결이었다. 발렌티노와 지안카를로 지아메티(Giancarlo Giammetti), 지안프랑코 페레와 지안프랑코 마티올리(Gianfranco Mattioli), 조르지오 아르마니와 세르지오 갈레오티(Sergio Galeotti), 지아니 베르사체와 동생 산토의 협업은 일부 사례에 불과하다.

마우리치오가 구찌의 수장으로 있었던 몇 년 동안 많은 사람이 구찌를 드나들면서 경영인 역할을 맡았지만 그의 원대한 계획을 변함없는 최우선 과제로 삼은 사람은 단 한 명도 없었다. 안드레아 모란테가 한동안 다양한 역할을 맡으며 그를 도왔고, 네미르 키르다르를 비롯한 인베스트코프 사람들이 그의 이상 실현에 동참했지만 재정적으로 지탱할 수 없는 상황이 오자 협력은 중단되었다. 도메니코 데 솔레가 가장 오래 버텼지만 동시에 마우리치오에게 가장 큰 타격을 입혔고, 결국 구찌의 유일한 생존자가 되었다. 마우리치오의 변호사였고 오늘날까지 그를 가장 열렬히 옹호하는 파비오 프란키니는 인베스트코프가 마우리치오를 너무 빨리 잘라냈다고 생각한다.

"그 사람들은 그의 이상을 실행에 옮길 시간을 3년도 채 허용하지 않았어요. 마우리치오의 첫 번째 계획은 1991년 1월에 승인되었는데, 그는 1993년 9월이 되기 전에 강요에 못 이겨 지분을 매각해야 했습니다."

그는 마우리치오와 인베스트코프가 갈등하는 내내 마우리치오에게 단계별로 조언하면서 가까워졌지만 항상 서로를 존대했다. 프란키니는 지금도 마우리치오를 '선생님'이라 부르며, 여전히 그 이름을 말할 때마다 눈을 빛내며 환하게 미소 짓는다. 현재 프란키니는 마우리치오가 알레산드라와 알레그라에게 남긴 유산을 관리하고 있다.

"저는 마우리치오가 딸들에게 남긴 것을 지켜 주고 싶어요. 그는 비범했지만 냉정한 비즈니스 세계에 뛰어들 준비가 되어 있지 않았어요. 훌륭한 신사였지만 뻔뻔하지 못했기에 그 세계에 뛰어들고 나서도 적응하지 못했지요. 마우리치오는 하나부터 열까지 올바른 사람이었습니다. 저는 그에게 금융회사보다는 사촌들을 적으로 두는 편이 유리하다고 말하곤 했어요. 그가 구찌를 처음 장악했을 때부터 그에게는 가망이 없었습니다. 지분만 50%였을 뿐 철저하게 혼자였으니 아무런 권한이 없는 것이나 마찬가지였죠."

마우리치오는 든든한 사업 파트너를 찾지 못한 탓에 꿈을 저버려야 했다. 그러나 그가 맺은 인간관계와 지위를 생각하면 그럴 수밖에 없었다. 그와 가까웠던 사람 대부분은 그에게서 뭔가를 얻어 내려 했다. 아버지 로돌포는 완전한 복종을 원했고, 큰아버지 알도는 그에게 후계자가 되기를 요구했으며, 파트리치아는 돈과 명성을, 인베스트코프는 유럽계 엘리트 기업의 명함을 원했다. 마우리치오가 가족이 세운 구찌의 지배권을 유지하기 위해 싸움에 나설 때 도와주겠다고 나선 사람들은 사실상 구찌에 쏟아지는 관심에 편승하려 했던 경우가 많았다. 모란테는 이렇게 비판했다.

"건강하고 잘생긴 유명 가문 출신이자 세계에서 가장 아름다운 배를 소유한 사람이 진짜 친구를 만들기란 쉽지 않았던 거죠. 그런 사람 주위에는 은근한 관심과 손쉬운 돈벌이, 화려한 인맥 등을 노리는 무리가 기를 쓰고 몰려들기 마련이거든요."

한편 플란츠는 구찌라는 자전거의 페달을 밟기 시작했다. 레나토 리치를 인사부 책임자로 채용해 그와 함께 직원들의 무너진 신뢰를 되살리려 애썼다. 산 페델레 광장에 신사옥을 세웠을 때 마우리치오는 피렌체 사무실과 겹치는 일자리를 잔뜩 만들었었다. 플란츠는 고위 관리자 22명 가운데 15명에게 퇴사를 요구했다. 그와 리치는 노조와의 갈등을 피하기 위해 솔직하고 공정하게 대하려 애썼다. 노조의 심기를 건드렸다가는 직원 해고 사실이 신문 1면을 가득 채울 수 있었고 그러면 구조조정에도 차질이 빚어질 수 있었다. 실업과 노동 문제로 고심하는 이탈리아에서는 정부를 무너뜨리고 민간기업에 과도한 양보를 받아 낼 정도로 노조의 힘이 막강했다. 리치가 말했다.

"그때에도 구찌의 진정한 힘은 이미지에서 비롯되었습니다. 노조는 수단과 방법을 가리지 않고 우리와 싸울 수 있었습니다. 그런 상황에서 직원 해고에 대한 안 좋은 여론이 일어났다면 구찌는 큰 화를 입었을 겁니다."

1993년 가을, 플란츠가 구찌의 광고 예산을 두 배로 늘리기로 하자 비용 삭감에 주력했던 경영진은 경악했다. 구찌의 매출은 약 3년 동안 주춤한 상태였고 손실도 여전히 발생했다. 플란츠는 이렇게 말했다.

"우리에게는 훌륭한 제품이 있었어요. 따라서 훌륭한 광고를 만들어서 우리가 무엇을 판매하는지 알릴 필요가 있었습니다."

1994년 1월, 플란츠는 산 페델레 광장의 멋진 사옥을 3월에 폐쇄하고 본사를 다시 피렌체로 옮기기로 했다고 발표했다. 마우리치오가 사옥을 세운 지 4년 가까이 되었을 때의 일이다. 3월에 열린 구찌의 여성 의류 패션쇼는 산 페델레 시대의 마지막을 장식했다. 패션쇼가 열리기 전 톰 포드와 젊은 수습 디자이너 하카마키 준이치는 컬렉션의 성패가 순전히 자신들에게 달려 있다는 사실을 깨달았다. 디자인팀도 그들 말고는 몇 명밖에 남지 않았다. 준이치가 회상했다.

"아무도 우리를 도와주려 하지 않았어요. 다들 해고될 거라는 걸 알았기 때문이죠. 우리는 새벽 2시까지 일한 다음 5시에 다시 회사로 나와 모든 옷을 패션쇼장에 넘겨야 했어요."

마피아풍의 강인하고 남성적인 재킷과 정장 스타일을 기조로 한 패션쇼는 그럭저럭 괜찮은 평가를 받았지만 찬사를 받지는 못했다. 일주일 후 구찌는 산 페델레 사옥의 문을 닫았다. 그리고 그곳 직원 몇 명만이 피렌체로 내려갔다. 피렌체로 간 관리자들은 한 번도 수리되거나 재단장되지 않은 우중충한 사무실에 앉아 자리를 지키기 위해 분노에 찬 메모를 교환했을 뿐 회사 발전에 도움이 되는 일은 거의 하지 않았다. 리치가 말했다.

"직원들은 의기소침해졌습니다. 급여를 받지 못하거나 회사가 파산하면 어쩌나 하는 불안감 속에서 몇 달을 보냈지요. 그들은 인베스트코프를 두려워했고 해고될까 봐 걱정했습니다."

피렌체와 뉴욕을 오갔던 데 솔레는 '회사가 마비되었었다'고 회고했다.

"경영진은 사분오열되었습니다. 아무도 결정을 내리지 않았고 모두가 책임을 뒤집어쓸까 봐 두려움에 떨었어요. 팔 물건도, 가격 정책도, 워드프로세서도, 대나무 손잡이도 없었습니다! 미칠 지경이었지요! 던 멜로가 멋진 핸드백 아이디어 몇 개를 내놓았지만 그것을 생산하거나 배송할 수 없었습니다."

1994년 가을, 플란츠는 데 솔레를 최고운영책임자로 임명했고 피렌체에 상주해 달라고 요청했다. 데 솔레는 사기가 꺾여 침울한 상태였다. 그는 10년 동안 구찌 아메리카의 최고경영자로 일했고, 그 전에는 몇 년 동안 변호사로 일했었다. 불과 1년 전 자신을 구찌에 영입한 사람을 배신하고 인베스트코프에 표를 던졌고 그 표 덕분에 투자은행인 인베스트코프가 구찌의 경영권을 장악하게 되었다. 그렇다고 그가 인베스트코프에 보상을 요구한 것도 아니었다. 게다가 그의 배신으로 돌이킬 수 없는 상처를 입은 마우리치오는 돈을 갚지 않았다. 그럼에도 인베스트코프는 데 솔레가 받아야 할 돈에 대해 아무런 조치도 취하지 않은 채 마우리치오와 거래를 체결했다. 훗날 일라이어스 할락은 이렇게 말했다.

"우리는 투자자들을 책임져야 했습니다. 그 일은 마우리치오와 데 솔레 두 사람 간의 개인적 문제였어요."

인베스트코프가 데 솔레를 최고경영자로 임명하지 않고 대신 플란츠를 구찌 경영위원회 위원장으로 앉혔을 때 데 솔레는 인베스트코프의 밥 글레이저에게 전화를 걸어 회사를 그만두겠다고 말했다.

"이 회사를 운영해야 하는 사람은 나란 말입니다! 이대로라면 내일 당장 그만둘 겁니다! 그 위원회 사람들은 모두 무능하고 부패했어요!"

데 솔레의 됨됨이와 업적을 높이 샀던 글레이저는 그를 달랜 다음 유익한 조언을 건넸다.

"나도 당신이 좌절감을 느낀다는 걸 잘 알아요. 난 당신이 위원장이 되어야 한다고 했어요. 하지만 친구로서 한마디 할 게요. 위원회 사람들이 죄다 무능하고 부패한 것이 사실이라면 지금 그대로 있는 편이 나아요. 사람들은 결국 당신의 진가를 알아볼 것이고 머지않아 당신이 위원장 자리에 올라가게 될 거예요."

데 솔레는 글레이저의 조언을 받아들여 신뢰하는 직원 몇 명을 데리고 미국에서 피렌체로 옮겼다. 그러나 그 앞에는 불만에 가득 차 퉁명스러워진 직원들이 기다리고 있었다. 마우리치오는 처음에는 데 솔레를 헐뜯었고 나중에는 환멸을 느꼈다. 그래서 그는 피렌체 직원들의 머릿속에 데 솔레가 키르다르와 인베스트코프의 고위 경영진이 피렌체의 노동자들을 다스리기 위해 보낸 적이라는 생각을 심어 놓았다. 릭 스완슨은 말했다.

"우리가 미국의 경찰특공대를 끌어들이기라도 한 것처럼 보이는 상황이었습니다. 피렌체 직원들은 그들을 보며 불안해했죠. 그러나 경영 공백을 메우려면 그 방법뿐이었어요."

피렌체 직원들이 하나둘 해고되고 미국인들이 제안한 새로운 절차가 도입되자 클라우디오 델리노첸티를 비롯한 피렌체 노동자들이 적의를 품었다. 그들은 데 솔레의 지시를 이행하지 않으려 해서 '피렌체의 마피아'란 별명을 얻었다. 리치가 말했다.

"마우리치오가 주입한 선입견 때문에 모두 데 솔레에게 등을 돌렸어요. 한마디로 그를 싫어했죠."

그러나 데 솔레는 끝까지 버텼다. 델리노첸티와 공장 주차장에서 주먹다짐까지 벌일 뻔한 이후 그는 타협에 이르렀다.

"결국 나는 클라우디오와 만나 그에게 '일이 안 되고 있는 이유가 뭔가요?'라고 물었습니다. 그렇게 된 가장 큰 이유가 예측과 의사결정이 이루어지지 않기 때문이라는 사실을 알게 되었습니다. 그래서 '검은색 가죽을 사야 합니까? 좋아요, 그럼 주문합시다!'라고 말했어요."

델리노첸티를 신뢰하게 된 데 솔레는 그를 생산 담당 이사로 승진시켰다. 그리고 곰처럼 우직한 외모 뒤에 번득이는 지성을 숨기고 있던 그에게 말했다.

"당신은 처음에는 적이었지만 지금은 내 친구예요."

몇 년 후 데 솔레를 그리 좋아하지 않았던 세브랭 운데르망도 그를 '회사의 가장 큰 자산'이라 인정했다.

"그는 바람에 흔들리는 버드나무 같아서 휘어지되 부러지지는 않는 사람이었습니다."

데 솔레는 처음에는 로돌포, 알도, 마우리치오 등 구찌 가족 밑에서, 나중에는 인베스트코프 밑에서 구찌가 망친 일들을 묵묵히 처리했다. 강요당하고 모욕당하고 인정받지 못했지만 포기하지도, 떠나지도 않았다. 리치가 말했다.

"도메니코 데 솔레야말로 회사를 제대로 이해한 유일한 사람이었습니다. 그는 회사가 어떻게 돌아가는지, 경영을 정상화하려면 어떤 조치를 취해야 하는지 잘 알고 있었습니다. 그가 전환점을 만들었어요. 사람들의 의욕을 자극하는 능력이 뛰어났죠."

마세티도 동의했다.

"그는 실행력이 있었어요. 아침부터 밤까지 일하며 사람들을 들들 볶았어요. 이른 아침이든 밤이든 일요일이든 가리지 않고 전화를 걸어 댔죠. 회의도 한 번에 두세 개씩 잡았고 회의실을 오가며 모든 회의에 참석했어요. 항상 회의실이 부족했죠!"

한편 플란츠는 오래 방치돼 허름해진 구찌 스칸디치 사무소의 수리와 확장을 지시했다. 그리고 새로 만들어진 임원실을 더 품위 있게 장식했다. 또한 직원 대다수가 행정 능력이나 언어 능력이 뛰어나지 않았기 때문에 교육을 통해 업무 능력을 개선하고자 했다.

그는 날마다 임원실에서 공장까지 걸어가 직원들과 대화를 나눴고 일하는 광경을 지켜보았다.

“나는 아주 오랫동안 금융 서비스에 종사한 사람입니다. 그래선지 기술자들이 핸드백을 이어붙이는 모습이 좋았어요. 나무틀 위에 가죽을 여러 겹 펼쳐 놓고 그 사이사이에 신문지를 몇 장씩 덧대는 방식이 신기했죠. 기술자들은 품질이 훨씬 좋은 합성 소재가 나왔음에도 전통과 옛것에 대한 그리움 때문에 여전히 신문지를 쓴다고 말했어요. 그들은 오래된 이탈리아 신문을 무더기로 보관해놓고 몇 장씩 잘라 핸드백에 끼워 넣었죠. 마우리치오를 대신하면서 인베스트코프의 경영위원회에서 빠졌습니다. 이제 구찌를 성공시키는 것이 나의 임무라고 생각하게 된 겁니다. 열렬한 구찌 신봉자가 된 거죠.”

네미르 키르다르는 얼마 지나지 않아 인베스트코프가 구찌에 또 한 명을 빼앗겼다는 사실을 깨닫게 되었다. 그래서 이듬해 플란츠를 극동 영업소로 보내 새로운 투자 기회를 찾아내도록 했다. 훗날 키르다르는 씁쓸한 어조로 말했다.

“세 명의 희생자가 발생했습니다.”

그 세 명은 폴 디미트럭, 안드레아 모란테, 빌 플란츠였다.

“나도 구찌에 빠져든 사람이지만 내 직원들까지 그렇게 되길 바라지는 않았어요. 인베스트코프에서는 수십 건의 거래가 이뤄지는데, 거래가 있을 때마다 직원을 빼앗겼다면 금방 파산했을 겁니다!”

구찌의 인사 담당 이사 리치는 노조의 이렇다 할 항의 없이 대략 150명의 인원 감축을 마치고 난 뒤 플란츠에게 파티를 하고 싶다고 말했다. 플란츠가 놀라서 물었다.

"파티라고요?"

"내가 이렇게 말하면 다들 농담인 줄 알던데, 카셀리나에서는 일이 끝나면 요란한 파티를 열었어요. 좀 경박해 보이지만 파티는 모든 사람들에게 보내는 일종의 신호라고 생각해요."

1994년 6월 28일 저녁, 그는 출장 뷔페를 불러 공장 건물 뒤 잔디밭에 식탁을 차렸다. 파티에 초대된 1,750명 중에는 구찌 직원은 물론 거래처 사람들도 있었다. 참석자들은 구찌 가족이 핸드백을 던지며 다퉜던 바로 그 잔디밭에서 호화로운 뷔페 음식을 대접받았다. 알베르타 발레리니가 말했다.

"그 파티는 엄청나게 중요한 행사였어요. 피렌체로 귀환한 구찌가 이 지역에 뿌리를 둔 기업임을 알리는 신호탄이었습니다."

1994년 5월, 돈 멜로는 구찌의 크리에이티브 디렉터 자리에서 물러났고 버그도프 굿맨에 사장으로 복귀했다. 인베스트코프는 후임을 찾아야 했다. 키르다르는 지안프랑코 페레 같은 거물급 디자이너를 영입하는 방안을 잠시 검토했다. 그러나 인베스트코프의 고문이자 구찌 이사 센카 토커의 말에 그의 기대는 깨졌다.

"구찌는 페레 같은 거물을 감당할 능력이 되지 않을 뿐 아니라 그 어떤 유명 디자이너도 구찌로 옮길 리 없습니다. 그동안 쌓은 명성을 잃을 수도 있는 위험을 무릅쓸 사람은 아마 거의 없을 것입니다!"

멜로는 후임으로 톰 포드를 추천했다. 토커 역시 포드가 똑똑하고 합리적이며, 자기 생각을 잘 표현하고 믿을 만하며, 유능한 사람이라 생각했다. 모두 다 구찌를 떠나는 동안 그는 구찌의 11개 컬렉션을 혼자 디자인한 사람이었다! 구조조정 기간 내내 인베스트코프를 도왔던 토커는 이렇게 회고했다.

"물론 톰 포드가 있었죠! 구찌는 패션 명가가 아니었습니다. 톰 포드가 비로소 구찌를 패션 명가로 만들었어요. 그 전에는 아무도 그가 그 정도 위업을 달성할 거라고 예상하지 못했습니다."

톰 포드는 탈진하고 의기소침해져서 구찌를 그만둘 생각을 하고 있었다. 그는 마우리치오와 던 멜로의 지시에 따라 4년 동안 구찌 컬렉션을 디자인하는 내내 좌절감을 느꼈고 숨 막힐 듯 괴로웠다. 구찌 내부에서는 마우리치오의 주장대로 '고전적' 스타일을 유지해야 할지, 더 패션 지향적인 디자인을 통해 스타일에 활력을 불어넣어야 할지에 관한 열띤 논쟁이 벌어졌었다. 포드는 이렇게 회고했다.

"마우리치오는 디자인에 대한 매우 뚜렷한 관점이 있었습니다. 구찌는 갈색의 둥그런 곡선형 이미지로 여자들에게 부드러운 촉감을 제공했어요. 하지만 저는 계속 검은색 이미지를 창조하고 싶었습니다! 저와 이야기한 모든 사람이 '그만둬!'라고 했었죠."

뉴욕 출장을 갔을 때 그는 디자이너들을 고객으로 둔 점성술사에게 찾아가 점을 쳤다. 점성술사 역시 "구찌를 떠나요. 그곳에는 당신이 할 일이 없어요!"라고 충고했다. 고전적 스타일이냐 패션 지향적인 스타일이냐 논쟁이 한창이던 때 데 솔레와 포드는 암묵적으로 패션 지향적 스타일을 따르는 길을 택했다. 데 솔레가 말했다.

"위험이 예상됐지만 그것만이 우리가 가야 할 길이었습니다. 그 누구도 푸른색 블레이저를 새로 살 필요를 느끼지 않았거든요."

포드는 비록 명성이 실추된 브랜드이기는 했지만 처음으로 주요 명품 브랜드의 제품 전체를 온전히 자기 뜻대로 디자인할 수 있게 되었다.

"그 누구도 상품 디자인에 신경 쓰지 않았어요. 매출이 너무나 부진해서 상품 자체에 관심을 기울이는 사람이 아무도 없었거든요. 제게 완전한 자유가 주어졌던 거죠."

그는 1994년 10월의 첫 단독 컬렉션을 생각하면 아직도 민망하다고 말한다. 그가 멜로와 마우리치오의 영향력을 떨쳐 버리고 자신만의 디자인 미학을 발휘하기까지는 한 시즌이 걸렸다. 피에라 밀라노에서 다시 열린 패션쇼에서 가장 눈길을 끈 것은 화분 문양이 들어간 여성적인 서클 스커트와 꼭 끼는 모헤어 스웨터였다. 영화 〈로마의 휴일〉의 오드리 헵번을 사랑스럽게 해석한 스타일로 오늘날의 딱 떨어지는 구찌 스타일과는 전혀 달랐다. 톰 포드는 훗날 '정말 끔찍한 디자인이었다'고 인정했다.

이 모든 일이 벌어지는 동안 패션업계에는 갑작스런 변화의 바람이 일기 시작했다. 세계 각국의 구찌 매장 관리자들은 그 현상에 즉각 주목했다. 구찌 영국 지사에서 일했던 카를로 마젤로가 말했다.

"마우리치오가 짐을 챙겨 떠난 지 6개월도 채 지나지 않은 시점에 일본인들이 등장했어요. 그 사람들이 갑자기 구찌에 대한 생각을 바꿨습니다. 1년 전까지만 해도 루이비통만 고집했었는데 이제 구찌를 사들이기 시작한 겁니다!"

인베스트코프의 임원으로 구찌 팀에 막 합류했던 요하네스 후트도 맞장구를 쳤다.

"주문이 폭증했어요. 진열된 핸드백들까지 남아나지 않을 정도였죠."

이로써 마우리치오의 확신이 옳았다는 것이 밝혀졌다. 주문 폭증으로 인해 제품 인수에도 정체가 일어났다. 데 솔레는 피렌체 구석구석을 뒤지며 과거 구찌와 거래했거나 새롭게 등장한 공급업체들을 찾아다녔던 경험이 있었다. 그런 만큼 빨리 움직여야 한다는 것을 깨달았다. 그는 구찌에 환멸을 느끼고 거래를 끊었던 공급업체들을 설득해 다시 거래를 시작했고 새 업체도 발굴했다. 품질, 생산성, 배타성을 충족하면 장려금을 지급하겠다는 제안도 했다. 생산과 기술공정을 개선시켜 간단한 계획만으로도 시스템이 다시 돌아갈 수 있도록 했다. 뿐만 아니라 과거에 인기를 끌었던 아이템 중에 현재도 잘 팔릴 만한 인기 상품 몇 가지를 골라 미리 주문했다. 한편 포드는 구찌의 고전적 품목 몇 가지에 변화를 주었다. 리처드 램벗슨이 디자인한 큼직한 백팩(backpack)의 크기를 줄이고 가죽 손잡이를 대나무 손잡이로 교체했다. 바깥쪽 주머니에도 대나무로 된 잠금장치를 달았다. 새로운 소형 백팩은 대박을 터뜨렸다. 데 솔레는 하와이의 구찌 매장에서 신형 배낭이 불티나게 팔린다는 연락을 받고 델리노첸티에게 전화했다.

"상품 주문을 넣을 게요. 검은색 소형 백팩 3,000개 정도가 필요해요!"

델리노첸티가 물량이 너무 많다고 항의하자 데 솔레가 즉시 반박했다.

"걱정 마세요. 내가 직접 주문하는 거니까요. 당장 만들어 주세요!"

손잡이를 만들 대나무가 떨어지자 예전 공급업체와 다시 계약했고, 새 업체도 찾아냈다. 대나무 손잡이는 그때까지만 해도 스칸디치 공장의 아래층 작업장에서 기술자들이 직접 뜨거운 화염을 내뿜는 발염 장치 위에 대나무를 대고 우아한 곡선 형태가 될 때까지 구부려서 만들었다. 똑같은 공정에서 생산된 대나무 손잡이가 펴지는 바람에 고객과 매장의 항의가 빗발친 적도 있었다. 기술자들은 재빨리 손잡이 부분을 고쳤고 제대로 공급 가능한 업체도 찾아냈다. 얼마 지나지 않아 소형 백팩을 일주일에 2만 5,000개씩 생산하기 시작했다. 델리노첸티는 이렇게 회상했다.

"우리는 하루에 트럭 한 대 분량의 소형 백팩을 매장에 보냈어요. 그때 일하던 직원들과 미국의 시스템, 이탈리아의 창의성이 적절히 조화됐기 때문에 가능한 일이었습니다. 우리는 하룻밤 새에 천재가 되지는 못했지만 사람들의 생각만큼 멍청하지는 않았던 것 같아요!"

인베스트코프는 1987년 이후 구찌에 수억 달러를 투자했지만 아직 투자자들에게 수익을 돌려주지 못했다. 구찌와의 거래가 유럽 명품시장 입장권이 될 거라는 인베스트코프의 구상은 7년 동안 저주가 되다시피 했다! 투자자들에게 수익을 돌려줘야 한다는 부담에 시달리다 못해 구찌 매각 방안까지 검토했었다. 신속한 탈출을 위해 모든 해결책을 모색해야 했던 인베스트코프는 1994년 초 비범한 사업가 세브랭 운데르망의 시계업체와 구찌를 합병하는 방안을 본격적으로 검토했다. 그러나 양측은 회사의 가치와 운데르망의 역할을 놓고 의견 차이를 보였고 결국 거래는 이뤄지지 않았다. 인베스트코프는 구찌 매각을 위해 1994년 가을 명품 기업 인수에 나선 베르나르 아르노의 LVMH, 루퍼트 가문이 운영하는 카르티에, 던힐·피아제·보메 메르시에 등을 소유한 방돔 럭셔리 그룹의 지주회사 피낭시에르 리슈몽(Financière Richemont)과 접촉했다. 그때 구찌는 3년 만에 처음으로 매출 신장이 예상되었음에도 38만 달러의 흑자를 내는 데 그쳤고, LVMH와 리슈몽도 그리 만족스럽지 못한 금액을 제시했다. 인베스트코프는 5억 달러 이상을 원했지만 두 기업이 제시한 금액은 3억 달러에서 4억 달러 사이에 불과했다. 토커가 회상했다.

"당시에는 '구찌에 주스가 남아 있을 수도 있지만 그 주스를 얼마나 힘껏 짜내야 할까?'라는 생각이 지배적이었습니다."

심지어 키르다르는 예전에 여행 가방 27세트를 구매한 브루나이 국왕에게 회사 전체를 인수할 의향이 있는지 물어볼 생각까지 진지하게 했다. 인베스트코프가 구찌의 미래에 대해 심사숙고하는 동안 디자이너로서 본격적인 궤도에 오른 톰 포드는 눈길을 끄는 디자인을 잇달아 발표했다. 불티나게 팔린 소형 백팩 외에도 그가 디자인한 나막신 형태의 구두 역시 주목을 받으며 잘 팔렸다. 1994년 10월 패션지 〈하퍼스 바자(Harper's BAZAAR)〉가 '죽여주게 높은' 스틸레토라고 평한 하이힐은 고객들의 빗발치는 요구 속에서 대기자 명단을 양산하며 전 세계적 인기를 끌었다. 포드의 조수였던 하카마키 준이치가 말했다.

"톰은 인기 상품 몇 가지를 계속 내는 비결을 알고 있었습니다. 시즌마다 멋진 구두와 핸드백을 각각 두 종류씩 발표했어요. 그는 항상 더듬이를 쫑긋 세웠고 늘 다음을 준비했습니다."

준이치에 따르면 포드는 디자인 팀원들에게 옛날 영화나 잡지에서 뜯어낸 페이지나 벼룩시장에서 산 물건 등을 끊임없이 보여주면서 구찌에 어울리는 색상과 스타일, 이미지를 찾아내도록 했다. 포드는 사무실로 들어와 과장된 동작으로 잡지 스크랩을 탁자에 내려놓으며 말하곤 했다.

"이봐! 구찌에 필요한 모든 것이 여기에 있어!"

준이치는 이렇게 평했다.

"물론 실패작도 있었어요. 나막신 형태의 구두에 모피를 씌운 시제품은 털 달린 슬리퍼 같았죠. 우리 모두 그 구두를 보고 폭소를 터뜨렸어요! 그는 야심이 정말 컸어요. 얼마나 성공하고 싶은지 눈에 보일 정도였습니다. 회의 때마다 TV에 출연한 것 같은 기분이 들었어요. 톰이 정장을 입고 더 큰 목소리로 말할 때마다 자신의 이미지를 널리 알리고 싶어 한다는 것을 알 수 있었죠. 그는 사람들 앞에 설 때 활기를 띠는 스타일이었어요!"

포드는 곧 독자적 스타일을 개발하기 시작했다. 시즌마다 반짝이는 인기 아이템 몇 가지를 내놓던 방식에서 모든 제품군을 관통하는 접근법을 통해 전체 컬렉션의 성격을 보여 주는 방향으로 발전했다. 그에게 영화는 영감의 원천이자 수습 디자이너와의 아이디어 소통 수단이었다. 어떨 때는 영화의 분위기에 몰입하기 위해 영화 한 편을 몇 차례나 되풀이해서 보기도 했다. 그는 점차 자신과 디자인 팀원들에게 이런 질문을 던지기 시작했다.

"이 옷을 입는 여성은 누구일까? 무슨 일을 할까? 자주 방문하는 곳은 어디일까? 집은 어떤 모습일까? 어떤 차를 운전할까? 어떤 품종의 개를 키울까?"

이러한 질문은 완전한 세계를 창조해 구찌의 새로운 이미지 형성에 필요한 수십만 가지 결정을 내리는 데 도움을 주었다. 유쾌하긴 했지만 진을 빼는 과정이었다. 포드는 여행도 자주 다녔는데, 어떤 도시를 방문할 때마다 그곳만의 새로운 유행을 찾아내려 했다. 또한 팀원들을 세계 각국으로 보내 벼룩시장과 개성적인 상점을 샅샅이 뒤지도록 했다. 한편 밀라노에서 파리로 이사한 포드는 저녁이면 센 강 인근의 아파트로 퇴근했다. 패션 분야 에디터로 계속 일했던 버클리는 포드에게 풍부한 정보를 제공했다. 그의 조언 덕분에 포드는 구찌 외의 패션 브랜드들이 어디로 향하고 있는지 통찰을 얻을 수 있었다. 버클리는 직업상 유명 인사들과 가깝게 지냈다. 그는 그들의 복장을 관찰하거나 샹젤리제의 프낙(FNAC, 프랑스의 의류 매장)에서 몇 시간씩 보내며 포드의 패션쇼에 쓸 멋진 음악을 찾곤 했다.

포드는 "다음에 일어날 일은 지금 여기에 있다!"라면서 "시대의 일부가 되어 시대를 느끼고 그런 다음 그것을 제품으로 전환해야 한다!"라고 강조했다. 그는 피렌체의 남성복 박람회 피티 워모(Pitti Uomo) 기간에 칼다이에 거리의 유서 깊은 구찌 사옥에서 열린 작은 패션쇼에서 남성 의류 단독 컬렉션을 최초로 선보였다. 천장에 프레스코화가 그려진 작업실의 접이식 의자에 기자들이 앉아 있는 가운데 남성미 넘치는 남자 모델들이 카펫이 깔린 런웨이를 행진했다. 그들은 딱 붙는 밝은 색상의 벨벳 정장을 입었고, 금속광택 에나멜가죽 구두를 신었다. 구두들은 불빛을 받아 반짝였다. 그는 성공을 직감했다. 훗날 포드가 말했다.

"핑크색 슈트를 입은 남자 모델이 런웨이로 걸어 나올 때 데솔레가 지었던 표정을 결코 잊지 못할 겁니다. 그는 큰 충격을 받았어요! 그 모델은 꼭 끼는 핑크색 모헤어 스웨터와 핑크색 벨벳 바지를 입고 금속광택이 나는 구두를 신고 있었는데, 그걸 본 데솔레의 입이 떡 벌어졌어요. 어안이 벙벙해진 표정을 짓더군요."

기자들이 열광적인 박수를 치자 포드는 기회가 왔음을 깨달았다. 구찌 입사 이후 4년 만에 처음으로 런웨이로 나가 고개 숙여 인사했다. 그는 농담이 막 떠오른 사람처럼 다소 짓궂은 미소를 지었다.

"내게는 억눌린 에너지가 엄청나게 쌓여 있었어요. 마우리치오와 멜로가 구찌에 있을 때는 런웨이로 나가는 것이 허락되지 않았습니다. 지금이 기회라고 생각했어요! 누구의 허락도 구하지 않고 이 패션쇼를 기획했고, 그에 적절한 옷을 디자인한 사람이 바로 나였기 때문에 런웨이로 나갔을 뿐입니다. 살다 보면 과감해져야 할 때가 있습니다. 그래야 앞으로 나아갈 수 있어요!"

그날 패션쇼는 데 솔레뿐 아니라 언론도 흥분시켰다. 다음 날 데 솔레는 아내와 두 딸과 함께 스키를 타러 돌로미테 산맥의 코르티나 담페초로 가는 동안 언론에 실린 호평을 들뜬 마음으로 읽고 또 읽었다. 포드와 그의 디자인은 기세를 타기 시작했다. 3월, 휑한 피에라의 쇼장 대신 밀라노의 사교 클럽 소치에타 데이 자르디니에서 열린 구찌의 여성 의류 패션쇼에 참석한 언론과 바이어들은 반짝이는 샹들리에 아래에서 기대감에 들떠 있었다. 자르디니는 밀라노 상류층 사교계 사람들에게만 출입을 허용하는 곳이었고, 세계 각국의 패션업계 종사자들에게 문을 여는 일이 드물었다. 23년 전 밀라노 전체가 바로 그곳에서 치러진 마우리치오와 파트리치아의 결혼식을 축하했었다.

패션쇼가 열리는 날 저녁, 쇼장으로 이어지는 길쭉한 프랑스식 유리문 안에서는 팽팽한 긴장감이 감돌았다. 포드가 어떤 디자인을 선보일지 모두 궁금해했다. 그는 패션계에서 가장 인기 있는 프로듀서 케빈 크라이어(Kevin Krier)와 계약을 맺고 처음으로 일류 모델들을 고용했다.

"그때만 해도 구찌가 일류 모델과 전문 프로듀서를 고용해 패션쇼를 여는 것은 큰 결단이 필요한 일이었습니다."

패션쇼장이 갑자기 어두워지면서 타악기 위주의 강렬한 음악이 리듬감 있게 흘러나왔다. 대담한 흰색 조명이 런웨이에 집중되자 모델 앰버 발레타(Amber Valletta)가 유유히 등장했다. 관객들은 모두 감탄을 연발했다. 발레타는 젊은 날의 줄리 크리스티(Julie Christie)처럼 멋진 모습이었다! 밝은 라임색 모헤어 코트 아래 비슷한 색의 새틴 셔츠를 거의 배꼽까지 풀어 헤치고, 딱 붙는 푸른색 벨벳 진바지를 허리선 아래로 걸쳐 입은 차림이었다. 뽐내듯 걷는 그녀는 스택 힐이 달린 진자주색 에나멜가죽 펌프스를 신었다. 눈까지 내려오는 헝클어진 머리를 한 그녀의 살짝 벌어진 입술은 연한 핑크색으로 반짝였다.

삭스 피프스 애비뉴의 부사장이자 상품구매 관리자 게일 피사노는 '와, 이거 재밌어지겠군' 하고 생각했다. 의자가 진동할 정도로 쿵쿵 울리는 음악이 흘러나오는 가운데 모델들이 눈부신 조명을 받으며 뽐내듯 런웨이를 걷는 모습에 관객들은 환호했다. 패션쇼가 진행될수록 점점 더 아름다운 모델들이 나왔다. 니먼 마커스의 부사장 겸 패션 디렉터 조운 케이너(Joan Kaner)가 말했다.

"섹스처럼 자극적이었어요! 모델들은 개인용 제트기에서 방금 내린 것 같은 모습이었죠. 나도 저 옷을 입으면 짜릿한 삶을 살 수 있을 것처럼 느껴졌어요. 원하기만 하면 무엇이든 할 수 있고 가질 수 있는 삶 말이에요!"

뇌쇄적인 화장과 젖은 입술, 허리에 걸쳐 입은 벨벳 바지, 새틴 셔츠, 모헤어 재킷은 전 세계 패션잡지의 표지와 지면을 장식했다. 〈하퍼스 바자〉는 '이번 컬렉션의 무심한 관능미에 전율을 느낀 관객은 그 자리에 얼어붙었다'라고 평했다. 〈뉴욕 타임스〉의 패션 평론가 에이미 스핀들러는 포드를 '새로운 칼 라거펠트(Karl Lagerfeld)'라 칭했다. 1983년 샤넬에 영입된 라거펠트는 샤넬을 쇄신시킨 독일 출신 디자이너다.

"준비를 시작한 순간부터 그 컬렉션이 대박칠 거라는 직감이 들었습니다. 모든 에너지를 쏟아부었기 때문에 제대로 해냈다고 확신했습니다."

그러나 이 패션쇼가 얼마나 성공적이었는지 그가 똑똑히 실감한 것은 다음 날 쇼룸으로 들어갔을 때였다.

"안으로 들어갈 수 없을 정도였어요! 사람들이 떼를 지어 쇼룸으로 몰려들었죠. 그야말로 광란의 도가니였습니다. 바이어들이 약속도 없이 갑자기 들이닥쳤어요. 심지어 패션쇼에 참석하지도 않았는데 소문만 듣고 찾아온 사람도 있었고요."

제트족(jet set)들은 발 빠르게 구찌 옷으로 갈아입었다. 엘리자베스 헐리는 구찌의 검은색 에나멜가죽 부츠와 '불량소녀'풍 페이크 퍼 차림으로 외출했다. 1995년 11월, 마돈나는 톰 포드의 실크 블라우스와 허리선이 낮은 바지를 걸친 차림으로 MTV 뮤직비디오 상을 받았다. 귀네스 팰트로의 매끈한 빨간색 벨벳 바지 정장에 팬들은 황홀해했다. 얼마 지나지 않아 제니퍼 틸리, 케이트 윈슬렛, 줄리안 무어 등의 스타들도 머리부터 발끝까지 구찌 제품을 착용한 모습으로 도시 곳곳에서 포착됐다. 그들은 일부에 불과했다. 일류 모델들도 무대 밖에서 구찌 옷을 입고 다녔다. 마침내 톰 포드가 목표를 달성한 것이다.

"구찌의 과거는 화려했습니다. 영화배우와 제트족이 구찌의 고객이었죠. 저는 그런 이미지를 1990년대로 가져와 변화를 주고 싶었습니다."

포드는 대성공을 거둔 컬렉션 이후 정신없이 이어진 언론 인터뷰와 만찬을 끝마치고 파리의 집으로 돌아와 곧바로 잠자리에 들었다.

"패션쇼가 끝난 뒤 으레 그렇듯 그때도 열과 인후염에 시달렸어요. 그래서 며칠 동안 침대에 누워 있었죠."

며칠 뒤 포드는 데 솔레에게 전화했다.

"이야기 좀 해요. 당신이 파리로 와 줬으면 해요."

데 솔레는 걱정스러운 마음이 들었지만 그러겠다고 했다. 포드는 비서에게 사업상 대화를 나누기에 적합한 식당을 예약하라고 지시했다. 침대에서 간신히 몸을 일으킨 그는 완벽한 정장 차림으로 데 솔레를 만나기 위해 파리 브리스톨 호텔의 르 브리스톨로 갔다. 데 솔레가 도착했을 때 그는 이미 호텔 1층의 식당 뒤쪽 테이블에 앉아 기다리고 있었다.

"식당에는 우리 말고는 아무도 없었어요. 웨이터들이 주위에 대기했고 근사한 촛불이 켜져 있었죠. 음악이 흐르고 꽃도 있었어요."

데 솔레는 꽃무늬 카펫을 따라 리넨 보로 덮인 테이블들 옆을 지나 식당 뒤쪽으로 갔다. 포드가 일어서서 그를 맞이했다. 두 사람은 처음에는 어색한 태도로 잡담을 나눴다. 데 솔레가 불편해하는 것을 느낀 포드는 입술을 내밀며 특유의 미소를 지었고 과장된 어조로 물었다.

"제가 왜 오늘 이곳으로 당신을 불렀는지 궁금하시죠?"

"네, 맞아요."

데 솔레가 목의 긴장을 풀려는 듯 고개를 비틀며 대꾸했다. 포드는 그가 불안을 느낄 때 그런 행동을 한다는 것을 잘 알고 있었다. 그는 장난스레 손을 뻗어 데 솔레의 손을 살짝 잡았다.

"나와 결혼해 줄래요?"

데 솔레가 말문이 막힌 표정으로 포드를 쳐다보았다. 포드는 즐거운 표정으로 깔깔 웃으며 회상했다.

"그는 충격을 받았어요! 같이 일한 지 얼마 되지 않아 내 성향에 대해 잘 모르고 있었죠. 그래서 내 유머를 이해하지 못했어요."

포드는 새로운 계약서와 연봉 인상을 요구했다.

"그에게 재촉했어요. '상황이 바뀌었습니다. 구찌에 계속 있고 싶지만 조건이 있어요'라고 말했죠."

그러나 '프로의 입장에서 나와 구찌의 관계는 완전히 바뀌었다'라고만 말했을 뿐 구체적인 내용은 밝히지 않았다.

불과 몇 주 후 마우리치오가 총격을 당했다. 인베스트코프의 릭 스완슨은 그날 아침 사무실로 출근하다가 비서에게 그 소식을 들었다.

"충격으로 멍해져 그 자리에 얼어붙은 듯 꼼짝도 하지 못했습니다. 어린 소년이 한창 때 살해당한 것처럼 비극적인 기분이었어요. 저는 언제나 마우리치오를 사탕 가게를 좋아하는 어린 소년처럼 생각하고 있었기 때문입니다."

소식이 전해졌을 때 톰 포드는 피렌체 토르나부오니 거리 매장 위층에 있는 새로운 디자인 스튜디오에서 1996년 봄 컬렉션을 작업 중이었다. 플란츠와 데 솔레는 스칸디치 사무실에서 일하고 있었다. 뉴욕으로 돌아간 던 멜로는 꼭대기층 아파트에서 잠을 자다가 친구의 전화를 받고 깼다. 안드레아 모란테는 새로운 인수합병 거래를 위해 밀라노에서 런던으로 돌아간 참이었다. 네미르 키르다르는 런던 자택에서 출근 준비를 하고 있었다. 마우리치오를 알고 있던 세계 각국 사람들은 갑작스런 비보에 슬픔을 감추지 못했다. 그들에게 빛나는 기회를 준 사람이 수수께끼 같은 비참한 죽음을 맞이한 것이었다.

구찌 홍보실에서는 기자들에게 마우리치오가 2년 가까이 회사 일에 관여하지 않았다고 말하며 그의 죽음이 회사와 관련 없다는 점을 강조했다. 그러나 밀라노의 검사 카를로 노체리노는 구찌 스칸디치 공장을 주기적으로 방문했다. 날이면 날마다 비서들이 그를 '살라 왕조'로 불리던 회의실로 안내했고, 노체리노는 수수께끼 같은 그의 죽음에 숨겨진 해답을 찾기 위해 구찌 서류들을 들여다보았지만 해답은 찾지 못했다.

인베스트코프는 마우리치오의 살해 사건 여파로 인해 구찌 주식이 시장에서 제대로 된 평가를 받지 못할 수 있다고 판단해 상장 계획을 선뜻 실행에 옮기지 못했다. 그의 죽음에 대한 광기 어린 관심이 점점 사그라진 뒤에야 상장을 추진했다. 또한 구찌가 상장되면 새로운 최고경영자가 필요하리라 판단했다. 1994년 키르다르는 명품업체 관리자로 잔뼈가 굵은 외부 인사를 찾다가 곧 중단했다. 적임자를 찾기 어려웠을 뿐 아니라 이탈리아어를 하는 사람은 키르다르가 보기에 기량이 탐탁찮았고, 매각될 기업에 적합한 사고방식의 소유자가 없었기 때문이다. 방향을 바꿔 구찌 내부에서 적임자를 찾기 시작했다. 인베스코프 간부들은 실용적이고 자신감 넘치는 데 솔레를 적극 추천했다. 그 의견에 동의한 키르다르는 데 솔레를 구찌의 새로운 최고경영자로 낙점했다. 키르다르는 그를 선택한 이유를 이렇게 들려주었다.

"우리는 회사의 과도기에 데 솔레가 어떤 역할을 했는지 잘 알고 있습니다. 그의 투지와 능력, 톰 포드와의 관계가 눈에 띄었습니다. 그는 절대적인 적임자였어요."

1995년 7월, 인베스트코프는 데 솔레를 구찌의 최고경영자로 임명했다. 구찌와 관계를 맺은 지 11년 만에 데 솔레는 마땅히 얻었어야 할 자리에 올랐다. 그로부터 얼마 후 구찌의 최고경영자와 수석 디자이너가 부딪히는 일이 생겼다. 승진 이후 얼마 지나지 않은 어느 날 데 솔레는 스칸디치 공장의 디자인 회의에 들렀다. 그곳에서는 포드와 팀원들이 새로운 핸드백 라인을 개발하고 있었다. 데 솔레를 보고 놀란 포드가 부탁했다.

"우리끼리 있게 해 주실래요? 작업 중이라서 당신이 계시면 집중할 수 없어요. 나중에 얘기해요."

데 솔레는 휙 돌아서서 나갔다. 포드가 회의를 끝내고 나왔을 때 화가 잔뜩 난 데 솔레가 그를 위층 사무실로 불러 소리쳤다.

"감히 나를 회의에서 쫓아내다니! 난 이 회사의 최고경영자야! 그렇게 하면 안 돼!"

포드가 맞받아쳤다.

"최고경영자라 좋으시겠어요! 하지만 당신이 회의실에 오면 내 권위가 떨어지는 건 생각 못하시나요? 컬렉션 디자인을 맡기고 싶으시면 제품에 간섭하지 마세요!"

두 사람의 다툼은 퇴근 후 주차장으로 이어졌다.

"엿이나 먹으세요!"

"아니, 너나 먹어!"

"엿 먹으라니까!"

"너나 먹으라고!"

지금은 포드도 그때의 충돌을 떠올리며 웃음을 터트린다. 데 솔레도 대수롭지 않은 일로 여기고 있다. 그러나 이 다툼을 통해 각자의 영역이 분명해졌고 탄탄하고 긴밀한 관계가 형성된 것은 사실이다. 동업 관계가 아니라 친분도 없었던 디자이너와 간부 사이에 그러한 관계가 형성된 것은 패션업계에서 전례 없는 일이었다. 포드가 말했다.

"그 뒤로 데 솔레는 저를 디자이너로서 진심으로 존중해줬어요. 제가 하는 일에 확신을 가졌고 그러한 확신 덕분에 좋은 결과를 낼 수 있었습니다. 저도 그가 저를 신뢰하고 있다는 것을 깨닫고 그를 완전히 신뢰하게 됐어요."

데 솔레는 포드의 디자인 세계를 질투하지 않았다고 말했다.

"나는 톰에게 '이봐, 나는 디자인하는 사람이 아니야. 관리자란 말이야!'라고 말했지요."

포드는 덧붙였다.

"우리가 훌륭한 팀을 이룰 수 있었던 이유는 둘 다 집념이 강했기 때문입니다. 그는 사업을 탄탄하게 구축하는 일에 전념했어요. 우리는 투지가 넘치는 사람들이었습니다. 반드시 성공해야 한다, 2위가 되면 안 된다 하는 마음이 통했기 때문에 그를 신뢰할 수밖에 없었어요. 제가 그에게 구찌의 미래를 온전히 내맡긴 까닭도 그가 결코 지지 않을 거라는 걸 잘 알았기 때문이에요. 그런 환경에서는 그가 승자가 될 수밖에 없었어요."

주위 사람들은 데 솔레가 톰 포드에게 과도한 권한을 준 것을 비난했다. 포드가 구찌라는 이름을 압도한 뒤 떠날 위험이 있다는 이유에서였다. 그러나 묘하게도 무게추는 데 솔레의 경영 능력과 포드의 창의력 사이에서 이쪽저쪽 번갈아 기울어졌다. 예를 들어, 호사가들은 구찌 런던의 대표 매장인 슬론 거리 매장이 포드가 구상한 대로 엄청난 비용을 들여 리뉴얼하는 것에 대해 몇 달 동안 떠들어 댔다. 포드는 리뉴얼 계획에 관여하는 것을 결코 용납하지 않았다. 나중에 소방 규정을 준수하기 위해 전체 공간을 다시 뜯어고쳐야 했을 때도 초기 비용을 한참 웃도는 비용이 들었다. 한때 많은 비판을 낳았던 마우리치오의 낭비도 그에 비하면 새발의 피였다.

포드의 성공작들이 매장에 걸리기 시작하던 1995년 여름이 되자 가을에 있을 상장 계획에 가속도가 붙었다. 인베스트코프는 일류 투자은행 모건스탠리와 크레디트스위스 퍼스트 보스턴을 상장 주관사로 선정했다. 스완슨이 역사 정보와 금융 정보를 면밀히 검토해 새로운 경영진을 구상하는 등 상장 준비를 총괄했다. 매출도 급증해 1995년 전반기에는 전년 전반기와 비교해 87.1%나 뛰어올랐다. 그 누구도 예상하지 못한 일이었다. 연말에는 매출 5억 달러를 돌파했다. 1년 전 LVMH와 방돔 그룹에 제안했던 추정치를 훌쩍 웃도는 금액이었다. 스완슨이 회상했다.

"마우리치오가 '조금만 기다려 봐요! 매출이 폭증할 거예요!'라고 했던 말이 기억났어요. 그 말을 들은 사람 모두 비웃으며 '매출이 폭증할 리 없어요. 사업은 그런 식으로 돌아가지 않아요'라고 말하곤 했었죠. 그런데 매출이 진짜 폭증했어요!"

가을로 예정된 기업공개(IPO)를 앞둔 8월이 되자 낮은 금액을 제시했던 방돔 그룹이 막판에 다시 접촉해 8억 5,000만 달러를 매각대금으로 제시했다. 1년 전 가격에 비해 2배가 넘는 금액이었다. 인베스트코프는 그 돈을 받고 매각할 것인지, 아니면 그대로 기업공개를 추진할 것인지 딜레마에 빠졌다. 곧 전문가들과 그 제안을 검토했다. 그들은 구찌의 가치를 10억 달러가 상회하는 것으로 평가하고 '더 높은 가격을 받을 수 있다'고 충고했다.

기업공개를 책임진 고위 간부는 남프랑스에서 휴가 중인 키르다르에게 전화했다. 그는 요트 위에서 코트다쥐르의 푸른 바닷물을 바라보며 보고를 들었다. 인베스트코프 사람 대다수는 구찌를 방돔에 팔고 완전히 손을 터는 쪽을 선호했지만 키르다르는 뜻을 굽히지 않았다. 그는 구찌의 잠재력을 의심해 본 적이 없었다.

"그 앞에 '한 자리 수'가 더 붙지 않는 한 매각하지 마세요."

상장 팀은 미국 증권거래위원회(SEC)의 요구대로 자세한 금융 정보를 담은 투자 계획서를 작성한 뒤 상장 승인을 받기 위해 사무실이 아닌 장소에서 은밀하게 만나 일했다. 다른 직원들에게 상장 계획을 들키지 않기 위해서였다. 그 팀의 일원이었던 요하네스 후트가 회고했다.

"피렌체 외곽의 춥고 외풍이 드는 낡은 성에서 회의를 한 적도 있습니다. 명품과는 거리가 먼 분위기였죠."

그들이 일하는 동안 갑자기 불어든 바람 때문에 벽난로 안의 불씨가 방 안 여기저기에 휘날렸고 결국 불이 났다.

"세계에서 가장 유력한 투자은행 임원들과 회의를 하고 있는데 갑자기 방 안에 연기가 가득 찼어요. 모두가 콜록거리면서 욕을 내뱉고 서류를 챙겨 황급히 도망쳤죠."

투자은행 임원 중 한 명은 구찌의 기업공개 때 소방관 모자를 쓰고 나타나기도 했다. 9월 5일 인베스트코프는 구찌의 기업공개 계획을 발표하면서 회사 지분 30%를 전 세계 주식시장에 상장하겠다고 밝혔다. 상장 후에도 인베스트코프가 과반수인 70%를 그대로 소유할 예정이었다. 그 다음 조치는 마케팅 '로드쇼(road show)'를 기획하는 것이었다. 상장 후 주식시장에서 구찌 주식을 거래할 유럽과 미국의 투자은행에 주식을 판매하려면 반드시 치러야 할 행사였다.

국제적인 금융분석가들이 데 솔레에게 가차 없이 질문을 퍼부으리라 예상한 인베스트코프의 간부들은 전문 코치를 고용해 그에게 적절한 답변을 연습시켰다. 후트가 회고했다.

"즉흥적으로 답변하면 안 되는 상황이었습니다."

막판에 비상사태가 일어나면서 데 솔레가 3주로 계획한 연습 기간이 이틀로 줄어들었다. 미국 증권거래위원회에서 예고 없이 구찌의 투자 계획서를 수정하라고 요구했고, 밀라노 증권시장위원회는 구찌가 얼마 전 손실을 냈다는 이유로 상장을 거부한 여파였다. 후트가 말했다.

"구찌는 반드시 유럽에서 상장해야 했습니다."

그는 구찌 상장을 허용해 줄 유럽 주식시장을 서둘러 찾아 나섰고, 아슬아슬하게 네덜란드 암스테르담의 증권거래소에서 승인을 받았다.

"마치 이탈리아 오페라 같았어요. 준비된 것도, 되는 일도 없는 모든 상황이 혼돈 상태였죠. 그러다 마지막 순간에 모두 다 잘 풀리면서 훌륭한 성과를 냈어요."

모범 답변을 완벽하게 연습한 데 솔레와 간부들은 유럽과 극동, 미국을 누비며 구찌 이야기를 들려주었다. 그들의 이야기는 가는 곳마다 상장에 대한 관심을 불러일으켰다. 결국 인베스트코프는 상장 지분을 48%로 늘리기로 했다. 뉴욕 상장 전날 간부들은 밤늦게까지 일하며 최종 사항을 결정했다. 가격은 예상 범위 중 가장 높은 1주당 22달러로 책정되었다. 주문서 집계 결과 14배에 이르는 초과 응모가 발생했다. 불과 2년 전 파산 위기에 내몰렸던 회사치고는 놀라운 성과였다.

1995년 10월 24일 아침, 데 솔레와 키르다르, 구찌 경영진, 인베스트코프의 간부들은 투자은행 직원들과 함께 르네상스풍의 위풍당당한 외관을 자랑하는 뉴욕 증권거래소로 갔다. 거래소 앞에는 이탈리아 국기가 성조기와 나란히 걸려 있었다. 거래소로 들어간 데 솔레는 객장 위에 걸린 구찌 플래카드와 '주목할 만한 인기 주식: 구찌'라는 글자가 깜박이는 커다란 디지털 전광판을 보고 어안이 벙벙해졌다. 평소처럼 9시 30분에 거래가 시작되자 주문이 물밀듯 쏟아지면서 객장은 아수라장이 되었다. 10시 5분 즈음 가까스로 거래가 재개되자 주가는 순식간에 22달러에서 26달러로 치솟았다. 데 솔레는 앞서 스칸디치 공장의 직원들에게 구내식당에 모여 있으라는 지시를 내렸었다. 그는 주가가 급등하자 즉시 공장에 전화했다. 그러고는 스피커폰을 통해 전 세계 모든 구찌 직원에게 100만 리라(약 70만 원)를 상여금으로 지급하겠다는 소식을 당당하게 알렸다. 곧 환호성이 터졌다.

1년 전 LVMH와 방돔의 경영진은 구찌 매출이 1998년까지 4억 3,800만 달러에 이를 거라는 추정치를 보고 코웃음을 쳤었다. 하지만 구찌는 1995년 회계연도에 5억 달러라는 사상 최대 매출을 올렸다. 1996년 4월, 인베스트코프는 2차 주식공모로 상장을 마무리했다. 2차 공모는 1차보다 한층 더 성공적이었다. 그 결과 구찌는 74년 역사상 처음으로 완전한 공개기업이 되었다. 포드가 3월에 다시 한번 성공적인 컬렉션을 선보인 것도 주효했다. 특히 이 컬렉션에서 발표한 흰색 컬럼 드레스는 관능적인 컷아웃(cutout)과 G 로고가 들어간 금색 벨트 외에는 장식이 없는 스타일로 전 세계 패션 종사자들을 열광시켰다. 미국과 유럽의 크고 작은 투자자들이 소유하게 된 구찌는 상장기업이 주로 주주 연합체의 지배를 받았던 이탈리아에서 꽤 특이한 존재였다. 세계적으로도 패션 기업은 대부분 개인 소유였다.

데 솔레는 가족경영 체제의 구찌에서 갖은 고초를 겪으며 살아남아 결국 구찌의 미래를 주도했다. 그런 만큼 그는 앞으로도 다양한 도전 과제가 등장하리라는 것을 잘 알고 있었다. 기업공개 이후에는 이익 지향적인 주주와 전 세계 주식시장의 기대에도 부응해야 했다.

"이제 진짜 현실이 닥쳤습니다. 우리는 성과를 내야 했어요. 까딱하면 내가 해고될지도 몰라요!"

두 차례의 기업공개 사이에 인베스트코프는 총 21억 달러를 수령했다. 중개 비용을 제하더라도 17억 달러에 이르는 금액이었다. 구찌가 이뤄낸 대반전은, 인베스트코프가 투자한 후 10년 가까이 지나서 이뤄진 일이었지만 인베스트코프의 14년 역사에서 가장 극적이고 가장 예상을 뛰어넘는 성과였다. 구찌의 경이로운 반전과 성공적인 주식시장 상장을 선례로 이후 수많은 명품 기업이 뉴욕 증시에 상장했다. 그중에는 도나 카란, 랄프 로렌, 삭스 피프스 애비뉴 백화점 같은 미국 기업뿐 아니라 밀라노 증시에 상장한 이탈리아 디자인 의류 제조업체 이티에레(Ittierre SpA)도 있었다.

구찌의 상장은 이미 유럽 증시에 상장된 무수한 명품 기업과 의류 회사에게도 영향을 주었다. 구찌 상장 이전만 해도 명품업계의 상장기업은 이렇다 할 공통점이 없었다. LVMH는 여전히 주류 회사로 간주되었고, 에르메스는 상장 규모가 워낙 작아 별 관심을 끌지 못했다. 이탈리아의 귀금속 기업인 불가리도 얼마 전 상장했지만 역시 규모가 작아 주식공모 금액이 1억 달러에도 미치지 못했다. 후트는 구찌를 이렇게 평가했다.

"구찌는 한 부문을 창조했습니다. 20억 달러에서 30억 달러 사이에 주식을 상장하면서 전환점을 만들어 냈고 사람들은 그 사실에 주목하기 시작했죠."

인베스트코프는 구찌 주식의 상장을 홍보하기 위해 대형 투자은행들에게 명품업계 전반에 전문적 지식을 갖춘 애널리스트를 구찌 담당으로 지정하라고 권했다. 인베스트코프 역시 항공에서 자동차와 공학에 이르는 다양한 부문에 특화된 애널리스트를 배치했다. 또한 구찌 담당 애널리스트들에게 경쟁사와 비교되는 구찌의 강점을 알릴 교육 프로그램도 마련했다. 그들 대다수는 과거에도 의류 제조업체와 유통업체를 다룬 경험이 있었다. 그들은 그때부터 구찌 패션쇼의 귀빈석에 초대되었으며, 스타일에 대한 비판적 안목을 금융 지식에 곁들이는 일에 전념했다. 시시한 컬렉션이 사업에 미치는 파장을 뜻하는 '패션 리스크'라는 신조어도 만들어 냈으며 조달, 수송, 상품 출시 등 패션 기업의 영업순환주기뿐 아니라 패션쇼에 대한 평가, 고급 패션잡지, 할리우드에서 일하는 스타일 결정자들의 중요성도 이해하기 시작했다.

투자업계에서 구찌의 다양한 구성 요소를 연구하는 동안 톰 포드는 구찌의 스타일에서 한 번 더 군더더기를 덜어낸 현대적이고 관능적인 이미지를 구축했다. 11가지 제품 유형의 스타일을 개선했으며, 반려견 전용 검은색 가죽 침대와 합성수지로 된 사료 그릇 등을 아우르는 가정용 컬렉션까지 새롭게 도입했다. 그는 구찌가 1960~70년대에 선보였던 현란하다 못해 다소 상스럽기까지 했던 스타일을 1990년대식으로 재해석하려 했다. '지나치게 훌륭한 취향은 따분해 보일 수 있다!'고 생각한 포드는 관능미와 음란함의 모호한 구분을 탈피하기 위해 계속 시도했다.

"내가 할 수 있는 한 최대로 구찌를 밀어붙였어요. 더는 높을 수 없는 하이힐과 더는 짧을 수 없는 스커트를 디자인했지요."

1997년 〈배니티 페어〉는 구찌 로고가 부착된 톰 포드의 끈 팬티를 그해의 최고 유행 상품으로 꼽았다. 포드가 1월에 열린 남성 의류 패션쇼에서 그 대담한 끈 팬티를 선보였을 때 관객석 곳곳에서 민망해하는 속삭임이 들려왔다. 그럼에도 포드는 그 끈 팬티를 3월에 열린 여성 의류 패션쇼에서도 다시 소개했다. 〈월스트리트 저널〉은 세계 각국의 구찌 매장에서 품절을 기록했고 다른 전통적인 품목의 매출까지 끌어올린 끈 팬티를 언급하면서 "그 가느다란 천 조각이 이처럼 큰 소동을 일으킨 적은 없었다"라고 지적했다.

포드는 할리우드 유명 인사들의 취향에 맞는 스타일을 창조해 그들에게 다가갔다. 우선 포드는 할리우드의 내부자가 되었다. 그는 그 이전부터 로스앤젤레스에 푹 빠져 있었고 건축물과 생활 방식, 현대 문화에 끼친 영향 측면에서 그곳이야말로 '진정한 21세기형 도시'라 생각했다. 로스앤젤레스에 집을 샀고 구찌 광고도 몇 차례나 촬영했으며, 배우들과 어울렸고 그중 몇과는 친구가 되었다. 할리우드에서 영원히 잊히지 않을 행사를 열어 자신의 확실한 족적을 남겼다. 산타모니카 공항의 개인용 제트기 격납고에서 후끈한 패션쇼와 만찬, 밤샘 댄스파티를 연 것이다. 구찌의 후원으로 열린 그날 밤 행사는 로스앤젤레스의 에이즈기금 모금 행사

역사상 최대의 모금액을 기록했다. 포드의 초청객 명단은 아카데미 시상식 참석자 명단을 방불케했지만 파티 스타일은 그만의 특징으로 차별화되었다. 특히 정육면체 형태의 투명 비닐옷 위에 구찌의 끈 팬티만 걸친 댄서 40명이 빙글빙글 돌면서 고고 춤을 춘 무대는 톰 포드의 특징적 스타일을 고스란히 보여 준 것이었다.

그는 구찌의 이미지와 관련된 것이면 무엇이든 철저히 통제했다. 의류와 소품 컬렉션뿐 아니라 새 매장의 콘셉트와 광고, 사무실 배치와 장식, 직원의 옷은 물론 구찌 행사의 꽃 장식에까지 관여했다. 밀라노에서 구찌의 엔비(Envy) 향수를 출시했을 때는 행사장의 거의 모든 것을 검게 칠했다. 우아한 만찬실로 개조된 행사장 바닥과 천장, 벽면은 말할 것도 없이 오징어 먹물 소스를 곁들인 검은색 파스타, 검은색 막대빵, 검은색 전채 등의 음식에 이르기까지 온통 검은색으로 채웠다. 투명한 유리 접시에 담긴 다양한 채소만이 제 색깔을 냈을 정도다.

그는 1만 3,000제곱미터에 달하는 런던 슬론 거리 매장의 설계와 디자인 작업도 직접 했다. 그곳은 다른 지역에 있는 구찌 매장의 모델이 될 곳이었다. 작업을 마친 뒤에는 머리부터 발끝까지 검은색 구찌 제품으로 차려입고 헤드셋을 착용한 경호원들을 입구에 배치했다. 윤기 나는 대리석과 스테인리스스틸로 감싼 매장의 전형적인 포드 스타일 외관은 은행의 대형 금고 같은 위용을 자랑했다. 매장 안에는 트래버틴 대리석 바닥, 아크릴 기둥, 대롱대롱 매달린 조명 상자가 패션쇼 분위기를 연출했다.

그는 패션쇼의 형식까지 철저하게 통제했다. 다른 디자이너들이 언론과 바이어, 고객에게 다양한 선택지를 제공하기 위해 패션쇼마다 여러 주제를 선보이던 시대에 컬렉션 규모를 50가지 스타일로 줄였고, 그중 가장 중요한 스타일 3가지를 첫 번째로 런웨이에 내보냈다.

"나는 20분 동안 수백 가지 의류와 폴라로이드 사진 수백 장으로 온 세상에 내 관점을 각인시키려고 시도했어요."

그는 '내가 전달하고자 하는 메시지는 무엇일까? 무엇을 말하고 싶은가?'라는 질문을 스스로에게 던지며 가짓수를 줄이고 또 줄였다. 전달할 메시지를 결정하고 난 뒤에는 패션쇼가 진행되는 동안 관객의 관심을 끌기 위해 흰색 조명을 사용했다.

"다른 패션쇼에서는 조그만 조명등이 정신없이 돌아가는 가운데 관객들이 쇼에 집중하지 못하고 자기 구두를 보거나 여기저기 시선을 돌리곤 하잖아요. 나는 그들이 패션쇼에 완전히 몰입하기를 바랐습니다. 그래서 영화관 같은 분위기를 만들려고 했어요. 모두가 정확히 한곳을 볼 때 그들을 통제해 몰입시킬 수 있고 동시에 감탄사를 내뱉게 유도할 수 있거든요!"

집중을 요하는 명확한 방식으로 옷들을 선보인 포드 덕분에 언론과 바이어, 고객 모두 훨씬 더 수월하게 결정을 내릴 수 있었다. 포드가 그들 대신 결정을 내려 준 셈이었다. 포드만큼 투지가 넘쳤던 데 솔레는 떠들썩한 분쟁 끝에 웰라(Wella)와 구찌의 향수 라이선스 계약을 다시 체결했다. 또한 기나긴 흥정을 거친 끝에 세브랭 운데르망으로부터 구찌 시계 제조업체였던 세브랭 몽트르(Severin Montres)를 1억 5,000만 달러에 되사들였다. 디자이너 포드와 경영인 데 솔레의 쌍두 체제는 이브 생 로랑과 그의 동업자 피에르 베르제(Pierre Bergé)의 재림이라는 평가를 받았다.

그 같은 성공에도 불구하고 그들 앞에 다시 순조롭지 못한 기운이 펼쳐지기 시작했다. 1997년 9월, 〈월스트리트 저널〉이 구찌를 '패션의 포로와 펀드매니저 사이에서 가장 인기 있는 브랜드'로 치켜세운 지 불과 한 달 만에 2년 동안의 매출과 주가 상승세가 갑자기 멈췄다. 데 솔레는 막 출장을 다녀온 아시아에서 실망스러운 광경을 목격했다. 오랫동안 일본인 관광객의 쇼핑 안식처였던 홍콩의 최고급 호텔과 식당이 텅 비어 있었다. 역시 일본인 관광객들이 자주 들르는 하와이의 매출도 부진했다. 구찌는 매출의 45% 정도를 아시아에서 올리고 있었는데, 특히 일본인 관광객들이 드나드는 시장의 매출이 훨씬 더 높았다. 1994년에 구찌 매출을 되살렸던 일본 고객들이 그로부터 3년 후에는 매출을 떨어뜨리는 역할을 하고 있었다.

1997년 9월 24일, 데 솔레는 하반기에는 매출 신장세가 더욱 둔화되리라 예측했다. 그는 명품업계 경영진 중 최초로 아시아 외환위기를 경고했고 실제로 그 후 몇 달에 걸쳐 전 세계 시장에 교란이 일어났다. 그 결과 1996년 11월, 80달러로 최고점을 찍었던 구찌의 주가는 데 솔레의 경고 이후 몇 주 동안 60% 가까이 폭락하며 31.66달러로 바닥을 쳤다. 수백만 달러 가치의 주식매수선택권을 소유하고 있었던 포드는 주가가 곤두박질치자 두려움에 떨었고, 데 솔레를 뒤에서 비난했다. 그가 부정적 전망을 섣불리 입 밖에 내뱉어 세브랭 몽트르의 인수라는 호재를 묻히게 만들었기 때문이었다.

그러나 데 솔레의 경고는 명품업계 전반에 불어닥칠 위기의 전조였다. 얼마 지나지 않아 프라다, LVMH, DFS를 비롯한 여러 기업이 아시아에서의 손실을 억제하기 위해 안간힘을 다했다. 구찌의 주가가 하락하고 요동치면서 상장 이후 처음으로 20억 달러 안팎에 매각될 수도 있다는 가능성이 제기되었다. 이미 기업사냥으로 유명한 LVMH의 베르나르 아르노를 비롯한 명품 기업의 수장들이 구찌 인수를 검토한다는 소문이 돌기 시작했다. 11월에 데 솔레가 집중적인 로비를 펼쳤지만 구찌 주주들은 소유 지분 규모와 관계없이 단일 주주의 의결권을 20%로 제한하는 적대적 인수합병 방지 조치를 좌절시켰다. 주주들의 반대로 구찌는 한층 더 위태로운 상황에 놓였다. 다행히 명품업계의 인수합병 거물들은 당분간 아시아에서의 사업을 유지하는 데 집중할 수밖에 없었다. 데 솔레는 좌절감을 감추려 애쓰며 말했다.

"의사결정은 주주의 특권입니다. 난 내 의무를 다했습니다."

데 솔레는 구찌 가문의 분쟁에서 살아남아 구찌를 새로운 영역으로 이끄는 주도적인 역할을 했다. 그러나 여느 정복자와 마찬가지로 정신을 바짝 차리고 새로운 전쟁에 대비해야 했다.

17. 체포

알레산드라는 빗질하지 않은 검은 머리를 흩날리며 어머니를 베네치아 대로 아파트의 널찍한 안방에 밀어 넣었다. 경찰들 중 그 모습을 본 사람은 없었다. 파트리치아와 두 딸은 마우리치오가 죽은 지 몇 달 뒤 그가 거액의 임대료를 내고 빌린 갈레리아 파사렐라의 고급 아파트에서 이 멋진 집으로 이사했다. 알레산드라는 재빨리 등 뒤의 안방 욕실 문을 닫고 바깥에 말소리가 들리지 않는 구석 대리석 타일 벽으로 파트리치아를 몰아붙였다. 그녀는 자그만 어머니의 어깨를 붙잡고 깜박임 없는 눈을 바라보며 화난 어조로 속삭였다.

“지금 엄마가 내게 하는 말을 우리 둘만의 비밀로 하겠다고 맹세할게요.”

그녀는 자기 손가락이 어머니의 어깨에 파고드는 것도 느끼지 못했다.

"말해 봐요! 엄마가 그랬는지 말하라고요! 엄마가 말한 걸 할머니나 알레그라한테는 절대 말하지 않을게요."

파트리치아는 맏딸의 창백한 얼굴을 찬찬히 바라보았다. 몇 분 전만 해도 침대에서 평화롭게 감겨 있던 딸의 푸른 눈에는 걱정이 가득했다. 1997년 1월 31일 금요일 오전 4시 30분, 경찰차 두 대가 베네치아 대로 38번지의 닫힌 정문 앞에 섰다. 밀라노 경찰 수사반 반장 필리포 닌니가 차에서 내려 파트리치아가 사는 집의 초인종을 눌렀다. 그 집에는 파트리치아와 두 딸, 가정부 두 명 외에도 코커스파니엘 로아나, 수다스럽게 재잘거리는 구관조, 오리 한 쌍, 거북이 한 쌍, 고양이가 살고 있었다.

"경찰입니다! 문 여세요!"

닌니가 인터폰에 대고 외쳤지만 응답이 없었다. 웅장한 아치형 나무 대문도 열리지 않았다. 초인종을 몇 차례 눌러도 대답이 없자 화가 잔뜩 난 닌니는 휴대전화로 파트리치아의 번호를 눌렀다. 그의 부하들이 저녁 식사 후 집으로 돌아가는 그녀를 미행했기 때문에 집에 있는 것은 분명했다. 닌니는 그녀와 남자 친구 레나토 베노나의 통화를 감청했으며 그녀가 깨어 있다고 확신했다. 베노나는 파트리치아가 '테디베어'라는 애칭으로 부르는 밀라노의 사업가였다. 두 사람은 전날 새벽 3시 30분까지 통화했다. 만성불면증인 파트리치아는 새벽까지 친구와 통화하다가 정오까지 자는 일이 많았다. 잠에 취한 목소리의 외국인이 마침내 초인종에 응답했다. 닌니의 귀에 짹짹거리는 새소리가 들려왔다.

"여보세요, 경찰입니다. 문 여세요."

닌니가 간단명료하게 말했다. 몇 분 후 잠에서 덜 깬 필리핀계 가정부가 육중한 문을 열어젖혔다. 닌니와 경찰관들이 그녀를 따라 돌이 깔린 안뜰을 지나 웅장한 대리석 계단을 올라갔다. 그들의 발소리는 이른 아침의 정적 속에서 크게 울렸다. 경찰관들은 가정부의 안내를 받으며 거실로 들어가는 동안 호화로운 실내장식을 힐끔거렸다. 가정부는 파트리치아를 부르러 갔다. 그녀는 새벽의 급습에도 아랑곳하지 않고 몇 분 후 차분하고 태연한 태도로 연푸른색 실내복을 입고 응접실에 들어섰다. 경찰관들 중 그녀가 아는 사람은 국가헌병대의 지안카를로 톨리아티뿐이었다. 그녀는 남편이 살해당한 직후 호리호리한 톨리아티의 심문을 받았었다.

마우리치오가 죽은 지 2년이 흘렀지만 용의자로 밝혀진 사람은 없었다. 파트리치아는 연줄이 있는 경찰과 가끔씩 연락하며 수사 상황을 알아보았지만 최근 들어서는 아무 이야기도 듣지 못했다. 그녀는 톨리아티에게 고개를 까딱하고는 한눈에 책임자임을 알 수 있는 닌니를 무표정하게 바라보았다. 그는 신분을 밝힌 다음 손에 든 체포영장을 보여 주었다.

"레자니 부인, 당신을 살인 혐의로 체포합니다."

닌니는 낮지만 천둥처럼 위엄 있는 목소리로 말했다. 그는 경찰이 된 후 밀라노에서 눈덩이처럼 불어난 마약 거래를 적발하는 일에 전념해 온 노련한 수사관이었다. 그래서 파트리치아 레자니의 호화로운 응접실에 서 있느니 마피아 두목들을 추적하며 버려진 창고를 습격하는 것이 마음 편하겠다고 생각하고 있었다. 그는 파트리치아의 유리처럼 무표정한 눈을 똑바로 쳐다보았다.

"네, 알겠어요."

그녀는 모호하게 대답하며 닌니가 들고 있는 영장을 무심하게 바라보았다. 닌니가 그녀의 태연한 태도에 놀라며 물었다.

"우리가 여기 온 이유가 뭔지 아십니까?"

그녀가 냉담하게 대꾸했다.

"네. 내 남편의 죽음 때문이죠. 안 그런가요?"

"부인, 죄송합니다만, 당신은 체포되었습니다. 우리와 함께 가셔야 해요."

몇 분 후 위층 침실에 잠들어 있던 알레산드라가 자기 방에 들어와 있는 두 경찰을 보고 놀라 잠에서 깼다. 그들은 딸에게 파트리치아를 체포했으며 경찰서에 호송해 가야 한다고 설명했다.

"경찰들은 봉제 인형이나 컴퓨터 같은 내 물건들을 샅샅이 수색했어요. 그런 다음 나는 그들과 함께 아래층으로 내려갔어요."

잠시 후 알레그라도 너무 놀라 제 정신이 아닌 상태로 다른 수사관을 따라 응접실로 내려와 조용히 흐느꼈다. 닌니는 파트리치아에게 함께 경찰서로 가야 하니 옷을 갈아입으라고 지시했다. 그때 알레산드라가 따라와 파트리치아를 욕실 안으로 밀어 넣었다.

어머니와 그런 어머니를 빼닮은 젊은 딸은 잠시 서로를 빤히 쳐다보았다.

"알레산드라, 난 맹세코 그런 일을 하지 않았어. 정말이야."

파트리치아가 말할 때 경찰들이 와서 문을 두드렸다. 그녀가 여성 경찰관의 감시 하에 옷을 입는 동안 다른 경찰들은 집을 수색했고, 서류들과 파트리치아의 일기장을 무더기로 압수했다. 잠시 후 나타난 파트리치아를 보고 모두 할 말을 잃었다. 번쩍거리는 금과 다이아몬드 장신구로 치장한 그녀는 바닥까지 끌리는 밍크코트를 입었고 깔끔하게 손질된 손에는 구찌의 가죽 핸드백이 들려 있었다. 그녀는 놀란 사람들을 둘러보며 말했다.

"음, 저 준비됐어요!"

그러고는 딸들에게 "밤까지는 돌아올게"라고 말하며 입을 맞췄다. 밖으로 걸어 나가는 동안 검은 선글라스가 미끄러져 내리며 두 눈이 드러났다. 평소와 달리 두꺼운 검정 아이라이너와 마스카라로 뒤덮이지 않은 두 눈은 창백하고 여려 보였다. 닌니는 파트리치아에게 느꼈던 일말의 연민이 한순간에 사라졌다. '지금 자기가 어디 가는 건지 모르는 건가? 무도회라도 간다고 생각하는 건가?' 그렇게 생각하며 앞장서서 대리석 계단을 내려갔고 안뜰을 통과해 밖으로 나갔다.

깡마르고 강단 있는 체구와 날카로운 검은 눈, 빳빳한 콧수염을 한 닌니는 단호하고 진지한 태도로 열정 넘치는 수사관이라는 평판을 얻었다. 그가 주로 상대한 범죄자들은 이탈리아 남부에서 밀라노로 이주한 조폭들이었다. 그들은 발칸반도에서 대량으로 유입된 마약을 유통하며 이득을 취했고, 대부분 고향에서 영역 다툼을 하다가 밀려났거나 일거리를 찾아 북부로 왔다가 마약으로 빠르고 손쉽게 돈을 벌게 된 사람들이었다. 닌니는 다양한 직급을 거치며 승진하는 동안 시칠리아 남자 모데스토(Modesto)를 자주 떠올렸다. 그는 먹여 살려야 할 대가족을 거느리고 밀라노로 온 이후, 처음에는 거리의 악사로 이곳저곳을 배회하면서 아이들 7~8명에게 구걸하라고 시켰다. 얼마 지나지 않아 그는 손풍금을 버리고 훨씬 더 수익성 좋은 사업에 나섰다. 결국 그는 밀라노를 비롯한 롬바르디아 지역에서 가장 유명한 마약상이 되었다.

이탈리아 남부 출신인 닌니의 고향 역시 장화를 닮은 이탈리아반도 뒷굽 부분인 풀리아 지역의 타란토와 멀지 않은 마을이었다. 그는 어릴 때 추리소설과 경찰 영화에 탐닉했고 소설이나 영화 속 수사관들이 사용하는 기법을 주의 깊게 연구했다. 또한 가족 모임이 있을 때마다 경찰에서 일하는 친척 두 사람에게 경찰 일에 대해 질문을 퍼부었고, 결국 로마에서 다니던 대학을 중퇴하고 경찰학교에 들어갔다. 해군 조선소의 막노동꾼이었던 아버지는 그 사실에 격노했다.

"미쳤구나? 죽을 생각이냐? 경찰 일이 얼마나 위험한데…."

아버지가 분통을 터뜨렸지만 닌니는 고집을 꺾지 않았다. 경찰관이 되기를 갈망했을 뿐 아니라 경제적으로도 자립하고 싶었다. 아버지는 고향에서 10대 남동생 둘을 먹여 살려야 했다. 닌니는 그런 아버지에게 대학 교재 살 돈을 달라고 하고 싶지 않았다. 결국 아버지는 경찰이 되는 것을 허락했고 경찰학교에 입학하는 아들을 로마로 데려다주었다. 입학 첫 주가 끝날 무렵 아버지는 아들이 어떻게 지내는지 보러 왔다. 그는 아들의 굳은 얼굴을 보자마자 짐을 싸서 집으로 가자고 말했다. 닌니는 망설임 없이 고개를 저었다.

"싫어요. 저는 여기 간신히 들어왔어요. 아무리 힘들어도 퇴학당하지 않는 한 졸업할 때까지 떠나지 않을 거예요."

닌니는 경찰학교에서 쫓겨나지 않았을 뿐 아니라 정식으로 일을 시작하기도 전에 로마에서 밀라노로 가는 북부행 열차 안에서 범인을 체포하기까지 했다. 어떤 집시 여자가 국가헌병의 지갑을 슬쩍했는데, 그 사실을 알아챈 헌병이 그녀를 붙잡고 지갑을 돌려받으려 하자 발길질을 하고 비명을 지르며 소란을 피워 댔다. 그때 닌니는 헌병에게 "내가 어떻게 하는지 보세요"라고 무뚝뚝하게 말하더니 집시의 손에서 가방을 잡아채 아래 승강구로 던졌다. 놀란 집시가 허둥지둥 가방을 잡으려 할 때 그녀를 체포해 지갑을 되찾았다. 그러나 항상 범인을 손쉽게 체포한 것은 아니었다.

그는 밀라노에서 서로 대치 중이던 칼라브리아 출신 조직들과도 싸웠다. 살바토레 바티 일파와 주세페 팔키 일파의 싸움은 총격전이 하루도 끊이지 않을 만큼 고조되었다. 그때 닌니는 현실적인 접근법과 강철 같은 근성, 윤리 의식을 겸비해 동료와 조직원 모두의 존경을 받았다. 고작 부하 4명과 일했던 1991년에만 500

건이 넘는 체포 건수를 올렸다. 그는 범죄자들도 존중받을 자격이 있다고 생각했기 때문에 체포한 사람들을 점잖게 대했다. 그런 인간미 덕분에 밀라노에서 가장 위험한 마약상들의 찬사를 받았을 뿐 아니라 목숨도 구했다. 한번은 법정에서 재판을 받고 있던 살바토레 바티가 맞은편에 앉아 있던 닌니를 향해 이렇게 말했다.

"닌니 형사님, 당신이 정직한 사람이 아니었다면 아마 오래전에 살해당했을 거요."

경찰차는 파트리치아를 뒤에 싣고 밀라노의 텅 빈 거리를 빠르게 달려 산 세폴크로 광장의 경찰청으로 향했다. 로마 시대부터 이어져 내려온 유서 깊은 주식시장 뒤편에 자리한 산 세폴크로 광장에는 르네상스 시대에 지어진 팔라초 카스타니 건물이 있다. 이 건물은 경찰청이라고는 생각하기 어려운 3층짜리 대저택이며 3면이 아치형 주랑으로 둘러싸인 안뜰을 끼고 있다. 닌니와 수사반원들은 로마 황제 하드리아누스와 네르바의 옆모습 부조가 양옆으로 새겨진 아치형 석조 출입문 안으로 파트리치아를 데리고 들어갔다. 머리 위 높은 들보에는 고대 그리스 명문 'Elgantiae publicae, commoditati privatate'가 라틴어로 새겨져 있다. '공공의 품위와 개인의 안전을 위해'라는 뜻의 명문은 그곳에 출입하는 사람들의 행운을 기원한다는 의미가 담겨 있다.

닌니는 자신의 오른팔인 카르미네 갈로 형사에게 파트리치아를 인계했다. 땅딸한 체구에 온화한 검은 눈을 지닌 갈로는 구불

구불하고 어두운 복도를 지나 철제 책상과 문서보관함만이 놓여 있는 삭막한 사무실로 그녀를 데려갔다. 그녀는 갈로가 피의자 정보를 기록하는 동안 두꺼운 쇠창살이 쳐진 높은 창문을 올려다보았다. 마피아와 싸우다 살해당한 조반니 팔코네 판사와 파올로 보르셀리노 판사의 사진이 두 사람을 내려다보고 있었다. 잠시 후 파트리치아의 어머니 실바나가 고개를 숙인 채 두 손녀와 함께 도착했다. 그들이 갈로의 사무실로 안내되었을 때 닌니가 문간에 나타났다. 모피와 금으로 휘황찬란하게 꾸민 채 갈로의 책상 앞에 앉아 있는 파트리치아를 본 순간 그는 혐오감이 치밀어올랐다.

"나는 항상 내가 체포한 사람들을 도와주려 했습니다. 하지만 그 여자를 봤을 때 전에 느껴 본 적 없는 감정을 느꼈어요. 내가 본 그녀는 자기 정체성을 주위 사물들로 결정하며 돈으로 무엇이든 살 수 있다고 생각하는, 머릿속에 든 것 없는 사람이었습니다. 자랑은 아니지만 그 여자와 말을 섞고 싶지 않았습니다. 경찰에 들어와서 그런 일은 단 한 번도 없었지요."

그는 실바나를 돌아보았다. 짙은 콧수염은 불쾌감으로 곤두선 듯 보였다.

"부인, 따님을 저런 차림으로 구치소에 보낼 순 없습니다. 저렇게 귀중품을 잔뜩 소지한 채로 들어가는 건 어렵습니다."

실바나가 얼굴을 찌푸리며 쏘아붙였다.

"저 귀중품들은 모두 저 아이 물건이에요. 본인이 가져가고 싶어 하면 그냥 내버려 두세요. 아무도 못 말리는 애예요."

"알아서 하세요. 하지만 따님이 구치소에 도착하는 순간 모두 압수당할 겁니다. 구치소에서는 저런 귀중품을 소지하는 게 허용되지 않아요."

닌니는 말을 마치고 발을 돌려 밖으로 나갔다. 실바나는 혀를 끌끌 찼다.

"전부 나한테 맡기는 편이 낫겠어."

그러고는 딸이 차고 있는 묵직한 금귀고리와 다이아몬드로 장식된 두툼한 금팔찌를 빼냈고 어깨에서 밍크코트를 벗겨 자신이 걸쳤다. 그런 다음 구찌 핸드백에 손을 찔러 넣었다.

"대체 뭣 때문에 이런 것들을 넣어 둔 거냐?"

핸드백에서 립글로스, 화장품 용기, 페이스크림을 꺼내며 따지듯 물었다.

"여기서는 쓸 일이 없을 거야."

실바나의 말에 파트리치아는 몸을 떨기 시작했다. 서류를 들여다보던 갈로 형사가 그녀에게 자신의 초록색 바람막이 재킷을 건넸다. 그녀는 그 스포티한 재킷을 기꺼이 받아들였다. 나중에 갈로가 말했다.

"그 여자가 안돼 보였어요. 자기가 할 수 있는 모든 걸 닥치는 대로 하다가 막다른 길에 이른 것처럼 보였죠."

파트리치아는 구치소에 수감된 뒤 재킷을 반납했다. 그날 아침 이탈리아 각 지역에서 4명이 더 체포됐고 모두 구찌 살해 혐의로 기소되었다. 파트리치아의 오랜 친구 피나 아우리엠마는 나폴리 인근 솜마 베수비아나에서 사복형사들에게 체포됐고 그날 오후 밀라노로 이송되었다. 밀라노 어느 호텔의 포터 이바노 사비오니와 정비공 베네데토 체라울로 역시 산 세폴크로 광장의 경찰청으로 호송되었다. 식당을 운영하다 파산한 오라치오 치칼라는 이미 마약 혐의로 밀라노 외곽의 몬차 교도소에 수감되어 있었는데 그다음 날 영장을 받았다. 모든 언론이 마우리치오 구찌가 살해된 지 2년 만에 그의 전처를 비롯해 전혀 어울리지 않는 공범 4명을 살해 혐의로 체포했다는 놀라운 소식을 앞다퉈 보도했다.

두 달 전만 해도 마우리치오 살인사건에 대한 수사는 답보 상태였다. 밀라노 검찰청의 카를로 노체리노는 상부에 시간을 더 달라고 요청했다. 그러나 시간이 흘러도 중요한 단서가 나타나지 않자 절망했다. 적어도 1997년 1월 8일 수요일 저녁까지는! 그날 저녁 닌니는 여느 때처럼 늦게까지 일하다가 야간 경비원에게서 어떤 사람이 그와 통화하고 싶어 한다는 전화를 받았다.

"반장님, 어떤 남자가 전화했는데, 자기 이름을 밝히지 않고 급하게 할 얘기가 있다고만 합니다. 반드시 반장님과 통화해야 한대요."

그 시각 경찰청의 다른 사무실들은 모두 불이 꺼져 있었다. 형광등 불빛을 좋아하지 않는 닌니는 책상 위 조명을 켜놓고 서류들을 살펴보고 있었다. 유리로 덮인 큼직한 책상 위에는 신속하게 정보를 대조하고 다른 업무도 빠르게 수행하기 위해 경찰청과 싸워서 얻어 낸 컴퓨터가 있었다. 빛바랜 푸른색 벽에는 닌니가 그

동안 일하면서 받은 수료증과 자격증, 표창장 20여 개가 걸려 있었다. 사무실 한가운데에는 낡은 가죽 소파가 있었고 그 양옆에는 안락의자와 낮은 커피 탁자가 놓여 있었다. 탁자 위에는 비누석을 손으로 깎아서 만든 체스 세트가 있었다. 그 세트는 닌니가 애지중지하는 물건으로 특히 크림색과 베이지색 체스 말의 매끄러운 감촉을 좋아했다. 체스가 두뇌 훈련에 유익하다고 생각한 그는 종종 부하 경찰들과 체스 실력을 겨뤘다.

그날 저녁 닌니는 마무리 단계에 있는 마약 사건의 서류를 검토하고 있었다. '유럽 작전'으로 불린 그 수사의 발단은 도주 중인 어느 마약상이었다. 닌니의 팀은 그 마약상을 곧바로 체포하지 않고 뒤를 쫓았다. 그때까지 그들이 유럽 전역에서 체포한 마약상은 20명이 넘었다. 뿐만 아니라 360킬로가 넘는 코카인과 헤로인 10킬로, 다량의 총기를 압수했다. 형사들이 이탈리아 북부의 소규모 중장비 회사 지하에 숨겨져 있던 마약을 발견했을 때 닌니는 경악했다. 코카인이 든 비닐봉지로 가득한 양철통이 땅 밑에서 끝없이 나왔기 때문이다. 닌니는 유럽 작전 서류를 덮으며 누가 이 늦은 시간에 전화했는지 의아해했다. 야간 경비원에게 전화를 연결하라고 했다. 전화기 너머로 들리는 낮은 목소리는 육중한 금속 문이 콘크리트 바닥에 끌릴 때 나는 소리처럼 귀에 거슬렸다.

"닌니 형사님이세요?"

"네, 누구십니까?"

"형사님과 직접 만나서 말씀드리고 싶습니다."

상대는 거슬리는 목소리로 대꾸했다. 닌니는 그 목소리에서 절박함과 두려움, 절망감을 감지했다.

"형사님이 아셔야 할 중요한 정보가 있습니다. 제가 아는 걸 전부 말씀드릴게요."

삐걱거리는 목소리의 주인공이 요구했다. 닌니는 호기심이 들기도 했고 동시에 어리둥절해져서 물었다.

"도대체 누구시죠? 당신이 믿을 수 있는 사람이라는 걸 내가 어떻게 압니까? 나한테는 적들이 많아요. 적어도 무슨 일 때문에 이러는지는 말씀해 주시죠!"

"구찌 살인사건에 대한 정보라고 말씀드리면 될까요?"

삐걱거리던 목소리가 숨찬 목소리로 변했다. 닌니는 정신이 번쩍 들었다. 국가헌병대가 구찌의 전직 총수였던 마우리치오의 의심스러운 살인사건을 2년 가까이 수사했지만 아무런 돌파구도 마련하지 못한 상태였다. 카를로 노체리노가 그 전해에 스위스로 건너가 구찌의 사업에 대해 조사했으나 아무런 단서도 얻지 못한 채 돌아왔다. 그는 마우리치오가 일련의 도박장에 투자했다는 소문의 진위를 확인하다가 사실은 그 도박장이 스위스의 휴양지 크랑-몬타나에 있는 작은 오락장이 딸린 고급 호텔이라는 것을 알아냈다. 그곳은 수상한 거래의 흔적이라고는 전혀 찾아볼 수 없는 정정당당하게 운영되는 호텔이었다. 게다가 마우리치오가 회사를 매각한 이후 관여한 사업 계획은 모두 초기 단계에 그쳤다.

노체리노는 파리에 가서 델포 조르지까지 심문했다. 조르지는 몇 가지 조건을 내건 다음 피아차 폰타나 광장의 폭탄 테러에 대한 질문에 답했을 뿐 아니라 마우리치오의 채무에 대해서도 들려주었다. 그는 잘 알려진 대로 마우리치오가 '마루 밑에서' 발견한 4,000만 달러로 빚을 전부 갚았다고 확언했다. 노체리노는 5월에 마우리치오의 사업과 관련된 서류를 모두 확인했지만 중요한 단서를 찾지 못했다. 그날 아침 닌니는 신문에서 노체리노가 수사를 계속해도 좋다는 승인을 받아 냈다는 기사를 읽고 사건의 추이를 흥미롭게 지켜보던 터였다.

마우리치오가 살해당하던 날 아침, 차로 출근하던 닌니는 마침 그 동네를 지나다가 경찰 무전기를 통해 피살 소식을 들었다. 그는 운전기사에게 사건이 일어난 팔레스트로 거리로 차를 돌리라고 지시했다. 현장에는 국가헌병대가 바글바글했다. 닌니는 한쪽에 서서 현장을 관찰했다. 계단 맨 위에 쓰러져 있는 마우리치오의 시신 주위로 감식반과 수사관들이 돌아다니고 있었다. 노체리노가 국가헌병대만 남고 모두 나가라고 말하며 로비로 들어서자 소란이 잦아들었다. 그 후 몇 달에 걸쳐 닌니는 부하들에게 밀라노 지하 범죄 조직의 조직원을 체포할 때마다 구찌 살인에 대한 정보가 있는지 캐내라고 지시했다. 암살범이 전문적인 살인 청부업자라면 밀라노의 범죄 조직원이 무언가 알고 있을 테니 그들을 심문하면 정보를 알아낼 수 있으리라 판단한 것이다. 그러나 체포되는 조직원마다 어깨를 으쓱하거나 고개를 가로저었다. 몇 달이 지나자 닌니는 범인이 살인 청부업자가 아니라는 것을 확신하게 되었다. 그 대신 구찌의 개인사를 파헤치다 보면 반드시 답을 얻으리라 생각했다.

"닌니 형사님, 저는 무섭습니다."

상대는 거슬리는 목소리로 말했다.

"저는 누가 마우리치오 구찌를 죽였는지 압니다."

"내 사무실로 올 수 있어요?"

"아뇨. 그건 너무 위험해요. 아스프로몬테 광장의 아이스크림 가게에서 만나죠."

그 가게는 밀라노 중앙역 동쪽 광장에 있다.

"저는 49살이고 덩치가 큽니다. 빨간색 재킷 차림이고요…. 반드시 혼자 오셔야 합니다."

닌니는 잠시 주저하다가 알았다고 대답했다.

"30분 후에 봅시다."

차에 올라탄 그의 머릿속에 여러 생각이 꼬리를 물었다. 자동차가 아스프로몬테 광장에 가까워지자 운전기사에게 몇 구획 전에 멈추라고 말한 뒤 차에서 내려 깜깜한 길을 걸었다. 주로 성매매 여성이나 불법 이민자들이 투숙하는 별 하나짜리 싸구려 호텔들이 여기저기 흩어져 있는 거리였다. 아이스크림 가게에 도착한 그는 바깥에 서 있는 남자를 발견했다. 누빔 재킷을 입은 불룩한 그 남자는 가게의 네온사인 빛을 받아 현란한 초록색으로 물들어 있었다. 두 남자는 조심스럽게 눈인사를 나눈 뒤 광장 한가운데 있는 작은 공원 주위를 걷기 시작했다. 남자는 전화 통화에서

와 마찬가지로 삐걱대는 목소리로 가브리엘레 카르파네제라고 이름을 밝혔다. 비만인 데다 천천히 걸으면서도 헐떡거릴 정도로 건강이 안 좋아 보였다. 성격 파악에 능한 닌니는 정체를 알 수 없는 이 남자를 보자마자 금세 측은한 감정을 느끼며 믿을 만한 사람이라 판단했다. 길 아래 서 있는 자동차를 가리키며 구경꾼이 없는 따뜻한 사무실로 가자고 말했다.

닌니의 사무실로 따라 들어와 가죽 소파에 앉은 카르파네제는 이야기를 시작했다. 닌니는 매끈매끈한 비누석 체스 퀸을 만지작거리며 이야기를 들었다. 카르파네제는 미국 마이애미와 과테말라에서 이탈리아 식당을 하다가 그만두고 아내와 함께 몇 달 전 고국으로 돌아왔다고 했다. 아내는 유방암 진단을 받았고 그는 당뇨병 환자였다. 그 때문에 부부는 공공의료 무상 치료 혜택을 받기 위해 어쩔 수 없이 이탈리아로 돌아와야 했다. 자리를 잡을 때까지 값싼 호텔에서 지내기로 한 부부는 아스프로몬테 광장 근처의 별 하나짜리 애드리 호텔에 방을 얻었다. 카르파네제는 호텔의 도어맨이자 주인의 조카인 이바노 사비오니와 친해졌다. 카르파네제에 따르면, 그 호텔의 좁은 정문 출입구에 놓인 책상 뒤에 앉아 있으면 드나드는 사람들을 빠짐없이 볼 수 있었다. 사비오니는 한쪽 방향으로만 움직이는 색유리 정문 너머로 방문객들을 볼 수 있었지만 방문객들은 그를 보지 못했다. 게다가 그는 책상 밑의 벨을 누르는 것으로 호텔 안으로 들어올 수 있는 방문객과 들어올 수 없는 방문객을 정할 수 있었다.

늘어진 턱과 두꺼운 목, 헤어젤을 발라 뒤로 넘긴 검은 고수머리를 한 다부진 사비오니는 금테 안경을 썼고 저렴한 짙은 색 정장을 입고 다녔다. 자기 딴에는 유행에 따른답시고 연분홍이나 복숭앗빛 버튼다운 셔츠를 그 안에 받쳐 입었다. 카르파네제는 사비오니를 선량한 사람이라 생각했다. 하지만 사비오니는 끊임없이 빚을 졌고 꾸역꾸역 찾아오는 채권자들에게 돈을 갚기 위해 갖가지 잔꾀를 부렸다. 예를 들어 아무것도 모르는 이모 루치아나가 외출하면 성매매 여성들을 몰래 들이곤 했다. 카르파네제는 그 일을 고자질하지 않았고 그것이 고마웠던 사비오니는 숙박비를 깎아주거나 호텔 바에서 빼낸 술 한두 병을 안겨 주었다.

쥐꼬리만 한 저축이 바닥난 데다 직장을 구할 가능성도 사라진 카르파네제는 상상력을 동원해 남미의 대규모 마약 거래 이야기를 그럴 듯하게 꾸며 댔다. 그의 이야기를 들은 사비오니는 카르파네제가 사실은 부유한 마약상이고 FBI를 비롯한 각국 수사기관의 수배를 받고 도피 중이라고 철석같이 믿게 되었다. 카르파네제는 사비오니에게 미국 은행 계좌에 수백만 달러를 은닉해 두었으니 법적 문제가 해결되는 대로 숙박료를 치르겠다고 말했다.

"내 변호사들이 상황을 수습하면 네가 보여 준 친절한 환대에 제대로 사례하고, 이자까지 쳐서 돈을 갚을게."

카르파네제는 주눅 든 사비오니에게 이렇게 약속했다. 사비오니는 이모에게 그 운 나쁜 부부를 몇 달만 더 공짜로 머물게 해 달라고 부탁해서 승낙을 받아 냈다. 찔끔찔끔 마약을 판매해 본 경험이 전부였던 사비오니는 카르파네제가 자신을 대규모 마약 거래에 끼워 주길 은근히 기대하는 눈치였다. 1996년 8월 어느 무더운 저녁 그와 사비오니는 노천카페에서 담배도 피우고 맥주도 마시면서 여유를 즐기고 있었다. 길거리에는 차 한 대 지나가지 않았고 굳게 빗장이 걸린 아파트들은 여느 여름처럼 휴가를 떠난 집주인들이 돌아올 때까지 비어 있었다. 여름휴가 때면 그 동네의 1인용 호텔들은 대부분 문을 닫았다. 텅 빈 도시에서 할 일은 그리 많지 않았다. 잠을 자거나 집 안에 앉아 있을 수 없을 만큼 더웠고 공기는 견디기 어려울 정도로 뜨겁고 습했다.

의자에 기댄 채 말보로 담배를 깊이 빨아들이던 사비오니는 카르파네제를 바라보다가 갑자기 자신이 신문에 보도될 만큼 엄청난 사건에 연루되어 있다는 사실을 털어놓았다. 그는 카르파네제의 반응을 살피더니 곧 가깝게 다가앉아 중구난방 이야기를 들려주었다. 그러다 마지막에 폭탄 발언을 했다. 마우리치오 구찌를 살해한 사람들을 자신이 모았다는 것이었다. 카르파네제는 처음에 그 말을 믿지 않았다. 그가 보기에 사비오니는 그리 똑똑하지 않았고, 꼼수를 부리거나 허풍을 떨긴 해도 전문 살인 청부업자들과 관련이 있을 것 같지는 않았다.

"네가 일종의 두목 역할을 했다는 거야?"

사비오니가 쏘아붙였다.

"마음대로 생각해."

갓 친구가 된 카르파네제가 의심하는 눈치를 보이자 의기소침해진 그는 친구의 관심을 끌고 싶어 좀이 쑤시는 것 같았다. 그 후 몇 주 동안 사비오니는 카르파네제에게 어떻게 마우리치오 구찌 살해 계획을 세우고 실행에 옮겼는지 낱낱이 들려주었다. 카르파네제는 충격에 빠졌다. 사비오니가 그처럼 심각한 일에 연루됐다는 사실이 믿기지 않았다. 몇 주 동안 양심과 싸우던 카르파네제는 경찰에게 그 이야기를 알리기로 결심했다. 자신과 아내가 살 곳을 잃을 것이 분명했지만 정보를 제공하면 어느 정도 보상을 받을 수 있으리라 생각했다. 그는 1996년 12월 크리스마스가 멀지 않은 어느 날 아스프로몬테 광장의 공중전화까지 걸어가 밀라노 법원에 전화했고, 교환원에게 구찌 수사를 맡은 치안판사를 바꿔 달라고 했다. 빠르게 뛰는 심장을 붙잡고 전화기 줄을 초조하게 만지작거리며 녹음된 음성을 들었지만 5분 가까이 지나도록 아무도 전화를 받지 않았다. 곧 동전이 떨어지며 전화가 끊겼다.

며칠 후 다시 같은 번호로 전화했을 때 교환원은 누가 구찌 사건을 맡고 있는지 알 수 없다고 했다. 그래서 카르파네제는 국가헌병대에도 전화했지만 접수 담당자는 그가 이름과 용건을 밝히지 않는다는 이유로 전화를 연결해 주지 않았다. 그러던 1월 초 어느 밤 애드리 호텔의 눅눅한 TV 시청실에서 빈둥거리며 채널을 돌리다가 조직범죄를 다룬 토크쇼를 보게 되었다. 그 프로그램에는 닌니가 초대 손님으로 출연했다. 카르파네제는 닌니의 솔직한 태도와 합리적 의견이 마음에 들었다. 그라면 믿을 수 있을 것 같았다. 전화번호부를 펼쳐 경찰청 전화번호를 찾았고 다시 길모퉁이의 공중전화로 향했다.

카르파네제는 닌니에게 사비오니가 털어놓은 구찌 살인에 관한 이야기를 전부 들려주었다. 그의 이야기는 연관된 사람만이 알 수 있는 세세한 정보로 가득했다. 닌니는 카르파네제가 진실을 말하고 있다고 확신했다. 카르파네제는, 파트리치아가 마우리치오의 살인을 교사했으며, 그 대가로 600만 리라(약 4억 6,000만 원)를 치렀다고 말했다. 오랜 친구인 피나 아우리엠마가 파트리치아 대신 살인 청부업자들에게 돈과 정보를 전달하는 중개인 역할을 했다. 피나는 오래 알고 지낸 사비오니를 찾아갔고 사비오니는 오라치오 치칼라를 끌어들였다. 65살의 치칼라는 밀라노 북부의 교외 아르코르에서 피자 가게를 운영하는 시칠리아인이었다.

사비오니는 치칼라가 도박 빚을 잔뜩 져서 본인은 물론 가족의 인생까지 망쳤으며, 돈이 절실하다는 사실을 잘 알고 있었다. 치칼라는 살인 청부업자를 찾아냈고 도주용 차량을 몰았다. 그 일에 쓰려고 차를 훔쳤는데 갑자기 사라진 탓에 아들 소유의 녹색 르노 클리오를 사용했다. 살인 청부업자는 베네데토 체라울로였다. 전직 정비공이었던 그는 치칼라의 가게 뒤편에 살았다. 7.65 구경의 베레타 연발 권총을 구해 금속 실린더를 개조한 뒤 펠트 천을 안에 댄 소음기를 만들었다. 그런 다음 스위스에서 탄환을 샀고 살해 후에는 그 권총을 없앴다.

마우리치오를 살해한 몇 달 뒤 파트리치아는 베네치아 대로의 집으로 이사했고 수백만 달러에 달하는 재산의 혜택을 마음껏 누렸다. 마우리치오의 상속인인 두 딸의 보호자였기에 가능한 일이었다. 카르파네제에 따르면, 사건 이후 공범들의 불만은 갈수록 커졌다. 얼마 되지 않는 돈을 받고 온갖 위험을 감수해야 했기 때문이다. 그래서 그 여자가 호화롭게 산다는 소식을 듣고 그녀를 압박해 더 많은 돈을 뜯어낼 작정이었다.

닌니는 손가락으로 체스 퀸을 만지작거리며 아무 말 없이 듣기만 했다. 카르파네제의 이야기를 들으면서 머릿속으로 계획 하나를 떠올렸다. 힘겹게 숨 쉬는 카르파네제에게 물었다.

"마이크를 몰래 붙이고 호텔로 돌아가도 괜찮겠습니까?"

카르파네제는 불안한 표정을 지으며 고개를 끄덕였다. 닌니는 그 모든 불운을 겪고도 정의감을 간직한 카르파네제에게 감탄했고 힘닿는 대로 도와주겠다고 약속했다. 나중에 그는 카르파네제에게 살 집과 일자리, 옷가지를 마련해 주었고, 부부가 어떻게 지내는지 확인하러 그 집에 자주 들르기도 했다.

닌니는 미로 같은 밀라노 법원의 4층 구석에 있는 비좁은 노체리노의 집무실로 갔다. 카르파네제의 이야기를 들려주면서 계획을 설명했다. 노체리노는 마지못해 허락했다.

"닌니, 뭔가 얻어 낼 것이 있다고 생각하면 진행하세요."

닌니는 사비오니와 그의 공범들을 함정에 빠뜨리기 위해 잠입수사를 하고 싶었다. 잠입 형사로 점찍은 사람은 젊은 카를로 콜렌기였다. 그의 어머니가 콜롬비아 보고타 출신이라 스페인어에 유창했기 때문이다. 카를로는 콜롬비아 메데인의 마약 카르텔 조직원으로 '사업상' 밀라노를 방문한 전문 살인 청부업자 '카를로스'로 위장했다. 카르파네제는 사비오니에게 카를로스가 파트리치아를 설득해 돈을 더 뜯어낼 수 있다고 소개하면서 그의 도움을 받자고 제안하기로 했다. 밀라노의 수석 치안판사 보렐리는 노체리노에게 그 계획을 승인하라고 지시했다.

"닌니가 지휘한다면 중요한 일일 거야."

닌니의 계획은 순조롭게 진행되었다. 다음 날 카르파네제는 카를로스를 애드리 호텔로 불러 사비오니에게 소개했다. 사비오니는 카를로스의 곱슬곱슬한 금발과 연푸른 눈, 풀어헤친 검은 실크 셔츠, 두툼한 사슬 형태의 금목걸이 등을 찬찬히 살폈다. 카를로스는 스페인어로 "안녕하세요"라고 인사했고, 새끼손가락에 낀 다이아몬드 반지를 번쩍이며 손을 내밀었다. 실크 셔츠 안 가슴팍에는 소형 마이크 2개가 부착되어 있었다. 닌니의 부하 경찰들은 몇 구획 떨어진 곳에 녹음 장비로 가득한 경찰 승합차를 세워 놓고 그들의 대화를 도청했다. 사비오니가 카를로스에게 "어디 묵어요?"라고 묻자 카르파네제가 스페인어로 통역했다. 돌아온 답은, "당신 친구에게 그런 질문에는 대답하지 않는다고 전하시오"였다. 그러자 사비오니는 사과의 말을 더듬으며, 냉정한 눈을 한 '콜롬비아인'을 한층 더 존경스러운 눈빛으로 바라보았다. 세 남자는 마음 놓고 대화하기 위해 TV 시청실로 들어갔다. 사비오니는 커피 석 잔을 가져와 카를로스에게 "설탕은 얼마나 넣으세요?"라고 물었다. 카를로스는 카르파네제가 통역해 줄 때까지 그 말을 못 알아들은 척했다. 카르파네제는 그에게 사비오니가 도움을 받고 싶어 한다고 스페인어로 말했다. 사비오니는 무슨 뜻인지 이해하려 귀를 쫑긋 세웠다. 대화가 끝나자 카르페네제는 사비오니에게 속삭였다.

"걱정 마, 사비오니. 카를로스가 모든 문제를 해결해 줄 거야. 젊어 보이지만 살인에 이골이 난 사람이거든. 카를로스는 메데인 조직에서도 으뜸가는 마약상들이 의뢰하는 최고의 살인 청부업자야. 백 명 넘는 사람을 죽였지. 그 부인에게 따끔한 맛을 보여 줄 수 있는 사람이야."

사비오니가 환하게 웃자 턱이 더 넓죽해졌다. 카르파네제가 덧붙이며 말했다.

"피나에게 전화해서 상의해 봐."

그러고는 의자에서 일어섰다.

"이제 그만 가 봐야겠어. 카를로스가 처리해야 할 일이 있거든."

사비오니도 벌떡 일어났다. 감동받은 그는 마냥 신났고 카를로스에게 잘 보이고 싶은 마음뿐이었다.

"그럼, 그래야지. 당연히 아주 바쁘시겠지. 괜찮다면 내 차를 써도 돼. 오늘 저녁은 내가 여기서 한턱낼게."

그는 10만 리라짜리 지폐를 카르파네제의 손에 쥐어줬다. 카르파네제는 사비오니의 빨간색 고물 자동차를 몰고 룰리 거리로 향했다. 그 차는 스페인의 세아트가 생산한 저가형 세단 코르도바였다. 카르파네제는 백미러로 경찰차가 뒤따라오고 있는지 확인했다. 카를로스가 가슴에 부착한 마이크에 대고 나직하지만 신이 난 목소리로 말했다.

"여러분! 이게 웬 행운인가요! 이 똥차를 도청 장치로 도배합시다!"

산 세폴크로 광장에 돌아온 닌니의 팀은 사비오니의 자동차 곳곳에 마이크를 설치했고 위성을 통해 차량 위치를 추적할 수 있도록 계기판 뒤에 칩도 달았다. 용의자들의 전화는 전부 감청되었고, 수사요원들은 밤낮없이 산 세폴크로 광장의 감청 장소를 지켰다. 그날 오후 사비오니가 나폴리 인근의 조카딸 집에 있던 피나에게 전화했을 때 경찰의 감청 테이프가 돌아가기 시작했다.

"피나, 가능한 한 빨리 밀라노로 와요. 우리 문제를 해결할 방법이 생겼어요. 당신과 상의해야 해요."

다음 날 저녁 감청 장치에 다른 대화가 녹음되었다. 나폴리에 있는 피나가 파트리치아에게 전화한 것이었다.

"안녕, 나야. 몇 주 전에 나온 뉴스 봤니?"

"응."

파트리치아가 대답했다.

"하지만 전화로 할 얘기는 아닌 것 같아. 우리 만나자."

피나는 1월 27일 밀라노에 도착했다. 사비오니가 밀라노 리나테 공항에서 그녀를 만나 빨간색 코르도바에 태웠다. 경찰은

GPS 화면을 보면서 위치를 추적했다. 젊은 시절 미모를 자랑하던 피나는 51살이 다 된 지금은 얼굴에 고생한 흔적이 가득했다. 군데군데 짙은 머리가 섞인 금발은 지저분하게 어깨까지 내려왔고 사냥개 바셋하운드를 닮은 눈은 불룩한 주머니처럼 축 처졌다. 이마에는 깊은 세로 주름이 패여 있었다. 사비오니는 그녀와 이야기하기 위해 애드리 호텔 근처 광장에 차를 세웠다. 경찰의 녹음테이프는 계속 돌아갔다.

"세상에, 이바노."

피나가 손을 꽉 움켜쥐고 있다가 얇은 회색 레인코트를 바짝 여미면서 나폴리 사투리로 말했다.

"몇 주 전 수사가 연장됐다는 기사를 읽고 그 자리에서 기절할 뻔했어요. 이미 6개월이나 더 연장하고도 아무런 성과도 없었잖아요. 무슨 생각으로 저러는 걸까요?"

"제발 진정 좀 해요."

사비오니가 그녀를 나무라며 담배를 건넸다. 담배에 불을 붙여 주자 피나가 말했다.

"그 사람들은 아무 정보도 얻지 못했어요. 그냥 요식 절차일 뿐이에요."

피나는 손을 꽉 움켜쥔 채로 말을 이었다.

"내 전화가 감청되는 거 같아서 연락하지 못했어요. 내 생각인데 파트리치아가 미행당하는 것 같아요. 수상한 기미가 보이면 나한테 곧바로 얘기해줘요. 난 해외로 떠날 테니까. 안 그러면 우리 모두 감방에 갇힐 거예요. 내 친구 라우라가 그러는데 경찰은 우리를 절대 찾아내지 못할 거래요. 하지만 우리 모두가 굉장히 조심해야 해요. 조금만 삐끗해도 끝장나는 거라고요! 지옥문이 열릴 거예요!"

사비오니가 자기 담배에 불을 붙이면서 말했다.

"피나, 내 말 들어 봐요. 긴히 할 말이 있어요. 어떤 콜롬비아 사람을 알게 됐는데 진짜 강인해 보이더군요. 당신도 그 남자 눈을 봐야 해요. 꼭 얼음장 같았어요. 백 명 넘는 사람을 죽였대요. 카르파네제가 소개해 준 사람인데…. 그 형씨를 공짜로 묵게 해 주면 언젠가 도움을 받을 줄 알았어요. 어쨌든 그 콜롬비아 남자가 그 부인을 상대하면 돼요. 그의 도움을 받으면 그 부인에게서 추가로 돈을 받아 낼 수 있어요."

피나는 금이 간 창문 밖으로 흘러 나가는 담배 연기를 바라보다가 사비오니를 곁눈질했다.

"확실해요? 지금은 때가 아닌 것 같은데. 경찰이 수사를 연장하면 한동안 조용히 지내야 해요. 게다가 경찰이 파트리치아를 미행하면 어떡해요?"

사비오니가 찡그린 얼굴로 고개를 저었다.

"이봐요, 피나. 당장 마무리지어야 한다고요! 당신은 매달 용돈이라도 받고 있지만 나머지 사람들은 이게 뭐예요?"

"네, 한 달에 무려 300만 리라(약 173만 원)나 받고 있죠."

피나가 쏘아붙이며 말을 이었다.

"난 그 돈으로 먹고 살아야 한다고요! 만약 파트리치아의 마음이 변하면 어쩌죠? 그랬다가는 난 끝장나는 거예요. 나도 당신과 생각이 같아요. 위험한 일은 우리가 전부 도맡았고 좋은 건 전부 파트리치아가 차지했죠. 당신 말이 맞아요. 어쨌든 그녀와 다시 이야기해 볼게요. '우리가 그 일을 함께했으니 이제 우리에게도 합당한 몫을 달라'고 말할게요."

사비오니가 차갑게 말했다.

"만일 그 부인이 거부한다면, 그 얼음장 같은 눈을 지닌 콜롬비아 사내에게 그녀의 머리를 은쟁반에 담아서 가져오라고 할 거예요!"

그 후 며칠 동안 경찰의 도청 장비가 윙윙 돌아가면서 파트리치아와 피나, 사비오니의 대화를 모조리 녹음했다. 닌니는 만족감에 들떠 큰소리로 웃으며 사비오니와 피나가 살해 공모에 대해 이야기하는 것을 모두 녹음했다. 청부 살인자로 추정되는 베네데토 체라울로와 사비오니의 대화도 확보했다. 뿐만 아니라 사비오니와 피나가 도주용 차량을 몰았다는 치칼라에 대해 대화하는 것도 들었다. 이제 파트리치아만 체포하면 된다. 풀하우스 패를 손에 넣기 일보 직전이었다. 그러나 그 여자는 영리했고 전화로 끊임없이 수다를 늘어놓긴 했지만 절대로 위험한 이야기는 하지 않았다. 닌니는 녹음테이프가 돌아갈 때마다 끈질기게 기다렸다. 수사에 돌파구가 마련됐다고 기쁨에 취해서는 안 된다는 것을 오랜 경험으로 알고 있었다.

"쓸 만한 단서가 나오면 그대로 전개되도록 놔두는 것이 최선일 때가 많아요. 나는 '카를로스'와 전화 감청, 차량 도청 등 모든 함정을 파 뒀죠. 우리는 그들이 누구이고 무슨 일을 했는지 알게 됐어요. 그들이 지껄이도록 내버려 두기만 해도 됐던 거죠."

닌니가 항상 원하던 결과를 얻었던 것만은 아니다. 1월 30일 감청을 하던 수사요원 한 명이 그에게 전화했다.

"반장님! 이 내용을 들어보셔야 할 것 같아요."

그는 즉시 그날 아침 파트리치아와 변호사가 나눈 대화 녹음을 틀었다. 언뜻 그들의 통화는 파트리치아가 동네 보석상에 진 외상에 대한 이야기처럼 들렸다. 그러나 변호사는 음울한 어조로 "당신 가족에게 먹구름이 모여들고 있습니다"라고 말했다. 이후 노체리노와 검찰청 고위급 간부들은 긴급회의를 열고 수사를 당장 끝낼 만큼 증거가 충분하다고 판단했다. 그래서 다음 날 이른 아침에 그녀와 공범들을 체포할 계획을 세웠다. 닌니는 이렇게 말했다.

"우리는 그 여자가 함정을 알아챘다고 생각했습니다. 이탈리아를 빠져나갈까 봐 두려웠어요. 그렇게 되면 절대 잡지 못할 거라 걱정했지요."

1997년 1월 31일 아침 수사요원들이 사비오니를 경찰청 본부로 끌고 왔을 때 닌니는 자기 사무실로 데려오라고 지시했다. 수갑을 찬 사비오니는 닌니의 책상 앞에 놓인 의자에 털썩 주저앉았다. 닌니는 그의 수갑을 끌러 주라고 지시한 다음 담배 한 개비를 사비오니에게 건넸다. 닌니가 천천히 말했다.

"이번에는 못 빠져나갈 거야. 우리가 당신보다 앞섰거든. 우리한테 모든 정보가 있으니 자백만이 살 길이야. 자백하는 편이 당신에게 더 유리하거든."

담배를 뻐끔거리던 사비오니가 고개를 저었다.

"난 정말 그놈을 친구로 생각했어요."

그는 카르파네제가 경찰에 밀고했다는 사실을 알아챘다.

"분명 그놈이 불었겠죠. 그 배신자가 날 팔아넘겼군요."

그때 문을 두드리는 소리가 들리고 금발의 푸른 눈을 한 콜렌기 형사가 나타났다. 닌니는 짓궂게 웃었다.

"자, 누구인지 한번 봐! 사비오니. 네 친구가 왔다."

고개를 돌린 사비오니는 콜롬비아인 '카를로스'를 바로 알아봤다. 그리고 소리쳤다.

"안 돼요, 카를로스. 당신도 잡힌 거예요?"

'카를로스'가 완벽한 이탈리아어로 대답했다.

"사비오니, 안녕하세요. 콜렌기 형사라고 합니다."

사비오니는 주먹으로 이마를 치며 중얼거렸다.

"이럴 수가. 내가 이렇게 바보였다니."

닌니가 다시 강조했다.

"이번에는 우리가 좋은 패를 들었어! 네가 뱉은 말을 직접 들어볼래? 지금 녹음한 걸 틀어 줄 수 있어. 네 살 길은 자백뿐이야. 자백하면 법정에서 좀 더 가벼운 형을 받을 수 있을 거야."

18.

재판

1998년 6월 2일 아침, 밀라노 법원의 법정은 인산인해를 이뤘다. 9시 30분 바로 전에 판사석 오른편 문이 갑자기 열리며 말쑥한 푸른색 베레모를 쓴 여성 교도관 5명이 파트리치아를 법정 안으로 데리고 들어왔다. 방청객 사이로 속삭거리는 소리가 퍼져 나갔다. 그녀가 걸어 들어오자 기자들과 TV 카메라맨들이 쏜살같이 앞으로 몰려들었다. 그녀는 자동차 헤드라이트 불빛에 얼어붙은 사슴처럼 놀란 표정이었다. 바닥까지 끌리는 검은 법복에 흰 러플을 가슴에 단 변호사들이 맨 앞자리에 앉아 있다가 일어나 그녀를 맞이했다.

마우리치오 구찌 살인사건 재판이 시작된 지 이미 며칠이 지났지만 파트리치아는 그 음산한 화요일 아침에야 처음으로 법정에 모습을 드러냈다. 그녀는 예비심문 기간에는 법정이 아닌 산비토레 교도소 감방에 그대로 머물러 있고 싶었다. 그래서 형사소송으로 유명한 두 변호사와 잠깐 상의했다. 품위 있는 풍채와 은발을 한 변호사 가에타노 페코렐라는 재판이 끝난 뒤 국회의원으로 선출된 인물이다. 사계절 내내 선탠을 해 까무잡잡한 지아니 데돌라는 정상급 사업가들을 변호한 것으로 유명했다. TV 재벌이자 총리를 역임한 실비오 베를루스코니가 대표적이다. 두 변호사 모두 파트리치아에게 일찌감치 법정에 나와서 분위기에 익숙해지는 편이 유리하다며 증인석에서 진술하기 한참 전에 법정으로 와야 한다고 설득했다.

파트리치아는 노체리노 검사 등 검찰 측 사람들과 언론인들을 지나 맨 뒷줄 피고석에 앉았다. 그녀 뒤에는 호기심에 가득 찬 방청객들이 법정 안을 잘 들여다보기 위해 허리 높이의 목책에 몸을 바짝 붙이고 서 있었다. 그 목책은 재판 당사자들과 방청객들을 구분하는 경계였다. 교도관들 사이에 앉은 파트리치아의 왼편에는 언론인들이 그녀의 모습을 공책에 자세히 써넣고 있었다. 보석과 자신감을 주렁주렁 달고 다니던 사교계 여왕의 흔적은 간 데없었다. 재판을 받을 당시 50세를 앞뒀던 그녀는 창백하고 단정치 못한 상태였고 특유의 당당한 태도를 잃은 지 오래였다. 게다가 그날처럼 낯선 사람들 앞에 전시되듯 앉아 있었던 적이 없었기에 어떤 일이 기다리고 있을지 대비조차 못했다. 약물 복용으로 부어오른 얼굴에는 짧고 짙은 머리칼들이 손질되지 않은 채 달라붙어 있었다.

그녀는 자신을 응시하는 시선을 피해 두 손을 내려다보면서 오른쪽 손목에 감긴 연두색 묵주를 만지작거렸다. 그 묵주는 치유 의식을 행해 유명해진 밀링고 대주교의 선물이었다. 왼쪽 손목에는 파란색 플라스틱 스와치 시계를 차고 있었다. 베네치아 대로 집의 옷장에는 디자이너 정장이 가득했고 선반에는 짝을 이루는 핸드백과 구두가 넘쳐났지만 그날 아침은 푸른색 면바지를 입고 폴로셔츠 위에 푸른색과 흰색 줄무늬가 들어간 면 스웨터를 두른 간소한 차림이었다. 작은 키와 작은 발에 항상 신경 썼던 그녀는 그날도 길이 210밀리에 굽 높이가 10센티에 달하는 흰색 가죽 뮬(mule, 발끝부터 발등을 감싼, 뒤꿈치가 막혀 있지 않은 굽 높은 슬리퍼)을 신고 나왔다.

법원 바로 앞에는 시동을 켠 TV 중계차들이 생방송 준비를 갖추고 늘어서 있었다. 흰색 대리석 정면에 IVSTITIA(로마신화에 나오는 정의의 여신 유스티티아)가 새겨진 웅장한 법원은 무솔리니 시대를 대표하는 건축가 마르첼로 피아첸티니가 설계한 건축물이다. 성당과 공원, 두 곳의 수도원을 밀어내고 들어선 그 건물은 밀라노 동부의 한 구획을 차지하고 있다. 날마다 삶의 불쾌한 진실을 마주하려는 사람들이 벌떼처럼 모여들어 법원 앞에 자전거, 스쿠터, 자동차 등을 세우고 법원으로 올라가는 콘크리트 계단을 가득 메웠다. 그 안에는 수 킬로미터에 이르는 우뚝 솟은 회랑이 중앙 로비를 둘러싸고 있다. 구불구불 이어진 홀을 따라 대략 65개의 법정과 1,200개의 사무실이 카프카의 소설처럼 복잡하게 연결되어 있다. 법원 바로 뒤 산타마리아 델라 파체 성당은 26년 전 마우리치오와 파트리치아가 결혼식을 올렸던 곳이다.

재판이 있기까지 몇 주 동안 이탈리아의 신문사와 TV 방송국은 파트리치아를 '검은과부거미'라 불렀고, 자신에게 초자연적 힘이 없다는 항의를 했음에도 이를 무시하고 피나를 '검은 마녀'로 부르면서 앞으로 있을 두 사람의 대결에 대한 흥미진진한 보도를 쏟아 냈다. 피나는 재판이 시작되기 두 달 전인 3월에 15개월 동안 꿈쩍도 하지 않던 입을 열고 사건의 내막을 털어놓았다. 그녀에 따르면, 파트리치아는 다른 수감자를 통해 그녀의 감방으로 은밀한 메시지를 전달했다고 한다. 그 내용은 피아가 마우리치오의 살해에 대한 모든 죄를 뒤집어쓰면 '감방을 금으로 가득 채워 주겠다'는 제안이었다. 모욕감과 분노를 느낀 피나는 닥치라는 말을 전했고, 변호사에게 노체리노 검사와 만나라고 부탁했다. 3월에 52살이 된 피나는 변호사들에게 씩씩거리며 말했다.

"나는 나이도 많은 데다 이곳에 오래 갇혀 있어야 해요! 감방에 있는데 20억 리라(약 16억 2,500만 원)가 무슨 소용인가요?"

피나와 파트리치아 모두 밀라노의 서쪽 변두리와 맞닿은 산 비토레 교도소의 여성 재소자 구역에 갇혀 있었다. 호텔 직원이었던 사비오니와 살인 청부업자로 알려진 체라울로 역시 산 비토레 교도소에 수감되었다. 피자 가게 주인이었던 치칼라는 밀라노 외곽의 몬차 교도소에 있었다. 산 비토레 교도소는 1879년에 지어질 때만 해도 800명 정도를 수감하는 규모였으나 그 무렵에는

2,000명 가까운 재소자가 있었다. 그 교도소는 형사 전문가들에게 오래전부터 유명한 필라델피아 모델(Philadelphia model)을 토대로 지어졌다. 중앙의 요새 주위로 돌로 된 부속 건물 4개 동이 별 모양으로 뻗어 있는 곳으로 재소자 중 여성은 100명 정도에 불과했다. 그녀들은 중앙 출입구를 마주보며 양옆에 앞쪽 건물을 낀 낮은 콘크리트 건물에 따로 수용되었다.

무장 경비원들이 교도소를 높게 에워싼 외벽 위를 돌아다니며 감시했고, 다른 경비원들은 모퉁이마다 있는 통제탑을 지켰다. 그들은 매일 오전과 오후에 운동하러 안뜰에 나오는 재소자들을 감시했다. 교도소에서 불과 몇 미터 떨어진 외벽 너머는 밀라노 시민들의 차량이 지나다니는 분주한 도로였고, 정문 출입구는 중세 요새의 관문을 연상시켰다. 높은 아치형 출입문과 위쪽 창문 테두리는 장밋빛 돌로 만들어졌으며, 갈퀴 형태의 흉벽이 중앙 건물을 둘러싸고 있다.

산 비토레 교도소는 부정부패를 추방하려는 '깨끗한 손' 개혁 운동(Tangentopoli, Mani Pulite)의 상징이었다. 이 개혁 운동에 참여한 판사들은 주요 정치인과 기업 총수들을 체포해 교도소에 가둔 다음 수백만 달러에 달하는 뇌물을 주고받은 사실을 자백하라고 압박했다. 그러나 재판 전부터 마약상과 마피아가 우글대는 이 험악한 교도소에 그들을 가둔 것이 격렬한 인권 논란을 불러일으켰다. 반대파들은 재판 전의 구금 때문에 정치인과 사업가 두 명이 자살했다고 비난했다.

변호사들은 파트리치아가 뇌종양 수술 후 주기적인 뇌전증 발작을 겪었다는 의학적·심리적 이유를 들어 구금 대신 가택연금을 요청했으나 받아들여지지 않았다. 그녀는 산 비토레에서 지내는 동안 점차 호화로운 세상과 멀어져 갔고 재소자들과도 자주 충돌했다. 그녀는 이렇게 토로했다.

"그 사람들은 내가 특권층이고 응석받이로 자랐으며 살면서 많은 것을 누렸다는 이유로 고초를 겪어도 싸다고 생각했어요."

쉬는 시간에 안뜰에 모여 운동할 때마다 몇몇 여성 재소자들이 그녀에게 야유를 보내거나 침을 뱉었다. 심지어 머리에 배구공까지 던지자 따로 떨어진 정원에서 혼자 있게 해 달라고 요청하기도 했다. 혼란스런 환경에서도 재소자들의 목소리에 귀를 기울이려 애쓰던 이해심 많은 교도소장은 그녀의 요청을 받아들였다. 그러나 감방 안에 냉장고를 놓아 달라는 요청은 거부했다. 그럼에도 그녀는 어머니가 금요일마다 직접 만들어 가져다주는 온갖 진미를 어떻게든 보관해 놓고 먹고 싶었다. 그래서 감방마다 냉장고를 기부하겠다고 제안했다. 교도소장은 다시 한번 그 제안에 퇴짜를 놓았다. 파트리치아는 탄식했지만 어쩔 수 없이 단조로운 교도소 음식에 적응해야 했다. 그리고 흡연이 금지된 12호 감방 안에서 날마다 밤늦게까지 TV를 시청했다.

3층에 있는 그녀의 감방은 6제곱미터를 간신히 넘는 크기였다. 이층 침대 2개, 일인용 침대 2개, 탁자, 의자 2개, 옷장 2개가 벽에 다닥다닥 붙어 있었고 남는 공간은 방 한가운데 좁은 통로

뿐이었다. 저쪽 편 작은 출입구 너머 한쪽 구석에는 세면대와 변기가 놓인 좁은 화장실이 있었다. 감방의 다른 쪽 구석에는 식탁과 의자가 있었다. 재소자들은 그곳에서 교도관이 하루에 세 번 철문 틈으로 넣어 주는 식판에 담긴 음식을 먹었다. 파트리치아는 이층 침대 아래 칸에 웅크려 자곤 했는데, 그곳에 기적을 행한 것으로 유명해져서 나중에 성인이 된 비오(Pio) 신부의 사진을 붙여 놓았다.

감방에는 파트리치아 외에도 허위 파산 신청 혐의로 형을 선고받은 다니엘라와 매춘으로 유죄를 받은 루마니아 여인 마리아가 갇혀 있었다. 처음에 그녀는 감방 동료들과 어울리지 않았다. 오른쪽 이층 침대 아래 칸에 누워 잡지를 보다가 마음에 드는 옷이 나온 페이지를 찢으면서 혼자 시간을 보냈다. 실바나는 딸의 기분을 맞춰 주기 위해 갖은 수고를 아끼지 않았다. 실바나가 가져다준 시폰이나 실크 잠옷, 란제리, 립스틱, 페이스크림, 팔로마 피카소 향수 등은 감방 동료들의 시샘을 샀다. 파트리치아는 딸들에게 애정 어린 편지를 쓴 다음 하트와 꽃무늬 스티커로 봉투를 붙여 '파트리치아 레자니 구찌'라는 이름으로 서명해서 보냈다. 그녀는 여전히 구찌라는 이름을 포기할 생각이 없었다. 또한 교도소는 젊은 아가씨들이 찾아올 곳이 못 된다며 크리스마스와 부활절 외에는 두 딸이 오지 못하게 했다.

교도관들이 일주일에 두 번씩 긴 복도 끝에 있는 주황색 공중전화로 그녀를 데려가면 집에 전화를 걸었다. 산 비토레 교도소에는 도서관과 봉제 작업장, 예배당, 미용실이 있었다. 파트리치아는 교도소장의 승인을 받아 미용실에서 한 달에 한 번씩 이탈리아의 유명한 모발 전문가 체자레 라가치에게 뇌수술로 생긴 흉터를 가리기 위한 모발 이식을 받았다. 밤에는 잠이 들 때까지 만화책을 읽으며 불면증을 달랬다. 그녀는 대부분의 시간을 앞으로 있을 재판을 생각하며 보냈다.

피나는 파트리치아가 죄를 뒤집어씌울까 봐 겁이 나서 침묵하기로 한 약속을 깨고 노체리노 검사에게 그 추악한 이야기를 빠짐없이 털어놓았다. 그리고 파트리치아가 살해 계획의 주동자라고 말했다. 피나의 자백은 사비오니가 체포된 뒤 닌니 형사의 사무실에서 털어놓은 이야기와 일치했다. 노체리노는 날아갈 것 같은 기분이었다. 2년 동안 마우리치오의 사업 문제를 들쑤시고도 아무 성과를 얻지 못했지만 재판이 열린 1998년 5월까지 그가 모은 증거는 엄청나게 많았다. 43개의 서류 상자가 파트리치아에게 불리한 증거로 가득 찼다. 피고의 변호인들은 자료 복사에 거금을 들였으며 법원 서기들은 서류 상자를 실은 수레를 끌고 법정 안을 들락날락해야 했다. 피나와 사비오니의 자백 외에 노체리노가 수집한 전화 통화 녹취본도 수천 장에 달했다. 그 중에는 파트리치아와 공범들이 나눈 대화도 있었다. 또한 친구와 가정부, 영매, 전문가 등 구찌 부부를 잘 아는 사람들의 증언 녹취도 있었다.

1997년 가을, 수사관들은 파트리치아의 감방을 급습해 몬테카를로 은행의 잔고 내역서를 발견했다. '로터스 B'라는 암호가 붙은 그 내역서에는 피나와 사비오니가 받았다고 말한 금액과 일치하는 이체 내역이 포함되어 있었다. 파트리치아는 그 바로 옆 여백에 피나를 의미하는 P를 적었다. 노체리노는 파트리치아를 체포할 때 압수했던 가죽 일기장도 보관하고 있었다. 그러나 파트리치아의 직접적인 자백을 받지 못한 것이 고민이었다.

파트리치아는 법정 뒤편에 앉아 이탈리아 법정에서 흔히 볼 수 있는 갈색 철창을 우두커니 바라보았다. 높이 솟은 천장까지 닿아 있는 철창은 법정 오른편을 따라 쳐져 있었다. 이탈리아는 미국과 마찬가지로 피고인이 유죄 선고를 받을 때까지는 무죄로 간주된다. 그러나 폭력 범죄로 기소된 피고인은 재판이 진행되는 동안 철창 안에 갇혀 있어야 한다. 철창 안에는 살인으로 기소된 베네데토 체라울로와 도주용 차량 운전사로 기소된 오라치오 치칼라가 난간에 팔을 걸친 채 언론인, 변호인, 방청객들을 훑어보고 있었다. 46살인 체라울로는 버튼다운 셔츠와 재킷을 깔끔하게 차려입고 얼마 전 짧게 깎은 짙은 머리칼을 빗어 넘긴 모습으로 관중들을 거만하게 노려보았다. 하지만 그의 시선은 동요하고 있었다. 그는 무죄를 주장했고, 실제로 그가 살인에 가담했다는 직접적인 증거는 없었다. 그러나 노체리노는 유죄 선고를 받아 낼 정황 증거가 충분하다고 확신했다. 사비오니도 체라울로를 살인범으로 지목했다. 그 옆에는 대머리에 59살인 치칼라가 구부정한 자세로 앉아 있었다. 지나치게 큰 재킷은 옷걸이에 걸린 옷처럼 그의 어깨에 걸쳐 있었다. 피자 가게를 운영하다가 파산한 그는 교도소에서 2년을 보내면서 체중이 14킬로 넘게 줄었고 머리카락도 대부분 빠졌다.

철창 위로 보이는 몇 개의 반투명 미늘 무늬 창만이 법정의 유일한 환기 장치였다. 벽과 천장을 뒤덮은 흰색 스투코는 지저분하게 변색되어 벽에 장식된 2미터 높이의 검은 대리석 타일과 대조를 이뤘다. 파트리치아는 몇 줄 앞에 앉은 피나 쪽을 쳐다보지 않았다. 머리를 빨갛게 염색한 피나는 호랑이 무늬 면 스웨터 차림이었다. 그녀는 가끔 몸을 숙여 피에트로 트라이니(Pietro Traini) 변호사와 귓속말을 나눴다. 비대한 몸집의 트라이니 변호사는 파란색 돋보기를 휘두르며 변론하는 것으로 유명했다. 그의 버릇은 밀라노 법원의 다른 변호사들 사이에서 일종의 유행이 되기도 했다. 애드리 호텔 직원이었던 사비오니는 머리에 젤을 바르고 검은색 정장과 분홍 셔츠 차림으로 남자 경비원들에 둘러싸여 파트리치아의 오른쪽 뒷좌석에 시무룩하게 앉아 있었다.

벨이 울리고 레나토 루도비치 사메크(Renato Ludovici Samke) 판사가 입장하자 소곤거리던 소리가 잦아들었다. 사메크 판사와 그의 뒤를 따르는 배석 판사 모두 관례대로 검은 법복에 흰색 가슴 장식을 달았다. 두 판사가 입장한 다음 정장을 입은 민간 배심원 6명과 예비 배심원 2명이 이탈리아 국기처럼 흰색, 빨간색, 녹색의 줄무늬 장식 띠를 한쪽 어깨에 걸치고 들어왔다. 배심원들은 법정 앞쪽 연단을 둥그렇게 둘러싼 나무 칸막이 뒤로 줄지어 들어갔다. 사메크 판사가 앉은 뒤로 배심원들이 자리를 잡았다. 재판이 진행되는 동안 출입이 금지된 TV 카메라맨과 기자들을 경비원들이 내보내는 사이 코끝에 돋보기를 걸친 사메크 판사가 준엄한 표정으로 법정 안을 둘러보았다. 재판을 시작하려는 순간 휴대전화가 울리는 바람에 방해를 받은 사메크 판사가 좌중을 노려보며 말했다.

"한 번 더 전화기가 울리면 그 전화기 소지자를 법정에서 내보내겠습니다."

살짝 벗겨진 이마에 호리호리한 몸집을 한 사메크 판사는 차분하고 냉정했다. 그는 1988년 철통같은 보안으로 이름난 산 비토레 교도소의 지하 방공호 법정에서 마피아 두목이자 수많은 살인 전과가 있는 위험인물 안젤로 에파미논다의 재판을 주재하면서 밀라노 법조계에 이름을 알리기 시작했다. 그날 법정에서는 조직원들의 증언을 막기 위한 총격 사건이 발생해 국가헌병 2명이 큰 부상을 입었다. 총소리에 겁먹은 변호인과 법무 보조원들이 탁자와 의자 밑에 몸을 숨겼을 때 사메크 판사는 벌떡 일어나 질서를 지키라고 고함쳤다. 그날 총격 사건이 벌어졌을 때 자리에서 일어난 사람은 그가 유일했다. 사메크는 이탈리아가 그 같은 폭력 행위 따위에 동요되지 않는다는 사실을 보여 주기 위해 몇 시간 휴정한 다음 오후에 다시 재판을 시작했다.

구찌 살인사건 재판 동안 사메크는 감독자 역할을 철저히 수행했다. 일주일에 사흘이라는 혹독한 재판 일정을 지켰으며, 재판이 없는 날에는 배심원단을 만나 증거를 검토했다. 이탈리아의 사법 관행에 따라 배심원단과 상의해 판결을 내려야 했던 사메크는 재판 내내 명확한 정보를 요구했다. 성의 없는 질문이나 두루뭉술한 대답을 그냥 넘기지 않았고 직접 증인 신문에 끼어드는 일도 많았다. 피고 측 변호인들은 그가 밀라노 법정 판사석 뒷벽에 새겨진, 어리석은 인물 두 명에게 단호한 표정으로 가죽 회초리를 휘두르는 성 암브로시오의 모습과 비슷하다며 숙덕거렸다.

주가 바뀌고 달이 바뀌며 재판이 진행되는 동안 이탈리아 사람들은 신문과 TV로 구찌 재판의 이모저모를 빠짐없이 접했다. 재판 보도는 사랑과 환멸, 권력, 부, 사치, 질투, 탐욕을 골고루 담은 한 편의 서사시 같았다. 마치 '이탈리아의 O. J. 심슨(O. J. Simpson) 재판'이라 해도 과언이 아니었다. 파트리치아의 변호인 데돌라는 이렇게 주장했다.

"이건 살인사건이 아닙니다. 이것에 비하면 그리스 비극도 동화에 불과할 정도입니다."

재판을 통해 마우리치오와 파트리치아의 열정적이고 사치스러운 삶과 피나와 공범 3명의 단조롭고 누추한 삶이 얼마나 대조적이었는지 극명하게 드러났다. 게다가 O. J. 심슨 재판에서 미국 사회의 인종 분열이 부각되었듯이 구찌 재판에서도 이탈리아의 빈부 격차가 부각되었다. 파트리치아가 법정에 등장하기 며칠 전 이탈리아 사람 수백만 명은 TV로 검찰과 변호인의 모두진술을 넋을 잃고 시청했다. 사메크 판사는 모두진술과 최후 변론은 TV로 촬영하도록 허락했다. 카메라를 마주보고 법정 왼편에 선 가

무잡잡한 미남 검사 노체리노는 파트리치아가 집착이 심하며 증오심으로 가득한 이혼녀라고 말하면서 수백만 달러에 달하는 전 남편의 재산을 손에 넣기 위해 아무렇지도 않게 살인을 지휘한 냉혈인으로 묘사했다.

"저는 파트리치아 마르티넬리 레자니가 마우리치오 구찌의 살해 준비와 실행 비용을 정했고, 착수금과 잔금 등을 여러 차례 나눠 지급했다는 것을 입증하고자 합니다."

그의 목소리가 천장이 높은 법정에 울려 퍼졌다. 법정 오른편에 선 변호인 페코렐라와 데돌라는 파트리치아가 마우리치오를 극단적으로 증오했다는 사실은 부인하지 않았고, 그 사실을 여기저기 떠벌리고 다녔다는 것도 시인했다. 대신에 부유하지만 병든 파트리치아가 오랜 친구 피나 아우리엠마의 꼭두각시였다는 주장을 펼쳤다. 파트리치아가 아니라 피나가 살인을 계획했고 나중에는 침묵을 대가로 돈을 요구하며 협박했다는 주장이었다. 살해 직전 파트리치아가 보낸 1억 5,000만 리라(약 1억 1,000만 원)는 어려움에 처한 피나에게 빌려준 돈이라고 주장했다. 더욱이 살해 뒤에 보낸 4억 5,000만 리라(약 3억 원)는 피나가 파트리치아 모녀를 무자비하게 협박해서 뜯어낸 돈이라고 강변했다. 데돌라는 낭랑하고 우렁찬 목소리로 파트리치아가 1996년 자필 서명한 세 줄짜리 편지가 그 증거라고 말했다. 그녀가 밀라노의 어느 공증인에게 맡긴 편지의 내용은 이렇다.

"나는 내 자신과 가족의 안전을 위해 수억 리라를 보내야 했다. 내게 무슨 일이 생긴다면 그것은 내가 내 남편을 살해한 사람을 알고 있기 때문일 것이다. 그 살인범의 이름은 피나 아우리엠마다."

그러나 데돌라의 명쾌한 변론과 겁에 질려 쓴 것 같은 파트리치아의 편지도 그 음산한 화요일 아침 검찰 측이 퍼부은 반격을 막지는 못했다. 우선 도주용 차량을 운전한 오라치오 치칼라가 범행 사실을 시인했다. 피고 측 전략은 치칼라가 시칠리아 사투리로 털어놓은 기괴한 이야기에 빛을 잃었다. 그는 교육 수준이 낮은 사람 특유의 문법에 어긋난 단순한 말투로 파트리치아를 '원한에 찬 공주'로, 자기 자신은 '거지'로 묘사했다.

푸른색 모자를 쓴 교도관들이 철창에서 치칼라를 풀어 주자 그는 40대 초반의 변호인 옆에 섰다. 두 사람은 어울리지 않는 조합이었다. 매력적인 데다 젊은 나이에 이미 성공적인 이력을 쌓은 치칼라의 변호인은 낭랑한 목소리와 짙은 머리칼, 아름다운 외모, 딱 붙는 정장 차림으로 좌중을 휘어잡았다. 반면 등이 굽고 여윈 치칼라는 도박 빚과 살인 혐의로 가정을 파탄 낸 인물이었다. 그는 이빨 빠진 입을 열어 어느 날 사비오니가 찾아와 남편을 죽이고 싶어 하는 여자가 있다는 이야기를 했다고 말했다.

"처음에 저는 관심 없다고 했어요. 하지만 다음 날 사비오니가 다시 부탁해서 하겠다고 했죠. 다만 비쌀 거라고 했어요. '얼마면 돼?'라고 물어서 '5억 리라(약 3억 4,000만 원)'라고 대답했어요."

자신에게 쏟아지는 시선에 으쓱해진 그가 흥분한 목소리로 말했다.

"다음에 그 사람들이 왔을 때 하겠다고 했어요. 절반은 선금으로, 나머지 절반은 일이 끝난 뒤에 받기로 했죠."

고리대금업자들에게 시달리던 치칼라는 1994년 가을 피나와 사비오니가 준 1억 5,000만 리라를 덥석 받았다. 노란 봉투에 담긴 돈은 여러 번에 걸쳐 지급되었다. 그러나 그는 살인할 사람을 구하지 않았다. 피나와 사비오니가 계속 재촉하자 '고용한 살인 청부업자가 체포됐다'거나 '도주용으로 훔친 차량이 없어졌다'는 등의 거짓 핑계를 대며 시간이 더 필요하다고 둘러댔다.

"그 사람들이 돈을 돌려 달라고 했을 때 이미 청부업자에게 줬기 때문에 돌려받을 수 없다고 말했어요."

치칼라가 손짓하며 말할 때마다 헐렁한 윗도리가 아무렇게나 펄럭였다. 맨 뒤에서 무표정하게 진술을 듣던 파트리치아는 갑자기 아픈 기색을 드러냈다. 그러자 옆에 있던 간호사가 서둘러 작은 가죽 가방에서 주사기를 꺼내며 맞겠느냐고 물었다. 파트리치아는 뇌수술을 받은 뒤로 발작을 억제하는 처방약을 복용해왔다. 변호인들은 응급 상황에 대비해 재판 때 간호사가 그녀를 돌보도록 했다. 흰색 유니폼을 입은 조력자가 있으면 재판이 유리한 방향으로 전개될지 모른다는 기대도 있었다. 강인한 모습을 보이는 데 익숙해진 파트리치아는 주사를 맞지 않겠다고 했다.

"아뇨, 싫어요."

몸을 숙인 그녀는 얼굴에 티슈를 갖다 대며 조그맣게 말했다.

"물만 좀 주세요."

치칼라는 파트리치아와 직접 만났을 때의 일도 털어놓았다. 그 만남이 살인 음모가 본격화된 계기였다고도 술회했다. 그에 따르면 피나는 1994년 말까지 파트리치아에게서 받은 정보와 돈을 사비오니와 자신에게 전달하는 역할을 했으며, 파트리치아는 피나만 상대했다고 말했다. 그러나 1995년 초부터 파트리치아가 피나를 배제하고 직접 나서기 시작했다. 계획이 실행되지 않는 것에 짜증이 났고 사기당했을지 모른다고 의심했기 때문이었다.

"아마 1월 말이나 2월 초였을 겁니다. 몹시 추운 오후에 집에 있는데 초인종이 울렸습니다. 사비오니가 찾아온 거였어요. 아래층으로 내려갔더니 그가 작은 목소리로 말하더군요. '그 부인이 지금 차에 있어!'라고요."

법정의 왼편 앞쪽에 앉아 있던 노체리노가 질문을 던졌다.

"그때 그녀가 왜 차에 있는지 사비오니에게 물었습니까?"

"아뇨, 아무 질문도 하지 않았습니다. 전 그냥 사비오니의 차 뒷좌석에 탔어요. 앞좌석에는 선글라스를 낀 부인이 있었죠. 그 부인은 자신이 파트리치아 레자니라고 말했어요."

그제야 치칼라는 그녀가 전 남편 마우리치오 구찌를 죽이고 싶어 하는 여자임을 알았다고 말했다.

"제가 뒷좌석에 타니까 그 부인이 뒤를 돌아보며 지금까지 돈을 얼마나 받았는지, 그 돈은 어떻게 됐는지, 어느 단계에 있는지 묻더군요. 그래서 저는 1억 5,000만 리라를 받았고, 사람을 구했지만 그 사람이 체포돼서 돈과 시간이 더 필요하다고 대답했어요. 그러자 부인이 '돈을 더 줄 테니 이번에는 무슨 일이 있어도 그 일을 처리하세요. 시간이 얼마 남지 않았단 말이에요. 그 남자가 곧 항해를 떠날 텐데 그렇게 되면 몇 달 동안 돌아오지 않을 거라고요'라고 일러 주었어요."

치칼라는 숨을 깊게 들이쉬더니 물을 달라고 했다. 그런 다음 사람들의 반응을 확인하려는 듯 법정 안을 둘러보며 말했다.

"여기서부터 중요한 일이 시작돼요."

의자에 편히 기대앉은 노체리노가 한 손을 흔들며 재촉했다.

"계속하세요."

"그 부인은 돈이 중요한 게 아니라 일이 성공하는 게 중요하다고 했어요. 그래서 제가 물었죠. '제가 직접 나섰다가 잡히면 저는 어떻게 되는 건가요?' 부인은 '이봐요, 치칼라 씨. 당신이 잡혀도 내 얘기만 하지 않는다면 감방 벽을 금으로 도배해 줄게요'라고 했어요. 그래서 제가 '저는 아이가 다섯입니다. 제가 그 아이들의 인생을 망쳤어요. 저 때문에 그 아이들은 길거리에 나앉았죠'라고 했더니 부인이 '당신은 물론 아이들과 손주들까지 쓰고도 남을 돈이 생길 거예요'라고 말했어요."

치칼라는 고개를 들어 판사와 검사, 변호인에게 다음 할 말에 대해 미리 용서를 구했다. 그런 다음 느릿느릿 말을 이었다.

"저는 제 가족과 아이들의 망가진 삶을 단번에 회복시킬 기회를 잡았다고 생각했어요. 그때부터 저는 그 일을 하기로 단단히 마음먹었죠. 언제 어떻게 할지는 생각하지 않았어요. 하지만 반드시 해야겠다고 결심했어요!"

그 후 몇 주에 걸쳐 피나가 날마다 전화를 걸어 마우리치오의 소재에 대한 정보를 끊임없이 알렸다. 치칼라는 눈알을 굴리며 그 때의 기억을 떠올렸다.

"날마다 마우리치오 구찌의 근황에 대해 알려줬어요."

살인을 직접 실행에 옮길 용기가 없었던 그는 잘 아는 잔챙이 마약상에게 살인을 맡기기로 결심했다. 판사 사메크가 의심스러운 눈초리로 내려다보고 노체리노가 깜짝 놀라 쳐다보자 치칼라는 살인을 실행에 옮긴 사람은 베네데토 체라울로가 아니며 아직 잡히지 않은 진짜 살인자의 이름을 입에 올리기 무섭다고 말했다. 아무도 그의 말을 믿지 않았지만 달리 취할 수 있는 조치가 없었다. 이탈리아에서는 증인대에 선 피고인이 진실만을 말할 의무가 없다. 3월 26일 일요일 밤에 마우리치오가 뉴욕 출장에서 돌아왔다는 사실을 알게 된 피나는 치칼라에게 전화해서 "물건이 도착했어요"라는 말을 전했다. 그들끼리 정한 암호였다. 다음 날 아침 치칼라는 살인자를 태우고 팔레스트로 거리로 가서 마우리치오를 기다렸다.

"45분 정도 기다렸을 때 그 남자가 베네치아 대로에서 길을 건너는 것을 봤어요."

치칼라는 그때 시계를 보았더니 8시 40분이었다고 말했다.

"살인자가 저에게 '저 남자요?'라고 물었어요."

피나가 준 마우리치오의 사진을 보았기 때문에 경쾌하게 길을 걷는 그를 바로 알아보았다.

"제가 '그래, 저 남자야'라고 알려줬어요. 그러자 살인자가 차에서 내려 출입문 옆으로 가더군요. 그러고는 번지수를 보는 척했죠. 저는 차를 이동시키려 했는데, 그때 그 일이 일어난 거예요. 저는 아무것도 보고 듣지 못했어요. 차를 몰고 있었으니까요. 살인자가 서둘러 차에 탔고 저는 주말에 자세히 알아 둔 도주로를 통해 아르코레로 갔어요. 살인자는 자기가 수위까지 죽인 것 같다고 말했어요. 그 사람을 내려 주고 집에 가니까 아침 9시였어요."

몇 주 뒤 증인대에 선 피나는 나폴리 사람답게 냉소적이고 느린 어조로 파트리치아가 마우리치오의 살해를 부탁한 경위를 설명했다.

"우리는 자매나 마찬가지였어요. 그녀는 무슨 일이든 제게 모든 걸 털어놨죠."

피나는 호랑이 무늬 대신 큰 장미 무늬 스웨터를 입고 있었다.

"그녀는 직접 그 일을 하고 싶어 했지만 용기가 없었어요. 이탈리아 북부 사람의 선입견에 사로잡힌 그녀는 남부 사람은 누구나 카모라(Camorra, 나폴리 인근에서 활동하는 이탈리아 4대 범죄 조직)와 연줄이 닿아 있는 줄 알고 있더군요."

그녀는 눈을 크게 뜬 채 나폴리의 마피아를 언급했다. 피나가 밀라노에서 알고 지내는 사람은 파트리치아를 제외하면 친구 남편인 사비오니뿐이었다. 밀라노에서 파트리치아의 자서전 집필을 돕던 피나는 파트리치아가 쉴 새 없이 자신을 압박했다고 말했다.

"그녀와 지내면 하루가 금방 갔어요. 날마다 저를 들볶았지요. 그래서 저도 사비오니를 들볶았고 사비오니는 치칼라를 괴롭혔어요. 저는 그런 상황을 더는 견딜 수 없었어요!"

피나는 마우리치오가 살해된 뒤 정신적으로 무너졌고 우울감과 불안감이 커진 데다 망상에 시달렸다고 진술했다. 마우리치오의 장례식이 있기 며칠 전 그녀는 정신을 수습하고 파트리치아에게 전화했다.

"좋은 소식 있다며?"

"응. 아주 잘 지내. 드디어 내 자신과 화해했어. 마음도 정말 편해졌어. 내 딸들도 마찬가지야. 이번 일 덕분에 엄청난 평화와 기쁨을 얻었어."

반면 피나는 너무 괴롭고 우울해진 나머지 신경안정제를 복용했으며, 자살까지 생각했다. 그러나 파트리치아는 냉정하게 대응했다.

"정신 차려, 피나. 과장하지 말고! 이제 다 끝났으니까 조용히 있어. 처신 제대로 하고. 잠수 타지 마."

로마로 이사한 피나는 파트리치아가 매달 보내주는 300만 리라(약 175만 원)로 살았다. 그러다가 감정을 주체하지 못하고 친구에게 속마음을 털어놓았다. 파트리치아와도 잘 아는 친구였다.

"파트리치아가 내 불행을 매수했어."

친구는 충격을 받았다. 이 말은 법정뿐만 아니라 신문 지면에서도 화제가 됐다. 피나는 재판 내내 자신에게 죄를 뒤집어씌우려 애쓰는 파트리치아를 보며 점점 더 화가 났다. 그래서 복수할 마음으로 판사에게 즉석 발언을 하게 해 달라고 부탁했다. 사메크 판사가 허락하자 피나는 자리에서 일어나 파트리치아의 어머니 실바나도 이 살해 계획을 알고 있었다고 폭로했다. 실바나가 마우리치오 살해 몇 달 전에 마르첼로라는 남자와 접촉했었다고 한 것이다. 그녀에 따르면, 마르첼로는 밀라노에서 세력을 키우고 있는 중국계 갱단과 연줄이 있는 인물이었다. 그러나 실바나가 제시한 금액에 갱단 사람들이 응하지 않았기 때문에 아무 일도 일어나지 않았다. 노체리노 역시 파트리치아가 체포되고 나서 그녀의 이복 오빠 엔초가 보낸 편지를 받았다.

도미니카공화국의 산토 도밍고로 오래전 이주한 엔초는 실바나가 파트리치아의 공범일 뿐 아니라 몇 년 전에 유산을 노리고 아버지의 죽음을 앞당겼다는 혐의도 제기했다. 오랫동안 경제적 문제에 시달리던 엔초는 아버지의 유산을 더 많이 차지하기 위해 실바나에게 소송을 걸었지만 재판에서 졌다. 실바나는 의붓아들이 제기한 무시무시한 혐의를 필사적으로 부인하면서 죽은 남편이 자신의 보살핌 덕분에 의사들의 예상보다 몇 달이나 더 오래 살았다고 주장했다. 언론들이 '모녀 범죄자 팀'이라는 제목의 보도를 쏟아내자 검찰은 실바나의 혐의에 대해서도 정식 수사를 시작했다. 그러나 피나가 제기한 혐의를 입증할 증거는 나오지 않았다. 실바나는 사위와 남편의 죽음에 개입하지 않았다며 극구 부인했다.

몇몇 증인들의 증언도 변호인과 언론인, 법무 보조원, 날마다 구경하러 온 방청객들로 이뤄진 법정을 흔들어놓았다. 시칠리아 출신 경비원 오노라토는 뛰어난 관찰력으로 현장에서 목격한 일을 자세히 묘사해 모든 사람들의 등골을 서늘하게 했다. 그는 살인이 벌어진 순간부터 자신의 부상과 생존 과정에 이르는 내용을 자세히 들려주었다. 구찌 가문의 가정부였던 알다 리치의 증언도 모든 사람을 충격에 빠뜨렸다. 마우리치오가 살해당한 날 아침 괴로운 마음으로 일하러 갔는데, 집 안에는 클래식 음악이 크게 틀어져 있었고 파트리치아는 누군가와 차분한 목소리로 통화 중이었다고 폭로했다. 마우리치오의 영매였던 안토니에타 쿠오모는 악령으로부터 그를 보호하려 했고 그의 사업 계획을 듣고 자신감을 북돋아 주었다고 말했다. 마우리치오의 유산 일부를 받으려 했지만 성공하지 못한 파올라 프란키는 그와의 연애와 결혼 계획을 자세하게 들려줘 사람들의 귀를 즐겁게 했다. 그녀는 재판이 벌어지는 4시간 내내 한 번도 파트리치아에게 시선을 주지 않았다. 반면 변호인들 사이에 앉아 있던 파트리치아는 그녀를 무심하게 바라보았다.

마우리치오는 죽을 당시 그 누구와도 결혼한 상태가 아니었지만 파올라와 파트리치아 모두 재판 내내 그를 '남편'이라 지칭했다. 파올라의 귓불과 손가락에는 자그마한 다이아몬드가 요란하지 않게 반짝거렸다. 화려한 자수가 수놓인 리넨 정장을 입은 그녀는 증언하는 동안 햇볕에 그을린 긴 다리를 꼬았다 풀었다 했다. 그럴 때마다 법정의 모든 눈이 늘씬한 다리와 도발적으로 대롱거리는 금 발찌에 쏠렸다. 증언이 끝난 후 법정 밖에서 만난 기자들에게 그녀는 이렇게 말했다.

"파트리치아는 이제 사람들의 기억에서 완전히 사라지는 걸 기다리는 수밖에 없겠네요."

재판이 여름까지 이어지면서 경찰관과 수사관들도 증인으로 불려 나왔다. 그들은 마우리치오와 업무적으로 알고 지내던 사람들 중에서 범인을 찾다가 실패했던 과정을 이야기했고, 2년 후 카르파네제와 닌니 형사 덕분에 돌연 사건을 해결하게 된 일화 등에 대해 증언했다. 그밖에도 몬테카를로 은행 관계자가 회색 정장을 입고 출두해 파트리치아의 밀라노 아파트로 직접 돈뭉치를 전달했다고 증언했다. 파트리치아는 그 돈은 피나에게 빌려준 것이라고 주장했다. 그러자 피나의 변호인단 중 한 명인 파올로 트로피노가 큰소리로 물었다.

"빌려준 돈이라면 왜 은행 계좌로 이체하라고 하지 않은 건가요?"

기름기가 흐르는 깡마른 몸집의 그는 어깨까지 오는 머리칼과 환한 미소가 특징인 나폴리 사람이었다. 파트리치아가 태연하게 반박했다.

"저는 은행 계좌로 이체할 줄 몰라요. 돈 거래는 현금으로만 하거든요."

파트리치아의 주치의는 그녀의 지병에 대해 설명했고, 변호인들은 이혼 합의서 조항을 조목조목 밝혔다. 친구들은 복수심에 찬 파트리치아가 마우리치오에 대해 늘어놓았던 비난들을 솔직히 증언했다. 증인들이 증인석에 나올 때마다 파트리치아는 별 반응 없이 들으며 힘을 비축했다. 드디어 7월에 증언대에 섰을 때 그녀는 산 비토레 미용실에서 머리와 발톱을 깔끔하게 손질하고 세련된 연두색 고급 정장을 입고 나왔다. 그녀는 사흘 동안 이어진 변론에서 침착한 태도로 제기된 혐의를 모두 부인했다. 예전의 당당하고 예리하며 거만하고 완고한 태도를 거의 회복한 듯 보였다.

법원이 지정한 정신건강의학과 전문의 3명이 때로 노체리노보다 더 차분해 보이는 그녀를 관찰한 다음 정신은 온전하지만 자기애성 성격장애가 있는 것 같다고 진단했다. 자기중심적이고 쉽사리 분노하며 본인의 중요성을 과도하게 인식하기 때문에 자기 문제도 과장한다는 것이었다. 그녀는 죄책감을 느끼지 않는 걸까? 두 딸에게도 아버지를 살해했다는 사실을 털어놓기 꺼렸을까? 피나가 자기 멋대로 처리한 걸까? 전문의들은 빠른 판단을 내렸다. 의사 중 한 명은 이렇게 증언했다.

"저희는 그녀가 왜 그런 행동을 했는지 이해할 수 있지만 용납할 수는 없습니다. 자신이 모욕당했다는 이유만으로 남을 죽여서는 안 됩니다!"

증인대에 선 파트리치아는 마우리치오와 결혼한 뒤로 13년 동안은 더없이 행복했다고 술회했다. 하지만 그가 아내보다 사업 고문들의 조언을 더 중요하게 듣기 시작하면서 결혼 생활이 파탄 났다고 주장했다.

"사람들은 우리를 세상에서 가장 아름다운 한 쌍이라고 했어요. 하지만 로돌포 구찌가 세상을 떠난 뒤 아버지의 말을 따르던 남편이 스스로 결정을 내리기 시작하면서 주변에 조언자들이 계속 늘어났지요."

파트리치아는 넌더리를 내며 말을 이었다.

"그 사람은 방석에 남은 흔적처럼 마지막으로 조언한 사람의 말에 따라 수시로 변했어요!"

그 말에 덧붙여 별거와 이혼 합의에 대해서도 설명했다. 별거와 이혼을 거치는 동안 그에게서 매달 수억 리라를 받기는 했지만 재산에 대한 소유권은 얻지 못했다고 했다. 그러면서 그에 대해 냉소적으로 비꼬았다.

"그 사람은 닭 뼈만 줬어요. 그러면 닭고기는 주지 않아도 되니까요."

그녀에 따르면, 두 사람이 이혼하기 전 생 모리츠 집에 두 딸과 함께 찾아간 적이 있었는데 자물쇠를 바꿔 놓는 바람에 문을 열 수 없었다고 했다.

"저는 기분이 조금 상해서 경찰을 불렀어요. 경찰이 확인한 뒤 들여보내줬지만 나는 자물쇠를 새로 바꿨어요. 그런 다음 마우리치오에게 전화했지요. '이게 어떻게 된 일이야?' 그랬더니 '부부가 별거하면 자물쇠가 바뀐다는 사실도 몰랐어?'라고 하더군요. 저는 '글쎄, 나도 지금 자물쇠를 바꿨으니까 다음에는 누가 바꾸는지 한번 두고 보자!'라고 받아쳤죠."

그렇게 시간이 지나면서 마우리치오에 대한 증오가 집착에 가까울 정도로 커졌다고 인정했다. 노체리노가 물었다.

"어째서죠? 그가 당신을 떠나 다른 여자와 만났기 때문인가요?"

그녀는 잠시 침묵하다가 부드러운 어조로 대답했다.

"더는 그를 존경할 수 없었기 때문이에요. 그는 내가 결혼했을 때 생각하던 그 남자가 아니었어요. 그때처럼 이상을 품은 사람이 아니었죠."

그녀는 남편이 알도에게 했던 처사와 그의 가출, 사업 실패에 자신이 얼마나 큰 충격을 받았는지 들려주었다.

"그렇다면 당신이 그와의 통화 내용과 딸들과의 만남을 일기에 일일이 기록한 이유는 뭔가요?"

노체리노는 질문을 던지면서 그 기록의 일부를 법정 사람들에게 들려주었다.

"7월 18일, 마우가 전화한 다음 사라졌다. 7월 23일, 마우가 전화했다. 7월 27일, 마우가 전화했다. 9월 10일, 마우가 나타났다. 9월 11일, 마우가 전화했고 딸들을 만났다. 우리는 이야기를 나눴다. 9월 12일, 마우가 극장에 갔다. 9월 16일, 마우가 전화했다. 9월 17일, 마우가 학교에 가서 딸들을 만났다."

파트리치아는 "아마 달리 할 일이 없었기 때문일 거예요"라고 힘없이 대답했다. 노체리노는 마우리치오의 편을 들었다.

"적어도 이 일기만 보면 마우리치오가 가정을 버리거나 딸들을 방치하지는 않았던 것 같습니다."

그녀는 이렇게 설명했다.

"마우리치오는 가끔씩 엄청난 관심을 보일 때가 있었어요. 딸들에게 전화해서 '좋아, 오늘은 너희를 극장에 데려갈게'라고 말해 놓고 아이들이 극장에 가서 기다려도 나타나지 않곤 했어요. 그런 다음 밤에 전화해서 '사랑하는 딸들아, 미안하다. 약속한 걸 잊었어. 내일 만날까?'라고 했죠. 그런 일이 계속 반복됐어요."

"마우리치오가 죽은 날 '낙원'이라고 쓴 건 뭔가요? 그리고 살인사건 열흘 전 '돈으로 사지 못하는 범죄는 없다'라고 쓴 건 어떻게 설명할 건가요?"

"회고록을 쓰기 시작한 뒤로 멋져 보이거나 흥미로운 인용구와 문장들을 기록해 뒀어요. 다른 이유는 없어요."

노체리노는 계속 따지고 들었다.

"그렇다면 일기에 협박 사실을 쓴 건 뭐죠? 그에게 '잠시도 평안을 허용하지 않겠다'는 내용의 녹음테이프는 왜 보낸 건가요?"

파트리치아의 짙은 눈이 가늘어졌다. 노체리노는 계속 압박을 가했다.

"병원에 입원했을 때 의사들이 당신에게 '살날이 며칠밖에 남지 않았다'고 했었죠. 당신 어머니가 아이들과 함께 마우리치오를 찾아가 '자네 아내가 죽어가고 있어'라고 알려주자 그는 '지금 너무 바빠서 시간을 낼 수 없어요'라고 했다면서요. 그래서 두 딸이 엄마가 수술실로 실려 가는 모습을 지켜봐야 했고요. 그 아이들은 당신이 수술실에서 살아 나올지도 확신할 수 없었죠. 그런 일을 겪으면서 어떤 기분이 들었나요? 그리고 파올라와의 관계는 어땠나요?"

"마우리치오는 저와 이야기를 나눌 때마다 '이봐, 내가 당신과 완전 딴판인 여자를 만나는 거 알아? 키가 크고 금발과 초록 눈동자에 나를 항상 세 걸음 뒤에서 따라오는 여자야!'라고 했어요. 그에게 그런 여자가 한둘이 아니었다는 사실을 알고 있었어요. 저는 달랐죠."

"두 사람이 결혼할까 봐 걱정했나요?"

"아뇨, 마우리치오가 '우리가 이혼하더라도 난 다른 여자와 재혼할 생각은 없어. 실수로라도 그런 짓은 안할 거야!'라고 했기 때문이에요."

그녀는 남편이 죽고 며칠 지난 뒤 피나를 만났을 때 살해 공모에 대한 이야기를 처음 들었다고 주장했다. 그날 두 사람은 분홍색 홍학이 잔디 위를 우아하게 걷는 모습을 보기 위해 베네치아 대로 뒤에 있는 인베르니치 공원으로 갔다. 파트리치아는 그날의 대화를 법정에 모인 사람들에게 들려주었다.

"그날 피나는 이렇게 말했어요. '우리가 준 멋진 선물이 네 마음에 드니? 마우리치오가 없어졌으니 넌 이제 자유야. 하지만 사비오니와 나는 무일푼이니 네가 황금알을 낳는 거위가 돼줘야 해'라고요."

파트리치아는 알레그라가 태어났을 때 옆을 지켰고 남편과의 이별과 뇌수술을 이겨내도록 도와줬으며 25년 넘게 친구로 지낸 피나가 '거만하고 난폭하며 상스럽게' 변했다고 주장했다. 그리고 그녀가 마우리치오를 죽인 대가로 5억 리라를 주지 않으면 가만두지 않겠다며 자신과 두 딸을 위협했다고 항변했다.

"저는 그녀에게 질리고 말았어요. 정신이 나간 거 아니냐고 물어보기도 하고 경찰에 신고하겠다고도 했죠. 피나는 그렇게 하면 저를 먼저 고발할 거라고 했어요. '네가 마우리치오를 죽일 사람을 찾는다고 떠들고 다닌 걸 모르는 사람은 없어'라면서요. 피나는 '잊지 마. 이미 한 명이 죽었어. 세 명(파트리치아와 두 딸) 더 죽이는 건 식은 죽 먹기야'라고 하면서 5억 리라를 내놓으라고 요구했어요."

그 말이 끝나자 몇 줄 뒤에 앉은 피나가 코웃음을 치며 두 팔을 활짝 벌리고는 넌더리난다는 듯 고개를 저었다. 노체리노가 질문했다.

"왜 가만히 있었나요? 경찰에 신고하지 않은 이유가 뭐죠?"

파트리치아는 뻔한 사실을 물어본다는 표정으로 그를 바라보며 태연하게 대답했다.

"스캔들이 터질까 봐 걱정됐어요. 바로 지금처럼요. 게다가 남편의 죽음은 제가 아주 오랫동안 원했던 거였어요. 그가 죽었으니 그 정도 금액은 치러도 마땅하다고 생각했어요."

노체리노는 그녀에게 마우리치오가 죽고 난 뒤 몇 달 동안 피나와 거의 매일 통화했고 함께 크레올을 타고 마라케시로 휴가를 떠난 사실을 일깨워줬다.

"당신들의 관계는 아주 가까운 친구 그 자체였어요. 협박하고 협박당하는 관계가 아니라요."

파트리치아는 눈 한 번 깜박이지 않고 반박했다.

"피나는 전화가 감청되는 게 분명하다며 저한테 긴장한 것처럼 보이면 안 된다고 했어요. 우리가 여느 때처럼 평범하게 행동해야 한다고 했죠."

9월에는 딸을 변호하기 위해 실바나가 증인대에 올랐다. 갈색 바지와 그에 어울리는 단순한 갈색 체크 재킷을 입고 붉은 머리칼을 부풀려 뒤로 빗어 넘긴 모습으로 나타났다. 실바나의 말에 따르면 파트리치아는 '피나의 손에 놀아나는 꼭두각시'였다.

"피나가 모든 걸 결정했어요. 저녁은 뭘 먹을지, 휴가 때 어디로 갈지, 모두 그녀가 정했어요."

실바나는 은색 장식으로 꾸민 지팡이에 마디진 손가락을 올려놓은 채 짙은 갈색 눈을 흐릿하게 뜨며 말했다.

"피나가 내 딸의 뇌를 비워 버렸어요."

그러면서 딸이 남편을 죽일 사람을 찾는다는 말을 공공연하게 하고 다녔다는 사실도 인정했다. 그러나 그 말을 대수롭게 여기지 않았다고 했다.

“마치 ‘산타 암브뢰스에 차 마시러 갈래?’ 그런 말처럼 실없이 하는 말로 생각했어요. 그래서 심각하게 받아들이지 않았죠. 안타깝게도요….”

사메크 판사가 돋보기 너머로 실바나를 내려다보며 물었다.

“‘안타깝게도’라니요? 어째서 그렇죠?”

“그런 한심한 말을 하고 다니지 못하도록 단속하지 않았으니까요.”

사메크가 생각에 잠긴 표정으로 말했다.

“음, 그래서 ‘안타까웠다’니… 납득이 가지 않는군요.”

10월 말 노체리노는 이틀에 걸친 최후 논고를 시작했다. 그는 복잡한 재판 과정의 세부 사항을 하나도 빠뜨리지 않았다. 사메크 판사는 돋보기를 벗고 등받이 높은 가죽 의자에 깊숙이 앉아 있었다. 법정 앞쪽 증인석은 비어 있었고 TV 카메라 한 대가 노체리노를 촬영했다.

“파트리치아 레자니 마르티넬리는 마우리치오 구찌 살해를 명령했다는 사실을 완전히 부인했습니다.”

노체리노의 목소리가 천장이 높은 법정 안에 울려 퍼졌다.

“그녀는 자신에게 유리하게 진술했습니다. 살인은 피나 아우리엠마의 일방적인 선물이었고 그녀로부터 대가를 치르라는 협박을 받았다고 주장했습니다. 이것이 그녀의 변명입니다. 그러나 그 변명을 믿을 수는 없습니다. 파트리치아는 상류사회 여자였고 남편 때문에 자존심에 큰 상처를 입었습니다. 그가 죽어야만 그 상처가 아물 것 같았겠죠!"

그는 법정을 향해 외쳤다.

"그가 죽자 마침내 자신이 평안을 얻었다고 말하며, 일기에 '낙원'이라고 썼죠. 이것만 봐도 그녀의 감정이 어땠는지 알 수 있습니다."

노체리노는 최후 논고에서 피고 5명에게 이탈리아의 최고형인 종신형을 구형했다. 이에 반발한 파트리치아는 곧바로 단식 투쟁을 선언했다. 알레산드라와 알레그라는 어머니의 변호인들이 최후 변론을 하는 날 처음 법정을 찾았다. 두 소녀는 실바나와 함께 뒤쪽 좌석에 웅크리고 앉았고 파트리치아는 이번에도 변호사를 양옆에 두고 앞쪽에 앉아 있었다. 변호사 데돌라가 최후 변론을 시작하자 법정은 낭랑하게 울리는 그의 목소리로 가득 찼다.

"파트리치아는 남편의 죽음을 바랐지만 그 바람을 훔친 도둑이 있습니다! 그 도둑은 자기 멋대로 일을 저질렀습니다! 그 도둑이 지금 이 법정 안에 있습니다. 바로 피나 아우리엠마입니다!"

휴식 시간에 파트리치아는 뒷좌석으로 가서 그날 새벽에 체포된 이후 몇 번밖에 볼 수 없었던 딸들을 껴안고 입을 맞추었다. 그녀가 두 딸을 포옹할 때 법정 안으로 몰려든 파파라치들의 플래시가 터졌다. 아이들은 엄마의 뺨을 어루만지며 당근이 담긴 봉지를 건넸다. 단식에 들어간 엄마에게 조금이라도 도움을 주기 위해 가져온 것이었다. 세 사람은 사생활을 침해하는 구경꾼들을 신경 쓰지 않는 척하며 낮은 목소리로 어색하게 대화했다.

재판 마지막 날인 11월 3일, 밀라노의 하늘과 건물, 길거리 모두 지저분한 회색을 띠었다. 겨울의 밀라노에서는 그리 특이할 것 없는 일이었다. 사메크 판사는 9시 30분 정각에 재판을 개시했으며 그날 오후 평결이 전달될 것이라고 말했다. 기자들은 신문사 데스크에 그 사실을 알리기 위해 서둘러 법정에서 빠져나갔다. 사메크 판사는 피고 각각에게 최후 진술을 하라고 말했다.

모자가 달리고, 은색 천을 안에 댄 검은 줄무늬 이브생로랑 정장을 입은 파트리치아가 첫 번째로 자리에서 일어났다. 그녀는 변호인들이 준비한 진술을 무시하고 자기 생각을 말했다.

"저는 멍청할 정도로 순진했습니다. 그래서 제 의지에 반하는 일에 연루되었습니다. 저는 공범이라는 혐의를 단호하게 부인합니다."

그러고는 알도 구찌가 오래전에 했다는 말을 되풀이했다.

"아무리 친절한 늑대라도 닭장 안에 들이지 마라. 얼마 못 가 배고픔을 느낄 테니까."

실바나는 변호인단이 준비해 준 진술을 거부하고 자기 뜻대로 말하는 딸의 고집에 혀를 찼다. 한편 로베르토 구찌와 조르지오 구찌는 그날 밤 각각 피렌체와 로마에서 그녀의 진술을 뉴스로 접했고, 그녀가 시작한 그 추잡한 사건에 자기 아버지 이름을 들먹였다는 사실에 노발대발했다.

늦은 오후가 되자 구름으로 뒤덮인 하늘에서 보슬비가 끊임없이 내렸다. 기자와 카메라맨, TV 중계차들이 법원으로 물밀 듯 밀려들었다. 성 암브로시오의 눈동자가 발 디딜 틈 없이 꽉 찬 법정을 준엄하게 내려다보고 있었다. 푸른 베레모를 쓴 교도관들이 파트리치아와 공범 4명을 데리고 들어오자 법정 안은 수군거리는 소리로 가득 찼다. 변호인들 사이에 앉은 그녀의 눈은 퀭했고 안색은 밀랍처럼 창백했다. 기자와 카메라맨들이 공간을 차지하려 밀치락달치락하는 동안 노체리노는 지난 3년 동안 함께 일한 젊은 국가헌병 톨리아티의 팔에 손을 올려놓더니 귓속말을 했다.

"결과가 어떻게 나오든 감정을 억제하세요. 자제력을 잃으면 안 됩니다."

노체리노는 톨리아티가 구찌 살인의 범인을 찾느라 지난 3년을 꼬박 투자했으며, 감정을 잘 드러내는 성격이라는 사실을 알고 있었다. 톨리아티가 기쁨이든 좌절감이든 그 상황에 걸맞지 않은 반응을 보이지 않기를 원했다. 법정 안의 모든 눈이 법정과 판사실을 오가는 서기에게 쏠렸다. 실바나와 알레산드라, 알레그라만 그 자리에 없었다. 세 사람은 그날 아침 피고인들의 최후 진술이 끝난 뒤 산타마리아 델레 그라치에 성당으로 갔다. 매년 수많은 관광객이 최근에 복원된 〈최후의 만찬〉을 보러 들르는 그곳에서 세 사람은 3개의 초에 불을 붙였다. 우선 파트리치아의 부탁대로 긴급한 상황에서 관용을 베푸는 성 엑스페디토를 위한 초를 켰다. 그런 다음 파트리치아와 마우리치오를 위한 촛불 두 개를 더 켰다. 성당에서 나온 알레산드라는 혼자 있고 싶어서 루가노의 아파트로 돌아갔다. 밀라노의 명문 보코니대학의 루가노 분교에서 경영학을 공부하고 있던 그녀는 성 엑스페디토, 루르드의 성모, 성 안토니오의 그림을 옷소매에 끼워 넣고 수업에 들어가려 했다. 그러나 법정에 있던 엄마와 변호인, 배심원단, 판사의 모습이 머리에 떠올라 집중할 수 없었다. 마음을 다잡기 위해 아파트로 돌아와 가장 좋아하는 월트 디즈니 영화 〈미녀와 야수〉를 본 다음 기도를 올렸다.

오후 5시 10분, 7시간에 가까운 심의 끝에 벨이 울렸고 사메크 판사가 배석 판사 2명과 배심원 6명을 거느리고 법정에 입장했다. 기자와 TV 카메라맨들이 서로를 밀치며 앞으로 나왔다. 몇 초 동안 찰칵거리는 카메라 셔터 소리가 법정 안에 울려 퍼졌다. 사메크 판사는 손에 쥔 흰색 문서에서 잠시 눈을 들어 좌중을 둘러본 후 문서를 낭독하기 시작했다.

"이탈리아 국민의 이름으로…."

파트리치아와 공범 네 사람은 모두 마우리치오 구찌 살해 혐의에 대해 유죄를 선고받았다. 사메크 판사는 평결과 함께 발표되는 형량을 읽어 나갔다. 파트리치아 레자니 29년, 오라치오 치칼라 29년, 이바노 사비오니 26년, 피나 아우리엠마 25년의 형량이 각각 선고되었다. 노체리노가 모든 피고에게 종신형을 구형했음에도 살인을 직접 저지른 베네데토 체라울로만 종신형을 받았다. 법정 안은 속삭이는 소리로 가득했다.

TV 카메라가 파트리치아를 비추는 동안 그녀는 자리에서 일어나 꼼짝도 하지 않고 사메크 판사의 얼굴을 뚫어지게 바라보았다. 그가 형량을 낭독할 때 그녀의 눈꺼풀이 실룩거렸다. 잠시 고개를 숙였다가 다시 눈을 들었고 판사가 낭독을 끝냈을 때는 침착을 되찾은 표정이었다. 판사는 다시 한번 법정 안을 둘러본 다음 판결문을 들고 퇴장했다. 5시 20분이었다.

사메크 판사와 배심원들 뒤로 문이 닫히자마자 법정에 있던 사람들은 한꺼번에 앞으로 몰려 나갔다. 기자 무리와 여러 대의 카메라가 짙은 법복을 입은 변호인들 사이에 웅크리고 있는 파트리치아 주위로 몰려들었다. 그녀는 "진실은 시간이 밝혀 줄 것입니다"라고 말한 다음 입을 굳게 다물었다. 데돌라는 핸드폰을 열어 실바나와 알레그라가 기다리고 있는 베네치아 대로 38번지의 전화번호를 눌렀다.

사메크 판사가 평결을 읽는 동안 톨리아티는 온몸의 피가 온통 머리로 쏠리는 것만 같았다. 그는 살인을 사주한 사람이 살인자보다 더 낮은 형량을 받았다는 이야기를 들어본 적이 없었다. 화를 참으며 노체리노를 바라보더니 법정을 빠져나갔다. 그러면서 빠르게 셈을 해 보았다.

'29년이라고?'

그렇다면 파트리치아는 62~65살이 되는 12~15년 후에 석방될 가능성이 있었다. 그동안 수많은 살인사건을 담당했던 그는 지긋지긋한 기분이 들었다. 베네데토 체라울로가 험악한 표정으로 자리를 박차고 일어나 철창 창살에 매달려 아내를 찾았다. 얼마 전 아기를 낳은 젊은 그녀는 울음을 터뜨렸다. 체라울로는 사람들을 향해 소리쳤다.

"이렇게 끝날 줄 알았어. 그 사람들은 해답을 찾았다고 생각하겠지! 난 내 결백을 외치는 것 말고는 할 수 있는 일이 없어. 난 철창 안의 원숭이에 불과하다고!"

피나와 사비오니, 치칼라는 중형을 받았음에도 안도의 한숨을 내쉬었다. 종신형을 피한 그들은 몸을 숙여 변호인들과 작은 목소리로 상의했다. 변호인들은 복역 중 행실을 바르게 하면 형이 줄어들어 15년 혹은 그 이전에도 나올 수 있다고 조언했다. 사메크 판사는 나중에 의견서를 통해 피고 각각에게 그 같은 형량을 내린 이유를 설명했다. 파트리치아에 대해서는 범죄의 중대성을 감안했다고 장황하게 늘어놓았다. 다만 전문가들이 진단한 '자기애성 성격장애'의 영향을 받아들여 종신형이 아닌 29년 징역형을 내렸다고 밝혔다.

"마우리치오 구찌는 전 부인에게서 사망 선고를 받았습니다. 그녀는 돈으로 증오심을 충족시켜 줄 사람들을 찾았습니다. 그 증오심은 갈수록 커졌습니다. 자기 딸들의 아버지이자, 젊고 건강했고 마침내 평안을 찾은 남자, 한때 사랑했던 그 남자에 대한 연민은 없었습니다. 마우리치오는 분명 부족한 점이 있었습니다. 그가 아버지 역할을 제대로 하지 않았을지도 모릅니다. 배려 넘치는 남편도 아니었던 것 같습니다. 그러나 그녀는 전 남편이 결코 용서할 수 없는 잘못을 저질렀다고 생각했습니다. 마우리치오가 이혼하면서 유산 상속권과 국제적인 명성뿐 아니라 그에 수반되는 지위와 혜택, 호화로운 삶, 특권을 빼앗았다고 생각했습니다. 파트리치아는 그런 것들을 포기할 생각이 없었습니다."

사메크 판사는 특히 파트리치아의 행위가 범죄의 중대성과 장기간의 계획, 경제적 동기, 마우리치오와 결혼하고 딸들을 낳으며 맺은 정신적 유대 관계에 대한 경시라는 측면에서 심각한 범죄라고 말했다. 뿐만 아니라 그가 죽은 다음 그녀가 해방감과 평안함을 느꼈다는 점도 문제라고 지적했다.

사메크는 파트리치아의 성격장애가 그녀의 삶이 꿈과 기대에서 빗나가기 시작했을 때 발생했다고 추정했다.

"그녀는 삶이 풍요로웠던 그 오랜 세월 동안 성격장애 징후를 보이지 않았습니다. 그러나 그러한 메커니즘이 깨진 순간 감정과 행동은 용납할 수 있는 수준을 크게 벗어났고 성격장애 징후를 보이기 시작했습니다. 파트리치아는 자신이 저지른 일의 심각성을 가볍게 봐서는 안 됩니다. 마우리치오가 요구를 들어주지 않았고 야망의 실현을 방해했으며 기대를 채워 주지 못했다는 이유만으로 그녀는 극단적 범죄를 저질렀습니다."

마우리치오는 그의 인격이나 품행과 상관없이 이름과 재산을 비롯한 본인이 소유한 것 때문에 죽임을 당했다. 실바나는 분홍색으로 칠해진 거실로 돌아와 파트리치아의 유화 초상화를 응시하며 푹신푹신한 흔들의자를 앞뒤로 움직였다. 파트리치아의 촉촉한 갈색 눈이 실바나의 머리 위쪽을 바라보고 있었다.

"29년, 29년."

그녀는 '29년'을 되풀이하면 형이 줄어들기라도 할 것처럼 계속 되뇌었다. 알레그라는 할머니를 포옹하며 위로한 다음 루가노에 있는 알레산드라에게 전화해 소식을 전했다. 전화를 끊자마자 전화벨이 계속 울렸다. 친구들과 친척들, 산 비토레의 사회복지사 등이 위로하기 위해 전화한 것이었다. 실바나는 알레그라와 포옹하며 단호하게 말했다.

"29년이나 기다릴 수는 없어. 내일 아침에 다시 만나러 가자. 우리는 네 엄마를 감옥에서 빼내야 해."

파트리치아가 유죄 선고를 받은 그 주에 세계 각국의 구찌 매장 진열창에는 반짝이는 은 수갑 한 쌍이 진열되었다. 물론 구찌의 대변인은 사람들에게 수갑을 전시한 시기가 판결과 '우연히 겹쳤을 뿐'이라고 말했다.

19. 인수합병 전쟁

도메니코 데 솔레는 뉴욕에서 밤 비행기를 타고 런던에 도착한 뒤 잠깐 눈을 붙이기 위해 아내와 함께 나이츠브리지 자택의 침대에 누웠다. 1999년 1월 6일 수요일 아침이었다. 부부는 10대가 된 두 딸을 데리고 콜로라도에서 스키 휴가를 즐기고 온 참이었다.

그 전해 가을 데 솔레와 톰 포드는 구찌 사옥을 런던으로 옮겼다. 다만 생산사업부는 스칸디치에 남았고 법적인 본사도 이전처럼 암스테르담에 두었다. 이 조치는 빌 플란츠가 회사의 머리와 심장을 통합한다며 산 페델레 사옥을 폐쇄하고 구찌 본사를 다시 피렌체로 옮긴 지 5년 뒤에 이뤄졌다. 그 5년 동안 많은 일을 겪으면서, 데 솔레와 톰 포드 모두 새로운 조치가 회사에 유리할 것이라 판단했다. 런던에 실질적인 본사를 두면 구찌가 세계 각국의 정상급 관리자를 채용하기가 용이해진다. 유능한 사람 중에서 피렌체까지 와서 살려는 사람을 찾기란 쉽지 않다. 더욱이 톰 포드 본인이 유행의 첨단을 걷는 멋진 도시 런던으로 옮기고 싶어 했다. 파리는 더할 나위 없이 세련된 도시였지만 그곳이 이방인에게 우호적인 도시는 아니라고 생각했다. 그는 "어디든 당장 말이 통하는 곳에서 살고 싶었습니다!"라고 털어놓기도 했다. 데 솔레의 아내 엘리너도 기뻐했다. 그녀는 하루빨리 피렌체를 떠나고 싶었다.

처음에는 런던으로 사옥을 옮기는 조치에 걱정하고 반발하는 직원들의 목소리도 적지 않았다. 하지만 그 같은 분위기는 점점 더 옅어졌다. 데 솔레는 피렌체 집무실도 그대로 둔 채 자주 방문했다. 런던으로 사무실을 옮긴 포드는 디자이너들을 런던에 모아 둘 수 있었다. 그 전에는 그와 디자이너들이 피렌체와 파리를 오가야 해서 불편하고 비능률적이었다. 그는 자신이 어디에 있든 의사결정과 디자인 회의를 할 수 있도록 자택 여러 곳과 본사, 세계 각국 지사에 화상회의 장비를 설치하라고 지시했다. 장비 가격은 만만치 않았지만 시간과 에너지를 절약하고 이동의 수고를 덜 수 있다는 점을 감안하면 투자할 가치가 충분하다고 판단했다.

그날 아침 데 솔레는 평소와 다르게 그래프턴 거리의 임시 본사로 출근하기 전에 쪽잠을 자려 했다. 이탈리아 회사들이 공현대축일 연휴로 문을 닫았기 때문에 그날은 하루 종일 조용할 터였다. 그가 느긋한 기분을 느낀 것은 경쟁사 프라다가 구찌 지분

9.5%를 매입했다고 발표한 지난 6월 이후 처음이었다. 단일 주주로는 가장 큰 규모의 지분 매입이었고, 프라다는 그 이상 구찌 지분을 사들이지 않았다. 프라다 대표들은 얼마 전 열린 주주 회의에서 구찌 경영진과 함께 의결권을 행사하기도 했다. 데 솔레는 이제 구찌가 안전하다고 생각했다.

프라다는 패션계에 큰 반향을 불러일으켰다. 그렇기에 데 솔레는 그 전해 여름 프라다가 구찌 지분 매입을 발표했을 때 깜짝 놀랐다. 일각에서는 구찌보다 규모가 작고 인수합병 경험이 부족한 프라다가 구찌를 합병해 더 큰 기업으로 도약할 수도 있다고 보았다. 그러나 몇 달이 지나도 새로운 투자가 일어나지 않자 프라다가 당시 시가총액이 30억 달러를 넘어선 구찌를 인수할 자금력이 없고 동맹 세력도 확보하지 못했다고 판단했다.

토스카나 출신의 파트리치오 베르텔리는 신경질적이고 변화무쌍한 인물이다. 그는 마리오 프라다의 후손이자 수석 디자이너인 미우치아 프라다와 결혼한 지 10년 만에 무명의 가방 제조업체 프라다를 세계적인 패션 대기업으로 키워냈다. 그 무렵 프라다는 구찌의 가장 강력한 경쟁사 중 한 곳으로 성장하고 있었다. 토스카나의 가죽 제조업 전통에 익숙했고 구찌의 공급업자이기도 했던 베르텔리는 구찌가 새로운 경영진을 맞이하면서 토스카나 지방 제조업체들에게 영향력을 키워가는 모습에 촉각을 곤두세웠다. 프라다는 사업본부와 디자인본부를 밀라노로 통합하고, 생산본부는 피렌체에서 1시간 거리인 아레초 인근의 테라노바에 두었다. 구찌와 프라다 모두 생산능력을 유지하면서 모조품을 방지하기 위해 공급업체에 독점 계약을 요구했다.

베르텔리는 구찌가 프라다의 영역을 점차 잠식한다고 느끼며 불쾌해했다. 격정적이고 난폭한 성격으로 유명한 그는 충격적인 소문의 주인공으로 패션계 사람들의 입방아에 자주 오르내렸다. 프라다 전용 구역에 불법주차된 차량들의 유리창을 모두 깨부쉈다는 이야기는 밀라노에서 두고두고 회자되었다. 어떤 소문은 신문에 대서특필되기도 했다. 어느 날 프라다 건물 근처를 걷던 여자가 건물 창문에서 날아온 핸드백에 머리를 맞았다. 그러자 베르텔리가 서둘러 뛰어나와 화를 못 이겨 핸드백을 던졌다며 그 여자에게 거듭 사과했다는 이야기였다.

베르텔리는 주주가 된 이후 구찌의 경영이 개선되고 있는 데도 틈만 나면 구찌를 헐뜯었다. 그가 보기에 던 멜로는 거만했고 톰 포드는 프라다가 유행시킨 스타일을 모방한 디자이너에 불과했다. 프라다가 검은색 나일론 핸드백을 처음으로 만든 것은 사실이다. 그러나 얼마 후 모든 브랜드가 검은색 나일론 핸드백을 생산하기 시작했고 구찌도 그중 한 곳에 불과했다. 베르텔리는 LVMH의 베르나르 아르노를 존경했으며, 인수합병을 통해 패션을 포함한 명품업계 전반에서 프라다의 세력을 확장해 나가겠다는 목표를 세우고 있었다.

"아르노는 재무 감각으로 명품 제국을 건설했어요. 그렇다면 업계인의 실무 감각으로 명품 제국을 건설하지 못할 이유가 없습니다."

그는 우선 구찌를 공략하기로 했다. 프라다가 새 주주가 된 것에 데 솔레가 불안해하는 모습을 보고 음흉한 미소를 지었다. 데 솔레와 만난 그는 매장을 유리한 가격에 구하거나 언론 홍보 등의 분야에서 두 기업의 '시너지'를 활용하자고 제안했다. 데 솔레는 그러한 제안들을 일축했다.

"구찌는 내 회사가 아닙니다. 이사회와 상의해 봐야 해요. 우리가 함께 피자를 만드는 일은 불가능하다고 봅니다."

구찌 경영진은 '피자'라는 암호로 부르던 프라다의 공세를 불쾌해하며 애써 무시했다. 구찌의 한 직원은 이탈리아 약국에서 흔히 볼 수 있는 관절염 파스 '베르텔리'를 카드와 함께 데 솔레에게 보내기도 했다. 데 솔레는 그 파스와 카드를 스칸디치 사무실에 붙여 두었다. 카드에는 이렇게 쓰여 있었다.

'우리가 두려워 할 베르텔리는 이것뿐입니다.'

가을이 되자 구찌의 주가는 아시아 외환위기 여파로 35달러대로 떨어졌다. 베르텔리는 투자 금액이 줄어드는 상황을 언짢게 관망하며 구찌 지분을 더 매입하지 않았다. 1월에 아시아 시장이 개선되고 애널리스트들이 구찌의 실적 호조를 예측하면서 주가가 다시 상승해 55달러를 넘어섰다. 데 솔레는 그 정도 금액이면 기업사냥꾼들을 쫓아낼 수 있을 것이라 판단하고 안도의 한숨을 쉬었다. 당분간 위협이 지나간 듯 보였다.

데 솔레 부부가 쪽잠을 자기 위해 자리에 누운 지 몇 분 지나지 않아 전화벨이 울렸다. 런던 사무실의 비서 콘스탄스 클라인이었다. 그녀는 긴장된 목소리로 짤막하게 말했다.

"방해해서 죄송해요. 급한 일이라서요."

데 솔레는 눈을 부릅뜬 엘리너에게 "여보, 잠깐만 기다려줘. 이 전화만 받고 다시 올게"라고 한 다음 다른 방으로 갔다. 그녀는 남편의 업무 습관을 잘 알고 있었기에 고개를 내저으며 다시 잠을 청했다. 엘리너는 그날 밤 자정이 되어서야 남편을 다시 볼 수 있었다. 데 솔레는 구찌 입사 후 14년 만에 가장 충격적인 하루를 보낸 뒤 잔뜩 지치고 주눅 든 모습으로 귀가했다. 클라인은 이브 카르셀(Yves Carcelle)이 급하게 데 솔레를 찾았다고 전했다. 카르셀은 50년 동안 LVMH 그룹을 이끌어 온 베르나르 아르노의 최측근으로 데 솔레와 친밀한 관계를 유지하고 있었다. 두 사람은 가끔 만나 패션계 동향에 대해 상의했다. 그가 급하게 찾았다는 말에 데 솔레의 머릿속에는 경보등이 켜졌다. 잡담이나 나누려고 전화한 것이 아님을 직감했다.

데 솔레는 옆방에서 카르셀에게 전화했다. 그의 예감이 맞았다. 카르셀은 LVMH가 구찌의 보통주를 5% 넘게 매입했으며, 그날 오후 늦게 그 사실을 공식 발표할 것이라고 일러 주었다. 카르셀은 구찌의 최근 성과에 감탄한 아르노가 순전히 '우호적' 의도에서 '소극적' 매입을 결정했다고 말하며 데 솔레를 안심시켰다.

그는 충격을 받은 채 전화를 끊었다. 몇 달 동안 두려워하던 순간이 찾아온 것이었다. LVMH는 세계에서 가장 큰 명품 재벌이다. 뿐만 아니라 계열사인 루이비통은 구찌의 가장 직접적인 경쟁 상대였고 수익성도 좋았다. 지난 몇 년 동안 루이비통은 구찌의 전략을 따라 했다. 기성복 부문을 개편하기 위해 젊고 유행에 민감한 미국 디자이너 마크 제이콥스를 영입했고 파리 샹젤리제에 의류 중심의 화려한 주력 매장을 열었다.

그날 오후 데 솔레는 사옥이 재단장될 때까지 구찌가 세 들어 있던 그래프턴 거리 사무실에서 아르노의 부사령관격인 피에르 고데와 통화했다. 프랑스인 고데는 우아한 태도와 날카로운 푸른 눈, 희끗희끗한 머리칼을 지닌 비범한 변호사였다. 그는 파리 개선문과 가까운 오슈 대로에 있는 회색 카펫이 깔린 조용한 LVMH 본사 사무실에 앉아 수화기를 통해 카르셀이 했던 말을 되풀이했다.

"이건 소극적인 투자에 불과해요."

데 솔레가 수화기에 대고 물었다.

"이봐요, 피에르. 정확히 몇 주나 갖고 있나요?"

고데가 정확한 숫자는 모른다고 주장하자 데 솔레는 자신이 곤경에 처했다는 사실을 깨달았다. '좋아, 이제 우리도 시작해 보자'라고 속으로 생각했다. 데 솔레는 고데와의 통화를 끊고 모건 스탠리에 전화를 걸었다. 그리고 뜻밖의 소식을 들었다. 그 전해 여름, 프라다 문제를 처리해줬던 제임스 맥아서가 다음 주 호주로

1년 동안 안식년을 떠난다는 소식이었다. 데 솔레는 지금까지 신뢰할 수 있는 인맥의 도움으로 문제를 해결하곤 했다. 그런 만큼 그는 좌절감을 느꼈다. 다행히 맥아서는 자신의 상사이자 42살의 프랑스인 마이클 자이(Michael Zaoui)에게 전화를 해 주었다. 몇 분 후 자이가 그래프턴 거리의 구찌 사무실 문을 노크했다.

데 솔레는 초조한 기색을 감추려 애쓰며 자이를 맞이했다. 잘생기고 세련된 투자은행 임원 자이는 적대적 인수합병 전문가였다. 그는 톰 포드가 데 솔레에게 골라 준 임스 의자(Eames chair, 미국의 가구 디자이너 찰스 임스가 고안한 일체형 플라스틱 의자)에 미끄러지듯 앉은 다음 자신이 알고 있는 아르노에 대한 정보를 들려주었다.

아르노는 프랑스의 어느 지방에서 건설 재벌의 아들로 태어났다. 젊어서 피아노 연주자의 길을 포기하고 엘리트 군인과 공학자를 양성하는 에콜 폴리테크니크에서 공부했으며, 1981년 집안의 부동산 사업을 돕기 위해 미국으로 건너갔다. 사실 그의 미국 이주에는 좌파인 프랑수아 미테랑 대통령의 당선이 가장 크게 작용했다. 아르노는 미국에서 시야를 넓혔을 뿐 아니라 다양하고 효율적인 경영 기법도 배웠다. 1984년 프랑스로 돌아와 가족에게서 1,500만 달러를 받아 망하기 일보 직전인 섬유 회사 부사크(Boussac)를 사들였다. 국유기업 부사크는 알짜배기 브랜드 크리스찬 디올의 모회사였다. 아르노는 그때부터 불과 10년 만에 지방시, 루이비통, 크리스티앙 라크르와 등 일류 디자이너 브랜드뿐 아니라 뵈브 클리코(Veuve Clicquot), 모엣 샹동(Moët et Chandon), 돔 페리뇽(Dom Perignon), 헤네시(Hennessy), 샤토 디켐(Château d'Yquem) 등 주류업체와 향수업체 겔랑(Guerlain), 화장품 전문 판매업체 세포라(Sephora)를 인수하며 명품업계의 상징적 인물로 떠올랐다.

"아르노는 LVMH의 창립자이면서 경영도 직접 합니다. 그가 최고결정권자라는 데는 의문의 여지가 없어요."

그러나 그는 인수 과정에서 여러 기업 가문을 파괴했다. 목표로 삼은 기업을 비방하는 활동을 펼쳤고 인수 기업 직원들에게 퇴직을 강요해 프랑스 언론으로부터 '터미네이터' 혹은 '캐시미어를 입은 늑대'라는 비판적인 별명을 얻었다. 언론들은 점잖은 프랑스 경영계에 가혹한 미국식 기법을 도입했다는 이유로 그를 비판했다. 아르노는 팔다리가 긴 호리호리한 체구와 회색 머리칼, 매부리코, 얇은 입술과 짙고 구부러진 눈썹 같은 외모 때문에 벨기에 만화 주인공 '땡땡(Tin Tin)'이라고도 불렸다. 그의 모습은 쾌활하고 엉뚱해 보일 때도 있었지만 친절하다기보다 무자비하다는 인상을 주었다. 사교계 활동을 멀리하긴 했지만 그의 영향력이 커져감에 따라 파리 사교계와 비즈니스맨들은 아르노뿐 아니라 후처인 엘렌 메르시에(Hélène Mercier)에게도 알랑거렸다. 그녀는 매력적인 캐나다 출신 피아니스트로 아르노와 1991년에 결혼했다. 남편을 가혹한 인물로 묘사한 기사를 읽을 때마다 그녀는 당혹감을 느꼈다고 한다. 그녀가 보기에 아르노는 매력적이고 다정한 사람이었고, 밤마다 세 자녀 중 한 명은 반드시 직접 재워 줄 정도로 세심한 아버지였다. 그러나 자이는 아르노가 자애로운 아버지라는 사실을 데 솔레에게는 말하지 않았다.

"영리하고 민첩한 아르노는 전략적인 사고방식을 지녔어요. 체스 선수처럼 20수 앞을 내다보는 사람이죠."

자이의 설명에 따르면 아르노는 지배권을 얻을 때까지 지분을 조금씩 사들이는 식으로 슬그머니 인수합병을 추진했다. 그는 아르노가 구찌에 대해서도 같은 계획을 세웠을 거라고 확신했다. 아르노는 눈독 들인 회사가 있으면 일단 그 회사의 경영진을 안심시키는 말을 하며 접근하지만 인수가 성사되면 경영진 대부분을 쫓아 냈다. 루이비통을 인수할 때도 회장이자 창립자 가족인 앙리 라카미에와 손을 잡았지만 인수 후에는 지독한 법정 다툼을 벌이며 결국 몰아냈다. 미테랑 대통령은 전국에 방송된 TV 연설을 통해 양측을 비난하며 프랑스 증권거래위원회에 조사를 지시했을 정도였다. 크리스찬 디올을 인수할 때도 4년 동안 고위 임원 6명을 해고하며 프랑스 패션업계의 판도를 뒤흔들어 놓았다.

자이는 아르노의 온갖 책략을 가까이서 지켜본 경험이 있었다. 1997년 아일랜드의 맥주 제조회사 기네스(Guiness)는 영국의 식음료 대기업 그랜드메트(GrandMet)와의 합병을 추진했다. 그러나 기네스 주식을 상당량 보유한 아르노가 반대하자 그와 암투를 벌였다. 프랑스 언론은 아르노가 인수합병을 막지 못하면 기네스 주식을 70억 달러에 매각하고 그 돈으로 다른 브랜드를 사들일 것이라 예측했다. 일간지 〈르몽드(Le Monde)〉가 '그 돈이면 이탈리아의 명품 기업이자 루이비통의 주요 경쟁사인 구찌를 인수하기에 충분하다'는 기사를 싣자 근거 없다고 간주되던 소문들이 곧바로 어지럽게 나돌기 시작했다. 아르노는 결국 그랜드메트와 합의했고 두 회사의 합병으로 거대 주류 그룹 디아지오(Diageo)가 탄생했다. 나중에는 지분 비율을 줄였지만 LVMH가 보유했던 지분은 단일 주주로는 최대인 11%였다. 또한 아르노는 기네스와의 다툼 이전에도 면세점 체인 DFS 지배권을 두고도 집요한 싸움을 벌인 적이 있었기 때문에 비정한 정복자라는 이미지가 한층 더 강해졌다. 고데는 이 모든 활동에서 아르노의 조력자 역할을 했다. 아르노에 대한 책과 크리스찬 디올 전기를 썼던 마리-프랑스 포슈나는 이렇게 묘사했다.

"아르노는 아이디어를 냈고 고데는 그에게 탄약을 가져다줬어요."

아르노는 1994년에 구찌 인수를 거절한 것을 내내 자책했다. 그때만 해도 구찌의 가치를 높지 않게 봤던 데다 1990년 인수한 LVMH의 중요 재무 문제를 처리하느라 여유가 없었다. 고데는 LVMH 사옥 꼭대기 층의 거울로 뒤덮인 아담한 회의실에서 열린 인터뷰에서 이렇게 시인했다.

"우리에게는 다른 우선 과제가 있었습니다. 지금은 다들 구찌를 칭송하지만 그때만 해도 구찌는 엉망이었어요! 구조조정이 실패할 수도 있었습니다. 그 누구도 결과를 내다볼 수 없었죠."

아르노는 본인이 소유한 브랜드를 되살리는 일에 집중했다. 젊고 유명한 신세대 디자이너들을 영입했고 강력한 광고 활동을 펼쳐 고객들의 관심을 디올과 지방시, 루이비통 등의 브랜드에 모으는 데 성공했다. 그 결과 프랑스 패션업계와 재계의 기존 판도가 다시 한번 뒤바뀌었다. 루이비통은 LVMH의 브랜드 중에서도 가장 큰 상업적 성공을 거뒀다. 아르노는 LVMH가 이미 프랑스에서 지배적 위상을 구축했으니 다른 나라로 영역을 확장해야 한다고 판단했다. 그때까지 프랑스 명품업계는 이탈리아를 하청업체의 근거지 정도로 얕잡아 봤다. 그러나 구찌의 귀환과 프라다의 급부상, 조르지오 아르마니 등 이탈리아 브랜드의 지속적 성공을 보며 이탈리아를 인수 혹은 제휴 가능성이 충만한 나라로 인식하게 됐다. LVMH의 인사 총책임자로 강력한 영향력을 발휘하던 콘체타 랑시오는 이렇게 주장했다.

"이탈리아는 우리가 좋은 관계를 맺어야 할 곳입니다. 이는 명백한 사실이에요. 구찌 때문이 아니라 유럽 명품업계의 리더가 되기 위해서라도 그래야만 해요."

몇 년 전부터 아르노가 고용한 신진 디자이너 대다수를 선택한 것도 랑시오였다. 그는 과거 마우리치오가 영입하려 했던 인물이었다. 금발에 갈색 눈을 가진 그는 경력 대부분을 미국과 프랑스에서 보냈지만 사실은 이탈리아 태생이었다. 아르노는 모두의 예상을 깨고 1997년 가을에 구찌를 공략하지 않았다. 기네스-그랜드메트와의 싸움으로 여유가 없었던 데다 아시아 외환위기 여파로 새로 인수한 DFS가 타격을 입자 그 문제를 해결하느라 골머리를 썩고 있었기 때문이다.

1998년 아시아 시장이 서서히 안정세를 되찾아가자 아르노는 다시 구찌에 눈독을 들이기 시작했다. LVMH의 파리 본사와 주소가 똑같은 어느 회사가 1998년부터 거의 300만 주에 이르는 구씨 주식을 사들였다. 데 솔레는 자이를 앞에 두고 초조하게 서성이다 불쑥 말했다.

"아르노가 구찌를 원한다면 반드시 손에 넣을 수 있을 겁니다! 그냥 요트 여행이나 떠나고 싶네요. 내 아내가 진저리를 치고 있어요. 딸들과도 더 많은 시간을 보내고 싶습니다."

구찌에서 그 모든 일을 겪고도 살아남은 그는 새로운 전쟁을 앞두고 있다는 사실을 잘 알고 있었다. 하지만 그 전쟁에 뛰어들 자신이 없었다. 자이는 데 솔레를 똑바로 바라보았다.

"전쟁은 이미 시작됐어요. 그 모든 전쟁을 겪으며 깨달은 것이 있습니다. 그와 전쟁을 벌이려면 엄청난 투지가 필요해요. 이긴다는 보장도 없죠. 정말로 승리하고 싶다는 의지가 있어야 합니다."

데 솔레는 자이의 건너편에 있는 임스 의자에 털썩 주저앉았다. 다른 선택의 여지가 없는 현실을 잘 알고 있었기에 회피할 수도 없는 노릇이었다. 데 솔레가 손바닥을 펼치며 말했다.

"알겠어요, 이제 우리가 해야 할 일에 대해 이야기해 봅시다. 나는 인수합병전에 뛰어들어 본 적은 없지만 싸우는 방법에 대해서만큼은 확실하게 알고 있어요."

자이는 종이와 펜을 달라고 했다.

"우선, 구찌의 방어 수단이 뭔지 말해 주세요."

그러나 데 솔레의 말을 들은 자이는 방어 수단이 많지 않다는 것을 깨달았다. 지배권이 변동되었을 때 구찌의 가장 중요한 직원인 톰 포드와 데 솔레가 발동할 수 있는 황금낙하산(golden parachute, 적대적 인수합병이 일어나더라도 기존 경영진의 신분이 보장되도록 마련해 놓는 장치) 조항이 사실상 유일했다. 모건스탠리의 구찌 팀원들은 이 조항을 '돔-톰 폭탄(Dom-Tom Bomb)' 또는 '인간 독소 조항(poison pill, 적대적 인수합병 시도가 있을 경우 기존 주주에게 시세보다 싼값에 지분을 매입할 수 있도록 미리 권리를 부여하는 장치)'이라 불렀다. 어떤 주주가 구찌 주식을 35% 확보하더라도 톰 포드는 황금낙하산 조항에 따라 본인이 다량 보유한 주식매수선택권을 현금화해서 구찌를 떠날 수 있었다. 포드에게는 데 솔레가 사임할 경우 그 역시 1년 후 사임할 수 있는 권리도 있었다. 데 솔레도 해석의 여지가 더 많은 권리를 갖고 있었다. 단일 주주가 구찌의 '실질적 지배권'을 확보할 경우에도 데 솔레는 보호받을 수 있었다.

이틀 후 그래프턴 거리의 구찌 사옥 3층 회의실은 구찌의 작전실이 되었다. 데 솔레는 몇 명 되지 않는 고위 임원들을 불러들였다. 그들은 앞으로 몇 주 혹은 몇 달 동안 전쟁 대응 팀으로 일하게 될 것이다. 데 솔레의 오랜 친구이자 구찌의 고문 변호사 앨런 터틀도 그중 한 명이었다. 로돌포 구찌는 16년 전 그에게 자신의 오버코트를 주기도 했다. 데 솔레는 워싱턴의 패튼 보그스 법무법인에서 일하던 터틀을 구찌의 사내 변호사로 영입했다. 구찌의 최고재무책임자인 밥 싱어도 그 자리에 있었다. 데 솔레는 4년 전 그와 함께 구찌의 기업공개 로드쇼에 다닌 적이 있었다. 인베스트코프의 조력자인 릭 스완슨도 합세했다. 터틀과 싱어, 스완슨은 다른 간부들처럼 유능한 전문가였을 뿐 아니라 충직한 지원군들이었다. 데 솔레는 그들에게 의지해도 된다는 것을 잘 알고 있었다. 자이는 심란한 표정의 간부들 앞에서 구찌의 몇 안 되는 선택 사항을 간략하게 설명했다. 아르노와 협상하거나 우호적 백기사와 합병해 아르노를 물리치는 것 두 가지뿐이었다.

얼마 후 구찌의 지배권을 둘러싼 전쟁은 전 세계 패션업계와 재계의 주목을 끌기 시작했다. 그런 가운데 데 솔레와 임원, 변호사, 투자은행 간부로 구성된 소규모 팀은 방어 전략을 추진하기 시작했다. 아르노는 재계 투신 후 15년 동안 그처럼 단호하고 허를 찌르는 성공적 방어를 경험한 적이 없었다. 구찌와 아르노의 대결은 유럽을 휩쓴 기업 인수합병 광풍의 한 가지 사례에 불과했고, 그 규모도 상대적으로 작았다. 그러나 구찌 입장에서 인수합병은 미지의 영역이었다. 구찌는 피렌체의 영세한 핸드백 상점에서 시작해 세계적인 패션 기업으로 변신하는 데 성공했다. 그렇게 발전한 모습은 패션업계의 두려움과 존경을 한몸에 받는 인수합병 거물의 입맛을 자극하기에 충분했다. 구찌의 매출은 수천만 달러의 손실을 기록한 지 불과 5년 만인 1998년에 10억 달러를 돌파했다.

데 솔레는 아르노가 세계에서 가장 큰 성공을 거둔 명품 기업 중 하나인 구찌의 대표 자리를 노린다고 판단했다. 데 솔레는 가족과 더 많은 시간을 보내고 싶었고, 새로 사들인 20미터 규모의 매끈한 요트 슬링숏(Slingshot)을 타고 여행도 다니고 싶었다. 그래서 진지하게 은퇴할 생각도 했었다. 그러나 아르노의 공격을 받은 지 불과 몇 시간 만에 다시 정신을 차렸다.

"나는 은퇴할 준비가 되어 있었습니다. 하지만 타의에 의해 밀려날 생각은 없었어요. 먼저 싸움을 거는 타입은 아니지만 누가 내게 싸움을 걸면 가능한 한 힘껏 맞서는 사람입니다."

그는 실제로 그렇게 했다. 데 솔레는 구찌에서 일어난 모든 전쟁에서 살아남은 인물이다. 처음에는 구찌 가족 간의 전투에 보병으로 나섰고, 나중에는 마우리치오의 급소를 쳐서 인베스트코프의 승리를 도왔다. 그 과정에서 적과 비판 세력을 만들었다. 비판 세력이 보기에 그는 돈만 아는 무자비하고 이기적인 인물이다. 그러면서도 자신의 이익을 회사의 이익으로 보이게 하는 묘한 능력이 있어서 욕심 없는 사람으로 알려졌다는 것이 세간의 평가였다. 동시에 그는 구찌 역사상 가장 많이 변화한 사람이기도 하다. 순종적이고 미숙하며 형편없는 차림새의 보좌역에서 세월이 흐르는 동안 당당하고 말솜씨 좋은 최고경영자로 변신했다. 〈포브스〉는 1999년 2월호 국제판 표지에 수염을 말끔하게 깎은 단호한 눈매의 데 솔레 사진을 싣고 '브랜드를 구축한 사람'이라는 제목을 붙였다.

그는 로돌포와 알도의 싸움, 알도와 파올로의 싸움, 마우리치오와 알도 및 그 아들들과의 싸움을 이끌었으며, 인베스트코프가 마우리치오를 상대로 싸울 때도 결정적 역할을 했다. 인베스트코프는 오랫동안 고되게 일하고도 합당한 평가를 받지 못한 그에게 마침내 상을 안겨 주었다. 데 솔레는 아르노를 상대로 한 전쟁에서는 LVMH를 자기 영역으로 끌고 들어와 자신의 가장 큰 무기인 고도의 법률 지식을 발휘해야 한다고 판단했다. 그는 싸움을 즐기며 완강히 버텼다.

"그 작자는 연락도 없이 저녁 식사에 불청객으로 들이닥친 거나 마찬가지였어요!"

자이와 변호사들은 구찌의 법인 정관을 살펴보다가 회사 규정 자체에 인수합병을 용이하게 하는 내용이 있다는 사실을 발견했다. 인베스트코프가 구찌에서 손을 떼려 했던 1995년에는 인수합병이 손쉬운 해결책이었다. 바로 그 조항 때문에 구찌의 정문이 침입자들에게 활짝 열려 있었던 것이다. 1996년 데 솔레는 침입 시도를 사전에 차단할 수 있는 방어 수단을 검토하기 위해 마시모 계획(Project Massimo, 극대화 계획)을 시행했다. 구찌의 의뢰를 받은 투자은행 직원들과 변호사들은 방어적인 주식 구조조정을 포함해 레블론을 비롯한 기업과의 완전 합병 등 온갖 수단을 강구했지만 뚜렷한 방법을 찾지 못했다. 특히 1997년 주주들이 의결권 한도를 20%로 제한하자는 제안을 물리친 뒤로는 다른 선택의 여지가 남아 있지 않았다. 톰 포드는 이렇게 회고했다.

"우리는 가만히 앉아서 누가 우리를 인수해 주기만 기다리는 꼴이었어요. 체념하고 있었던 거죠."

1998년 여름 프라다가 구찌 지분을 확보했을 때 데 솔레와 포드는 차입 매수의 대가인 헨리 크래비스(Henry Kravis)와 만나 직접 구찌를 사들이는 방안까지 검토했다. 그러나 차입 매수를 실행하면 엄청난 비용 때문에 위험이 높아질 뿐 아니라 자금 여력이 넘치는 동종업계의 전략적 매수자와 입찰 경쟁을 벌이게 될 수도 있다는 사실을 깨달았다.

톰 포드는 1월에 열린 구찌 남성복 패션쇼에서 얼굴을 하얗게 분장하고 입술에 핏빛을 칠한 모델들을 런웨이로 내보냈다. 그들은 포드의 지시에 따라 아르노에게 "꺼져!"라고 말하듯 이를 드러내며 영화 〈싸이코(Psycho)〉의 주제곡에 맞춰 성큼성큼 걸었다. 다음 날 자이는 LVMH를 고객으로 둔 런던의 어느 투자은행 간부에게 전화했다.

"정식으로 전할 말이 있어요. 당장 그만두세요!"

1월 12일에는 아르노가 조르지오 아르마니의 남성복 패션쇼에 깜짝 손님으로 등장해 모두를 놀라게 했다. 기자와 파파라치들이 금세 아르마니의 주변을 에워싸는 것 같은 상황은 명품 패션산업계에 급격한 변화가 일어나고 있다는 것을 상징했다. 적어도 그 순간만큼은 기업인이 최고의 스타였다. 그날 아르노와 아르마니 모두 두 기업이 대화 중이라는 사실을 인정함으로써 패션업계를 충격에 빠뜨렸다. 그 일로 아르노는 가장 큰 먹잇감에 달려드는 강력한 백상아리 이미지를 굳혔다. 그러나 결국 두 사람의 대화로 성사된 일은 아무것도 없었다. 잘 알려지지는 않았지만 그 이전에 있었던 톰 포드와 데 솔레, 조르지오 아르마니의 대화를 통해서도 이루어진 일은 없었다. 두 회사를 결합해 의류와 패션 소품에 두루 강점을 지닌 거대 패션 기업을 만든다는 생각은 결국 빛을 보지 못했다.

그 후 1월에 아르노가 몇 주에 걸쳐 민간 기관투자자와 공개시장으로부터 구찌의 지분을 뭉텅이로 가져가자 패션업계와 재계는 두려운 눈으로 상황을 주시했다. 1월 중순 프라다의 베르텔리는 아르노에게 구찌 지분 9.5%를 매각해 1억 4,000만 달러를 거머쥐고 기뻐했다. 그는 그 매각대금을 '정말 기분 좋은 수익'이라 불렀다. 구찌 경영진이 '피자'라고 부르며 조롱했던 프라다의 최고경영진은 하룻밤 사이에 패션업계의 천재 투자자가 됐다. 그 후 9개월 동안 베르텔리는 꿈을 이루기 위한 주춧돌을 쌓기 시작했다. 그의 꿈은 이탈리아 최초의 산업 기반 명품 그룹을 경영하는 것이었다. 뛰어난 품질과 간결한 스타일로 유명한 독일 디자이너 브랜드 질 샌더(Jil Sander)와 오스트리아 디자이너 브랜드 헬무트 랭(Helmut Lang)의 지배지분을 확보했으며, 1999년 가을에는 LVMH와 손잡고 로마에서 탄생한 패션 소품 기업 펜디의 과반수 지분을 덥석 물었다. 구찌와의 치열한 입찰 경쟁을 뚫고 얻은 결과였다. 명품 기업의 성패가 품질이나 스타일, 홍보, 매장 숫자에만 달려 있던 시대는 지났다. 이제 기업 간의 무자비한 전쟁이 성패를 가늠하는 시대였다. 그러한 전쟁을 통해 누구와 이해관계가 걸려 있는지가 훤히 드러났다.

1999년 1월 말 아르노가 보유한 구찌 지분은 무려 34.4%였으며 추정 가치는 14억 4,000만 달러에 달했다. LVMH가 지분 매입을 최초로 발표한 뒤 3주 동안 구찌 주가는 30% 가까이 치솟았다. 전 세계 언론은 이 모든 움직임에 촉각을 곤두세웠다. 기업 전쟁을 수없이 지켜본 〈뉴욕 타임스〉조차 이 일을 가리켜 '패션업계를 한동안 옴짝달싹 못하게 할 가장 흥미진진하고 아슬아슬한 대결'이라 평가했다.

아르노는 데 솔레에게 소식을 전한 이브 카르셀과 데 솔레의 오랜 친구이자 LVMH를 대리하는 뉴욕 법무법인 클리어리 고틀립스틴 앤 해밀턴(Cleary Gottlieb Steen & Hamilton)의 파리 지사에서 근무하는 빌 맥건 등의 비공식 경로를 통해 공격적인 움직임이 가져올 충격을 완화하려 시도했다. 고데는 맥건과 여러 차례 대화를 나눈 끝에 우호적인 거래가 가능할 것이라 확신했다. 한편 데 솔레는 백기사, 즉 구찌와 제휴해 LVMH의 진격을 저지해 줄 기업을 필사적으로 찾아다녔다. 그러나 9개 이상의 기업과 만났지만 아무것도 성사시키지 못했다. 정신이 제대로 박힌 기업이라면 LVMH의 손아귀에 들어갈지도 모를 회사 일에 관여하려 하지 않을 것이다. 더욱이 데 솔레가 기대에 차서 인수 희망 기업을 접촉할 때마다 아르노가 구찌 주식을 추가로 잔뜩 사들이는 것처럼 보였다. 그렇게 분투하던 와중에 그는 질렸다는 듯 내뱉었다.

"이건 다윗과 골리앗의 싸움이야."

베르텔리를 냉대했던 일이 후회가 되었다. 그 일로 결국 웃게 된 사람은 아르노였다. 그는 LVMH 본사 유리 건물에 앉아 데 솔레의 모든 움직임을 꿰뚫고 있었다.

"구찌의 제안을 퇴짜 놓은 사람들이 우리에게 전화했기 때문이지."

아르노는 싱긋 웃고 있었지만 데 솔레는 밤마다 아내 엘리너에게 고민을 털어놓았다. 엘리너는 IBM 임원으로 일하면서 경영계의 관행을 경험했지만 높은 도덕적 감수성을 저버린 적은 없었다. 그녀는 남편에게 "자신을 위해 '가장 좋은' 일을 하지 말고 구찌를 위해 '옳은' 일을 하라"고 조언했다. 데 솔레는 체념과 분노가 섞인 상황에서 아르노와의 만남에 동의했다. 하지만 그 만남에 좋은 감정이 들 리 없었다. 양측은 일주일 가까이 약속 시간과 장소를 놓고 갈팡질팡했다. 아르노는 친밀한 만남을 위해 식사를 제안했지만 데 솔레는 사무적인 분위기를 택했다. 아르노는 훗날 이렇게 비아냥거렸다.

"나는 그를 점심 식사에 초대했는데, 그는 나를 모건스탠리로 초대하더군요!"

1월 22일 모건스탠리 파리 지점에서 사전 각본에 따른 경직된 만남이 이뤄졌다. 두 남자 모두 회의에 대비해 본인이 맡은 역할을 미리 연습하고 나왔다. 아르노는 뛰어난 두뇌의 소유자로 프랑스에서 교육받은 인수합병의 거물 역할이었고, 데 솔레는 로마에서 태어나 하버드에서 교육받은 단호하고 영민한 기업가 역할을 맡았다. 그날 회의에 참석했던 자이가 말했다.

"두 사람은 정반대였어요. 아르노는 격식을 차렸지만 안절부절못했고, 반면 데 솔레는 솔직한 달변을 자연스럽게 늘어놨어요."

아르노는 데 솔레와 톰 포드에게 찬사를 쏟아부으며 자신의 의도가 적대적인 것이 아니라고 말하면서 LVMH가 경영권을 장악하면 구찌도 이득을 얻을 수 있다고 데 솔레를 설득했다. 그러고는 이사회 대표권을 요구했다. 데 솔레는 이해 충돌이 발생할 수 있다며 이의를 제기했다. LVMH가 자기네 간부를 구찌 이사회에 슬쩍 끼워 넣어 매출과 마케팅, 유통자료, 인수 계획, 신규 전략에 이르는 구찌의 비밀 정보들을 손에 넣을지도 모른다는 생각에 진저리를 쳤다. 그래서 아르노에게 구찌 주식 매입을 중단하든지 아니면 회사 전체를 인수하라고 말했다.

데 솔레는 아르노가 회사 주주 모두가 보유한 주식 전체에 공평한 가격을 제시하지 않고 회사의 실질적 지배권을 확보할 수 있을 만큼의 주식을 사들이는 것이 두려웠다. 뉴욕 증권거래소는 지배권을 행사할 만큼의 주식을 상당량 매입한 입찰자가 의무적으로 취득해야 할 잔여지분 비율을 정해 놓지 않았다. 즉 미국은 의무공개매수 제도를 시행하지 않고 있었다. 미국의 상장기업 대다수는 경영권 방어 전략을 회사 설립 허가서에 명시해 놓고 있었기 때문이다.

구찌가 상장한 암스테르담 증권거래소 역시 그러한 비율을 의무화하지 않았다. 영국, 독일, 프랑스, 이탈리아 등 다른 유럽 국가의 주식시장은 반인수합병법을 제정해 입찰자가 의무적으로 공개 매수해야 할 지분 비율을 정해 놓았다. 구찌는 이도저도 아닌 입장에 놓였다. 구찌의 회사 규정에는 경영권 방어 조항이 명시되지 않았다. 그런 조항을 넣으려는 시도가 있었지만 주주들이 반대표를 던졌기 때문이다. 게다가 구찌가 상장된 주식시장 두 곳 모두 인수합병을 제한하는 조치가 정해져 있지 않았다. 모든 책임은 회사의 몫이었다. 데 솔레는 아르노에게 공격을 중단하라고 설득했다. 자이는 이렇게 회고했다.

"처음에는 호의적인 분위기였어요. 데 솔레가 다음 회의 때 아르노의 부인에게 줄 구찌 핸드백까지 가져왔을 정도였죠."

데 솔레는 아르노에게 의결권을 34.4%에서 20%로 낮춘다면 구찌 이사회에 두 개의 자리를 제공하겠다고 했다. 그러나 아르노는 세 번째 회의에서 그 제안을 거부했고 자신의 뜻에 따르지 않으면 데 솔레를 비롯한 이사회 일원 한 명 한 명을 고소하겠다고 위협했다. 양측 모두 점점 더 큰 좌절감을 느꼈다. 2월 10일, 아르노는 주주로서의 권리를 들먹이며 구찌에 긴급 주주총회를 소집해 LVMH 대리인을 구찌 이사로 임명하라고 요구하는 서한을 보냈다. 편지를 본 데 솔레는 머리끝까지 화가 났다. 훗날 고데가 말했다.

"우리는 그 제안이 받아들여질 것이라 확신했었죠!"

그에 따르면 LVMH는 대리인으로 3명이 아닌 1명만을 보내기로 결정했으며 자사와 관련 없는 외부 인사를 이사 후보로 제안했다.

"우리 딴에는 선의의 표시였지요."

그러나 데 솔레는 은밀하게 입수한 보고서 하나를 읽고 피가 거꾸로 솟는 것만 같았다. 보고서에는 LVMH 임원 한 명이 기관 투자자인 구찌의 어느 주주에게 "우리가 완전한 지배권을 얻기 위해서는 이사회에서 '눈과 귀' 역할을 할 사람이 필요하다"는 말을 했다는 이야기가 적혀 있었기 때문이다. 데 솔레는 닭장에 늑대를 풀어놓을 생각이 없었다.

"LVMH가 구찌 지분을 전부 매입하거나 정당한 가격을 제시할 의도가 없다는 것을 확신하게 되었어요."

2월 14일 일요일, 구찌 임원들과 투자은행 담당자들은 런던 사무실의 작은 회의실에서 머리를 맞댔다. 프라다가 구찌 주식을 처음 매수한 이후로 스콧 심슨(Scott Simpson)은 무모하고 위험하지만 효과 있는 책략을 연구하고 있었다. 심슨은 인수합병 자문으로 유명한 대형 법무법인 스캐든 압스 슬레이트 미거 앤 플롬(Skadden, Arps, Slate, Meagher & Flom)의 런던 영업소에서 근무하던 변호사다. 그가 연구한 방어 전략은 그때까지 네덜란드 법원에서 문제시된 적이 없으며 뉴욕 증권거래소의 규제 허점을 노린 것으로, 종업원지주제(ESOP)를 통해 구찌가 직원들 몫으로 대량의 주식을 발행해 아르노의 지분을 희석하는 것이 골자였다.

ESOP로 아르노의 야욕을 제거하지는 못해도 의결권은 약화시킬 수 있을 것처럼 보였다. 데 솔레는 일단 이 카드를 비밀로 했다. 그러고는 마지막으로 아르노에게 서면으로 된 불가침협정에

서명하거나 회사 지분 전체를 정당한 가격에 사들이라는 제안을 보냈다. 인수합병을 시도하는 기업이 불가침협정에 서명하면 법적으로 더는 주식을 사들일 수 없다. 아르노의 답변은 2월 17일 오후 구찌의 팩스를 통해 출력되었다. LVMH 이사회가 불가침협정을 받아들여야 하는 '합당한 이유'를 알려 달라는 내용이었다. 처음에는 싸움에 소극적이었지만 곧 투지 넘치는 사람으로 변한 데 솔레는 그 문서를 보고 길길이 날뛰었다.

"불가침협정의 이유를 대라고? 이유를 원한다고? 오늘 밤 내가 그 이유를 만들어 내고 말겠어!"

다음 날인 2월 18일 아침, 구찌는 직원을 대상으로 하는 ESOP를 통해 3,700만 주의 보통주를 발행했다고 발표했다. 새로 발행된 대량의 주식은 즉시 아르노의 지분을 25.6%로 떨어뜨렸고 그 결과 그의 의결권도 약화되었다. 데 솔레는 그렇게 첫 방을 날렸다. 자이는 이렇게 회고했다.

"데 솔레는 갈수록 그 상황을 게임처럼 즐기기 시작했습니다. 반드시 이기겠다는 투지에 넘쳤어요."

ESOP 소식이 발표되었을 때 아르노와 고데 모두 ESOP가 정확히 무엇인지 알지 못했다. 고데는 책상 위의 로이터통신 화면을 무심코 보다가 그 놀라운 뉴스를 읽고 깜짝 놀랐다. 아르노는 뉴욕의 호텔 객실에 있는 팩스로 그 소식을 전달받았다. 즉시 고데에게 무슨 일인지 보고하라고 지시했다. 고데는 아르노와 논평을 요구하는 기자들에게 ESOP는 뉴욕 증권거래소 규정에 명백히

위배된다고 주장했다. 아르노는 구찌를 공략하기에 앞서 LVMH의 뉴욕 변호사들에게 뉴욕 증권거래소에 상장된 기업은 자기자본의 20%를 웃도는 신규 주식을 발행할 수 없다는 것을 확인했다. 그런데 증권거래소 관계자와 다급하게 통화한 이후 구찌의 변호사들은 이미 알고 있었던 다른 정보에 대해 알게 되었다. 신규 주식 발행에 대한 금지 조항이 자국 법의 적용을 받는 외국 법인에는 해당하지 않는다는 내용이었다. 구찌는 본사가 암스테르담에 있었던 만큼 네덜란드 법에 따르기 때문에 신규 주식 발행에 제약이 없었다. 고데는 훗날 이를 인정했다.

"우리는 그 끔찍한 조치에 깜짝 놀랐습니다. 그건 유령주였어요. 갑자기 발행됐고 누구도 소유하지 않았고 회사가 돈을 댔기 때문입니다. 발행된 주식 숫자가 우리가 보유한 주식 숫자와 정확히 일치한 것 역시 결코 우연이 아니었습니다."

ESOP 발행에 이어 LVMH를 또 한 번 놀라게 하는 일이 발생했다. 구찌는 미국 증권거래위원회에 제출하는 보고서를 통해 지배권 변동 시에 톰 포드와 데 솔레가 즉시 거액의 퇴직금을 받고 회사를 떠날 수 있다는 조항의 존재를 밝혔다. 데 솔레와 포드가 구찌의 가장 귀중한 자산으로 간주되던 때였기 때문에 그들이 떠나면 아무리 구찌를 인수한다 한들 큰 이득을 볼 리 만무했다. 구찌는 변호사들이 LVMH에 그 조항을 이미 오래전에 알렸다고 주장했다. LVMH는 구찌의 '드림 팀'이 수백만 달러어치의 주식매수선택권을 현금화해 회사를 떠나도록 허용하는 황금낙하산 조항의 존재를 알지 못했다고 주장했다.

아르노는 즉시 반격을 가했다. 구찌의 ESOP를 저지하기 위해 소송을 걸었고 구찌 경영진이 더러운 꼼수를 썼다며 고소했다. LVMH 경영진은 "구찌 이사회에 LVMH가 참여한 것은 이해충돌의 여지가 있다"는 데 솔레의 의견은 회사를 독차지하기 위한 핑계에 불과하다고 주장했다. 일주일 후 암스테르담 법원은 LVMH의 구찌 주식과 구찌의 ESOP 주식을 동시에 동결했다. 구찌의 앞날은 다시 한번 법원의 손에 좌우될 상황에 놓였다. 주식이 동결되자 구찌 경영진은 사면초가에 놓였다. 네덜란드 판사가 양측에 선의의 협상을 지시했지만 양측 모두 좌절하며 분노했다. 데 솔레는 미국 변호사이자 아르노의 선임 보좌역인 제임스 리버(James Lieber)를 비난했다. 프랑스 언론과의 인터뷰에서 리버를 파시스트라 부르며 비난했고, 아르노의 말을 더는 믿지 않겠다고 말했다. 자이는 이렇게 논평했다.

"인신공격이 더 치열해졌지요."

긴장이 한층 고조되었다. 데 솔레는 그래프턴 거리의 구찌 임시 사무소에 도청 장치가 숨겨져 있는지 철저히 확인해야 한다면서 주기적인 보안 점검을 지시했다. 톰 포드는 파리 자택 바로 앞에 주차된 차에서 자는 남자를 발견하고는 그가 뉴욕의 탐정 회사 크롤 어소시에이츠의 탐정일 것이라 확신했다. 아르노가 범죄 영화에서처럼 포드를 염탐하기 위해 그 회사의 탐정을 고용했다는 소문이 나돌았기 때문이다.

아르노는 그러한 비난에도 굴하지 않고 달콤한 포장 공세를 펼치기 시작했다. 이를테면 톰 포드와 데 솔레의 사이를 갈라놓고 포드를 LVMH 진영으로 끌어오기 위해 회유의 메시지를 보내는 식이었다. 황금낙하산 조항에 따라 데 솔레가 퇴직하더라도 그를 대체할 경영인은 찾을 수 있지만 포드가 떠나면 구찌의 이미지 자체가 그대로 증발될 것이었다. LVMH의 어느 임원은 기자와의 통화에서 의미심장한 말을 남겼다.

"경영인은 많지만 디자이너는 얼마 되지 않아요."

곧이어 아르노는 포드의 친구이기도 한 프랑스 여기자를 밀라노로 보내 포드와 함께 저녁 식사를 하도록 했다. 포드는 식사를 하다가 그 기자가 아르노의 대리인 자격으로 자신을 만나러 왔다는 사실을 알게 됐다. 그리고 그녀의 부탁에 따라 저녁 식사 후 아르노에게 전화하기로 했다.

"아르노는 모든 경로를 통해 내게 접근했어요. 다만 제대로 된 직접적인 경로를 통하지는 않았지요."

결국 포드는 몇 주 후 런던의 회원 전용 클럽인 모시먼스에서 아르노와 점심 식사를 하기로 했다. 그곳에는 망명 중이던 마우리치오가 10년 전에 녹색 천과 위풍당당한 엠파이어 양식 가구로 장식한 구찌 룸이 있었다. 약속 날짜가 되자 〈파이낸셜 타임스〉의 살구색 지면에 비밀회의가 열린다는 소식과 포드의 주식매수선택권에 대한 설명이 큼직하게 실렸다. 이 신문은 포드가 구찌 주식을 200만 주 정도 보유하고 있으며 현재 주가를 감안할 때 대략 8,000만 달러를 벌어들일 수 있다는 사실을 폭로했다. 포드는 LVMH가 그 사실을 유출했다고 보고 곧바로 점심 약속을 취소했다. 포드를 데 솔레와 갈라놓으려던 시도는 두 사람을 더욱 가까워지게 했다.

한편 구찌는 ESOP로 시간을 벌 수 있었지만 인수합병에 대한 근본적 취약성은 사라지지 않았다. ESOP 결과는 네덜란드 법원의 결정에 달려 있었고, 구찌에게는 여전히 백기사가 필요했다. 데 솔레는 프랑스 최고의 부자로 꼽히는 프랑수아 피노(**François Pinault**)의 이름을 그때까지 들어 본 적이 없었다. 1998년 6월, 〈포브스〉의 세계 부자 순위에 따르면 피노는 추정 순 자산 66억 달러로 35위였다. 노르망디에서 태어난 피노는 62살로 가족이 일군 영세 제재소를 유럽 최대의 비식품 유통 그룹인 피노 프랭탕 르두트(**Pinault Printemps Redoute: PPR**)로 키워 냈다. PPR은 프랑스 사람이라면 누구나 아는 기업이다. 피노가 소유한 기업 중에는 프랭탕 백화점, 전자제품 대형 매장 프낙(**FNAC**), 우편 주문 회사 르두트가 포함되어 있다. 해외 자산으로는 경매 회사 크리스티(**Christie's**), 신발 제조회사 컨버스(**Converse**), 여행 가방 제조회사 샘소나이트(**Samsonite**) 같은 쟁쟁한 기업도 보유하고 있다.

피노는 모건스탠리 담당 간부와 일상적인 대화를 나누다가 구찌라는 이름을 듣고 귀를 쫑긋 세웠다. 그도 한때 명품 사업에 관심을 가진 적이 있었기 때문이다. 그는 잠깐 뉴욕에 들러 알도 시절부터 있었던 짙은 대리석과 유리로 된 정문을 열고 구찌의 5번가 매장을 둘러보았다. 피노는 뉴욕에서 돌아온 후 데 솔레에게 만남을 청했다. 두 사람은 3월 8일 메이페어에 있는 모건스탠리 런던 사무소에서 만났다. 데 솔레는 잠재적인 인수자들에게 퇴짜를 맞으면서 그동안 가다듬은 이야기를 완벽하게 털어놓았다. 자신과 포드가 5년 만에 구찌 매출을 2억 달러에서 10억 달러로 끌어올렸지만 현재대로라면 20억 달러대로 올라서지 못하리라는 것을 두 사람 모두 잘 안다고 말했다. 그러고는 피노에게 구찌를 다양한 브랜드를 거느린 기업으로 전환하고 싶다는 목표를 들려주었다. 그것은 바로 피노가 듣고 싶어 하던 말이었다. 제재소를 운영했던 푸른 눈의 피노가 미소를 지었다.

"난 뭔가 건설하는 것을 좋아합니다. 다국적 그룹을 건설할 기회라면 더더욱 좋죠."

고등학교를 중퇴한 피노는 프랑스에서 성공의 상징으로 전해오는 요소인 포도원, 언론사, 정치계 인맥을 빠짐없이 갖고 있는 사람이었다. 심지어 자크 시라크 대통령과도 친했다. 아르노의 영역을 침범하고 싶다는 생각이 들던 참에 구찌가 그에게 기회를 제공했던 것이었다. 피노는 이렇게 진단했다.

"구찌에는 두 가지 가능성이 있습니다. 구찌의 목에는 밧줄이 걸렸고 그 밧줄은 팽팽하게 당겨져 있어요. 초읽기는 이미 시작된 상황입니다. 구찌가 LVMH의 일개 부문이 되는 건 시간문제일 뿐이에요."

그는 3월 12일 점심에 데 솔레와 포드를 파리 16구의 자택으로 초대했다. PPR의 최고경영자 세르주 웽베르(Serge Weinberg)와 수석 보좌역 파트리시아 바르비제(Patricia Barbizet) 등 측근도 불렀다. 초대된 사람들은 피노의 호화로운 자택에서 구운 생선을 먹었다. 그의 집은 마크 로스코, 잭슨 폴록, 앤디 워홀 등의 그림과 헨리 무어와 피카소의 조각을 비롯한 놀랄 만큼 멋진 현대 미술품들로 장식되어 있었다. 데 솔레와 포드는 피노의 솔직하고 실용적이며 편견 없는 성격에 호감을 느꼈다. 그들의 눈에 피노는 가식적이고 비겁한 성향인 아르노와는 딴판으로 보였다. 포드에 따르면 피노는 권위를 지키면서도 측근의 의견을 경청하고 존중했다.

"피노의 눈빛이 마음에 들었어요. 그의 눈은 인간미를 담고 있었습니다. 측근 중 한 명은 피노의 말을 바로잡기까지 했습니다."

웽베르는 이렇게 평했다.

"금세 공감대가 형성되었어요."

큰 키에 맑은 눈을 한 웽베르는 10년 전 관료의 길을 포기하고 피노가 인수한 다양한 기업들을 탄탄한 그룹으로 결합시키는 역할을 했다.

"나는 우리와 그들의 생각이 통한다는 것을 느꼈습니다. 성격이 잘 맞았다는 뜻입니다."

그 같은 분위기에 힘입어 양측을 대리하는 투자은행 간부들이 보기에도 전에 없이 신속하게 협상이 추진되었다. 시간이 얼마 없었다. 피노는 법원 명령에 따라 구찌와 LVMH의 협상이 재개될 예정인 3월 19일을 데드라인으로 정했다. 구찌와 피노가 일주일 내에 합의하지 못하면 거래 자체가 무산될 판이었다. 양측의 변호사와 투자은행 간부들은 그날 저녁까지 머리를 짜내며 구찌-피노 제휴의 골자를 정했다. 기밀 협상이었기에 각 기업명에는 암호를 붙였다. 구찌는 '골드', 피노는 '플래티넘', 아르노는 '블랙'이었다.

파리 미로메닐 거리에는 규모가 작고 눈에 띄지 않으며 룸서비스와 카페가 없는 비즈니스호텔이 있었다. 그 호텔은 기업 임원들이 뒷문으로 은밀하게 드나들 수 있다는 점 때문에 기업의 회의 장소로 애용되었다. 데 솔레는 피노가 뒷걸음칠지 모른다고 걱정하면서도 인수 가격과 지배권 등의 사안에서 구찌에 유리한 조건을 밀어붙였다. 오히려 피노에게는 아직 결정적인 패가 없었다. 그는 데 솔레와 포드에게 런던 도체스터 호텔에서 따로 만나자고 연락했다. 피노는 그 유명한 이브생로랑과 유명 향수 브랜드를 계열사로 거느린 사노피 보테(Sanofi Beauté)를 인수하고 싶다고 말하면서 두 사람이 동의한다면 구찌가 그 회사를 운영해줬으면 한다고 요청했다. 아르노에게도 사노피의 인수 제안이 갔지만 그는 크리스마스 직전에 너무 비싸다고 거절했다. 포드는 대답했다.

"당연히 동의하죠!"

그러자 데 솔레가 '우리가 지금 무슨 짓을 하려는 거지?'라는 표정으로 바라보았다. 그럼에도 포드는 계속 말을 이었다.

"그럼요! 이브생로랑은 세계 최고의 브랜드예요!"

실제로 포드는 이브생로랑의 1970년대 디자인에서 영감을 얻어 남성적이면서도 관능적인 정장과 턱시도 스타일, 보헤미안 스타일 등을 디자인했다. 포드와 데 솔레가 마법을 부려 이브생로랑을 되살릴 수도 있다는 생각에 그 자리에 있던 모든 사람의 마음이 들떴다. 구찌는 일주일 만에 LVMH의 먹잇감이 될 처지에서 벗어나 거래를 지휘하는 입장이 되었다. 그 거래를 통해 구찌의 가치는 75억 달러로 평가됐으며, 30억 달러가 구찌의 은행 계좌로 들어갔다. 구찌를 다양한 브랜드를 거느린 명품 그룹으로 키우는 작전의 첫 단추가 끼워진 것이다.

3월 19일 아침, PPR과 구찌가 제휴를 맺었다는 발표가 돌발적으로 나왔다. 프랑수아 피노가 구찌 지분의 40%를 30억 달러에 인수하기로 했다는 내용이었다. 나중에 그의 지분은 42%까지 올라갔다. 뿐만 아니라 피노가 얼마 전 10억 달러에 인수한 사노피의 사업을 구찌에 맡기기로 했다는 내용도 발표에 포함됐다. 양측 합의에 따라 구찌 주가는 지난 열흘 동안의 평균 거래 가격보다 13% 높은 주당 75달러로 매겨졌으며, 구찌는 피노에게 3,900만 주의 신주를 발행해 주기로 했다. 이 엄청난 거래를 통해 아르노의 지분은 34.4%에서 21%로 희석됐고 의사결정 과정에 끼어들 여지도 줄어들었다.

구찌는 이사회 숫자를 8명에서 9명으로 늘리고 PPR에 네 자리를 주는 데 동의했다. 뿐만 아니라 추후에 인수합병을 논의할 전략위원회를 구성하기로 하고, 5명의 위원 중 4명은 PPR에서 받아들이기로 했다. 데 솔레와 포드는 새로운 제휴 관계를 '꿈이 실현되었다'라고 표현하며 기뻐했다. 두 사람은 기자들 앞에서 아르노를 거부하고 피노를 택한 이유를 설명했다. PPR은 직접적 경쟁사가 아니며, 구찌는 LVMH처럼 큰 기업의 일개 부문으로 흡수되기보다는 새로운 명품 전략의 주춧돌이 되고 싶었기 때문이라고 말했다. 피노 역시 모든 조건에 동의했다. 자신의 지분을 42% 이상으로는 늘리지 않겠다고 약속하는 불가침협정에도 서명했다.

구찌와 PPR의 거래 소식이 언론을 탔을 때 아르노는 파리 외곽의 유로 디즈니랜드에서 LVMH 관리자들에게 일장 연설을 하고 있었다. 연설을 중단한 그는 1시간이 안 걸리는 파리로 서둘러 돌아갔다. 푸른 눈의 고데와 강인한 턱을 한 리버는 암스테르담의 암스텔 호텔에서 그 엄청난 소식을 들었다. 크라스나폴스키 호텔에서 구찌의 법률고문 앨런 터틀을 만나기로 한 오후 1시가 바로 코앞이었다. 당황한 리버는 고데에게 물었다.

"이제 어떻게 하죠?"

고데는 이를 악문 채 대답했다.

"약속은 지켜야지."

호텔 위층 회의실에서 고데와 리버는 터틀에게 거래에 대한 세부 사항을 알려 달라고 요구했다. 그러나 터틀이 이를 거부하자 두 사람은 분노했다. 고데가 준엄하게 말했다.

"회의를 성공적으로 진행하려면 예의, 투명성, 선의 세 가지가 필수 요건입니다. 안타깝게도 오늘 당신은 세 가지 중 한 가지도 보여 주지 않는군요."

그는 차갑게 말하고는 리버와 함께 그 자리를 떠났다. 몇 시간 후 고데는 파리 오슈 대로에 있는 본사 꼭대기 회의실에서 아르노와 만났다. 바로 전날 파리에서 열린 LVMH 애널리스트들의 회의에서 아르노는 구찌의 잔여 주식 전부를 매수할 생각이 없다고 강조했다. 하지만 그는 구찌와 피노의 제휴 소식을 듣고는 '적대적인 경영진이 지배하는 회사의 힘없는 소수 주주'로 남든가 아니면 '구찌를 통째로 사들이는' 선택지만 남았다는 사실을 깨달았다. 그날 오후 그는 주당 81달러에 잔여 주식을 매수하겠다고 구찌에 제안했다. 그렇게 되면 구찌의 시가총액은 80억 달러를 넘어서게 된다. 불과 6년 전 파산 문턱까지 갔던 것을 생각하면 실로 엄청난 금액이었다.

데 솔레는 파리의 호텔 회의실에서 기자와 전화 인터뷰로 피노와의 협약을 설명하는 도중에 그 소식을 전달받았다. 그는 인터뷰를 중단하고 소리쳤다.

"난 이제 할 말이 없어! 다 끝났단 말이야! 이 일은 이걸로 끝이라고!"

아르노가 그제야 데 솔레가 지속적으로 했던 요구에 응하며 구찌의 잔여지분을 전부 사들이겠다는 제안을 했지만, 어쨌든 그의 제안은 성사되지 못했다. 구찌가 피노와의 협약을 깨지 않는 한 그 일은 불가능했다. 구찌 팀은 능숙하게 대응했고 피노와의 협약을 확실하게 마무리했다. 그 후에도 아르노가 주당 85달러까지 금액을 올렸다는 이야기도 있고 91달러까지 제안했다는 보도도 있었다. 그 경우 구찌의 시가총액은 90억 달러에 가까워졌을 것이다. 그러나 그것 역시 받아들여지지 않았다. 구찌 이사회는 완전하고 무조건적이지 않다는 이유로 그의 제안을 번번이 거부했다.

그러자 아르노는 피노와의 거래를 막기 위한 새로운 소송전에 돌입했다. 5월 27일, 암스테르담에 있는 네덜란드 기업청의 초록색 벽으로 둘러싸인 법정에서 검은색 법복을 입은 판사 5명은 베아트릭스 여왕의 사진이 내려다보는 가운데 구찌와 피노의 손을 들어주었다. 법원은 ESOP가 위법하다고 봤지만 전례가 없는 독소 조항 덕분에 구찌는 백기사를 찾을 시간을 벌 수 있었다. 데 솔레는 즉시 로스앤젤레스에 상을 받으러 가 있는 톰 포드에게 전화해 이 기쁜 소식을 알렸다. 그런 다음 직원들에게 파티를 열라고 지시했다. 그날 밤 지쳐 있던 구찌 팀원들은 암스테르담 운하 위의 바지선에 마음 편하게 모여 LVMH 제품이 아닌 샴페인을 마시며 신나게 승리를 자축했다.

아르노와 고데는 상처를 곱씹으며 오슈 대로의 본사로 돌아갔다. 자신들의 실수를 순순히 인정했지만 그대로 물러날 생각은 없었다. 상식적으로는 아르노가 조용히 구찌 지분을 매각하는 것이 옳았겠지만 그는 장기적으로는 자기 뜻대로 되리라는 믿음을 갖고 뜻을 굽히지 않았다. 고데는 이렇게 말했다.

"우리는 계속 기다릴 겁니다. 다른 사람들이 우리를 위해 일하는 것을 편히 앉아서 보는 경우는 드물어요. 상황이 매끄럽게 진행되지 않는다고 판단하면 곧바로 나설 것입니다."

고데는 LVMH의 이익을 위해서라면 언제든 다시 구찌 인수전에 참여할 각오가 되어 있다는 뜻을 암시하면서 미소 지었다. 실제로 LVMH는 2000년 중반까지도 구찌 지분을 처분하지 않았다. 데 솔레 입장에서 LVMH와의 싸움은 1999년 7월에야 끝났다. 암스테르담에서 열린 구찌의 연례 주주총회에서 LVMH의 반대를 물리치고 일련의 구찌 이사회 임명이 승인된 때였다.

"개인 주주 모두가 우리 쪽에 표를 던졌습니다. 내 입장에서 실제로 전쟁이 끝난 건 그때였어요. 자신이 세계의 주인이라고 생각하고 있던 아르노를 혼쭐낸 겁니다!"

그러나 고데가 약속한 대로 LVMH는 끈덕지게 데 솔레를 괴롭혔다. 처음에는 피노와의 협약에 온갖 공세를 펼치더니 나중에는 사노피 보테를 통한 이브생로랑 인수 계획을 방해했다. 아르노는 두 회사가 법인세 3,000만 달러를 납부하지 않았다는 주장을 하면서 전문 지식을 동원해 구찌와 PPR의 제휴가 체결된 방식에 딴죽을 걸었다. 구찌는 변호사들에게서 법인세 납부 의무가 없다는 자문을 받았고, 덕분에 주주의 돈을 절약할 수 있었다고 변호했다. 뿐만 아니라 그 돈을 납부할 의무가 있다 하더라도 30억 달러 규모라는 거래 측면에서 보면 사소한 문제에 불과하다며 아르노가 제기한 혐의를 무시했다. 그럼에도 아르노는 데 솔레의 모든 행동을 주시한다는 목적을 포기하지 않았다. 그뿐 아니라 이브생로랑을 계열사로 하는 향수 대기업 사노피 보테의 가격으로 제시된 60억 프랑(약 1조 830억 원)이 터무니없이 높다고 공개적으로 주장했다. 그는 구찌의 2대 주주였기에 구찌 주주들의 이익에 위배된다는 것을 입증하기만 하면 그 거래를 위태롭게 할 수 있었다. 아르노는 그 전해 12월에도 가격이 너무 높다면서 사노피 매수에서 손을 뗀 적이 있었다.

데 솔레에게는 아르노 말고도 상대해야 할 프랑스인이 두 명 더 있었다. 그중 한 명은 이브생로랑 회장이자 공동 창업자인 피에르 베르제였다. 88살이던 베르제는 거침없는 성격이었고 비공개 계약을 통해 2006년까지 디자인 결정에 대한 거부권을 행사할 수 있는 실권자였다. 그런 만큼 은퇴할 생각이 없었고, 신출내기들을 이브생로랑의 신성한 디자인본부에 들일 생각도 없었다. 이브생로랑의 디자인본부는 파리 마르소 대로의 저택에 있었다. 프루스트의 소설에나 나올 법한 고고한 저택은 녹색 커튼과 샹들리에로 장식된 널찍한 응접실과 디자인 작업실, 사무실 등으로 이뤄졌다. 베르제는 이렇게 말했다.

"그 건물과 그 안 사무실에는 손대지 마세요! 그곳은 오트쿠튀르의 영역입니다."

협상 테이블 건너편의 데 솔레도 강경한 태도를 보였다. 그와 톰 포드는 이브생로랑에 대한 지배권을 얻지 못하면 협상은 끝이라고 생각했다. 데 솔레가 상대해야 했던 또 한 명의 프랑스 사람은 구세주이자 새로운 파트너였던 프랑수아 피노였다. 피노는 지주회사 아르테미스를 통해 이브생로랑을 인수했고 구찌로 넘겨주는 작업을 마무리하고 싶어 안달이었다. 데 솔레가 말했다.

"나는 우리의 최대 주주와도 아주 힘겨운 협상을 벌였습니다! 구찌가 완전한 경영권을 확보할 수 있는 방법을 찾아야 했지요. 거래가 성사되려면 이사회 구성원 개개인의 협력이 필요했죠."

밀라노 소재 명품 산업 컨설팅 회사 인터코퍼렛(Intercorporate)의 아르만도 브란키니 부사장은 이렇게 지적했다.

"톰 포드-도메니코 데 솔레 팀의 강점은 제품 디자인과 홍보 이미지, 매장 분위기 등을 통해 브랜드의 예술성과 가치를 관리할 수 있는 능력입니다. 그들이 재량권을 얻지 못한다면 유감스러운 일이 발생할 것입니다."

해결책이 보이지 않던 그때 피노가 신사적인 타협안을 제시했다. 투자회사 아르테미스를 통해 오트쿠튀르 사업 부문을 인수할 테니 구찌가 나머지 사업 부문을 인수하라는 제안이었다. 사노피는 이브생로랑 말고도 로제 에 갈레(Roger et Gallet)라는 향수 브랜드가 있었고 반 클리프 아펠, 오스카 드 라 렌타, 크리지아, 펜디 등의 향수 라이선스도 보유하고 있었다. 이브생로랑에는 그때까지도 생 로랑이 직접 디자인하던 오트쿠튀르와 기성복 컬렉션 리브 고슈(Rive Gauche) 사이에 불화가 있었다. 리브 고슈의 여성복과 남성복은 신진 디자이너 알베르 엘바스(Alber Elbaz)와 에디 슬리만(Hedi Slimane)이 각각 디자인을 맡았다. 그러니 그곳을 두 개의 개별 기업으로 분리하는 것은 자연스럽고 합당한 조치처럼 보였다.

피노가 막판에 제시한 해결책은 모든 당사자의 희망에 부합했다. 이브 생 로랑과 피에르 베르제는 7,000만 달러라는 거액에 이브생로랑 브랜드의 완전한 지배권을 데 솔레와 포드에게 넘겼다. 한편 대략 4,000만 프랑의 연매출을 올리지만 만성 적자에 시달리며 130명 정도의 직원을 거느린 오트쿠튀르 사업 부문의 예술과 운영 결정권은 그대로 유지했다. 피노는 더 큰 거래를 염두에 두고 그러한 거래를 감내했다. 데 솔레는 이렇게 술회했다.

"나는 굉장히 조심스러운 편입니다. 그런데 어떤 사람은 그런 면모만 보고 물러터진 줄 착각하곤 하죠. 난 그런 사람이 아니에요. 간단히 말하면 내게 무엇이 필요한지 잘 알고 있는 사람일 뿐입니다."

데 솔레는 로마의 펜디를 두고 치열한 입찰 경쟁이 벌어졌던 그 이전 몇 달 동안 협상가로서의 근성을 보여 주었다. 펜디는 1997년에 탄생한 핸드백의 성공에 힘입어 패션 소품 시장의 총아로 떠오른 브랜드다. '바게트(baguette)'라는 별명으로 불리는 실용적인 핸드백은 매장에 들어오기 무섭게 팔려 나갔다. 펜디는 창업자 아델레 펜디(Adele Fendi)의 활기찬 다섯 딸과 그 가족들이 운영하는 회사였다. 인수를 희망하는 기업들이 앞다퉈 몰려들면서 입찰 가격은 명품 산업의 평균 호가를 훌쩍 웃돌았다. 입찰 가격이 올라가자 로마 소재 귀금속 기업 불가리와 차입매수펀드 텍사스 퍼시픽 그룹(Texas Pacific Group) 등 초기부터 입찰에 참여했던 기업들이 발을 뺐다. 데 솔레는 지배지분을 이용해 펜디의 시가총액을 13조 리라(약 7,400억 원)로 올려놓을 입찰 가격을 제시했다. 그는 다른 기업들이 손 떼는 것을 지켜보면서 승리를 확신했다.

그때 오래전 펜디에 가죽제품을 납품했던 프라다의 파트리치오 베르텔리가 입찰에 뛰어들어 16조 리라(약 9,000억 원)를 제시했다. 데 솔레는 펜디를 인수하고 싶은 생각이 간절했다. 포드와 함께 기적을 만들어 낼 수 있다고 생각했기 때문이다. 펜디는 모피, 가죽, 소품을 취급하는 이탈리아 기업이라는 점에서 구찌와 크게 다르지 않았다. 그는 베르텔리보다 높은 16조 5,000억 달러(약 9,400억 원)를 불렀다. 그러자 베르텔리가 폭탄을 투척했다. 그는 LVMH와 전례 없는 제휴 관계를 맺어 구찌의 입찰 가격을 눌렀다. 그가 제시한 금액은 펜디의 시가총액 9억 달러를 넘어서는, 순이익의 33배가 넘는 금액이었다. 그 무렵 명품업계에서는 순이익의 25배가 넘는 입찰 금액도 높은 것으로 간주되었는데, 베르텔리의 입찰 가격은 그 범위를 조금 더 웃도는 것이었다. 데 솔레는 최악의 앙숙 두 명이 힘을 합쳐 달려든 것 같은 기분이 들었다. 그럼에도 이사회로 돌아가 이렇게 말했다.

"우리도 프라다와 LVMH보다 더 높은 가격을 제시할 수 있어요. 하지만 그렇게까지 하는 건 무리라고 생각합니다."

자식과 손주, 그 배우자들에게도 일자리를 보장해줘야 한다는 펜디 가족이 내건 조건도 탐탁지 않았다.

"그 사람들을 잘 대우해 줄 수는 있지만 일자리까지 보장해 줄 수는 없습니다. 가족이라고 봐줄 수는 없어요. 실적을 내는 게 먼저죠."

펜디 입찰은 구찌에 패배를 안겼지만 데 솔레 입장에서는 두 가지 측면에서 이익이 됐다. 먼저 원하는 것을 손에 넣지 못하면 언제든 협상장에서 걸어 나올 수 있는 강인한 협상가로서의 이미지를 굳혔다. 게다가 구찌가 사노피에 과도한 금액을 제시했다는 아르노의 주장은 힘을 잃었고, 덕분에 사노피와의 거래를 둘러싼 부담 요인이 다소 줄어들었다. 1999년 11월 15일, 마침내 구찌는 사노피 보테와 그 계열사 이브생로랑을 인수했다고 발표했다. 이브생로랑은 〈인터내셔널 헤럴드 트리뷴〉의 저명한 패션 평론가 수지 멘키스(Suzy Menkes)가 '패션의 가장 빛나는 트로피'로 칭한 역사적 브랜드였다. 구찌는 인수 과정에서 독설가로 유명한 베르제로부터 유난히 호의적인 반응을 이끌어 내는 데도 성공했다. 베르제는 이렇게 말했다.

"난 생 로랑 씨만 지키면 됩니다. 다른 사람들이 와서 자기들만의 마케팅과 홍보 기법을 적용하고 싶다면 그러라고 하세요. 그런 일들은 전혀 알지 못하니까요. 우리는 세계에서 가장 위대한 오트쿠튀르 하우스를 세웠지만 마케팅에 대해서는 잘 모릅니다."

구찌 입장에서 패션계 최고의 브랜드 이브생로랑을 인수한 것은 다양한 브랜드를 거느린 그룹으로 가는 첫걸음이 되었을 뿐 아니라 다른 브랜드를 인수하는 데도 도움이 되었다. 11월 19일에는 볼로냐의 소규모 명품 제화업체 세르지오 로시(Sergio Rossi)의 지배권을 1,790억 리라(약 1,000억 원)에 인수했다고 발표했다. 이 거래로 구찌는 세르지오 로시의 지분 70%를 확보했고 로시 가족은 30%만 보유하게 됐다. 인수는 그 뒤로도 계속됐다. 2000년 5월, 프랑스 귀금속업체 부쉐론(Boucheron)이 구찌 소유가 됐다. 톰 포드는 구찌에서의 직책은 그대로 유지하면서 2000년 1월에 이브생로랑의 크리에이티브 디렉터로 취임했다. 모두가 예상하던 것이었다. 이 소식은 톰 포드가 파리의 이브생로랑 오트쿠튀르 쇼에 참석했을 때에 맞춰 발표되었다.

그 전해인 1999년 11월에는 구찌의 영업 이사이자 36살의 신예 마크 리(Mark Lee)가 이브생로랑 오트쿠튀르의 신임 상무이사로 임명됐다는 발표가 있었다. 그가 임명됐을 때 업계 관계자 상당수는 그 수줍고 조용조용한 인물에 대해 아는 것이 없었다. 구찌는 그의 약력조차 준비해 두지 않았다. 리는 삭스 피프스 애비뉴, 발렌티노, 아르마니, 질 샌더를 거쳐 구찌에 입사했고 겸손하고 성실한 태도 덕분에 동료들에게 좋은 평판을 얻었다. 포드의 임무는 이브생로랑의 사라진 영광을 되찾는 것이었고, 리의 임무는 이브생로랑의 기성복, 향수, 소품 사업과 187개에 달하는 라이선스를 관리하는 일상적 경영이었다.

명품업계의 크고 작은 파도로 기존 판도가 계속 뒤집히는 가운데 젊고 총명한 미국인 두 사람은 프랑스 패션계에서 가장 두드러지고 신성시되었던 임무를 떠맡게 되었다. 패션계 사람들의 머릿속에 새롭게 떠오른 의문이 있었다. 톰 포드는 이브생로랑의 기성복을 디자인할 사람을 영입할까? 아니면 자신이 직접 담당할까? 그렇다면 구찌의 디자이너로도 계속 일할까? 모든 면에서 비상하고 넘치는 재능을 가진 그는 패션계에 새로운 관점을 소개했을 뿐 아니라 패션, 디자인, 생활양식, 경영을 결합한 하나의 포괄적 개념을 만든 사람이었다. 하지만 그가 이번에도 그 모든 일을 하면서 성공할 수 있을지에 대한 궁금증이 커져 갔다.

구찌는 명품 산업을 휩쓴 인수합병 열풍에 편승했고 계속 자기 궤도 안으로 끌어들일 기업을 적극적으로 찾아다녔다. 데 솔레는 여전히 규모보다는 창의성에 초점을 맞춘다고 주장했다.

"톰과 나는 고치고 수선하는 일이 우리의 임무라고 생각합니다. 우리는 사실 브랜드 관리자입니다. 어떤 기업을 볼 때 '당장 저 회사를 사자'가 아니라 '저 회사로 무엇을 하는 게 좋을까?'라는 생각을 먼저 합니다. 우리는 투자은행 직원이 아니기 때문이죠."

실제로 두 사람은 투자은행 관계자가 아니었고 구찌 가족처럼 피렌체의 강인한 상인 혈통을 물려받지도 못했다. 그러나 그들은 특유의 기백과 투지, 추진력으로 구찌를 스타 반열에 올려놓았고 국제적인 기업으로 성장시켰다.

구찌는 80년 역사 동안 결정적인 순간마다 새로운 영역을 개척했다. 구찌 2세대와 3세대의 이례적인 소송전으로 개인 소유 가족기업의 명암이 드러나긴 했지만, 이탈리아 명품업계에서 뛰어난 성과를 거두며 세상의 이목을 붙잡았다. 구찌는 1950년대에 알도가 뉴욕에 소개한 이후 미국에 상륙한 최초의 이탈리아 브랜드 중 하나가 되었다. 1960년대와 1970년대를 지나며 스타일과 신분을 상징하는 브랜드로 떠올랐으며, 1980년대에는 마우리치오가 고도의 금융 지식을 갖춘 투자은행을 파트너로 받아들여 사업 제휴 계약을 체결했다. 마우리치오는 명품업계 최초로 투자은행과 손잡은 인물이었다. 1990년대 초반에도 미국에서 마케팅 인재 던 멜로와 디자인 귀재 톰 포드를 영입해 유럽 명품 산업의 중심부로 데려다 놓음으로써 업계를 선도했다. 1990년대 후반에는 인베스트코프의 지휘 아래 패션 및 명품업계 최초로 가장 성공적인 기업공개를 단행했다. 데 솔레가 경영권을 쥔 1990년대 말 구찌는 아시아 시장에 경제위기가 닥칠 것이라고 최초로 경고했으며, 그 후 업계 역사상 가장 거센 인수합병 위협을 이겨냈다. 이 모든 불리한 조건을 물리치고 그때까지 검증된 적 없는 방어 전략과 이례적인 제휴 관계를 통해 마침내 승리를 쟁취한 것이다. 구찌와 LVMH의 전쟁 직후 유럽공동체(EC)는 인수합병과 공개매수와 관련해 회원국 전체에 통용되는 규정을 제정했다. 이전부터 제정 작업이 진행 중이었지만 그때에 이르러 마무리된 것이다.

21세기를 앞두고 하버드 경영대학원은 구찌의 성과에 대한 사례 연구를 추진할 계획을 세웠다. 연구를 이끈 데이비드 요피(David Yoffie) 교수는 이렇게 말했다.

"나는 단일 부문이나 단일 국가에 국한되지 않고 보편적 호소력을 지닌 이탈리아 기업에 관심이 있습니다. 극적 변화를 겪은 그 기업은 사람들에게 널리 알려진 브랜드입니다."

톨스토이는 《안나 카레니나(Anna Karenina)》의 첫 부분에서 "행복한 가정은 모두 비슷비슷한 형태이지만 불행한 가정은 저마다 다른 형태로 불행하다"고 했다. 구찌의 독특하고 해묵은 불행은 이사회 회의실과 법정, 언론 지면에서 극적으로 전개됐기에 전 세계가 그 모습을 지켜볼 수 있었다. 세브랭 운데르망은 이렇게 지적했다.

"구찌의 사례는 가족이 해서는 안 될 일을 보여 주는 본보기였습니다. 그 결과 참혹할 정도로 큰 출혈이 발생했고 그런 식으로 왕조를 끝내서는 안 된다는 교훈을 얻을 수 있었지요."

만약 다른 식으로 상황이 전개되었다면 어땠을까? 구찌 가족이 화합을 이뤘다면 오늘날 구찌는 조용하고 예측 가능한 가족기업으로 남아 있었을까? 플라스틱 코팅이 된 GG 이니셜이 박힌 큰 가방과 빨간색과 초록색 줄무늬의 뱀부 핸드백을 계속 찍어내고 있었을까? 마우리치오가 다른 가족들의 목표와는 다른 급진적인 이상을 실현했다면 에르메스처럼 안정되고 고상하며 분란 없는 기업이 되어 여전히 아름다운 제품을 선보이고 있을까? 가족 불화가 신문 1면을 장식할 때마다 구찌 가족은 망신을 당했다. 그러나 그들의 갈등과 그에 수반되는 유명세는 불가해한 마법으로 작용해 구찌라는 이름을 아찔한 매력과 세련미의 대명사로 만들었다. 그 누가 그렇지 않다고 말할 수 있을까? 그 때문에 회사를 둘러싼 이해관계가 지나치게 확대되어 결국 가족이 분열된 것은 아닐까?

고객들이 구찌 제품을 특별하게 받아들인 데는 세련미와 우수한 품질뿐 아니라 그러한 마법의 역할이 컸다. 어쨌든 최초의 전성기인 1960~70년대에 구찌는 검은색 아니면 갈색 핸드백, 이탈리아식 페니 로퍼, 고급 짐 가방을 판매하는 회사였다. 그동안 톰 포드가 패션쇼와 할리우드, 화려한 광고를 통해 선보인 마법에도 불구하고 오늘날까지 전 세계 구찌 매장의 베스트셀러는 여전히 검은색 구두와 핸드백이다. 오래전 로베르토 구찌는 구찌의 마법이 어디에서 비롯되었느냐는 질문에 조금의 거리낌도 없이 이렇게 대답했다.

"회사가 곧 우리 가족이었고 우리 가족이 곧 회사였습니다! 불화를 일으킨 문제는 가족 간의 문제가 아니라 회사의 문제였습니다."

그가 말한 불화는 파올로가 젊은 소비자를 위해 값싼 브랜드를 만들어 그 사용권을 판매하려 했을 때 처음 일어났다. 그 후 구찌의 고급화라는 마우리치오의 야심 찬 계획과 그로 인한 손실 때문에 불화가 빚어졌다. 로베르토는 이렇게 지적했다.

"관리자와 가족이 하나인 회사를 운영하기가 훨씬 더 어렵습니다."

구찌가 회사에 소송을 제기한 파올로를 무일푼 상황에서 구해 준 놀라운 반전을 통해 구찌 가족이 회사의 문제보다는 핏줄을 더 중요시했다는 것을 알 수 있다. 구찌 제품이 신분의 상징이 되는 동안 회사와 가족은 직원들의 공감을 얻었다. 직원들은 시장의 부침이나 가족 간의 분쟁을 이겨 내며 오랜 세월 회사에 대한 충성심을 유지했다. 어느 장기근속 직원은 이렇게 말했다.

"그런 마음은 약물처럼 조금씩 핏속에 스며들었습니다. 제품을 이해하게 되었고 장인들에 대해 잘 알게 되었으며 내 안의 잠재력을 발견하고 느끼게 되었습니다. 우리는 이 회사에서 일한다는 사실에 자부심을 느꼈어요. 그 이유를 설명하기는 어렵지만 그냥 이 회사가 좋았습니다."

그 외에도 소비자들은 구찌의 주력 상품인 여행 가방과 핸드백 뒤에 살아 숨 쉬는 구찌 가문이 존재한다는 사실에 매료되었다. 구찌 이야기는 직접 회사를 일구며 키워낸 유럽의 여러 가문과 개인이 맞닥뜨린 어려움을 상징적으로 보여 준다. 이제 그들은 전형적인 진퇴양난의 상황을 앞두고 있다. 성공을 위해 대가를 치러야 하지만 그러다가 회사를 잃는 경우도 많다. 전 세계적인 경쟁으로 기업 통합 추세가 가속화되면서 가족 소유주나 개인 소유주는 경영권을 포기해야 하는 상황에 놓였다. 그들이 경제적으로 존립하려면 전문경영인을 영입하거나 새로운 제휴를 맺거나 회사를 완전히 매각해야 한다.

다른 소유주들은 운명을 더 순순히 받아들였다. 디자이너 발렌티노는 1998년 패션하우스를 이탈리아 투자회사 HdP에 매각한다는 기자회견에서 품위 있는 눈물 몇 방울만 흘렸을 뿐이다. 1997년 에마뉘엘 웅가로(Emanuel Ungaro)가 파리를 기반으로 한 패션하우스를 피렌체의 페라가모 가문에 매각하기로 결정했을 때도 우호적인 악수로 거래가 마무리되었다. 최근에는 독일 디자이너 질 샌더가 자신이 이룰 수 있는 한계를 넘어 회사가 더 크게 성장하기를 기대하는 마음에서 경영권을 프라다에 넘겼다. 그녀는 그 과정에서 냉정함을 잃지 않았다. 로마의 펜디 가문은 프라다와 LVMH 연합체에 경영권을 매각할 당시 몰려드는 인수 희망 기업들을 교묘히 조종하면서 가족 내분을 감추는 데 성공했다.

마우리치오가 구찌에 대한 이상과 강력하고 현실적 계획을 조화시키는 데 실패하자 구찌의 가족 분쟁은 가족 경영진과 금융회사 출신 전문경영진의 전쟁으로 고조되었다. 마우리치오는 강인하고 현실적인 여성과 결혼했지만 안타깝게도 그녀는 참혹한 운명을 안겨 주고 말았다. 마우리치오는 자신의 이상을 추진력으로 삼았지만 예민한 기질이 족쇄로 작용했다. 견고한 자금 기반을 쌓는 데 실패했기 때문에 적당한 조치를 취할 수 없었다. 그럼에도 그는 도메니코 데 솔레와 톰 포드에게 길을 열어 주었다. 두 사람은 그 덕분에 사업 감각과 스타일을 성공적으로 결합했고 권력과 자아, 이미지를 적절히 조화시키는 마법을 일으켰다.

지금에 와서 돌이켜보면 그러한 성공 공식이 명확해 보인다. 하지만 그 공식을 재현하는 것이 과연 가능할까? 〈인터내셔널 헤럴드 트리뷴〉의 패션 평론가로 유명한 수지 멘키스는 회의적인 입장이다.

"가능하지 않을 겁니다. 불가사의한 요소가 작용해야 해요. 할리우드 영화를 제작하는 것과 비슷하죠. 각본이 좋고 좋은 배우들이 출연하는 영화라도 항상 흥행에 성공하는 것은 아닙니다.

성공하는 경우도 있지만 그렇지 않을 때도 많아요."

두둑한 보상을 받은 구찌 가족은 애석하고 쓰라린 감정을 안고 방관자 입장으로 물러나 자신들의 이름을 사용하는 회사가 신문의 경제면과 패션 지면을 메우는 광경을 지켜보고 있다. 조르지오 구찌는 이 책을 쓰는 현재 마리아 피아와 로마에서 살면서 피렌체를 자주 방문한다. 그곳에는 그가 인수한 림베르띠(Limberti)가 있다. 가죽 제조업체로 정평이 난 구찌의 납품업체이며 조르지오와 맏아들 구찌오의 일터이기도 하다. 구찌오는 피렌체 인근의 중소 도시 프라토 태생의 부유한 섬유 제조 집안 여성과 결혼했으며 구찌 4세 중 창업가 기질이 가장 두드러진다. 1990년에는 자신의 이름으로 가죽제품 회사를 창업하려 시도했고, 1997년에는 에스페리언자(Esperienza)라는 상표로 넥타이 등 소품 컬렉션을 선보였다. 현재 그는 림베르띠 운영에만 전념하고 있다. 그동안 구찌오라는 이름의 사용과 부동산에 이르기까지 다양한 사안을 두고 구찌와 여러 차례 법적 공방을 벌였다. 구찌 가문 중 나머지 사람들은 대부분 밀라노나 로마에서 비교적 눈에 띄지 않게 살아가고 있다. 그들은 구찌의 지속적인 성공을 잘 받아들이지 못하고 있다. 조르지오의 막내아들 알레산드로는 어머니 오리에타에게 토로했다.

"이런 씁쓸한 기분이 언제쯤 사라질까요?"

아직도 피렌체에 살고 있는 로베르토 구찌는 가죽제품 제조업체 하우스 오브 플로렌스(House of Florence)를 세웠다. 마우리치오가 인베스트코프에 회사를 매각하고 나서 불과 한 달 뒤에 창업했다. 오랜 전통 기법에 따라 수제 가죽 핸드백과 소품을 생산하며 구찌 매장과 멀지 않은 토르나부오니 거리에 매장을 운영하고 있으며 도쿄와 오사카에도 지점이 있다. 로베르토의 아내 드루실라와 자녀 코지모, 필리포, 우베르토, 도미틸라, 프란체스코 등 5명도 하우스 오브 플로렌스에서 일한다. 딸 마리아-올림피아는 수녀가 되었다. 로베르토는 수제 가죽 핸드백과 그 핸드백을 만드는 장인들의 이야기를 할 때면 아직도 눈이 반짝반짝해진다.

"나는 배운 것을 그대로 실천합니다. 배운 것이 내가 아는 전부입니다. 아무도 내가 배운 이 기술을 전수받으려 하지 않습니다. 그래서 계속 이 길을 가려 합니다."

구찌 가족 중 나머지 사람들은 일상에 파묻혀 살고 있다. 알도와 브루나의 딸 패트리샤는 팜비치와 캘리포니아에 집이 있으며 로마에서 은둔 중인 어머니를 자주 찾아간다. 파올로의 막내딸 파트리치아는 1987~92년까지 마우리치오 밑에서 일했고 현재는 피렌체 교외의 나무가 우거진 저택에 살면서 화가로 활동한다. 그녀의 언니 엘리자베타는 두 아이의 어머니이며 전업주부다.

마우리치오의 전처 파트리치아는 과거의 매력을 잃은 모습으로 밀라노의 산 비토레 감옥에서 하루하루를 보내며 과거를 지워버리려 애쓰고 있다. 미래를 상상할 수 없는 삶이다. 그녀의 어머니 실바나는 베네치아 대로의 널찍한 아파트에 살면서 금요일마다 딸이 제일 좋아하는 미트로프를 들고 면회를 간다. 2000년 2

월 카를로 노체리노 검사는 실바나가 남편 페르난도 레자니의 죽음을 재촉했고 파트리치아의 살해 계획을 알았거나 방조했다는 내용의 보고서를 조용히 덮었다. 현재 실바나는 두 손주를 돌보며 산다. 마우리치오 부부의 첫째 딸 알레산드라는 루가노의 경영대학원 3학년 과정을 마치려는 참이며 할머니와 주기적으로 연락을 주고받고 있다. 둘째 딸 알레그라는 할머니와 같은 집에 살면서 아버지처럼 밀라노에서 법학을 공부하고 있다. 그녀들은 많은 비용이 들지만 아버지가 남긴 크레올을 소유하고 있으며 매년 생트로페의 니우라르그 경주에 참가해 아버지를 기린다. 크레올을 타고 한가롭게 항해를 즐기며 모나코의 알베르 공작을 비롯한 유럽 상류층 인사의 요트에도 초대받고 있다. 그녀들은 아버지가 피터 팬처럼 어른이 되기를 거부했다고 생각한다. 알레산드라는 이렇게 회상했다.

"아버지는 놀이를 좋아하셨어요. 알레그라와 몇 시간이고 축구를 하곤 했었죠. 잔뜩 지친 몸으로 집에 돌아와서도 비디오게임을 했어요. 아버지는 페라리, 포퓰러원, 마이클 잭슨, 봉제 인형에 깊은 애착을 느꼈어요. 어느 크리스마스 저녁 커다란 빨간 앵무새를 데리고 귀가해서 앵무새처럼 익살스러운 목소리를 냈던 기억이 생생하네요. 그리고 늘 우리에게 선물을 직접 전해 주셨어요."

그러나 그는 딸들 곁에 영원히 머무르지 못했다.

"어떨 때는 아버지와 하루에 여섯 번밖에 대화하지 못하는 상황이 몇 달 동안 이어졌어요. 그러다가 갑자기 자취를 감추셨고 4~5개월 뒤에야 다시 나타나곤 하셨죠. 아버지는 다정한 모습을 보이다가도 한순간 얼음장처럼 냉정해지는 분이었어요. 두 분이 자주 다투긴 했지만 그래도 언젠가 재결합할 거라 확신했어요."

부모가 자녀에게 해 줄 수 있는 가장 중요한 일은 서로 사랑하는 것이라는 말이 떠오른다.

파올라 프란키는 베네치아 대로 위쪽 동네에서 아들 찰리와 살고 있다. 그녀의 집은 12층 아파트로 두 번째 남편이 양도해 준 것이다. 호화로운 거실에는 화려한 천을 씌운 소파와 품위 있는 고가구들이 자리 잡고 있다. 그녀와 파트리치아가 서로 차지하려고 다툰 초록색 실크 커튼도 드리워져 있으며, 탁자와 장식장에는 마우리치오의 사진이 놓여 있다.

피렌체에 사는 로베르토는 아르노 강을 굽어보는 천장 높은 사무실에 앉아 오늘도 구찌를 남의 손에 빼앗긴 마우리치오를 원망하고 있다. 이름을 직접 언급하지는 않지만 그 원인으로 파트리치아를 지목한다. 어울리지 않는 여자가 구찌 집안에 시집와서 가족이 정성 들여 이룬 미묘한 힘의 균형을 깨뜨렸다고 생각한다.

"야망의 불을 일으키는 도화선은 무엇일까요? 그 불은 무한한 부를 추구하느라 이성이나 도덕적 원칙, 존경심, 주의력을 파괴합니다. 야망의 불씨를 품고 있는 사람 옆에서 누군가가 그 불씨를 불길로 키우면 이런 꼴이 되는 겁니다!"

그러면서도 로베르토는 힘주어 말했다.

"구찌 가족은 위대합니다. 우리의 모든 실수에 용서를 구합니다. 사실 실수를 저지르지 않는 사람이 있을까요? 남들의 실수를 비난하고 싶지는 않지만 잊을 수는 없습니다. 인생은 한 권의 거대한 책이고 수많은 페이지로 이뤄져 있습니다. 아버지는 내게 페이지 넘기는 법을 가르쳐 주셨습니다. 그분은 '페이지를 넘겨라! 울고 싶으면 울어도 된다. 대신 울고 나면 훌훌 털어 버려라!'라고 말씀하셨지요."

구찌 가족은 욕망이 현실과 보조를 맞추지 못할 때마다 마지못해 페이지를 넘겨야 했다. 가족과 기업이 갈라진 그 순간, 구찌 가족은 쓰라리고 비통한 길로 들어섰다. 반면 회사는 난장판을 딛고 일어나 이례적인 성공을 거두었다. 구찌의 이야기는 명품 대기업으로 발전하고 있는 오늘날에도 구찌에 사로잡힌 새로운 얼굴이 나타나 그 마법에 영원한 생명을 불어넣는 한 계속 전개될 것이다. 이제 구찌의 과제는 단일 브랜드의 세부 사항까지 관여하는 경영에서 벗어나 다양한 브랜드를 관리할 새로운 인재를 양성하는 것이다. 그러는 동안 구찌의 유산이 양날의 검이 될 수도 있다는 사실을 잊지 말아야 한다.

마우리치오가 두고 떠난 사람들 중에서 가장 공허한 삶을 살고 있는 사람은 충직한 운전기사였던 루이지 피로바노일 것이다. 은퇴한 루이지는 아내와 사별했으며 마우리치오에 대한 기억을 되새기는 일로 시간을 보낸다. 밀라노 북쪽의 몬차 자택에서 밀라노까지 날마다 차를 몰고 가서 그 옛날 마우리치오가 자주 들렀던 곳들을 둘러본다. 마우리치오와 로돌포가 살았던 몬포르테 거리의 10층 아파트, 1951년 로돌포가 밀라노에서 처음으로 오픈한 몬테 나폴레오네 매장 등이 그가 즐겨 가는 곳이다. 그곳에서 가까운 거리에 구찌의 새로운 주력 매장이 영업을 하고 있다.

그의 차는 한때 마우리치오가 살던 쿠사니 거리의 보나파르테 저택을 지나 팔레스트로 거리를 따라간다. 맑은 날이면 팔레스트로에 차를 세우고 자르디니 푸블리치 공원의 모랫길을 걷곤 한다. 그 공원은 마우리치오가 총격을 받은 건물 맞은편에 있다. 루이지는 마우리치오가 죽은 지 4년이 흐른 뒤에야 베벨스를 다시 찾을 용기를 냈다. 베벨스는 가족적 분위기의 작은 식당으로 마우리치오가 가장 좋아하던 피렌체식 스테이크를 구워 낸다. 총탄에 쓰러지기 일주일 전 마우리치오는 두 딸과 함께 그곳에서 점심 식사를 했다.

루이지는 4년여 만에 그곳에서 점심을 먹었다. 식당 주인과 이런저런 이야기를 나누면서 마우리치오가 그랬듯 코에 얹은 귀갑 안경을 밀어 올렸다. 사실 그의 안경은 마우리치오의 유품이다. 루이지의 머릿속에 추억이 물밀듯 밀려들었다. 마우리치오의 어릴 적 모습과 첫 번째 자동차, 풋사랑들, 파트리치아와의 사랑, 갈등의 시작, 연이은 실패 등을 떠올린다. 마우리치오가 혼자 살던 임시 숙소에서 고열에 시달릴 때 루이지는 자기 집에서 직접 만든 닭고기 수프를 먹이며 회복될 때까지 간병하기도 했다. 평소 저녁이면 루이지가 동네 간이식당에서 사 온 통닭구이를 나눠 먹었다. 또 그와 함께 피렌체, 생 모리츠, 몬테카를로, 로마 등 수많은 곳을 오갔다.

"마우리치오는 외톨이였어요. 완전한 혼자였지요. 그의 곁에는 사실 저밖에 없었습니다. 밤이면 밤마다 저는 아내와 아들을 집에 두고 그에게 가야 했어요. 저 한 사람이 감당하기에는 너무도 버거운 일이었습니다. 할 이야기가 많지만 누가 이런 이야기를 듣고 싶어 하겠어요?"

마우리치오의 장례식에서 루이지는 걷잡을 수 없는 감정에 사로잡혀 흐느꼈다. 그의 아들이 못마땅한 표정으로 아버지를 보며 핀잔했다.

"엄마가 돌아가셨을 때는 그렇게 울지 않으셨잖아요."

루이지는 아직도 마우리치오의 무덤을 정기적으로 찾아간다. 마우리치오의 무덤은 스위스 수브레타 언덕의 작은 묘원에 있다. 그가 그토록 아꼈던 생 모리츠 저택이 보이는 장소다. 파트리치아와 두 딸은 그런 이유로 그곳을 묘지로 택했다. 루이지는 다른 가족과 함께 피렌체 외곽의 소피아노 묘원에 잠들어 있는 로돌포에게도 자주 방문한다. 그곳에는 로돌포뿐 아니라 알도와 바스코, 알레산드라, 그리말다, 구찌오와 아이다가 함께 묻혀 있다.

후일담

2001년 3월 12일, 디자이너들이 파리에서 가을·겨울 기성복 컬렉션을 선보이는 주간이 시작되었다. 이때 가장 구하기 어려웠던 입장권은 패션쇼 입장권이 아니라 구찌와 이브생로랑 후원으로 열린 전시회의 화요일 개막식 입장권이었다. 〈팝아트의 시대(Les Années Pop)〉는 구찌 그룹이 최초로 개최한 대규모 전시회였을 뿐 아니라 구찌가 파리 패션계와 문화계, 사교계에 입성했음을 알린 한 편의 드라마였다.

전시회장 분위기부터 극적이었다. 퐁피두센터 출입구 위에는 앤디 워홀이 그린 거대한 엘리자베스 테일러 초상화가 희미한 역광을 내며 방문객들을 맞이했다. 초상화의 청록색 배경과 창백한 안색, 검은 머리칼, 인상적인 눈, 루비처럼 붉은 입술에서는 애니

메이션 같은 광채가 났다. 이슬비 내리던 그날 밤, 퐁피두센터 아래 광장에서는 젊고 잘생긴 수행원들이 검은 연미복 차림으로 검은색 카펫을 걷는 초청객들을 정문까지 안내하며 커다란 검은 우산을 씌워 주었다.

그날 행사를 위해 일부러 어둡게 해 놓은 퐁피두센터 내부에서는 에스컬레이터 몇 대가 초청객들을 위로 실어 날랐다. 꼭대기 층의 조르주생크 식당에서는 샴페인 리셉션이 열렸다. 톰 포드는 이날도 마법을 부렸다. 그가 에스컬레이터에 설치한 묘한 붉은 조명 때문에 위로 올라오는 사람들의 얼굴과 형체가 변화무쌍한 실루엣으로 변했다. 그 광경은 미술 전시회 개막식이 아니라 제임스 본드 영화의 오프닝을 방불케했다.

몰려든 사람들은 대부분 프랑스 패션계와 예술계, 재계의 내로라하는 거물들이었다. PPR 소유주이자 구찌 주주인 프랑수아 피노가 회색 정장을 입은 수행단을 이끌고 행사 초반에 등장했다가 금방 자리를 떴다. 디자이너 카스텔바작(**Jean Charles de Castelbajac**)도 트레이드마크인 보라색 스카프를 두르고 참석했다. 그는 팝아트 시대를 기리는 의미에서 몇 년 동안 원색 컬렉션을 선보인 인물로, 팝아트풍의 카스텔바작 신상품을 입은 친구와 대화를 나누었다. 패션계의 상징적 인물 피에르 가르뎅, 비앙카 재거, 키아라 마스트로얀니 등의 유명 인사, 톰 포드에게 영감을 제공했으며 최근 〈보그〉 프랑스판 편집장이 된 모델 출신의 카린 로이펠트(**Carine Roitfeld**), 〈보그〉 이탈리아판 편집장 프랑카 소짜니

(Franca Sozzani), 〈보그〉 미국판 편집장 안나 윈투어(Anna Wintour), 〈인터내셔널 헤럴드 트리뷴〉의 패션 평론가 수지 멘키스 등도 그 자리에 있었다.

얼마 전 구찌 그룹에 패션하우스를 매각한 영국의 젊은 디자이너 알렉산더 맥퀸(Alexander McQueen)도 참석했다. 그 자리를 찾은 거물들은 그 외에도 수없이 많았다. 차가운 샴페인 몇 잔을 마시고 흥이 오른 초청객들은 열띤 어조로 전시회에 찬사를 보냈다. 그날의 전시회에서는 1956~68년까지 제작된 회화 작품 200점과 설치물 200개, 팝아트 오브제 150점 등을 선보였다. 팝아트 오브제 중에는 이브생로랑의 그 유명한 몬드리안(Mondrian) 원피스와 쿠레주, 피에르 가르뎅, 파코 라반의 의상, 휴대용 라디오, 주방용품, TV, 탁자, 의자, 저장 용기, 볼과 비커를 포함한 타파웨어(Tupperware) 같은 원색 플라스틱 제품들도 있었다.

톰 포드의 디자이너로서의 평판은 다음 날 오후로 예정된 리브 고슈(이브생로랑 기성복 컬렉션) 패션쇼 결과에 따라 갈릴 수 있었다. 그래서 그는 빽빽한 인파를 슬쩍 빠져나가 일찌감치 자리를 떴다. 잔뜩 흥이 오른 데 솔레가 그 대신 초청객들과 환담을 나눴다. 그는 사기가 충천한 상태였다. 그는 이전 해 여름 LVMH와의 싸움에서 승리한 이후 구찌를 멀티브랜드 그룹으로 키우는 사업을 주도해왔다. 이브생로랑뿐 아니라 로제 에 갈레, 펜디, 오스카 드 라 렌타, 반 클리프 아펠 등의 향수 라이선스를 보유한 사노피 보테를 인수한 이후 이탈리아의 최고급 제화업체 세르지오 로시의 지분 70%, 명품 귀금속업체 부쉐론의 지분 전부, 제네바 소재 명품 시계 제조업체 베다 앤 코(Bédat & Co.)의 지분 85%, 가죽 소품 브랜드 보테가 베네타(Bottega Veneta)의 지분 66.7%도 사들였다.

두 사람은 그 외에도 젊고 유망한 디자이너들의 패션하우스 지분을 사들이는 신규 전략까지 실행에 옮김으로써 업계를 놀라게 했다. 남성복 디자이너로 이브생로랑에 있다가 크리스찬 디올로 옮긴 에디 슬리만과의 계약에는 실패했지만, 2000년 12월 영국의 재능 있는 신진 디자이너 알렉산더 맥퀸의 패션하우스 지분 51%를 인수했다. 이 조치는 사실상 맥퀸을 아르노에게서 빼온 셈이 됐다. 맥퀸은 아르노가 지방시의 디자이너로 고용한 인물인 데다 고용 계약도 이미 갱신했기 때문이다. 데 솔레는 언론과의 인터뷰에서 구찌가 LVMH와 지속적으로 벌이고 있는 법적 다툼과 그 조치는 아무 상관없다고 말했다. 그럼에도 지방시는 1월의 오트쿠튀르 패션쇼와 3월의 기성복 패션쇼를 취소하고 극소수 고객과 언론인만 앞에 두고 비공개 패션쇼를 열었다. 그러는 동안 아르노와 맥퀸은 언론을 통해 독설을 주고받았다. 배신감을 느낀 아르노는 〈뉴욕 타임스〉 기자에게 이렇게 말했다.

"맥퀸은 무슨 일에 대해서나 항상 징징거립니다. 그러나 우리 LVMH는 '품위 있는' 기업이기 때문에 그를 완전히 해고하지는 않았습니다."

맥퀸은 〈타임〉과의 인터뷰에서 그 말에 반박했다.

"지방시는 벽을 박박 긁어댈 정도로 예산이 부족했습니다.

LVMH 그룹은 분위기가 '옹졸'한 데다 회사 상태도 '불안정'합니다."

2001년 4월 초 구찌는 스텔라 매카트니(Stella McCartney)와 계약을 맺었다고 발표했다. 폴 매카트니와 린다 매카트니 사이에서 태어난 그녀는 클로에(Chloé)에서의 성과를 통해 재능 있는 신진 디자이너로 명성을 얻었다. 그 다음 구찌의 쇼핑 목록에 올라온 디자이너는 니콜라 제스키에르(Nicolas Ghesquiere)였다. 그는 전설적인 오트쿠튀르 명가이자 구찌가 2001년 7월 인수한 발망에서 이름을 알린 디자이너다. 데 솔레는 2001년 3월 밀라노에서 구찌 여성용 기성복 패션쇼를 앞둔 인터뷰에서 이렇게 말했다.

"톰과 나는 새로운 디자인 인재들을 어떻게 영입할지에 대해 오랫동안 대화를 나눴습니다. 그들은 젊고 재능이 대단한 디자이너들입니다. 기성 브랜드 투자에 비해 비용도 얼마 들지 않는 데다 천문학적 수익을 낼 가능성도 있습니다. 젊은 인재를 영입하면 홈런을 노릴 수 있어요."

구찌는 2000년 내내 브랜드 인수에 열을 올렸을 뿐 아니라 이브생로랑의 군살을 빼는 작업에도 신속하게 착수했다. 167개의 라이선스를 67개로 축소하면서 라이선스 위주로 돌아가던 브랜드에서 생산과 유통을 직접 관리하는 브랜드로 거듭났다. 오직 안경을 비롯한 몇 가지 제품의 라이선스만 유지했다. 구찌는 이브생로랑의 공장 구조를 재편했고 겹치는 사업 부문을 통합했으며 새로운 색상과 진열 방식으로 기존 매장을 새롭게 단장했다.

구찌는 계속 요충지를 새로 발굴했고 라스베이거스의 벨라지오 복합리조트에 다른 구찌 매장도 설계했던 건축가 윌리엄 소필드(William Sofield)가 설계한 신개념 매장을 열었다. 톰 포드가 기획한 이브생로랑의 대표적 향수 오피움(Opium) 광고 캠페인은 발표되자마자 큰 화제를 모았다. 인쇄 광고와 버스 정류장 포스터로 세계 각국에 게시된 그 광고의 모델은 배우 소피 달(Sophie Dahl)이었다. 머리를 빨갛게 염색한 소피 달은 매혹적인 화장과 스틸레토 힐을 제외하고는 아무것도 걸치지 않았다. 대리석 조각상처럼 매끈한 나신으로 드러누운 그녀는 자기 몸을 나른하게 쓰다듬는 손놀림으로 사람들의 시선을 끌었다. 이 광고는 스페인에서는 광고상을 받았지만 다른 나라에서는 논란을 불러일으켰다. 그 덕분에 구찌 그룹은 공짜 광고 효과를 톡톡히 누렸다.

구찌 그룹의 새로운 상생 전략에 따라 사업 부문 축소 조치가 잇따라 이어졌다. 세르지오 로시가 이브생로랑의 구두를 생산하기 시작했고, 구찌 타임피스가 그룹 내 모든 브랜드의 시계 생산과 유통을 도맡았다. 또한 구찌는 자체 설비를 통해 이브생로랑 화장품의 미국 유통을 시작했다. 데 솔레는 이런 말을 즐겨 했다.

"현재 뉴욕 삭스 피프스 애비뉴에서 파는 이브생로랑 립스틱은 뉴저지에 있는 구찌 창고에서 운송되어 온 것입니다."

그 외에도 데 솔레는 구찌의 주요 경쟁사에서 뛰어난 사업 관리자들을 잔뜩 빼왔다. 특히 프라다의 자코모 산투치(Giacomo Santucci)를 영입해 구찌 부문 대표직을 맡긴 일은 업계에 큰 반향을 일으켰다. 산투치는 프라다 영업 이사였을 뿐 아니라 최고경영자 파트리치오 베르텔리에 이은 2인자였다. 그는 프라다가 동아시아로 사업을 확장했을 때와 1회용 포장 중심의 혁신적 피부 미용제품 라인을 출시했을 때도 주도적인 역할을 했다. LVMH 그룹에 속한 셀린(Celine)의 티에리 안드레타(Thierry Andretta)도 영입했다. 셀린의 구조조정을 지휘한 안드레타는 곧이어 구찌의 새로운 사업을 이끌었다. 불가리의 마시모 마키(Massimo Macchi)도 구찌 그룹에 합류해 귀금속과 시계 부문을 책임졌다. 구찌의 미국식 성과 우선주의 경영방식은 두둑한 연봉과 솔깃한 스톡옵션과 더불어 업계 관계자들의 관심을 끌었다. 데 솔레는 밀라노 언론과의 인터뷰에서 이렇게 말했다.

"사람들은 구찌에서 일하고 싶어 합니다. 구찌 그룹의 자산은 인재뿐입니다. 우리는 이제 누구든 원하는 사람을 고용할 수 있습니다!"

데 솔레와 포드는 구찌 브랜드 자체의 지속적 성장에도 신경 썼다. 그 전해 구찌는 뉴욕 주력 매장을 새롭게 단장했다. 5번가 매장은 1980년 알도 구찌가 대리석, 유리, 청동 같은 과감한 재료로 단장한 이후 변화가 없었다. 파리와 로마 매장도 개보수를 거쳤다. 일본에 새 매장을 열었고, 싱가포르와 스페인의 프랜차이즈 권리는 거둬들였다. 또한 기성복 생산 부문으로 잠마스포트를 인수했다. 이에 대해 데 솔레는 인터뷰에서 이렇게 자랑했다.

"구찌는 능률적인 조직이 되었습니다."

두 사람은 이브생로랑 인수를 통해 파리의 패션 기득권층에 진입하고자 했다. 그러나 쉽지 않은 목표라는 것도 잘 알고 있었다. 2000년 10월 포드의 이브생로랑 데뷔 컬렉션은 언론에서 미적지근한 평가를 받았다. 그는 이브생로랑의 뿌리를 되찾겠다는 목표에 따라 절제되고 어깨가 강조된 흑백 슈트와 간결한 드레스 몇 가지를 선보였다. 그리고 생 로랑과 그의 동업자 피에르 베르제를 정중하게 패션쇼에 초대했다. 패션쇼장은 파리 로댕 박물관 뒤편에 정교하게 조성된 정원 중앙에 검은 상자 모양의 1층짜리 가건물로 설치했다. 간결한 그 가건물은 18세기 저택을 배경으로 세심하게 가지치기된 과일나무와 장미 덤불이 늘어선 우아한 배경과 극명하게 대비되었다. 음울한 보라색 조명과 은은한 향냄새, 큼직하고 푹신한 검은색 새틴 좌석만 보면 패션쇼장이라기보다는 연기 자욱한 휴게실 같았다. 어느 기자가 이브생로랑의 '보석상자'라 칭한 검은 상자 패션쇼장에서 역대 최고의 디자이너로부터 브랜드를 물려받은 포드의 역량이 시험대에 올랐다.

예상대로 은둔 성향의 생 로랑은 나타나지 않았지만 베르제가 못마땅한 표정으로 맨 앞자리에 앉았다. 양옆에는 생 로랑에게 영감을 주었던 모델들이 앉아 있었다. 한 명은 중성적인 외모와 금발을 한 베티 카트루(Betty Catroux)였고 다른 한 명은 더 여성적이면서도 특이한 스타일의 룰루 드 라 팔레즈(Loulou de la Falaise)였다. 평론가들은 그날의 매끈하지만 지나치게 단순한 패션쇼가 이브생로랑의 전통보다는 구찌의 날렵하고 관능적인 스타일을 방불케 한다고 비판했다. 패션지 편집장들은 포드가 구찌와 이브 생로랑을 동시에 디자인할 만한 역량은 갖추지 못한 것 같다고 평했다. 훗날 포드는 이렇게 항변했다.

"만만치 않은 일이라는 걸 잘 알고 있습니다. 내 발에는 너무 큰 구두죠. 하지만 난 그 구두에 발을 넣을 생각이 없습니다. 저는 이브 생 로랑이 되려고 하지는 않을 겁니다."

패션계 관계자들은 디자인 부담은 둘째치더라도 패션쇼를 총괄하는 것만으로도 포드에게 엄청나게 고된 작업이었다는 것을 잘 알고 있었다. 이브생로랑 기성복 컬렉션의 재봉사와 디자인 직원들은 이브생로랑과 베르제의 오트쿠튀르 사업부와 함께 갈라져 나갔다. 그 외에도 프랑스의 노동 제도와 생산 제도 때문에 여러 제약이 뒤따랐다. 그래서 포드는 구찌의 디자인팀과 공장 직원들과 함께 첫 번째 이브생로랑 기성복 컬렉션을 만들어냈다. 그 이후 프라다의 미우미우(Miu Miu)에 있던 젊은 디자이너 스테파노 필라티(Stefano Pilati)를 디자인 디렉터로 영입해 이브생로랑에 새로운 디자인팀을 구축했다.

톰 포드의 이브생로랑 데뷔 무대에 모습을 드러내지 않았던 생 로랑이 2001년 1월 크리스찬 디올로 옮긴 에디 슬리만의 남성복 패션쇼에 참석하자 긴장이 고조되었다. 어떤 기자가 맨 앞줄에 앉은 생 로랑이 아르노와 함께 "순교자처럼 고통받고 있어요"라든가 "정말 끔찍해요" 등의 말을 하며 잡담을 나누는 모습을 포착했다. 그때 생 로랑은 이렇게 덧붙였다.

"아르노 씨, 저는 이 사기극에서 빼 주세요."

2월 케이블 채널 카날 플뤼스(Canal Plus)가 내보낸 이 장면에서 생 로랑의 말을 끊은 사람은 베르제였다.

"이브! 사방에 마이크가 있어. 아무 말도 하지 마!"

그 영상만 보면 생 로랑이 무엇 때문에 그렇게 심란해했는지 알 수 없지만 파리 사람들은 이브생로랑 기성복 사업을 구찌에 매각한 일을 언급한 것이라 추측했다. 그들은 1989년 아르노의 루이비통 인수 이후 파리에서 펼쳐진 가장 흥미진진한 명품 전쟁의 다음 전개를 기다렸다. 퐁피두센터에서의 샴페인 만찬은 구찌가 파리 패션 기득권층에 한 걸음 더 가까워진 계기가 되었지만 진정한 시험대는 그다음 날 열린 이브생로랑 기성복 패션쇼였다.

2001년 3월 14일 오후 기자, 패션지 에디터, 바이어, 카메라맨들이 기대에 들뜬 모습으로 가을 컬렉션 패션쇼장으로 몰려들기 시작했다. 톰 포드는 무대 뒤편에서 어둡고 짙은 눈 화장을 한 모델들을 최종 점검했다. 그러는 동안 데 솔레는 검은 새틴 좌석에 앉아 있는 사람들을 상대했다. 그는 프랑수아 피노와 PPR의 최고경영자 세르주 웽베르를 비롯한 사업 파트너들에게 인사한 뒤 전략적 관찰을 위해 패션쇼장 한쪽 계단으로 물러났다. 주요 유통업체 관계자와 패션지 편집장, 사업 파트너는 물론 자신의 휘하에 있는 신임 부사장들이 참석했는지 살폈다. 전날 밤 열린 〈팝아트의 시대〉는 눈부신 성공을 거뒀지만 톰 포드의 재능은 20분 후 런웨이 위에 펼쳐지는 결과로 가늠될 것이었다. 그러므로 무엇 하나 소홀히 넘길 수 없었다.

조명이 잦아들고 음악이 활기를 띠면서 모델들이 당당한 느낌의 러플(ruffle, 물결 모양의 주름)과 루시(ruche, 촘촘하게 잡힌 주름)로 장식된 옷을 바스락거리며 런웨이를 활보했다. 이브생로랑의 멋스러운 보헤미안 시대가 연상되는 광경이었다. 핑크와 장미색 실크로 된 주름 드레스 두 벌을 제외하면 컬렉션의 나머지 옷은 전부 검은색이었다. 얇게 비치는 관능적인 페전트 블라우스(peasant blouse), 꽉 죄는 코르셋벨트가 달린 주름장식 스커트, 페플럼(peplum, 블라우스 밑단에 붙이는 팔락이는 천)이 달린 하늘하늘한 블라우스에 스카프 형태의 이국적인 스커트, 현대적인 결박형 샌들, 매끈한 스모킹재킷(smoking jackets, 19세기 영국 남성들이 파티 도중에 담배를 피우면서 입던 재킷에서 유래한 정장), 플라멩코 스커트, 굴곡이 드러나는 타이트스커트를 차려입은 모델들이 런웨이를 걸었다.

이날 컬렉션은 생 로랑의 정신을 현대적으로 재해석했다는 반응을 얻으며 개가를 올렸다. 계단에서 계속 지켜보던 데 솔레는 안도의 한숨을 내쉬었다. 패션지 에디터와 바이어들은 시즌 최고의 컬렉션 중 하나로 이브생로랑의 기성복 컬렉션을 꼽았고, 다음 날 언론에도 극찬하는 기사가 실렸다. 톰 포드와 구찌는 다시 한 번 패션계 정상에 올랐다.

그러나 그들의 행복은 오래가지 못했다. 바로 다음 날 베르나르 아르노가 예상치 못한 발표를 하자 언론의 관심이 그쪽으로 쏠렸기 때문이다. 아르노의 발표는 전 세계 패션 에디터들이 이브생로랑의 검은 보석 상자에 넋을 잃은 채 앉아 있을 때 결정된 것이었다. 새벽 2시까지 이어진 협상 끝에 LVMH는 잘 알려지지 않은 웨일스 출신 디자이너 줄리안 맥도널드(Julien MacDonald)를 맥퀸의 후임으로 지방시에 영입했다. 이브생로랑 패션쇼는 대성공을 거뒀지만 다음 날 전 세계 언론은 지방시의 새 디자이너 기사를 더 크게 실었다.

구찌와 LVMH 사이의 경쟁과 법적 공방은 새로운 국면을 맞았다. LVMH는 여러 건의 인수합병을 통해 적극적으로 사업 확장을 추진했다. 이탈리아 디자이너 에밀리오 푸치, 미국의 스파 브랜드 블리스(Bliss), 캘리포니아 소재 화장품 브랜드 하드캔디(Hard Candy), 태그호이어(TAGHeuer)와 에벨(Ebel) 등 명품 시계 브랜드, 고급 셔츠 생산업체 토마스 핑크(Thomas Pink), 베네피트(BeneFit) 화장품, 도나카란(Donna Karan) 등이 LVMH에 인수되었다. 그 외에 거대한 다이아몬드 채광 기업 드비어스(Debeers) 연합 광산 회사와도 제휴를 맺었다. 아르노는 경영 인재를 발탁하는 데도 열을 올렸다. 조르지오 아르마니의 상무였던 피노 브루소네(Pino Brusone)를 데려와 LVMH 패션 그룹의 브랜드 인수와 개발 담당 부사장으로 삼았고, 나중에는 도나카란 인터내셔널의 최고경영자로 임명했다. 그해 3월 LVMH는 사상 최고의 실적을 올렸다. 2000년 매출이 전년 대비 35% 성장한 109억 달러였다고 발표했다. 덧붙여 2001년에는 매출과 이익이 두 자릿수 성장을 이룰 것이라고 예측했다. LVMH는 그룹 내 효자 기업인 루이비통의 뛰어난 실적과 크리스찬 디올의 자도르(J'adore), 겐조(Kenzo)의 플라워(Flower), 겔랑(Guerlain)의 이시마(Issima) 등 새롭게 출시한 향수의 성공을 그 이유로 꼽았다.

몇 주 뒤 구찌는 2000년의 모든 예측치를 웃도는 실적을 기록했다고 발표했다. 매출은 22억 6,000만 달러로 83% 성장했고, 희석주당이익(diluted earning per share)은 애초에 3.10~3.15달러로 예측했는데 그보다 높은 3.31달러를 기록했다. 순이익은 3억 3,670만 달러로 거의 변동이 없었다. 암스테르담 힐튼 호텔에서 열린 실적 보고회에서 데 솔레는 기자들에게 이렇게 발표했다.

"2000년은 중대한 해였습니다. 우리 회사가 상장한 이후 가장 극적인 변화를 경험한 해였죠. 구찌는 단일 브랜드를 보유한 하나의 회사에서 여러 브랜드를 보유한 그룹으로 진화했습니다. 뿐만 아니라 다른 회사보다 더 우수한 경영이 가능하다는 것을 입증했습니다. 우리는 구찌를 훌륭하게 경영해왔으며 그 과정에서 신속하고 적극적인 경영 방식을 지속적으로 보여 주었습니다."

법적인 측면에서 보면 2년 동안 열띤 법정 다툼을 벌였음에도 구찌와 LVMH의 대결은 잦아들 줄 몰랐다. LVMH는 PPR과 구찌의 제휴를 무효화하고 PPR의 구찌 전체 지분 매입을 강제화하기 위한 법정소송을 이어갔다. 결국 2000년 가을 구찌는 유럽공동체의 반독점 담당부서에 LVMH가 유럽의 경쟁법을 위반하고 있다는 고소장을 제출했다. LVMH가 주주 위치를 악용해 구찌의 인수 전략을 좌초시키려 시도하고 있으니 LVMH가 구찌 지분

20.6%를 매각할 것을 요구한다는 주장이었다. 2001년 1월 다시 법정에 선 LVMH는 2000년 PPR이 했던 제안대로 주당 100달러에 지분을 매각할 의향이 있다고 말했다. PPR 변호사들은 그 제안이 이제 유효하지 않다고 응답했다.

구찌는 능수능란한 기업 인수와 팀 구축, 패션계에 남긴 영향력을 바탕으로 기민한 법적 방어를 했지만 3월 8일에 받은 큰 타격에서 벗어날 수 없었다. 그날은 '보석 상자'로 성공을 거두기 불과 일주일 전이었다. 그날 암스테르담 기업청 항소법원의 훕 윌렘스 판사는 1999년 LVMH의 진격을 막기 위해 체결한 구찌와 PPR의 합작에 대해 조사가 필요하다는 판결을 내렸다. 기업청 항소법원은 상업 법원으로서 파산과 부실 경영과 관련된 기업행위를 조사할 특수 권한을 가지고 있다. LVMH의 기업 행정이사 제임스 리버는 이렇게 평가했다.

"오늘 판결은 지난 2년 동안 우리가 요구해왔던 바였다. PPR 거래의 무효화를 향한 진일보라고 생각한다."

이날 법원 판결에는 양측과 무관한 조사관 3명을 지정하고 10만 달러로 예상되는 조사 비용을 구찌가 부담해야 한다는 내용이 포함되었다. LVMH는 고소장에서 구찌와 PPR의 협약이 무효화되면 구찌 지분을 기존 20.6% 이상으로는 매입하지 않을 것이고, 자사 관계자를 구찌 이사회에 넣으려는 시도도 하지 않을 것이며, 구찌의 경영 전략이나 인수 전략에 개입하지 않겠다고 약속했다. 뿐만 아니라 세계 정상급 투자은행단을 꾸려 구찌가 PPR

과의 협약에 따라 받은 자금을 날리더라도 타격을 입지 않도록 30억 달러 증자를 돕겠다고 제안했다. 제임스 리버는 이렇게 주장했다.

"PPR 거래의 무효화와 LVMH가 약속한 조치의 결과로 구찌는 현재처럼 PPR에 지분 44%를 내주고 통제받는 상황에서 벗어나 다시 한번 독자적인 기업이 될 것입니다. 이에 따라 구찌는 지배권 프리미엄을 포함해 LVMH를 비롯한 구찌의 모든 주주에게 이득이 될 가격으로 제3자에 의한 전체 지분 인수 대상이 될 수도 있습니다."

항소법원이 구찌 경영진을 조사하라고 판결하면서 1999년 5월의 1심 판결이 뒤집혔다. 1심 법원은 구찌-PPR 협약을 합법 행위로 보았으며 구찌가 스스로를 방어할 권리가 있다고 판결했다. 당초 LVMH는 2000년 6월 네덜란드 대법원의 파기에 따라 1심 판결을 뒤집는 데 성공한 바 있다. 그해 9월, 네덜란드 대법원은 기업청에 구찌-PPR 협약을 재조사하라고 명령하면서 판결을 내리기 전 정식 조사를 시행하라고 강력하게 권고했다. 구찌는 조사에 협조하겠다는 의사를 밝혔지만, 2001년 3월 PPR과 마찬가지로 판결에 불복해 항소하겠다고 발표했다.

LVMH 변호사들은 소송을 추진하면서 구찌와 톰 포드 및 데솔레와의 스톡옵션 뒷거래가 구찌와 PPR의 협약 체결을 뒷받침했다는 혐의를 제기했다. 구찌는 PPR 거래와 스톡옵션 제공 간에는 '아무런 관련이 없다'면서 혐의를 부인했다. 구찌의 주장에 따르면 스톡옵션 공여는 네덜란드 기업청이 PPR과의 협약을 허용하고 나서 한참 뒤인 1999년 6월에 제안된 것이었다. LVMH는, 어떤 방법으로 했는지는 확실치 않지만, 구찌의 법률고문 앨런 터틀의 서류철에서 빼낸 기밀문서를 인용하며 그 존재만으로도 스톡옵션 공여와 관련한 비밀 협약이 있었음이 입증된다고 주장했다. 구찌가 제기한 혐의에 따르면 그 문서는 도난당한 것이었다.

구찌는 LVMH의 주장이 억측이며 사실이 아니라고 거듭 강조하면서 2001년 5월 중순까지 조사관들의 요청에 협조했다. 그러는 동안 법조 팀은 메모와 문서를 면밀히 검토하면서 변론을 준비했다. 조사 결과는 9월에나 나올 예정이었다. 구찌의 변호사와 대변인들은 기자들에게서 조사에 대한 질문을 받을 때마다 자신만만하고 침착한 태도를 취했다. LVMH의 지속적인 법정 공세에 잔뜩 화가 나 있던 데 솔레는 PPR과의 협약이 유지될 것을 확신한다고 발표했다. 그는 5월 초 포르토피노에서 열리는 트로페오 제냐 요트 경주에 참석했다. 그 경주는 이탈리아의 고급 남성복 브랜드이자 구찌의 납품업체이기도 한 에르메네질도 제냐가 후원하는 대회였다. 데 솔레는 그때 만난 기자 몇 명에게 "제가 한마디 해도 될까요?"라고 말했다. 요트 항해에 열정이 있었던 그는 정기적으로 경주에 참석했지만 전해에 자신의 요트를 팔았다. 그래서 친구이자 고급 요트 제작자인 루카 바사니가 소유한 카레라를 타고 그곳에 왔다. 그는 포르토피노 만을 굽어보는 고지대의 고풍스러운 저택 베아트리체에서 열린 환영 만찬에 참석한 기자들에게 자기 생각을 밝혔다.

“베르나르 아르노는 허언증 있는 작자예요. 이 말은 기사로 쓰셔도 됩니다!”

2001년 초, 유럽 사법기관 중 구찌와 관련된 사안을 조사하던 곳은 암스테르담 기업청만이 아니었다. 2월 19일 이탈리아 최고법원인 로마의 파기 법원은 3시간의 심의 끝에 파트리치아 레자니와 공범 4명의 유죄 선고를 확정했다. 그 직전 파기 법원은 건강상 사유로 석방을 요청한 파트리치아의 청구를 기각했다. 애당초 마우리치오 살인사건에 대해서는 카를로 노체리노 검사와 파트리치아 모두 상고했었다. 파트리치아의 상고심을 새롭게 맡은 변호사들은 로마의 프란체스코 카롤레오 그리말디와 마리오 지랄디였다. 1998년 11월 사메크 판사가 판결을 선고한 이후 파트리치아는 어머니와 두 딸의 도움을 받아 유죄 선고에 끊임없이 이의를 제기했다. 밀라노 변호사들이 2000년 3월에 열린 항소심에서 승소 판결을 얻어내지 못하자 화가 폭발한 그녀는 데돌라와 페코렐라를 해임하고 로마의 변호사들에게 상고심을 맡겼다.

그녀는 자신의 심신미약에 근거해 선고가 뒤집어지기만을 바랐다. 노체리노 역시 사메크 판사가 파트리치아와 암살범 체라울로에게 각각 26년형과 29년형을 내릴 때 감안했던 경감 사유를 인정하지 말아 달라고 최고법원에 상고했다. 그의 주장에 따르면 살인을 청부한 사람이 실행한 사람보다 더 가벼운 형량을 받은 것은 이례적인 일이었다. 최고법원은 양측의 상고를 기각하고 원심을 확정했다. 최고법원의 판결에 따라 유죄 선고가 파기될지도 모른다는 파트리치아의 기대는 사실상 산산조각 났다. 그러나 로마의 변호사들은 곧바로 소송 자체를 무효화해 달라는 고소장을 제출했다. 원심 평결은 사실이 아니라 모든 면에서 허무맹랑한 시나리오를 근거로 했으니 정당하지 않다는 이유를 댔다.

한편 교도소에 수감된 파트리치아는 최악으로 치달았다. 수감자들과 수시로 다퉜으며 그들이 구타하고 학대했다고 항의했다. 사법 당국은 그녀가 석방 요구를 관철하기 위해 꾸며낸 항의로 간주했다. 그녀가 다른 수감자를 정식으로 고발한 일도 있었다. 그 수감자는 영매였는데, 질투심을 물리치는 황금부적이 있다며 400만 리라(약 210만 원)에 가까운 돈을 받고도 석방된 뒤 그 부적을 전달하지 않았다고 주장했다. 화가 난 산 비토레 교도소장은 그 끊임없는 분쟁이 교도소 기강을 어지럽힌다고 판단해 파트리치아를 밀라노 외곽의 오페라 교도소로 보내 버렸다. 그 조치는 그녀의 자살 시도로 이어졌다. 오페라 교도소의 교도관들은 새 감방에서 침대보로 목을 묶은 파트리치아를 발견했다. 보도에 따르면 어머니에게 "이 세상을 완전히 떠나고 싶었어요"라고 말했다고 한다. 그러나 교도소장은 관심을 끌려는 수작 정도로 치부했다. 세간의 관심이 잦아들자 산 비토레 교도소장은 그녀를 다시 받아들였다. 그녀의 친구였던 피나의 변호사 파올로 트라이니는 이렇게 말했다.

"파트리치아와 피나는 그동안 함께 많은 일을 겪었습니다. 그런 만큼 그 둘은 서로 떨어질 수 없었어요. 파트리치아가 그곳에 없는 동안 피나는 슬픔에 시달렸습니다."

파트리치아의 상태는 오락가락했다. 어떤 날은 목발에 의존해서만 걸을 수 있었고, 어떤 날은 기운이 하나도 없다면서 모발 이식을 하러 온 미용사를 만나지 못한 적도 몇 차례 있었다. 실바나는 금요일마다 딸을 면회했고, 그때마다 참치완자, 송아지구이, 고기완자 등 집에서 만든 산해진미와 유행의 최첨단을 걷는 란제리, 가십 잡지 등을 들고 갔다. 그러고는 딸의 세탁물을 집으로 가져왔다. 맏딸 알레산드라는 보코니 경영대학원의 루가노 캠퍼스에서 학업을 이어 갔고, 알레그라는 아버지의 뒤를 따라 밀라노의 로스쿨에 입학했다. 두 딸 모두 시간이 날 때마다 어머니를 자주 방문했다. 이 가족은 크레올을 그대로 보유했으며 유럽의 유서 깊고 유명한 요트 경주에도 계속 참가했다.

한편 마우리치오와 6년간 교제했던 슈리 맥라플린은 1990년 미국으로 돌아가 새 삶을 시작했다. 몇 년에 걸쳐 밀라노에서 콩코드나 전용기를 타고 주로 주말에만 뉴욕에 머물렀던지라 고국에 다시 뿌리내리기까지는 시간이 걸렸다. 그러나 슈리는 자리를 잡았고 여러 직책을 맡은 끝에 조르지오 아르마니에 속한 르 꼴레지오니(Le Collezioni)의 홍보 이사가 되었다. 2000년 여름 그녀는 펀드매니저 롭 라우드와 결혼했다. 라우드는 큰 키에 짙은 금발의 긴 머리를 가진 온화하고 다정하며 배려심 있는 남자였다. 한마디로 마우리치오를 꼭 빼닮은 사람이었다. 2001년 3월 19일에는 첫 딸 리빙스턴 테일러 라우드가 태어났다.

마우리치오의 마지막 여자 친구였던 파올라 프란키는 그 후 다시 한번 비극을 겪었다. 2001년 초 아버지와 크리스마스 휴가를 보내던 아들 찰리가 10대의 나이에 스스로 목숨을 끊은 것이다. 그녀는 이렇게 자조했다.

"인생이 왜 우리에게 이런 비극을 안겨주는지 이해하기 어려울 때가 있어요."

그 슬픔을 극복하기 위해 그녀는 패션 관련 인터넷 사업에 착수했다.

로베르토 구찌는 피렌체에 그대로 남아 하우스 오브 플로렌스를 운영하고 있다. 그의 형제 조르지오는 쿠바 수도 아바나 근처에 있는 토지에서 점점 더 많은 시간을 보냈고, 아바나의 신흥 상업 중심지에 패션 매장을 열었다. 그곳에서 자신이 디자인하고 스페인에서 제조한 의류 컬렉션을 팔았다. 2001년 6월에는 로마 카밀루치아 거리에 있는 자택에서 가죽 소품 컬렉션 '조르지오G'를 출시했다. 그는 여행을 다니지 않을 때면 아내와 함께 그 집에 머문다. 2000년 가을 파나마를 여행하던 중에 장 질환으로 빈사 상태에 빠져 이탈리아로 급송되었지만, 죽음 직전에 받은 수술은 다행히 성공적이었다.

조르지오의 아들 구찌오는 피렌체 소재의 가죽 제조업체이며 아버지가 인수한 림베르띠에서 계속 일하고 있다. 림베르띠는 일류 디자이너 브랜드에 고급 가죽 소품을 납품하는 곳이다.

마우리치오의 총격을 목격한 주세페 오노라토는 2001년에도 팔레스트로 거리 20번지 건물의 경비원으로 일하고 있다. 그해 그는 마우리치오의 기일인 3월 27일에 밀라노 일간지 〈코리에레 델라 세라〉에 보낸 편지에서, 6년 전 자기 눈앞에서 47세의 나이로 피투성이가 되어 숨진 마우리치오를 추모했다.

> 내게 오늘은 슬픈 기념일이다. 그가 살아 있지 않기 때문이다. 만약 선택이 가능했다면 나는 그가 지상에 그대로 남아 있는 쪽을 선택했으리라 확신한다. 그랬다면 천성적으로 밝은 그는 그 어느 때보다 행복하고 기쁜 모습으로 살아 있었을 것이다. 이곳에 남은 나는 기도로 그를 기릴 것이다. 그리고 내 기도로 인해 그를 죽음에 빠뜨리고, 그가 그렇게 사랑했던 세상에서 그를 없애기 위해 돈을 치렀던 사람이 개과천선했으면 좋겠다. 마우리치오는 삶을 사랑할 이유가 충분했다. 그는 잘생기고 부유하며 유명했고 몇 사람의 사랑을 받았다. 불행히도 그는 다른 사람의 증오를 받기도 했다. 아마 그는 자신을 향한 증오의 깊이를 헤아리지 못했을 것이다.

오노라토는 1995년 3월 27일 그 운명적인 날 이후 하루하루 고달프게 살았다고 했다. 법원은 상해를 입은 오노라토에게 파트리치아가 2,000억 리라(약 1,000억 원)의 손해배상금을 지급해야 한다고 판결했지만 한 푼도 받지 못했다.

> 아직까지도 나는 민사소송과 변호사, 물리치료, 병원 약속, 왼손을 파고드는 극심한 통증 같은 괴로운 일에 파묻혀 있다. 통증을 느낄 때마다 그 끔찍한 날로 돌아간 기분이 든다. (중략) "사람들이 지금 그 많은 돈이 들어오면 어떨지 상상해 봐요"라거나 "아직도 배상금을 지급하지 않았다는 말이 진짜예요?"라고 물을 때마다 한층 더 참담해진다.

이해심 있고 도덕적인 오노라토는 자신보다 형편이 안 좋은 사람들이 있다는 생각을 하며 곤경을 애써 이겨내려 했다. 그는 '어쨌든 아직 살아 있다는 것만으로도 위안이 된다'고 썼다.

오노라토는 편지 말미에 이런 추측도 덧붙였다.

> 한동안 나를 괴롭히던 의문이 있다. 그날 아침 내가 일하는 건물의 부유한 주민 한 명이 나 대신 팔에 총상을 입었다면 지금쯤 모든 문제가 해결되지 않았을까? 과연 법은 만인에게 평등한 걸까? 아니면 불평등한 걸까?

작가의 말

여러 사람이 구찌 기업과 일하고 구찌 가문을 알고 지낸 경험을 나와 나누었다. 구찌와의 경험을 돌이키면서 감회가 깊었을 테고 지워지지 않는 기억을 떠올려야 했을 텐데 나를 신뢰하고 이야기를 들려준 것에 감사하다.

이 책에 가장 큰 보탬이 된 사람은 구찌의 최고경영자 도메니코 데 솔레와 크리에이티브 디렉터인 톰 포드다. 두 사람이 허락해준 덕분에 나는 1998년부터 2000년까지 그들과 여러 차례 인터뷰를 가질 수 있었다. 구찌의 전임 크리에이티브 디렉터인 던 멜로 역시 뉴욕, 밀라노, 파리에서 나와 인터뷰를 가졌고 마우리치오 구찌와 일했던 경험을 들려주었다.

안드레아 모란테는 방대한 정보뿐 아니라 주요 등장인물들의 성격에 대한 통찰을 제공했다. 인베스트코프의 네미르 키르다르 회장이 들려준 이야기는 한 편의 드라마였다. 그는 마우리치오 구찌의 이상에 동의했지만 그와 합심해 그 이상을 실현할 가망이 없다는 뼈아픈 깨달음을 얻었다고 했다. 인베스트코프의 중역이었던 빌 플란츠도 시간을 내어 자신의 경험을 들려주었으며 추가로 만날 사람들을 소개해 주었다. 덕분에 나는 다양한 사람들을 만나 그들에게서 다른 관점의 의견도 접할 수 있었다.

인베스트코프에서 구찌로 자리를 옮긴 릭 스완슨은 귀중한 일화와 수치 등의 구체적인 사실 정보를 인용하면서 인베스트코프와 구찌 사이에 있었던 일을 상세히 설명해 주었다. 구찌의 최고재무책임자인 로버트 싱어는 구찌 상장이라는 도전에 대해 들려주었다. 그 이외에도 폴 디미트럭, 밥 글레이저, 일라이어스 할락, 요하네스 후트, 센카 토커 등의 인베스트코프 전임 중역들이 도움을 주었다. 래리 케슬러와 조 크로스랜드 등의 임직원에게도 고마움을 전한다.

피렌체의 복식사학자 아우로라 피오렌티니가 공들여 수집한 구찌 자료들도 헤아릴 수 없을 정도로 큰 도움이 되었다. 피오렌티니는 국가 기록 보관소에서 찾아낸 공식 문서에서 구찌의 옛 고객에게서 확보한 유서 깊은 핸드백이며 현지 장인들의 이야기에 이르기까지 다양한 발견물을 나와 공유했다. 줄리아 마슬라가 이끄는 구찌 각국 사무소의 홍보 부서는 흔쾌히 인쇄물과 사진 자료를 찾아 주었을 뿐 아니라 수많은 인터뷰를 주선하는 수완을 발휘했다. 클라우디오 델리노첸티는 구찌의 생산과 제조 과정에 관해 색다른 이야기를 들려주었고 단테 페라리는 구찌의 옛 시절로 나를 안내했다. 이 책에는 일일이 언급되지 않지만 그 이외에도 수많은 이들이 자신만의 경험을 전했다.

로베르토 구찌는 떠올리고 싶지 않을 만한 이야기도 선뜻 들려주었다. 그의 친절한 협력에 각별한 고마움을 표한다. 조르지오 구찌는 가족의 사업과 아버지 알도 구찌에 대한 인쇄 자료를 제공해 주었다. 파올로 구찌의 딸 파트리치아는 내가 궁금해 하던 몇 가지 질문의 답을 찾는 데 도움을 주었다.

이탈리아 교정 당국의 거부로 나는 산 비토레 교도소에 있는 파트리치아 레자니 마르티넬리를 만날 수 없었지만 파트리치아는 교도소에서 나와 서신을 주고받았다. 그녀의 어머니 실바나는 내 질문에 참을성 있게 대답해 주었다. 파올라 프란키 역시 나를 여러 차례 자택에 초대해 마우리치오와 지냈던 경험을 들려주었다.

마우리치오 구찌의 충복이었던 비서 릴리아나 콜롬보와 운전기사 루이지 피로바노는 더할 나위 없이 유용한 이야기를 들려주었다. 두 사람은 마우리치오의 보호자이자 가족이나 다름없었다. 마우리치오의 변호사였던 파비오 프란키니는 녹음 자료의 사용을 허락했을 뿐만 아니라 마우리치오라는 인물을 이해하는 데 도움을 주었다. 그는 열정적이고도 상처받기 쉬웠던 마우리치오에게 애착을 느끼게 되었다고 했다. 세브랭 운데르망과의 몇 시간에 걸친 인터뷰를 통해 나는 마우리치오와 알도 구찌 등에 대해 한층 더 정확한 인물상을 유추할 수 있었다.

알도 구찌의 첫 번째 홍보 전담이었던 로건 벤틀리 레소나는 자신의 기억과 자료를 풀어놓았다. 구찌 가문과 20여 년에 걸쳐 인연을 맺어온 엔리카 피리도 귀중한 기억을 나누었다. 구찌와 피리의 깊은 인연은 아직까지 이어지고 있다.

살인사건 수사와 파트리치아 레자니의 재판에 관해서는 수사반장이었던 필리포 닌니, 카를로 노체리노 검사, 지안카를로 톨리아티 검사, 레나토 루도비치 사메크 판사 등의 도움으로 그 과정을 재구성했다. 또한 그들 덕분에 복잡한 이탈리아 사법 체계를 이해할 수 있었다. 내 친구이자 동료인 다미아노 이오비노는 기나긴 이야기를 듣는 동안에 내 옆에서 값진 도움을 주었으며 기분을 북돋워 주었다.

내 에이전트인 엘렌 르빈과 편집자 베티 켈리가 아니었다면 이 모든 경험이 책으로 완성되는 일은 불가능했을 것이다. 구찌의 이야기가 지닌 호소력을 간파한 비범한 사람들이다. 그들의 흥미와 지원은 전 과정에 걸쳐 헤아릴 수 없는 가치를 발휘했다.

내 부모님이신 데이비드 포든과 샐리 카슨에게도 감사한다. 두 분은 이 책을 쓰는 내내 나를 격려해 주셨으며 특히 어머니는 편집상의 조언을 해 주셨다. 남편 데이비드 프란키 스카르셀리에게도 고마움을 전한다. 그의 권유로 나는 책을 쓰는 단계로 도약할 수 있었다. 남편은 책 쓰는 활동을 지원해 주기도 했다. 내 딸 줄리아는 기특하게도 집필에 몰입한 엄마를 이해해 주었다.

내 친한 친구인 알레산드로 그라시가 쾌적한 '재택' 사무실을 제공해 준 덕분에 책을 쓰는 일이 한층 더 수월했다. 내가 세계 각국을 돌아다니며 인터뷰할 때 나를 재워 준 친구와 동료들에게도 각별한 고마움을 전한다. 뉴욕의 아일린 대스핀과 마리나 루리, 런던의 앤과 가이 콜린스 부부, 콘스탄스 클라인, 캐런 조이스, 마르코 프란키니, 파리의 재닛 오자드, 그리고리 비스쿠시, 페니 호너 등이 그들이다. 테리 에이긴스, 리사 앤더슨, 스테파노와 리앤 보르톨루시, 프랭크 브룩스, 오렐리아 포든, 토마스 모란 등은 그동안 나를 도와주고 격려해 주었다. 내 비서인 키아라 바르비에리와 마르치아 티시오는 방대한 분량의 인터뷰 녹음테이프를 글로 옮겨 주었다. AP 통신 로마 지국장인 데니스 레드몬트와 이탈리아의 상원의원인 프란체스카 스코펠리티는 파트리치아 레자니와의 인터뷰 주선을 위해 힘닿는 데까지 도움을 주었다. 파리의 마리-프랑스 포슈나는 프랑스 기업인인 베르나르 아르노와 프랑수아 피노에 대해 귀중한 정보를 제공했다. 내 고용주였던 패트릭

맥카시와 페어차일드 출판사는 이 책을 쓸 수 있도록 휴가를 허락해 주었다. 특히 신속하고도 흔쾌히 사진 자료와 문서 조사를 도와준 페어차일드의 멜리사 코미토와 글로리아 스프릭스에게도 고마움을 전한다. 마지막으로 마운트 홀리요크 대학에 재학했던 때에 글쓰기를 직업으로 삼을 수도 있다는 점을 일깨워 준 캐롤라인 콜레트, 리차드 존슨, 마크 크레이머, 메리 영 등의 잊지 못할 멘토들에게도 감사하다.

해제

과거의 재구성

나는 해당 사건이나 당시 다른 사람이 했던 말을 기억하는 관계자들의 공개된 기록을 확인했다. 이를 바탕으로 구찌 가족과 관련된 과거의 대화와 사건 일부를 재구성했다. 등장인물의 생각은 그 당시 상황과 심적 상태를 철저히 조사해 재구성한 것이다. 이때 해당 인물과 가까운 이들의 신빙성 있는 말을 참고로 했다. 최근의 대화를 옮길 때는 대화에 참여한 인물과 상의한 내용을 토대로 했다.

역사적 배경

구찌 가족과 회사의 역사를 재구성하기 위해 기존에 출간된 책 2종과 수많은 최신 기사를 참고했다. 또한 구찌 가족의 일원이나 과거와 현재 일했던 직원, 전문 역사학자와 상의했다. 구찌오 구찌의 젊은 시절을 자세히 다룬 책으로는 제럴드 맥나이트(Gerald McKnight)의 《구찌, 분열된 가문(Gucci: A House Divided)》이 있다. 1987년 런던의 시지윅 앤 잭슨(Sidgwick & Jackson) 출판사와 뉴욕의 도널드 I. 파인(Donald I. Fine) 출판사에서 발간된 책이다. 이탈리아 책으로는 안젤로 페르골리니(Angelo Pergolini)와 마우리치오 토토렐라(Maurizio Tortorella)가 썼고 1997년 밀라노의 마르코 트로페아 에디토레(Marco Tropea Editore)에서 출간된 《구찌의 최후(L'Ultimo dei Gucci)》가 큰 도움이 됐다. 로돌포 구찌가 감독하고 제작한 다큐멘터리 영화 〈내 인생의 영화〉도 구찌 가족과 역사에 대한 귀중한 길잡이 역할을 했다. 이 영화의 필름은 현재 로마 치네치타 촬영소의 기록 보관소에 있다.

패션 역사학자 아우로라 피오렌티니(Aurora Fiorentini)는 구찌와 관련된 기록 복원에 크게 도움이 되는 연구를 해왔다. 그는 구찌의 설립 과정을 보여 주는 피렌체 상공회의소 문서를 포함한 몇 가지 주요 문서를 찾아냈다. 과거의 기업 역사를 다룬 책이나 언론 보도는 구찌의 창업 시기를 실제보다 한참 전인 1908년경으로 잡고 있다. 구찌는 몇 년 동안 발전한 끝에 '아치엔다 인디비두알레 구찌오구찌'라는 개인 기업이 됐다. 이러한 형태는 알도, 우고, 바스코가 공동 소유주가 된 1939년에 가족기업(**Società Anonima: SA**)으로 바뀌었다. 훗날 우고는 구찌오의 요구에 따라 지분을 팔았으며 로돌포가 그 소유권을 갖게 됐다.

전쟁 후 회사는 유한책임회사(**Società di Responsabilità Limitata: Srl**)로 변모했다. 유한책임회사는 주식회사(**Società per Azioni: SpA**)보다 자본화 요건과 보고 요건이 덜 까다로운 소규모 회사다. 구찌는 1982년에야 주식회사가 됐다. 피렌체에서 운영되고 있는 매장 정보는 1995년 11월에 출간된 《피렌체 상점의 역사(**I Negozi Storici a Firenze**)》라는 전집 중 '피렌체의 기업 연합'을 다룬 부분에 담겨 있다.

피렌체 파리오네 거리와 비냐 누오바 거리의 매장이 정확히 어떤 날짜에 어떤 위치에서 문을 열었는지, 둘 중 어떤 매장이 더 일찍 생겼는지는 알 수 없다. 로베르토 구찌는 파리오네 매장이 비냐 누오바 매장보다 몇 년 일찍 문을 열었다고 기억한다. 그러나 피오렌티니에 따르면 구찌 최초의 주력 매장은 비냐 누오바 7번지에 있었을 것이라고 한다. 구찌는 비냐 누오바에서 여러 곳을 옮겨 다녔으며 결국 47~49번지에 자리 잡았다. 이 위치에는 현재 발렌티노와 아르마니 매장이 있다. 피오렌티니는 파리오네 11번지 또는 11-A번지로 확인된 매장이 초기에 잠깐 문을 열었다가 곧 폐쇄된 소규모 공방이었을 것이라 추정한다. 로마의 콘도티 매장은 1961년 현재와 같은 8번지로 옮겼다.

파트리치아 레자니 마르티넬리

파트리치아의 이야기는 그녀와 내가 주고받은 서신 교환을 포함해 실바나 레자니, 그녀와 마우리치오의 친구들, 마우리치오의 비서였다가 그가 죽은 뒤 파트리치아의 개인 비서가 된 릴리아나 콜롬보 등과의 인터뷰를 토대로 했다. 레나토 사메크 판사가 재판 도중 제출하라고 지시한 정신감정 보고서 〈밀라노 중죄 법원, 파트리치아 레자니 마르티넬리의 정신 상태에 대한 전문가 의견〉은 그녀의 어린 시절을 자세히 알 수 있는 기록이다. 이 보고서에는 그녀가 정신과 의사들에게 들려준 어린 시절이 담겨 있다. 파트리치아의 비망록 《구찌 대 구찌(Gucci vs. Gucci)》는 1998년 3월 25일에서 28일까지 〈코리에레 델라 세라〉에 게재되었다. 비망록에서 그녀는 자신이 경험한 구찌 가족을 묘사했다. 이탈리아의 여러 출판사로 전달되었지만 출판되지는 못했다.

파올로의 소송

파올로 구찌가 숱하게 제기한 소송은 워싱턴 법무법인 패튼 보그스 앤 블로에서 작성한 짤막한 내부 보고서에 깔끔하게 정리되어 있다. 그 법인의 조지 보라베이비는 자료를 찾고 각 소송의 핵심 사안에 대한 정보를 제공하는 큰 도움을 주었다. 파올로와의 분쟁과 관련한 귀중한 자료는 법원이 발표한 의견서에서 찾을 수 있다. 특히 뉴욕 남부 지방법원이 1988년 6월 17일에 발간한 〈연방 지방법원 판결 부록〉 688호 916~928쪽에는 원고 파올로 구찌와 피고 구찌숍스 주식회사 간의 민사소송 정보가 담겨 있으며, 1988년 6월 17일에 발간한 〈연방 지방법원 판결 부록〉 651호 194~198쪽에는 원고 파올로 구찌와 피고 구찌숍스 주식회사, 구찌오구찌 주식회사, 마우리치오 구찌, 도메니코 데 솔레 간의 민사소송 정보가 수록돼 있다.

회사 연혁과 재무 정보

인베스트코프는 1991년 자체적으로 구찌에 대한 '자세한 정보 보고서'를 펴냈다. 이 보고서에는 역사적 배경과 연대, 도표 등이 실려 있다. 구찌의 재무 정보와 경영 정보를 가장 철저히 다룬 자료는 구찌의 1차 기업공개(1995년)와 2차 기업공개(1996년)를 위해 작성된 투자 설명서다.

참고 기사

Lisa Anderson, "Born-again Status: Dawn Mello Brings Back Passion and Prestige to the Crumbling House of Gucci," Chicago Tribune, January 15,1992, 7:5.

×

Lisa Armstrong, "The High-Class Match-Maker," The Times, April 12, 1999.

×

Judy Bachrach, "A Gucci Knockoff," Vanity Fair, July 1995, pp. 78–128.

×

Isadore Barmash, "Gucci Shops Spread Amid a Family Image," The New York Times, April 19, 1971, 57:4, p. 59.

×

Amy Barrett, "Fashion Model: Gucci Revival Sets Standard in Managing Trend-Heavy Sector," The Wall Street Journal, August 25, 1997, p. 1.

×

Logan Bentley, "Aldo Gucci: The Mark That Made Gucci Millions," Signature, February 1971, p. 50.

×

Nancy Marx Better, "A New Dawn for Gucci," Manhattan Inc., March 1990, pp. 76–83.

×

Katherine Betts, "Ford in Gear," Vogue, March 1999.

×

Nan Birmingham, "The Gift Bearers: Merchant Aldo Gucci," Town & Country, December 1977.

×

Carlo Bonini, "I Segreti dei Gucci," Sette, no. 45, 1998, p. 22.

"Brand Builder: How Domenico De Sole Turned Gucci into a Takeover Play," Forbes Global, February 8, 1999.

×

Holly Brandon, "G Force," GQ, February, 2000, p. 138.

×

Holly Brubach, "And Luxury for All," The New York Times Magazine, July 12, 1998.

×

Brian Burroughs, "Gucci and Goliath," Vanity Fair, July 1999.

×

Marian Christy, "The Guru of Gucci," The Boston Globe, May 19, 1984, "Living," p. 7.

×

Ron Cohen, "Retailing Is an Art at New Gucci 5th Ave. Unit," Women's Wear Daily, June 2, 1980, p. 23.

×

Glynis Costin, "Dawn Mello: Revamping Gucci," Women's Wear Daily, May 29, 1992, p. 2.

×

Ann Crittenden, "Knock-Offs Aside, Gucci's Blooming," The New York Times, June 25, 1978, III, 1:5.

×

Spencer Davidson, “Design,” Avenue, October 1980, pp. 99–101.

×

Ian Dear, “200 Years of Yachting History,” Camper & Nicholson’s Ltd. 1782–1982, as reprinted in Yachting Monthly, August 1982.

×

Denise Demong, “Gucci: The Poetic Approach to Business,” Women’s Wear Daily, December 22, 1972, p. 1.

×

E. J. Dionne, “Repairing the House of Gucci,” The New York Times, August 11, 1985, III, 5:1.

×

Carrie Donovan, “Fashion’s Leading Edge: Bergdorf Goodman, Resplendent in Crystal and Cloaked with Tradition, Strikes a New and Unexpected Pose as the Fashionable Women’s Mecca,” The New York Times Magazine, September 14, 1986, p. 103.

×

Hebe Dorsey, “Gucci Seeking a New Image,” International Herald Tribune, October 21, 1982, p. 7.

×

“Gucci Puts an Even Better Foot Forward—in New Moccasin,” International Herald Tribune, July 26, 1968, p. 6.

×

Victoria Everett, “Move over Dallas: Behind the Glittering Facade, a Family Feud Rocks the House of Gucci,” People, September 6, 1982, pp. 36–38.

×

Camilla Fiorina, “Sergio Bassi,” YD Yacht Design by Yacht Capital, December 1988, pp. 82–86.

×

Bridget Foley, “Gucci’s Mod Age,” W, May 1995, p. 106.

×

“Ford Drives,” W, August, 1996, p. 162.

×

Sara Gay Forden, "Gucci Is Expecting Break-Even Results Despite Sales Drop," The Wall Street Journal, November, 14, 1991, second section, p.2.

×

"Banks Putting Big Squeeze on Gucci Chief," Women's Wear Daily, April 26, 1993, p. 1.

×

"Gucci Denies Financial Straits," Women's Wear Daily, April 27, 1993, p. 2.

×

"Bringing Back Gucci," Women's Wear Daily, December 12, 1994, p. 24.

×

"Gucci on Wall Street: Launching Pad for Worldwide Growth," Women's Wear Daily, November 2, 1995, p. 11.

×

"Gucci's Turnaround: From the Precipice to the Peak in 3 Years," Women's Wear Daily, May 2, 1996, p. 1.

×

"Prada Using Star Status to Expand on the Global Stage," Women's Wear Daily, February 15, 1996, p. 1.

×

Robin Givhan, "Gucci's Strong Suit," The Washington Post, May 5, 1999, C1.

×

Lauren Goldstein, "Prada Goes Shopping," Fortune, September 27, 1999, pp.83–85.

×

Adriana Grassi, "The Gucci Look," Footwear News, April 28, 1966.

×

Robert Heller, "Gucci's $4 Billion Man," Forbes Global, February 8, 1999, pp. 36–39.

×

Lynn Hirschberg, "Next. Next. What's Next?" The New York Times Magazine, April 7, 1996, pp. 22–25.

×

Thomas Kamm, "Art of the Deal: Françis Pinault Snatches Away Gucci from Rival LVMH," The Wall Street Journal, March 2, 1999, p. 1.

×

Sarah Laurenedie, "Le Grand Seigneur," W, January 2000.

×

Suzy Menkes, "Fashion's Shiniest Trophy, Gucci Buys House of YSL for $1 Billion," International Herald Tribune, November 16, 1999, p. 1.

×

Russell Miller, "Gucci Coup," The Sunday Times, p. 16.

×

Sarah Mower, "Give Me Gucci," Harper's Bazaar, May 1995, p. 142.

×

John Rossant, "At Gucci, La Vita Is No Longer So Dolce," Business Week, November 23, 1992, p. 60.

×

Barbara Rudolph, "Makeover in Milan," Time, December 3, 1990, p. 56.

×

Galeazzo Santini, "Come Salire al Trono di Famiglia," Capital, December 1982, pp. 12–20.

×

Eugenia Sheppard, "Sporting the Gucci Look," International Herald Tribune, July 25, 1969, p. 12.

×

Mimi Sheraton, "The Rudest Store in New York," New York, November 10, 1975, pp. 44–47.

×

Michael Shnayerson, "The Ford That Drives Gucci," Vanity Fair, March 1998, pp. 136–152.

×

Amy Spindler "A Retreat from Retro Glamour," The New York Times, March 7, 1995, p. B9.

Angela Taylor, "But at Gucci You'd Think People Had Money to Burn," The New York Times, December 21, 1974, 12:1.

×

Lucia van der Post, "Is This the Most Delicious Man in the World?" How to Spend It, The Financial Times, issue 35, April 1999, p. 6.

×

Constance C. R. White, "Patterns: How LVMH May Make Its Presence Felt at Gucci, Now That It Controls 34.4% of the Stock," The New York Times, January 26, 1999, fashion section, p. 1.

참고 도서

Teri Agins. The End of Fashion: The Mass Marketing of the Clothing Business. New York: William Morrow and Company, Inc., 1999.

×

Salvatore Ferragamo. Salvatore Ferragamo, Shoemaker of Dreams. Florence: Centro Della Edifini Srl., 1985 (from original publication, 1957).

×

Nadèe Forestier and Nazanine Ravai. Bernard Arnault: Ou le gout du Pouvoir. Paris: Olivier Orban, 1990.

×

Gerald McKnight. Gucci: A House Divided. London: Sidgwick & Jackson, 1987, and New York: Donald I. Fine, Inc., 1987.

×

Angelo Pergolini and Maurizio Tortorella. L'Ultimo dei Gucci: Splendori e Miserie di una Grande Famiglia Fiorentina. Milan: Marco Tropea Editore, 1997.

×

Marie-France Pochna. Christian Dior. New York: Arcade Publishing, 1996.

×

Stefania Ricci. "Firenze Anni Cinquanta: Nasce La Moda Italiana," in La Stanza delle Meraviglie: L'Arte del Commercio a Firenze dagli sportimedioevali al negozio virtuale. Florence: Le Lettere, 1998, pp. 78–87.
×
Hugh Sebag-Montefiore. Kings of the Catwalk: The Louis Vuitton and Moë Hennessy Affair. London: Chapman, 1992.

참고 영상

Britain's Channel Five documentary produced by Studio Zeta: Fashion Victim: The Last of the Guccis, November 1998.

×

Charlie Rose, PBS, interview with Tom Ford on December 28, 1999.

×

60 Minutes, CBS, "Gucci," May 22, 1988.

×

Today, NBC, "Gucci Murder," NBC Network, June 24, 1998.

×

Robert Gucci, "Il Cinema nella Mia Vita." Private documentary production, November, 1982.

하우스 오브 구찌

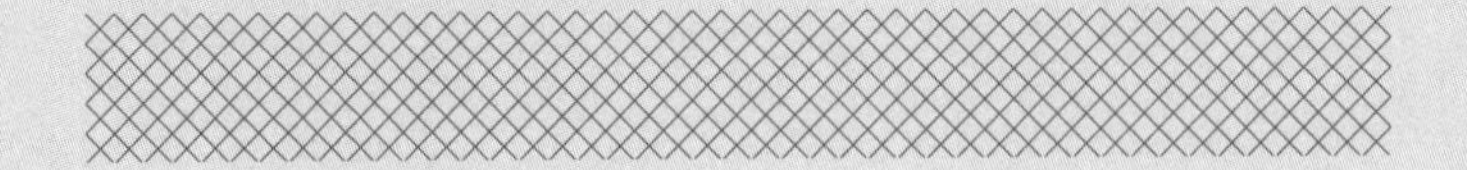

1판 1쇄 발행 2021년 3월 19일

지은이. 사라 게이 포든
옮긴이. 서정아
발행인. 추기숙
기획실 최진 | 경영총괄 박현철 | 편집장 장기영
디자인실 이동훈 | 경영지원 김정매 | 제작 사재웅
발행처. ㈜다니기획 | 다니비앤비(DANI B&B)
출판신고등록 2000년 5월 4일 제2000-000105호
주소 (06115) 서울시 강남구 학동로26길 78
전화번호 02-545-0623 | 팩스 02-545-0604
홈페이지 www.dani.co.kr | 이메일 dani1993@naver.com

ISBN 979-11-6212-088-0 03840

다니비앤비(DANI B&B)는 ㈜다니기획의 경제경영 단행본 임프린트입니다.
블로그 blog.naver.com/daniversary 포스트 post.naver.com/daniversary
트위터 @daniversary 인스타그램 @daniversary 페이스북 @daniversary1

THE
HOUSE OF
GUCCI